**HEYNE<**

Marian Keyes

# Mittelgroßes Superglück

ROMAN

*Aus dem Englischen von*
*Susanne Höbel*

WILHELM HEYNE VERLAG
MÜNCHEN

Die Originalausgabe THE WOMEN WHO STOLE MY LIFE erschien bei
Michael Joseph, an imprint of Penguin Books, London.

Der Verlag weist ausdrücklich darauf hin, dass im Text enthaltene externe Links
vom Verlag nur bis zum Zeitpunkt der Buchveröffentlichung eingesehen werden
konnten. Auf spätere Veränderungen hat der Verlag keinerlei Einfluss.
Eine Haftung des Verlags ist daher ausgeschlossen

Verlagsgruppe Random House FSC® N001967

2. Auflage
Vollständige deutsche Taschenbuchausgabe 06/2016
Copyright © 2014 by Marian Keyes
Copyright © 2014 der deutschsprachigen Ausgabe by
Wilhelm Heyne Verlag, München,
in der Verlagsgruppe Random House GmbH,
Neumarkter Str. 28, 81673 München
Redaktion: Claudia Alt
Umschlaggestaltung: Eisele Grafik-Design, München
Printed in Germany
Druck und Bindung: GGP Media GmbH, Pößneck
ISBN: 978-3-453-40951-4

www.heyne.de

*Für Tony*

Eins möchte ich von Anfang an klarstellen: Was immer Sie gehört haben – und bestimmt haben Sie alles Mögliche gehört –, ich bin keine, die Karma rundheraus leugnet. Vielleicht existiert es, vielleicht nicht, wie soll ich das wissen? Ich schildere einfach meine Version der Ereignisse, mehr nicht.

Falls es jedoch so etwas wie Karma gibt, dann kann ich nur sagen: Es verfügt über eine fantastische PR-Abteilung. Die »Geschichte« kennen wir ja: Irgendwo im Himmel führt das Karma ein riesiges Buch, in dem jede gute Tat, die ein Mensch vollbringt, vermerkt wird, und zu einem späteren Zeitpunkt – der vom Karma ausgewählt wird (und in der Hinsicht hält es sich gern bedeckt) – wird diese gute Tat belohnt. Vielleicht sogar mit Zinsen.

Wir glauben also, wenn wir Jugendliche unterstützen, die auf einen Berg steigen, um Geld für ein Hospiz zu sammeln, oder wenn wir unserer Nichte die Windeln wechseln, obwohl wir uns lieber die Hand abhacken würden, wird uns das später mit etwas Gutem gelohnt. Und wenn uns wirklich etwas Gutes widerfährt, dann sagen wir: »Ah, das ist wohl meine alte Freundin Karma, die mir meine gute Tat lohnt. Danke, liebes Karma!«

Dem Karma wird lauter Gutes nachgesagt, das aufzuzählen ewig dauern würde, aber ich habe den Verdacht, dass es sich die ganze Zeit – im übertragenen Sinn – in Unterhosen auf der Couch gelümmelt und Sky Sport geglotzt hat.

Sehen wir uns doch mal Karma »in Aktion« an.

An einem Tag vor viereinhalb Jahren war ich mit meinem Auto (einem billigen Hyundai SUV) unterwegs. Ich steckte in einer Schlange, die sich zügig vorwärtsbewegte, und sah weiter vorn ein Auto, das aus einer Nebenstraße einbiegen wollte. Einiges deutete darauf hin, dass der Fahrer schon ziemlich lange auf eine Gelegenheit zum Einbiegen wartete. Erster Hinweis: Der Mann sah frustriert und erschöpft aus, wie er da so über dem Steuer hing. Zweiter Hinweis: Er fuhr einen Range Rover, und allein deshalb dachten die anderen Fahrer: Ah, sieh ihn dir nur an, den großkotzigen Range-Rover-Fahrer, den lasse ich nicht rein.

Und ich dachte: Ah, sieh ihn dir nur an, den großkotzigen Range-Rover-Fahrer, den lasse ich nicht rein. Dann dachte ich – und all das passierte ganz schnell, denn ich fuhr ja, wie ich schon sagte, in einer sich zügig voranbewegenden Schlange –, dann dachte ich also: Ach was, ich lasse ihn dazwischen, das gibt – und jetzt genau aufgepasst! – ein gutes Karma.

Ich fuhr also langsamer, betätigte die Lichthupe, um dem großkotzigen Range-Rover-Fahrer zu signalisieren, dass er einbiegen konnte, und er lächelte matt und kroch langsam vor, und ich spürte schon ein warmes Gefühl in mir aufsteigen und fragte mich, in welcher Form ich meine kosmische Belohnung erhalten würde, als der Wagen hinter mir, der nicht damit gerechnet hatte, dass ich für den Range Rover langsamer fahren würde – eben weil es ein Range Rover war –, auf meinen Wagen auffuhr und mich mit solcher Wucht nach vorn schob, dass ich den Range Rover volle Breitseite erwischte, und im nächsten Moment hatten sich drei Autos ineinander verkeilt.

Für mich passierte das Ganze wie in Zeitlupe. Von dem Moment an, als der Wagen hinter mir sich in das Heck von meinem schraubte, blieb die Zeit beinahe stehen. Ich spürte, wie die Räder unter mir sich ohne mein Zutun nach vorn bewegten, und ich starrte dem Mann im Range Rover in die Augen, unsere Blicke trafen sich, vereint in der seltsam intimen Erkenntnis, dass wir uns im nächsten Moment gegenseitig Schmerzen zufügen würden und rein gar nichts tun konnten, um das zu verhindern.

Dann passierte das Schreckliche. Mein Wagen kollidierte tatsächlich mit seinem – berstendes Metall und splitterndes Glas und die Wucht des Aufpralls, die durch Mark und Bein ging ... dann Stille. Sie dauerte nur einen Augenblick, aber einen sehr langen Augenblick. Verwundert und schockiert starrten wir uns an, der Mann und ich. Er war nur einen knappen halben Meter von mir entfernt – der Aufprall hatte die Autos so zusammengeschoben, dass wir fast nebeneinander waren. Sein Seitenfenster war zersplittert, Glaskörnchen glitzerten in seinen Haaren und blinkten in einem silbrigen Licht, das der Farbe seiner Augen entsprach. Sein Ausdruck war jetzt noch matter als vorher, als er auf eine Lücke im Verkehr gewartet hatte.

*Leben Sie noch?*, fragte ich stumm.

*Ja*, antwortete er. *Und Sie?*

*Ja.*

An meinem Auto wurde die Beifahrertür aufgerissen, und der Moment war vorbei. »Sind Sie verletzt?«, fragte jemand. »Können Sie aussteigen?«

Am ganzen Leib zitternd kroch ich zur offenen Tür, und als ich draußen war und mich an eine Mauer lehnte, sah ich, dass der Range-Rover-Mann ebenfalls aus seinem Auto ausgestiegen war. Benommen und erleichtert erkannte ich, dass er aufrecht stand, seine Verletzungen, wenn er denn welche hatte, waren demnach geringfügig.

Vor mir erschien wie aus dem Nichts ein kleiner Mann und kreischte: »Was haben Sie sich bloß dabei gedacht? Das ist ein nagelneuer Range Rover!« Es war der Fahrer des dritten Wagens, der, der den Unfall verursacht hatte. »Das kostet mich ein Vermögen. Der Wagen ist brandneu! Er hat noch nicht mal Nummernschilder!«

»Aber ich ...«

Der Range-Rover-Mann kam hinzu und sagte: »Seien Sie still. Beruhigen Sie sich. Hören Sie auf.«

»Das Auto ist nagelneu!«

»Egal, wie oft Sie das wiederholen, es ändert nichts.«

Das Geschrei ließ nach, und ich sagte zu dem Range-Rover-Mann: »Ich wollte Sie reinlassen und eine gute Tat vollbringen.«

»Ist okay.«

Da erst merkte ich, dass er sehr wütend war, und mir war sofort klar, was für einer er war – einer von diesen gut aussehenden und maßlos verwöhnten Männern, die sich teure Autos und maßgeschneiderte Mäntel leisten können und vom Leben erwarten, dass es sie freundlich behandelt.

»Wenigstens ist niemand zu Schaden gekommen«, sagte ich.

Der Range-Rover-Mann wischte sich Blut von der Stirn. »Genau. Wenigstens ist niemand zu Schaden gekommen ...«

»Ich meinte, also, nicht ernstlich ...«

»Ich weiß.« Er seufzte. »Bei Ihnen alles in Ordnung?«

»Bestens«, sagte ich. Ich wollte seine Anteilnahme nicht.

»Es tut mir leid, falls ich ... Sie wissen schon. Ich hab heute einen schweren Tag.«

»Ist auch egal.«

Um uns herum herrschte totales Chaos. Der Verkehr staute sich in beide Richtungen, »hilfsbereite« Passanten gaben ihre widersprüchlichen Berichte zum Besten, und der aufgebrachte Mann schrie wieder.

Ein freundlicher Mensch führte mich zu ein paar Stufen, wo ich mich setzen konnte, während wir auf die Polizei warteten, und ein anderer freundlicher Mensch gab mir eine Tüte Bonbons. »Für Ihren Blutzucker«, sagte die Frau. »Sie stehen unter Schock.«

Bald war die Polizei da und begann, den Verkehr umzuleiten und Zeugenaussagen aufzunehmen. Der aufgebrachte Mann schimpfte und stach fortwährend mit dem Finger in meine Richtung, und der Range-Rover-Mann redete beschwichtigend auf ihn ein, und ich sah ihnen zu, als wäre es ein Film. Da steht mein Auto, dachte ich benommen, ein Haufen Schrott. Totalschaden. Es war ein einziges Wunder, dass ich heil rausgekommen war.

Der Unfall war von dem aufgebrachten Mann verschuldet worden, und seine Versicherung musste den Schaden bezahlen, aber ich würde nicht genug bekommen, um mir ein neues Auto kaufen zu können, weil Versicherungen einen Schaden nie voll ersetzten. Ryan würde ausrasten – trotz seines Erfolgs hangelten wir uns die ganze Zeit am Rande des Ruins entlang –, aber darüber musste ich mir später Gedanken machen. Jetzt reichte es mir, auf den Stufen zu sitzen und Bonbons zu lutschen.

Aber Moment! Jetzt trat der Range-Rover-Mann in Aktion. Mit wehendem Mantel kam er auf mich zu. »Wie geht es Ihnen jetzt?«, fragte er.

»Fantastisch.« Das stimmte. Schock, Adrenalinschub, so etwas in der Art.

»Kann ich Ihre Telefonnummer haben?«

Ich lachte ihm keck ins Gesicht. »Nein!« Was für ein Schleimer war der denn, dass er dachte, er könnte an einem Unfallort eine Frau anbaggern. »Außerdem bin ich verheiratet!«

»Für die Versicherung ...«
»Oh.« *Wie schrecklich! Wie schrecklich!* »Natürlich.«

Wenn wir uns also das Karma-bezogene Ergebnis meiner guten Tat ansehen – drei Autos, alle beschädigt, eine Stirnwunde, Empörung und Geschrei, erhöhter Blutdruck, finanzielle Sorgen und eine Peinlichkeit, die einem die Schamesröte ins Gesicht trieb: schlecht, alles sehr, sehr schlecht.

# Ich

## Freitag, 30. Mai

*14.49 Uhr*

Wenn Sie in diesem Moment zu meinem Fenster aufblickten, könnten Sie denken: »Sieh dir die Frau da an. Wie sie an ihrem Schreibtisch sitzt, fleißig und aufrecht. Sieh doch, wie ihre Hände auf der Tastatur liegen, so arbeitsam. Offensichtlich ist sie ganz konzentriert bei der Sache. Moment mal ... ist das nicht Stella Sweeney? Ist die etwa wieder in Irland? Und schreibt ein neues Buch? Ich hatte gehört, sie sei in der Versenkung verschwunden!«

Ja, ich bin tatsächlich Stella Sweeney. Ja, ich bin (zu meiner eigenen Enttäuschung, aber das will ich jetzt nicht vertiefen) wieder in Irland. Ja, ich schreibe ein neues Buch. Ja, ich bin in der Versenkung verschwunden. Aber das wird nicht lange anhalten. Denn ich arbeite ja. Sie brauchen mich ja nur hier an meinem Schreibtisch zu sehen. Jawohl, ich bin bei der Arbeit.

... oder auch nicht. Wenn es so aussieht, als würde man arbeiten, ist das längst nicht dasselbe, als wenn man wirklich arbeitet. Ich habe noch kein einziges Wort getippt. Mir fällt nichts ein, was ich erzählen möchte.

Trotzdem umspielt ein kleines Lächeln meine Lippen. Falls Sie gerade zu mir nach oben schauen. So geht es einem, auf den sich das öffentliche Interesse richtet. Man muss die ganze

Zeit lächeln und freundlich sein, sonst sagen die Leute: »Der Ruhm ist ihr zu Kopf gestiegen. Dabei war sie von Anfang an nichts Besonderes.«

Ich muss mir Vorhänge anschaffen, beschließe ich. Dauernd zu lächeln halte ich nicht aus. Schon jetzt tut mir das Gesicht weh, und ich sitze hier erst seit einer Viertelstunde. Seit zwölf Minuten, um genau zu sein. Wie unendlich langsam die Zeit vergeht!

Ich schreibe ein Wort: »Arsch.« Das bringt mich nicht weiter, aber es fühlt sich gut an, etwas geschrieben zu haben. »Fangen Sie am Anfang an.« Das hat Phyllis mir an dem schrecklichen Tag in ihrem Büro in New York gesagt, vor zwei Monaten. »Schreiben Sie eine Einführung. Rufen Sie sich den Leuten in Erinnerung.«

»Haben die mich schon vergessen?«

»Ja, sicher.«

Ich mochte Phyllis noch nie – sie ist eine echte kleine Bulldogge, die einen in Angst und Schrecken versetzen kann. Aber ich brauchte sie auch nicht zu mögen, sie war meine Agentin, nicht meine Freundin.

Als ich ihr zum ersten Mal gegenüberstand, wedelte sie mit meinem Manuskript und sagte: »Damit könnten wir einen schönen langen Weg vor uns haben. Nehmen Sie zehn Pfund ab, und Sie haben eine Agentin.«

Ich ließ die Kohlehydrate weg und nahm fünf statt der verlangten zehn Pfund ab, dann hatten wir ein Gespräch, in dem sie sich auf sieben Pfund runterhandeln ließ und ich mich bereit erklärte, bei Fernsehauftritten Sachen mit Elasthan zu tragen.

Und Phyllis hatte recht, es wurde ein langer Weg. Erst führte er lange nach oben, dann lange zur Seite, dann lange ins Abseits. So weit ins Abseits, dass ich jetzt hier in meinem kleinen Haus in Ferrytown, einem Vorort von Dublin, am Schreibtisch sitze, von dem ich geglaubt habe, ihm für immer entkommen zu sein, und versuche, ein neues Buch zu schreiben.

Also gut, ich schreibe eine Einführung: »Name: Stella Sweeney. Alter: einundvierzig Jahre und drei Monate. Größe: durchschnittlich. Haar: lang, gewellt, eher blond. Ereignisse der letzten Zeit: dramatisch.«

Nein, das taugt nichts, das ist zu karg. Es muss mehr im Plauderton sein. Oder lyrischer. Ich versuch's noch mal. »Hallo! Ich bin's, Stella Sweeney. Die schlanke, achtunddreißig Jahre alte Stella Sweeney. Ich weiß, dass ich Sie nicht daran erinnern muss, aber für alle Fälle erwähne ich, dass ich einen internationalen Bestseller geschrieben habe, nämlich das inspirierende Buch *Gezwinkerte Gespräche*. Ich bin in Talkshows aufgetreten und dergleichen. Ich bin auf mehreren Lesereisen durch die USA bis auf die Knochen geschunden worden und in vierunddreißig Städten (wenn man Minnesota-St. Paul als zwei Städte zählt) aufgetreten. Ich bin in einem Privatjet geflogen (einmal). Alles war wunderbar, ganz wunderbar, außer wenn es schrecklich war. Es war ein wahr gewordener Traum, außer wenn es ein Albtraum war … Aber das Rad des Schicksals hat sich weitergedreht, und jetzt bin ich in ganz anderen, viel bescheideneren Umständen gelandet. Mich an meine veränderten Lebensbedingungen zu gewöhnen war schmerzlich, aber letztendlich auch lohnend. Inspiriert von meinen neu gewonnenen Erkenntnissen, ganz abgesehen davon, dass ich pleite bin …« Nein, keine gute Idee zu erwähnen, dass ich pleite bin, das muss ich löschen. Ich drücke so lange auf Entfernen, bis alles, was von Geld handelt, verschwunden ist, dann fange ich wieder an zu schreiben. »Inspiriert von meinen neu gewonnenen Erkenntnissen, schreibe ich ein neues Buch. Wovon es handeln wird, weiß ich noch nicht, aber ich hoffe, wenn erst genügend Wörter auf dem Bildschirm erschienen sind, fällt mir schon was ein. Vielleicht wird es noch inspirierender als *Gezwinkerte Gespräche!*«

Das ist großartig. Geht doch. Gut, vielleicht muss an dem vorletzten Satz noch ein bisschen gefeilt werden, aber im Grunde bin ich aus dem Gröbsten raus. Hab ich gut gemacht. Zur Belohnung gehe ich mal kurz auf Twitter …

… erstaunlich, wie man drei Stunden einfach so verdaddeln kann. Ich steige ganz benommen aus meinem Twitterloch auf und sitze immer noch an meinem Schreibtisch, immer noch in meinem kleinen »Büro« (auch Gästezimmer genannt) in meinem Haus in Ferrytown. In Twitterland haben wir uns ausführlich darüber unterhalten, dass der Sommer jetzt endlich da ist. Immer wenn es schien, dass die Diskussion einschlafen könnte, hat jemand etwas Neues eingeworfen und das Ganze wieder in Schwung gebracht. Wir haben über künstliche Sonnenbräune gesprochen, über Endiviensalat, ungepflegte Füße … es war absolut fantastisch. FANTASTISCH!!!

Jetzt geht es mir großartig! Ich meine, irgendwo gelesen zu haben, dass die chemischen Substanzen, die durch eine ausgiebige Beschäftigung mit Twitter im Gehirn produziert werden, eine ähnliche Wirkung wie Kokain haben. Doch meine Euphorie verpufft abrupt, und ich muss den nüchternen Fakten ins Auge sehen: Heute habe ich zehn Sätze geschrieben. Das ist nicht genug.

Ich werde jetzt arbeiten. Doch, doch, doch. Wenn ich nicht arbeite, muss ich mich bestrafen und den Internetzugang an diesem Computer lahmlegen …

… Höre ich da Jeffrey nach Hause kommen?

Tatsächlich! Er kommt herein, knallt die Haustür zu und wirft seine grauenhafte Yogamatte auf den Fußboden. Ich spüre jede Regung dieser Yogamatte, ich bin mir ihrer die ganze

Zeit bewusst, so wie wenn man etwas hasst. Die Yogamatte hasst mich zurück. Als müssten wir darum ringen, wer Jeffrey haben darf.

Ich springe auf und will ihn begrüßen, aber Jeffrey hasst mich fast so sehr wie seine Yogamatte. Er hasst mich schon seit Langem. Seit fünf Jahren, mehr oder weniger, im Grunde seit er dreizehn ist.

Ich hatte immer gedacht, Mädchen sind die Schreckensteenager und Jungen würden einfach in tiefes Schweigen verfallen. Aber Betsy war gar nicht so schlimm, während Jeffrey ... also, er ist die ganze Zeit von Angst besessen. Zugegeben, er hat mich zur Mutter, und das hat aus seinem Leben eine einzige Achterbahnfahrt gemacht, was für ihn so schlimm war, dass er mit fünfzehn gefragt hat, ob wir ihn zur Adoption freigeben würden.

Trotzdem, ich bin hocherfreut, weil ich jetzt eine Weile lang aufhören kann, so zu tun, als arbeitete ich, und renne nach unten. »Schatz!« Ich versuche die Feindseligkeit, die zwischen uns besteht, zu ignorieren. Da steht er, ein Meter achtzig groß, dürr wie ein Pfeifenreiniger, mit einem Adamsapfel so groß wie ein Muffin. Genauso hat sein Vater in dem Alter ausgesehen.

Mir schlägt eine Extraportion Feindseligkeit von ihm entgegen.

»Was ist?«, frage ich.

Ohne mich anzusehen sagt er: »Du musst dir die Haare schneiden lassen.«

»Warum?«

»Einfach so. Du bist zu alt, um sie so lang zu tragen.«

»Was soll das?«

»Von hinten siehst du ... irgendwie anders aus.«

Mit einiger Mühe ziehe ich ihm die Geschichte aus der

Nase. Es stellt sich heraus, dass er am Morgen mit einem seiner Yogafreunde »in der Stadt« war. Vor dem Supermarkt hat der Freund mich von hinten gesehen und anerkennende Geräusche gemacht, und Jeffrey hat mit blassen Lippen zu ihm gesagt: »Das ist meine Mom. Sie ist einundvierzig Jahre und drei Monate alt.«

Ich habe dem entnommen, dass die beiden von dem Ereignis ziemlich aufgewühlt waren.

Vielleicht sollte ich mich geschmeichelt fühlen, aber ich weiß selbst, dass ich von hinten gar nicht schlecht aussehe. Von vorn ist es etwas anderes. Bei mir setzt sich jedes zusätzliche Pfund am Bauch an. Schon als Teenager, als die anderen sich Sorgen über die Größe ihres Pos oder die Dicke ihrer Oberschenkel machten, hatte ich immer meine Mitte im Auge. Ich wusste, wie leicht sie außer Kontrolle geriet, und mein ganzes Leben ist von dem anhaltenden Kampf dagegen bestimmt.

Jeffrey schüttelt einen Beutel mit Paprikaschoten auf eine Art und Weise vor mir, die man aggressiv nennen muss. (»Er hat mich mit Capiscum bedroht, Euer Ehren.«) Ich seufze innerlich. Ich weiß, was jetzt kommt. Er will kochen. Schon wieder. Es handelt sich um eine neue Entwicklung, und trotz aller gegenteiligen Beweise hält er sich für einen begnadeten Koch. Während er seine Nische im Leben noch sucht, kombiniert er nicht aufeinander abgestimmte Zutaten, und ich muss das Ergebnis essen. Eintopf mit Kaninchen und Mango, das gab es gestern.

»Ich koche das Abendessen.« Er starrt mich an und wartet darauf, dass ich zu weinen anfange.

»Wunderbar!«, sage ich fröhlich.

Das bedeutet, dass wir gegen Mitternacht zu essen bekommen. Gut, dass ich in meinem Schlafzimmer einen Vorrat

Jaffa-Kekse angelegt habe, so viele Packungen, dass sie sich fast an der ganzen Wand entlang stapeln.

**19.41 Uhr**
Ich gehe auf Zehenspitzen in die Küche, wo Jeffrey stocksteif dasteht und eine Dose Ananas anstarrt, als wäre sie ein Schachbrett und er wäre ein Großmeister und plante seinen nächsten Zug.

»Jeffrey ...«

Er sagt tonlos: »Ich konzentriere mich. Jetzt bin ich gestört worden.«

»Habe ich vorm Essen noch Zeit, bei Mum und Dad vorbeizugehen?« Man beachte, wie ich es gemacht habe. Ich habe nicht gesagt: Wann gibt es Essen? Ich habe so gefragt, dass es nicht um mich ging, sondern um seine Großeltern, und hoffe, damit sein zorniges Herz milder zu stimmen.

»Ich weiß nicht.«

»Ich gehe nur für ein Stündchen.«

»Bis dahin ist das Essen fertig.«

Ist es bestimmt nicht. Er hält mich damit an der Kandare. Eines Tages werde ich mich seinem passiv-aggressiven Verhalten stellen müssen, aber im Moment bin ich von meinem vergeudeten Tag und meinem vergeudeten Leben so niedergeschlagen, dass ich mich dazu nicht in der Lage sehe.

»Ist gut ...«

»Komm bitte nicht in die Küche, wenn ich hier am Arbeiten bin.«

Ich gehe wieder nach oben und wünschte, ich könnte auf Twitter schreiben: »#Am Arbeiten#Meine Fresse!«, aber ein paar seiner Freunde folgen mir auf Twitter. Außerdem werden die Leute jedes Mal, wenn ich einen Tweet schicke, daran erinnert, dass ich ein Niemand bin und sie aufhören können, mir zu folgen. Das ist eine wahre und messbare Tatsache, die ich gelegentlich überprüfe, für den Fall, dass ich mich noch nicht genug wie eine Versagerin fühle.

Es stimmt natürlich, dass ich nie wie Lady Gaga war, mit ihren Millionen von Followern, aber in meinem bescheidenen Rahmen hatte ich früher durchaus eine Präsenz auf Twitter.

Da mir ein Ventil für meine Trübsal verweigert wird, nehme ich einen Ziegel aus meiner Jaffa-Kekse-Wand, lege mich aufs Bett und esse ganz viele der kleinen runden Kekse voller Schokoladen-Orangen-Glücksgefühl. So viele, dass ich die genaue Zahl nicht angeben kann, denn ich hatte vorher beschlossen, nicht mitzuzählen. Auf jeden Fall viele, seien Sie dessen gewiss.

Morgen wird alles anders, nehme ich mir vor. Morgen *muss* alles anders werden. Morgen wird viel geschrieben, ich werde sehr produktiv sein und keine Jaffa-Kekse essen. Morgen bin ich nicht jemand, der auf dem Bett liegt und lauter weiche Kekskrümel auf der Brust hat.

Eineinhalb Stunden später – ich bin immer noch eine Frau ohne Abendessen – höre ich das Schlagen einer Autotür und eilige Schritte auf unserem kleinen Gartenpfad. In diesem Pappkartonhaus kann man nicht nur alles, was in einem Umkreis von fünfzig Metern passiert, hören, man kann es auch *fühlen*.

»Das ist Dad.« Jeffreys Stimme klingt alarmiert. »Er sieht aus wie ein Irrer.«

An der Tür klingelt es Sturm. Ich renne die Treppe runter und mache auf, und draußen steht Ryan. Jeffrey hat recht: Er sieht wirklich aus wie ein Irrer.

Ryan drängt an mir vorbei in den Flur und sagt mit fast schon manischem Überschwang: »Stella, Jeffrey, ich habe wahnsinnig gute Neuigkeiten.«

Jetzt erzähle ich Ihnen von meinem Exmann Ryan. Er würde die Dinge vielleicht anders schildern, das kann er auch gern tun, aber dies ist meine Geschichte, und Sie bekommen meine Version.

Wir haben uns gefunden, als ich neunzehn und er einundzwanzig war und sich einbildete, Künstler werden zu müssen. Weil er sehr schöne Zeichnungen von Hunden anfertigte und weil ich keine Ahnung von Kunst hatte, dachte ich, er wäre sehr begabt. Er wurde an der Kunstakademie aufgenommen, wo allerdings nichts darauf hindeutete, dass er den Durchbruch zum Star unserer Generation schaffen würde. Wir führten Gespräche bis tief in die Nacht, bei denen er mir erzählte, dass seine Lehrer auf unterschiedlichste Weise Versager seien, und ich streichelte ihm die Hand und stimmte ihm zu.

Nach vier Jahren machte er einen mittelmäßigen Abschluss und startete den Versuch, sein Geld als Künstler zu verdienen. Aber niemand kaufte seine Bilder, also beschloss er, dass er mit der Malerei durch war. Er versuchte sich in verschiedenen Medien – Film, Graffiti, tote Kanarienvögel in Formaldehyd –, und ein Jahr verging, in dem sich nichts ergab. Da Ryan im Grunde ein pragmatischer Mensch ist, stellte er sich den Fakten: Er hatte keine Lust, auf Dauer arm zu sein. Er war nicht der Typ des mittellosen Künstlers, der in seiner Dachstube hauste – ein Schicksal, das den meisten Künstlern beschieden zu sein scheint. Dazu kam, dass er inzwischen eine Frau (mich) und eine kleine Tochter (Betsy) hatte. Er brauchte einen Job. Aber nicht irgendeinen Job. Schließlich war er trotz alledem Künstler.

Um diese Zeit erbte Tante Jeanette, die schillernde Schwester meines Vaters, ein bisschen Geld und beschloss, es für das auszugeben, was sie sich schon immer gewünscht hatte – ein schickes Badezimmer. Es sollte – sagte sie mit einer luftigen Handbewegung – »fabelhaft« sein. Onkel Peter, Jeanettes armer Mann, der neunzehn Jahre damit zugebracht hatte, seiner Frau den Glanz zu verschaffen, den sie sich so verzweifelt wünschte, fragte: »Wie meinst du das, fabelhaft?« Worauf Jeanette keine richtige Antwort wusste und erwiderte: »Du weißt schon – *fabelhaft*.«

Einen schrecklichen Moment lang befürchtete Peter (wie er später meinem Vater gestand), dass sie zu weinen anfangen und nicht wieder aufhören würde, doch dann blieb ihm diese Verlegenheit erspart, weil er einen Gedankenblitz hatte. »Wir könnten Stella fragen, ob sie Ryan fragt«, sagte er. »Der ist doch künstlerisch veranlagt.«

Ryan war tief gekränkt, dass er zu einem so banalen Projekt befragt wurde, und teilte mir mit, ich solle Tante Jeanette sagen, sie könne ihn mal, er sei Künstler, und Künstler würden ihre Kreativität nicht auf Handwaschbecken verschwenden. Aber mir ist Streit zuwider, und ich fürchtete mich vor einem Familienzwist, weshalb ich Ryans Absage stark abmilderte, so stark, dass als Nächstes eine ganze Ladung von Badezimmerbroschüren für Ryan eintraf.

Eine ganze Woche lang lagen sie auf unserem kleinen Küchentisch, und hin und wieder sah ich mir eine an und sagte: »Meine Güte, ist das nicht *bezaubernd*?«, und: »Sieh dir das doch mal an. So fanta*sie*voll.« Was Sie wissen müssen: Damals ernährte ich unsere kleine Familie als Kosmetikerin, und ich wäre sehr froh gewesen, wenn Ryan ein bisschen dazuverdient hätte. Aber Ryan biss nicht an. Bis er eines Abends die Broschüren durchblätterte, und plötzlich packte es ihn. Er nahm einen Bleistift und Millimeterpapier, und im nächsten Moment war er in die Sache vertieft. »Sie will es fabelhaft?«, murmelte er. »Fabelhaft kann sie haben!«

In den darauffolgenden Tagen und Wochen entwarf er den Plan, verbrachte Stunden über den Kleinanzeigen (eBay gab es damals noch nicht) und sprang nachts aus dem Bett, weil sein Künstlerkopf lauter künstlerische Ideen ausspuckte.

Die Nachricht von Ryans Eifer verbreitete sich in der Familie, und die war beeindruckt. Mein Dad, der von Anfang an nicht besonders viel von Ryan gehalten hatte, sah ihn jetzt mit anderen Augen. Er sagte nicht mehr: »Ryan Sweeney ein Künstler? Ein Traumtänzer vielleicht.«

Das Ergebnis – und darin waren sich alle einig, selbst Dad, Skeptiker und Mann der Arbeiterschicht – war fabelhaft: Ryan hatte ein Studio 54 in Miniatur geschaffen. Da er 1972 in Dublin zur Welt gekommen war, hatte er den berühmten Nachtklub nie gesehen und musste sich für seinen Entwurf auf Fotos und Anekdoten stützen. Er hatte sogar an Bianca Jagger geschrieben. (Sie hat ihm nicht geantwortet, aber man kann trotzdem sehen, wie ernst er die Sache nahm.) Sobald man das Bad betrat, ging die Fußbodenbeleuchtung an, und Donna Summers Song »Love to Love You, Baby« ertönte. Tageslicht wurde keins eingelassen, stattdessen wurde der Raum von einem goldenen Licht erhellt. Die Wandschränke – und davon gab es eine Menge, denn Tante Jeanette musste viel Zeug unterbringen – hatten eine glitzernde Oberfläche. Andy Warhols Bild von Marilyn Monroe war als Mosaik aus achttausend Stücken nachgeschaffen worden und bedeckte eine Wand vollständig. Die Badewanne war eiförmig und schwarz. Die Toilette war in einer kleinen schwarz lackierten Kabine untergebracht. Der Kosmetiktisch wurde wie im Theater von Glühbirnen erhellt, so vielen, dass es für ganz Ferrytown ausgereicht hätte. (Jeanette hatte krasses Licht gefordert. Sie war stolz auf ihr Talent, Grundierung und Abdeckstift zu mischen, aber das konnte sie nur bei guten Lichtverhältnissen.)

Zum Schluss brachte Ryan eine kleine Glitzerkugel an der Decke an und wusste, dass er ein Meisterwerk geschaffen hatte.

Es war sehr nah an einer Geschmacksverirrung dran, es schrammte millimeterscharf am Kitsch vorbei, aber dennoch war es – fabelhaft. Tante Jeanette verschickte Einladungen für die feierliche Eröffnung an Familienmitglieder und Freunde und gab das Stichwort »Disco« als Dresscode aus. Als Witz kaufte Ryan im Naturkostladen in Ferrytown eine Tüte Bockshornklee, hackte das Gewürz klein und legte es als Linien auf dem Waschbeckenrand aus. Die Gäste dachten, es sei Koks. (Nur Dad nicht. »Mit Drogen macht man keine Witze. Auch nicht mit unechten.«)

Die Stimmung war ausgelassen. Alle, Jung wie Alt, hatten sich in ihre Discoklamotten geworfen, drängten sich in dem kleinen Raum und tanzten auf dem beleuchteten Fußboden. Wahrscheinlich war ich an dem Abend der glücklichste Mensch – hocherfreut, weil einerseits ein Familienzwist abgewendet und andererseits Ryan für eine Arbeit bezahlt worden war. Ich trug Palazzo-Pants von Pucci und ein dazu passendes Oberteil, das ich im Secondhandladen gefunden und siebenmal gewaschen hatte, und mein Haar hatte eine befreundete Friseurin im Tausch gegen eine Maniküre im Farrah-Fawcett-Stil geföhnt.

»Du siehst wunderschön aus«, sagte Ryan.

»Du aber auch«, gab ich forsch zurück. Ich meinte es ehrlich, denn auch der gewöhnlichste Mann erscheint in einem strahlenderen Licht, wenn er plötzlich Geld nach Hause bringt. (Nicht dass Ryan gewöhnlich aussah. Hätte er sich die Haare öfter gewaschen, wäre er gefährlich attraktiv gewesen.) Insgesamt war es ein sehr glücklicher Tag.

Plötzlich hatte Ryan einen Beruf. Nicht den, den er sich gewünscht hatte, aber einen, in dem er sehr gut war. Nach dem

Triumph mit dem Studio 54 schlug er eine ganz andere Richtung ein und schuf ein Badezimmer, das hauptsächlich in Grün gehalten und ein friedlicher, waldähnlicher Rückzugsort war. Drei Wände wurden von Baummosaiken geziert, ein echter Farn wuchs vor der vierten. In das Fenster wurde grünes Glas eingesetzt, im Hintergrund erklangen Vogelstimmen. Bei der Übergabe an den Kunden legte Ryan lauter Pinienzapfen in dem Raum aus. (Ursprünglich hatte er ein Eichhörnchen besorgen wollen, aber obwohl Caleb, sein Elektriker, und Drugi, der Fliesenleger, den ganzen Morgen im Crone Wood mit Nüssen geklappert und »Hier, Eichhörnchen!« gerufen hatten, konnten sie keins fangen.)

Auf das Waldbadezimmer folgte das Projekt, mit dem Ryan es zum ersten Mal auf das Titelbild einer Zeitschrift schaffte – die Schmuckschatulle. Dabei handelte es sich um ein Wunderland mit Spiegeln, Swarovski-Fliesen und einer bordeauxroten Tapete, die wie Samt aussah, aber wasserabweisend war. Die Knäufe an den Wandschränken waren aus böhmischem Kristall, die Badewanne aus Glas war mit silbernen Einsprengseln versehen, und von der Decke hing ein Kronleuchter aus Murano-Glas. Als Hintergrundmusik lief »Tanz der Zuckerfee« (seine Soundtracks wurden schnell zu seinem Markenzeichen), und jedes Mal, wenn man den Wasserhahn aufdrehte, tanzte anmutig eine winzige Ballerina auf dem Knauf.

Ryan Sweeney, der mit einem kleinen, eingeschworenen Team arbeitete, war bald die angesagte Adresse, wenn man ein ausgefallenes Badezimmer wollte. Er hatte gute Ideen, war gewissenhaft – und wahnsinnig teuer. Es gab heikle Momente – als Betsy drei Monate alt war, wurde ich mit Jeffrey schwanger –, aber dank Ryans Erfolg konnten wir uns ein neues Haus mit drei Schlafzimmern kaufen, in dem wir zu viert Platz hatten.

Die Zeit verging. Ryan verdiente Geld, er gestaltete schöne Badezimmer, er machte Menschen – überwiegend Frauen – glücklich. War ein Projekt vollendet, riefen Ryans Kunden: »Sie sind ein Künstler!« Sie meinten es ehrlich, und das wusste Ryan, aber er war nicht der Künstler, der er sein wollte, denn er wollte Damien Hirst sein. Er wollte berühmt und berüchtigt sein, er wollte, dass sich die Leute in den Talkshows seinetwegen in die Haare gerieten, er wollte, dass manche ihn für einen Scharlatan hielten. Nein, das stimmt nicht. Er wollte, dass alle ihn für ein Genie hielten. Aber jedes Genie gibt Anlass zu Kontroverse, weshalb er Auseinandersetzungen in Kauf genommen hätte.

Trotzdem ging alles seinen guten Gang, bis vor vier Jahren ein tragisches Ereignis sein Leben veränderte. Streng genommen war es *mein* tragisches Ereignis, aber Künstler, auch verhinderte Künstler, neigen dazu, alles auf sich zu beziehen. Das tragische Ereignis, eines von langer Dauer, schmiedete die Familie nicht zusammen, denn das Leben ist keine Seifenoper. Es führte im Gegenteil dazu, dass Ryan und ich uns trennten.

Unmittelbar darauf passierten in meinem Leben seltsame und aufregende Dinge – worauf wir noch kommen. Fürs Erste reicht es, wenn ich sage, dass Betsy, Jeffrey und ich nach New York zogen.

Ryan blieb in Dublin, in dem Haus, das wir Mitte der Neunzigerjahre als Investition gekauft hatten, zu einer Zeit, als alle Menschen in Irland ihre Zukunft mit Zweithäusern zu sichern versuchten. (Bei der Scheidung bekam ich unser ursprüngliches Familienhaus zugesprochen. Selbst als ich in einer Zehnzimmerwohnung an der Upper West Side in New York wohnte, behielt ich es – ich vertraute nicht darauf, dass meine neuen Lebensumstände Bestand haben würden, sondern befürchtete immer, ich könnte wieder arm werden.)

Ryan hatte eine Reihe von Freundinnen – nachdem er angefangen hatte, sich die Haare regelmäßig zu waschen, herrschte daran kein Mangel. Er hatte seine Arbeit, er hatte ein schönes Auto und ein Motorrad – es fehlte ihm an nichts. Aber es mangelte ihm an allem: Das Leben erfüllte ihn nicht. Der nagende Schmerz der Unerfülltheit trat manchmal in den Hintergrund, machte sich aber immer wieder bemerkbar.

Und jetzt steht er mit wildem Blick in meinem Flur, und Jeffrey und ich sehen ihn aufgeschreckt an. »Es ist so weit, endlich ist es so weit!«, sagt Ryan. »Meine große künstlerische Idee!«

»Komm erst mal rein«, sage ich. »Jeffrey, setz Wasser auf.«

Ryan redet ohne Unterlass, während er hinter mir her ins Wohnzimmer geht und erzählt, was passiert ist. »Es hat vor ungefähr einem Jahr angefangen ...«

Wir sitzen einander gegenüber, und Ryan erzählt mir von seinem Durchbruch. Tief in ihm hatte sich etwas zu regen begonnen und schwamm im Lauf eines Jahres nach oben in sein Bewusstsein. Es manifestierte sich in vager Form in seinen Träumen, in Augenblicken zwischen zwei Gedanken, und an diesem Nachmittag war seine brillante Idee endlich zur Oberfläche durchgestoßen. Fast zwanzig Jahre hat es gedauert, in denen er mit hochwertigen italienischen Badezimmerartikeln gearbeitet hat, bis sein Genius zur vollen Blüte reifte, und jetzt ist es endlich so weit.

»Und?«, dränge ich ihn.

»Ich nenne es Projekt Karma: Ich werde alles verschenken, was ich besitze. Alles. Meine CDs, meine Kleidung, mein ganzes Geld. Jeden Fernseher, jedes Reiskorn, alle Urlaubsfotos. Mein Auto, mein Motorrad, mein Haus ...«

Jeffrey starrt ihn angewidert an. »Du verdammter Idiot.«

Fairerweise muss man sagen, dass Jeffrey Ryan genauso intensiv hasst wie mich. Er ist ein Gleichberechtigungshasser. Er hätte, wie Kinder von geschiedenen Eltern es manchmal tun, seine Eltern gegeneinander ausspielen und so tun können, als wäre der eine oder andere sein Liebling, aber ich kann, um ehrlich zu sein, nicht sagen, wen von uns beiden er mehr verachtet.

»Dann hast du nirgendwo mehr zum Wohnen«, sagt Jeffrey.

»Falsch!« Ryans Augen funkeln (aber es ist die falsche Art Funkeln, diejenige, die einem Angst macht). »Mein Karma wird für mich sorgen.«

»Und wenn nicht?« Mir ist furchtbar elend zumute. Ich traue dem Karma nicht, nicht mehr. Vor langer Zeit ist mir etwas sehr Schlechtes widerfahren. Als direkte Folge auf dieses sehr Schlechte widerfuhr mir etwas sehr Gutes. Damals habe ich fest an Karma geglaubt. Dann aber passierte als Folge des sehr, sehr Guten etwas Schlechtes. Und dann noch etwas Schlechtes. Gegenwärtig bin ich für einen Aufschwung meines Karmas fällig, aber das scheint nicht unmittelbar bevorzustehen. Offen gestanden bin ich vom Karma reichlich bedient.

Und in praktischer Hinsicht befürchte ich, ich muss Ryan Geld geben, wenn er keines hat, dabei habe ich selbst kaum welches.

»Ich werde beweisen, dass es Karma gibt«, sagt Ryan. »Ich werde spirituelle Kunst schaffen.«

»Bekomm ich dann dein Haus?«, fragt Jeffrey.

Das scheint Ryan zu überraschen. Auf diese Frage ist er noch nicht gekommen. »Äh ... nein. Nein.« Aber er fängt sich schnell. »Auf keinen Fall. Wenn ich es dir geben würde, könnte man denken, ich meinte es nicht ernst.«

»Und dein Auto?«

»Nein.«

»Kann ich überhaupt was haben?«

»Nein.«

»Dann kannst du dich meinetwegen verpissen.«

»Jeffrey, bitte«, sage ich.

Ryan ist so aufgeregt, dass ihm Jeffreys Verachtung nicht auffällt. »Ich schreibe einen täglichen Blog darüber. Es wird ein künstlerischer Triumph.«

»Ich glaube, jemand hat das schon gemacht.« Eine vage Erinnerung an etwas flackert in mir auf.

»Sag das nicht«, sagt Ryan. »Stella, arbeite nicht gegen mich. Du hast deine fünfzehn Minuten gehabt, jetzt lass mir meine.«

»Aber ...«

»Nein, Stella.« Fast schreit er. »Eigentlich müsste ich berühmt sein. Ich war gemeint, nicht du – ich! Du bist die Frau, die mir mein Leben gestohlen hat!«

Das Thema ist nicht neu, Ryan kommt fast täglich darauf zu sprechen.

Jeffrey tippt auf seinem Handy herum. »Jemand hat das schon gemacht. Ich kriege massenhaft Treffer. Hier. ›Der Mann, der all seinen Besitz weggab.‹ Und hier ist noch einer. ›Ein österreichischer Millionär hat vor, sein Vermögen und seinen Besitz zu verschenken.‹«

»Ryan«, sage ich vorsichtig, weil ich ihn nicht wieder in Wut versetzen möchte. »Kann es sein, dass du ... deprimiert bist?«

»Wirke ich deprimiert?«

»Es kommt mir so vor, als wärst du etwas verwirrt.«

Noch bevor er den Mund aufmacht, weiß ich, was er sagen wird: »Ich war nie klarer bei Verstand.« Genau, Ryan erfüllt meine Erwartungen.

»Ich brauche deine Hilfe, Stella«, sagt er. »Ich brauche Werbung.«

»Du bist dauernd in den Zeitschriften.«

»In *Haus und Heim* und solchen Blättern«, sagt Ryan abschätzig. »Die taugen doch nichts. Aber du stehst gut mit den Medien.«
»Schon lange nicht mehr.«
»O doch. Viele sind dir immer noch sehr zugetan. Auch wenn alles aus dem Ruder gelaufen ist.«
»Wie willst du das denn zu Geld machen?«, fragt Jeffrey.
»Kunst ist nicht dazu da, dass man sie zu Geld macht.«
Jeffrey brummt etwas vor sich hin. Ich meine, das Wort »Vollidiot« zu hören.

Nachdem Ryan gegangen ist, sehen Jeffrey und ich uns an.
»Sag was«, sagt Jeffrey.
»Er wird das nicht durchziehen.«
»Glaubst du?«
»Glaube ich.«


*22 Uhr*

Jeffrey und ich sitzen vor dem Fernseher und essen unseren Eintopf aus Paprika, Ananas und Würstchen. Ich gebe mir große Mühe, ein paar Löffel runterzuwürgen – die Abendessen, die Jeffrey fabriziert, sind für mich eine grausame und ungewöhnliche Strafe –, und Jeffrey hat sein Handy vor der Nase. Plötzlich sagt er: »Mist.« Das ist seit einiger Zeit die erste Lautäußerung.
»Was ist?«
»Dad. Er hat eine Absichtserklärung reingestellt ... und ...« Er klickt weiter. »Seinen ersten Videoblog. Und er hat mit dem Countdown angefangen. Montag in einer Woche, in zehn Tagen.«
Das also ist der Start von Projekt Karma.

»Immer weiteratmen.«

Aus: *Gezwinkerte Gespräche*

Aber nun will ich von der Tragödie erzählen, die mir vor fast vier Jahren widerfuhr. Da war ich also, siebenunddreißig Jahre alt, Mutter eines fünfzehnjährigen Mädchens und eines vierzehnjährigen Jungen und Ehefrau eines erfolgreichen, wenn auch künstlerisch unerfüllten Badezimmerdesigners. Ich arbeitete mit meiner jüngeren Schwester Karen (in Wirklichkeit *für* meine jüngere Schwester Karen) und führte ein normales Leben – mal rauf, mal runter, nichts Weltbewegendes –, als es eines Abends in den Fingerspitzen meiner linken Hand zu kribbeln begann. Beim Zubettgehen war das Kribbeln auch in meiner rechten Hand. Vielleicht war es ein Zeichen dafür, wie wenig aufregend mein Leben war, denn ich fand das Kribbeln angenehm, wie Brausepulver unter der Haut.

Irgendwann in der Nacht wachte ich auf und merkte, dass jetzt auch meine Füße kribbelten. Wie schön, dachte ich verschlafen, Brausepulverfüße. Vielleicht wäre am Morgen das Kribbeln überall, das wäre doch herrlich!

Als um sieben der Wecker klingelte, war ich todmüde, aber das war nur normal, denn ich war jeden Morgen todmüde, schließlich war ich ganz normal. Nur dass es an dem Morgen eine andere Art von Müdigkeit war, schwer und bleiern.

»Aufstehen«, sagte ich zu Ryan, dann wankte ich nach unten – rückblickend war es wahrscheinlich wirklich ein Wanken –, setzte Wasser auf, knallte die Packung mit den Frühstücksflocken auf den Tisch, ging wieder nach oben, um die Kinder zu wecken (besser gesagt: sie wach zu schreien), kam nach unten und trank einen Schluck Tee, aber zu meiner Überraschung schmeckte er komisch und irgendwie metallisch. Ich warf dem Wasserkessel aus rostfreiem Stahl einen vorwurfsvollen Blick zu – offenbar hatten sich Metallspuren in meinen Tee gemischt. So viele Jahre war er mein guter Freund gewesen, warum musste er sich plötzlich gegen mich wenden?

Nach einem weiteren gekränkten Blick machte ich Jeffreys Spezialtoast – normalen Toast, aber ohne Butter, Jeffrey hatte etwas gegen Butter und behauptete, sie sei schleimig –, aber meine Hände waren gefühllos und taub, und das angenehme Kribbeln hatte aufgehört. Ich trank einen Schluck Orangensaft, spuckte ihn sofort aus und schrie auf.

»Was ist?« Ryan kam eben nach unten. Er war ein Morgenmuffel. Abends war er auch muffelig, fällt mir da ein. Vielleicht war er während des Tages in guter Form, aber da sah ich ihn nicht, deshalb konnte ich darüber nichts sagen.

»Der Orangensaft«, sagte ich. »Ich habe mich daran verbrannt.«

»Verbrannt? Es ist Orangensaft, er ist kalt.«

»Ich habe mir daran die Zunge verbrannt. Den Mund.«

»Wieso sprichst du so komisch?«

»Wie – komisch?«

»Als wäre deine Zunge geschwollen.« Er nahm mein Glas, trank einen Schluck und sagte: »Schmeckt ganz normal.«

Ich trank wieder davon. Und verbrannte mir wieder den Mund.

Jeffrey kam in die Küche und sagte vorwurfsvoll: »Hast du Butter auf meinen Toast geschmiert?«

»Nein.«

Dieses Spiel spielten wir jeden Morgen.

»Doch, du hast Butter drauf gemacht«, sagte er. »Ich kann das nicht essen.«

»Meinetwegen.«

Er sah mich überrascht an.

»Gib ihm Geld«, befahl ich Ryan.

»Warum?«

»Damit er sich was zum Frühstück kaufen kann.«

Verblüfft hielt Ryan ihm fünf Euro hin, und Jeffrey nahm den Schein.

»Ich muss los«, sagte Ryan.

»In Ordnung. Bis später. Holt eure Sachen, Kinder.« Normalerweise fragte ich eine ellenlange Liste ab, die außerschulische Dinge betraf – Schwimmen, Hockey, Rugby, Schülerorchester –, aber diesmal ließ ich das sein. Kein Wunder also, dass Jeffrey, nachdem wir zehn Minuten im Auto waren, sagte: »Ich habe mein Banjo vergessen.«

Ich hatte nicht die Absicht, umzudrehen und es zu holen. »Das macht nichts«, sagte ich. »Einen Tag wirst du auch ohne klarkommen.«

Ein verdutztes Schweigen breitete sich im Auto aus.

Dutzende von privilegierten und weltoffenen Teenagern strebten auf das Schulgebäude zu. Ich war sehr stolz darauf, dass Betsy und Jeffrey auf die Quartley Daily gingen, eine konfessionslose, gebührenpflichtige Schule, deren Ziel es war, »das Kind als Ganzes« zu unterrichten. Mit heimlicher Freude sah ich ihnen sonst hinterher, wie sie in ihren Uniformen in das Gebäude gingen, beide hoch aufgeschossen und etwas schlaksig, Betsys blondes, gewelltes Haar zu einem Pferdeschwanz gebunden, Jeffreys dunkle Haare in Büscheln vom Kopf abstehend. Gewöhnlich blieb ich so lange, dass ich sehen konnte, wie sie sich unter die anderen Schüler mischten. (Von denen einige aus Diplomatenfamilien stammten – ein Aspekt, der meinem Stolz zusätzliche Strahlkraft verlieh. Das behielt ich selbstverständlich für mich, Ryan war der einzige Mensch, dem gegenüber ich das zugab.) Aber diesmal blieb ich nicht. Ich wollte schnell nach Hause und hoffte, mich einen Moment hinlegen zu können, bevor ich zur Arbeit musste.

Kaum war ich im Haus, überkam mich eine solche Schwäche, dass ich mich gleich im Flur hinlegen musste. Ich presste die Wange an die kalten Fußbodendielen und wusste, dass ich nicht zur Arbeit gehen konnte. Möglicherweise war das mein erster Krankheitstag überhaupt. Selbst mit einem Kater war ich zur Arbeit gegangen, meine Arbeitsmoral verlangte das von mir. Ich rief Karen an, und meine Finger konnten kaum die Tasten drücken. »Ich hab Grippe«, sagte ich.

»Das ist keine Grippe«, sagte sie. »Die Leute sagen immer, sie hätten Grippe, aber es ist nur eine Erkältung. Glaub mir, wenn du Grippe hättest, wüsstest du das.«

»Ich weiß es«, sagte ich. »Es ist Grippe.«

»Sprichst du mit dieser komischen Stimme, damit ich dir das abnehme?«

»Ich habe wirklich Grippe.«

»Zungengrippe, oder wie?«

»Ich bin krank, Karen, ich schwöre es dir. Morgen bin ich wieder da.«

Ich kroch die Treppe hoch, schleppte mich dankbar ins Bett, stellte die Weckfunktion in meinem Telefon auf drei Uhr und versank in einen tiefen Schlaf.

Ich wachte mit trockenem Mund und desorientiert auf, und als ich einen Schluck Wasser trinken wollte, konnte ich nicht schlucken. Ich konzentrierte mich aufs Aufwachen – so war es eben, wenn man tagsüber schlief – und auf das Schlucken, aber es ging nicht. Ich musste das Wasser wieder ins Glas spucken.

Dann merkte ich, dass ich auch ohne Wasser im Mund nicht

schlucken konnte. Die Muskeln in meiner Kehle funktionierten nicht. Ich konzentrierte mich darauf und versuchte, die aufsteigende Panik zu unterdrücken, aber es ging nicht. Ich konnte nicht schlucken. Ich konnte wirklich und wahrhaftig nicht schlucken.

Jetzt hatte ich Angst, und ich rief Ryan an. »Irgendwas ist mit mir nicht in Ordnung. Ich kann nicht schlucken.«

»Lutsch eine Halspastille und nimm zwei Aspirin.«

»Es sind keine Halsschmerzen. Ich kann nicht schlucken.«

Er klang verwundert. »Schlucken kann jeder.«

»Ich nicht. Meine Kehle funktioniert nicht.«

»Deine Stimme klingt komisch.«

»Kannst du nach Hause kommen?«

»Ich bin auf einer Baustelle in Carlow. Ich brauche mindestens zwei Stunden. Geh doch einfach zum Arzt.«

»Ist gut. Bis später.« Ich wollte aufstehen, aber meine Beine knickten unter mir weg.

Als Ryan nach Hause kam und meinen Zustand sah, war er wohltuend zerknirscht. »Ich hatte keine Ahnung ... Kannst du aufstehen?«

»Nein.«

»Und schlucken kannst du auch nicht? Himmel, ich glaube, wir sollten den Notarzt rufen. Sollen wir den Notarzt rufen?«

»Ja.«

»Wirklich? So schlimm?«

»Was weiß ich? Vielleicht.«

Nach einer Weile kam der Krankenwagen, und zwei Männer schnallten mich auf einer Trage fest. Als ich aus dem Schlafzimmer getragen wurde, durchfuhr mich ein scharfer Schmerz von Trauer, als hätte ich eine Vorahnung, dass sehr viel Zeit bis zu meiner Rückkehr vergehen würde.

Unter den Augen von Betsy, Jeffrey und meiner Mutter, die an der Haustür standen und stumm und angstvoll zusahen, wurde ich in den Krankenwagen geladen.

»Es könnte eine Weile dauern«, sagte Ryan. »Ihr wisst ja, wie das bei der Notaufnahme ist. Wahrscheinlich müssen wir stundenlang warten.«

Aber ich hatte Vorrang. Nach einer Stunde kam ein Arzt und sagte: »Worum geht es? Muskelschwäche?«

»Ja.« Meine Sprechfähigkeit hatte sich so verschlechtert, dass ich nur ein undeutliches Grunzen zustande brachte.

»Sprich vernünftig«, sagte Ryan.

»Ich gebe mir Mühe.«

»Besser geht es nicht?« Der Arzt schien interessiert.

Ich wollte nicken und stellte fest, dass ich es nicht konnte.

»Können Sie den festhalten?« Der Arzt gab mir einen Kugelschreiber.

Wir sahen zu, wie mir der Stift aus den tauben Fingern glitt.

»Und die andere Hand? Nein? Können Sie den Arm heben? Den Fuß bewegen? Die Zehen? Nein?«

»Du kannst das doch«, sagte Ryan zu mir. »Sie kann das«, sagte er zu dem Arzt, aber der hatte sich abgewandt und sprach mit einem anderen Menschen im weißen Kittel. Ein paar Begriffe schnappte ich auf: »Schnell fortschreitende Lähmung.« »Wir müssen die Atmung im Blick behalten.«

»Was hat sie denn?« Ryan klang panisch.

»Das können wir jetzt noch nicht sagen, aber wir beobachten ein fortschreitendes Muskelversagen.«

»Können Sie denn nichts machen?«, sagte Ryan flehentlich.

Der Arzt war verschwunden, er wurde zu einer anderen Krisenstelle geholt.

»Kommen Sie zurück!«, rief Ryan. »Sie können doch nicht einfach so etwas sagen und dann gehen …«

»Entschuldigung.« Eine Krankenschwester kam mit einem Ständer und schob Ryan aus dem Weg. Zu mir sagte sie: »Wir legen Ihnen einen Tropf. Wenn Sie nicht schlucken können, trocknen Sie aus.«

Als sie nach einer Vene suchte, tat das weh, aber nicht so weh wie das, was dann kam: Sie legte mir einen Katheter.

»Warum?«, fragte ich.

»Weil Sie nicht auf die Toilette gehen können. Und für den Fall, dass Ihre Nieren versagen.«

»Muss ich … muss ich sterben?«

»Was? Was reden Sie da? Nein, natürlich nicht.«

»Wie wollen Sie das wissen? Warum kann ich nicht richtig sprechen?«

»Was?«

Eine zweite Krankenschwester kam mit einer Maschine auf Rollen. Sie legte mir eine Maske aufs Gesicht.

»Atmen Sie ein, so ist es gut. Ich will nur Ihren …« Sie sah auf die gelben Zahlen auf dem Bildschirm. »Atmen.«

Ich atmete doch. Oder wenigstens versuchte ich es.

Plötzlich sprach die Krankenschwester sehr laut, sie schrie fast – Zahlen und irgendwelche Fachwörter –, und schon wurde ich durch Stationen und Flure geschoben und war auf dem Weg zur Intensivstation. Alles geschah sehr schnell. Ich wollte fragen, was los sei, brachte aber keinen Ton heraus. Ryan rannte neben mir her und versuchte, die medizinischen Fachausdrücke zu deuten. »Ich glaube, es ist deine Lunge«, sagte er. »Atme, Stella, um Himmels willen, du musst atmen. Den Kindern zuliebe, wenn du es nicht meinetwegen tust.«

Gerade als meine Lunge ganz versagen wollte, wurde mir ein Loch in die Kehle geschnitten – eine Tracheotomie – und ein Rohr in den Hals geschoben und an ein Beatmungsgerät angeschlossen.

Ich bekam ein Bett auf der Intensivstation und wurde an zahllose Schläuche gehängt. Ich konnte sehen und hören und wusste genau, was mit mir passierte, aber abgesehen davon, dass meine Augenlider auf- und zuklappten, konnte ich mich nicht bewegen. Ich konnte nicht schlucken, nicht sprechen, nicht pinkeln, nicht atmen. Und als meine Hände den Rest ihrer Bewegungsfähigkeit verloren, konnte ich mich auch nicht mehr mitteilen.

Ich war lebendig in meinem Körper eingeschlossen.

Für eine Tragödie gar nicht schlecht, oder?

## Samstag, 31. Mai

*6 Uhr*
Es ist Samstag, trotzdem klingelt mein Wecker um sechs. Ich habe mich mit mir selbst auf einen Schreibplan geeinigt: Ich werde jeden Tag früh aufstehen, mich mit kaltem Wasser »reinigen« und so diszipliniert wie ein Mönch sein. Arbeitseifer wird meine Parole lauten. Aber ich bin erschöpft. Nach Ryans Ankündigung gestern Abend, dass er sein verrücktes Projekt wirklich umsetzen will, war Mitternacht schon vorbei, bevor ich mit meiner Einschlafprozedur anfing.

Seit ich erwachsen bin, hat sich der Schlaf als scheues, unberechenbares Geschöpf erwiesen, dem man erst zeigen muss, wie sehr es willkommen ist, bevor es sich einstellt. Ich zeige meine Liebe auf vielfältige Weise – ich trinke Pfefferminztee, esse Joghurt, schlucke massenweise Kalms-Tabletten, bade mit Sandelholzöl, besprühe mein Kissen mit Lavendelduft, lese ein langweiliges Buch, lege eine CD mit Walgesängen ein.

Um ein Uhr morgens wälzte ich mich immer noch hin und her, und als ich endlich einschlief – wer weiß, wie viel Uhr es war –, träumte ich von Ned Mount, dem aus dem Fernsehen. Wir waren draußen, an einem sonnigen Ort – vielleicht war es Wicklow. Wir saßen an einem grob gezimmerten Picknicktisch, und er wollte mir einen großen Karton geben, in dem ein

Wasserfilter lag. »Nehmen Sie ihn, bitte«, sagte er. »Ich kann damit nichts anfangen. Ich trinke nur Evian.«

Dass er nur Evian trank, stimmte nicht, das wusste ich, und er sagte es nur, weil er wollte, dass ich den Wasserfilter nahm. Ich war von seiner Großzügigkeit gerührt, obwohl er den Wasserfilter von einer PR-Firma umsonst bekommen hatte.

Und jetzt ist es sechs Uhr, eigentlich sollte ich aufstehen, aber ich bin so müde, dass ich wieder einschlafe und erst um Viertel vor neun aufwache.

Unten in der Küche sieht Jeffrey mir misstrauisch zu, als ich mir einen Kaffee mache und Knuspermüsli in eine Schüssel gebe. Ja, auch ich weiß natürlich, dass Knuspermüsli in Wirklichkeit aus lauter Keksbrocken besteht, denen ein paar »gesunde« Cranberrys und Haselnüsse untergemischt worden sind. Aber es gilt offiziell als »Frühstückskost«, und deshalb darf ich es ohne schlechtes Gewissen essen. Ich eile nach oben, um dem strengen Urteil meines Sohnes zu entgehen, nehme meinen Tablet-PC und gehe wieder ins Bett. Keine neuen Nachrichten von Ryan. Zum Glück! Aber es ist trotzdem schrecklich.

Bei seinem Video mit dem Titel »Künstlerische Grundsatzerklärung« muss ich an einen Selbstmordpiloten denken – die einstudierte Ansprache, der Eifer, er sieht sogar wie einer aus, mit den braunen Augen und den dunklen Haaren und dem sauber gestutzten Bart. »Ich bin Ryan Sweeney, ein spiritueller Künstler. Gemeinsam werden wir eine einzigartige Unternehmung beginnen. Ich werde alles, was mir gehört, verschenken. Alles, was ich besitze! Zusammen werden wir beobachten, wie das Universum sich meiner annimmt. Das Karma-Projekt!« Dann reckt er tatsächlich die Faust in die Luft. Ich schlucke. Fehlt nur noch, dass er ruft: »Allah ist groß!«

Ich sehe mir das Video viermal an und denke: Du Vollidiot.

Aber das Video ist bisher nur zwölfmal angesehen worden, und das waren Jeffrey und ich. Niemand hat es bislang aufgegriffen. Vielleicht kommt Ryan davon wieder ab. Vielleicht löst sich das Ganze einfach in Luft auf ...

Ich überlege, ob ich ihn anrufen soll, aber lieber klammere ich mich an meine Hoffnung. Bis vor Kurzem hatte ich gar nicht gewusst, dass ich ein solches Talent zur Verleugnung habe. Ich klopfe mir selbst auf die Schulter. Ich kann das richtig gut. Erstaunlich!

Wo ich schon im Netz bin, beschließe ich, mal bei Gilda nachzusehen – nur ein paar Klicks, und ich wäre da. Aber ich schaffe es, mich daran zu hindern, und spreche in Gedanken mein Mantra für sie: *Mögest du gesund sein, mögest du glücklich sein, mögest du frei von Leiden sein.*

Jetzt weiter, Zeit für die Pille. Die Wahrscheinlichkeit, dass ich schwanger werde, besteht zurzeit nicht, aber ich bin erst einundvierzig Jahre und drei Monate alt, und ich bin beileibe noch nicht aus dem Rennen.

Meine Güte, ich muss arbeiten.

Ich springe aus dem Bett und mache mich für meine morgendliche Reinigung bereit – »Reinigung« klingt einfach viel besser als »Duschen«. Ich habe keine Lust zu einer Reinigung, auch nicht zum Duschen, aber man darf sich nicht gehen lassen. Ich kann mich nicht anziehen, solange mein Körper ungereinigt ist, das geht einfach nicht, das wäre der Anfang vom Ende. Aber solange ich noch keine Vorhänge habe, kann ich mich auch nicht im Schlafanzug an den Schreibtisch setzen, wo jeder Vorübergehende mich sieht.

Ich reinige mich mit kaltem Wasser. Jeffrey hat schon geduscht und das ganze warme Wasser aufgebraucht.

Also wirklich! Meine Klamotten! In einem weiteren Kränkungsversuch hat Jeffrey angefangen, seine Wäsche selbst zu waschen – was ich zugegebenermaßen gar nicht so kränkend finde –, aber dabei hat er versehentlich ein paar Stücke von mir mitgewaschen und so lange im Trockner gelassen, dass sie jetzt steif wie Pappe sind. Außerdem sind sie geschrumpft. Ich ziehe mir eine Jeans an, kann aber den obersten Knopf nicht schließen.

Ich versuche eine andere Jeans – dieselbe Geschichte. Dann muss es eben so gehen. Meine dritte Jeans liegt im Wäschekorb, Jeffrey darf sie nicht in die Finger bekommen.

Ich setze mich an den Schreibtisch, klebe mir ein kleines Lächeln aufs Gesicht und lese die inspirierenden Worte, die ich jeden Morgen lesen werde, bis dieses Buch fertig ist. Es sind Phyllis' Worte, und ich habe sie genau so aufgeschrieben, wie Phyllis sie mir an dem Morgen vor zwei Monaten in ihrem Büro entgegengeschleudert hat. »Sie waren reich, erfolgreich und verliebt«, hatte sie gesagt. »Und jetzt? Ihre Karriere ist am Ende, was mit Ihnen und Ihrem Typen ist, weiß ich nicht, aber es sieht nicht besonders gut aus! Da haben Sie doch jede Menge Material!«

Ich halte beim Lesen inne, um die Worte auf mich wirken zu lassen, so wie bei einem Gebet. Damals war mir schlecht, und jetzt ist mir auch schlecht. Phyllis hatte die Schultern gezuckt. »Soll ich weiterreden? Ihr Sohn verachtet Sie. Ihre Tochter vergeudet ihr Leben. Sie sind auf der falschen Seite der Vierzig, die Wechseljahre kommen mit Riesenschritten näher. Das müsste doch reichen, oder?«

Ich hatte keinen Ton über die Lippen gebracht.

»Früher waren Sie eine kluge Frau«, hatte Phyllis gesagt. »Was Sie in *Gezwinkerte Gespräche* geschrieben haben, hat viele Menschen berührt. Versuchen Sie es noch einmal, nehmen Sie diese neuen Herausforderungen als Ausgangspunkt. Schicken Sie mir das Buch, wenn Sie fertig sind.« Sie war aufgestanden und hatte versucht, mich zur Tür zu bugsieren. »Gehen Sie jetzt. Ich habe Klienten, die mich sprechen wollen.«

Verzweifelt klammerte ich mich an meinen Stuhl. »Phyllis?«, sagte ich flehentlich. »Haben Sie Vertrauen in mich?«

»Wenn Sie ein Problem mit Ihrem Selbstwertgefühl haben, suchen Sie sich einen Psychiater.«

Früher war ich eine kluge Frau, rufe ich mir ins Gedächtnis, und meine Hände schweben über der Tastatur, dann kann ich es jetzt wieder sein. Ich hämmere auf die Tasten und schreibe das Wort »Arsch«.

### 12.17 Uhr

Ich werde beim Schreiben vom Klingeln des Telefons gestört. Das Telefon dürfte gar nicht in meinem Zimmer sein, nicht, wenn ich es ernst meine und ungestört arbeiten will, aber wir leben in einer unvollkommenen Welt, es ist nicht zu ändern. Ich prüfe die Nummer, es ist meine Schwester Karen.

»Komm in die Wolfe Tone Terrace«, sagt sie.

»Warum?« In der Wolf Tone Terrace wohnen meine Eltern. »Ich arbeite.«

Sie macht ein höhnisches Geräusch. »Du arbeitest nur für dich, du kannst jederzeit aufhören. Niemand kann dich entlassen.«

Ich schwöre, niemand hat Respekt vor mir. Nicht vor meinem Schreiben, nicht vor meiner Zeit, vor meinen Umständen.

»Also gut«, sage ich. »In zehn Minuten bin ich da.«

Ich werfe das Handy in meine Tasche und nehme mir fest vor, diszipliniert zu schreiben. Bald. Sehr bald. Morgen.

Unten im Flur treffe ich Jeffrey.

»Wohin willst du?«, fragt er.

»Zu den Großeltern. Und du, wohin willst du?« Als wäre es nicht offensichtlich, so bockig wie er und seine Yogamatte mich anstarren, wie ein Paar, das im Begriff ist, miteinander durchzubrennen. *Wir lieben uns eben,* scheinen sie zu sagen. *Was willst du dagegen machen?*

»Yoga? Schon wieder?«

Er sieht mich mit einem höhnischen Ausdruck an. »Ja.«

»Gut. In Ordnung ... ähm ...«

Ich mache mir Sorgen. Sollte er nicht um die Häuser ziehen, sich betrinken, in Streitereien geraten wie andere Achtzehnjährige auch?

Ich habe als Mutter versagt.

Mum und Dad leben in einer ruhigen Straße in einem kleinen Reihenhaus des sozialen Wohnungsbaus, das sie vor langer Zeit der Stadt abgekauft haben.

Mum macht die Tür auf und sagt zur Begrüßung: »Warum um alles in der Welt hast du Stiefel an?«

»Äh ...«

Sie mustert meine Jeans. »Ist dir nicht heiß?«

Als ich nach Irland kam, war es Anfang März, und seitdem trage ich dieselben drei Paar Jeans nach dem Rotationsprinzip. Ich hatte so viel um die Ohren, dass Anziehsachen ganz unten auf meiner Liste standen.

Aber die Jahreszeit ist vorangeschritten und hat sich verändert, und plötzlich braucht man Sandalen und lockere Leinengewänder.

Mum ist klein und rundlich und friert leicht, aber auch sie kommt heute ohne Strickjacke aus.

»Was gibt's Neues?«, frage ich.

Ich höre ein Surren, dann drängt sich Clark, Karens Ältester, an Mum vorbei und schreit aus vollem Hals: »Sie haben einen Treppenlift. Wegen Granddads kaputtem Rücken.«

Jetzt sehe ich ihn. Das Ding ist an der Wand des Treppenhauses installiert, und gerade schnallt Karen sich zusammen mit der dreijährigen Mathilde auf dem Sitz fest. Sie betätigt den Hebel, und die beiden schweben surrend nach oben. Sie schweben sehr langsam. Sie winken Mum, Clark und mir zu, und wir winken festlich gestimmt zurück.

Mum murmelt mir zu: »Er sagt, er setzt sich da nicht rein. Geh hin und rede du mit ihm.«

Ich stehe in der Tür zum Wohnzimmer und blicke in das winzige Zimmer. Wie gewöhnlich sitzt Dad in seinem Sessel und hat ein Buch aus der Bibliothek auf dem Schoß. Er verbreitet Brummigkeit um sich herum, dann sieht er mich, und seine Miene hellt sich ein wenig auf. »Ah, du bist es, Stella.«

»Willst du mal mit dem Treppenlift fahren?«

»Nein.«

»Ach, Dad.«

»Von wegen ›Ach, Dad‹. Ich komme gut die Treppe hoch. Ich hab gesagt, sie soll ihn nicht kaufen. Ich brauche ihn nicht, und wir haben auch nicht das Geld dafür.«

Er winkt mich zu sich. »Angst vorm Tod, das ist ihr Problem. Sie glaubt, wenn sie solche Sachen für uns kauft, kann sie uns länger am Leben halten. Aber wenn du dran bist, bist du dran.«

»Du kannst noch dreißig Jahre leben«, sage ich munter. Möglich ist es. Er ist erst zweiundsiebzig, und heute leben die Menschen ewig. Allerdings nicht unbedingt Menschen wie meine Eltern. Mein Dad hat mit sechzehn zu arbeiten angefangen, es war ein körperlich harter Job, Be- und Entladen von Containern in den Docks von Ferrytown. Davon gehen die Menschen kaputt, viel eher, als wenn sie am Schreibtisch sitzen. Mit zweiundzwanzig hatte er das erste Mal einen Bandscheibenvorfall. Lange – ich weiß gar nicht, wie lange, vielleicht acht Wochen – musste er im Bett liegen und starke Schmerzmittel nehmen. Dann ist er wieder zur Arbeit gegangen, und irgendwann hatte er eine neue Verletzung. Das passierte unzählige Male – meine ganze Kindheit hindurch kam es vor, dass Dad »wieder einmal« krank war, so regelmäßig wie Halloween und Ostern –, aber er gab nicht auf und arbeitete weiter, bis es wirklich nicht mehr ging. Mit vierundfünfzig war seine Gesundheit endgültig ruiniert, und er hatte das Ende seines Arbeitslebens erreicht. Und seines Lebens als Lohnempfänger.

Heute gibt es am Hafen Maschinen, die das Entladen besorgen, und das hätte Dads Rücken verschont, aber wahrscheinlich hätte er überhaupt keine Arbeit gefunden.

»Bitte, Dad, mir zuliebe. Ich bin deine Lieblingstochter.«

»Ich habe nur zwei Töchter. Komm mal her.« Er zeigte auf das Buch auf seinem Schoß. »Nabokov. *Das Modell für Laura*. Ich gebe es dir, wenn ich es ausgelesen habe.«

»Du sollst nicht einfach das Thema wechseln.« Und verlang bitte nicht, dass ich es lese.

Dads »kluge« Tochter zu sein ist ein Fluch. Er liest Bücher wie andere Menschen kalt duschen – es ist gut für dich, aber du darfst nicht erwarten, dass es dir Spaß macht. Diese Einstellung hat er an mich weitergegeben: Wenn ich ein Buch mit Vergnügen lese, habe ich das Gefühl, meine Zeit verschwendet zu haben.

Dad hat in der Bibliothek eine Vertraute, Joan, für die Dad eine Art Projekt ist – kein Autor ist zu unbekannt, kein Buch zu unlesbar.

»Es ist sein letzter Roman«, sagt Dad. »Er hat seine Frau gebeten, das Manuskript zu verbrennen, aber das hat sie nicht getan. Stell dir vor, welcher Verlust das für die Literatur gewesen wäre. Allerdings ist er ein ganz schön schmutziger Geselle ...«

»Komm, wir versuchen mal den Treppenlift.« Ich möchte das Thema Nabokov unbedingt beenden.

Dad erhebt sich langsam. Er ist ein kleiner Mann, dünn und drahtig. Ich biete ihm meinen Arm, aber er schlägt ihn aus.

Im Flur ist Karen wieder unten angekommen, und ich betrachte aufmerksam ihre Kleidung und ihre Frisur – wir sind uns körperlich ähnlich, und wenn ich ihren Stil kopiere, kann ich eigentlich nichts falsch machen. Anscheinend schafft sie den Übergang von kühlem zu warmem Wetter mit Leichtigkeit. Schwarze enge Jeans mit Reißverschlüssen an den Knöcheln. Schuhe mit hohem Keilabsatz und ein hellgraues T-Shirt aus einem seltsam gekrausten Material. Alles zusammen erweckt den Eindruck von einem teuren Outfit, was aber wahrscheinlich nicht stimmt, denn Karen hat ein gutes Händchen und kann sehr geschickt mit Geld umgehen. Ihre Fingernägel sind perfekte Ovale, ihre blauen Augen sind von dichten Wimpern umrandet, und ihr blondes Haar – das sich ohne Mittel so wild lockt wie meins – ist geglättet und zu einem losen Knoten geschlungen. Sie sieht gepflegt, aber lässig aus, entspannt und dabei elegant. Ich muss sie mir zum Vorbild nehmen.

Ich schnappe mir die kleine Mathilde und sage: »Komm her, ich zerdrücke dich.«

Aber sie entwindet sich und ruft ängstlich: »Mummy!«

Was für ein Angsthase das Kind ist. Der fünfjährige Clark ist da besser. Wahrscheinlich hat er ADHS, aber wenigstens kann man mit ihm herumtoben.

»Stella!« Karen gibt mir rechts und links einen Kuss. Sie macht das ganz automatisch, dann fällt ihr ein, dass ich es bin. »Oh, Entschuldigung!«

Dad lächelt. Dass Karen ehrgeizig ist, amüsiert ihn, und es macht ihn – obwohl er das nie zugeben würde – ein bisschen stolz. Früher lieferte ich die Erfolgsgeschichten in der Familie, aber in letzter Zeit musste ich die Position an meine jüngere Schwester abtreten.

Karen ist Geschäftsfrau – sie hat einen Kosmetiksalon – und sieht haargenau so aus. Sie ist mit Enda verheiratet, einem ruhigen, gut aussehenden Mann aus einer wohlhabenden Familie in Tipperary, der Polizeiinspektor bei der Gardai, der irischen Polizei, ist.

Armer Enda. Als er Karen kennenlernte, war sie so selbstbewusst und forsch und zielstrebig, dass er sie für ein Mädchen aus der Mittelschicht hielt. Dann verliebte er sich in sie, und als er ihrer Familie vorgestellt wurde und entdeckte, dass sie einen ganz anderen sozialen Hintergrund hatte, nämlich aufstrebende Arbeiterschicht, war es zu spät für einen Rückzieher.

Den Tag vergesse ich nie. Der arme, höfliche Enda, wie er mit meinen Eltern in deren winzigem Wohnzimmer saß und eine Teetasse auf seinen riesigen Knien balancierte und sich wahrscheinlich fragte, ob er Dad irgendwann mal verhaftet hatte.

Zwölf Jahre später lachen wir immer noch darüber. Vielmehr Karen und ich lachen darüber. Enda kann das auch heute noch nicht lustig finden.

»Aus dem Weg, Parvenü«, sagt Dad zu Karen.

»Warum sagst du ›Parvenü‹ zu ihr?«, fragt Clark. Er fragt das jedes Mal, kann sich aber offenbar die Antwort nicht merken.

»Ein Parvenü«, sagt Dad, »und ich zitiere hier aus dem Wörterbuch, ist jemand ›aus einfachen Verhältnissen, der schnell zu Wohlstand oder zu einer einflussreichen Position aufgestiegen ist. Ein Neureicher, ein Emporkömmling, ein sozialer Aufsteiger‹.«

»Das reicht«, sagt Mum mit schriller Stimme. »Kann ja sein, dass sie ein Parvenü ist, aber gerade ist sie die Einzige in dieser Familie, die Geld verdient! Jetzt setz dich in den Treppenlift.«

Ich werfe schnell einen Blick zu Karen hinüber, um mich zu vergewissern, dass sie wegen des »Parvenü«-Kommentars nicht sauer ist, aber nein. Sie beeindruckt mich immer wieder.

Sie hilft Dad in den Sitz. »Jetzt setz dich, du alter Snob.«

»Wie kann ich ein Snob sein?«, beschwert er sich. »Ich bin einer aus der Unterschicht.«

»Du bist eben ein umgekehrter Snob.« Dann legt sie mit einer großen Geste den Hebel um, und Dad schwebt nach oben.

Wir klatschen und rufen: »Juhu!«, und ich versuche so zu tun, als fände ich das nicht traurig.

Vor lauter Aufregung kommt Clark auf die Idee, sich bis auf die Haut auszuziehen und nackt auf der Straße zu tanzen.

Dad kehrt zu seinem angestammten Sessel zurück und nimmt sich wieder das Buch vor, und Mum, Karen und ich sitzen in der Küche und trinken Tee. Mathilde sitzt behaglich auf Karens Schoß.

»Hier, nimm dir einen Cupcake.« Mum legt eine Packung mit sechzehn in Zellophan verpackten Cupcakes auf den Tisch. Ich brauche die Zutatenliste gar nicht zu lesen, ich weiß auch so, dass sie keinerlei natürliche Nahrungsmittel enthalten und das Verfallsdatum der nächste Januar ist.

»Ich kann nicht glauben, dass du diesen Dreck isst«, sagt Karen.

»Tue ich aber.«

»Am Samstag kann man auf dem Markt in Ferrytown – der übrigens nur fünf Minuten Fußweg von hier ist – frische, selbst gemachte Cupcakes kaufen.«

»Wo ihr aufgewachsen seid, gab es auch keine frischen, selbst gemachten Kuchen.«

»Na toll.« Karen ist weise genug, keinen Streit vom Zaun zu brechen. Aber sie will bald gehen.

»Nimm dir einen.« Mum schiebt die Packung zu Karen hinüber.

»Nimm *du* dir doch einen«, sagt Karen und schiebt die Packung zurück.

Plötzlich sind die Cupcakes Stein des Anstoßes. Um die Situation etwas zu entspannen, sage ich: »Ich nehme einen.«

Ich esse fünf Stück. Aber sie schmecken mir nicht. Und das ist die Hauptsache.

»Sich mit dem großen Zeh des einen Fußes die Sohle des anderen kratzen zu können erscheint mir wie ein Wunder.«

Aus: *Gezwinkerte Gespräche*

Meine linke Hüfte fühlte sich an, als stünde sie in Flammen. Ich konnte die Uhr an der Schwesternstation sehen – einer der Vorzüge, wenn ich auf der linken Seite lag, auf der rechten Seite konnte ich nur die Wand anstarren –, und es würde noch vierundzwanzig Minuten dauern, bis jemand kam, um mich umzudrehen. Ich wurde alle drei Stunden umgedreht, damit ich mich nicht wund lag. Aber die letzte Stunde, bevor ich gedreht wurde, war inzwischen jedes Mal unbequem, dann schmerzhaft, dann sehr schmerzhaft.

Ich konnte es nur aushalten, wenn ich die Zeit in Einheiten von sieben Sekunden einteilte. Warum ich mich für sieben entschied, weiß ich nicht – vielleicht weil es eine ungerade Zahl war und sich nicht zu zehn oder sechzig multiplizieren ließ, sodass es interessant blieb. Manchmal vergingen vier oder fünf Minuten, ohne dass ich es bemerkte, und das war dann eine freudige Überraschung.

Seit dreiundzwanzig Tagen war ich auf der Intensivstation. Dreiundzwanzig Tage, seit mein Körper zusammengeklappt war und die Muskeln meiner Augenlider die einzigen waren, die noch funktionierten. Der Schock war – nach wie vor – unbeschreiblich.

Am ersten Abend schickte die Krankenschwester Ryan nach Hause. »Behalten Sie Ihr Telefon in der Nähe«, sagte sie.

»Ich bleibe hier«, sagte er.

»Wenn sich ihr Zustand verschlechtert, rufen wir Sie an und sagen Bescheid. Dann sollten Sie die Kinder mitbringen und ihre Eltern. Welcher Konfession gehört Stella an?«

»Keiner.«

»Sie müssen eine angeben.«

»Dann eben katholisch. Sie ist auf eine katholische Schule gegangen.«

»In Ordnung. Wir bestellen einen Priester, falls es nötig wird. Gehen Sie jetzt nach Hause. Sie können nicht bleiben. Das hier ist die Intensivstation. Gehen Sie nach Hause, versuchen Sie zu schlafen, behalten Sie das Telefon bei sich.«

Wie ein geprügelter Hund zog er von dannen, und ich blieb zurück und stürzte in eine surreale Horrorwelt, wo ich tausend Leben durchlebte. Eine Angst hatte mich gepackt, die schlimmer war als alles, was ich kannte: Es bestand die reale Möglichkeit, dass ich sterben würde. Ich spürte das in der Atmosphäre um mein Bett herum. Niemand wusste, was mir fehlte, aber es war klar, dass alle Körperfunktionen versagt hatten. Meine Lunge arbeitete nicht mehr. Und wenn meine Leber versagte? Und wenn – entsetzlicher Gedanke – mein Herz aufhörte zu schlagen?

Ich konzentrierte mich mit aller Macht darauf und feuerte es an weiterzuschlagen: *Nun mach schon. Los. So schwer kann das doch nicht sein!*

Es musste weiterschlagen, denn wenn es aufhörte, wer würde sich dann um Betsy und Jeffrey kümmern? Und was würde mit *mir* passieren? Wohin führte mein Weg? Plötzlich starrte ich in den Abgrund, es bestand die Wahrscheinlichkeit, erkannte ich, dass mein Leben hier enden würde. Ich war nie religiös gewesen, ich hatte nie über ein Leben nach dem Tod nachgedacht. Aber jetzt, da ich möglicherweise auf dem Weg dahin war, entdeckte ich, eigentlich ein bisschen spät, dass es mich wirklich interessierte.

Ich hätte einen Selbstverwirklichungskurs machen sollen, schalt ich mich. Ich hätte freundlicher zu den Menschen sein sollen. Ich meine, ich habe mir Mühe gegeben, aber ich hätte mehr tun sollen. Ich hätte zum Gottesdienst gehen und bei all dem Kram mitmachen sollen.

Wenn nun die Nonnen in der Schule doch recht hatten, und es gab wirklich eine Hölle? Als ich meine Sünden aufzählte – Sex vor der Ehe, Neid angesichts der Ferien, die mein Nachbar sich leisten konnte –, wurde mir klar, dass ich nichts zu erhoffen hatte. Ich würde meinem Schöpfer gegenübertreten und dann in die ewige Dunkelheit geschleudert werden.

Hätte ich vor Furcht wimmern können, hätte ich es getan. Ich wollte meine Angst herausweinen. Was hätte ich darum gegeben, wenn ich es noch einmal versuchen und ein paar Dinge richten dürfte.

Bitte, lieber Gott, lass mich nicht sterben. Lass mich leben, und ich werde eine bessere Mutter, eine bessere Ehefrau, ein besserer Mensch sein.

Dem, was die Schwestern an meinem Bett miteinander sprachen, entnahm ich, dass mein Herz viel zu schnell schlug. Das kam von meiner Angst. Es war gut, dass mein Herz schlug, aber es wäre nicht gut, wenn es zu einem Herzstillstand kam. Es wurde beschlossen, mir ein Beruhigungsmittel zu geben, aber es entspannte mich nicht, sondern verlangsamte meine Gedanken so sehr, dass ich meine ausweglose Lage nur umso klarer erkennen konnte.

Immer wieder dachte ich: *Das kann nicht wirklich passieren.*

Meine Angst wechselte zu hilfloser Wut: Ich war empört über meinen lahmgelegten Körper. Ich war es so sehr gewohnt, alles, was ich tun wollte, auch tun zu können, dass ich gar nicht darüber nachdachte – ich konnte eine Zeitschrift in die Hand nehmen, konnte mir die Haare aus dem Gesicht streichen, konnte husten. Sich mit dem großen Zeh des einen Fußes die Sohle des anderen kratzen zu können erschien mir plötzlich wie ein Wunder.

Mein Verstand verschickte Befehle an meinen Körper – *beweg dich, ich flehe dich an, beweg dich doch* –, aber er lag da wie ein Brett. Er war verstockt und respektlos und ... ja ... frech. Ich wütete und empörte mich und begehrte auf, aber ohne einen Muskel zu regen.

Ich hatte Angst einzuschlafen, weil ich dann vielleicht sterben würde. Die Lichter um mich herum brannten die ganze Zeit, und ich sah der Uhr zu, wie sie die ganze Nacht die Sekunden wegtickte. Endlich kam der Morgen, und ich wurde nach unten gebracht, wo eine Lumbalpunktion vorgenommen wurde, und *da* wünschte ich mir doch, ich würde sterben – noch jetzt wird mir bei der Erinnerung an den Schmerz ganz schlecht.

Doch dann kam die Diagnose: Man teilte mir mit, ich hätte das Guillain-Barré-Syndrom, eine erstaunlich seltene Autoimmunkrankheit, die das periphere Nervensystem angreift und die Myelinschicht der Nervenfasern zerstört. Keiner der Ärzte hatte je einen solchen Fall gesehen. »Eher gewinnen Sie im Lotto, als sich diese Krankheit zuzuziehen«, sagte Dr. Montgomery, der Chefarzt, ein rundlicher, eleganter Mann mit Silberhaaren, und lachte. »Wie haben Sie das nur hinbekommen?«

Niemand konnte sagen, was der Auslöser war, aber manchmal war es die Folge einer Nahrungsmittelvergiftung. »Vor fünf Monaten hatte sie einen Autounfall«, hörte ich Ryan zu dem Arzt sagen. »Könnte das die Ursache sein?«

Das glaubte Dr. Montgomery nicht.

Die Prognose war vorsichtig optimistisch: Das Syndrom war selten tödlich. Wenn ich keine Infektion bekam – wofür allerdings die Wahrscheinlichkeit sehr hoch war, denn im Krankenhaus bekam jeder eine Infektion; anscheinend hatte man bessere Chancen, gesund zu bleiben, wenn man täglich ein paar Liter Gangeswasser trank –, würde ich allmählich gesund werden und mich wieder bewegen und sprechen und ohne Beatmungsgerät atmen können.

Es sah so aus, als würde ich nicht sterben.

Aber niemand konnte sagen, wie lange es dauern würde. Bis sich die Myelinschicht der Nervenfasern neu gebildet hatte, würde ich gelähmt und stumm auf der Intensivstation bleiben müssen.

»Im Moment geht es darum, sie am Leben zu erhalten«, sagte Dr. Montgomery zu Ryan. »So ist es doch, Schwestern?«, rief er zu den Schwestern hinüber und klang – nach meinem Dafürhalten – unangemessen fröhlich. »Sorgt dafür, dass sie am Leben bleibt, Patsy!« Dann packte er Ryan am Arm. »Und Sie, kommen Sie mal her«, sagte er. »Gehen Sie bloß nicht nach Hause und gucken alles im Netz nach. Da wird lauter Unsinn verbreitet und den Leuten Angst eingejagt, und dann kommen sie aufgelöst hier an und erzählen, dass ihre Frau sterben und auf ewig gelähmt sein wird. Ich bin seit fünfzehn Jahren Chefarzt an dieser Klinik. Ich weiß mehr als das Internet, und ich sage Ihnen, sie wird wieder gesund. Mit der Zeit.«

»Gibt es keine Medikamente, um die Heilung zu beschleunigen?«, fragte Ryan.

»Nein«, sagte Dr. Montgomery und klang geradezu beschwingt. »Gibt es nicht.«

»Könnten Sie nicht irgendwelche Tests machen, damit man sieht, wie schlimm es ist ... und wie lange es dauern wird?«

»Hat die Ärmste nicht gerade eine Lumbalpunktion erdulden

müssen?« Er musterte mich. »Das war wohl kaum ein prickelndes Vergnügen, was?« Er wandte sich wieder Ryan zu. »Es bleibt Ihnen nichts anderes übrig, als abzuwarten. Etwas anderes gibt es nicht. Üben Sie sich in Geduld, Mr. Sweeney. Geduld sollte Ihre Devise sein. Vielleicht sollten Sie mit Fliegenfischen anfangen.«

Nach der Schule brachte Ryan die Kinder ins Krankenhaus. Ich betrachtete ihre Gesichter, während sie sich die Schläuche ansahen, die überall aus mir herauskamen. Betsys blaue Augen waren angsterstarrt, aber Jeffrey, der sich mit seinen vierzehn Jahren für alles Gruselige interessierte, schien fasziniert.

»Ich habe dir Zeitschriften mitgebracht«, sagte Betsy.

Aber ich konnte eine Zeitschrift nicht in der Hand halten. Ich sehnte mich nach Ablenkung, aber die war mir versagt, es sei denn, jemand las mir vor.

Ryan drehte meinen Kopf auf dem Kissen so, dass ich ihn ansehen konnte. »Wie fühlst du dich jetzt?«

Ich sah ihn an. *Gelähmt fühle ich mich. Und stumm.*

»Es tut mir leid«, sagte er. »Ich weiß nicht, wie ...«

»Mach es doch wie im Fernsehen«, sagte Jeffrey. »In diesem Film. Mit dem rechten Auge blinzeln bedeutet ja, mit dem linken nein.«

»Wir sind hier doch nicht bei den Pfadfindern!«, sagte Ryan.

»Ist das eine gute Idee, Mom?« Jeffrey brachte sein Gesicht in mein Blickfeld.

Also, eine andere Möglichkeit hatten wir nicht. Ich blinzelte mit dem rechten Auge.

»Volltreffer!«, rief Jeffrey. »Es funktioniert. Stell ihr eine Frage!«

Ryan sagte mit schwacher Stimme: »Das kann doch nicht dein Ernst sein. Aber gut. Stella, hast du Schmerzen?«

Ich blinzelte mit dem linken Auge.

»Nein? Das ist gut. Hast du Hunger?«

Wieder blinzelte ich mit dem linken Auge.

»Nein. Gut ...«

*Frag mich, ob ich Angst habe.* Aber das tat er nicht, weil er wusste, dass ich Angst hatte. Und er auch.

Jeffrey wandte sich gelangweilt ab und nahm sein Handy heraus. Sofort hörte man rennende Schritte, und eine Krankenschwester stürmte mit finsterer Miene herein. »Stell das aus!«, befahl sie ihm. »Handys sind auf der Intensivstation nicht erlaubt.«

»Was?«, fragte Jeffrey. »Keine Ausnahme?«

»Nein.«

Jeffrey sah mich an, und zum ersten Mal war da so etwas wie Mitgefühl. »Kein Handy. Mann ... Wo ist denn dein Fernseher? He«, rief er zu der Schwesternstation hinüber. »Wo ist der Fernseher meiner Mutter?«

»Sei doch mal leise«, sagte Ryan.

Die verärgerte Schwester kam wieder herein. »Es gibt kein Fernsehen. Wir sind hier auf der Intensivstation, nicht im Hotel. Und seien Sie leise, die Menschen hier sind sehr krank.«

»Nur keine künstliche Aufregung.«

»Jeffrey!«, zischte Ryan, und zu der Krankenschwester sagte er: »Es tut mir leid. Ihm tut es auch leid. Wir sind nur alle ... ganz verstört.«

»Sei still«, sagte Jeffrey. »Ich denke nach.« Er schien mit einer schwierigen Entscheidung zu ringen. »Okay.« Er hatte sich entschlossen. »Ich leihe dir meinen iPod. Nur für heute Abend ...«

»Keine iPods«, rief die Krankenschwester.

»Aber was sollst du denn machen?« Jeffrey war tief besorgt. Betsy, die seit ihrer Ankunft noch kein Wort gesprochen hatte, räusperte sich jetzt. »Mom, ich ... ich möchte gern mit dir beten.«

Was sollte das denn?

Mein Zustand war plötzlich irrelevant, und ich blitzte Ryan an. Seit einer Weile schon argwöhnten wir, dass Betsy sich der Religion zuwandte, so wie andere Eltern sich Sorgen machen, ihre Kinder könnten Drogen nehmen. An ihrer Schule gab es einen religiösen Jugendklub, der um Mitglieder warb. Er wandte sich an empfindsame Kinder, die von Agnostikern aufgezogen worden waren, und anscheinend war Betsy ihnen in die Fänge geraten.

Wenn ich still für mich betete, war dagegen nichts einzuwenden, aber laut mit Betsy zu beten, als wären wir Amerikaner aus dem Bible Belt, ging gar nicht. Ich blinzelte mit dem linken Auge – nein, nein, nein –, aber Betsy nahm meine reglose Hand und senkte den Kopf. »Lieber Gott, sieh auf diese arme Sünderin, meine Mom, und vergib ihr für alles Böse, das sie getan hat. Sie ist kein schlechter Mensch, nur schwach, und sie tut so, als würde sie zum Zumba gehen, obwohl sie nie in den Kurs geht, und sie kann ziemlich gemein sein, wenn sie mit Tante Karen und Tante Zoe zusammen ist, die ja nicht meine echte Tante ist, aber Moms beste Freundin, und wenn sie Rotwein trinken ...«

»Betsy, hör auf!«, sagte Ryan.

Plötzlich ertönte ein Signal und verbreitete Dringlichkeit. Es schien aus dem vierten Abteil neben meinem zu kommen und versetzte die Krankenschwestern in hektische Betriebsamkeit. Eine kam in mein Abteil und sagte zu Ryan: »Sie müssen sofort gehen.« Aber dann musste sie zu dem Notfall, und meine Besucher, die nichts verpassen wollten, blieben. Ich hörte, wie der Vorhang zugezogen wurde und laute Stimmen Befehle erteilten und Informationen weitergaben. Eine Frau im Arztkittel eilte herbei, hinter ihr zwei jüngere Männer, ebenfalls in Weiß.

Und dann – man konnte die Veränderung spüren – war der ganze Tumult vorbei. Nach ein paar Sekunden tiefer Stille hörte ich, wie jemand mit klarer Stimme sagte: »Todeszeitpunkt 17.47 Uhr.«

Im nächsten Moment wurde ein lebloser Körper in einem Bett an uns vorbeigerollt.

»Ist der Mann ... tot?« Betsys Augen waren tellergroß.

»Ein Toter«, sagte Jeffrey. »Cool.«

Er sah dem Bett hinterher, dann drehte er sich zu mir um, wie ich bewegungslos auf dem Bett lag, und das Leuchten in seinen Augen erlosch.

**14.17 Uhr**
Auf dem Weg von meinen Eltern nach Hause, in meinen schlecht sitzenden und der Jahreszeit unangemessenen Sachen, sehe ich, dass ein Anruf eingegangen ist. Mir wird ganz schummerig, als ich erkenne, von wem der Anruf ist. Er hat eine Nachricht hinterlassen.

Ich sollte sie mir nicht anhören. Ein klarer Schlussstrich, das hatte ich doch beschlossen, oder?

Mit zitternden Fingern drücke ich die Tasten.

Und dann seine Stimme. Nur ein Satz. »Ich vermisse dich.«

Stünde ich nicht mitten auf der Straße, würde ich laut losheulen.

Dass ich weine, fällt mir erst auf, als ich die interessierten Blicke der Autofahrer bemerke. Ich beeile mich, nach Hause zu kommen, und hoffe, keinen Bekannten zu begegnen.

Sobald ich die Tür fest hinter mir geschlossen habe, mache ich das, was ich seit – ich zähle zurück – seit zwei Monaten, drei Wochen und zwei Tagen mache: Ich blicke nach vorn.

Ich sehe mir Ryans Video wieder an. Seit ich es mir heute Morgen angesehen habe, ist es nicht wieder angeklickt worden, und nichts Neues ist hinzugefügt worden. Vielleicht kommen wir noch einmal davon.

Gut, jetzt muss ich die Sommersachen raussuchen. So schlecht ich mich auch fühle, bin ich doch froh, dass ich etwas vorhabe und nicht mit dem Schreiben weitermachen muss. Würde ich mit leerem Kopf vorm Bildschirm sitzen, würde das bloß meinen schrecklichen Gedanken Gelegenheit geben, auf mich einzustürmen. Ich nehme mir den Kleiderschrank im Gästezimmer vor und suche die Sommersachen heraus, die ich aus New York mitgebracht habe. Wie ordentlich ich sie aufgehängt habe! Kein Hinweis auf meine innere Anspannung beim Auspacken. Ich hatte erwartet, dass ich die Sachen achtlos auf Bügel gehängt und schief und krumm in den Schrank gestopft hätte und dass die Sandalen und Flipflops in einem wilden Haufen auf dem Schrankboden lägen. Stattdessen bietet sich ein Bild wie aus der Werbung für einen teuren italienischen Designerschrank. Ich kann mich nicht entsinnen, alles so ordentlich eingeräumt zu haben, aber es sieht aus, als hätte ich akzeptiert, dass ich jetzt hier wohne, dass dies mein Zuhause ist, vielleicht für immer.

Ich bin fassungslos: Ich habe nichts zum Anziehen. Meine Sommersachen aus New York passen mir nicht. Irgendwie muss ich in den letzten zwei Monaten zugenommen haben. Ich habe keine Ahnung, wie viel. Im Badezimmer steht eine Waage, aber auf die stelle ich mich bestimmt nicht. Außerdem ist das auch nicht nötig, schließlich habe ich den Beweis: Die Sachen passen mir nicht.

Meine Vorderseite ist schuld. Eine innere Stimme flüstert mir zu: *Mein Bauch.* Ich kann das Wort kaum denken. Dennoch muss ich unter Aufbietung aller Willenskraft dieser unerfreulichen Wahrheit ins Auge blicken: Ich habe einen Bauch. Einen dicken Bauch.

Ich habe immer gewusst, dass es einmal so weit kommen würde.

So, jetzt sind die Karten auf dem Tisch. Nachdem ich ihn

jahrelang mühsam im Zaum gehalten habe, ist mein Bauch jetzt auf Expansionskurs.

Ich zwinge mich vor den einzigen langen Spiegel im Haus. Es ist der Spiegel an der Innenseite der Kleiderschranktür im Gästezimmer, und jetzt fällt mir auch auf, dass ich mich seit meiner Rückkehr nach Irland nicht darin angesehen habe. Offensichtlich, weil meine zusätzliche Garderobe keine große Rolle spielte.

Aber nicht nur deshalb habe ich nicht gemerkt, dass ich dicker geworden bin. Ich durchlebe eine Phase der Selbstverleugnung und verdränge die Wahrheit: die Wahrheit über mich selbst, über mein Aussehen, über mein Dasein. Ich habe keinen Gedanken an meine Haare verschwendet, obwohl sie dringend geschnitten werden müssten. Meine Nägel sind rissig und zerbissen, obwohl Karen mir schon mehrmals eine Maniküre angeboten hat.

Ich habe einfach jeden Tag Stunde um Stunde zu bewältigen versucht, habe mich den Herausforderungen gestellt – Geld, Jeffrey. Das große Loch in meiner Mitte.

Ich habe alle Wahrnehmung ausgeschaltet. Das war nötig, um jeden einzelnen Tag zu überstehen.

Allerdings habe ich für jemanden, der seine Wahrnehmung ausgeschaltet hat, ziemlich viel gegessen.

Armer Jeffrey. Ich habe ihn beschuldigt, meine Sachen zu heiß getrocknet zu haben, sodass sie eingegangen sind, dabei war es die ganze Zeit meine Schuld.

Ich riskiere hier und da einen Blick. Nur kurz. Ich kann die unerquickliche Wahrheit nur portionsweise aufnehmen, in kleinen Einzelblicken. Bin ich das? Bin ich das wirklich? Ich sehe aus wie ein Ei auf Beinen. Ein *Bauch* auf Beinen.

In den letzten zwei Jahren habe ich meinen B... mit täglichem Joggen, Pilates und einer proteinreichen Ernährung zu zähmen versucht. Aber mein Leben mit Personal Trainerin und Privatköchin gibt es nicht mehr, stattdessen habe ich jetzt diesen ... Vorbau. Wenn ich das Wort nicht ausspreche, geht er vielleicht weg. Vielleicht möchte er beachtet werden, und wenn ich ihn ignoriere, verzieht er sich irgendwann und sucht sich eine andere Frau, die ihm ihre uneingeschränkte Aufmerksamkeit schenkt, indem sie die Wülste knetet und laut klagt, sich dann der Länge nach hinwirft und achtzehn hektische Liegestütze macht und anschließend im Internet forscht unter »Wie werde ich meinen Bauch in zwanzig Minuten los«.

Gut, ich werde ihn ignorieren. Ich mache weiter wie bisher. Nachdem ich das beschlossen habe, bin ich ruhiger.

Nur dass ich immer noch nichts anzuziehen habe.

Das macht mir Sorgen.

Ich werde mich davon nicht unterkriegen lassen! Ich bin ein positiver Mensch! Und ich gehe einkaufen!

Ich komme mit leeren Händen und zutiefst verunsichert nach Hause. Ich musste die schockierende Tatsache zur Kenntnis nehmen, dass es in den Geschäften nichts für eine Frau von einundvierzigeinviertel zu kaufen gibt. Für uns werden keine Sachen hergestellt. Meine Altersgruppe wird glatt übergangen.

Es gibt ärmellose Oberteile und figurbetonte Lurexkleider für die zwischen zwölf und neununddreißig. Es gibt pflegeleichte Hosen mit Elastikbund für die über Sechzigjährigen. Aber nichts für mich. Nichts, nichts. Nichts.

Ich wollte es nach Karens Vorbild mit 7/8-Hosen und einem gemusterten T-Shirt versuchen, aber darin sah ich aus wie ein pummeliger Schuljunge. Dann probierte ich ein Paar gut geschnittener Leinenhosen, betrachtete mich im Spiegel und fragte mich, wieso ich plötzlich meine Mutter vor mir sah. Entsetzlich!

Ich will nichts Übles über meine Mutter sagen. Sie sieht gut aus – für eine Frau von zweiundsiebzig. Aber ich bin erst einundvierzig und drei Monate, und so geht das nicht!

Plötzlich begreife ich, warum Designerklamotten so teuer sind. Weil sie besser geschnitten sind. Weil die Stoffe von einer besseren Qualität sind. Bisher dachte ich, man bezahle den höheren Preis aus einer Laune heraus und damit man eine Tragetasche von DKNY schwingen kann, bei dem Gedanken: »Ich hab's geschafft! Und der Beweis dafür ist, dass ich gerade zweihundert Dollar für einen einfachen schwarzen Rock ausgegeben habe, den man bei Zara für zehn bekommt.«

Steckt hinter diesem Mangel an Bekleidung für meine Generation eine Verschwörung? Damit wir zu Hause bleiben und unser unattraktives Altern vor den Augen der jugendfixierten Gesellschaft verborgen bleibt? Oder damit wir unser Geld fürs Fettabsaugen ausgeben?

Ich nehme mir fest vor, das zu ergründen. Auf dem Weg zum Parkplatz war ich noch schnell in einem Zeitungsladen und musste mich von den Titelblättern der Zeitschriften verspotten lassen, auf denen Frauen von sich behaupten: »Umwerfend mit vierzig!«

Vor einer dieser Zeitschriften blieb ich stehen. Ich kannte die Frau, die mich anstrahlte, ich war in New York Gast in ihrer Talkshow gewesen, und das kann ich verraten: »Umwerfend mit vierzig« ist glatt gelogen. Sie hat sich ihr Gesicht aufpolstern lassen. Sie ist ständig geistig umnebelt, weil sie chronischen Hunger hat. Außerdem ist sie nicht vierzig, sondern sechsunddreißig – raffiniert wie sie ist, hat sie sich mit dem Markt der betuchten über Vierzigjährigen gemein gemacht und gibt sich als schlankes, jugendlich wirkendes Vorbild aus. Mit jedem Lächeln, jeder Geste vermittelt sie: *Ich bin eine von euch.* Aber ihre riesige Gefolgschaft wird niemals aussehen wie sie, auch wenn sie Stücke aus ihrer Designerkollektion kauft. Trotzdem werden die Frauen es versuchen. Und wenn es ihnen nicht gelingt, suchen sie bei sich selbst die Schuld.

»Wenn dein Weg dich durch die Hölle führt,
geh ihn einfach weiter.«

Aus: *Gezwinkerte Gespräche*

Die meisten Menschen auf der Intensivstation sind vorbildliche Patienten. Der Grund dafür ist, dass sie im Koma liegen. Außerdem sind sie nur kurz da – entweder sterben sie, oder ihr Zustand verbessert sich, und sie werden auf eine andere Station verlegt. Aber meine Situation war ungewöhnlich, weil ich ziemlich lange da war, und darauf waren die Krankenschwestern nicht eingestellt. Sie sprachen nicht mit mir, weil sie es nicht gewöhnt waren, mit den Patienten zu sprechen. Und warum sollten sie auch, ich konnte ja doch nicht antworten.

Wenn sie mich drehten oder mir einen Beutel mit Flüssignahrung anlegten, taten sie das so, als wäre ich bewusstlos. Wenn ein Schlauch sich löste, steckten sie ihn so grob wieder in die Öffnung, als wäre es ein Stecker in der Steckdose. Manchmal fiel ihnen mittendrin ein, dass ich alles mitbekam, und dann entschuldigten sie sich. Aber das waren die einzigen Momente, dass jemand mit mir sprach, und ich war so einsam, dass ich darüber fast wahnsinnig wurde.

Es gab nichts, womit ich mich ablenken konnte – kein Telefon, kein Facebook, keine Bücher, kein Essen, keine Musik, keine Gespräche, nichts. Von Natur aus bin ich ein gesprächiger Mensch, und wenn mir etwas in den Sinn kommt, will ich gleich damit rausplatzen. Aber jetzt gingen mir meine Gedanken, Tausende von unausgesprochenen Gedanken, im

Kopf herum und prallten von der Schädelwand zurück wie die Kugel bei einem Flipperautomaten. Ich durfte zweimal am Tag Besuch haben, jedes Mal nur eine mickrige Viertelstunde lang. Die restliche Zeit war ich in meinem Kopf eingeschlossen und machte mir unaufhörlich Sorgen. Für Betsy und Jeffrey gab es ein improvisiertes System, aber jeder Tag brachte irgendwelche Schwierigkeiten: Mum arbeitete in wechselnden Schichten in einem Seniorenheim, Karen war ein Workaholic – Ryan ebenfalls, fällt mir da ein –, und Dads Rücken konnte ihn jeden Moment im Stich lassen.

Außerdem machte ich mir Sorgen ums Geld. Zwar verdiente Ryan sehr gut, aber wir hatten riesige Unkosten und brauchten mein Einkommen aus dem Kosmetiksalon.

Und obwohl wir eine Krankenversicherung hatten, war der Vertrag voller Vorbehalte, Ausnahmen und Sonderbedingungen. Als ich ihn abschloss, hatte ich mir alle erdenkliche Mühe gegeben, die einzelnen Klauseln zu verstehen, aber es ging mir in erster Linie darum, dass die Kinder krankenversichert waren. An Ryan und mich hatte ich weniger gedacht.

Aber schlimmer als alle Geldnöte waren meine Sorgen um Betsys und Jeffreys Seelenheil – immer wenn sie hereingeschlichen kamen, sah ich die Angst in ihren Augen. Welche Folgen würde dieses Trauma für sie haben?

Ryan und ich strengten uns mächtig an, gute Eltern zu sein – wir ermöglichten den Kindern eine teure Schule und lauter außerschulische Aktivitäten –, aber diese Erfahrung würde Spuren bei ihnen hinterlassen. Wie auch nicht?

Meine Schuldgefühle gegenüber Mum und Dad waren fast genauso schlimm. Ich war erwachsen, sie hatten ihre Aufgabe als Eltern erfüllt, und jetzt machte ich ihnen das Leben schwer. Wenn sie zu Besuch kamen, war es mir beinahe unerträglich – Mum nahm meine Hand und weinte leise vor sich hin, und

Dad biss die Zähne zusammen und starrte auf den Fußboden. Das Einzige, was Dad in der Zeit zu mir sagte, war der Satz: »Wenn dein Weg dich durch die Hölle führt, geh ihn einfach weiter.«

Hin und wieder traten die Sorgen in den Hintergrund, und dann dachte ich verwundert über mein früheres Leben nach. Wie gut ich es gehabt hatte – zum Beispiel, wenn ich beim Autofahren Rosinen aus einer Tüte aß, die ich auf dem Fußboden gefunden hatte, und Betsy gute Ratschläge für ihre Oboenstunden erteilte und beschloss, dass ich keine Lust hatte, zum Zumba zu gehen – so viele verschiedene Aktivitäten auf einmal, und alle Muskeln in meinem Körper machten mit.

Und jetzt lag ich da, von Kopf bis Fuß gelähmt. Nicht einmal gähnen konnte ich. Ich wäre bereit gewesen, zehn Jahre meines Lebens zu geben, wenn ich mir die Socken hätte anziehen können. Ich nahm mir fest vor, dass ich, sollte ich je gesund werden, jede einzelne Bewegung als kleines Wunder betrachten würde.

Überhaupt – würde ich gesund werden? Es gab Momente – wahrscheinlich eine Million Mal am Tag –, in denen ich überzeugt war, dass ich für immer in meinen nutzlosen Körper eingeschlossen bleiben würde.

Ich versuchte, meine Gliedmaßen zu bewegen. Ich konzentrierte mich auf bestimmte Muskeln, so intensiv, bis ich dachte, mir würde der Kopf platzen, aber nichts geschah. Ganz offensichtlich gab es keine Verbesserung. Aber wenigstens auch keine Verschlechterung – ich hatte schreckliche Angst, dass meine Augen sich schließen würden und diese kleine Möglichkeit der Kommunikation mir genommen würde, aber das geschah nicht.

Trotzdem fand ich es schwer, die Hoffnung nicht zu verlieren. Ryan gab sich große Mühe, optimistisch zu bleiben – er war geradezu heldenhaft –, aber er wusste auch nicht mehr als ich.

Als meine Diagnose bekannt wurde, rief sie unter Freunden und Bekannten einige Aufregung hervor. Die Möglichkeit, dass ich sterben konnte, machte es nur noch spannender. Ryan berichtete, »alle« wollten eine Erlaubnis, mich zu besuchen, und Dutzende von Bekannten schickten Blumen, obwohl Ryan ihnen gesagt hatte, dass auf der Intensivstation Blumen nicht erlaubt waren. Kerzen wurden mir zu Ehren angezündet, ich wurde in Gebete eingeschlossen ... Aber die Tage vergingen, und ich starb nicht, und schließlich wurde ich als »stabil« eingestuft, worauf meine Anhängerschar sich umgehend von mir abwandte. Sogar in meinem Bett im Krankenhaus konnte ich ihre Abkehr spüren. »Stabil« ist mit die langweiligste aller medizinischen Einschätzungen, nur »den Umständen entsprechend« ist schlimmer. Am besten gefällt es den Menschen, wenn etwas »kritisch« ist. »Kritisch« heißt, dass die Mütter mit vor Schreck weit aufgerissenen Augen vor der Schule zusammenstehen und in weisem Ton sagen: »Das hätte jeder von uns zustoßen können ... wäre das Schicksal uns nicht gnädig gewesen.«

Aber »stabil«? Das bedeutet, wenn man Aufregung will, hat man auf das falsche Pferd gesetzt.

Mittlerweile waren über drei Wochen vergangen – ich kam mir vor wie eine Gefangene, die Striche in die Zellenwand ritzt. Das Vergehen der Zeit wahrzunehmen war mein letzter Rest an Kontrolle. Ich sah wieder auf die Uhr – immer noch achtundzwanzig Minuten, bevor ich gedreht würde, und meine Hüfte stand in Flammen. Ich hielt das nicht aus. Ich würde den Verstand verlieren. Aber dann vergingen weitere sieben Sekunden, und ich wurde nicht verrückt.

*Wie wird man verrückt?*, fragte ich mich. Das ist doch eine sinnvolle Fähigkeit, die man den Kindern in der Schule beibringen sollte. Es wäre doch sehr nützlich, einfach den Verstand zu verlieren, wenn einem die Dinge über den Kopf wuchsen.

Ich konnte den roten Knopf sehen, mit dem man die Schwester rufen konnte, er war keinen Meter von meinem Gesicht entfernt. Ich befahl meinem Kopf, auf dem Kissen entlangzurutschen. Ich nahm alle meine Kräfte in meinem Körper zusammen, um an ihn heranzukommen. Ich konnte das schaffen. Wenn ich es wirklich wollte, würde es mir gelingen. Sagte man uns nicht fortwährend, dass es auf der ganzen Welt keine größere Kraft als den menschlichen Willen gab? Ich dachte an die Geschichten, die ich als Kind in den *Reader's Digest*-Heften meines Vaters gelesen hatte – erstaunliche Geschichten von Frauen, die in der Lage waren, einen Jeep mit einer Hand hochzuheben, um ihrem Kind das Leben zu retten, oder Männer, die ihre verletzte Frau vierzig Kilometer durch unwirtliches Gelände auf dem Rücken trugen. Ich wollte doch nur den kleinen Notrufknopf mit meinem Kopf drücken.

Aber trotz aller inwendigen Anstrengungen geschah nichts. Etwas wirklich unbedingt zu wollen war noch keine Garantie, dass es passieren würde – in dem Punkt hatte ich mich von *X-Factor* in die Irre führen lassen. Ja, ich wollte meinen Kopf bewegen. Ja, ich war fest entschlossen. Ja, ich war zu jeder Anstrengung bereit. Aber es reichte einfach nicht.

Wenn nur eine der Krankenschwestern, die an meinem Bett vorbeigingen, mich ansehen würde. Sie müssten doch an meinen Augen erkennen, dass ich höllische Schmerzen hatte. Aber sie kamen nicht einfach mal so vorbei. Die Maschinen regelten alles, und die Krankenschwestern kamen nur, wenn es irgendwo anfing zu piepen. Ich war die Einzige, die mir in dieser Situation helfen konnte. *Halte durch, Stella,* sagte ich mir, *halte durch.*

Ich hörte das Brummen des Beatmungsgeräts, und ich zählte bis sieben, ich zählte wieder bis sieben, ich tat so, als gehörte die Hüfte nicht mir, und ich sah nicht mehr auf die Uhr und zählte und zählte und ... jetzt kamen zwei Krankenschwestern! Es war so weit! »Nimm du das obere Ende«, sagte die eine. »Vorsicht mit dem Beatmungsgerät.«

Ich wurde hochgenommen, der Schmerz hörte auf, unendliche Erleichterung durchflutete mich. Ich fühlte mich berauscht, freudetrunken, als schwebte ich. Die Schwestern legten mich auf die rechte Seite und richteten die Schläuche. »Wir sehen uns in drei Stunden«, sagte die eine und sah mir in die Augen. Ich erwiderte den Blick, so unendlich dankbar für den menschlichen Kontakt.

Kaum waren sie gegangen, stieg eine Todesangst in mir auf. Sie war immer dann am schlimmsten, wenn jemand gerade gegangen war. Ich wusste nicht, ob ich um einen Priester bitten sollte, der meine Seele reinigen würde. Aber selbst wenn ich hätte fragen können, vermutete ich, dass Gottes Regeln nicht so einfach waren. Was immer ich in meinem Leben getan hatte – und manchmal schienen mir meine Vergehen nicht so schlimm, dann wieder sehr schlimm –, es war jetzt zu spät, um so leicht Vergebung zu bekommen.

Früher war meine größte Angst, dass meinen Kindern etwas zustoßen könnte, aber jetzt der Möglichkeit meines eigenen Todes gegenüberzustehen war – und ich war von meinem Egoismus überrascht – noch furchterregender.

Jetzt kamen Ryan, Betsy und Jeffrey! Einer nach dem anderen gaben sie mir einen Kuss auf die Stirn und traten dann hastig zurück, aus Angst, meine Schläuche würden sich lösen, und stießen dabei gegeneinander. Beklommen erzählten die Kinder ihre »Neuigkeiten«, die sich seit ihrem Besuch am Vortag ereignet hatten.

»O Mann!«, sagte Betsy mit schlecht gespielter Überraschung. »Weißt du schon das Neueste? Amber und Logan machen Schluss!« Amber war Betsys beste Freundin, Logan war Ambers Freund. Aber vielleicht nicht mehr ...

*Erzähl!* Ich versuchte, ihr ermutigende Blicke zuzusenden. *Erzähl's mir, Schatz. Ich freue mich über jeden Klatsch. Und ich bin sehr dankbar, dass du das mit dem Beten wieder lässt.*

»Ja! Also, sie hatten ein wichtiges Gespräch und so, und Logan hat gesagt, sein Gefühl sage ihm, er würde Amber hemmen. In ihrer persönlichen Entwicklung. Eigentlich wollte er nicht mit ihr Schluss machen, aber er glaubt, es ist besser so.«

Meine Güte, wie ernst sie waren, die Kinder dieser Generation ...

... allerdings wäre ich mir nicht so sicher, was Logans edle Absichten anging.

»Und Amber, also, sie ist absolut fertig. Aber irgendwie ist es süß, dass Logan so reif ist ...«

Jeffrey, der die Geschichte von Amber und Logan offensichtlich nicht so spannend fand, fuhr dazwischen: »Gestern haben wir *The Apprentice* gesehen. Das war echt cool.«

Oje! Was ist mit ihren Hausaufgaben? Ich hatte immer streng darauf geachtet, dass sie ihre Hausaufgaben machten, und befürchtete jetzt, dass Ryan zu nachlässig war und nicht aufpasste, während ich machtlos im Bett lag.

»Sie brauchten was Schönes.« Ryan klang schuldbewusst.

*Ja, schon ...*

Man würde denken, dass solche Sachen keine Rolle spielen, die kleinen Dinge des Lebens, wenn man jeden Tag Angst davor hat, zu sterben und in die Hölle zu kommen, aber so ist das nun mal.

Um von seiner Nachlässigkeit abzulenken, nahm Ryan mein Krankenblatt. »Hier steht, du hast eine ruhige Nacht gehabt.«

Das stimmte nicht – man konnte unmöglich gut schlafen, mit all den Lichtern, die auf der Intensivstation die ganze Nacht brannten, außerdem wachte ich von der schmerzenden Hüfte immer wieder auf, und alle drei Stunden wurde ich umgedreht, auch in der Nacht.

»Amber sagt, die Trennung ist eine gute Sache. Sie wird ihre Verbindung stärken. Aber Mom, kann ich dich mal was fragen? Bin ich ein schlechter Mensch, weil ...«

*Sag's ruhig! Sag's!*

»... weil ich glaube, dass Logan nur mit anderen Mädchen rummachen möchte?«

*Das denke ich auch. Erinnere dich doch nur an letzten Sommer!*

»Ich muss nämlich an den letzten Sommer denken ... an das Mädchen letzten Sommer.«

*Ja! Das Mädchen, das auf dem Fischerboot arbeitete?*

»Klar ist es nicht nett, ein Mädchen als Schlampe zu bezeichnen, Mom, du brauchst nicht zu schimpfen – ach, das kannst du ja gar nicht –, aber irgendwie war sie eine richtige Schlampe.«

Betsy war ein schönes Mädchen, mit langen Gliedmaßen und einer wilden blonden Lockenmähne – sie hatte von mir und Ryan das Beste mitbekommen –, aber sie pflegte einen Look, der betont unsexy war. Sie trug wadenlange weite Schürzenkleider und unförmige Pullover, worüber Karen verächtlich sagte: »Sie sieht aus wie eine Bäuerin auf einem Einsiedlerhof im neunzehnten Jahrhundert.«

»Ich weiß, dass Logan gesagt hat, er hätte dem Mädchen nur geholfen, als es sich in dem Fischernetz verheddert hat«, sagte Betsy, »aber ...«

*Keine Sekunde habe ich das geglaubt.*

»Irgendwie dachte ich, das ist gelogen. Und gestern Abend hat Amber Logan nachspioniert.«

Meine Güte! Eine echte Seifenoper.

»Also, nicht so richtig nachspioniert, aber sie hat vor seinem Haus gewartet. Und sie hat gesagt, die Schlampe wäre aus einem Auto ausgestiegen und ...«

»Die Viertelstunde ist vorbei.« Eine Krankenschwester stand an meinem Fußende.

Was? Jetzt schon? Nein! Ich musste das von der Schlampe zu Ende hören! Ich hätte vor Enttäuschung geweint, wenn meine Tränenkanäle funktioniert hätten.

»Ich will nicht gehen«, sagte Jeffrey und klang plötzlich jung und verletzlich.

»Aber du musst«, sagte die Krankenschwester. »Die Patientin braucht Ruhe.«

»Mom, wann wirst du wieder gesund?«, fragte Jeffrey. »Wann kommst du nach Hause?«

Ich sah ihn an. *Es tut mir leid. Es tut mir leid. Es tut mir so leid.*

»Bald«, sagte Ryan mit gespielter Zuversicht. »Sie wird bald gesund.«

Und wenn nicht? Wenn ich immer in diesem Zustand blieb?

Ryan beugte sich über mich und strich mir die Haare aus dem Gesicht. »Halte durch«, sagte er leise und sah mir in die Augen. »Halte einfach durch. Du tust es für mich, ich tue es für dich, und wir beide tun es wegen der Kinder.« Einen Moment lang fühlten wir uns einander sehr nah, dann trat er zurück.

»Jetzt kommt«, sagte er. »Gehen wir.«

Sie trollten sich, und ich war wieder allein. Die Uhr konnte ich nicht sehen, aber ich rechnete aus, dass es noch zwei Stunden und einundvierzig Minuten dauerte, bis ich wieder umgedreht wurde.

**17.17 Uhr**
Ich eile ins Haus und möchte meine unglückselige Einkaufstour möglichst schnell vergessen. Jeffrey ist da, und mein Herz hüpft vor Freude, als ich ihn sehe. Obwohl er so verstockt mir gegenüber ist, liebe ich ihn mit einer Zärtlichkeit, die an Schmerz grenzt.

»Entschuldige bitte«, sage ich.

»Weshalb?«

»Du bist nicht schuld, dass meine Sachen mir nicht mehr passen.«

Er sieht mich erschrocken an. »Warst du eigentlich immer schon so neben der Spur?«

Ich will ihn gerade für diese Beleidigung ordentlich zusammenstauchen, da klingelt mein Telefon. Es ist Zoe. Ich zögere einen Moment – ich fühle mich ihr nicht gewachsen –, aber vielleicht ruft sie an, um das Treffen unserer Verbitterte-Frauen-Lesegruppe abzusagen. Außerdem ist sie meine beste Freundin, also gehe ich selbstverständlich dran. »Zoe?«

»Du wirst nicht glauben, was der Lump jetzt wieder gemacht hat.«

Ich brauche nicht zu fragen, wer der Lump ist – es ist Brendan, ihr Ex.

»Er sollte seine Töchter um fünf Uhr abholen, und er ist nirgendwo in Sicht, und – ja, da hast du recht! Wie viel Uhr ist es jetzt? Zwanzig nach! Wenn er mich wie Dreck behandelt, ist das eine Sache, aber sein eigen Fleisch und Blut – ach, da kommt er gerade, der Mistbock. Großer Gott, wenn du ihn sehen könntest, in einer zitronengelben hautengen Jeans. Glaubt wohl, er ist siebzehn! Hör zu, komm, so früh du kannst. Bitte. Ich habe schon mal mit dem Wein angefangen.«

Sie hängt unvermittelt auf, und ich fühle mich gehetzt, fast verschreckt.

»Vielleicht brauchst du eine neue beste Freundin«, sagt Jeffrey.

Für den Bruchteil einer Sekunde bin ich mit ihm einer Meinung, dann besinne ich mich.

»Quatsch«, sage ich. »Sie ist schon immer meine beste Freundin.«

Zoe und ich sind zusammen zur Schule gegangen. Als Teenager haben wir die Jungen untereinander getauscht – zum Beispiel war Ryan ihr Freund, bevor er meiner war –, und als wir erwachsen waren und geheiratet haben, waren unsere Ehemänner gute Freunde. Wir haben unsere Kinder fast zur gleichen Zeit bekommen und sind oft zusammen verreist. Zoe und ich würden unser Leben lang Freundinnen sein.

Auch wenn ich es zurzeit eher schwierig fand.

Brendan war an allem schuld, dachte ich finster. Er und Zoe waren glücklich verheiratet gewesen, bis er vor vier Jahren alles kaputt gemacht hatte, weil er mit einer Frau aus dem Büro schlief. Das hatte heftige Nachwirkungen. Zoe sagte, vorausgesetzt er verspreche, dass er nie wieder etwas mit der Frau zu tun haben würde, könne er zurückkommen, aber Brendan hatte zu aller Entsetzen verkündet, es sei ihm gleichgültig, er *wolle* gar nicht zurückkommen, vielen Dank.

Wir dachten, dies wäre Zoes Ende, und sie würde zusammenbrechen, und nur die Hülle der früheren fröhlichen Zoe würde übrig bleiben. Aber wir hatten uns getäuscht: Brendans Betrug bewirkte eine Verwandlung, und keine zum Guten.

Gelegentlich kommt es vor, dass eine normale Frau aus heiterem Himmel mit Bodybuilding anfängt. Den anderen Frauen genügt es, mit rosa Kinderhanteln zu trainieren, aber diese eine Frau mischt sich plötzlich proteinhaltige Getränke und zieht sich von ihren Freunden und Bekannten zurück. Dann fängt sie an, Steroide zu nehmen und bei Wettbewerben mitzumachen und sich im Sonnenstudio mahagonibraun zu bräunen. Ihr Körper verändert sich – ihre Brüste werden zu Muskeln, ihre Arme pumpen sich auf und sind von Adern durchzogen. Sie geht jeden Tag ins Fitnessstudio, hebt laut stöhnend Gewichte und widmet sich mit Leib und Seele dieser neuen Version von sich.

Genau das hat Zoe mit ihrer Persönlichkeit gemacht. Sie hat sich neu gestaltet und geformt, bis sie nicht wiederzuerkennen war. Dabei war sie so fröhlich, so lustig …

»Und?«, sagt Jeffrey trocken. »Die Verbitterte-Frauen-Lesegruppe trifft sich heute Abend?«

Ich beiße mir fast die Unterlippe blutig, während ich verschiedene Gedankengänge ausprobiere, die aber alle blockiert sind, dann fauche ich Jeffrey mit plötzlich aufflammender Wut an: »Wer sonst hat eine Lesegruppe am Samstag?« Lesegruppen sind für unter der Woche, damit man eine Entschuldigung hat, am Dienstag eine Flasche Wein zu leeren!

»Die erste Regel der Verbitterte-Frauen-Lesegruppe ist, dass niemand über die Verbitterte-Frauen-Lesegruppe spricht«, sagt Jeffrey.

Falsch: Die erste Regel der Verbitterte-Frauen-Lesegruppe ist, dass alle so viel Rotwein trinken, bis ihre Lippen rissig werden und ihre Zähne schwarz.

»Zweite Regel«, sagt er. »Alle Männer sind Arschlöcher.«
Richtig.
»Dritte Regel: Alle Männer sind Arschlöcher.«
Auch richtig.
»Und ...?«, frage ich. »Wie fandest du das Buch?«
»Mom.« Er windet sich unbehaglich.
»Du hast es nicht gelesen!«, fahre ich ihn an. »Ich bitte dich nie um etwas. Ich bitte dich lediglich darum, ein Buch zu lesen, und ...«
»Mom, du bist doch in der Gruppe, nicht ich. Du sollst die Bücher doch gern lesen ...«
»Wie kann man die Bücher der Verbitterte-Frauen-Lesegruppe gern lesen?«
»Vielleicht solltest du da lieber austreten.«

Ich muss mich heute Abend betrinken. Richtig volllaufen lassen. Normalerweise trinke ich nicht viel, aber wenn ich heute Abend nicht trinke, werde ich es nicht überstehen. Das Auto zu nehmen steht deshalb außer Frage. Das trifft auch auf öffentliche Verkehrsmittel zu – seit der Trennung lebt Zoe weit weg, in einem entlegenen Vorort, wo Busse dasselbe Befremden hervorrufen wie eine Sonnenfinsternis im Mittelalter. (Während ihrer Ehe wohnte sie mitten im Herzen von Ferrytown, in unmittelbarer Nachbarschaft aller Einrichtungen, und ihr derzeitiges Exil in einem Vorort im fernen Westen Dublins ist ein weiterer Grund für ihre Verbitterung.)

»Abendessen mit Freunden?«, fragt der Taxifahrer.
»Lesegruppe.«
»Am Samstagabend?«
»Ich weiß.«
»Wahrscheinlich werden Sie ein paar Gläschen trinken?«

Ich werfe einen Blick auf meine Flasche Rotwein. »Ja.«

»Welches Buch besprechen Sie?«

»Ein französisches. Der Titel ist *Sie kam und blieb*. Von Simone de Beauvoir. Ich habe es im Schnelldurchlauf gelesen, aber es ist sehr traurig. Es ist autobiografisch. Simone de Beauvoir und Jean-Paul Sartre, die haben wirklich gelebt, das waren Schriftsteller ...«

»Ich weiß, wer sie sind.« Er klingt verärgert. »Existenzialisten.«

»Sie hatten eine offene Beziehung.«

»Unmoralisch.« Er schnalzt mit der Zunge. »Franzosen eben.«

»Dann lernen sie eine Frau kennen ...« Wie kann ich *Ménage à trois* höflich ausdrücken? »Sie freunden sich mit ihr an. Und dann zerstört diese Frau ihre Beziehung.«

»Das hat man dann davon. Es spricht viel dafür, die Regeln einzuhalten. Wohin fahren wir eigentlich?«

»Die nächste links. Und dann die nächste rechts. Und die zweite links.« Wir sind in Zoes riesiger Siedlung mit lauter identischen Häusern. »Hier bis zum Ende und links, dann scharf rechts, ja, fahren Sie weiter. Zweite links, wieder links. Jetzt rechts. Links. Weiter. Einfach weiter, wir sind gleich da.«

»Mein Navi kommt überhaupt nicht mehr klar.«

»Links. Am Ende links. Dann wieder rechts und ... wenn Sie hier halten.«

Ich bezahle den Fahrer, und er macht ein verzagtes Gesicht. »Ich werde hier nie wieder rausfinden.«

Plötzlich wird mir bewusst, wie sehr ich in diesem Vorortstraßengefängnis festsitze. Ich habe das Gefühl, mein Blick ist aus meinem Kopf in große Höhe geschnellt, aus dem Gewirr der kleinen Straßen, den dicken Strängen der Autobahnen, dem Patchworkmuster von Dublin, der irischen Küste, der Landmasse Europas hinaus, bis ins All. Ich bin winzig und sitze fest und habe Angst, und ich sage spontan: »Holen Sie mich in eineinhalb Stunden wieder ab.«

»Sie können nicht nach eineinhalb Stunden schon wieder gehen.« Er sieht mich erstaunt an. »Schon aus Höflichkeit müssen Sie zweieinviertel Stunden bleiben.«

Ich zögere.

»Es gehört sich einfach so.«

»Also gut, meinetwegen. Zweieinviertel Stunden. Vielleicht betrinke ich mich«, sage ich noch. »Ich werde nicht laut, aber vielleicht bin ich rührselig. Machen Sie sich bitte nicht über mich lustig.«

»Warum sollte ich mich über Sie lustig machen? So einer bin ich nicht. Ich kann Ihnen sagen, dass ich in meinem Freundeskreis wohlgelitten bin. Ich habe den Ruf – den wohlverdienten Ruf, wie ich hinzufügen möchte –, ein höflicher Mensch zu sein. Tiere suchen spontan meine Nähe und ... oh, Ihre Freundin erwartet Sie schon.«

Zoe macht die Haustür auf, und nach den schwarzen Zähnen und dem wilden Haar zu urteilen hat sie bereits schwer einen sitzen.

»Willkommen«, grölt sie, »in der Verbitterte-Frauen-Lesegruppe!«

Ich eile zu ihr.

»Sieh ihn dir an. So ein Scheißkerl«, sagt sie und sieht dem Taxifahrer nach. »Dieser schamlose Blick. Hast du das gesehen? Dabei trägt er einen Ehering. Drecksack.«

»Bin ich die Erste?« Ich betrete ihr Wohnzimmer.

»Die Einzige.«

»Wie bitte?«

»Ja! Diese Weiber. Alle haben abgesagt. Deirdre hat eine Verabredung. Mit einem *Mann*. Jawohl. Lässt uns einfach sitzen!« Sie will mit den Fingern schnalzen, aber das klappt nicht. »Die blöde Kuh.«

»Und Elsa? Wo ist die? Hast du mal ein Glas für mich?« Meine Flasche hat zum Glück einen Schraubverschluss. Ich muss sofort etwas trinken. Ich wünschte, ich hätte schon im Taxi angefangen.

»Elsas Mutter ist von der Leiter gefallen und hat sich das Schlüsselbein gebrochen, deshalb ist Elsa ...«, Zoe macht eine Pause und schleudert die nächsten Worte mit schneidendem Sarkasmus hervor, »in der Notaufnahme.«

»Meine Güte, das ist ja schrecklich.« Ich gieße mir Wein ein. Ich gieße Wein ein und trinke ihn und bin froh.

»Ja. Was für ein günstiger Zeitpunkt. Dass ihre Mutter sich das Schlüsselbein am Abend unserer Lesegruppe bricht.«

»Ich glaube kaum, dass ihre Mutter sich absichtlich das Schlüsselbein gebrochen hat. ... Und wo ist Belen?«

»Erwähne diesen Namen nicht in meinem Haus. Für mich ist die gestorben.«

»Warum?«

Sie legt die Finger auf die Lippen. »Psst. Geheim. Ein andermal. Gibt's was Neues?«

Es gibt reichlich Neues – dass die irische Wirtschaft zaghafte Anzeichen von neuem Wachstum zeigt, dass Wissenschaftler Knochenkrebs bei Mäusen erfolgreich behandelt haben, ich könnte ihr sogar von Ryans verrückter Kunstidee erzählen. Aber Zoe interessiert sich ausschließlich für Trennungen – sie sind ihr Lebenselixier. Am liebsten sind ihr die Trennungsgeschichten von Menschen, die sie kennt, aber Berühmtheiten interessieren sie auch.

»Eigentlich nicht«, sage ich bedauernd.

»Ist Ryan immer noch solo?«

»Ja.«

»Aber nicht mehr lange, hab ich recht? Nicht mehr lange, bis eine unbedarfte Neunzehnjährige mit Barbiegrips auf seinen zerquälten Künstlerscheiß reinfällt. Also. Wie fandest du das Buch?«

»Na ja.« Ich atme tief ein und versuche mich zusammenzureißen. Ich bin hier, wir haben unseren Lesegruppenabend. Ich habe wenigstens versucht, das Buch zu lesen, dann kann ich auch jetzt etwas darüber sagen. »Ich weiß, es sind Franzosen, und Franzosen sind anders als wir, sie finden Ehebruch nicht so schlimm, aber es war sehr traurig.«

»Sie war eine echte Schlampe, diese Xavière.«

Ich würde ihr gern zustimmen, aber das geht bei einem Lesegruppentreffen nicht – man muss über das Buch *diskutieren*. Deswegen sage ich, wenn auch etwas matt: »War es wirklich so einfach?«

»Wie meinst du das? Die beiden waren doch glücklich, Françoise und Pierre. Und sie haben sich mit Xavière angefreundet!«

Ich bin von Zoes heftiger Reaktion überrascht und sage: »Aber hatten die beiden denn Schuld?«

»*Sie* war schuld. Françoise.«

Ich schlucke. »Ich finde es, glaube ich, nicht fair, Françoise vorzuwerfen, dass Pierre sich in Xavière verliebt hat.«

Zoe starrt mich an. »Das Buch ist autobiografisch. Es ist alles wirklich passiert.«

Ich bin von ihrem schwelenden Zorn verwirrt, aber andererseits ist Zoe immer so, nur dass es schlimmer ist, wenn sie betrunken ist. »Ich weiß, und …«

»Stella. Stella.« Zoe umfasst meinen Arm, und plötzlich klingt sie, als hätte sie mir etwas sehr Wichtiges zu sagen. »Stella.«

»Ja?«, krächze ich.

»Weißt du, was ich dir sagen will?« Sie fixiert mich mit einem Blick, der sowohl stechend als auch wirr ist.

»Äh ...«

Dann zieht ein neuer Ausdruck über ihr Gesicht. »Mist«, sagt sie. »Ich muss ins Bett.«

»Wie? Jetzt?«

»Ja.« Sie schleppt sich aus dem Zimmer und zur Treppe. »Ich bin völlig hinüber«, sagt sie. »Das kann passieren. Wenn man zu viel trinkt.« Sie steigt die Treppe hoch und wankt in ihr Schlafzimmer. »Ich werde mich nicht übergeben. Ich werde nicht ersticken. Alles ist bestens.« Sie zieht sich das Kleid aus und kriecht unter die Decke. »Ich will einfach nur schlafen. Und am liebsten nicht mehr aufwachen. Aber ich wache bestimmt auf. Geh nach Hause, Stella.«

Ich rolle sie auf die Seite, und sie murmelt: »Hör bitte damit auf. Ich werde mich nicht übergeben. Ich werde nicht ersticken. Hab ich schon gesagt.« Sie ist sternhagelvoll und zugleich sehr klar im Kopf.

Sie fängt leise an zu schnarchen, und ich lege mich neben sie und denke darüber nach, wie traurig alles ist. Zoe ist so zartfühlend wie sonst kaum ein Mensch, sie ist eine optimistisch eingestellte Frau, die in jedem das Gute sieht. So war sie früher zumindest. Aber Brendans Ehebruch hat sie auf ganzer Linie getroffen – nicht nur fühlte sie sich öffentlich gedemütigt, als er sie verließ, es hat ihr auch das Herz gebrochen. Sie hat ihn wirklich geliebt. Und als er sie schließlich fragte, ob er zurückkommen könne, erlaubte sie es ihm, aber dann war seine Freundin schwanger. Er verließ Zoe wieder, dann verließ er seine Freundin und kam zu Zoe zurück, und nach sieben Wochen verließ er sie endgültig.

Unterdessen wickelte Brendan insgeheim die Reinigungsfirma ab, die er mit Zoe zusammen leitete, nahm sich selbst die großen, gut zahlenden Kunden und überließ Zoe die kleinen unzuverlässigen und kurzfristigen Verträge. Sie hat hart gearbeitet, damit die Firma nicht den Bach runterging. Und Zoes Töchter, die neunzehnjährige Sharrie und die achtzehnjährige Moya, verachten sie. Sie waren es, die den Namen für die Lesegruppe vorschlugen, und Zoe übernahm ihn, aus einer merkwürdigen Trotzhaltung heraus.

Ich betrachte sie. Auch im Schlaf sieht sie zornig und enttäuscht aus. Wird es mir auch so ergehen? Auch wenn mein Leben nicht so gelaufen ist, wie ich es mir gewünscht habe, möchte ich nicht verbittern. Aber vielleicht kann man das nicht selbst entscheiden?

Als es unten klingelt, machen wir beide einen Satz.

»Wer ist das?«, murmelt Zoe.

»Mein Taxifahrer. Ich habe vergessen, dass er mich abholt. Ich sag ihm, dass ich nicht mitkomme.«

»Bleib nicht, Stella.« Zoe richtet sich auf.

»Natürlich bleibe ich.«

»Nein. Wirklich. Ich komme klar. Wir streichen den Abend einfach und fangen morgen frisch an, ja?«

Ich zögere. »Bist du dir sicher?«

»Du kannst ganz beruhigt sein.«

Ich gehe nach unten und in die Nacht hinaus. Der Taxifahrer sieht mich misstrauisch an. »Schöner Abend?«

»Fantastisch.«

»Gut. Nach Hause?«

»Ja, bitte, nach Hause.«

»Körperkontakt ist so wichtig wie Trinken und Essen und Luft und Lachen und neue Schuhe.«

Aus: *Gezwinkerte Gespräche*

An meinem vierundzwanzigsten Tag im Krankenhaus kam ein Mann zu mir ans Bett. Er trug eine Akte, und ich stellte bestürzt fest, dass ich ihn kannte – nicht vom Krankenhaus, sondern aus meinem alten Leben. Es war der genervte Mann, mit dessen Range Rover ich zusammengestoßen war und dem ich unterstellt hatte, mich anbaggern zu wollen. Was tat er hier an meinem Krankenbett? Hatte es mit der Versicherung zu tun?

Aber ich hatte doch alles ganz richtig gemacht – ich hatte die ellenlangen Formulare ausgefüllt, dann die nächste Runde von Formularen, ich hatte einmal im Monat angerufen und jedes Mal gesagt bekommen, man warte noch auf »Klärung des Sachverhalts« durch die anderen beteiligten Versicherungen. Im Grunde hatte ich mich wie jeder vernünftige Mensch dem undurchsichtigen Prozedere kampflos ergeben. Es konnte doch nicht sein, dass der Mann gekommen war, um mich zur Eile anzutreiben? Auch ohne meine Unfähigkeit zu sprechen hätte ich nichts weiter tun können. Ich war verwirrt und verängstigt, und dann plötzlich fiel mir voll Scham wieder ein, wie er mir sagte, warum er meine Telefonnummer haben wollte.

»Stella Sweeney?« Er trug einen weißen Arztkittel über einem dunklen Anzug. Seine Haare waren kurz geschnitten, und seine Augen waren silbrig grau und matt, so wie ich sie in Erinnerung hatte. »Ich heiße Mannix Taylor, und ich bin Neurologe.«

Ich hatte keine Ahnung, was ein Neurologe war.

»Ich werde mit Ihnen an Ihrer physischen Rehabilitation arbeiten.«

Das war mir neu. Ich dachte, Dr. Montgomery wäre für mich zuständig. Allerdings hatte ich als Patientin in »stabilem« Zustand wenig an Aufregung zu bieten, und ich sah ihn immer nur dann, wenn er auf dem Weg zu einem der viel spannenderen, weil »kritischen« Patienten war. Einmal hatte er, als er mit seinem Gefolge vorbeieilte, gesagt: »Ah, Sie sind noch da? Sorgt dafür, dass sie am Leben bleibt, Patsy!«

Aber vielleicht hatte Dr. Montgomery diesen Neurologen geschickt.

Obwohl ich gelähmt und folglich *extrem* unbeweglich war, befahl ich mir, noch stiller zu liegen. Vielleicht konnte ich mich unsichtbar machen, und der Typ würde wieder gehen und den Krankenschwestern sagen, dass in Bett sieben niemand lag. Es war sehr gut möglich, dass er mich nicht erkannte. Schließlich waren seit dem Unfall sechs Monate vergangen, und ich nahm an, dass ich verändert aussah – seitdem ich hier lag, hatte ich mich nicht im Spiegel gesehen, aber ich trug kein Make-up, mein Haar war in einem erbärmlichen Zustand, und ich hatte ziemlich stark abgenommen. »Heute arbeiten wir ganz sanft an Ihrem Kreislauf«, sagte er. »Sind Sie einverstanden?«

*Nein, ich bin nicht einverstanden.*

Meine Ablehnung musste zu ihm durchgesickert sein, denn er machte ein überraschtes Gesicht, dann sah er mich genauer an. Seine Miene veränderte sich. »Kennen wir uns?«

Ich zwinkerte mehrmals mit dem linken Auge, was heißen sollte: *Verschwinden Sie und kommen Sie nie wieder.*

»Ja? Nein?« Er runzelte die Stirn. »Was wollen Sie mir sagen?«

*Verschwinden Sie und kommen Sie nie wieder.*

»Der Unfall.« Seine Miene entspannte sich bei der Erinnerung.

*Verschwinden Sie und kommen Sie nie wieder.*

Er musterte mich und lachte dann kurz. »Sie möchten, dass ich gehe.«

*Ja, ich möchte, dass Sie verschwinden und nie wiederkommen.*

Der Typ – wie hieß er gleich noch? Mannix – zuckte die Achseln. »Ich habe hier zu tun.«

*Verschwinden Sie und kommen Sie nie wieder.*

Er lachte, ein bisschen hinterlistig. »Meine Güte! Wenn Sie jemanden nicht mögen, zeigen Sie das aber deutlich. Also!« Er nahm das Klemmbrett vom Bettende und zog sich einen Stuhl heran. »Wie geht es Ihnen heute? Ich weiß, dass Sie nicht antworten können. Im Schwesternbericht steht: ›Hatte eine gute Nacht.‹ Stimmt das?«

Er sah mich aufmerksam an. Ich blinzelte mit dem linken Auge. Sollte er selber herausfinden, was das hieß.

»Nein? Mit dem linken Auge blinzeln heißt nein? Sie hatten also *keine* gute Nacht?« Er seufzte. »Sie schreiben immer, dass die Patienten eine gute Nacht hatten. Außer jemand ist nackt durch die Station gerannt und hat geschrien, dass die CIA hinter ihm her ist. Dann schreiben sie: ›Eine unruhige Nacht.‹«

Er zog eine Augenbraue hoch und sah mich an. »Nicht mal ein Lächeln?« Er klang sarkastisch.

*Ich kann nicht lächeln, und selbst wenn ich es könnte, würde ich es nicht tun. Nicht für Sie.*

»Ich weiß, dass Sie nicht lächeln können«, sagte er. »Es war ein zugegeben etwas krasser Versuch, humorvoll zu sein. Gut.

Zehn Minuten, dann bin ich weg. Heute werde ich Ihnen die Finger massieren.«

Er nahm meine Hand in seine, und nachdem mich drei Wochen lang niemand mehr richtig berührt hatte, war das ein Schock. In winzigen Bewegungen massierte er meine Fingerkuppen, worauf umgehend Luststoffe in meinem Kopf freigesetzt wurden.

Plötzlich war mir schwindelig, fast, als wäre ich high. Er umkreiste meine Fingerknöchel, dann zog er sachte an meinen Fingern, und das löste ein so gutes Gefühl in mir aus, dass kleine Stromwellen durch meinen ganzen Körper fuhren. Ryan und die Kinder hielten sich auf Abstand, aus Angst, mir wehzutun, aber ganz offensichtlich war diese Vorsicht nicht ratsam, wenn jemand, der einfach nur meine Hände rieb, mich in solche Euphorie versetzen konnte.

»Wie fühlt sich das an?«, fragte Mannix Taylor.

Es fühlte sich so intim an, dass ich die Augen zumachen musste.

»Ist es gut so?«, fragte er.

Ich öffnete die Augen und zwinkerte mit dem rechten.

»Das heißt ja?«, fragte er. »Mit dem rechten Auge zwinkern heißt ja? Bisher habe ich noch nie mit jemandem gearbeitet, der nicht sprechen konnte. Wie verhindern Sie, dass Sie verrückt werden?«

*Ich will es nicht verhindern. Jeden Tag versuche ich aufs Neue, verrückt zu werden.*

»Gut, weiter mit der anderen Hand.«

Ich schloss die Augen, überließ mich den Empfindungen und entschwebte in ekstatische Gefilde. Ich dachte halb im Traum an die Geschichten über Säuglinge in Waisenhäusern, die nie in den Arm genommen werden, und wie stark das ihre Entwicklung behindert. Jetzt verstand ich, warum das so war.

Ich verstand es nur zu gut. Körperkontakt war wichtig, sehr wichtig, so wichtig wie Trinken und Essen und Luft und Lachen und neue Schuhe und ...

Was passierte jetzt? Warum hatte es aufgehört? Ich öffnete die Augen. Er schob den Stuhl zurück und stand auf. »Wir sind fertig.« Er lachte sein gemeines kleines Lachen. »So schlimm war das gar nicht, oder?«

*Verpiss dich.*

## Sonntag, 1. Juni

*5.15 Uhr. Morgens!*
Sonntag. Tag der Ruhe. Nicht jedoch für eine Gescheiterte, die ihr Leben wieder auf Kurs bringen will. Mein Wecker ist auf sechs Uhr gestellt, aber ich bin schon vorher wach.

Schlaflosigkeit ist ein Feind, der auf vielfältige Weise zuschlägt. Manchmal erscheint er gerade dann, wenn ich mich ins Bett lege, und verweilt ein paar Stunden. Dann lässt er mich in Ruhe und zeigt sich erst gegen fünf Uhr und bleibt, bis es nur noch zwanzig Minuten zum Weckerklingeln sind. Man hat alle Hände voll zu tun, ihn zu überlisten.

Heute bin ich um Viertel nach fünf aufgewacht, weil ich mir so viele Sorgen mache. Ich konzentriere mich auf Zoe und schicke ihr eine SMS: *Alles in Ordnung? XXX*

Sie antwortet umgehend: *Sorry wegen gestern. Höre bald mit dem Alk auf.*

Ich weiß nicht, wie ich darauf reagieren soll. Sie trinkt tatsächlich zu viel, aber sie ist auch in einer schwierigen Phase, und wann hört man auf, Mitgefühl mit jemandem zu haben, und fängt an, ihm Vorträge zu halten?

Darüber mache ich mir zehn bis fünfzehn Minuten lang Sorgen, dann sehe ich bei Ryans Projekt nach, aber da hat sich zum Glück nichts getan, seit ich das letzte Mal auf seinem

Blog war. Erleichtert sehe ich mir Videos von singenden Ziegen an und trödele herum, so gut es geht, bis ich plötzlich den dringenden Wunsch verspüre, Gilda bei Google nachzusehen. Ich kann das nicht, ich darf das nicht, stattdessen sage ich mir mein Mantra vor: *Mögest du gesund sein, mögest du glücklich sein, mögest du frei von Leiden sein.*

Meine Gedanken wandern zwei Jahre zurück, zu dem schicksalhaften Morgen in New York, als ich ihr bei Dean & DeLuca begegnete. Ich war in der Schokoladenabteilung und suchte nach Geschenken für Mum und Karen, als ich gleichzeitig mit jemand anderem nach einer Pralinenschachtel griff.

»Entschuldigung.« Ich zog meine Hand zurück.

»Nein, nehmen Sie«, sagte eine Frau.

Zu meiner großen Überraschung erkannte ich die Stimme – sie gehörte der reizenden Frau, Gilda mit Namen, die ich erst am Abend zuvor bei einer Dinnerparty kennengelernt hatte. Ich sah sie an – sie war es tatsächlich. Ihr gold glänzendes Haar war unordentlich hochgesteckt, und sie trug lässige Sportkleidung statt des schicken Kleids vom Abend zuvor, aber sie war es trotzdem.

Dann erkannte sie mich. »Heee!« Sie wirkte hocherfreut und machte eine Bewegung, als wolle sie mich umarmen, zögerte dann aus Sorge, es könnte »unangemessen« sein. (Anscheinend hatten alle New Yorker die meiste Angst davor, sich »unangemessen« zu verhalten. Mehr Angst als vor Monstern und gescheiterten Karrieren und Übergewicht.)

»Was für ein Zufall!« Ich freute mich, sie zu sehen. »Wohnen Sie in der Gegend?«

»Ich war mit einem Klienten hier in der Nähe im Park joggen.« Wir lächelten uns an, dann fragte sie fast schüchtern: »Haben Sie ein paar Minuten Zeit? Wir könnten einen Tee trinken oder so?«

Ich bedauerte aufrichtig. »Ich muss weiter. Heute Nachmittag geht mein Flug nach Dublin.«

»Vielleicht in zwei Wochen, wenn Sie zurück sind und sich eingelebt haben?« Sie wurde rot. »Ich möchte Ihnen für Ihr Buch danken.« Ihre Röte vertiefte sich und machte sie noch schöner. »Ich möchte Sie nicht in Verlegenheit bringen, aber ich fand es sehr inspirierend.«

»Danke«, sagte ich verlegen. »Aber es ist nur eine kleine Sache ...«

»Nein! Stellen Sie Ihr Licht nicht unter den Scheffel. Das machen schon andere für Sie.«

Ich musste an den entsetzlichen Mann denken, der ebenfalls Gast bei dem Essen war, und an dem Ausdruck ihrer Augen sah ich, dass es ihr ähnlich ging. »Überhaupt.« Sie kicherte. »Das Dinner gestern, was?«

»Himmel!« Ich schlug die Hände vors Gesicht und stöhnte. »War das nicht schrecklich?«

»Dieser Arnold mit seinen Problemen und seiner wütenden Frau.«

»Mir hat sie gesagt, nur Touristen kämen zu Dean and DeLuca.«

»Ich bin kein Tourist, und ich finde es großartig – diese Pralinen sind die besten Geschenke. Sie war einfach gemein.«

Wie reizend Gilda war!

»Wenn ich zurückkomme«, sagte ich, »müssen wir uns auf jeden Fall auf einen Kaffee treffen.« Dann fiel mir ein, dass sie ja Coach und Ernährungsberaterin war. »Trinken Sie überhaupt Kaffee?«

»Manchmal. Meistens trinke ich Himbeerblättertee.«

»Leben Sie ... sehr gesund?«

»Es ist ganz schön anstrengend.«

Das war Musik in meinen Ohren.

»An manchen Tagen«, sagte sie, »ist es einfach zu viel, dann trinke ich Kaffee und esse Schokolade.«

Ein Gedanke streifte mich. Ich sollte zehn Pfund abnehmen. »Ich glaube, ich brauche einen Coach. Sie hätten nicht vielleicht …? Entschuldigung. Entschuldigung«, sagte ich. »Sie sind wahrscheinlich bis zum Anschlag ausgebucht.«

»Zurzeit habe ich gut zu tun, was wunderbar ist.«

»Natürlich.«

Sie sah mich nachdenklich an. »Woran sind Sie denn interessiert? Kardio? Krafttraining? Ernährungsberatung?«

»Ich weiß es selbst nicht. Dünn werden wahrscheinlich. Mehr nicht.«

»Ich könnte Ihnen schon helfen. Ich könnte mit Ihnen über Ihre Ernährung sprechen, und wir könnten zusammen laufen gehen.«

»Aber ich bin nicht sportlich. Überhaupt nicht.« Jetzt wurde mir mulmig zumute. Worauf ließ ich mich da ein?

»Wir könnten es ja vielleicht mal für eine Woche versuchen. Um zu sehen, ob wir zusammenpassen.«

»Eine Woche?« Viel Zeit ließen sie einem hier nicht zur Eingewöhnung.

Sie lächelte mich an. »Hier, meine Karte. Machen Sie nicht so ein ängstliches Gesicht. Alles wird gut werden.«

»Wirklich?«

»Ja, bestimmt. Alles wird richtig gut.«

*9.48 Uhr*

Karen ist am Telefon. »Was machst du gerade?«

»Ich arbeite.« Ich seufze. »Hör mal, Karen, ich brauche was zum Anziehen. Meine Sachen passen mir nicht mehr. Ich bin dicker geworden.«

»Kein Wunder, bei all den Cupcakes, die du gegessen hast.«

»Aber sie waren … widerlich«, stammele ich. Mir geht auf, dass ich immer schon der Auffassung gewesen bin, wenn mir etwas nicht schmeckt, dann sind keine Kalorien drin.

»Sag das mal den Cupcakes. Und den ganzen anderen Kohlehydraten, die du in den letzten Monaten verdrückt hast.«

»Stimmt.« Ich fühle mich elend. »Was soll ich denn jetzt anziehen?« Obwohl Karen zwei Jahre jünger ist als ich, habe ich immer ihren Rat gesucht.

»Wir können zusammen shoppen gehen.«

»Aber nicht, wo es teuer ist.«

Das käme sowieso nicht infrage. Karen Mulreid ist die Königin der Schnäppchenjäger. Sie kann einem zu jedem Zeitpunkt sagen, wie viel Bargeld sie in der Tasche hat, bis auf den letzten Cent.

»Wo wir gerade vom Geld sprechen«, sagt sie. »Wie läuft es mit dem Schreiben?«

»Langsam«, sage ich. »Langsam bis gar nicht.« In einem Anflug von Angst sage ich: »Und wenn ich kein zweites Buch schreiben kann?«

»Natürlich kannst du ein zweites Buch schreiben. Du bist Schriftstellerin.«

Aber das stimmt nicht. Ich bin Kosmetikerin, die eine seltene Krankheit hatte und davon genesen ist.

»Chinos?«, sage ich mit Entsetzen in der Stimme. »Ich glaube eher nicht.«

»Ich schon.« Karen schiebt mich in die Umkleidekabine.

Chinos sind für Männer, für schreckliche Rugby-Fans über vierzig, mit dröhnenden Stimmen und ohne jedes Stilempfinden. Ich kann unmöglich Chinos tragen!

»Chinos sind nicht mehr wie früher.« Karen lässt sich nicht

beirren. »Das sind Damen-Chinos. Und du hast keine Wahl. Du kannst nichts anderes tragen, solange du diesen Bauch hast.«

»Bitte, Karen.« Ich packe sie am Arm und sehe sie flehentlich an. »Nimm dieses Wort nicht in den Mund. Ich werde ihn los, das verspreche ich, aber sprich dieses Wort nicht laut aus.«

Nachdem ich viele, viele Sachen anprobieren musste, besteht sie darauf, dass ich zwei dunkelblaue Chinos, ein paar Oberteile und einen langen Schal kaufe. »Ich sehe furchtbar aus«, sage ich.

»Mehr kannst du dir im Moment nicht erhoffen«, sagt sie. »Und den Schal musst du die ganze Zeit tragen. Er lenkt von dem ... Wulst da ab.«

An der Kasse handelt sie einen Nachlass wegen eines unsichtbaren Flecks aus. »Vergiss nicht, dass dies eine zwischenzeitliche Notmaßnahme ist«, sagt sie. »Keine endgültige Lösung. Ich bringe dich nach Hause. Aber zuerst will ich beim Geschäft vorbei.«

Obwohl Karen zwei Kinder hat, ist das Geschäft ihr Lieblingsbaby, und es vergeht kein Tag, an dem sie nicht nach dem Rechten sieht.

»Warum?«, frage ich.

»Ich will Mella auf die Finger sehen.«

Mella war die Geschäftsführerin.

»Ich dachte, du könntest Mella vertrauen.«

»Du kannst niemandem vertrauen, Stella. Wie du sehr wohl weißt.«

Als wir uns durch die Massen der Sonntagnachmittagseinkäufer schieben und zum Parkplatz zurückgehen, erkenne ich jemanden, einen Vater von Jeffreys alter Schule. *Jetzt nicht.* Ich kann jetzt nicht Konversation machen, nicht mit diesem Bauch. Ich senke den Kopf und eile weiter und wähne mich schon in Sicherheit, als ich ihn sagen höre: »Stella?«

»Oh?« Ich drehe mich um und mime große Überraschung. »Roddy! Roddy ...!« Mir fällt sein Nachname nicht ein, deshalb lasse ich es in der Luft hängen. »Ahaha! Hallo!«

»Schön, Sie zu sehen, Stella.«

»Ja, schön ...«

Ich stelle Karen vor. »Roddy hatte einen Sohn in Jeffreys Klasse.«

»Wie geht es Jeffrey?«, fragt Roddy.

»Gut, sehr gut. Er ist ein Albtraum. Und ...?« Wie heißt sein Sohn gleich noch?

»Brian. Er hat gerade seine Abschlussprüfungen hinter sich. Hat natürlich keinen Strich dafür getan. Und jetzt haben er und seine Freunde das Wohnzimmer mit Beschlag belegt. Diese riesigen Kerle.«

»Klingt ganz wie Jeffrey«, sage ich schwach. Nur ohne die Freunde.

»Sie bleiben die halbe Nacht auf und spielen Videospiele, dann schlafen sie den ganzen Tag.«

Erkühnt, weil hier vielleicht jemand ist, dem es ähnlich geht, frage ich: »Will er manchmal ... kochen? Ihr Brian?«

»Kochen? Meinen Sie Essen kochen?« Roddy lacht laut heraus. »Soll das ein Witz sein? Die Jungen essen nur Junkfood. Wenn ich morgens runterkomme, kann ich den Fußboden wegen der vielen Pizzakartons nicht sehen. Ganze Wälder sind dafür abgeholzt worden.«

Ich schlucke. Jeffrey bestellt nie Pizza. Was mache ich bloß falsch?

»Außerdem spricht er nie ein vernünftiges Wort mit mir.«

Mit enormer Erleichterung halte ich mich daran fest. Jeffrey spricht auch nie ein vernünftiges Wort mit mir. Vielleicht mache ich doch nicht alles falsch?

»Sie waren einkaufen?«, fragt Roddy überflüssigerweise.

»Ja.« Ich versuche diesen Satz: »Wir haben Chinos gekauft. Damen-Chinos.«

»Damen-Chinos?« Er klingt erstaunt. »Noch nie gehört. Na, viel Spaß damit. Und alles Gute.«

»Er hat noch nie von Damen-Chinos gehört«, murmle ich Karen zu, als wir uns entfernen.

»Natürlich nicht. Er ist ein Vater aus den Vororten. Aber ein Mann mit Geschmack und kultureller Bildung hat davon gehört. Ich wette ...«

»Nicht! Sag es nicht! Sprich seinen Namen nicht aus.«

*17.31 Uhr*
Karen hält vor dem Honey Day Spa und parkt halb auf dem Bürgersteig, halb auf den gelben Doppellinien. »Kommst du mit rein?«

Es fühlt sich seltsam an, das Geschäft zu betreten, das Karen und ich zusammen geleitet haben und wo ich viele Jahre lang gearbeitet habe.

»Hast du keine Angst vor den Politessen?«

»Sie kennen mich, sie kennen das Auto. Außerdem bleibe ich ja nur kurz. Komm schon.«

Karen und ich hatten zusammen eine Ausbildung zur Kosmetikerin gemacht – ich bin erst mit achtzehn von der Schule gegangen, Karen schon mit sechzehn. So, wie wir aufgewachsen sind, gab es für uns, so glaubten wir, keine besonderen Berufsmöglichkeiten: Wir konnten Friseurin oder Kosmetikerin werden, oder wir konnten in einem Geschäft arbeiten. Alles um uns herum bestätigte uns darin, keine höheren Ziele anzustreben.

Nur Dad hatte sich mehr für mich erhofft. »Du bist helle, Stella. Du solltest was lernen. Wenn ich noch mal jung wäre ...«

Aber weder er noch ich hatten das Selbstvertrauen, eine

weiterführende Schulbildung für mich in Betracht zu ziehen. Also nahmen Mum und Dad einen Kredit auf und schickten uns auf eine Kosmetikschule. Nach wenigen Wochen bot Karen Waxing-Behandlungen in ihrem Zimmer an und verdiente von Anfang an Geld, und nachdem wir die Ausbildung beendet hatten, fanden wir eine Stelle in einem Kosmetiksalon in Sandyford.

Karen sagte: »Das ist nicht für immer. Ich will nicht mein Leben lang so wie Mum und Dad für andere Leute schuften. Wir machen unseren eigenen Laden auf.«

Aber ich war es gewöhnt, arm zu sein.

Und als Ryan Sweeney erst mein Freund und dann mein Mann wurde, sollte das lange so bleiben.

Karen versuchte mich mit ihrem Ehrgeiz mitzuziehen. Sie ließ uns als Gesellschaft mit beschränkter Haftung eintragen und sagte: »Spar jeden Penny, Stella. Die brauchen wir, wenn wir den richtigen Laden finden.«

Aber ich hatte keine Pennys, die ich sparen konnte – ich musste Ryan und bald auch Betsy ernähren –, außerdem nahm ich Karen nicht ernst. Bis sie eines Tages anrief und sagte: »Ich habe den perfekten Laden gefunden! Auf der Hauptstraße von Ferrytown. Beste Lage. Ich habe die Schlüssel, komm, wir gucken uns das mal an.«

Es waren vier schäbige Räume über einer Apotheke. Ich sah mich ungläubig um. »Karen, das hier ist eine Müllkippe. Ist das ...?« Ich ging zu etwas Grauem in der Ecke. »Schimmelpilz. Das ist Schimmelpilz!«

»Bisschen Farbe, dann sieht das schon ganz anders aus. Unsere Kundinnen interessieren sich nicht für Springbrunnen und Duftkerzen. Sie wollen glatte Beine und billige Bräune. Es sind junge Frauen, der Schimmelpilz wird ihnen nicht auffallen.«

Ich sah mich noch einmal um und sagte: »Nein, Karen. Tut mir leid, wenn ich dir einen Strich durch die Rechnung mache, aber das ist nicht der richtige Laden.«

»Zu spät«, sagte sie. »Ich habe den Pachtvertrag schon unterschrieben. Unsere beiden Namen stehen drauf. Und ich habe deine Kündigung eingereicht.«

Ich sah sie an und wartete auf die Pointe. Als keine kam, sagte ich schwach: »Ich habe ein Baby, das gerade drei Monate alt ist.«

»Dem geht es prächtig bei Tante Jeanette. Das bleibt alles so, wie es ist.«

»Wo ist das Klo? Ich muss mich übergeben.«

»Gleich hinter dir.«

Ich rannte los.

»Du bist ein Angsthase«, rief sie durch die Klotür.

Ich würgte trocken und sagte dann: »Ich schäme mich zu sehr mit diesem Laden hier.«

Sie lachte. »Du kannst es dir gar nicht leisten, dich zu schämen, wenn du siehst, was wir im Monat an Pacht bezahlen müssen.«

Ich würgte wieder, und Karen sagte: »Bist du etwa wieder schwanger?«

»Nein.« Ich konnte unmöglich schwanger sein. Wir hatten verhütet. Das wäre das Allerschlimmste – wenn ich wieder schwanger wäre.

Aber ich war schwanger.

Als wir mit unserem eigenen Laden anfingen, legte Karen ein flottes Tempo vor. Sie war beim Waxing immer schon schnell gewesen, aber jetzt hatte sie einen Affenzahn drauf. Sie machte alles rasend schnell, auch die schmerzhaften Stellen, und quasselte dabei ununterbrochen. »Was jetzt kommt, tut ein bisschen weh.« Sie nahm das Bein am Fußgelenk, hielt es hoch in die Luft und riss die Wachsstreifen von den Schamlippen, bevor man wusste, wie einem geschah. »Beißen Sie die Zähne zusammen«, sagte sie mit grimmigem Lachen. »Jetzt die andere Seite. Autsch! Gut! Alle Haare weg, hat sich doch gelohnt, oder?«

Sie bewilligte auch keine Schonfrist. Keine sanfte Ermunterung wie etwa »Lassen Sie sich ruhig Zeit mit dem Anziehen, ich bin dann draußen«. Nein, sie lächelte dem armen Mädchen zu, das mit gespreizten Beinen auf der Bahre lag, benommen und verängstigt. »Und jetzt auf, wir brauchen die Liege. Nehmen Sie nächstes Mal eine halbe Stunde vor dem Termin zwei Paracetamol, dann tut es nicht weh. Wenn Ihnen schlecht wird – die Toilette ist da drüben. Tun Sie sich keinen Zwang an. Stella hier ist auch bei ihrem ersten Hollywood-Waxing schlecht geworden. Stimmt doch, Stella, oder?«

Sechs Monate nach unserer großen Eröffnung kam Jeffrey auf die Welt, und Karen bewilligte mir – allerdings sehr widerstrebend – vier Wochen Mutterschaftsurlaub. »Du hättest dir aber wirklich einen günstigeren Zeitpunkt aussuchen können.«

Als ich wieder anfing zu arbeiten, war ich morgens so erschöpft, weil ich zwei kleine Kinder zu versorgen hatte, dass ich mich in der flauen Zeit zwischen zehn und zwölf auf eine Sonnenliege legen und schlafen musste. Unterdessen verteilte Karen auf der Straße Flugblätter, um neue Kundschaft zu werben. Sie informierte sich über die neuesten Produkte auf dem Kosmetikmarkt, nicht indem sie Werbebroschüren las, sondern indem sie sich die Bilder in *Closer* ansah. Einmal im Monat gab es ein extrem billiges Sonderangebot, denn Karen sagte: »Die Leute müssen einfach in den Salon kommen.« Es war unglaublich, wozu sie die Kundinnen überredete – eine

Kundin kam, um sich die Augenbrauen zupfen zu lassen, und wenn sie ging, hatte sie künstliche Wimpern und Acrylnägel und einen komplett enthaarten Körper.

In Karens Welt gab es das Wort »nein« nicht. Wenn jemand um halb acht Uhr morgens die Sonnenbank benutzen wollte, machte sie extra für diese Kundin früher auf, und wir arbeiteten sieben Tage in der Woche, oft bis neun Uhr abends. Wenn jemand um eine bestimmte Behandlung bat, von der sie noch nicht gehört hatte, sagte sie selbstbewusst: »Das bieten wir demnächst an. Ich melde mich wieder bei Ihnen.« Dann machte sie sich damit vertraut.

In Verhandlungen war sie gnadenlos, und für ihre geschäftlichen Aktionen mit den Firmen in Ferrytown führte sie ein komplexes Tauschhandelssystem ein, sodass sie nie mit Geld bezahlen musste.

Es machte ihr auch nichts aus, um Nachlass zu bitten – wenn ihr einer bewilligt wurde, war sie überglücklich, wenn nicht, war sie auch glücklich. »Fragen schadet nicht«, sagte sie.

Ich bin genau das Gegenteil. Lieber gehe ich barfuß und schlafe unter einer Brücke, als dass ich jemandem mit einem Lächeln sage: »Wenn Sie mir zehn Euro Rabatt geben, sind wir Freunde!« Ich konnte nicht verhandeln, und Ryan war genauso hoffnungslos. Deswegen waren wir auch dann, als Ryan ein erfolgreiches Unternehmen hatte, immer pleite. Jeder hat ein Talent – manche können exzellent Witze erzählen, manche können wunderbar backen, und manche, wie Karen, bezahlen einfach nie den ausgeschriebenen Preis.

Karen hatte das Geschäftliche im Honey Day Spa immer voll im Blick. Als ihr auffiel, dass die Nachfrage nach Waxing zurückging – und dazu brauchte sie keine Geschäftsanalyse, sie wusste es aus dem Gefühl –, entdeckte sie, dass der Grund dafür Laserbehandlungen waren. Also führten wir die ein.

Allerdings bestand die Firma darauf, dass wir erst einen teuren Trainingskurs absolvierten, bevor sie uns ihr Gerät verkaufen wollten. Daraufhin recherchierte Karen das Feld und kaufte ein Lasergerät aus China, das sie nie zuvor gesehen hatte, und absolvierte ihr »Training« an Freunden und Familienmitgliedern. So machte sie es auch mit Zwei-Wochen-Maniküre, mit Augenbrauentätowierung und Vajazzling. Als Botox-Injektionen Mode wurden, bot Karen – ungeachtet der Tatsache, dass sie keine medizinische Ausbildung hatte – eine Behandlung zu reduziertem Preis an. Auch hier übte sie an Freunden und Familienmitgliedern. »Wir lernen durch Erfahrung«, sagte sie, als Enda mit schiefem und halb gelähmtem Gesicht zur Arbeit gehen musste. »Mach dir keine Sorgen. Angeblich wirkt es sechs Monate lang, aber wenn es sechs Wochen hält, kann man von Glück reden.«

Nichts war ihr zu viel: Sie bot Treuerabatte an, sie lief raus, um Geld in den Parkautomaten einer Kundin zu werfen, und an den Wochenenden war der Salon immer voller junger Mädchen, manche hatten einen Termin, manche kamen mit einem Notfall (wie einem eingerissenen Nagel), manche wollten einfach zuschauen.

Das Honey Day Spa wurde zu einer Institution in Ferrytown. In den neunzehn Jahren, seit Karen und ich unseren Kosmetiksalon aufgemacht hatten, öffneten viele andere Salons ihre Türen und schlossen sie wieder. Die meisten begannen mit einem Berg von Schulden für Jadekacheln und einer teuren Musikanlage, nicht aber unser Honey (aus dem 1999 das Honey Day Spa wurde. Nur das Schild wurde geändert. Abgesehen davon, dass ab und zu frisch gestrichen werden musste, hat Karen nie einen Cent für die Verschönerung des Salons ausgegeben). Und obwohl wir beide als Inhaberinnen eingetragen waren, gehörte der Salon von Anfang an Karen.

»Also, kommst du mit rein?«, fragt Karen ungeduldig.

»Nein, ich ...« Ich will nicht. Ich will nicht in den Schimmelpilzsalon, von dem ich geglaubt habe, ich hätte ihn hinter mir gelassen. »Ich bleibe im Auto.«

»Gut. Hier ist etwas, worüber du nachdenken kannst, während du wartest – du musst anfangen, Sport zu machen.«

»Ich mache Sport.«

»Das stimmt nicht.«

»Doch.« Bis vor Kurzem hatte ich zu denen gehört, die immer, was auch in ihrem Leben passierte, Sport trieben.

»Ich meine ja nur.«

Karen geht, und ich bleibe im Auto, fühle mich missverstanden und bin beleidigt: Ich mache wohl Sport. Oder habe Sport gemacht. Und ich war sehr diszipliniert. Sehr!

Ich habe jeden Tag mein Training absolviert. Ich erinnere mich an einen Morgen – warum dieser in meinem Gedächtnis haften geblieben ist, weiß ich nicht, wo doch die meisten genau gleich verliefen –, als Gilda in mein Hotelzimmer kam, das Licht anmachte und mit fester, aber freundlicher Stimme sagte: »Stella, Herzchen, Zeit zum Aufstehen.«

Ich hatte keine Ahnung, wie spät es war, die Zahlen auf dem Wecker waren unwichtig, einzig wichtig war, wenn mir gesagt wurde, ich solle aufstehen, war es Zeit, aufzustehen. Ich weiß noch, dass ich sehr, sehr müde war. Ich weiß nicht, wie viele Stunden ich geschlafen hatte. Vielleicht sechs. Vielleicht dreieinhalb. Aber nicht mehr als sechs. Mehr als sechs waren es nie.

Gilda gab mir einen Becher und sagte: »Trink das.«

Ich hatte keine Ahnung, was drin war, vielleicht grüner Tee oder ein Grünkohl-Smoothie. Wichtig war nur, dass Gilda sagte, ich solle es trinken, dann trank ich es.

Ich stürzte das Getränk hinunter, und Gilda gab mir meine Joggingsachen. Sie war schon angezogen. »Gut, gehen wir.«

Draußen war die Sonne noch nicht aufgegangen. Wir machten unsere Aufwärm- und Dehnübungen, dann liefen wir durch die leeren Straßen. Gilda gab das Tempo vor, und sie war schnell. Ich dachte, mir würde die Lunge platzen, aber es hatte keinen Sinn, sie zu bitten, langsamer zu laufen. Dies hier war zu meinem Nutzen, wir hatten uns darauf geeinigt.

Eine Weile später, auf dem Weg zurück zum Hotel, als wir wieder unsere Dehnübungen machten, sagte sie: »Du warst richtig gut.«

Ich keuchte: »Wie viele Kilometer waren das?«

»Sechs.«

Es hatte sich eher wie sechzig angefühlt.

»Wir sind in Denver«, sagte Gilda. »Höhenlage. Das ist für die Lunge schwieriger.«

Ich hatte gerade zwei wichtige Informationen bekommen: In Höhenlagen ist das Atmen schwieriger, und wir waren in Denver.

Ich hatte gewusst, dass es eine dieser Städte war – Dallas, Detroit, Des Moines. Auf jeden Fall eine Stadt mit D. Wir waren sehr spät angekommen, aus ... einer anderen Stadt. Einer Stadt mit T? Baltimore, stimmt. Gut, der Name fing nicht mit T an, aber das konnte man mir nachsehen, weil ich am Vortag in drei verschiedenen Städten gewesen war. Ich war in Chicago aufgewacht und hatte zahllose Interviews sowie einen Morgentermin in einer Buchhandlung absolviert und mittags eine Rede bei einem Benefizlunch gehalten. Danach waren wir zum Flughafen gehetzt und in die Maschine nach Baltimore gestiegen, wo ich weitere Interviews hatte und eine Lesung, zu der nur vierzehn Zuhörer kamen.

Dann zurück zum Flughafen und nach Denver. Ich war so oft zwischen den Zeitzonen hin und her gewechselt, dass ich den Versuch, mit den verlorenen und gewonnenen Stunden Schritt zu halten, aufgegeben hatte.

Aber wo immer ich war und wie viele Stunden ich auch geschlafen hatte, ich habe immer Sport gemacht. Auch wenn es mir nichts genützt hat.

»Bleib einfach am Leben.«

Aus: *Gezwinkerte Gespräche*

Am Tag nach seinem ersten Besuch stand der genervte Range-Rover-Fahrer erneut neben meinem Bett. »Hier bin ich wieder.«
*Das sehe ich.*
»Mannix Taylor, Ihr Neurologe.«
*Ich kenne Ihren Namen. Ich weiß, was Sie sind.*
»Ich sehe, dass Sie sich freuen.« Er lachte. Er hatte hübsche Zähne. Zähne für reiche Leute, dachte ich verächtlich. Zähne für *Neurologen*.

Er zog einen Stuhl heran und nahm meine Krankenakte vom Fußende. »Mal sehen, wie Sie geschlafen haben. Oh, ›ausgezeichnet‹, steht hier. Nicht nur gut, sondern ausgezeichnet.« Er sah mich an. »Stimmen Sie zu?«

Ich sah ihn an und weigerte mich zu zwinkern.

»Sie sprechen nicht mit mir? Auch gut, ich mache einfach weiter. Zehn Minuten, so wie gestern.« Plötzlich sah er mich genau an. »Montgomery hat Ihnen doch gesagt, dass ich jeden Tag komme, oder?«

Ich hatte Dr. Montgomery seit einer guten Woche nicht gesehen.

Ich zwinkerte mit dem linken Auge.

»Er hat es Ihnen nicht gesagt? Oder er war gar nicht hier? Und was ist mit diesem Knallkopf, der ihm überallhin folgt wie ein kleiner Hund?«

Er meinte den jungen Arzt, Dr. de Groot, der nur gelegentlich kam und anscheinend eine Heidenangst vor der Intensivstation hatte. Er hatte Augen, so groß wie Teetassen, und stotterte. Er überprüfte immer, ob mein Beatmungsgerät richtig eingestöpselt war, dann rannte er weg. Ich hatte das deutliche Gefühl, dass ihm eine andere Arbeit mehr zusagen würde. Vielleicht das Überprüfen von Stromleitungen.

»Der hat es Ihnen auch nicht gesagt?« Mannix Taylor schloss die Augen und murmelte etwas vor sich hin. »Also, ich werde fünfmal in der Woche kommen. Die Myelinschicht wächst ungefähr einen Zentimeter im Monat. Währenddessen müssen wir dafür sorgen, dass Ihre Gliedmaßen gut durchblutet sind. Aber das wissen Sie alles.«

Ich wusste nichts. Am Anfang hatte man mir gesagt, ich hätte eine der seltensten Krankheiten überhaupt, aber seitdem hatte ich nichts erfahren, außer dass man mir nahegelegt hatte, am Leben zu bleiben. (»Sorgt dafür, dass sie am Leben bleibt, Patsy!«) Aber dieser Mannix Taylor hatte mir soeben eine wichtige Tatsache mitgeteilt – dass die Myelinschicht meiner Nervenfasern einen Zentimeter im Monat wuchs. Wie viele Zentimeter musste sie wachsen? Wuchs sie denn schon?

»Heute«, sagte Mannix Taylor, »nehme ich mir Ihre Füße vor.«

Beinahe hätte ich vor Schreck einen Satz gemacht. *Nicht die Füße! Alles andere, aber nicht die Füße!*

Weil ich mein Leben lang hochhackige Schuhe getragen hatte, waren meine Füße die schlimmsten der Welt – Ballen, Hühneraugen, verkrümmte Zehen –, und seit ich im Krankenhaus lag, hatte mir niemand die Zehennägel geschnitten.

*Nein, nein, nein, genervter Range-Rover-Fahrer, rühren Sie meine Füße nicht an!*

Aber er schlug schon die Decke zurück und holte meinen rechten Fuß hervor. Er besprühte ihn – mit einem Desinfektionsmittel, hoffte ich seinetwegen –, dann nahm er ihn in beide Hände und presste mit dem Daumenballen in das empfindliche Fußgewölbe. Einen Moment hielt er still, der Druck war warm und fest, dann begann er in kreisförmigen Bewegungen zu massieren und presste und drückte die Sehnen unter der Haut, dass es fast schmerzte, aber nur fast.

Ich schloss die Augen. Kleine Schockwellen gingen durch mich hindurch. Meine Lippen fühlten sich taub und kitzelig an, meine Kopfhaut prickelte.

Er legte seine Handfläche auf meine Fußsohle und drückte so fest dagegen, dass alle Muskeln gedehnt wurden und die Knochen freudig knackten.

Er drückte mit dem Daumennagel mehrmals oben in meinen großen Zeh, sodass es meinen Körper angenehm durchströmte.

Plötzlich waren mir meine Ballen und Schwielen völlig egal, genau wie der komische Hubbel auf meinem kleinen Zeh, der vielleicht eine Frostbeule war. Ich wollte einfach, dass diese wunderbaren Empfindungen nie mehr aufhörten.

Langsam schob er seinen Finger zwischen meinen großen Zeh und den nächsten, und als sein Finger in dem Zwischenraum lag, schoss mir ein Gefühl der Erregung in den Unterleib. Schockiert riss ich die Augen auf. Sein Blick war auf mich gerichtet und drückte Überraschung aus. Er ließ meinen Fuß unerwartet hastig auf die Matratze fallen und zog eilig die Decke darüber. »Das soll für heute genügen.«

*18.11 Uhr*
Karen bringt mich nach Hause. Ich gehe in das leere Haus und werde von einem heftigen Gefühl der Einsamkeit überfallen, das auch meine neuen Damen-Chinos nicht mildern können.

Was kann ich tun, damit es mir besser geht? Ich könnte Zoe anrufen, aber jedes Mal, wenn ich mit ihr spreche, habe ich das Gefühl, leicht vergiftet zu werden. Ich könnte *Nurse Jackie* anschalten und dabei Kekse essen, aber in Anbetracht meiner derzeitigen Wampe muss ich die Kekse abschreiben. Vorbei sind sie, meine Kekstage. Ich muss zurück in die Ödnis der proteinhaltigen, kohlehydratfreien Kost, bei der ich zum Frühstück Lachs aß und mir einzureden versuchte, dass Donuts wie Einhörner sind: mythische Dinge, die es nur im Märchen gibt.

Früher habe ich das gekonnt, ich sollte es jetzt auch können. Aber damals war Gilda da, die meine Mahlzeiten aussuchte und ermunternde Bemerkungen machte wie: »Köstlicher Hüttenkäse! Mit köstlichen Garnelen. Denk dran, nichts schmeckt so gut, wie Dünnsein sich anfühlt.«

Ich hatte mich voll auf sie verlassen, und sie hatte mich wunderbar umsorgt. Ausgeschlossen, dass ich mir selbst diese Unterstützung geben könnte.

Vielleicht bin ich auch zu alt, um dünn zu sein. Ich weiß,

dass einundvierzig heute so ist wie früher achtzehn, aber mein Stoffwechsel ist da anderer Ansicht.

Ich bin tapfer gewesen in den letzten zwölf Wochen, ich habe blind weitergemacht, und mit einem Mal habe ich den Wunsch, alles hinzuwerfen.

Wenn ich nur mit ihm sprechen könnte ... Ich lebe in einem Zustand dauerhafter Sehnsucht nach ihm – und immer noch habe ich das Gefühl, dass nichts wirklich geschehen ist, wenn ich es ihm nicht erzählen kann.

Ich starre mein Telefon an, versuche mir die Fakten abermals vor Augen zu führen, rufe mir die Realität in Erinnerung.

Ihn anzurufen würde nichts bewirken. Wahrscheinlich würde ich mich danach noch schlechter fühlen.

Mein Leben ist vorbei, das ist mir klar, dabei liegen noch so viele Jahre vor mir. Wenn nicht etwas dazwischenkommt, werde ich bestimmt achtzig. Wie soll ich diese Zeit füllen?

Vielleicht sollte ich den versteckten Hinweis der Modebranche beherzigen und für zwanzig Jahre verschwinden. Ich könnte essen, was ich will, endlos vorm Fernseher sitzen und mit einundsechzig wieder zum Vorschein kommen. Ich könnte einen Mann kennenlernen, einen, der seit zehn Minuten Witwer ist – die sind begehrt, verwitwete Männer, sie finden schnell jemanden, sagt Zoe –, und er würde mein Freund. Wir würden eine Städtereise nach Florenz machen und uns Gemälde anschauen, bis dahin hätte ich ein Interesse für Kunst entwickelt, und ungefähr um die gleiche Zeit würde bei mir – nach dem Tauschhandelsprinzip der Natur – Inkontinenz auftreten. Der Witwer und ich würden niemals streiten. Wir würden auch nicht miteinander schlafen, aber das wäre okay. Natürlich würden seine Töchter mich verachten. Sie würden zischeln: »Wie käme ich dazu, dich Mama zu nennen?« Und ich würde milde erwidern: »Deine Mutter war eine wunderbare Frau. Ich weiß, dass ich sie nie ersetzen kann.« Dann würden sie mich mögen, und wir würden zusammen Weihnachten feiern, aber insgeheim, aus reiner Missgunst den zickigen Töchtern gegenüber, würde ich den Enkelkindern zuflüstern: »Jetzt bin ich eure Oma.«

Ich versuche mir einzureden, dass ich irgendwann in der Zukunft wieder glücklich sein werde. Ein anderes Glück finden werde als das, was ich verloren habe. Langweiliger.

Aber das wird viele Jahre nicht geschehen, deshalb sollte ich mich lieber mit der Einsamkeit arrangieren.

Ich überlege, ob ich mir ein Glas Wein eingieße, aber dafür ist es zu früh. Ich lasse meine Tüten im Flur stehen, gehe nach oben und lege mich voll bekleidet ins Bett. Ich bin stark, sage ich und ziehe mir die Decke über den Kopf. Ich habe schwierige Zeiten überstanden – emotional, physisch, finanziell. Es geht allein um eine positive Einstellung, den nach vorn gerichteten Blick. *Niemals* rückwärts gewandt! Es geht darum, sich in das neue Normalmaß zu fügen, in die gegenwärtige Wirklichkeit, auf der Achterbahn, die das Leben ist, weiterzufahren, wie ich es in meinem Buch selbst geschrieben habe. All das, was einem gegeben wird, und das, was einem genommen wird, hinzunehmen. Anzuerkennen, dass auch Verlust und Schmerz ein Geschenk sein können.

Habe ich wirklich diesen Quatsch geschrieben? Und die Leute haben es mir geglaubt? Wenn ich mich nicht täusche, habe ich selbst es auch eine Zeit lang geglaubt.

Früher habe ich gedacht, je älter man wird, desto seltener wird man vom Kummer überfallen, und er ist weniger heftig, bis man ihn eines Tages überhaupt nicht mehr spürt. Aber ich habe gerade am eigenen Leib erfahren, dass Kummer in jedem Alter auftreten kann. Der Schmerz ist auch jetzt furchtbar.

Schlimmer, weil – das hat Zoe mir erklärt – der Akkumulationseffekt hinzukommt: Der Schmerz legt sich auf allen früheren Schmerz, sodass man das volle Gewicht aller Schmerzen spürt.

Aber über ein gebrochenes Herz zu klagen und zu jammern ist in meinem Alter nicht sehr würdevoll. Hat man erst die vierzig überschritten, soll man weise sein, eine gelassene Haltung einnehmen, sich mit seiner schlichten und bequemen Garderobe einrichten und sagen: »Es ist besser, geliebt und verloren zu haben, statt nicht geliebt zu haben. Möchte noch jemand Kamillentee?«

»Nicht jeder kann nach Heilmitteln für Krebs forschen. Einer muss auch das Essen kochen und die Socken zusammenlegen.«

Aus: *Gezwinkerte Gespräche*

»Ich weiß, dass du dir selbst die Schuld für diese Krankheit gibst«, sagte Betsy voller Ernst. »Aber weißt du, Mom, du hast zwar schlimme Sachen gemacht, aber deswegen bist du ja kein böser Mensch.«
*Hör auf!*
»Wahrscheinlich wünschst du dir, du wärst nie auf die Welt gekommen. Aber ...« Sie drückte mir fest die Hand. »... das darfst du nicht denken! Das Leben ist ein kostbares Geschenk!«
*Ach was.*
»Ich weiß, du und Dad, ihr habt eure Schwierigkeiten ...«
*Wirklich?* Einen Moment lang war ich richtig verstört. Sie war immer so intensiv und ernst, alles musste analysiert werden, der Fehler gefunden und sofort behoben werden.
»Aber jetzt, wo du gelähmt bist und Dad uns zur Schule bringen muss, kommt ihr euch auch wieder näher.« Sie lächelte ein grauenvoll verzücktes Lächeln. »Du musst einfach Vertrauen haben.«
Sie ging bestimmt zu diesem religiösen Jugendklub, *bestimmt*! Ich konnte mir die schleimigen Gruppenleiter sehr gut vorstellen, ein Mann und eine Frau, beide Anfang zwanzig – der Mann mit ziemlich langem Haar und einer komischen ausgestellten Jeans, die Frau mit einer weiten Schottenmusterweste über einem weißen, eng sitzenden Rollkragenpullover.

Nicht mehr lange, und sie würden mit Gitarre und Tamburin hier aufkreuzen, ein paar Gospels singen und mir Ärger mit den Schwestern einbringen.

Ryan musste Betsy vor diesen Leuten schützen, aber wie konnte ich ihm das mitteilen?

Unerträgliche Frustration wallte in mir auf. Man musste sich Betsy nur mal ansehen – ihre Bluse war ungebügelt, auf dem Revers ihres Blazers prangte ein seltsamer gelber Fleck. Und warum hatte sie lauter Pickel am Kinn? Lag es einfach daran, dass sie fünfzehn war? Oder bekam sie lauter ungesundes Zeug zu essen?

Ich hatte keine Ahnung, was sie zu Hause aßen – niemand hatte es mir erzählt, und ich konnte nicht fragen –, aber dass Ryan gesunde Mahlzeiten kochte, war eher unwahrscheinlich. Er konnte kaum ein Glas aufschrauben.

Es nützte auch nichts, dass ich mich über ihn ärgerte; für den Haushalt war immer ich zuständig gewesen. Die unausgesprochene Abmachung war, dass Ryan der mit dem Talent war und ich mich ihm unterordnete.

»Ich ziehe mich jetzt zurück«, sagte Betsy, »damit ihr ein bisschen Zeit füreinander habt.«

Ryan setzte sich auf den Stuhl, den sie frei gemacht hatte, und nahm vorsichtig meine Hand. »Also ...« Er sah furchtbar bedrückt aus. »Morgen kann ich nicht kommen, stattdessen kommt Karen«, sagte er. »Ich muss zur Isle of Man fliegen und ein Angebot vorstellen.«

Seit meinem ersten Tag im Krankenhaus hatte er mich jeden Tag besucht, aber das Leben musste weitergehen. »Es tut mir leid«, sagte er.

*Ist okay. Kein Problem.*

»Ich muss schließlich arbeiten.«

*Ich weiß.*

»Du wirst mir fehlen.«

*Du mir auch.*

»Ah!« Ihm fiel etwas ein. »Ich kann meinen Rollkoffer nicht finden, wo meinst du …« Er brach ab, weil ihm bewusst wurde, dass ich nicht antworten konnte.

*Unter der Treppe. Er ist unter der Treppe.*

Ich hatte immer für ihn gepackt. Es war das erste Mal, dass er es allein machen musste.

»Ist schon okay«, sagte er. »Ich kaufe einen neuen. Irgendein billiges Teil. Alles bestens. Wenn du wieder sprechen kannst, sagst du mir, wo er ist.«

»Besuchszeit ist vorbei!«, rief die Krankenschwester, und Ryan sprang auf. »Komm, Betsy.« Er gab mir einen Kuss auf die Stirn. »Wir sehen uns in zwei Tagen.«

Keine Sentimentalitäten. In den Kreisen, in denen wir uns bewegten, wurden Zärtlichkeiten zwischen Eheleuten äußerst misstrauisch betrachtet. Nach den Regeln sprach der Mann von seiner Frau als »dem Weib« oder »dem Drachen«, und die Frauen beklagten sich, dass ihre Männer faule Säcke seien, die sich nicht einmal die Schuhe zubinden konnten. An Hochzeitstagen sagte man zum Beispiel: »Fünfzehn Jahre? Wenn ich jemanden ermordet hätte, würde ich jetzt freikommen.«

Aber ich wusste, dass zwischen Ryan und mir ein starkes Band bestand. Wir waren nicht nur ein Paar, wir waren eine Familie mit vier Personen, eine Gruppe mit engem Zusammenhalt. Trotz unserer Zänkereien – und natürlich gab es Streit, wir waren völlig normal – wussten wir, dass wir aufeinander zählen konnten. Ryan liebte mich, ich liebte ihn. Das hier war die schwierigste Bewährungsprobe in den achtzehn Jahren unseres Zusammenseins, aber ich wusste, wir würden sie bestehen.

Waren es die Muscheln in dem Restaurant in Malahide gewesen? Oder die Krabben in dem Sandwich, das ich zum reduzierten Preis gekauft hatte? Es heißt ja, dass man bei Krustentieren nichts riskieren soll, aber das Sandwich hatte seine Haltbarkeit nicht überschritten, es musste nur *an dem Tag* gegessen werden. Und das hatte ich getan.

Meine Gedanken kreisen wieder um alle Mahlzeiten, die ich in den Wochen, bevor das Kribbeln in meinen Fingern begann, gegessen hatte, und ich überlegte, wo die Bakterien drin gewesen sein konnten, die das Guillain-Barré-Syndrom ausgelöst hatten.

Konnten es die Chemikalien gewesen sein, mit denen ich im Kosmetiksalon arbeitete? Oder hatte ich mich versehentlich gegen Schweinegrippe impfen lassen? Oft ging das einem Ausbruch von Guillain-Barré voraus. Aber wenn man geimpft wurde, musste man das doch bemerken ...

Vielleicht war es ja keine Lebensmittelvergiftung und hatte auch nichts mit den Chemikalien oder einer Grippeimpfung zu tun. Das Syndrom trat sehr selten auf, und so überlegte ich, ob etwas anderes der Auslöser sein konnte, etwas eher Unheimliches. Vielleicht war es – wie Betsy angedeutet hatte – eine Strafe Gottes, weil ich kein guter Mensch war.

Dabei war ich sehr wohl ein guter Mensch. Zum Beispiel hatte ich einmal in einem Parkhaus, weil ich nicht einparken kann, ein Auto geschrammt, und nachdem ich gute fünf Minuten mit meinem Gewissen gerungen und außerdem überprüft hatte, ob es eine Videoüberwachung gab – es gab keine –, hatte ich auf einem Zettel meine Telefonnummer hinterlassen.

(In dem Fall meldete sich der Besitzer des geschrammten Autos nicht, sodass ich das gute Gefühl hatte, richtig gehandelt zu haben, ohne finanziell dafür büßen zu müssen.)

Vielleicht war ich ein nicht-guter Mensch in dem Sinne, dass ich das in mir ruhende Potenzial nicht voll ausgeschöpft hatte – was heutzutage, wollte man den Zeitschriften glauben, offenbar ein Verbrechen war.

Aber als Mutter und Ehefrau und Kosmetikerin hatte ich sehr wohl mein Potenzial ausgeschöpft. Dazu gehört zum Glück nicht so viel. Nicht jeder kann nach Heilmitteln für Krebs forschen. Einer muss auch das Essen kochen und die Socken zusammenlegen.

In meiner Hüfte fing das Brennen an, und ich musste – ich warf einen Blick auf die Uhr – noch zweiundvierzig Minuten warten. Ich brauchte Ablenkung. Weiter also mit meinen Sorgen.

Ich hatte mich immer nach Kräften bemüht, sagte ich mir. Auch wenn es manchmal voll danebenging, wie bei der Geburtstagsfeier, als ich ein pummeliges kleines Mädchen bewunderte und sagte: »Ist er nicht zum Anbeißen süß? Wie alt ist er?« Und dann die Sache noch schlimmer machte, als ich zu einem Mann sagte: »Er sieht Ihnen wie aus dem Gesicht geschnitten ähnlich«, der nicht der Vater des Kindes war, aber der Mann, der von allen verdächtigt wurde, mit der Kindsmutter eine Affäre zu haben.

Doch trotz all meiner Rationalisierungsversuche – *eine* schlimme Sache *hatte* ich gemacht …

Es war eher eine Unterlassungssünde als ein Vergehen. Ich hatte sie aus meinem Gedächtnis gestrichen, aber da ich im Krankenhaus nichts anderes zu tun hatte, kam sie wieder hoch, und mein schlechtes Gewissen machte mir schwer zu schaffen.

Es war bei der Arbeit, ich hatte ein Hollywood-Waxing gemacht und dachte, ich hätte alles entfernt, aber als Sheryl – ich erinnere mich sogar an ihren Namen –, als Sheryl aufstand, sah ich, dass ich eine Stelle vergessen hatte. Und ich habe nichts gesagt.

Zu meiner Verteidigung kann ich sagen, dass ich an dem Tag hundemüde war und Sheryl es eilig hatte, zu ihrer Verabredung mit einem Mann zu kommen, der dritten, bei der man normalerweise zusammen ins Bett geht. (Die Kundinnen verhielten sich wie im Beichtstuhl, sie erzählten mir alles.) Ich sagte also nichts.

Die Geschichte mit dem Mann – Alan hieß er – verlief sich. Sheryl ging zu der Verabredung, sie und Alan schliefen miteinander, aber danach hatte er sich nicht wieder bei ihr gemeldet, und ich hatte mich mit der Frage gequält, ob die kleine, nicht mit Wachs behandelte Stelle den Ausschlag gegeben hatte.

Die Sorge nagte fortwährend an mir, und einmal, als ich um Viertel nach vier in der Nacht aufwachte, beschloss ich, Alan am nächsten Tag ausfindig zu machen und ihn zu bitten, sich seine Entscheidung noch einmal zu überlegen. Mein Entschluss fühlte sich absolut richtig an, aber am nächsten Morgen verflüchtigte er sich, und die Idee, Alan aufzuspüren, kam mir völlig verrückt vor. Ich musste also damit leben. Frieden fand ich nur bei dem Gedanken, dass alle Menschen gelegentlich etwas tun, wofür sie keine Vergebung erlangen. Im Leben geht es nicht darum, vollkommen zu sein, sondern man muss lernen zu akzeptieren, dass man ein schlechter Mensch ist. Nicht durch und durch schlecht, wie Osama bin Laden oder all die anderen Wahnsinnigen, sondern mit menschlichen Fehlern behaftet, und folglich eine Gefahr – weil wir fähig sind, Fehler zu machen, die unumkehrbaren Schaden anrichten.

Ich schaffte es, den Vorfall zu verdrängen – inzwischen lag er vier Jahre zurück –, aber jetzt kamen die Schuldgefühle wieder hoch und ließen mir keine Ruhe. Wenn ich gesagt hätte:

»Leg dich noch mal einen Moment hin, ich habe da eine Stelle übersehen«, wäre Sheryl dann jetzt mit Alan verheiratet und Mutter von drei Kindern? Hatte ich wegen meiner Nachlässigkeit das Leben zweier Menschen in andere Bahnen gelenkt? War es meine Schuld, dass drei Kinder nicht geboren wurden?

Vielleicht waren Sheryl und Alan auch einfach nicht füreinander bestimmt? Vielleicht hatte die Tatsache, dass sie nicht geheiratet hatten, nichts mit dem kleinen Haarbüschel zu tun? Vielleicht war es ihm gar nicht aufgefallen – oh, es war schrecklich! Ich konnte mit meinen Gedanken nirgendwohin, sie rasten unentwegt im Kreis ...

Meine Hüfte fühlte sich an, als würde sie über offene Flammen gehalten, ich konnte den Schmerz nicht mehr länger ertragen. Noch einundzwanzig Minuten, und langsam wurde mir schlecht. Wenn ich mich jetzt übergeben müsste? Konnte ich das überhaupt? Wenn die Muskeln in meinem Magen funktionierten, aber die in meinem Hals nicht? Würde ich ersticken? Würde meine Kehle platzen?

Ich warf flehentliche Blicke zu den Schwestern an ihrem Tisch. Bitte seht mich, bemerkt mich, erlöst mich von diesen Qualen!

*Eins, zwei, drei, vier, fünf, sechs, sieben.* Panik stieg in mir auf. Ich konnte nicht mehr. *Eins, zwei, drei, vier, fünf, sechs, sieben.* Ich hielt es nicht aus. *Eins, zwei, drei, vier, fünf, sechs, sieben.*

Die gelben Zahlen auf meinem Herzmonitor stiegen in die Höhe. Vielleicht würde ein Alarmsignal ertönen, wenn mein Pulsschlag eine bestimmte Schwelle überschritt? *Eins, zwei, drei, vier, fünf, sechs, sieben. Eins, zwei, drei, vier, fünf, sechs, sieben.*

»Guten Morgen!« Mr. Mannix Taylor kam mit wehendem Arztkittel herein und trat an mein Bett. Dann hielt er inne. »Was ist los?«

*Schmerz.* Ich blinzelte mit beiden Augen.

»Das sehe ich«, sagte er. »Wo? Oh, um Himmels willen!«

Schon war er weg. Dann kam er mit Olive, einer der Krankenschwestern, zurück. »Wir müssen sie umdrehen, das Gewicht von der Hüfte nehmen.«

»Dr. Montgomery hat gesagt, die Patientin soll alle drei Stunden umgedreht werden«, sagte Olive.

»Die Patientin hat einen Namen«, sagte Mannix Taylor. »Und Montgomery ist zwar Stellas Arzt, aber ich bin ihr Neurologe, und ich sage Ihnen, dass sie starke Schmerzen hat – sehen Sie doch selbst!«

Olive machte ein verkniffenes Gesicht.

»Wenn Sie Montgomerys Segen brauchen, rufen Sie ihn an«, sagte Mannix Taylor.

Durch einen Schmerzensschleier sah ich dem Kräftemessen zu. Ich war mir nicht sicher, ob es gut war, dass Mannix Taylor sich für mich einsetzte, er schien die Menschen gegen sich aufzubringen.

»Allerdings«, sagte Mannix, »schaltet er sein Handy aus, wenn er auf dem Golfplatz ist.«

»Wer sagt denn, dass er auf dem Golfplatz ist?«

»Er ist immer auf dem Golfplatz. Er ist nie woanders, er und seine Freunde. Wahrscheinlich schlafen sie im Klubhaus, in ihren Golftaschen, alle in einer Reihe nebeneinander wie Erbsen in der Schote, wie in einem Raumschiff. Kommen Sie, Olive. Ich fasse Stella oben an, Sie nehmen ihre Beine.«

Olive zögerte.

»Wälzen Sie alles auf mich ab«, sagte Mannix. »Sagen Sie, ich hätte Sie gezwungen.«

»Das würde man mir auch glauben«, sagte Olive mit schmalen Lippen. »Passen Sie auf das Beatmungsgerät auf.«

»Klar.«

Ich konnte kaum glauben, dass dies wirklich passierte. Sie hoben mich und drehten mich so, dass ich auf der anderen Seite lag. Der Schmerz verging, die Erleichterung war enorm.

»So besser?«, fragte Mannix mich.

*Danke.*

»Wie oft müssen Sie umgedreht werden? Wann fängt der Schmerz an?«

Ich sah ihn stumm an.

»Meine Güte!« Er schien ehrlich aufgebracht. »Das ist doch ...«

*Ich kann nichts dafür, dass ich nicht sprechen kann.*

»Nach einer Stunde?«

Ich zwinkerte mit links.

»Nein? Zwei Stunden? Okay. Von jetzt an werden Sie alle zwei Stunden umgedreht.«

Er legte mir die Hand auf die Stirn. »Sie glühen ja.« Er klang weniger gereizt. »Sie müssen höllische Schmerzen gehabt haben.«

Er ging und kam nach einem kurzen, verärgert klingenden Wortwechsel mit Olive zurück, mit einer kleinen Schüssel Wasser und einem Waschlappen. Er wusch mir das Gesicht mit kühlem Wasser und massierte mir die Augenhöhlen mit dem Frotteelappen, er strich mir über die Augenlider und um den Mund herum. Es war eine barmherzige Tat von geradezu biblischem Ausmaß.

**19.22 Uhr**
Ich höre Geräusche von unten – Jeffrey ist wohl nach Hause gekommen. Mein Herz schlägt höher bei dem Gedanken, dass noch ein Mensch im Haus ist.

Ich renne die Treppe runter, und der Anblick meines langen, schlaksigen Sohnes erfüllt mich mit solcher Liebe, dass ich ihn drücken möchte.

Ausnahmsweise trägt er nicht seine Yogamatte wie eine Kindsbraut im Arm. Er hat stattdessen etwas anderes bei sich, einen flachen Weidenkorb. Er trägt ihn am Henkel über dem Arm und sieht damit ... unmännlich aus. Er sieht, ja, albern aus. Wie Rotkäppchen, das seine Großmutter besuchen will.

»Was machst du denn?« Ich bemühe mich um einen heiteren Ton.

»Ich war draußen und habe gesammelt.«

»Gesammelt?« Mir fehlen die Worte.

»Wildkräuter.« Er hebt etwas, das wie ein Büschel Unkraut aussieht, aus seinem Rotkäppchenkorb. »Kräuter und Pflanzen. Weißt du eigentlich, wie viel Essbares draußen wächst? In den Hecken. Oder sogar in den Spalten im Bürgersteig?«

Kann sein, dass ich mich übergeben muss. Wirklich. Er wird darauf bestehen, dass ich das Zeug esse. Mein Sohn ist ein einsamer Wolf und möchte mich vergiften.

Er bemerkt die Einkaufstüten unten an der Treppe. »Hast du

Geld ausgegeben?« Er klingt empört wie ein viktorianischer Patriarch.

»Ich brauchte Klamotten. Ich hatte nichts mehr.«

»Du hast massenweise Sachen zum Anziehen.«

»Nichts, was mir passt.«

»Aber wir haben kein Geld!«

Ich warte einen Moment und wähle meine Worte mit Bedacht. »Es stimmt nicht, dass wir *kein* Geld haben.« Noch nicht. »Zum Leben reicht es noch eine Weile. Eine ziemlich lange Weile«, füge ich schnell hinzu. Schließlich – wer weiß? »Und wenn ich das neue Buch fertig habe, brauchen wir uns keine Sorgen mehr zu machen.« Falls ich einen Verlag fand und das Buch Käufer. »Mach dir keine Sorgen, Jeffrey. Es tut mir leid, dass du dir Sorgen machst.«

»Ich mache mir wirklich Sorgen.« Er klingt wie eine bekümmerte alte Frau. Auf die Idee, sich einen Job zu suchen, kommt er nicht, stelle ich fest. Aber ich sage nichts. Guter Stil. Die meisten Eltern hätten etwas gesagt.

»In der Stadt habe ich Brians Vater getroffen«, sage ich. »Roddy. Erinnerst du dich an Brian? Vielleicht solltest du dich mal bei ihm melden.«

»Du möchtest, dass ich Freunde finde?«

»Na ja, wir leben jetzt wieder hier.«

Verdammt noch mal, möchte ich sagen. Ich bin damit auch nicht glücklich, aber ich versuche mich damit abzufinden.

Unser kleiner Disput wird von meinem Handy unterbrochen. Es ist Betsy, die aus New York anruft. Anfang des Jahres hat sie sich mit einem reichen, attraktiven sechsunddreißig Jahre alten Anwalt namens Chad verlobt – auch das eine Situation, die Gilda zu verdanken ist: Als Betsy mit der Schule fertig war und es nicht einmal schaffte, eine Stelle bei GAP zu finden, wo sie Pullover hätte falten müssen, fand Gilda wunderbarerweise eine Praktikumsstelle für sie in einer angesagten Galerie an der Lower East Side. Eines Tages war Chad in die Galerie gekommen, hatte meine Tochter erblickt und kühn verkündet, er werde eine Installation kaufen, wenn sie mit ihm essen gehe.

Sie verliebten sich auf der Stelle, und trotz des vielen Geldes, das Ryan und ich für Betsys Schulbildung ausgegeben hatten, hörte sie sofort auf zu »arbeiten« und zog zu Chad in seine riesige Wohnung. Sie wollen demnächst heiraten, und obwohl Betsy sehr glücklich scheint, entsetzt mich ihr Mangel an Ehrgeiz.

»Warum verstehst du das nicht?«, hatte sie gefragt. »Ich will das alles nicht. Das ist mir viel zu anstrengend. Ich will zu Hause bleiben und Kinder bekommen und lernen, wie man Quilts näht.«

»Aber du bist noch so jung ...«

»Du warst auch erst zweiundzwanzig, als ich auf die Welt kam.«

»Zwischen neunzehn und zweiundzwanzig ist ein großer Unterschied.«

Was mich beunruhigt, ist ihre Unfähigkeit, für sich selbst zu sorgen, falls Chad sich davonmacht. Und er sieht mir ganz nach jemandem aus, der sich davonmachen wird. Er ist genau der Typ – zu viel Geld und hohe Besitzansprüche. Er wird sie vielleicht heiraten, aber nach fünf oder zehn Jahren wird er sie für eine jüngere Frau verlassen, und Betsy ist dann auf sich selbst gestellt.

Aber vielleicht packt sie es ja. Sie könnte Immobilienmaklerin werden, so wie all die anderen ausgemusterten Ehefrauen auch. Sie stählen sich und schmieden sich ihr eigenes Leben. Sie kaufen sich einen kleinen wendigen TransAm, machen oft Ferien am Meer und haben jüngere, sorglose, glatte gut aussehende Liebhaber, von denen man insgeheim glaubt, dass sie schwul sind.

»Betsy!«, sage ich. »Schatz!«

Obwohl wir fast jeden Tag telefonieren, habe ich immer Angst, dass sie schlechte Nachrichten hat – wenn sie von Ryans idiotischem Projekt erfahren hat, könnten wir tatsächlich ein Problem haben. Oder vielleicht steht in der *New York Times* von heute etwas über Gilda?

Aber sie erzählt nur von der neuen Handtasche, die sie sich gekauft hat. »Michael Kors«, sagt sie. »Und drei Etuikleider von Tory Burch.«

In den letzten Monaten hat sich Betsys Kleidungsstil mittels Chads Finanzierungshilfe verändert.

»Und ich lasse mir die Haare färben«, sagt sie. »Ich will hellblond sein.«

»Na ... toll!«

»Aber wenn mir der hellere Ton nicht steht?«

»Du kannst deine eigene Farbe zurückhaben.«

»Aber dann sind meine Haare kaputt.«

»Man kann es behandeln lassen.«

»Stimmt«, sagt sie vergnügt. »Und? Wie geht es euch?«

»Fantastisch! Ja, fantastisch!« Denn als Mutter sollte man das sagen.

»Ganz sicher?«

»Ganz sicher. Klar! Okay, bis bald, Schatz. Und ... äh, Grüße an Chad.«

»Natürlich.« Sie lacht.

Hinter mir höre ich, wie eine Gabel gegen ein Glas geschlagen wird.

Ich drehe mich um. Der Tisch in der Küche ist mit zwei Tellern voller Unkraut gedeckt.

»Ich hoffe, du hast Hunger!«, sagt Jeffrey. »Essen ist fertig!«

»Mein Bauch war zwar nicht flach wie ein Brett, aber wenigstens habe ich mir nicht den Oberschenkel gebrochen, als ich vom Stuhl aufstehen wollte.«

Aus: *Gezwinkerte Gespräche*

»Ich hasse mein Leben!«, rief Betsy aus. »Ich wünschte, ich wäre nie geboren worden!« Sie stapfte aus dem Krankenzimmer.

Meine Güte, was war in sie gefahren? Hatte sie mir nicht erst gestern erzählt, was für ein kostbares Geschenk das Leben war?

Ich sah fragend zu Karen und Jeffrey. *Was ist passiert?*

Jeffrey lief dunkelrot an und wandte sich von mir ab.

»Ihre Periode hat gestern Abend angefangen«, sagte Karen. »Sie konnte keine Tampons finden, und als sie aus dem Haus wollte, um welche zu kaufen, hat Ryan sie aufgehalten, und sie musste es ihm sagen.« Was liege ich hier im Krankenhaus? Ich sollte zu Hause sein und mich um meine Familie kümmern. Das Gespräch musste für beide, Betsy und Ryan, überaus peinlich gewesen sein: Betsy sprach nicht gern über Körperliches, und Ryan war in seiner Männlichkeit verstört von dem Gedanken, dass sein kleines Mädchen zur Frau wurde. Man hätte ihn sehen sollen, als ich ihr den ersten BH gekauft habe. »Sie ist doch viel zu jung dafür«, hatte er gestammelt.

»Aber sie hat Brüste«, sagte ich.

»Hör auf. Hör auf.« Er verbarg sein Gesicht in den Händen. »Gar nicht wahr.«

»Es war ihr ungeheuer peinlich«, sagte Karen. »Ryan auch.

Kannst du dir ja vorstellen. Aber er ist losgegangen und hat ihr Tampons gekauft. Natürlich die falsche Sorte …« Sie hielt inne und fügte dann hinzu: »Aber man muss es ihm lassen. Ich habe immer gesagt, er ist ein fauler Sack. Aber er schlägt sich tapfer. Er kocht und macht alles.«

Ich wusste, was Karen mit Kochen meinte – wenn sie eine Packung Reis in der Mikrowelle garte, hielt sie sich schon für Jamie Oliver.

»Ich muss jetzt gehen«, sagte sie. »Ich muss deine Kinder zur Schule bringen. Heute Abend kommen Mum und Dad zu dir. Los, Jeffrey, wir müssen deine Schwester suchen.«

Sie verschwanden und ließen mich mit meinen Gedanken allein.

Arme Betsy. In ihrem Alter war alles so wichtig und so dramatisch – »Ich wünschte, ich wäre nie geboren worden!«

Obwohl ich im letzten Monat oft in düstere Gedanken verstrickt war, hatte ich mir nie gewünscht, nicht geboren worden zu sein.

Vielleicht lag es daran, dass auf dieser Station der Tod allgegenwärtig war – die Menschen starben in den Betten um mich herum. Manchmal vergingen fünf oder sechs Tage ohne Todesfälle, dann starben zwei an einem einzigen Morgen.

Wenn das geschah, war ich voller Dankbarkeit, dass ich verschont geblieben war.

Nicht dass ich nur positive Gedanken hatte. Ich wünschte, ich hätte nicht diese seltsame und schreckliche Krankheit bekommen, ich wünschte, ich könnte nach Hause, zu meinen Kindern und zu Ryan und zu meiner Arbeit – wie kostbar mir das alles schien. Ich wünschte, ich hätte nicht solche Angst und würde mich nicht so einsam fühlen, aber zu keinem Zeitpunkt, selbst wenn die Schmerzen in meiner Hüfte höllisch waren, hatte ich mir gewünscht, nicht geboren worden zu sein.

In meinem Hinterkopf rollte ein Satz herum, den meine Großmutter immer sagte: »Wenn du dich zur Armee meldest, musst du auch marschieren.«

Man kennt das ja: Alte Leute, die immer eine ganze Litanei schlechter Nachrichten auf Vorrat haben – einer Frau in der Straße sind die Dachziegel von ihrem Dach gestohlen worden. Eine Ampel ist umgestürzt, auf den Mann von der Sowieso drauf, und der Hund des Mannes, der bei der Post arbeitet, hat den Richter gebissen. Wenn Granny Locke (Dads Mutter) zu Besuch kam, brachte sie Kunde von den verschiedensten Unglücksfällen, und wenn sie alle erzählt hatte, seufzte sie tief und sagte mit düsterer, aber zufriedener Miene: »Wenn du dich zur Armee meldest, musst du auch marschieren.«

Sie meinte damit, dass jeder, der ins Leben tritt, von allem bekommt, dem Guten wie dem Schlechten, dass es keine Möglichkeit gab, auf den Schmerz zu verzichten. Alle Menschen hatten zu leiden – das sah ich jetzt mit erstaunlicher Klarheit –, auch die Eltern der Kinder in Betsys und Jeffreys Schule. Oberflächlich betrachtet sah ihr Leben aus wie eine lange Karussellfahrt voller toller Ferien, aber dann bekam man andere Einblicke. Einer Mutter, die Ärztin war, wurde die Zulassung entzogen, weil sie süchtig nach verschreibungspflichtigen Schmerzmitteln war.

Und eine andere Mutter, eine besonders schicke – oh, man hätte sie sehen müssen, sie sah aus, als hätte sie mit einem Rockstar verheiratet sein sollen, sie trug Jeans aus der Kinderabteilung und war ungeheuer dünn, aber es sah irgendwie mühelos aus. Dann brach sie sich eines Tages beim Aufstehen den Oberschenkelknochen, und es stellte sich heraus, dass sie Osteoporose hatte – mit fünfunddreißig! Lebenslange Magersucht, so hieß es.

Sie wurde in eine psychiatrische Klinik gebracht, und

seitdem habe ich sie nie wieder gesehen. (Bin ich ein schlechter Mensch – wahrscheinlich schon –, weil ich bei ihrer Geschichte aufatmete? Mein Bauch war zwar nicht flach wie ein Brett, aber wenigstens habe ich mir nicht den Oberschenkel gebrochen, als ich vom Stuhl aufstehen wollte.)

Alle hatten zu leiden. Nicht nur ich.

Und hier kam Mannix Taylor. Wenn er mit wehendem Kittel bei mir auftauchte, war es immer mit einem Tusch und Trommelwirbel.

*Knöpf dir mal den Kittel zu.*

Er zog einen Stuhl heran und sagte fast fröhlich: »Stella, ich weiß, Sie können mich nicht ausstehen.«

Ich zwinkerte mit dem rechten Auge. Stimmt. Warum auch nicht? Es war nicht zu übersehen. Er konnte mich auch nicht leiden.

»Aber wären Sie bereit, mit mir an einem kleinen Projekt zu arbeiten?« Er wirkte ... begeistert. Also meinetwegen. Ich zwinkerte wieder mit dem rechten Auge.

»Mehr können Sie nicht?«, fragte er. »Nur zwinkern?«

Ich sah ihn an. So sarkastisch wie möglich sagte ich in Gedanken: *Tut mir leid, Sie enttäuschen zu müssen.*

»Gut, ich wollte mich nur versichern. Es ist so: Ich habe über Sie nachgedacht. Dass Sie nicht kommunizieren können, kann so nicht weitergehen. Haben Sie von dem Buch *Schmetterling und Taucherglocke* gehört?«

Zufällig kannte ich das Buch. Dad hatte es mir ein paar Jahre zuvor zum Lesen gegeben.

»Es ist von einem Mann geschrieben, der genau wie Sie nur die Augenlider bewegen konnte. Er konnte sogar nur eins bewegen, er war also noch schlechter dran als Sie. Was ich damit sagen will: Wenn Sie zwinkern können, dann können Sie auch sprechen. Überlegen Sie mal, was Sie mir sagen wollen.«

Er nahm einen Stift aus seiner Tasche. Mit einem spöttischen Lächeln sagte er: »Versuchen Sie, etwas Nettes zu sagen.« Er löste ein Blatt aus meiner Krankenakte und drehte es auf die unbeschriebene Seite. »Sie haben nicht die Kraft, viel zu sagen«, sagte er. »Es sollte also was Wichtiges sei. Ist Ihnen etwas eingefallen?«

Ich zwinkerte mit dem rechten Auge.

»Gut. Erster Buchstabe. Ist es ein Vokal?«

Ich zwinkerte mit dem linken Auge.

»Nein? Also ein Konsonant?«

Ich zwinkerte mit dem rechten Auge.

»Ein Konsonant. Kommt er in der ersten Hälfte des Alphabets, zwischen A und M? Nein? Zweite Hälfte?«

Ich zwinkerte wieder mit rechts.

»N?«, fragte er.

Ich zwinkerte mit links.

»Nein, so nicht«, sagte er. »Sie verausgaben sich nur, wenn Sie auf jeden Buchstaben reagieren. Wir müssen das raffinierter machen. Also, wenn es der falsche Buchstabe ist, machen Sie nichts. Ich sehe Sie genau an. Ich mache die Schwerarbeit. Okay? P?«

Ich tat nichts.

»Q? R? S?«

Bei S zwinkerte ich mit rechts.

»Also S? Okay.« Er schrieb den Buchstaben auf das Blatt. Jetzt ein Vokal? Ja? A? E? I? O? Gut, der nächste Buchstabe. Vokal? Nein, ein Konsonant …«

Wir machten weiter, bis ich das Wort »SORRY« buchstabiert hatte.

Er lehnte sich zurück und sagte nachdenklich: »Und weswegen entschuldigen Sie sich?« Er lachte. »Da bin ich ja sehr gespannt. Können Sie weitermachen?«

*O ja.*

Wir machten weiter, bis ich buchstabiert hatte: »SORRY WEGEN IHREM AUTO.«

»Zum ersten Mal seit einem Monat können Sie etwas sagen, und Sie sind sarkastisch. Nichts darüber, wie es Ihnen geht, ob Sie vielleicht Schmerzen haben. Na, schön zu erfahren, dass alles so gut läuft. Ich hatte mir schon Sorgen um Sie gemacht.«

Plötzlich tat es mir zutiefst leid, diese Gelegenheit damit vertan zu haben, schnippisch zu sein. Ich hätte fragen sollen, ob jemand Jeffrey erinnern könnte, sich die Haare zu waschen, denn ich vermutete, dass er das die ganze Zeit, seit ich im Krankenhaus war, nicht getan hatte. Oder ob Karen mir aus *Grazia* vorlesen könnte.

»Wie auch immer.« Mannix Taylor verneigte sich übertrieben vor mir. »Entschuldigung angenommen.«

*Und wer ist jetzt sarkastisch?*

»Jetzt war ich sarkastisch!«, sagte er vor sich hin und warf mir einen kurzen Blick zu. Dann sagte er verdutzt: »Genau das hatten Sie gerade gedacht.«

Ich zwinkerte Nein.

Er schüttelte den Kopf. »Für jemanden, der kaum einen Muskel rühren kann, Stella Sweeney, verrät Ihre Miene eine ganze Menge. Im Übrigen war es nicht *mein* Auto, das Sie beschädigt haben.«

Ich zwinkerte wild. »WESSEN AUTO?«

Mannix Taylor sah auf das Blatt, auf dem er mein Zwinkern protokolliert hatte, dann sah er mich an. »Stella ...« Er schüttelte den Kopf und lachte leise. »Lassen Sie es auf sich beruhen.«

Aber ich wollte es wissen.

Er betrachtete mich so lange, dass ich schon dachte, er würde es mir nicht verraten. Dann sagte er zu meiner Überraschung: »Das Auto meines Bruders.«

Seines *Bruders*?

»Gewissermaßen.«

*Das des Bruders oder nicht?*

»Irgendwie hatte er den Autohändler überredet, ihn mit einem nagelneuen, noch unbezahlten Range Rover wegfahren zu lassen.«

*Wie?*

»Mein Bruder ist äußerst charmant.« Mannix sah mich spöttisch an. »Wie man sieht, sind wir in dieser Hinsicht grundverschieden.«

*Das haben jetzt aber Sie gesagt.*

»Ich wollte den Wagen zum Händler zurückbringen, aber er war nicht versichert. Es war nur ein kurzes Stück, ich bin haftpflichtversichert, aber ...«

Ich brauchte ein paar Sekunden, um die verschiedenen Punkte zu einem Bild zu verbinden, und das Bild war keinesfalls hübsch – Mannix Taylor war in einem nicht versicherten neuen Auto gefahren, und wahrscheinlich musste er für den entstandenen Schaden aufkommen.

Der zornige Mann, der in mein Auto gefahren war und den Unfall verursacht hatte, konnte trotz seines Zürnens möglicherweise für den Schaden nicht haftbar gemacht werden.

Ich hatte keine Ahnung, was ein neuer Range Rover kostet, aber es musste eine horrende Summe sein. »SORRY.«

»Ach, ist schon in Ordnung.« Er fuhr sich matt mit der Hand über die Augen.

Ich sehnte mich so sehr nach Unterhaltung, dass ich mir alles angehört hätte, aber das war eine wirklich heiße Geschichte.

Ich versuchte, ihn mit einem ermutigenden Blick zum Weitererzählen zu überreden.

»Er ist mein älterer Bruder. Von Beruf Immobilienmakler. Roland Taylor. Sie kennen ihn wahrscheinlich. Jeder kennt ihn. Alle mögen ihn.«

Roland Taylor, stimmt, von dem hatte ich gehört. Er trat manchmal in Talkshows auf, er war sehr übergewichtig und brachte die Leute mit komischen Geschichten zum Lachen. Das musste man ihm lassen, er sorgte für gute Unterhaltung: der erste Immobilienmakler Irlands mit Berühmtheitsstatus.

Trotz seiner Körperfülle war Roland Taylor immer modisch gekleidet und trug verrückte Brillen, aber er wirkte charmant und alles andere als lächerlich. Tatsächlich war er sehr beliebt – eine Berühmtheit, die man sich zum Freund wünschte –, und er war der Bruder von Mannix Taylor. Was für eine Überraschung!

»Er hat ... bestimmte Probleme«, sagte Mannix Taylor. »Mit Geld. Mit dem Ausgeben von Geld. Er kann nichts dafür, es liegt ... äh ... in der Familie. Das erzähle ich Ihnen ein andermal.« Er sah mich an, als hätte er es sich anders überlegt. »... oder vielleicht auch nicht.«

## Montag, 2. Juni

*4.14 Uhr*

Ich wache auf. Ich will nicht aufwachen, aber offensichtlich habe ich den Göttern des Schlafs nicht ausreichend Gaben dargebracht. Ich gehe ins Gästezimmer und schalte den Computer an. Dann denke ich: Was soll das denn um Himmels willen? Es ist vier Uhr morgens. Sofort schalte ich den Computer wieder aus, lege mich ins Bett und krame in der Nachttischschublade nach einer Schlafhilfe. Ich finde eine Schachtel mit Baldriantabletten, laut Empfehlung führen zwei Tabletten ruhigen Schlaf herbei, ich nehme also sechs, denn schließlich ist es ein pflanzliches Mittel. Meine sorglose Einstellung hat die Götter offenbar beeindruckt, denn ich bekomme fünf Stunden Schlaf geschenkt.

*9.40 Uhr*

Ich stehe abermals auf. Unten entdecke ich Anzeichen, dass Jeffrey sein Frühstück eingenommen und das Haus verlassen hat – ein Becher und ein Schälchen stehen ausgewaschen auf der Abtropffläche und strahlen Redlichkeit aus. Wir haben eine Geschirrspülmaschine, er muss nichts selbst abwaschen, aber er tut es als eine Art Vorwurf gegen mich.

Ich verweile am Küchentisch, trinke Tee und denke darüber nach, was für ein sonderbarer Mensch mein Sohn doch ist. Mit den gesammelten Kräutern, die er uns gestern Abend aufgetischt hat, hätte er uns beide vergiften können. Natürlich ist es einfach eine Phase, aber je schneller er sie überwindet, desto besser.

Ich trinke mehr Tee und verspeise eine große Menge Knuspermüsli. Ja, Knuspermüsli: Keksbrocken, die sich als Gesundheitskost ausgeben. Ich weiß genau, was ich tue, ich leugne nichts. Aber bevor ich mit meinem Bauch-weg-Programm beginnen kann, muss ich scheußliche Sachen zum Essen kaufen, und bis ich das getan habe, kann ich auch das aufessen, was schon im Haus ist. Schließlich ist es eine Sünde, gute Lebensmittel wegzuwerfen, besonders in diesen angespannten Zeiten.

Plötzlich packt mich eine schreckliche Angst – der Gedanke, ohne Kohlehydrate auskommen zu müssen, ist entsetzlich. Dabei habe ich es früher doch auch geschafft, erinnere ich mich. Obwohl es mich im Rückblick erstaunt, wie gefügig ich war. Ich muss wieder an den Tag damals denken, als Gilda mich aus dem Bett holte und mit mir sechs Kilometer im Dunkeln gejoggt ist. Als wir wieder im Hotel waren, habe ich geduscht und auf weitere Anweisungen gewartet. Ich lebte in der Hoffnung, etwas zu essen zu bekommen, aber zu fragen nützte nichts. Wenn mir etwas zu essen zustand, würde ich es bekommen. Wenn nicht, dann nicht. So einfach war das. Ich brauchte nicht nachzudenken. Denken war Gildas Bereich. Sie war für meine Ernährung zuständig – abgezählte Kalorien, viele Proteine, zuckerfrei. Das zusammen mit dem Joggen bewirkte, dass ich in Größe 36 passte.

Während Gilda mir die Haare föhnte – es gab nur wenig, was sie nicht konnte –, ging sie mit mir den Tagesplan durch. »In zehn Minuten werden wir abgeholt und zu *Good Mor-*

*ning Denver* gefahren. Du bist um 7.35 Uhr dran und hast vier Minuten. Sie kündigen die heutige Lesung an und zeigen den Buchumschlag. Danach fahren wir in eine physiotherapeutische Einrichtung, wo du mit Patienten zusammentreffen wirst. Du wirst ihnen das Frühstück austeilen. Ein Lokalsender berichtet darüber ...«

»Und ich?« Ich konnte mich nicht länger beherrschen. »Bekomme ich auch Frühstück?«

»Natürlich«, sagte sie.

»Ja? Wirklich?«

Sie lachte. »Gib nicht mir die Schuld, aber du kriegst mit den Patienten zusammen von dem Krankenhausfrühstück.«

»Dem Krankenhausfrühstück?«

»Sei nicht so«, sagte sie ermutigend. »So etwas ist herzerwärmend. Du kannst davon erzählen, wie es war, als du durch eine Magensonde ernährt wurdest. So eine Erinnerung ist doch berührend, oder? Mir kommen jetzt schon die Tränen.«

»Und du?«, fragte ich. »Wahrscheinlich kriegst du einen großen Teller mit Eierkuchen und Ahornsirup.«

»Das kann schon sein. Aber ich bin auch nicht der Star.«

Darüber lachten wir beide.

Jetzt esse ich noch mehr von dem Knuspermüsli und überlege mir, was heute Morgen ansteht. Erste Aufgabe: Ich muss drei Kilo von meinem Vorbau verlieren. Zweite Aufgabe: Ich muss ein Buch schreiben.

Das Telefon klingelt. Meine Mutter.

»Wo bist du?« Sie klingt verärgert.

»Wo sollte ich denn sein?«

»Hier. Und mit mir einkaufen gehen. Es ist Montag.«

Es ist meine Aufgabe, meine Mutter am Montagmorgen zum Einkaufen zu fahren. Wie konnte ich das vergessen?

Dann kann ich das Buchschreiben erst mal aufschieben. Ha!

»Ich bin in einer Viertelstunde da.« Mit meiner neuen Damen-Chino als Ausgangspunkt wähle ich, was ich anziehe. Zum Glück hat sich mein zusätzliches Gewicht nicht auf die Füße ausgewirkt, sodass mir meine Sandalen vom letzten Jahr noch passen.

*10.30 Uhr*
Ich setze mich ins Auto. In dasselbe Auto, mit dem ich Betsy und Jeffrey früher zur Schule gefahren habe. Das Auto, das ich nicht mehr brauchte, als mein neues Leben begann und ich nach New York zog. Ich bat Karen, es für mich zu verkaufen, aber sie behielt es, weil sie offenkundig nicht wie ich darauf vertraute, dass mein Glück anhalten würde.

Und vielleicht war es so das Beste. Denn als mein Glück sich als Illusion erwies, brauchte ich ein Auto. Und dieses hier wartete auf mich, als wäre ich nie weg gewesen.

Als ich losfahre, kommt »Bringing Sexy Back« im Radio, und ich werde zurückgeworfen zu dem Abend mit Justin Timberlake im Madison Square Garden, zu dem Gilda mich eingeladen hatte. Es war zweifellos einer der besten Abende meines Lebens. Zum millionsten Mal stelle ich mir die Frage, wie es Gilda gehen mochte. Aber ich darf sie nicht bei Google nachsehen. Ich kann nur erneut mein Mantra wiederholen: *Mögest du gesund sein, mögest du glücklich sein, mögest du frei von Leiden sein.*

*10.35 Uhr*
Mum macht die Tür auf und sieht mich mit verärgerter Miene an, weil ich ihren wöchentlichen Einkauf vergessen habe, aber nachdem sie mich von oben bis unten gemustert hat, sagt sie in überraschtem Ton: »Stella! Hast du neue Hosen?«

Unerwartet steigt Stolz in mir auf, und ich sage: »Karen hat mir geholfen. Es sind Chinos.«

»Chinos? Sind das nicht Männerhosen?«

»Das hier sind Damen-Chinos.«

»Damen-Chinos! Das muss was Neues sein. Na!« Sie bläst die Backen voller Bewunderung auf. »Du siehst sehr hübsch aus! Zeig dich mal Dad.«

»Okay. Hallo, Dad.« Ich stecke nicht nur den Kopf um die Ecke, sondern gehe ins Wohnzimmer, damit er mich richtig ansehen kann.

»Da bist du ja, Stella«, sagt er. Dann mustert er mich genauer. »Was hast du denn gemacht? Du siehst spitzenmäßig aus.«

»Sie hat sich Chinos gekauft.« Mum steht hinter mir.

»Chinos?«

»*Damen*-Chinos«, sagen Mum und ich gleichzeitig.

»Hatte da unser Parvenü die Finger mit im Spiel?«

»Hatte sie«, sagen wir zusammen.

»Na, Ehre, wem Ehre gebührt«, sagt Dad. »Du siehst spitzenmäßig aus.«

»Spitzenmäßig«, sagt auch Mum. »Eins a.«

Wer hätte das gedacht? Ich sehe spitzenmäßig aus! Meine Damen-Chinos sind ein Erfolg! Mein neuer Stil wirkt!

### 12.17 Uhr

Lieber Himmel, was für einen Müll sie essen – Kekse, Chips, Kuchen mit einem Haltbarkeitsdatum von zehn Monaten ... Fett und Zucker in allen Kombinationen sind in Hazel Lockes Einkaufswagen willkommen. Mit Mum einzukaufen ist immer ein Machtkampf – wer den Einkaufswagen schiebt, wer kontrolliert, was reinkommt. Diesmal schafft Mum es, ihn sich zu sichern: Sie sagt, ich solle das Auto gerade in die Lücke setzen, springt dann raus und steckt einen Euro in den Einkaufswagen, bevor ich den Motor ausstellen kann. Wenn sie will, kann sie erstaunlich fix sein. Und raffiniert.

Wir verweilen eine Ewigkeit in der Fett-und-Zucker-Zentrale, dann bestehe ich darauf, dass wir in die Obst- und Gemüseabteilung fahren. »Wie wär's mit Brokkoli?«, schlage ich vor.

»Ich kann Brokkoli nicht ausstehen«, sagt sie schmollend.

»Du hast ihn nie gegessen.«

»Das stimmt. Weil ich ihn hasse.«

»Jetzt komm, Mum. Und Mohrrüben?«

Widerstrebend berührt sie einen Beutel Mohrrüben und schreckt dann zurück, als wären sie radioaktiv verseucht. »Biogemüse!«

»Bio ist doch gut«, sage ich wie jedes Mal. »Es ist besser als das Gemüse aus konventionellem Anbau.«

Sie nimmt einen Bio-Apfel in die Hand. »Wie kann das sein, Stella? Sieh doch, wie verschrumpelt der aussieht. Wie ein Apfel aus Tschernobyl.« Dann sagt sie: »Aber ist es nicht egal? In unserem Alter kannst du uns doch unsere kleinen Freuden lassen.«

»Es könnte euer Leben verkürzen.«

»Na und?«

Ich will sie bei den Schultern nehmen und ernsthaft sagen: »Hör auf, so alt zu sein!« Aber sie kann nichts dafür. Mum und Dad werden nie in weißen Leinensachen händchenhaltend an einem Strand entlanggehen, barfuß und lächelnd, strahlend vor fischölgeförderter Gesundheit.

»Bloß weil Sie in der Nähe eines Golfplatzes wohnen, müssen Sie ja nicht Golf spielen.«

Aus: *Gezwinkerte Gespräche*

Mannix Taylor kam an mein Bett, bei ihm waren vier, nein, fünf Krankenschwestern. Was sollte das denn jetzt wieder?

»Guten Morgen, Stella«, sagte er. »Wir wollen eine kleine Unterrichtsstunde abhalten. Können Sie den Schwestern hier bitte das mit dem Zwinkern zeigen, wie wir es gestern gemacht haben?«

*Ja, meinetwegen.*

Die Krankenschwestern nahmen missmutig um mein Bett herum Aufstellung. *Wir haben zu tun*, brachten sie wortlos zum Ausdruck. *Wir haben reichlich zu tun und keine Lust, einer gelähmten Frau beim Zwinkern zuzusehen. Und schon gar nicht jetzt, da wir sie auch noch alle zwei statt drei Stunden drehen müssen.*

»Also«, sagte Mannix, in der Hand Stift und Papier. »Was möchten Sie sagen, Stella? Erster Buchstabe. Ein Vokal? Nein? Ein Konsonant? Erste Hälfte des Alphabets? Ja? B, C, D, F, G, H? H. Gut. Ein H.«

»Haben Sie gesehen, wie es geht?«, sagte er zu den Schwestern. »Wer von Ihnen möchte weitermachen?«

Als niemand sich meldete, gab er Stift und Papier an die Krankenschwester neben sich. »Machen Sie es, Olive«, sagte er. »Fangen Sie an, Stella.«

Fast ein wenig schüchtern buchstabierte ich das Wort »HALLO«.

Die Krankenschwestern starrten mich an, dann sagte eine: »Auch hallo.«

»Warum sagst du hallo zu ihr?«, fragte eine andere. »Sie ist seit einem Monat hier.«

»Aber bisher hat Stella nicht gesprochen«, sagte Mannix.

»Hm, stimmt. Jetzt müssen wir aber weitermachen.«

Als sie wieder an den Schwesterntisch gingen, hörte ich eine sagen: »Für wen hält der sich eigentlich?«

»Wann kommt ihr Mann normalerweise?«, wollte Mannix von Olive wissen.

»Morgens meistens gegen acht und dann wieder am Abend, um sieben.«

»Wir hätten also die ganze Zeit so miteinander sprechen können?« Ryan pflanzte sich aufgebracht vor Mannix auf. »Sie liegt seit einem Monat hier, und erst jetzt erklärt man uns das?«

*Ja, aber ...*

Ryan begriff wohl nicht, dass Mannix das Zwinkersystem eigens für mich entworfen hatte.

»Das Guillain-Barré-Syndrom ist äußerst selten«, sagte Mannix. »In meinen zwanzig Jahren als Neurologe bin ich nie einem solchen Fall begegnet. In keinem Krankenhaus in diesem Land gibt es Unterlagen darüber, wie man die Krankheit behandelt.«

»Hören Sie auf, mir so einen Scheiß zu erzählen!«, sagte Ryan.

»Inzwischen habe ich Experten in den Staaten ausfindig gemacht und ...«

»Sie ist seit einem Monat hier, und es ist keine Besserung eingetreten!«

Ich versuchte verzweifelt, Ryans Blick auf mich zu lenken.

*Reg dich ab*, wollte ich sagen. *Er versucht mir zu helfen. Es ist zehn Uhr abends, und er ist extra dageblieben, um es dir zu erklären.*

»Wer sind Sie überhaupt?«, wollte Ryan wissen.

»Wie ich schon sagte, ich bin Stellas Neurologe.«

»Und was ist mit Dr. Montgomery?«

»Dr. Montgomery ist immer noch Stellas behandelnder Arzt. Ich bin ihr Neurologe. Wir haben unterschiedliche Aufgaben. Er ist für Stellas Gesamtbefinden zuständig.«

»Damit zwei Leute verdienen, nicht nur einer?«

Ich mochte gar nicht daran denken, wie viel das alles wohl kostete.

»Und wieso kommen Sie erst nach einem Monat auf diese Idee?«

»Man hätte Stella sofort einen Neurologen zuweisen müssen, aber das ist versäumt worden. Ein Verwaltungsfehler. Es tut mir leid, dass das System Stella und Sie im Stich gelassen hat.«

»Das ist doch nicht ...«

Offenkundig war Ryan mit den Nerven am Ende. Er war direkt vom Flughafen, nach seiner Angebotsabgabe, ins Krankenhaus gekommen, mit dem billigen Rollkoffer, und er sah müde und erschöpft und unsäglich niedergedrückt aus.

»Stella ...«, sagte er. »Ich kann nicht mehr. Wir sehen uns morgen früh.«

Er warf Mannix Taylor einen bösen Blick zu und war weg.

Als seine Schritte verhallten, sahen Mannix Taylor und ich uns an.

*Keine gute Tat bleibt ungestraft.*

Er lachte, als hätte er verstanden, was ich dachte – vielleicht hatte er es ja, vielleicht auch nicht –, drehte sich dann auf dem Absatz um und war ebenfalls verschwunden.

Dr. Montgomery verspätete sich.

Nach der Auseinandersetzung zwischen Ryan und Mannix Taylor hatte Ryan einen Fortschrittsbericht verlangt. »Ich will Informationen«, hatte er zu mir gesagt, schäumend vor Wut. »Ich bin es leid, dich in diesem Bett liegen zu sehen, ohne dass sich was ändert. Und ich will wissen, wer dieser Mannix Taylor ist.«

Ryan hatte Karen zu der Besprechung mitgebracht; zusammen standen sie mit Mannix Taylor in einem unbehaglichen Dreieck auf der Station, und nach ihrer Körpersprache zu urteilen, mochte Karen ihn genauso wenig wie Ryan.

Das Problem war, dass Ryan und Karen wütend waren – wütend, weil ich krank war, und wütend, weil sich keine Besserung abzeichnete –, und ihre Wut mussten sie an jemandem abreagieren.

Ich versuchte mir zu merken: Wenn jemand auf mich wütend ist, sollte ich es nicht persönlich nehmen, denn wer weiß, was gerade bei ihm abläuft.

»Wie lange müssen wir noch auf Dr. Montgomery warten?«, fragte Karen unwirsch. »Ich habe schließlich noch etwas anderes zu tun.«

»Ich auch.«

Keine gute Antwort. Karen blitzte ihn böse an, und ich sah hilflos von meinem Bett aus zu.

Dann floss die Energie in eine andere Richtung – Dr. Montgomery war auf der Bildfläche erschienen. Elegant, lächelnd, jovial, mit einem Tross von Jungärzten im Schlepptau. »Guten Morgen, Dr. Montgomery«, riefen die Krankenschwestern. »Guten Morgen!«

Bei Dr. Montgomerys Eintreffen brach ein allgemeines Händeschütteln aus, sodass Karen und Ryan sich versehentlich auch die Hand gaben.

Niemand schüttelte mir die Hand. Niemand sah mich auch nur an.

»Dr. Montgomery«, sagte Ryan. »Sie haben mich gebeten, geduldig zu sein. Ich bin geduldig gewesen. Aber ich, wir – Stellas Familie –, wir brauchen eine ehrliche Auskunft, wie es um sie steht.«

»Aber selbstverständlich. Selbstverständlich! Nun, mein Kollege hier, Dr. Taylor, ist Facharzt für Neurologie. Vielleicht könnten Sie, Mannix, uns an Ihrer ...«, in sarkastischem Ton gesprochen, »... Weisheit teilhaben lassen.«

»Um es klar und verständlich zu sagen«, begann Mannix Taylor, »bei dem Guillain-Barré-Syndrom wird die Myelinschicht der Nerven angegriffen. Dieser isolierende Schutzmantel muss sich neu bilden, bevor die Gliedmaßen ihre Funktionen wiederaufnehmen können. Allerdings ...«

Dr. Montgomery unterbrach ihn geschickt. »Sie haben es gehört: Die Myelinschicht um Sheilas Nerven muss sich neu bilden, bevor die Gliedmaßen ihre Funktionen wiederaufnehmen können.«

»Die Patientin heißt Stella«, sagte Mannix Taylor. Dr. Montgomery sah ihn nicht einmal an, sein freundlich-wohlwollender Blick war auf Ryans besorgtes Gesicht gerichtet.

»Wie lange dauert das denn?«, fragte Ryan. »Ihr Zustand hat sich seit ihrer Einweisung nicht verändert. Können Sie abschätzen, wie lange es dauern wird, bis sie nach Hause kommt?«

»Ich verstehe, dass Sie Sheila und ihre gute Hausmannskost vermissen«, sagte Dr. Montgomery. »Und ich weiß, dass wir uns alle hier schier ein Bein ausreißen, um Sheila wieder gesund zu machen. Die Krankenschwestern auf dieser Station sind die besten Mädels auf der Welt.«

Mannix Taylor sah zu der Schwesternstation, wo sich zwei Krankenpfleger unter den Schwestern befanden.

»Könnten Sie uns einen Zeitrahmen nennen?«, fragte Ryan. »Was schätzen Sie? Eine Woche?«

»Aber jetzt nehmen Sie mal Vernunft an.« Dr. Montgomery zeigte auf mich im Bett. »Sehen Sie doch selbst.«

»Ein Monat dann?«

»Könnte sein, könnte sein. Vielleicht sogar eher.«

*Wirklich?*

Mannix Taylor sah ihn entsetzt an. »Bei allem Respekt, aber ich ...«

Dr. Montgomery unterbrach ihn mit frostiger Stimme. »Sheilas Gesundheit ist uns allen das größte Anliegen, und wir können sie erst entlassen, wenn sie vollständig wiederhergestellt ist. Sie sind ein gebildeter Mann, Mr. Sweeney! Wenn Ihre Frau nicht in einem Monat auf dem Weg nach Hause ist, brauchen Sie nicht meine Sekretärin am Telefon anzuschreien wie heute Morgen! Die arme Gertie, das erträgt sie nicht. Sie ist ein echtes Schlachtross, aber alte Schule. Hahaha!«

»Aber ein Monat ist realistisch?«, beharrte Ryan.

»Zweifellos. Haben Sie mit dem Fliegenfischen angefangen?«

»Nein.«

»Das sollten Sie aber. Und Sie?« Dr. Montgomery sah Karen mit unverhohlenem Interesse an. »Spielen Sie Golf?«

»Äh, nein.«

»Warum nicht? Kommen Sie mal zum Golfklub. So ein hübsches Mädel wie Sie würde ein paar Gesichter zum Leuchten bringen.«

Dr. Montgomery sah auf die Uhr, machte einen kleinen Satz und sagte: »Meine Güte, lieber Himmel!«, und fing an, seine Visitenkarten zu verteilen: Er gab Ryan eine, Karen eine und eine dem dümmlichen Dr. de Groot, dem er sie aber sofort wieder abnahm. »Her damit, Sie Gimpel! Nicht, dass Sie mich auch noch zu Hause anrufen! Kann Sie schon nicht mehr sehen. Ich und mein Schatten, hahaha!«

Zu Karen und Ryan sagte er: »Hier haben Sie meine Privatnummer. Rufen Sie mich an. Jederzeit. Je-der-zeit. Mrs. Montgomery ist daran gewöhnt, von ihr kommt kein Mucks, wenn sie erst mal ihre Pillen genommen hat, hahaha! Bei der leisesten Beunruhigung – rufen Sie mich an. Aber jetzt, tut mir leid, muss ich los, ich habe noch einen Termin.«

»Mit welchem Handicap gehen Sie in die Runde?«, fragte Mannix Taylor spitz.

Dr. Montgomery sah ihn mit gutmütiger Abscheu an. »Wissen Sie was? Sie sollten mal eine Runde mit uns spielen, Mannix, das würde Ihnen guttun.« Er ließ allen Anwesenden außer mir einen Blick zukommen. »Nimmt die Dinge sehr ernst, unser Dr. Taylor hier.« Alle lachten gehorsam. »Wie sagt mein Enkel immer so schön?«, fuhr er fort. »Mach dich mal locker.« Wieder lachten alle.

»War mir ein Vergnügen.« Dr. Montgomery strahlte. »Wir müssen uns bald wiedersehen.« Forsch schüttelte er allen die Hand, außer Mannix. Und mir natürlich. »Sorgt dafür, dass sie am Leben bleibt, Patsy!« Und dann war er weg, und sein Gefolge strengte sich an, mit ihm Schritt zu halten.

»Toller Typ!«, sagte Karen und sah ihm nach.

*Wirklich?* Karen war so gewieft wie kaum eine Zweite – wie konnte sie ihm auf den Leim gegangen sein? Er hatte alle geblendet, obwohl es doch klar war – mir jedenfalls war es klar –, dass er nichts über meine Verfassung wusste. Und mir wurde schlecht bei dem Gedanken, wie viel er für diese paar Minuten Beratung berechnen würde. Nach Dr. Montgomerys Abgang war es, als wäre ein Ballon geplatzt. Irgendwie war die Luft raus. Dann ergriff Mannix Taylor das Wort, und die Stimmung wurde noch trübseliger.

»Hören Sie«, sagte er zu Ryan und Karen. »Ich weiß, Dr. Montgomery hat gesagt, Stella könnte in einem Monat wieder zu Hause sein, aber das ist aussichtslos.«

Ryan sah ihn aus schmalen Augen an. »Wie bitte?«

»Es ist völlig unmöglich ...«

»Dr. Montgomery hat zwei Abschlüsse mit Auszeichnung vom Trinity College«, sagte Ryan. »Er ist seit über fünfzehn Jahren Chefarzt an diesem Krankenhaus. Wollen Sie sagen, Sie wissen mehr als Ihr Vorgesetzter?«

»Ich bin Neurologe. Mein Spezialgebiet sind Erkrankungen des zentralen Nervensystems.«

»Sie haben mir gesagt, Sie wüssten nichts über das Guillain-Barré-Syndrom«, sagte Ryan.

»Ich habe gesagt, ich hätte nie einen Fall zu Gesicht bekommen. Aber ich bin mit Spezialisten in den Vereinigten Staaten in Kontakt, und nach dem, was ich von ihnen erfahre, ist es besser, Sie zügeln Ihre Erwartungen.«

»Sie ist in einem Monat nicht wieder zu Hause?«

»Nein.«

»Wie können Sie das in ihrer Anwesenheit sagen?«, fragte Karen erregt. »Wie können Sie so grausam sein?«

»Es ist nicht meine Absicht, grausam zu sein.«

»Wann wird sie denn dann nach Hause kommen?«, fragte Ryan.

»Es ist unmöglich, darüber eine Aussage zu treffen.«

»Großartig«, sagte Ryan sarkastisch. »Wirklich großartig.«

Karen umfasste beruhigend seinen Arm. »Ryan, hör zu, lass uns gehen. Wir wollen das jetzt nicht weiter erörtern.«

Sie gaben mir beide widerstrebend einen Kuss auf die Stirn, dann gingen sie, und nur Mannix Taylor blieb an meinem Bett zurück.

»Es stimmt, dass Dr. Montgomery zwei Abschlüsse mit

Auszeichnung gemacht hat«, sagte er und fügte hinzu: »Vor ungefähr tausend Jahren.«

Zu meiner Überraschung musste ich in Gedanken kichern.

»Und er ist seit Ewigkeiten hier Chefarzt. Es stimmt alles, was Ihr Mann gesagt hat.«

Aber das machte ihn nicht zu einem guten Arzt.

»Viel Wissen bedeutet noch nicht Verstand«, sagte Mannix. »Ich glaube, das ist von Sokrates.«

Ich blinzelte schnell mit beiden Augenlidern. Das war unser Zeichen, wenn ich etwas mitteilen wollte. Er nahm Stift und Papier, und ich buchstabierte: »HERAKLIT.«

»Heraklit?« Mannix Taylor war erst verdutzt, dann fing er an zu lachen. »Heraklit! Das hat *Heraklit* gesagt, ›Viel Wissen bedeutet noch nicht Verstand‹. Nicht Sokrates. Sie sind ja eine Marke, Stella Sweeney. Oder darf ich Sie Sheila nennen? Wieso wissen Sie etwas über griechische Philosophen und sind doch nur eine einfache Friseurin?«

»KOSM…«

»Kosmetikerin. Ich weiß. War ein Witz.«

*Witze sollen lustig sein.*

»Ja«, sagte er seufzend. »Vielleicht sollte ich das mit den Witzen lieber lassen. Anscheinend habe ich kein Talent dafür.«

In der Nacht danach, den langen, leeren Stunden meines »ausgezeichneten« Schlafs, dachte ich über Mannix Taylor nach. Er war ein seltsamer Mann. Wie er Dr. Montgomery widersprochen hatte, war frappierend unprofessionell, auch wenn er recht hatte.

Ich dachte über Mannix Taylors Leben außerhalb des Krankenhauses nach. Er trug einen Ehering – natürlich, er hatte gute Zähne und arbeitete in einem gut bezahlten, angesehenen Beruf. Er hatte bestimmt eine perfekte Ehefrau.

Oder war er schwul? Nein, mein Gefühl sagte mir etwas anderes. Er hatte bestimmt eine Frau.

Ich versuchte mir vorzustellen, ob er zu Hause so launisch war wie bei der Arbeit. Ich vermutete, eher nicht. Ich vermutete, seine Frau ließ sich das nicht bieten. Ich stellte sie mir groß vor, skandinavischer Typ, ehemaliges Model vielleicht. Äußerst elegant. Sie hatte ihr eigenes Unternehmen. Was für eins ...? Inneneinrichtung? Ja, klar, Inneneinrichtung. Leute wie sie machten das immer – sie rannten mit Farbtabellen und Stoffmustern herum und verdienten ein Vermögen. Vielleicht war sie auch Kinderpsychologin – solche Frauen waren manchmal für eine Überraschung gut.

Ich beschloss, dass sie und Mannix drei hübsche blonde Kinder hatten. Eins der Kinder hatte ... mal sehen ... Legasthenie, denn ein perfektes Leben gab es für niemanden. Ein Privatlehrer kam viermal in der Woche ins Haus – er war teuer, aber es lohnte sich, und Saoirse entwickelte sich prächtig und kam in der Schule gut mit.

Und wo lebte Mannix Taylor? Da, wo sie elektronisch gesicherte Tore hatten. Ja, wahrscheinlich in einem der schönen Häuser in Wicklow, in der Nähe des Druid's Glen Golfklubs. Eine umgebaute und mehrfach erweiterte Scheune auf einem halben Hektar Land. Drum herum war es ländlich, alles Felder, aber man kam gut zur N11 und konnte in einer halben Stunde in Dublin sein.

Was machte er in seiner Freizeit, dieser Mannix Taylor? Schwer zu sagen, aber eins stand fest: Golf spielte er nicht. Schade eigentlich, wo er doch so nah an einem so berühmten Golfplatz wohnte.

**16.22 Uhr**

»Ich habe gehört, du hast mit deinen Damen-Chinos angegeben!« Karen steht vor meiner Tür, ihr blondes Haar superglatt geföhnt.

»Ja!« Ich trete zur Seite und lasse sie herein. »Vielen Dank noch mal! Ich gestehe, ich hatte meine Zweifel ...«

»Da muss ich dich gleich unterbrechen.« Sie geht in die Küche. »Für Wein ist es zu früh, oder? Eigentlich schon, und du darfst sowieso keinen trinken.« Sie schaltet den Wasserkocher an. »Wo war ich stehen geblieben? Ach ja – denk bloß nicht, du bist im grünen Bereich. Die Chinos sind nur eine vorübergehende Lösung. Eine Tarnung. Du musst trotzdem zehn Pfund abnehmen.«

»Nicht zehn!«, sage ich erschrocken. »Sieben.«

»Neun.«

»Acht.«

»Mir auch egal. Bei allen anderen ist es anders«, sagt sie nachdenklich. »Wenn sie eine Krise haben, dann nehmen sie ab. Pech für dich!« Sie macht ein paar Schränke auf und wieder zu. »Irgendwo normale Teebeutel? Diesen Kräuterscheiß trinke ich nicht.«

»Ich auch nicht«, sage ich würdevoll. »Der Kräuterscheiß ist von Jeffrey.«

»Mann, der ist komisch. Mein Sohn allerdings auch. Glaubst

du, dass wir ein Gen männlicher Sonderbarkeit weitergeben? Proteine«, sagt sie dann übergangslos. »Die brauchst du jetzt. Haufenweise Proteine. Dass es Kohlehydrate gibt, streichst du am besten aus deinem Gedächtnis.«

»Sind das deine echten Wimpern?«, frage ich sie, weil ich unbedingt das Thema wechseln will.

»Die hier?« Karen klimpert mit ihren langen Wimpern. »Nichts an mir ist echt. Alles falsch. Nägel.« Sie wedelt mit den Händen. »Zähne.« Sie fletscht die Zähne. »Augenbrauen. Bräune. Ich mache dir künstliche Wimpern.« Sie schluckt und sagt mit Mühe: »Zum Selbstkostenpreis.«

Ich schüttle den Kopf. »Ich hatte mal künstliche Wimpern. Das war ein Albtraum. Man darf sie nicht anfassen und muss aufpassen, dass nichts damit passiert. Als hätte man eine nicht funktionierende Beziehung.«

Karen sieht mich vielsagend an.

»Sie war nicht nicht funktionierend«, protestierte ich. »Sie hat funktioniert.«

»Und dann nicht mehr.«

Mir steigen Tränen in die Augen. »Ach, Karen. Vielleicht solltest du gehen?« Plötzlich fällt mir etwas ein. »Letzte Nacht habe ich wieder von Ned Mount geträumt.«

»Wieso träumst du von ihm?«

»Wir haben keinen Einfluss auf das, was wir träumen! Außerdem mag ich ihn.« Er hatte mich in seiner Radioshow interviewt, als *Gezwinkerte Gespräche* in Irland erschienen war. Wir hatten uns prächtig verstanden.

»Würdest du …?«, beginnt Karen.

»Nein … der Teil meines Lebens ist abgeschlossen.«

»Du bist erst zweiundvierzig.«

»*Ein*undvierzig.«

»Einhalb.«

»Ein Viertel. Erst ein Viertel.«

Karens Blick wandert über mein Gesicht. »Du könntest mal eine Auffrischung gebrauchen. Dr. Jin Jing ist nächsten Donnerstag im Salon. Ich lade dich ein.«

»Ach, nein, danke ...«

Wegen neuer gesetzlicher Bestimmungen durfte Karen nicht mehr selbst die Botox-Spritzen setzen, sodass neuerdings eine junge chinesische Ärztin jeden zweiten Donnerstag kam und den begierigen Kundinnen ihre Botox-Dosis verabreichte. Ich hatte ein paar Ergebnisse dieser Behandlung gesehen und fand sie beängstigend. »Uneinfühlsam« war noch die beste Beschreibung, und ich wusste aus Erfahrung, dass kein Botox allemal besser war als eine schlechte Botox-Behandlung. In New York hatte ich einen guten Arzt dafür, jemand, der mit Feingefühl zu Werke ging. Danach konnte ich trotzdem meine Augenbrauen bewegen. Dann machte ich den Fehler, zu einem billigeren Salon zu gehen, und meine Stirn verwandelte sich in eine Art überhängendes Vordach. Es sah aus, als würde ich permanent die Stirn runzeln. Die zwei Monate, in denen ich darauf wartete, dass sich das schlechte Botox abbaute, waren mir sehr lang vorgekommen.

»Bist du dir sicher?«, fragt Karen ungeduldig. »Ich berechne nichts. So ein Angebot bekommst du nicht jeden Tag.«

»Wirklich, Karen, im Moment brauche ich nichts.«

»Hast du gehört, was ich gesagt habe? Ich würde nichts berechnen.«

»Danke. Das ist sehr lieb. Aber jetzt nicht, ja?«

»Statt zu denken: Warum ich?, denke ich: Warum *nicht* ich?«

Aus: *Gezwinkerte Gespräche*

In meinem Krankenhausabteil war nach der Einführung des Zwinkercodes alles anders. Als Erstes bat ich Karen, mir die Haare zu waschen, und nur jemand, der so unerschrocken war wie sie, hätte es geschafft – denn es war eine Riesenaufgabe, zu der Plastikplanen, Schöpfbecher, Schwämme und endlose Schüsseln Wasser gehörten. Ganz abgesehen von der schwierigen Handhabung all der Schläuche, die in mir steckten. Mum, Betsy und Jeffrey halfen dabei und eilten geflissentlich zum Badezimmer, um Seifenwasser wegzugießen und frisches Wasser zu holen, dann föhnte Karen mir die Haare so, dass sie sich sanft wellten, und ich hätte vor Wohlgefühl sterben können.

Als Nächstes bat ich Betsy und Jeffrey inständig, ihre Schularbeiten nicht zu vernachlässigen, und mein dritter Wunsch war der nach ein bisschen Abwechslung – ich war es leid, dass Leute hereinkamen, mich eine Viertelstunde lang traurig anstarrten und dann gingen. Ich wollte Unterhaltung, vielleicht was zum Lachen. Ich hätte viel gegeben, wenn ich eine Folge von *Coronation Street* hätte sehen können, aber da das nicht infrage kam, wünschte ich mir, dass jemand mir aus einer Zeitschrift vorlas: Ich lechzte nach dem neuesten Klatsch über Berühmtheiten und ihre Romanzen und Trennungen, über Gewichtsprobleme, über die neuesten Schuh- und Schönheitstrends.

Dieser Wunsch hatte merkwürdige Auswirkungen, denn Dad hatte gehört, dass ich vorgelesen bekommen wollte, und kam ganz aufgeregt mit einem Buch aus der Bibliothek. »Ein Debütroman.« Er hielt das Buch vor mir hoch. »Amerikaner. Tom Wolfe hat ihn den erstaunlichsten Romancier des einundzwanzigsten Jahrhunderts genannt. Joan hat das Buch für dich zur Seite gelegt.«

Er zog einen Stuhl heran und fing an zu lesen, und es war sehr, sehr schrecklich. »›Taumelig. Talwärts. Tombola. Milchweiß. Massigfüllig. Cremiges Fleisch überfließend. In schweren Kaskaden.‹«

Mannix Taylor tauchte hinter Dad auf.

»›Fleisch. Fleischlichkeit. Eine teutonische Wahrheit‹«, las Dad weiter. »›Fleischliche Substanz. Was wir sind, was wir sein werden. Dünne Hautsäcke mit roter Flüssigkeit und marmorierten Muskeln. Knorpelige Menschen …‹«

»Was ist hier im Gange?« Mannix Taylor schien verärgert.

Dad sprang vom Stuhl auf und drehte sich um.

»Mannix Taylor, Stellas Neurologe.« Mannix streckte ihm die Hand hin.

»Bert Locke, Stellas Vater.« Dad nahm widerstrebend die Hand. »Und Stella will vorgelesen bekommen.«

»Sie hat nicht viel Kraft. Sie braucht ihre Energie, um gesund zu werden. Das meine ich ernst. Das hier …« Mannix zeigte auf das Buch. »Das klingt anstrengend. Zu viel für sie.«

Ich seufzte innerlich. Er war so verdammt anmaßend, dieser Mannix Taylor, er schaffte sich Feinde, ohne dabei ins Schwitzen zu kommen.

»Was soll ich ihr dann vorlesen?«, fragte Dad sarkastisch. »Harry Potter?«

Ich war beim Zwiebelhacken. Auch wenn Eigenlob bekanntlich stinkt, aber ich konnte das richtig gut, wie einer von diesen Fernsehköchen. Meine Finger tanzten geschickt, sie führten mein sehr teures japanisches Küchenmesser und ließen blauen Stahl durch die Luft sausen. Um mich herum waren Menschen, ihre Gesichter waren verschwommen, aber sie gaben bewundernde Laute von sich. Souverän drehte ich die Zwiebel um neunzig Grad und hackte sie mit raschen Bewegungen in dieser Richtung, so schnell, dass man fast nicht folgen konnte, dann legte ich das sehr teure japanische Küchenmesser hin.

Jetzt kam der Höhepunkt der Show. Ich legte die Hände um die Rundung der Zwiebel, fast wie im Gebet. Dann öffnete ich die Finger sachte, als wollten sie auffliegen, und – voilà! – da war die Zwiebel, in winzige, perfekte Stückchen zerhackt. Alle klatschten.

Dann wurde ich wach. Und lag in meinem Krankenhausbett, in meinem bewegungslosen Körper, mit meinen völlig nutzlosen Fingern.

Etwas hatte mich geweckt.

*Jemand* hatte mich geweckt. Mannix Taylor. Er stand am Fußende und sah mich an.

Er schwieg so lange, dass ich schon dachte, ihm wäre ebenfalls die Fähigkeit zu sprechen abhandengekommen. Dann sagte er: »Denken Sie manchmal: Warum ich?«

Ich sah ihn voller Verachtung an. Was war bloß mit ihm los? Machte Saoirse, die legasthenische Tochter, die ich ihm angedichtet hatte, keine Fortschritte, obwohl sie Sonderunterricht bekam?

»Ich meine nicht mich«, sagte Mannix Taylor. »Ich meine Sie.« Mit einer ausholenden Geste zeigte er auf die Krankenhausausstattung. »Sie haben sich diese außergewöhnliche Krankheit zugezogen. Sie können sich nicht vorstellen, wie selten sie ist. Und sie ist grausam. Nicht sprechen, sich nicht bewegen können – für die meisten Menschen ist das ein Albtraum. Deswegen frage ich Sie, ob Sie manchmal denken: Warum ich?«

Ich brauchte einen Moment, dann zwinkerte ich Nein. Ich dachte über vieles nach, aber nicht darüber.

Mannix nahm einen Stift und ein Heft, die jemand – vielleicht er? – mitgebracht hatte, aus dem Sterilisator neben meinem Bett.

»Wirklich nicht?«, fragte er. »Warum nicht?«

»WARUM NICHT ICH?«

»Fahren Sie fort.«

»WAS IST AN MIR BESONDERS? TRAGÖDIEN PASSIEREN. JEDEN TAG EINE GEWISSE ANZAHL. WIE REGEN. ICH BIN IN DEN REGEN GEKOMMEN.«

»Himmel«, sagte er. »Da sind Sie weiter als ich.«

Das stimmte nicht. Es lag an meinem Dad – als wir Kinder waren, hat er mir meine Neigung zu Selbstmitleid gründlich ausgetrieben. Wenn ich ihm damit kam, hat er mir eine gelangt und gesagt: »Hör auf damit. Denk an die anderen.«

»Aua!«, habe ich dann gejammert, und er hat gesagt: »Sei freundlich zu den Menschen, denn jeder, dem du begegnest, hat einen schweren Kampf auszufechten. Das hat Plato gesagt. Ein Grieche.«

Dann habe ich gesagt: »Aber *du* bist nicht sehr freundlich, wenn du mich am Ohr ziehst.«

»Da fällt mir ein ...« Mannix Taylor zog ein Buch aus der Tasche seines weißen Kittels. »Ich habe meine Frau um eine Buchempfehlung gebeten. Sie sagt, das hier ist leicht, aber gut geschrieben.« Er legte das Buch in den Sterilisator und warf mir einen verschwörerischen Blick zu. »Mal sehen, was Ihr Vater dazu sagt.«

*He, machen Sie sich nicht über meinen Vater lustig.*

»Sorry«, sagte er, obwohl ich nichts gesagt hatte. »Jedenfalls«, fuhr er fort, »habe ich mich mit zwei Neurologen in Texas ausgetauscht, die Erfahrung mit dem Guillain-Barré-Syndrom haben. Wenn die Myelinschicht Ihrer Nervenfasern wieder wächst – und wann das sein wird, wissen wir nicht –, könnte es zu Jucken oder Kribbeln kommen oder zu Schmerzen, ziemlich starken Schmerzen. In dem Fall müssen wir eine Schmerztherapie ins Auge fassen.« Er hielt inne und sagte dann in empörtem Ton: »Damit will ich sagen, dass Sie dann Schmerzmittel bekommen. Ich weiß nicht, warum ich das nicht einfach sagen kann. Jedenfalls, wenn Ihre Bewegungsfähigkeit zurückkommt, werden Ihre Muskeln atrophiert sein, weil sie nicht benutzt worden sind, und Sie brauchen eine intensive Physiotherapie. Aber weil Sie so wenig Kraft haben, werden Sie jeden Tag nur ein bisschen Physiotherapie machen können. Es wird Monate dauern, bis sich Ihr Körper und Ihr Leben wieder halbwegs normal anfühlen. Ihre Schwester findet es grausam, dass ich Ihnen die Wahrheit sage. Ich finde, nicht die Wahrheit zu sagen, ist grausam.«

Dann sagte er: »Noch eines. Es gibt die sogenannte Elektromyografie, eine Diagnosemethode, die Aufschluss darüber geben kann, wie stark die Myelinschicht beschädigt ist. Daran kann man auch ablesen, wie lange Ihre Genesung dauern wird. Aber das Gerät in diesem Krankenhaus funktioniert nicht. Ich habe Patienten in einem anderen Krankenhaus, in dem es eine funktionierende Maschine gibt.«

Hoffnung keimte in mir auf.

»Aber«, sagte er, »weil Sie auf der Intensivstation liegen, kann man Sie nicht in ein anderes Krankenhaus bringen – Bürokratie, Versicherung, das Übliche. Man wird Sie hier nicht einfach so für zwei Stunden entlassen. Und ein anderes Krankenhaus wird keine Verantwortung für Sie übernehmen.«

Ein Gefühl der Ausweglosigkeit wogte durch mich hindurch, aber es konnte nirgendwohin, also schickte ich es wieder zurück. Ich hatte schon viel darüber gehört, wie beschissen das Gesundheitssystem war, aber erst jetzt, da ich selbst darauf angewiesen war, wurde mir klar, wie sehr das zutraf.

»Ich versuche mein Bestes«, sagte er. »Aber Sie sollten auch wissen, dass eine Elektromyografie kein Vergnügen ist. Nicht gefährlich, aber schmerzhaft. Eine Reihe von Elektroschocks entlang der Nervenenden, um die Reaktionsfähigkeit zu messen. Aus medizinischer Sicht ist Schmerz positiv. Er zeigt, dass die Nerven funktionieren.«

*Verstehe ...*

»Soll ich es trotzdem versuchen?«

Ich zwinkerte mit dem rechten Auge.

»Sie verstehen, dass es schmerzhaft sein wird? Sie können auch keine Schmerzmittel einnehmen, weil dann genau das, was gemessen werden soll, verzerrt wird. Verstehen Sie das?«

*Ja! Verdammt noch mal! Ich verstehe das.*

»Verstehen Sie das?«

Ich schloss die Augen, es war mir einfach zu dumm.

»Kommen Sie«, sagte er. »Sprechen Sie mit mir. Es war nur ein Witz.«

Ich machte die Augen auf und blitzte ihn an.

»Gibt es irgendwelche Fragen, die Sie stellen möchten?«

Ich sollte meine kostbare Energie dafür benutzen, ihn zu den Tests und meiner Krankheit zu befragen, aber im Moment war ich das Ganze so leid. Ich fasste mir also ein Herz und fragte ihn etwas, das ich wissen wollte, seit er seinen Bruder erwähnt hatte.

»ERZÄHLEN SIE MIR VON IHRER FAMILIE.«

Er zögerte.

»BITTE.«

»Na gut. Wenn Sie unbedingt wollen.« Er atmete tief ein. »Also, von außen betrachtet war meine Kindheit ...« Sarkastischer Ton. »... eine *goldene*. Mein Vater war Arzt, meine Mutter eine Schönheit. Beide bewegten sich gern in der Gesellschaft, gingen oft auf Partys und zu Pferderennen – besonders zu Pferderennen – und kamen in die Zeitungen. Ich habe einen Bruder – Roland, Sie kennen ihn schon, auf dem die ganzen Erwartungen meines Vaters lasteten. Mein Vater wollte, dass er Arzt wird, wie er selbst, aber Roland schnitt in der Schule nicht gut genug ab. Da ich selber Arzt werden wollte, hatte ich gedacht, das würde es meinem Bruder leichter machen. Aber so kam es nicht, und Roland hat immer das Gefühl gehabt, eine Niete zu sein.«

Ich dachte an den Mann, den ich vom Fernsehen her kannte und der so nett und lustig war, und er tat mir leid.

»Ich habe zwei jüngere Schwestern«, sagte Mannix Taylor. »Rosa und Hero, Zwillinge. Wir sind alle auf teure Schulen gegangen und haben in einem großen Haus in Rathfarnham gewohnt. Manchmal wurde der Strom abgestellt, aber das durften wir nicht erzählen.«

*Was? Das kam überraschend.*

»Es gab Geld. Und komische Sachen. Einmal habe ich eine Schublade aufgezogen, und darin lag ein dickes Bündel Scheine. Tausende. Ich habe nichts gesagt, und am nächsten Tag war es weg. Manchmal kamen Leute an die Tür, dann hörte man angespanntes Stimmengemurmel draußen auf dem Kiesweg.«

Das war echt spannend.

»Die Leute finden es toll, wenn man zu Pferderennen geht und zehntausend auf ein Pferd setzt.«

Ich nicht. Allein bei dem Gedanken wurde mir übel.

»Aber wenn das Pferd nicht gewinnt ...«

*Genau!*

»Bei uns wurden immer Dinge angeliefert und dann wieder abgeholt.« Er hielt inne, versunken in seine Gedanken, dann fuhr er fort. »Einmal kamen meine Eltern zu Weihnachten mit einem riesigen Ölgemälde nach Hause. Sie waren bei einer Auktion gewesen und erzählten unaufhörlich von der Versteigerung und dass sie die Ruhe bewahrt und den Zuschlag bekommen hatten. ›Du darfst keine Angst zeigen, mein Sohn‹, sagte mein Vater. ›Darin liegt das Geheimnis.‹ Sie sagten, es sei ein echter Jack Yeats, und vielleicht stimmte das auch … Sie machten über dem Kamin Platz dafür. Zwei Tage später fuhr ein Lieferwagen vor, zwei Männer stiegen aus und nahmen das Bild stillschweigend wieder mit. Es wurde nie mehr darüber gesprochen.«

*Du liebe Güte! Also …*

»Jetzt leben sie in Nizza, meine Eltern. In Südfrankreich. Nicht so aufregend, wie es klingt, aber sie haben es nicht schlecht. Sie sind wirklich sehr amüsant.«

Eine Spur Sarkasmus?

»Nein, sie sind wirklich sehr amüsant«, sagte er. »Sie lieben Partys. Wenn ich Ihnen einen Rat geben darf – nehmen Sie nie einen Gin Tonic an, den meine Mutter gemixt hat, der haut Sie aus den Schuhen.«

**18.49 Uhr**
Ich sitze in meinem Büro und bin auf Twitter, da kommt Jeffrey mit drei »Freunden« herein – drei Jungen, die mir nicht ins Gesicht sehen können. Sie verschwinden in Jeffreys Zimmer. Sie knallen mir die Tür vor der Nase zu, und ich weiß sofort, dass sie sich im Internet Pornos ansehen und demnächst Pizza bestellen werden. Es wird nicht lange dauern, bevor überall auf dem Fußboden Pizzakartons liegen. Wir benehmen uns wie normale Menschen. Was für eine Freude!

Sollten sie mir jedoch von der Pizza anbieten, muss ich ablehnen. Zwar wäre es eine gute Möglichkeit, Kontakt zu den Jugendlichen herzustellen, aber nachdem Karen hier war, bin ich einkaufen gegangen und habe jetzt den Kühlschrank voll mit proteinhaltigen Lebensmitteln. Ich bin fest entschlossen abzunehmen. Leider war ich bisher noch nicht in der Lage, meine geliebten Jaffa-Kekse wegzuwerfen, aber das wird schon noch. Bald bin ich so weit, bald.

Ich sitze am Schreibtisch und werde mir eines leisen Summens bewusst. Wespen, denke ich aufgeschreckt. Oder vielleicht Bienen. Ein Bienennest. Bienenstock, was weiß ich, wie das heißt. Bitte, lieber Gott, ich möchte kein Bienennest in meinem Dachstuhl haben.

Das Geräusch verebbt, anscheinend habe ich es mir nur eingebildet.

Dann fängt das Summen wieder an, diesmal lauter. Es klingt, als würden sie einen Angriff vorbereiten. Vielleicht hängt das Nest an der Außenmauer: Vorsichtig mache ich das Fenster auf und strecke den Kopf raus. Ich sehe keine Bienen, aber ich kann das Summen immer noch hören. Sie müssen auf dem Dachboden sein. Ängstlich starre ich zur Decke.

Wen kann ich um Hilfe bitten? Ryan ist in solchen Fällen völlig unbrauchbar, Jeffrey ebenso. Enda Mulreid würde wahrscheinlich mit bloßen Händen alles Leben aus einem Bienennest quetschen, aber ich möchte meine Kontakte mit Enda lieber beschränken. Er ist ein guter Mann, aber ich weiß nie, was ich mit ihm reden soll. Allerdings sind ja gerade ein paar junge Männer im Haus – vielleicht sind Jeffreys »Freunde« mutiger als er. Ich könnte sie um Hilfe bitten. Genau, das werde ich tun!

Ich gehe auf den Flur und stehe vor Jeffreys Zimmer – ich möchte ja nicht reinplatzen, wenn sie sich gerade pornografische Bilder ansehen. Ich klopfe, beschließe ich, warte dann fünf Sekunden und klopfe wieder. Ja, so wird es am besten sein.

Aber während ich vor Jeffreys Tür stehe, wird mir etwas Schreckliches bewusst – das Summgeräusch kommt aus seinem Zimmer. Vielleicht sind die Bienen angeflogen, weil sie gehört haben, dass es Pizza geben wird? Mögen Bienen Pizza? Oder Pornos?

Dann gestehe ich mir die schreckliche Wahrheit ein: In Jeffreys Zimmer sind keine Bienen. Jeffrey und seine Freunde verursachen das Geräusch. Es hört sich so an, als würden sie meditieren.

Das ist furchtbar.

Das ist wirklich furchtbar.

Ganz furchtbar.

»Niemand hat gesagt, das Leben ist fair.«

Aus: *Gezwinkerte Gespräche*


»Guck doch hier.« Ryan hielt mir die Rechnung vors Gesicht und stach mit dem Finger darauf. »Hier steht, wir sind 1,91 Euro im Plus. Was soll das bedeuten? Und was soll ich da bezahlen?«

Wie konnte ich ihm erklären, dass wir den Gaswerken einen festen Betrag per Dauerauftrag bezahlten, damit wir im Winter keine riesigen Rechnungen bekamen?

Ich hatte mich immer um die Haushaltsfinanzen gekümmert, aber jetzt, wo ich im Krankenhaus lag – inzwischen war es Ende Oktober, und ich war seit sieben Wochen hier –, musste Ryan sich damit rumschlagen.

Ich fing an zu zwinkern und wollte »Dauerauftrag« buchstabieren.

»Erster Buchstabe?«, sagte Ryan. »Vokal? Nein? Konsonant? Gut. Erste Hälfte des Alphabets? Gut. B? C? D? F? G?«

Ich hatte bei D gezwinkert, aber er hatte es gar nicht mitgekriegt.

*Aufhören, aufhören!*

Ich klapperte wild mit den Augenlidern.

»G?«, fragte er.

*Nein!*

»Ich bin zu weit?« Er seufzte schwer. »Okay, noch mal von vorn. B? C? D? Ja, D. Okay.« Er schrieb D auf. »Zweiter Buchstabe. Vokal? Ja? A? E? I?«

Ich hatte gezwinkert, aber er hatte nicht aufgepasst.

»O? U?« Er sah mich vorwurfsvoll an. »Es muss einer von den Vokalen sein, Stella! Herr im Himmel, was für ein beschissenes System, das kannst du Mannix Taylor mal sagen. Weißt du was?« Er zerknüllte die Rechnung und warf sie auf den Boden. »Mir ist es egal. Sollen sie uns das Gas abstellen.«

Ich konnte nicht sehen, ob die Schwestern feixten, aber ich spürte es.

Armer Ryan. Er war frustriert und verwirrt und mit den Nerven am Ende. In den letzten zwei Wochen war er viermal auf der Isle of Man gewesen, um sein neues Projekt vorzustellen, und er war völlig erschöpft.

»Tut mir leid.« Er atmete tief ein. »Entschuldige bitte. Jeffrey, heb das auf und wirf es in den Papierkorb.«

»Heb es selber auf. Du hast es hingeworfen, du hebst es auf. Das ist nur konsequent, Dad.«

»Komm mir nicht mit konsequent. Heb es auf, sag ich dir!«

Die Krankenschwestern feixten wieder. Die Sweeney-Familienshow war ein echter Hit.

»Ich heb es auf«, sagte Betsy.

»Ich habe gesagt, *er* soll das machen«, sagte Ryan.

Meine Güte, es war so peinlich.

Jeffrey und Ryan starrten sich finster an, und am Ende gab Jeffrey nach.

»*Ooookay.*« Er nahm das zerknüllte Papier, warf es zum Schwesterntisch hinüber und rief: »Fangen!«

Ein paar der Krankenschwestern sprangen auf und kreischten und empörten sich. Es war entsetzlich peinlich.

Jeffrey wurde immer schlimmer, er war unglaublich aufsässig, und ich war schuld. Ich hatte ihn hängen lassen, als ich krank geworden war, und jetzt musste ich dringend nach Hause und meine Aufgabe als Mutter wieder erfüllen.

Als wäre das nicht alles schon deprimierend genug, holte Ryan ein anderes Stück Papier hervor. »Ich habe mir den Kontoauszug angesehen. Warum geben wir jeden Monat zehn Euro an Oxfam?«

*Was weiß ich. Für Brunnen in Ghana?*

»Wir könnten das Geld gut gebrauchen«, sagte er. »Besonders jetzt. Wie kann man die Zahlungen stoppen?«

Ich glaubte nicht, dass das möglich war. Soweit ich mich erinnerte, wurde es per Einzugsermächtigung gezahlt und war für ein Jahr eingerichtet. Aber ich fühlte mich zu erschöpft, um das zu erklären.

»Das weiß sie nicht«, sagte Jeffrey wegwerfend. »Jetzt bin ich dran. Mom, weißt du, wo meine Hockeysocken sind?«

*Wie soll ich das wissen? Ich war seit sieben Wochen nicht zu Hause.*

»Dad kann sie nicht finden«, sagte er. »Ich dachte, du wüsstest es vielleicht.«

Nur ... wie sollte ich das wissen? Es war völlig verrückt, aber ich hatte Schuldgefühle, weil ich als seine Mutter wissen müsste, wo seine Socken sind. Sie konnten in der Schublade sein, in der Waschmaschine, im Trockner, seinem Sportbeutel, seinem Schließfach in der Schule, sie könnten versehentlich bei Betsys Sachen gelandet sein. Aber das konnte ich mit Zwinkern nicht ausdrücken, es würde den ganzen Tag dauern.

»Kann ich jetzt mal sprechen?«, sagte Betsy in einem schnöseligen Ton. »Mom, wo ist mein Jumpsuit mit dem Kaninchen drauf?«

*Ich habe nicht die geringste Ahnung. Wo hast du ihn zuletzt gesehen?*

»Ich brauche ihn«, sagte sie. »Wir schlafen am Wochenende bei Birgitte, und wir haben uns hoch und heilig versprochen, dass wir unsere Jumpsuits tragen.«

Wer war diese Birgitte, bei der sie übernachten würde? Von ihr hatte ich noch nie gehört. Hatte Ryan mit den Eltern gesprochen? Hatte er sich versichert, dass es ...

»Und da ist noch was«, sagte Ryan. »Die Mieter in Sandycove haben gekündigt.«

Mir wurde ganz anders bei dem Gedanken. Unsere Investition erwies sich als echter Fluch. Wir mussten das Haus vermieten, damit wir mit den Einnahmen die Raten bezahlen konnten, aber die Mieter blieben nie länger als ein halbes Jahr. Mir schien, dass ich mein ganzes Leben damit verbrachte, das Inventar zu überprüfen und die Bankverbindungen zu ändern und – das war das Schwierigste – neue Mieter zu finden, die die Wohnung nicht als Müllkippe benutzten.

»Was soll ich jetzt tun?«, fragte Ryan.

War die Besuchszeit nicht bald zu Ende? Aber mir war aufgefallen, dass die Krankenschwestern meinen Besuchern erlaubten, länger als eine Viertelstunde zu bleiben. Ich vermutete, sie freuten sich, dass sich Mannix Taylors »Zwinkercode« für mich zur Plage entwickelte.

Endlich gingen Ryan und die Kinder, und ich war wieder allein. Komisch, dachte ich, dass Menschen ein Vermögen ausgaben, um sich an Orte zurückzuziehen, wo man nicht sprechen oder lesen oder fernsehen durfte. Sie mussten die ganze Zeit im Gefängnis ihrer eigenen Gedanken und Gefühle verbringen, obwohl das schrecklich unbehaglich war. Das hatte bemerkenswert viel Ähnlichkeit mit meinem Krankenhausaufenthalt, und ich bedauerte es sehr, mich nie für diese Art der Seelenforschung interessiert zu haben.

Aus diesen Gedanken wurde ich von Mannix Taylor gerissen, der auf dem Weg zu meinem Bett war. Was wollte er hier? Wir hatten unsere Begegnung heute schon gehabt.

Er nahm Stift und Heft aus dem Sterilisator und zog einen Stuhl heran.

»Hallo.« Er betrachtete mich, wie ich regungslos auf der Seite lag, und sagte: »Ist es nicht komisch, dass Leute für so was hier bezahlen – Stille, Entzug aller sinnlichen Stimuli …« Er machte eine wegwerfende Handbewegung. »Sie tun das, weil sie mehr über sich erfahren möchten.«

»DARÜBER HABE ICH GERADE NACHGEDACHT.«

»Und funktioniert das? Lernen Sie sich, Stella Sweeney, besser kennen?«

»DAS HABE ICH NICHT NÖTIG, ICH KENNE GENUG ANDERE LEUTE.«

Er lachte. Er hatte eine Leichtigkeit, eine Heiterkeit an sich. Es musste etwas Gutes passiert sein.

»Aber es ist nicht fair, oder?«, sagte er.

»WER HAT GESAGT, DAS LEBEN IST FAIR?«

Ich konnte das mit dem Zwinkern immer besser, oder vielleicht verstand er mich schneller. Oft erriet er das Wort schon vom ersten Buchstaben. Das hieß, dass ich nicht so schnell ermüdete und mehr sagen konnte.

Sein Blick fiel auf das Buch, das seine Frau mir geliehen hatte. »Wie gefällt es Ihnen?«

Außerordentlich gut, musste ich zugeben. Wir waren schon fast durch.

Als Dad es sah, hatte er misstrauisch gezuckt. »Ich lese nichts vor, was nicht von Joan bewilligt worden ist.« Er nahm es in seiner Plastiktüte mit und brachte es mit Joans Segen zurück. »Sie sagt, es sei gut geschrieben.«

Deshalb nahm ich an, dass es ein schreckliches Buch wäre.

Aber zu meiner großen Überraschung war das Buch, das Mannix Taylors Frau empfohlen hatte, ein Vergnügen. Es war die Biografie einer Engländerin aus der Oberschicht, die in den

Dreißigerjahren des letzten Jahrhunderts einen großen Skandal verursacht hatte, als sie ihren Mann verließ und sich nach Kenia absetzte, wo sie lauter tolle Abenteuer erlebte. Wir beide, Dad und ich, fanden es aufregend und unterhaltsam. »Es kommt mir irgendwie *falsch* vor, dass es mir so gut gefällt«, sagte Dad. »Aber wenn Joan nichts dagegen hat …«

Ich zwinkerte Mannix Taylor zu: »BRINGEN SIE NOCH EINS.«

»Noch eins? Ein Buch? Okay, ich sage Georgie, sie soll Ihnen ein paar mehr aussuchen.«

*Georgie.* So hieß sie also: Georgie Taylor. Die Designerin-Schrägstrich-Kinderpsychologin vom skandinavischen Typ. Ich hatte schon überlegt, wie sie heißen könnte.

»Also!« Er schien in wirklich glänzender Verfassung. »Wissen Sie, warum ich hier bin? Nein«, sagte er schnell, als ich zu zwinkern anfing, »war nur eine Redewendung. Also, Stella Sweeney, hätten Sie Lust auf einen Ausflug?«

Was meinte er damit?

»Wir sind für eine Elektromyografie gebucht! Die Leute hier lassen Sie gehen, und die anderen lassen Sie rein.«

Oh!

»Wie ich das geschafft habe? Ich will Sie nicht mit den Einzelheiten langweilen. Es gibt eine Klausel … nein, ich will Ihnen das nicht erklären, Sie würden vor Langeweile sterben, und ich bin durch meinen hippokratischen Eid verpflichtet, Sie am Leben zu erhalten. Wichtig ist allein, dass wir die Genehmigung haben. Ihr Mann muss lauter Dokumente für die Versicherung unterschreiben, aber es ist genehmigt.«

Hoffnung keimte in mir auf. Endlich würde ich erfahren, wie lange ich diese Hölle noch aushalten musste.

Plötzlich wurde Mannix Taylor ernst. »Sie erinnern sich an das, was ich gesagt habe? Es tut weh. Es ist sogar besser, wenn es wehtut, weil das ein Zeichen ist, dass Sie auf dem Weg der Besserung sind.«

Ich erinnerte mich an die Lumbalpunktion und hatte plötzlich Angst.

»Wird schon nicht so schlimm werden!« Er klang, als wollte er ein Kind aufmuntern. »Wir fahren im Krankenwagen. Mit Blaulicht und Sirene rasen wir durch die Straßen. Wir können spielen, dass wir ausländische Würdenträger sind. Das wird richtig lustig. Welche Nationalität wollen Sie sein?«

Das war leicht. »ITA-«

»O nein«, sagte er. »Italienisch ist zu ... alle wollen Italiener sein. Bemühen Sie Ihre Fantasie.«

Was bildete er sich eigentlich ein? Immer wenn ich anfing, ihn zu mögen, machte er wieder alles zunichte. Ich wollte Italienerin sein. Ich *war* Italienerin. Ich war Giuliana aus Mailand. Ich arbeitete für Gucci. Ich bekam Werbegeschenke.

Aufsässig sah ich ihn an. *Ich bin Italienerin, Italienerin, Italienerin.*

Doch plötzlich kam mir der Gedanke, dass ich Brasilianerin sein wollte. Wieso war ich nicht gleich darauf gekommen? Brasilien war heiß. Ich wohnte in Rio und war eine brillante Tänzerin mit einem dicken Po, aber das machte nichts.

»BRAS-«

»Brasilianerin! Das ist doch was! Und ich? Ich ... mal sehen. Ich wäre gern Argentinier.«

*Einverstanden.*

»Sie finden nicht, dass es etwas ausmacht, wenn wir beide vom selben Kontinent sind?«, fragte er plötzlich und wirkte bekümmert. »Wo wir doch jedes Land auf der ganzen Welt nehmen könnten? Nein«, sagte er entschlossen. »Ich möchte auf jeden Fall Argentinier sein. Ich bin ein Gaucho und lebe in den Pampas. Meine Güte«, sagte er sehnsüchtig. »Ich wünschte, es wäre so. Ich würde den ganzen Tag auf meinem treuen Pferd sitzen und das Vieh zusammentreiben, ich müsste mich vor niemandem verantworten, und an den Wochenenden würde ich in die Stadt reiten und Tango tanzen. Mit anderen Gauchos«, sagte er, und seine Stimmung verdüsterte sich. »Weil es nicht genug Frauen gibt. Wir müssen miteinander tanzen, und manchmal, wenn wir die Beine hochwerfen, erwischen wir uns in den Eiern.« Er seufzte. »Aber wir scheren uns nicht weiter darum. Wir wollen ja nur das Beste aus der Situation machen.«

»SIE SIND VERRÜCKT.«

»Glauben Sie mir«, sagte er. »Da erzählen Sie mir nichts Neues.«

## Dienstag, 3. Juni

*9.22 Uhr*
Mein Frühstück besteht aus hundert Gramm Lachs. Würde ich gar nichts essen, wäre ich glücklicher.
Ich bin kein Protein-Mensch. Ich bin eindeutig ein Kohlehydrate-Mensch.

*10.09 Uhr*
Trotz meines trostlosen Frühstücks setze ich mich an die Arbeit. Heute ist ein guter Tag zum Schreiben. Da bin ich zuversichtlich.

*10.11 Uhr*
Ich brauche einen Kaffee.

*10.21 Uhr*
Ich setze mich wieder an die Arbeit. Ich fühle mich inspiriert und gestärkt … Ist das der Postbote?

*10.24 Uhr*
Ich gehe mit dem neuen Boden-Katalog ins Bett, studiere die Seiten sorgfältig und bewerte jedes Teil nach seinen bauchreduzierenden Eigenschaften.

*13.17 Uhr*
Die Haustür wird geöffnet und zugeschlagen. Jeffrey ruft: »Mom!«, und trabt die Treppe hoch. Ich springe aus dem Bett und versuche, die Haltung von jemandem anzunehmen, der den Morgen über fleißig gearbeitet hat. Jeffrey stürzt in mein Zimmer, er ist ganz außer sich. Er sieht die zerdrückte Bettdecke und fragt argwöhnisch: »Was machst du da?«
»Nichts. Ich schreibe. Was ist los?«
»Wo ist dein Tablet?« Er hält sein Handy hoch. »Dads Karma-Projekt. Es geht los.«
Ich klicke mich zu dem Projekt durch, und Jeffrey und ich sehen uns die Sache an. Ryan hat dreiundsechzig Bilder von Dingen eingestellt, die er weggeben will, unter anderem das Haus, sein Auto und sein Motorrad. Mit aufsteigender Übelkeit sehe ich mir die Bilder seiner schönen Möbel, der Lampen, der vielen Fernsehgeräte an.
»He!« Mein Besitzerinstinkt ist geweckt, als ich etwas entdecke, das mir gehört. »Das ist *meine* Jesus-Figur!« Ein Nachbar hatte sie mir geschenkt, als ich krank war. Sie ist ziemlich gruselig, und ich hatte sie nicht behalten wollen, als Ryan und ich uns trennten, aber in dem Moment, da sie an einen Fremden verschenkt werden soll, will ich sie haben.
Ryans Video ist neunundachtzigmal runtergeladen worden. 90. 91. 97. 134. Die Zahlen steigen vor unseren Augen. Es ist, als würde man bei einer Naturkatastrophe zuschauen.
»Warum macht er das?«, frage ich.

»Weil er ein Arschloch ist?«, sagt Jeffrey.
»Meinst du?«
»Vielleicht will er berühmt werden.«
Berühmt. Alle glauben, sie wollen berühmt sein. Auf gute Weise berühmt natürlich. Nicht berüchtigt, wie einer, der eine Katze in den Abfall wirft und dabei gefilmt wird, und das Ganze schlägt riesige Wellen auf YouTube.
Aber auf gute Weise berühmt, das ist auch nicht so wunderbar, auf keinen Fall ist es so gut, wie es klingt. Aber dazu später mehr.

*13.28 Uhr*

Ich versuche, Ryan anzurufen. Der Anrufbeantworter springt an.

*13.31 Uhr*

Ich versuche, Ryan anzurufen. Der Anrufbeantworter springt an.

*13.33 Uhr*

Ich versuche, Ryan anzurufen. Der Anrufbeantworter springt an.

*13.34 Uhr*

Jeffrey versucht, Ryan anzurufen. Der Anrufbeantworter springt an.

*13.36 Uhr*
Jeffrey versucht, Ryan anzurufen. Der Anrufbeantworter springt an.

*13.38 Uhr*
Jeffrey versucht, Ryan anzurufen. Der Anrufbeantworter springt an.

*13.40 bis 13.43 Uhr*
Ich esse elf Jaffa-Kekse.

*14.24 Uhr*
Auf Ryans Website wird ein neues Foto eingestellt – seine Nespresso-Maschine.

*14.25 Uhr*
Wieder ein neues Foto, diesmal muss der Pürierstab dran glauben ... dann drei Dosen Tomaten. Ein Brotbrett. Fünf Geschirrtücher.
»Er geht die Dinge in der Küche durch«, flüstert Jeffrey. Entsetzt starren wir auf das Display.
Als Nächstes kommt eine Bratpfanne ... und ... noch eine Bratpfanne ... und ein Glas halb voll mit Currypaste. Wer will ein angebrochenes Glas Currypaste? Der Mann hat den Verstand verloren.
Ich bin an allem schuld. Ich hätte nie einen Buchvertrag abschließen und nach New York gehen sollen. Es hätte mir von Anfang klar sein müssen, dass Ryan irgendwann etwas tun

würde, um sich wieder als der wahrhaft Kreative in den Vordergrund zu schieben.

Jede Sekunde werden mehr Fotos von seinen Besitztümern ins Netz gestellt – eine Salatschleuder, ein Sandwich-Toaster, eine Auswahl von Gabeln, eine Packung Vanillekekse.

»Vanillekekse?« Jeffrey klingt ungläubig. »Wer isst heute noch Vanillekekse?«

Ryans Video ist 2564-mal abgerufen worden. 2577-mal. 2609-mal.

»Sollen wir zu ihm gehen und ihm sagen, er soll damit aufhören?«

»Lass mich nachdenken.«


### 14.44 Uhr

Ich gehe zu meiner Handtasche, ziehe den Reißverschluss am inneren Geheimfach auf, hole meine Notfall-Xanax heraus und nehme eine halbe Tablette.

»Was ist das?«, fragt Jeffrey.

»Äh ... eine Xanax.«

»Ein Beruhigungsmittel? Woher hast du die?«

»Von Karen. Karen sagt, jede Frau sollte im Geheimfach ihrer Handtasche eine Xanax haben. Für den Notfall. Und das ist ein Notfall.«


### 14.48 Uhr

Karen am Telefon. »Hör zu«, sagt sie. »Irgendwas ist mit Ryan ...«

»Ich weiß.«

»Hat er den Verstand verloren?«

»Sieht ganz so aus.«

»Was hast du vor? Du musst ihn zwangseinliefern.«
»Wie soll ich das denn machen?«
»Ich frage Enda. Ich rufe wieder an.«


**14.49 Uhr**

»Enda will rausfinden, wie wir Ryan zwangseinliefern können«, sage ich zu Jeffrey.
»Okay. Gut.«
»Ja. Gut. Richtig. Das ist gut. Wir stecken ihn in die Klapsmühle, und alles ist wieder in Ordnung.« Aber mich beschleicht eine Ahnung, dass es gar nicht so leicht ist, jemanden zwangseinzuliefern. Und dass es schwierig ist, wenn jemand erst mal zwangseingeliefert worden ist, ihn entzwangseinzuliefern.
Ich nehme die zweite Hälfte der Xanax.


**15.01 Uhr**

»Wir gehen zu ihm und reden mit ihm«, sage ich.
Ryans Haus ist nur drei Kilometer entfernt, und wir haben beide einen Schlüssel.
»Wie denn? Willst du Auto fahren? Du hast gerade zwei Beruhigungspillen genommen.«
»Eine«, korrigiere ich ihn. »Eine, in zwei Hälften.«
Aber er hat recht. Ich darf nicht fahren, ich habe gerade eine Xanax genommen. Es könnte etwas passieren.
»Na gut«, sage ich lässig. »Dann laufen wir eben.«
»Und dann fällst du in einen Graben«, sagt Jeffrey. »Und ich muss dich rausziehen.«
»Wir sind hier in der Stadt«, erwidere ich. »Hier gibt es keine Gräben.« Aber meine Stimme klingt ein bisschen belegt.

Ich würde nicht unbedingt in einen Graben fallen, aber nach zehn Minuten könnte ich plötzlich den Wunsch verspüren, mich auf den Bürgersteig zu legen und die vorbeigehenden Leute selig anzulächeln.

»Musst du unbedingt Drogen nehmen?« Jeffrey klingt verärgert.

»Ich nehme keine Drogen. Das ist Medizin. Von einem Arzt verschrieben.«

»Aber nicht von deinem Arzt.«

»Ein unwichtiges Detail. Ganz unwichtig.«

»Wir müssen mit jemandem sprechen, der vernünftig ist.«

Wir sehen uns gegenseitig an, und trotz meiner Xanax-Schutzhaut spüre ich Schmerz. Ich weiß, was Jeffrey sagen will.

»Nein«, sage ich.

»Aber ...«

»Nein, er gehört nicht mehr zu unserem Leben.«

»Aber ...«

»Nein.«

Als mein Handy klingelt, mache ich einen Satz. »Es ist Ryan.«

»Gib her.« Jeffrey nimmt mir das Handy aus der Hand. »Dad. Dad! Hast du sie denn nicht mehr alle?«

Nach einem kurzen Gespräch, bei dem allein Ryan spricht, schaltet Jeffrey ab. Er ist völlig entmutigt. »Er sagt, es sind seine Sachen, er kann damit machen, was er will.«

Von meiner eigenen Unfähigkeit überwältigt esse ich noch drei Jaffa-Kekse. Nein, vier. Nein, fünf.

»Hör auf.« Jeffrey nimmt mir die Packung weg.

»Das sind meine Jaffa-Kekse!« Ich klinge wütend.

Er hält die Packung über seinen Kopf. »Kannst du nicht anders mit den Dingen umgehen? Statt dich mit Xanax und Zucker zuzudröhnen?«

»Nein. Nicht jetzt.«

»Ich gehe meditieren.«

»Gut, und ich ...« Ich lege mich aufs Bett und lasse mich treiben. Und nehme mir eine neue Packung mit Jaffa-Keksen aus meiner »Wand«.

»Wie isst man einen Elefanten? – Einen Bissen
nach dem anderen.«

Aus: *Gezwinkerte Gespräche*

Ich war in einem glückseligen schwebenden Zustand, einem weißen, glücklichen Niemandsland. Wenn ich an die Oberfläche zu kommen schien, wo die gnadenlose Realität wartete, passierte etwas, und ich taumelte zurück in das schmerzfreie Paradies.

Aber diesmal nicht. Ich kam nach oben, kam höher und höher, bis ich an die Oberfläche gelangte und wach in meinem Krankenhausbett lag.

Dad saß auf einem Stuhl und las ein Buch. »Ah, Stella, du bist wach! Die letzten beiden Tage warst du im Traumland.«

Ich war wie benebelt.

»Sie haben die Elektromyografie gemacht«, sagte Dad.

Wirklich?

»Davon warst du völlig k. o.«, sagte Dad. »Sie haben dir Medikamente gegeben, damit du schlafen konntest.«

Langsam kamen die schrecklichen Einzelheiten zurück. Erst war da der ganze juristische Kram gewesen: Ich musste kurzfristig von Dr. Montgomery aus dem Krankenhaus entlassen werden, und Ryan musste die Verantwortung für mich übernehmen – das klappte gut. Aber dann sollte Ryan mich an Mannix Taylor übergeben, bis wir bei dem anderen Krankenhaus ankamen, doch Ryan gab sich widerborstig. Als Mannix Taylor sagte: »Bei mir ist sie gut aufgehoben«, machte es die Sache nur noch schlimmer. Ryan presste die Lippen zu einem

Strich zusammen, und ich befürchtete schon, er würde die Unterschrift verweigern.

Nach etwa zehn angespannten Sekunden kritzelte er etwas auf die Erklärung, und wir machten uns auf den Weg. Vier Krankenhausmitarbeiter waren bestellt, um mich von der Station in den Krankenwagen zu bringen. Ich wurde von dem Herzmonitor und dem Katheter abgehängt – »kleines Geschenk«, sagte Mannix Taylor –, aber einer der Männer schob mein Beatmungsgerät, ein zweiter den Ständer mit dem Tropf, und zwei schoben mein Bett. Alle mussten im gleichen Tempo gehen, der Mann mit dem Beatmungsgerät durfte nicht zu schnell gehen, sonst hätte er den Schlauch aus meinem Hals gezerrt, und ich wäre erstickt.

Zu meinem Tross gehörten außerdem eine Krankenschwester und Mannix Taylor.

Am Tag vor dem Test hatte Mannix einen Ausdruck auf die Station mitgebracht. »Möchten Sie für morgen einen brasilianischen Namen annehmen? Ich habe hier eine Liste: Julia, Isabella, Sophia, Manuela, Maria Eduarda, Giovanna, Alice, Laura, Luiza ...«

Ich zwinkerte. Luiza war richtig!

»Und ich?«, fragte er. »Ich brauche einen argentinischen Namen. Santiago, Benjamin, Lautaro, Alvarez.« Er sah mich an. »Alvarez«, sagte er wieder. »Das ist ein guter Name. Er bedeutet ›Edler Hüter oder Verteidiger‹, sehr passend, finde ich.«

Ich reagierte nicht, er las also weiter vor. »... Joaquin. Santino, Valentino. Thiago ...«

Ich zwinkerte. Thiago fand ich gut.

»Und was ist mit Alvarez?«, sagte er. »Alvarez gefällt mir.«

»TH ...«

»Thiago? Wirklich? Nicht Alvarez? Alvarez heißt ›Edler Hüter‹.«

»DAS HABEN SIE SCHON GESAGT. SIE SIND THIAGO.«

Ich war empört. Ich meine, warum hat er die anderen Namen vorgelesen, wenn er sich schon entschieden hatte?

»Alvarez«, sagte er.

*THIAGO.*

Wir starrten einander an, dann senkte er den Blick. »Also Thiago. Sie haben einen eisernen Willen.«

Er hatte gut reden.

Im Krankenwagen sagte er: »Also gut, Luiza, Sie leben in Rio, der Stadt des ewigen Sonnenscheins, und Sie haben eine Starrolle in einer Telenovela. Nach den Dreharbeiten gehen Sie jeden Tag zum Strand. Sie kaufen Ihre Kleider von ... ach, wo immer Sie möchten, diese Einzelheiten müssen Sie selbst einfügen, aber ich sage Ihnen dies: Wenn bei dem Test die Schmerzen zu schlimm sind, schlüpfen Sie in die Rolle von Luiza, seien Sie nicht Stella. Und«, fügte er hinzu, »wenn es wirklich nicht auszuhalten ist, können wir einfach aufhören.«

Nein. Wir würden nicht aufhören. Das hier war meine Gelegenheit herauszufinden, wann Besserung eintreten würde, ich würde sie nicht ungenutzt verstreichen lassen.

»Denken Sie an Brasilien«, sagte er wieder. »Gut.« Er warf einen Blick durch das kleine Fenster. »Wir sind da.«

Vor der anderen Klinik wurde ich vorsichtig aus dem Krankenwagen ausgeladen, aber wir gingen nicht hinein. Anscheinend warteten wir auf jemanden.

»Wo ist er denn?«, murmelte Mannix.

Ein Paar schwarze Schuhe schritt auf unsere Gruppe zu. Irgendwas vermittelte mir, dass der Träger der Schuhe außer sich vor Wut war. Als die Schuhe näher kamen, verstand ich, dass sie dem Dr. Montgomery dieses Krankenhauses gehörten – er hatte dieselbe gottgleiche Miene und eine ähnliche Gefolgschaft von ehrfürchtigen Jungärzten.

»Es ist nicht zu fassen«, sagte er zu Mannix mit schriller Stimme. »Der Versicherungswirbel, den Sie verursachen. ... Wo muss ich unterschreiben?« Einer der Helfer hielt ihm ein Klemmbrett unter die Nase, und er ratschte ärgerlich seine Unterschrift darunter.

»Gut«, sagte Mannix. »Wir sind drin.«

Zusammen mit der kleinen Truppe von Helfern marschierten wir einen Flur entlang, fuhren mit einem Lift nach oben, gingen einen anderen Flur entlang und kamen in einen Raum. Die beinahe festliche Stimmung war plötzlich vorbei. Die Helfer und die Krankenschwester zogen sich hastig zurück, und Mannix stellte mich Corinne vor, der Technikerin, die für die Tests zuständig war.

»Vielen Dank, Dr. Taylor«, sagte sie. »Ich lasse Sie rufen, wenn wir fertig sind.«

»Ich bleibe«, sagte er.

»Äh, na gut ...« Sie schien überrascht.

»Falls Mrs. Sweeney uns etwas mitteilen möchte.«

»Ah. Verstehe ...«

Sie wandte sich mir zu. »Mrs. Sweeney, ich schließe eine Elektrode an den Nervenpunkt in Ihrem rechten Bein an und schicke Strom hindurch«, sagte sie. »Ihre Reaktion wird von dem Gerät aufgezeichnet. Ich setze die Elektroden nacheinander auf verschiedene Nervenpunkte an Ihrem Körper, bis wir genügend Daten gesammelt haben und daraus Schlüsse über die Funktion Ihres zentralen Nervensystems ziehen können. Sind Sie so weit?«

*Ich habe Angst.*

»Sind Sie so weit?«, wiederholte sie.

*Ich bin so weit.*

Als der erste Stromstoß durch mich fuhr, wusste ich sofort, dass ich das nicht überstehen würde. Der Schmerz war viel schlimmer, als ich mir vorgestellt hatte. Ich konnte nicht schreien, aber mein Körper zuckte bei der Wucht zusammen.

»Geht es?«, fragte Corinne.

Es war entsetzlich. Jetzt verstand ich, was Mannix Taylor mir zu erklären versucht hatte: Es war richtig schmerzhaft. So schmerzhaft, dass ich in meinem Kopf an einen anderen Ort gehen musste, um das zu überstehen. Ich versuchte mich an das zu erinnern, was er im Krankenwagen gesagt hatte – ich war Luiza. Ich war Brasilianerin. Ich war Star in einer Telenovela.

»Geht es?«, fragte Corinne wieder.

*Es geht.*

*Ich lebe in einer Stadt, in der die Sonne jeden Tag scheint – Nein, nein, nein, nein!*

Ich sah Mannix an, er war so weiß, dass es fast grün wirkte. »Was möchten Sie wissen?« Er hatte Stift und Papier gezückt.

»WIE VIEL?«

»Wie viele Messungen brauchen Sie, was meinen Sie?«, fragte Mannix Corinne.

Sie warf einen Blick auf den Bildschirm. »Zehn. Vielleicht mehr.«

Himmel. Zwei hatte ich geschafft. Eine mehr würde ich schaffen. Und danach würde ich noch eine schaffen.

Corinne nahm alles erstaunlich gelassen. Wahrscheinlich hatte sie ständig damit zu tun. Ich stellte mir vor, dass es so ähnlich war, als würde ich einer Kundin die Haare mit Laser entfernen – um es gut zu machen, musste ich mich von dem Schmerz distanzieren.

»Möchten Sie lieber aufhören?« Nach jedem Stromstoß gab sie mir die Möglichkeit abzubrechen.

*Nein.*

»Möchten Sie aufhören?«

*Nein.*

»Möchten Sie aufhören?«

*Nein.*

Ich dachte an alles, was Mannix Taylor in Bewegung gesetzt hatte, die bürokratischen Hürden, die er überwinden musste, damit dies möglich wurde. Ich wollte ihn nicht enttäuschen.

Aber es war grässlich. Jeder Stoß zehrte an meinem Durchhaltevermögen, und beim siebten Mal hob ich vom Tisch ab.

»Halt!« Mannix war aufgesprungen. »Das reicht.«

Er hatte recht. Mehr konnte ich einfach nicht aushalten. Es lohnte sich nicht, und mir war es auch gleichgültig. Dann blitzte das Bild von Dr. Montgomery und seiner spöttischen Reaktion vor mir auf, wenn ich schlappmachte. »Sorgt dafür, dass sie am Leben bleibt, Patsy!« Und seine Treuergebenen würden sich amüsieren, genau wie der schrille, verärgerte Chefarzt an diesem Krankenhaus. Die Krankenschwestern auf der Intensivstation würden wahrscheinlich zur Feier des Tages eine Runde Bier ausgeben, denn alle wollten, dass Mannix Taylor scheiterte, sogar mein Mann.

»NEIN.«

»Sie möchte weitermachen«, sagte Corinne.

»Sie heißt Stella Sweeney.«

»Dr. Taylor, vielleicht sollten Sie solange draußen warten?«

»Ich bleibe hier.«

Corinne gab sich am Ende mit zwölf Messungen zufrieden, und als ich in mein Krankenhaus zurückgefahren wurde, fühlte ich mich sehr merkwürdig. Die seltsamsten chemischen Substanzen schwammen durch meinen Körper, ich empfand eine Mischung aus Erregung und Entsetzen, als wäre ich ein bisschen irre geworden. Zu meiner großen Erleichterung bat

Mannix Taylor die Schwester, mir ein Beruhigungsmittel zu geben.

»Sie brauchen Schlaf, Schlaf, Schlaf«, sagte er. »Ihr Körper hat viel durchgemacht. Sie müssen sich davon erholen, das kann gut zwei Tage dauern.«

Jetzt war ich wach und sah meinen Dad an und fühlte mich immer noch ziemlich benommen.

»Dieser Dr. Taylor hat nach dir gesehen«, sagte Dad. »Er kommt wieder. Er hat gesagt, es war sehr schwer für dich, aber du seist sehr tapfer gewesen. Soll ich dir vorlesen?«

*Ja, gern.*

Unser Buch war wieder eine Empfehlung von Georgie Taylor. Die Geschichte handelte von einem erfundenen Despoten in einem erfundenen Land im Nahen Osten und wurde aus Sicht der Ehefrau erzählt. Dad war so beeindruckt von dem Buch, dass er alle paar Zeilen unterbrach und seine Bewunderung dafür zum Ausdruck brachte. »Das ist ein erstaunlicher Typ, was, Stella? Da veranlasst er die ganzen Hinrichtungen und isst dann in aller Ruhe seinen Couscous ...«

Er las wieder eine halbe Seite vor, dann legte er das Buch hin, um seine Bemerkungen loszuwerden: »Er könnte einem fast leidtun, der Mann. Da hat er eine attraktive Frau, die hochanständig zu sein scheint, aber er vernachlässigt sie wegen seiner Arbeit. Er muss bei der Folter dabei sein, obwohl er sie zu ihrem Geburtstag ausführen sollte. Aber kann man ihm das vorwerfen? Wo doch seine sogenannten Verbündeten einen Plan gegen ihn aushecken ... Er braucht nur einmal nicht aufzupassen, dann ist er erledigt.«

Er las weiter, aber es dauerte nicht lange, bis er die Lektüre wieder unterbrach. »Oje, oje«, sagte er traurig. »Schwer ist der Kopf, auf dem die Krone ruht.«

Das Klicken von Absätzen kündigte Karen an. Ihr Haar sah

frisch geföhnt aus, und ihre Handtasche war offenbar neu.

»Wie geht es ihr?«, fragte sie Dad.

»Sehr gut, glaube ich. Wir warten auf diesen Mannix, damit er uns das Neueste berichtet.«

»Hallo, Stella.« Karen zog einen Stuhl heran. »Du siehst ein bisschen mitgenommen aus, wenn ich ehrlich sein soll. Ich habe gehört, es war schrecklich, aber du hast dich tapfer geschlagen. Also, wie geht es dir?« Sie nahm den Stift und das Heft aus dem Sterilisator. »Mach. Erster Buchstabe.«

Ich zwinkerte und wollte sagen »MÜDE«, aber es ging alles durcheinander. Mir fehlte die Kraft und Karen die Geduld.

»Ach, scheiß drauf«, sagte sie. »Lassen wir das, es ist zu schwierig.« Sie warf Stift und Heft wieder in den Kasten. »Ich lese dir lieber vor.«

Dad machte Anstalten weiterzulesen.

»Nein, Dad!« Karen duldete keinen Widerspruch. »Ich habe hier eine *Grazia*. Leg den Quatsch, den du vorgelesen hast, mal weg.«

»Es ist überhaupt kein Quatsch...«

»Hallo miteinander.« Mannix war da.

Dad sprang von seinem Stuhl auf. »Dr. Taylor«, sagte er mit einer Mischung aus der ihm eigenen Demut und einer Haltung, die besagte: Sie können mir gar nichts.

»Mr. Locke.« Mannix Taylor nickte ihm zu.

»Bert. Nennen Sie mich Bert.«

»Karen«, sagte Mannix. »Freut mich, Sie wiederzusehen.«

»Ganz meinerseits.« Karen verstand es, ihre Feindseligkeit mit einer Glasur von Höflichkeit zu kaschieren.

Dad sagte: »Wir lesen eines der Bücher, die Ihre Frau geschickt hat. Sie hat einen ausgezeichneten Geschmack.«

Mannix Taylor lächelte dünn. »Außer bei der Wahl von Ehemännern.«

»Aber nein«, sagte Dad empört. »Sie sind doch ein guter Kerl. Dass Sie die Tests für Stella organisiert haben und alles.«

»Wie geht es Ihnen?« Mannix hatte sofort Stift und Heft in der Hand.

»MÜDE.«

»Das überrascht mich nicht. Aber Sie haben sich tapfer geschlagen.«

»SIE AUCH.«

Erstaunt beobachteten Dad und Karen unser Gespräch – mein Zwinkern und Mannix, der die Wörter schrieb.

»Meine Güte«, sagte Karen mit einem sehr merkwürdigen Gesichtsausdruck.

»Ihr seid aber schnell, ihr beide«, sagte Dad.

»Sehr schnell«, stimmte Karen ihm zu. »Es ist fast wie eine normale Unterhaltung.« Sie sah Mannix aus schmalen Augen an. »Wie kommt es, dass Sie das so gut können?«

»Ich weiß nicht«, sagte Mannix. »Übung? Jedenfalls, hier habe ich die Ergebnisse der Tests.« Er zeigte mir einen Stapel Computerausdrucke. »Die langweiligen Details spare ich für später auf, wenn Sie besser bei Kräften sind, aber hier ist die Zusammenfassung: Bei dem Tempo, mit dem sich die Myelinschicht neu bildet, können Sie damit rechnen, dass innerhalb der nächsten sechs Wochen die Bewegungsfähigkeit zurückkehrt.«

Ich war wie vom Donner gerührt. Ich wollte vor Freude schreien und weinen.

*Ist das wirklich wahr? Wirklich wahr?*

»Sie werden gesund werden«, sagte er. »Aber denken Sie an das, was ich gesagt habe. Es ist ein langer Weg. Sie müssen weiterhin Geduld haben. Haben Sie die?«

Natürlich hatte ich die. Ich konnte alles, wenn das Endergebnis in Sicht war.

»Ich erkläre Ihnen, was Sie in etwa erwarten können, aber es sind nur ungefähre Werte. Und wir haben noch mehrere Monate vor uns. Es ist ein langer, steiniger Weg zur völligen Genesung. Es wird Ihnen viel abverlangt.«

»WIE ISST MAN EINEN ELEFANTEN?«

»Wie?«

»EINEN BISSEN NACH DEM ANDEREN.«

*17.14 Uhr*
Ich liege auf dem Bett wie ein Seestern und treibe auf einer Wolke aus Xanax und Jaffa-Keksen dahin, und wenn ich ehrlich bin, dann erscheinen mir die Dinge nicht *völlig* unüberwindbar. Ich bin eine starke Frau. Ja. Eine starke Frau, und … da klingelt mein Telefon, und mir bleibt fast das Herz stehen. Es klingelt sehr laut! Eigentlich unnötig laut! Leuten, die sich entspannen, solche Angst einzujagen! Dann sehe ich, wer anruft, und meine Angst steigt noch. Enda Mulreid! Obwohl er der Mann meiner Schwester ist, sehe ich immer den Polizisten in ihm.

Ich richte mich schnell auf, räuspere mich und versuche, gefasst zu klingen. »Ah, hallo, Enda.«

»Stella. Ich hoffe, es geht dir gut. Ich komme gleich ›zur Sache‹.« Ich sehe regelrecht vor mir, wie er mit den Fingern die Anführungszeichen in die Luft zeichnet. Ich muss zugeben, dass mir die Verbindung zwischen ihm und meiner Schwester Karen immer ein Rätsel bleiben wird. Sie haben so wenig gemeinsam.

»Soweit ich das verstehe«, sagt er, »möchtest du, dass dein Exmann Ryan Sweeney gegen seinen Willen gemäß Abschnitt 8 des Mental Health Act von 2001 in Gewahrsam genommen wird.«

Ach, du liebe Zeit. Wenn er es so sagt … »Enda, ich mache mir Sorgen um Ryan. Er will seinen ganzen Besitz weggeben.«

»Sind das Sachen, die ihm gehören? Er ist nicht im Besitz von Hehlerware? Oder Nutznießer von kriminellen Machenschaften?«

»Enda! Du kennst Ryan. Wie kannst du das nur denken?«
»Heißt das nein?«
»Das heißt nein.«
»Also.«
»Ja, aber ...«

»Da es keinen ernsten Verdacht gibt, dass die Person sich selbst oder anderen Schaden zufügen wird, gibt es keine rechtliche Grundlage, sich auf dieses Gesetz zu berufen.«

»Ich verstehe. Du hast natürlich vollkommen recht, Enda. Danke, dass du dir die Zeit genommen hast. Vielen Dank, und Wiederhören. Danke.« Ich schalte ab. Ich schwitze.

Jeffrey poltert ins Zimmer. »Was? Wer war das?«

»Enda Mulreid. Onkel Enda, egal. Hör zu, Jeffrey. Lass uns nicht weiter darüber nachdenken, dass wir Dad einweisen lassen wollten.«

»Heißt das, das Thema ist erledigt?«
»Das heißt, das Thema ist erledigt.«


*18.59 Uhr*

Mein Xanax-Nebel ist verflogen, und ich beschließe, Betsy anzurufen.

»Mom?«

»Schätzchen. Dad treibt komische Sachen.« Ich erkläre es, und sie reagiert ganz ruhig.

»Ich öffne das gerade«, sagt sie. »Da ist es. Meine Güte. Zwölftausend Treffer. Ich verstehe, was du meinst.«

»Ich wollte dich einfach auf dem Laufenden halten.« Aber wenn ich ehrlich bin, wollte ich ihren Rat hören.

»Es klingt, als hätte er einen psychotischen Anfall. So was gibt's.«

»Wirklich?« Woher weiß sie das? Wie kann sie so erfahren sein? »Ein paar von Chads Kollegen hatten so was.«

»Karen hat gesagt, ich soll ihn zwangseinweisen lassen.«

»Nein, Mom, mach das nicht«, sagt sie leise. »Das wäre schrecklich. Und es würde ihm ewig nachhängen. So etwas wird man nie wieder los. Aber ich glaube, du solltest mit einem Arzt sprechen, möglichst bald.«

*19.11 Uhr*

Es ist zu spät, um einen Arzt zu erreichen, aber ich habe die großartige Idee, den psychologischen Notfalldienst anzurufen.

Eine Frau mit einer sanften, freundlichen Stimme antwortet.

»Hallo«, sage ich. »Mein Exmann ... ich weiß nicht so recht, wie ich das erklären soll, aber ich mache mir Sorgen um ihn.«

»Aha.«

»Er verhält sich merkwürdig.«

»Aha.«

»Er sagt, er will alles verschenken, was er besitzt.«

»Aha.«

»Sein Geld, alles, sogar sein Haus.«

Die Stimme der unsichtbaren Frau wird lebhafter. »Meinen Sie Ryan Sweeney? Gerade habe ich ihn auf YouTube gesehen.«

»Oh, wirklich? Und glauben Sie, er ist, ich meine, krank? Unzurechnungsfähig?«

»Aha.«

»Was meinen Sie?«

»Aha … Das kann ich nicht sagen. Ich bin kein Arzt. Ich darf keine Diagnose stellen.«

»Und wozu sind Sie dann da?«

»Um Verständnis zu zeigen. Wenn Sie beispielsweise unter einer Depression leiden und anrufen würden, dann würde ich zuhören und sagen: ›Aha. Aha.‹«

»Aha«, sage ich und spüre Tränen der Wut in mir aufsteigen. »Danke für Ihre Hilfe.«

### 23.05 bis 2.07 Uhr

Kein Schlaf kommt zu mir. Meine Wale, die sonst so freundlich tuten, klingen heute düster. Als steckten in ihren Rufen und Liedern verschlüsselte Drohungen.

»Manchmal bekommt man, was man sich wünscht,
manchmal bekommt man, was man braucht,
und manchmal bekommt man das, was man eben bekommt.«

Aus: *Gezwinkerte Gespräche*

Ich dachte über Sex nach. Wie man das halt so macht, wenn man im Krankenhaus liegt und völlig gelähmt ist.

Ryan und ich hatten nie Sex – ich meine, wir waren achtzehn Jahre zusammen, da ist das doch *klar*. Das war bei allen so, wenigstens bei den Paaren, die ich kannte. Alle dachten, die anderen machen es in jeder freien Minute, aber wenn die Leute genug getrunken hatten, rückten sie mit der Wahrheit raus.

Ich sage, Ryan und ich hatten *nie* Sex, aber das stimmt so nicht ganz – manchmal, wenn wir ausgegangen waren und einiges intus hatten, kam es dazu. Und was soll ich sagen? Es war großartig. Wir hatten drei verschiedene Methoden, jede einzelne schnell und effizient, und sie gefielen uns beiden gleichermaßen – wenn man arbeitet und zwei Kinder hat, dann hat man keine Zeit für irgendeinen ausgefeilten Mumpitz.

Aber das war laut der Frauenzeitschriften die falsche Einstellung: Angeblich soll man an seiner Ehe »arbeiten«. Schon bevor *Shades of Grey* für Furore sorgte, verspürte ich einen Druck von außen, sexuell »mehr zu wagen«.

»Sollten wir ... was ausprobieren?«, fragte ich Ryan.

»Was denn?«

»Ich weiß nicht. Wir könnten ...« Es war ein so schlimmes Wort, dass ich nicht wusste, ob ich es über die Lippen bringen würde. »Wir könnten uns ... züchtigen.«

»Womit?«

»Mit einem Tischtennisschläger?«

»Wo würden wir denn einen Tischtennisschläger herkriegen?«

»Elverys Sports?«

»Nein«, sagte er. Damit war das Thema zu meiner Erleichterung vom Tisch. Ich hatte überlegt, ein paar von diesen kleinen Chromkugeln zu kaufen, die man sich einführt und einen Tag drinlässt. Jetzt brauchte ich das nicht, und von dem damit gesparten Geld kaufte ich mir ein Paar Schuhe.

Weil Karen die war, die sie war, wollte sie, dass ihr Sexleben aufregend blieb. Sie und Enda überlegten sich ein Rollenspiel, bei dem sie vorgaben, sich als Fremde in einer Bar anzumachen. Karen trug sogar eine Perücke, einen schwarzen Pagenschnitt. Aber nach einer Weile brachen sie das Spiel ab.

»Habt ihr gelacht?«, fragte ich sie.

»Nein.« Karen wirkte niedergedrückt, was ganz untypisch für sie war. »Es war nicht lustig. Es war widerlich. Als ich ihn da an der Bar sah ... Sag mal, Stella, waren seine Ohren immer schon so groß? Normalerweise sehe ich ihn gar nicht richtig an. Und als ich ihn mir nach so langer Zeit genau ansah, also ... Einen Moment lang, das muss ich ganz ehrlich sagen, war ich entsetzt von dem Gedanken, dass ich mit ihm verheiratet bin.«

Ich hätte gern gewusst, ob Mannix Taylor und seine Frau vom skandinavischen Typ oft miteinander schliefen. Vielleicht ja. Vielleicht war das sein Hobby, denn Golf spielte er ja nicht.

Ja, er und seine attraktive Frau waren genau die Leute, die uns andere beschämten. Nach einem vollen Tag der Stoffmusterbegutachtung würde Georgie Taylor nach Hause kommen und das Haus still und von Kerzen erleuchtet vorfinden. Bevor sie beunruhigt sein konnte, würde ein Mann (Mannix Taylor natürlich) von hinten an sie herantreten, seinen Körper hart gegen ihren pressen und gebieterisch sagen: »Nicht schreien.« Er würde ihr die Augen mit einem Seidentuch verbinden und sie ins Schlafzimmer führen, wo Dutzende von Kerzen brannten und er sie splitternackt auszog und ihr Arme und Beine an den Bettpfosten festband.

Er würde ihr mit Federn über die Brustwarzen fahren und ein Duftöl schmerzlich langsam auf sie träufeln, zwischen ihre Brüste, über ihren Bauch und weiter nach unten ...

Er würde sich nackt auf sie legen und sie lange und ausgiebig streicheln, bevor er in sie eindrang und ihr Körper von einem Orgasmus nach dem anderen geschüttelt wurde.

Ja, Mrs. Taylor hatte es echt gut.

»ERZÄHLEN SIE MIR MEHR VON IHRER FAMILIE«, bat ich Mannix Taylor.

»Ah ... na gut. Ich erzähle Ihnen von meinen Schwestern. Sie sind Zwillinge. Rosa und Hero. Heros heldenhafter Name kommt daher, dass sie nach der Geburt beinahe gestorben wäre und sechs Wochen im Brutkasten lag. Sie sind nicht eineiig – Rosa ist dunkelhaarig, Hero blond –, aber ihre Stimmen klingen ganz ähnlich, und alle wichtigen Dinge passieren in ihren Leben immer zur gleichen Zeit. Sie haben eine Doppelhochzeit gefeiert. Rosa ist mit Jean-Marc verheiratet, einem Franzosen, der jetzt seit ... bestimmt fünfundzwanzig Jahren in Irland lebt. Sie haben zwei Söhne. Hero ist mit einem Mann verheiratet, der Harry heißt, und sie haben auch zwei Söhne, die nahezu gleich alt sind wie die von Rosa und Jean-Marc. Es ist fast ein bisschen gespenstisch, wie die beiden Leben sich gegenseitig spiegeln.«

»ERZÄHLEN SIE MIR VON IHREN EIGENEN KINDERN.«

Ein merkwürdiger Ausdruck strich über sein Gesicht. Er sah

verletzt aus, fast, als schämte er sich. »Wir haben keine Kinder.«

Das war eine riesige Überraschung. In meinem Kopf verbrachte ich so viel Zeit in dem Leben, das ich mir für ihn ausgedacht hatte, dass ich glaubte, er hätte wirklich drei Kinder.

»Heute gehe ich Ihre Reflexe durch«, sagte er, »um zu sehen, ob es eine Reaktion gibt. Einverstanden?«

»OKAY.«

»Wir wollen ein Kind, Georgie und ich.«

*Ach?*

»Wir versuchen es seit Langem.«

Oje! Ich wusste nicht, was ich darauf erwidern sollte.

»Wir versuchen es gerade mit IV-Befruchtung«, sagte er. »Wir erzählen es niemandem. Georgie möchte nicht, dass jemand davon erfährt, solange wir es noch versuchen. Sie will nicht, dass die Leute sie ansehen und sich fragen, ob es diesmal geklappt hat. Sie will nicht von den anderen bemitleidet werden.«

Das konnte ich verstehen.

»Deshalb habe ich niemandem davon erzählt.«

Aber er erzählte es mir. Vielleicht machte es auch nichts, da ich ja nicht sprechen konnte und seine Frau nicht kannte?

»Also, natürlich habe ich es Roland erzählt.«

Wieso natürlich?

»Weil er mein bester Freund ist.«

Das überraschte mich, und Mannix reagierte defensiv. »Roland ist nicht nur jemand, der Autos kauft, die er sich nicht leisten kann«, sagte er. »Er ist jederzeit für andere da, und er ist mir von allen der nächste.«

Gut, ich hatte die Botschaft verstanden.

Nach einer kurzen, angespannten Pause fing Mannix wieder an zu sprechen. Es war, als könnte er nicht aufhören.

»Zweimal haben wir es schon mit IVF versucht. Beide Male wurde der Embryo eingesetzt, und beide Male hatte Georgie eine Fehlgeburt. Ich wusste zwar, dass die Statistik gegen uns sprach, aber wenn es passiert, trifft es einen ganz schön hart.«

Ich war von dieser traurigen Geschichte schockiert, es kam so unerwartet.

»DAS TUT MIR SEHR LEID FÜR SIE.«

Mannix zuckte die Achseln und musterte seine Hände. »Für Georgie ist es viel schlimmer – man hat sie mit Hormonen vollgepumpt. Und sie strengt sich so sehr an, um den Embryo zu halten, und ich kann nichts für sie tun. Ich komme mir völlig nutzlos vor. Jetzt sind wir in der dritten Runde, und Georgie ist wieder schwanger, solange das Gegenteil nicht bewiesen ist. Wir warten also mit angehaltenem Atem.«

Ich wollte unbedingt Ermutigung vermitteln und zwinkerte: »VIEL GLÜCK.« Sprache taugte manchmal nicht viel. Selbst wenn es mir möglich gewesen wäre zu sprechen, hätte ich nicht ausdrücken können, wie sehr ich ihnen wünschte, dass es diesmal gut ging.

Er sprach weiter. »Ich bin letztes Jahr vierzig geworden, Georgie wird dieses Jahr vierzig, und plötzlich kam uns das Leben ohne Kinder sinnlos vor. Wir hätten eher damit anfangen sollen, aber wir waren dumm und ignorant. Wir dachten, wir hätten noch jede Menge Zeit.«

Nach kurzem Schweigen fuhr er fort: »Ich wollte immer eine große Familie. Wir beide hätten das gern. Nicht nur ein oder zwei Kinder, sondern fünf, sechs. Das wäre doch was, oder?«

»VIEL ARBEIT.«

»Ich weiß. Und inzwischen wäre ich dankbar, wenn wir nur eins hätten.«

»HOFFENTLICH KLAPPT ES.«

»Was haben Sie neulich zu mir gesagt?«, erwiderte er nachdenklich. »Manchmal bekommt man, was man sich wünscht, manchmal bekommt man, was man braucht, und manchmal bekommt man das, was man eben bekommt.«

Drei Tage später kam er an mein Bett und sagte: »Morgen, Stella.«

Ich wusste sofort, dass seine Frau das Kind verloren hatte.
»TUT MIR LEID.«
»Woher wissen Sie es?«
*Ich weiß es einfach.* »ES TUT MIR SEHR LEID.«
»Wir machen jetzt erst mal eine Pause. Es nimmt Georgie zu sehr mit.«
»SIE ABER AUCH.«
Er zuckte die Achseln. Er schien völlig am Boden zerstört, sagte aber nur: »Sie trifft es viel härter.«

Am Rande meines Sichtfelds bewegte sich etwas – ungefähr zwei Meter von mir entfernt war ein Mann.

Es heißt, die Fernsehkameras machen jeden fünf Kilo dicker, aber Roland Taylor – denn er war es – war für mich der erste Mensch, der im wirklichen Leben dicker aussah als im Fernsehen. Er trug ein modisches Jackett und eine dieser schicken Brillen, für die er bekannt war, und obwohl Karen der Meinung war, dass dicke Leute dick waren, weil sie verbittert und voller Wut waren, strahlte dieser Mann Freundlichkeit aus.

Er umarmte Mannix und sagte: »Ich habe mit Georgie gesprochen. Es tut mir leid.«

Er hielt Mannix lange in der Umarmung fest, und ich hätte geweint, wenn ich es gekonnt hätte.

Dann piepte der Pager von Mannix, und die beiden ließen voneinander ab.

»Warte hier.« Mannix las das Display des Pagers. »Geh nicht weg. Dauert nicht lange.«

Mannix verschwand, und Roland blieb zurück. Er sah aus, als wüsste er nichts mit sich anzufangen. Ich unternahm die größtmögliche Willensanstrengung, um ihn in meine Richtung zu ziehen.

Er drehte sich zu mir um und sah mir ins Gesicht. »Tut mir leid, dass ich hier so reinplatze«, sagte er verlegen.

Ich zwinkerte mehrere Male mit beiden Augen, und in seinem Gesicht veränderte sich etwas, ein Erkennen trat in seinen Ausdruck.

Er beugte sich vor und las von dem Schild am Fußende des Bettes. »Sie heißen Stella?«

Ich zwinkerte mit dem rechten Auge.

»Ich bin Roland, der Bruder von Mannix.«

Ich zwinkerte mit rechts, zum Zeichen, dass ich das wusste.

»Mannix hat mir von Ihnen erzählt«, sagte er.

Das überraschte mich.

Roland machte ein erschrockenes Gesicht und sagte: »Er hat nicht den Namen genannt. Seien Sie unbesorgt, er hält sich streng an die ärztliche Schweigepflicht. Er hat lediglich Ihre Krankheit erwähnt und dass Sie sich mit Zwinkern verständigen.«

Gut, das war in Ordnung, und ich versuchte ihm das mit den Augen zu vermitteln.

»Moment mal.« Roland kramte in seiner Mulberrry-Tasche und holte einen Stift und ein Blatt Papier heraus, vielleicht einen Kassenbon, und ich buchstabierte mit Zwinkern die Wörter.

»ERFREUT, SIE KENNENZULERNEN.«

»Das ist erstaunlich!« Roland strahlte vor Freude. »*Sie* sind erstaunlich.« In dem dicken Gesicht erkannte ich die gleichen

Augen wie die von Mannix. »Sie haben gerade einen ganzen Satz durch Zwinkern ausgedrückt.«

*Ja, danke.*

Er warf einen angespannten Blick in die Station. »Ich weiß nicht, wo er hin ist, er müsste gleich zurück sein.«

»SETZEN SIE SICH.«

»Meinen Sie? Ich störe auch nicht?«

Was glaubte er denn? Den ganzen Tag sehnte ich mich nach Gesellschaft, und jetzt würde ich die Gelegenheit, ein paar Minuten mit dem berühmten Entertainer Roland Taylor zu verbringen, nicht ungenutzt verstreichen lassen.

»ERZÄHLEN SIE WAS.«

»Meinen Sie wirklich?« Langsam ließ er sich auf einem Stuhl nieder. »Ich könnte Ihnen von einer Begegnung mit einer berühmten Persönlichkeit erzählen. Cher? Michael Bublé? Madonna?«

Ich zwinkerte mit dem rechten Auge.

»Madonna? Ausgezeichnete Wahl, Stella!« Er machte es sich auf dem Stuhl bequem. »Also, sie ist eine Göttin durch und durch. *Natürlich.* Aber auch ... *schwierig*. Am Anfang standen wir miteinander auf Kriegsfuß, ich hatte mich nämlich auf ihren Cowboyhut gesetzt und ihn völlig ruiniert ...«

Er erzählte von Madonnas hochmütiger Art, und sein Stil war mehr als nur ein wenig geziert. Vermutlich war er schwul – aber das war völlig unerheblich.

## Mittwoch, 4. Juni

*6 Uhr*

Ich erwache aus einem wunderbaren Traum. Ned Mount kam darin vor. Schon wieder! Er sagte: »Es gibt eine neue Art von Kuchen auf dem Markt. Er besteht vollständig aus Proteinen. Davon kann man essen, so viel man will.«

Ein paar Momente verweile ich noch in dem wonnigen Gefühl, dann packt mich eine schreckliche Angst. Alles fällt mir wieder ein, und ich hole meinen Laptop: Ryans Video ist über zwanzigtausendmal angeklickt worden.

Ich höre Jeffrey draußen im Flur und rufe ihn herein.

»Hast du gesehen?« Er deutet mit dem Kopf auf meinen Laptop. »Das ist viel, aber es sind nicht Hunderttausende oder so, das wäre schlimmer. Und neue Fotos gibt es auch nicht.«

»Ich gehe heute zu Dr. Quinn«, sage ich. »Vielleicht kann er mir wegen Ryan einen Rat geben.«

Dr. Quinn ist seit Ewigkeiten unser Hausarzt, er kennt Ryan, vielleicht hat er einen Vorschlag, was man tun kann.

»Ich gehe zum Yoga«, sagt Jeffrey.

»Ist gut.«

Ich unterziehe mich halbherzig einer Reinigung und verzehre hundert Gramm Lachs – nach dem gestrigen Jaffa-

Keks-Debakel habe ich mich wieder voll im Griff. Ich setze mich an den Computer, klebe mir mein falsches Lächeln an und tippe: »Arsch.«

*9.01 Uhr*

Ich rufe beim Ferrytown-Gesundheitszentrum an und bitte um einen Termin bei Dr. Quinn. Die Arzthelferin behandelt mich kurz angebunden, bis ich – nur versuchshalber – meinen Namen sage, und plötzlich klingt sie beeindruckt und ein bisschen aufgeregt. Ich bekomme einen Termin am späten Vormittag – das ist einer der Vorteile, wenn man mal berühmt war. Ich kriege so zwar keinen Tisch bei Noma, aber es ist gut zu wissen, dass man sich meiner annimmt, wenn ich mal dringend Antibiotika brauche.

*11.49 Uhr*

Was soll ich anziehen? Nun, nichts einfacher als das – meine neuen Damen-Chinos. Oder ... meine neuen Damen-Chinos.

Es gab mal eine Zeit, da war meine Garderobe so kompliziert, dass dafür extra eine Tabelle erstellt wurde. Das hat alles Gilda gemacht.

Eines Nachmittags kam sie in meine New Yorker Wohnung, um mich zum Joggen abzuholen, aber ich war kurz vor einem Nervenzusammenbruch. »Ich kann heute nicht joggen gehen«, sagte ich.

»Was ist denn los?«

»Das hier.« Ich gab ihr mein Tablet, auf dem der vorläufige Zeitplan für meine erste Lesereise eingetroffen war. »Lies das mal.« Ich rang nach Atem. »Dreiundzwanzig Tage kreuz und quer durchs Land. In Chicago schneit es, in Florida ist es brütend heiß, und in Seattle regnet es in Strömen. Ich soll in Krankenhäusern und im Fernsehen auftreten und zu Benefizveranstaltungen gehen, und ich muss jedes Mal die passende Kleidung tragen. Freizeit gibt es nicht, und ich bin immer nur für einen Tag an einem Ort, sodass keine Zeit für die Reinigung bleibt. Ich brauche einen Koffer so groß wie ein Lastwagen.«

Gilda scrollte sich durch den Zeitplan.

»Und warum ist alles so unlogisch?«, fragte ich. »Ich meine, die Reihenfolge der Orte. Ich muss dauernd hin und her. Warum ist erst Texas dran, dann Oregon, und am nächsten Tag Missouri, was praktisch neben Texas liegt? Kann ich nicht zuerst nach Texas fliegen, von da nach Missouri und dann nach Oregon? Oder das hier, das ist auch verrückt – South Carolina, Seattle, dann Florida. Wäre es nicht sinnvoller, von South Carolina erst mal nach Florida zu fliegen, weil sie so nah beieinander sind, und erst dann nach Seattle?«

»Du bist eben nicht Deepak Chopra oder Eckhart Tolle«, sagte Gilda sanft. »Wenigstens jetzt noch nicht.«

»Was meinst du damit?«

»Es geht jedem Autor auf seiner ersten Lesetour so. Ist jemand erst berühmt, bestimmt er selbst und sagt, wann er in einer Stadt ist, und die Bewohner kommen, um ihn zu sehen. Aber bei einem Neuling wie dir muss der Verlag mit dem Ereignis vor Ort anfangen und dich da einbringen. Zum Beispiel hier.« Sie tippte auf das Display. »Die Damen von Forth Worth, Texas, halten am 14. März ihr Benefizlunch, und dann sollst du da sein. Am 15. können sie mit dir nichts anfangen, verstehst du, dann ist das Essen nämlich vorbei. Und hier, diese Buchhandlung, die am 16. März in Oregon eröffnet wird? Die Lokalmedien werden darüber berichten, sodass es keinen Sinn hat, wenn du drei Tage später eintriffst, um das Band durchzuschneiden, denn dann läuft das Geschäft schon.

Und der Tag des Buches in Missouri am 17. März? Der wurde vielleicht vor sechs Monaten festgelegt. Im Moment musst du dich mit dem arrangieren, was die Welt will. Später ändert sich das.«

Gut, ich verstand, was sie sagte: Auf der Welt gab es jede Menge Ratgeberautoren, die miteinander um die Sendezeit im Fernsehen und im Radio und um Aufmerksamkeit bei Benefizveranstaltungen buhlten.

»Du hast Glück«, sagte sie. »Du siehst das vielleicht nicht so, aber es ist so. Lesereisen sind teuer. Flugreisen und Hotelaufenthalte und Fahrdienste kosten viel Geld, die lokale Presse muss kommen. Jeder Autor wünscht sich die Gelegenheit, mit seinem Buch auf Lesereise zu gehen, und du gehörst zu den wenigen Auserwählten.«

»Wirklich?« Zu erfahren, dass ich zu den wenigen Auserwählten gehörte, ließ alles in einem anderen Licht erscheinen. Aber das Problem mit meiner Garderobe blieb.

»Jetzt gehen wir joggen«, sagte Gilda.

»Nein, ich ...«

»Doch! Du musst diese giftige Energie verbrennen. Aber wenn wir zurückkommen, zeigst du mir deine Sachen, ich bin mir sicher, du hast vieles, was sich eignet. Und um das zu besorgen, was fehlt, lass ich uns was bringen. Ich kenne da ein paar Leute.«

»Was für Leute?«

»Designer. Solche, die noch am Anfang stehen. Und nicht zu teuer. Und ein paar Personal Shoppers, die für sehr reiche Kunden aus der Kollektion der nächsten Saison nach einem Katalog einkaufen. Die Kunden bezahlen im Voraus, aber wenn die Sachen dann im Laden eintreffen, haben sie oft bereits das Interesse daran verloren. Das sind Sachen, die Abnehmer finden müssen, verstehst du?«

»Was meinst du damit?«

»Ich meine damit, dass einem die Sachen mehr oder weniger nachgeworfen werden, wenn man freundlich anfragt. Und wenn man weiß, wen man fragen muss.«

Das war unfassbar, das Ganze war unfassbar. Dass Leute Kleidung kauften und sie dann nicht haben wollten. Und dass andere – gewöhnliche – Menschen davon einen Nutzen haben konnten.

»Daran ist nichts Verwerfliches«, sagte Gilda. »Der Laden hat sein Geld schon bekommen. Und wenn der Personal Shopper ein bisschen extra verdient? Am Ende haben alle was davon.«

Gilda hielt, was sie versprochen hatte: Drei Tage später kam sie zu mir, die Arme voller Designerklamotten, und ich verbrachte den ganzen Nachmittag mit der Anprobe, wobei Gilda mit brutaler Ehrlichkeit ihre Meinung sagte.

»Die Farbe lässt dich blass aussehen. Weg damit. Okay, das ist besser. U-Boot-Ausschnitte stehen dir. Versuch es mit dem dunklen Rock und den Stiefeln. Das sieht toll aus. Was ist mit der Tunika hier? Zu klein. Weg damit. Das Kleid? Ist es ein Tageskleid? Cocktailkleid? Es kann sich nicht entschließen. Weg damit.«

»Aber es gefällt mir.«

»Pech. Jedes einzelne Teil muss sich anstrengen. Alles, was den Weg in deinen Koffer findet, muss etwas *leisten*. Und nicht nur einmal.«

Sie erstellte eine Tabelle aller Veranstaltungen auf der Lesetour und ergänzte sie um meine jeweilige Garderobe, einschließlich der Schuhe, Unterwäsche, Accessoires, sogar den Nagellack führte sie auf.

»Wieso kannst du das so gut?«, fragte ich erstaunt. »Du bist unglaublich.«

Sie lachte leise. »In einem früheren Leben war ich Stylistin.«

»Wie viele Leben hattest du eigentlich?«

**12.05 Uhr**

Als ich im Gesundheitszentrum von Ferrytown ankomme, werde ich zu dem alten Dr. Quinn ins Behandlungszimmer geführt.

»Stella«, sagt er, und er scheint sich nicht recht wohl in seiner Haut zu fühlen. »Ich habe schon gehört, dass Sie wieder in Irland sind.«

»Ja. Ja, so ist es«, erwidere ich und ringe mir ein Lachen ab.

»Und was kann ich für Sie tun?«

»Ja. Also, Sie kennen ja meinen ehemaligen Mann, Ryan?«

»Ja?«

»Er benimmt sich irgendwie komisch ...« Ich erzähle ihm die ganze Geschichte mit dem Karma-Projekt, und als Dr. Quinn begreift, warum ich gekommen bin, verschließt er sich. »Ich kann hier keine Ferndiagnose stellen.«

»Aber ich mache mir Sorgen um ihn.«

»Ich kann keine Ferndiagnose stellen.« Er bleibt dabei.

»Aber können Sie mir Ihre inoffizielle Einschätzung geben? Bitte?«

»Na ja, er klingt ein bisschen überspannt.«

»Das ist doch bipolar, oder?«

Darauf sagt Dr. Quinn hastig: »Ich sage nicht, dass er bipolar ist.«

»Könnte es eine Midlife-Crisis sein?«

»Das gibt es nicht ... obwohl er in dem richtigen Alter dafür ist. Hat er mit Radfahren angefangen? Ich meine obsessiv? Kauft er sich Zeug aus Lycra?«

Ich schüttle den Kopf.

»Hat er niemanden sonst, der sich Sorgen um ihn machen kann? Ist er liiert?«

»Nein.«

»Eine Freundin, falls wir heute noch das Wort Freundin benutzen dürfen, ohne den Zorn von irgendwelchen Leuten zu erregen? Welches Wort benutzt man heute stattdessen?« Einen Moment lang stiert er in die Luft. »Bumspartner, das ist das Wort.«

»Äh … ›Freundin‹ ist schon okay. Aber er hat keine.«

»Dabei hat er einen tollen Job.« Dr. Quinn macht einen erstaunten Eindruck.

»Verstehen Sie mich nicht falsch, er hat oft Freundinnen, aber sie sind immer um die fünfundzwanzig und trennen sich nach zwei Monaten von ihm, weil er unreif ist und nur um sich selbst kreist. Die letzte hat ihn vor ungefähr einem Monat abserviert.«

»Verstehe. Das ist … bedauerlich. Könnten Sie mit seinen Eltern sprechen?«

»Möglich, wenn Sie mir ein Medium verschaffen können.«

»Jetzt erinnere ich mich. Sie sind tot.«

Ryans Mutter ist vor sechs Jahren gestorben, sein Vater vier Monate später.

»Hat er Geschwister?«

»Eine Schwester. Sie lebt in Neuseeland.«

Dr. Quinn macht ein ehrfürchtiges Gesicht. »Das ist sehr weit weg. Obwohl es sehr hübsch dort sein soll. Mrs. Quinn würde gern eine Reise dorthin machen, aber ich weiß nicht, ob ich mich zu dem Flug in der Lage sehe. Selbst mit diesen speziellen Thrombosestrümpfen nicht.«

»Es ist ein langer Flug, da haben Sie recht.«

»An die Schwester können wir uns also nicht wenden, damit sie ihn zur Vernunft bringt.«

»Nein«, sage ich düster.

»Und er hat keine weiteren Geschwister? Nein? Für eine irische Familie seiner Generation ist das sehr klein.«

»Wir sind auch nur zwei.«

»Stimmt ja. Sie und Karen. Wie geht es Karen?«

»Sehr gut.«

»Tolle Frau, Karen. Tolle Frau. So viel ... *Power*. Und immer guter Dinge. Sie hat Mrs. Quinn mit ihren Pusteln geholfen.«

»Wirklich?« Ich kenne die Geschichte von Mrs. Quinns Pusteln ganz genau, aber zwischen einer Kosmetikerin und ihren Kundinnen besteht ein unausgesprochenes Gebot der Verschwiegenheit. Wie wäre es schließlich für eine Frau, wenn sie zu einer Dinnerparty geht, wo alle wissen, dass sie Haare auf dem Bauch hat?

»Sie könnten Karen bitten, mit Ryan zu reden.« Plötzlich wirkt Dr. Quinn ganz hoffnungsvoll. »Wenn jemand ihm den Kopf zurechtrücken kann, dann sie.«

»Sie ist eigentlich nicht für ihn zuständig.«

»Verstehe.«

Wir sitzen niedergeschlagen da. Dann gibt sich Dr. Quinn einen Ruck.

»Und wie geht es Ihnen, Stella?«, fragt er. »Mit den ganzen ... äh ... Veränderungen in Ihrem Leben? Ich meine nicht Ryan, ich meine ...«

»Mir geht es gut.«

»Sie kommen zurecht?«

»Mir geht es gut.«

»Sie sind erstaunlich. Die meisten würden mir die Bude einrennen und Antidepressiva und sonst was verlangen ...«

»Mir geht es gut.«

Ich will weder sein Mitleid noch seine Antidepressiva.

»Ich muss schon sagen«, fährt er fort. »Sie sehen gut aus. Hübsche ... äh ...« Er deutet mit dem Kopf auf meine Chinos.

»Chinos«, sage ich. »Ja. Damen-Chinos.«

»Damen-Chinos? Wer hätte das gedacht? Aber sagen Sie, kann ich etwas für Sie tun, wo Sie schon hier sind?«

»Nichts, danke.«

»Ich könnte Ihren Blutdruck messen«, sagt er fast schmeichlerisch.

»Na gut«, sage ich und rolle mir den Ärmel auf.

Ich sitze geduldig da, als die Manschette um meinen Oberarm strammer wird und Dr. Quinn das Anzeigegerät beobachtet. »Ein bisschen hoch«, sagt er.

»Wundert Sie das?«

»Vertrauen Sie auf Ihre Intuition.«

Aus: *Gezwinkerte Gespräche*

»Und?«, fragte Mannix Taylor. »Welche Weisheit des Tages haben Sie heute für mich?«

Er sagte das jeden Morgen, und anfangs dachte ich, dass es ein bisschen frech wäre, denn schließlich bezahlte ich ihn.

»Sie sind voller Weisheiten«, sagte er. »Wie man einen Elefanten isst und durch die Hölle geht und dass man in den Regen kommt.«

Mir wurde klar, dass er nicht seinetwegen fragte, sondern mir etwas geben wollte, worüber ich nachdenken konnte. Und ich dachte auch darüber nach. Es war gut, etwas vorzuhaben, so verging die Zeit schneller, und das sind ein paar der Sprüche, die mir bislang eingefallen waren: »Unglücksfälle sind nicht nur für ›die anderen‹«, »Sei dankbar für jede noch so kleine Freundlichkeit« und »Wann ist ein Gähnen kein Gähnen? – Wenn es ein Wunder ist.«

Manche waren gut, andere weniger. Auf das mit dem Gähnen war ich ziemlich stolz, muss ich zugeben.

Den Satz mit dem Golfplatz hatte ich ihm vorbuchstabiert: »Bloß weil man bei einem Golfplatz wohnt, heißt das nicht, dass man Golf spielen muss.« Zu meiner Überraschung gab er zurück: »Man kann es auch anders betrachten. Zum Beispiel: ›Wenn man schon bei einem Golfplatz wohnt, kann man auch lernen, Golf zu spielen.‹«

»FÜHREN WIR EINE PHILOSOPHISCHE DISKUSSION?«

»Tja«, sagte er. »Vielleicht. Ich meine, warum würde jemand in die Nähe eines Golfplatzes ziehen, wenn er nicht insgeheim Lust hätte, Golf zu spielen?«

Aber an diesem Morgen wollte Mannix Taylor mich nicht bloß aufmuntern, sondern er war wirklich auf der Suche nach Weisheit. »Ich mache mir um Roland Sorgen.«

*Ach?*

»Ich habe Ihnen ja von seinen Geldproblemen erzählt. Erinnern Sie sich noch an den Tag, als wir ... als der Unfall passierte? Da hatte ich gerade erfahren, dass Roland das Geld für die Anzahlung auf ein neues Haus anderweitig verprasst hatte, statt es dem Verkäufer zu überweisen.«

*Nein! Wie viel?*

»Dreißigtausend. Dann habe ich mir seine Unterlagen angesehen und festgestellt, dass er jede Menge Kreditkarten hat und Geld schuldete – immer noch schuldet. Sehr viel Geld. An dem Tag saß ich an seinem Schreibtisch und war erschüttert, und als ich aus dem Fenster sah, stand da ein nagelneuer Range Rover ...«

*Schrecklich.*

Plötzlich warf er mir einen besorgten Blick zu. »Ich sollte Ihnen das alles nicht erzählen.«

»ICH RUF SOFORT BEI DER ZEITUNG AN.«

Da musste er lachen, und einen Moment sah er gelöst aus.

»Roland gibt sich große Mühe, seine Ausgaben im Zaum zu halten und die Schulden zurückzuzahlen. Er schämt sich sehr. Aber er wird immer wieder rückfällig, fast sieht es so aus, als ob er nicht anders kann, er hat sich nicht in der Gewalt, und ich glaube, er sollte sich in Behandlung begeben, wegen seines zwanghaften Verhaltens. Aber ... das will er nicht, verständlicherweise. Meine Eltern und meine Schwestern wollen das auch nicht. Sie sagen, es sei nicht so schlimm – aber sie können auch nicht mit Geld umgehen.« Er hielt inne und versank in Gedanken. Er sah verletzlich, schuldbewusst und sehr unglücklich aus. »Deshalb, Stella, welche Weisheit haben Sie heute zu bieten?«

Mir fiel nichts ein. Auf diesem Gebiet kannte ich mich nicht aus. *Äh ...*

»VERTRAUEN SIE AUF IHRE INTUITION.«

»Vertrauen Sie auf Ihre Intuition?«, sagte er spöttisch. »Das klingt nach chinesischem Glückskeks. Normalerweise sind Sie besser.«

*Ach, rutsch mir doch den Buckel runter.*

Aber dann, am Tag danach, als Mannix auf die Station kam, sagte er: »Das wird Ihnen sehr merkwürdig vorkommen.«

*Wirklich?*

»Roland, mein Bruder. Ich hatte über seine Geldprobleme gesprochen. Und dass ich glaube, er sollte eine Therapie machen. Sie erinnern sich?«

*Natürlich.*

»Er hat gefragt, ob er Sie vielleicht um Rat bitten könnte.«

»WARUM?«

»Er mochte Sie. Er mochte Sie *sehr*! Er war von Ihrer Lebenseinstellung tief beeindruckt. Er sagt, er würde auf das vertrauen, was Sie sagen.«

Ich fand meine neue Inkarnation als die weise, gelähmte Frau von Ferrytown ziemlich verwirrend. Warum statten wir Menschen, die anders geartet sind, mit solch edlen Fähigkeiten aus? Zum Beispiel denken alle, Blinde seien richtig nette Menschen. Das sind sie nicht, jedenfalls nicht immer. Sie sind so wie wir anderen auch. Einmal wollte ich einem Blinden helfen, den Weg durch die Passanten auf der Grafton Street zu finden, und er hat mich mit seinem Blindenstock geschlagen –

ein scharfer Schlag gegen das Schienbein, sehr schmerzhaft. Er tat, als wäre es versehentlich gewesen, aber das war es nicht. Außerdem konnte ich kein neutraler Ratgeber zum Thema Schulden sein. Der Gedanke, Zehntausende von Euro Schulden zu haben, erfüllte mich mit Schrecken, auch wenn es nicht meine Schulden waren.

Früher hat Zoe einmal gesagt, sie könnte nur dann richtig glücklich sein, wenn jeder auf der Welt in einer glücklichen Beziehung mit einem anderen lebte. Ich hingegen glaubte, mir würde ein großes Gewicht von den Schultern genommen, wenn alle Schulden auf der Welt ein für alle Mal gestrichen würden. Ich hatte furchtbare Angst vor Schulden und projizierte diese Angst auf alle anderen Menschen.

»ABER ICH WEISS NICHTS ÜBER ROLAND.«

»Doch! Er hat gesagt, Sie hätten sich sofort mit ihm verstanden.«

Das stimmte, das musste ich zugeben.

»Erlauben Sie ihm, mit Ihnen zu sprechen«, sagte Mannix. »Ich weiß, dass das unangemessen ist. Sogar unprofessionell. Aber ...«

Er musste nicht weitersprechen – er wusste so gut wie ich, dass ich hier auf meinem Krankenlager die Tage in unerträglicher Langeweile verbrachte und auf alles neugierig war, und sogar dankbar für jedes bisschen Drama.

»OKAY, ER SOLL KOMMEN.«

»Heute Nachmittag?«

»OKAY.«

Am Nachmittag brachte Mannix seinen Bruder zu mir. Mannix hielt sich im Hintergrund, und Roland wirkte verlegen und beklommen. »Stella, das ist zu liebenswürdig von Ihnen, mir Ihre Zeit und Ihre weise Einsicht zu schenken.«

*Äh, keine Ursache.*
Er setzte sich und nahm Stift und Heft heraus.

»Meine Geschichte in aller Kürze, Stella – ich habe Schulden, und statt sie zurückzuzahlen, borge ich mir neues Geld und unternehme eine Einkaufstour und kaufe vier Jacketts von Alexander McQueen auf einmal. Und dann hasse ich mich. Und ich habe noch mehr Schulden, natürlich.«

Herrje. Mein Puls fing schon beim bloßen Zuhören an zu rasen.

»Ich möchte damit aufhören. Aber das kann ich nicht. Mannix will, dass ich eine Therapie mache, um die Sache in den Griff zu kriegen. Was soll ich Ihrer Meinung nach tun?«

»WAS GLAUBEN SIE DENN, WAS SIE TUN SOLLTEN?«

»Ich glaube, ich sollte mich therapieren lassen. Aber ich habe Angst davor.«

»ES IST NORMAL, DASS MAN VOR SO EINER THERAPIE ANGST HAT.«

Er ließ sich das durch den Kopf gehen. »Haben Sie denn Angst? Hier, im Krankenhaus? In Ihrem Zustand?«

»JA.«

»Okay.« Er dachte nach. »Wenn Sie so leben können, tagein, tagaus, dann werde ich wohl sechs Wochen Therapie durchstehen, oder?«

»ES KÖNNTE IHNEN HELFEN.«

»Meinen Sie?« Auf diese Idee schien er noch nicht gekommen zu sein.

»IST JA KEINE STRAFE.«

»Genau!« Eine schwarze Wolke schien sich von ihm zu heben. »Ich hatte mir vorgestellt, dass ich mit Birkenreisern ausgepeitscht würde, während gleichzeitig jemand meine Kreditkartenauszüge über Lautsprecher vorliest. So etwa: achtzig Euro für eine Paul-Smith-Krawatte. Klatsch! Neunhundert

Euro für eine Loewe-Schultertasche. Klatsch! Zweitausend Euro für ein Fahrrad, das ich nie benutzen werde. Klatsch!«

Mir wurde langsam schlecht. Gab er wirklich sein Geld für diese Sachen aus?

»SIE WERDEN NICHT AUSGEPEITSCHT.« Dessen war ich mir sicher. Fast sicher.

»Natürlich nicht. Wie bin ich nur auf diese Idee gekommen? Wissen Sie was?«, sagte er. »Sie sind unglaublich inspirierend. Sie haben solchen Mut!«

Aber ich hatte doch gar nichts gemacht.

»Sie sind eine wunderbare Frau. Vielen Dank.«

Am nächsten Morgen kam Mannix herein und sagte: »Soll ich Ihnen was erzählen? Roland will eine Therapie anfangen.«

*Das ist fantastisch!*

»Danke!«

Er hatte keinen Grund, mir zu danken: Roland war selbst zu diesem Entschluss gekommen. Es stand schon fest, aber er konnte es sich noch nicht eingestehen.

»Meine Schwestern sind sauer auf mich«, sagte Mannix. »Meine Eltern auch. Ich bin der unbeliebteste Mensch in meiner Familie.« Er sah mich mit einem schiefen Lächeln an. »Aber wissen Sie was, es ist ein verdammt gutes Gefühl, wenn man in einer Sache alle anderen aussticht.«

*12.44 Uhr*
Bedrückt verlasse ich Dr. Quinns Praxis. Ein Kiosk lockt mich mit seinen Süßigkeiten, und ich muss all meine Selbstbeherrschung aufbieten, um nicht reinzugehen und fünf Twix zu kaufen.

Ich beschließe, einen letzten Versuch zu unternehmen und Ryan zur Vernunft zu bringen. Ich erreiche ihn am Handy, und er sagt zur Begrüßung: »Ich mache keinen Rückzieher.«

»Wo bist du?«, frage ich ihn.

»Im Büro.«

Das ist selten. Normalerweise ist er bei Besprechungen oder auf einer Baustelle, wo er die Klempner zusammenstaucht.

In der Ferne sehe ich einen Bus in Sicht kommen. »Bleib, wo du bist«, sage ich. »Ich bin sofort bei dir.«

Ich steige in den 46A – ich finde sogar das passende Kleingeld, was ich als gutes Omen werte – und richte mich auf eine tagelange Fahrt ein, weil das bisher meine Erfahrung mit dem 46A ist. Stattdessen passiert etwas Merkwürdiges – vielleicht sind wir durch ein Loch in Zeit und Raum gerutscht –, und ich bin nach neununddreißig Minuten in der Stadt und stehe vor dem Geschäft »Ryan Sweeney Badezimmer«.

Das Büro liegt im ersten Stock eines Altbaus in der South William Street, und als ich es betrete, sitzen fünf Mitarbeiter konzentriert vor den Bildschirmen, ihre Gesichter erhellt vom

Widerschein der Monitore. Mitten im Raum sitzt Ryan auf einem Drehstuhl und dreht sich von rechts nach links nach rechts und lächelt dermaßen dümmlich ins Leere, dass ich wirklich beunruhigt bin. Ich nicke den Mitarbeitern zur Begrüßung zu und steige über Musterkacheln und Broschüren zu ihm hin.

Ryan hat mich gesehen. »Stella!« Er lächelt, als wäre er bekifft, und dreht sich weiter hin und her.

»Hör auf damit!«, sage ich, und zum Glück gehorcht er.

Ich zeige auf Ryans Zeichenbretter und Computer und die technischen Geräte.

»Wie passt das alles in dein Karma…dings?« Nenn es nicht Projekt, sage ich mir. Verleih ihm keinen Status, indem du den Begriff benutzt.

»Ich verschenke das Geschäft.«

Ich bin fassungslos. »Das ist dein Lebensunterhalt«, stammle ich. »Was ist mit den Kindern? Ryan, du hast Verantwortung.«

»Meine Kinder sind erwachsen.«

»Jeffrey nicht.«

»Doch. Es ist nicht meine Schuld, dass er sich nicht erwachsen benimmt. Meine Tochter heiratet. Ich habe sie großgezogen, habe für ihre Ausbildung bezahlt, ich habe ihnen alles gegeben, was sie gebraucht und gewollt haben. Ich bin immer noch für sie da, und für Jeffreys letztes Schuljahr habe ich Geld zurückgelegt, aber finanziell bin ich da raus.«

»Und was ist mit deinen Mitarbeitern? Sie werden arbeitslos.«

»Keineswegs. Ich verschenke den Laden. Clarissa übernimmt ihn.«

Ich reiße den Kopf herum und starre Clarissa an. Seit Langem ist sie Ryans rechte Hand, aber ich bin mit ihr nie so richtig warm geworden. Man kann nicht behaupten, dass sie ein freundlicher Mensch ist. Sie ist groß und schlank und trägt immer schwarze Leggings, Arbeiterstiefel, ausgefranste Pullover und klobigen Silberschmuck – meistenteils in den Augenbrauen –, und sie zieht die Pulloverärmel über die Handgelenke in einer Kleinmädchenmanier, die mich rasend macht.

Sie erwidert meinen Blick und lächelt mir geheimnisvoll – triumphierend? – zu. Wut schäumt in mir auf, und ich wende als Erste den Blick ab. Das ist immer so. In diesem Leben bin ich einer von den Schwächlingen. Ich kehre ihr den Rücken zu und sehe Ryan an. »Können wir uns irgendwo ungestört unterhalten?«

Wir gehen auf den Flur. »Ryan, du steckst offensichtlich in einer Midlife-Crisis.« Ich spreche ganz sanft. »Und du wirst dies bereuen. Kannst du nicht einfach für einen Triathlon trainieren, wie jeder andere Mann deines Alters auch? Wir helfen dir auch. Jeffrey könnte mit dir schwimmen gehen.«

»Jeffrey kann mich nicht ausstehen.«

»Das stimmt«, sage ich. »Das ist so. Aber mich kann er auch nicht ausstehen. Du darfst das nicht persönlich nehmen. Und wenn er mit dir schwimmen geht, gehe ich joggen.« Angesichts meiner Bauchkrise muss ich sowieso Sport treiben, da wäre so eine Verpflichtung begrüßenswert.

»Und für das Fahrradfahren finden wir schon jemanden. Vielleicht Enda.«

»Ich mache keine Fahrradtouren mit Enda Mulreid«, sagt Ryan aufmüpfig. »Er hat Polizistenoberschenkel. Die sind sehr ausdauernd.«

»Dann eben jemand anders. Es muss ja nicht Enda sein.«

Aber Ryan ist ganz und gar in sein Projekt verstrickt und unerreichbar. »Stella.« Er legt mir die Hände auf die Schultern und sieht mich durchdringend an. »Ich tue etwas Wichtiges. Es handelt sich um spirituelle Kunst. Ich beweise, dass es so etwas wie Karma gibt.«

Einen Augenblick lang lasse ich mich von seinem Eifer betören. Vielleicht kann er wirklich etwas bewirken. Vielleicht geht es ja gut. Aber ... »Und wenn es schiefgeht, Ryan? Was ist dann?«

Er lacht leise. »Du bist und bleibst das Arbeiterkind, das eine Heidenangst vor der Armut hat, stimmt's?«

»Ich bin doch nur vernünftig«, protestiere ich. »Jemand muss vernünftig sein. Würdest du bitte zu Dr. Quinn gehen? Damit er mal nachsieht, ob bei dir alles in Ordnung ist ... ich meine ... im Kopf.«

»Nein.«

Ich sehe ihn unglücklich an. Ich weiß nicht, was ich jetzt machen soll. Soll ich wieder ins Büro gehen und mit Clarissa sprechen? Aber ich kenne Clarissas Taktik – sie wird mich unergründlich anlächeln und mit ihrer prägnanten und irritierenden Stimme sagen, dass Ryan tun und lassen könne, was er will. Und auch wenn Clarissa das Geschäft nicht haben will, kann Ryan es einem anderen anbieten, irgendeiner wird es schon nehmen und dann nicht mehr hergeben.

Besser, ich halte mich an Ryan.

»Ich muss wieder rein«, sagt er. »Ich will mich wieder in den Drehstuhl setzen.«

»Wirklich?«

»Ja, das fühlt sich gut an. Locker und frei.«

»Locker und frei?«

Er wechselt abrupt das Thema, wie Geisteskranke das gern tun. »Weißt du was, Stella?« Er blickt mir tief in die Augen. »Du siehst *sehr* gut aus. Irgendwas an dir ist anders.«

»Ich bin von Angst getrieben.«

»Nein, nein, nein. Ein Schisser warst du schon immer. Aber vielleicht ...« Er lässt den Blick an mir auf und ab wandern und zeigt dann auf meine Beine. »Daran liegt es.«

Ein bisschen verlegen sage ich: »Das sind Damen-Chinos.«

»Die sind klasse.« Obwohl ich weiß, dass er nicht ganz richtig im Kopf ist, tut mir sein Lob gut.

»Manche Leute können mit den Ohren wackeln. Seien Sie nicht traurig, wenn Sie das nicht können. Suchen Sie sich etwas anderes, womit Sie auf einer Party für Unterhaltung sorgen.«

Aus: *Gezwinkerte Gespräche*

»›Sein Anus starrte sie an wie ein unverwandt blickendes Auge‹«, las Dad.

Mann! Das Buch von Georgie Taylor hatte es in sich. Es handelte von einer Frau mit einem langweiligen Leben, die einen anständigen Firmendirektor geheiratet hatte, aber insgeheim als Prostituierte arbeitete. »›Sie legte ihre Hände um seine Hoden und –‹ Nein! Das lese ich nicht!« Dad knallte das Buch zu. »Und wenn es noch so viele Preise bekommen hat. Ich will nicht sagen, es ist keine Literatur. Manche der besten Bücher der Welt sind voll von diesem Schweinkram. Aber du bist meine Tochter, und das geht einfach nicht. Was haben wir sonst noch?«

Er nahm sich den kleinen Stapel Bücher von Georgie Taylor vor. »*Jane Eyre*?« Er klang entsetzt. »Das ist doch für Schulmädchen. Wo soll das hinführen? *Bridget Jones – Schokolade zum Frühstück*? Enid Blyton?«

Oje. Ohne sie jemals gesehen zu haben, hatte sich Dad ein wenig in Georgie Taylor verliebt. Einmal hatte er sogar einen Strauß Blumen an einer Tankstelle gekauft, den Mannix Taylor ihr mitbringen sollte. Jetzt aber schien sein Vertrauen in ihren treffsicheren Geschmack erschüttert zu sein.

»Was haben wir denn noch?« Dad nahm eines der Bücher. »*Rebecca*? Wir haben *Jane Eyre*, in dem eine geistesgestörte Frau auf dem Dachboden vorkommt, und *Rebecca*, wo die zweite Frau von der Erinnerung an die erste verfolgt wird?« Er sah mich an. »Was soll das alles?«

Das wusste ich auch nicht, allerdings war ich auch nicht ganz bei der Sache, denn ich hatte ein aufregendes kleines Geheimnis: Vor genau sechs Wochen hatte Mannix Taylor mir gesagt, dass meine Muskeln in sechs Wochen wieder zu arbeiten anfangen würden. Ich hatte mitgezählt und jeden Tag nach vierundzwanzig Stunden ausgestrichen, und jetzt waren wir bei null angekommen.

Ich war gespannt, welcher Teil meines Körpers als Erstes erwachen würde. Vielleicht meine Hände oder meine Nackenmuskeln oder – das wäre das Beste – meine Stimmbänder. Ich konnte mir schwer vorstellen, wo das Leben sich zuerst bemerkbar machen würde, denn noch war ich so bewegungslos wie ein Sandsack, aber etwas würde heute auf jeden Fall passieren. Das hatte Mannix gesagt.

Obwohl er sich anscheinend nicht daran erinnern konnte. Zumindest hatte er es bei seiner Morgenvisite nicht erwähnt. Aber schließlich hatte er den Kopf mit anderem voll.

»Also, Herzchen, ich gehe dann mal.« Dad erhob sich. »Diese Bücher kann ich dir nicht vorlesen, das sind lauter Mädchen-Schauerromane.« Er schüttelte bedauernd den Kopf. »Ich werde dir was Anständiges von Joan besorgen. Vielleicht müssen wir mal wieder was von Norman Mailer lesen.«

Ich war froh, als er ging. Ich wollte mich auf meinen Körper konzentrieren, wollte meine Aufmerksamkeit voll und ganz auf meine Muskeln richten und sofort zur Stelle sein, falls sich etwas regte.

Nasenlöcher, Zunge, Lippen, Hals, Brust, Arme, Finger ... Oder wenn ich am anderen Ende anfing: Zehen, Füße, Fußgelenke, Waden, Knie ... Augenbrauen, Ohren ... Nein, das war albern. Ich hatte noch nie mit den Ohren wackeln können.

Manche Leute können das und sorgen damit auf Partys für Unterhaltung. Aber ich nicht. Stirn, Kiefer, Hals, Schultern, Ellbogen ... noch war nichts zu bemerken. Ich wollte Ryan gern mit einer kleinen Bewegung überraschen, wenn er am Abend kam. Er brauchte einen Hoffnungsschimmer.

Aber der Tag verging, und als Ryan kam, war noch nichts passiert. Er sah etwas vernachlässigt aus.

»Und?« Er ließ sich schwer auf den Stuhl sinken und holte den Stift und das Heft aus dem Sterilisator.

Ich hatte ihm sagen wollen, er solle sich die Haare schneiden lassen, aber dann ließ ich das.

»ALLES IN ORDNUNG.«

»Du hast es gut«, sagt er. »Ich hätte nichts dagegen, ein paar Tage im Bett zu verbringen.«

Ich war entsetzt und wollte ihm etwas Ermunterndes zuzwinkern, aber wir kamen nicht in den richtigen Takt. »Lass es«, sagte er, nachdem er vier Buchstaben falsch verstanden hatte. »Ich bin einfach zu müde.«

*Ist gut. Ist gut.* Ich versuchte, ihm beschwichtigende Gefühle zu übermitteln. *Lass uns einfach in Ruhe hier sitzen und zusammen sein.*

»Was soll ich hier eigentlich, wenn du nichts zu erzählen hast.« Er stand auf. Er war keine fünf Minuten da gewesen.

*Bleib.*

»Jemand kommt dich morgen besuchen. Ich weiß nicht mehr, wer. Irgendwer.«

Vielleicht. Die Besucher kamen schon lange nicht mehr in Scharen. Sie kamen einzeln, und manche kamen auch gar nicht. Es war Anfang Dezember, ich lag seit drei Monaten im Krankenhaus, und alle waren mit Weihnachtsvorbereitungen beschäftigt. Die Kinder hatten volle Stundenpläne, Ryan schuftete sich kaputt, um vor Jahresende ein Projekt fertig zu bekommen, Karen hatte im Salon alle Hände voll zu tun, Mum arbeitete zusätzliche Schichten im Pflegeheim. Ich blieb zurück. Die große Nähe, die Ryan und ich am Anfang meiner Krankheit zueinander hatten, wurde von den erbarmungslosen Anforderungen seines Lebens zermalmt. Es wurde wirklich Zeit, dass mein Zustand sich besserte.

»Außerdem kommt ja Mannix Taylor noch.«

War das eine schnippische Bemerkung? Eigentlich glaubte ich das nicht, er stellte nur eine Tatsache fest – Mannix Taylor würde tatsächlich vorbeikommen. Er war mein Neurologe und kam an jedem Wochentag. Dafür wurde er bezahlt.

»Also dann. Bis bald.« Ryan ging, und ich fühlte mich niedergeschlagen – ganz normal niedergeschlagen. Das hatte nichts damit zu tun, dass ich gelähmt war. Nichts mit der Angst, in die Hölle zu kommen. Einfach nur niedergeschlagen.

Ryan kam mit der Situation nicht zurecht, und das verstand ich. Am Ende wäre unser Leben wieder in Ordnung, sagte ich mir. Aber bis dahin war es ein langer, steiniger Weg.

Ausnahmsweise ging der Tag im Nu vorbei, und die Nacht brach unerwartet schnell herein, ohne dass meine Muskeln auch nur das leiseste Zucken gezeigt hätten.

Ich mahnte mich zur Vernunft: Es war unfair, Mannix Taylor so wörtlich zu nehmen. Er hatte mir einen ungefähren zeitlichen Rahmen genannt. Aber als ich in den Schlaf driftete, war ich unruhig und traurig.

Irgendwann in der Nacht wachte ich auf, weil die Krankenschwestern mich umdrehten. Es war das übliche Gerangel mit den Schläuchen und Geräten, und kurz bevor ich mit dem Gesicht zur Wand gedreht wurde, konnte ich einen Blick auf die Uhr werfen: Es war sieben Minuten vor Mitternacht.

Die Schwestern gingen auf quietschenden Sohlen davon, und ich richtete mich wieder mit der Stille ein. Langsam übermannte mich der Schlaf, und in dem Moment, als ich einschlummerte, zuckte mein linkes Knie.

Am nächsten Morgen kam Mannix Taylor fast eine Stunde früher als sonst. Und mir wurde klar, dass er das Versprechen mit den sechs Wochen ganz und gar nicht vergessen hatte. Hoffnung und Neugier standen in seinem Gesicht. Er versuchte nicht einmal, sich professionell zu geben.

Ich sah ihn an und übermittelte mit den Augen ein deutliches *Ja*.

Fast machte er einen Satz auf mein Bett. »Wo?«

»KN…«

»Welches?« Er riss die Decke zurück.

»LINKS.«

»Zeigen Sie es mir.« Er legte seine Hand auf mein linkes Knie, und ich konzentrierte alle meine Willenskraft auf den Muskel. Nichts geschah. Aber in der Nacht hatte ich es gespürt. Da war ich mir ganz sicher.

Oder doch nicht? Vielleicht hatte ich mir etwas vorgemacht, weil ich es unbedingt wollte. Ich sah ihn zerknirscht an. *Sorry.*

Im nächsten Moment zuckte mein Knie unter seiner Hand.

Mit einem Satz sprang er auf. »Das ist nicht zu fassen!«

Innerlich vollführte ich Freudentänze.

»Noch einmal!«, verlangte er. »Wenn Sie es noch einmal machen, glaube ich Ihnen.«

Er setzte sich wieder aufs Bett und legte seine Hand auf mein Knie, und wir sahen uns an und warteten, dass etwas geschah. Er hielt den Atem an, aber mein Bein lag da wie ein Stück Holz.

»Machen Sie schon«, sagte er ungeduldig.

*Ich versuche es ja.*

»Und?«

*Ich versuche es verdammt noch mal.*

»Gut«, sagte er und seufzte. »Lassen wir es für heute ...«

Da zuckte mein Knie unter seiner Hand wieder.

»Ha!« Er lachte. »Spannen Sie mich ruhig auf die Folter, warum nicht.«

Wieder zuckte der Muskel in meinem Knie. Es war ein merkwürdiges Gefühl, ein bisschen so wie damals, wenn Ryan während meiner Schwangerschaft mit Jeffrey seine Hand auf meinen Bauch legte.

»Jetzt glaube ich es Ihnen«, sagte Mannix. »Es passiert wirklich! Sie sind auf dem Weg der Besserung.«

»DAS HABEN SIE MIR DOCH GESAGT.«

»Ich habe es nicht geglaubt. Nicht so schnell. Allerdings«, sagte er dann in einem Ton zwischen Bewunderung und Empörung, »bei Ihnen hätte ich mir das eigentlich denken können.«

*15.17 Uhr*
Jeffrey sitzt am Küchentisch und starrt gebannt auf sein Handy. »Das Video von Dad ist neunzigtausendmal angeklickt worden. Es geht immer schneller. Und ... er hat ein Trending Topic auf Twitter.«

Ich werde blass. Nicht Twitter, mein geliebtes Twitter. Ich habe nie Trends auf Twitter gesetzt. Ich bin sauer und verängstigt und ... ja, doch ... neidisch.

»Mach dir nichts draus«, sagt Jeffrey. »Das bezieht sich nur auf die Bloggersphäre.«

Ich nicke verhalten. Nichts an Twitter ist »nur«, soweit ich das sehe.

»Nur in der Bloggersphäre«, sagt Jeffrey noch einmal beschwichtigend. »Nicht in der wirklichen Welt. In der wirklichen Welt wird das nicht passieren.«

Genau in dem Moment klingelt mein Handy. Unbekannter Anrufer. Trotzdem nehme ich den Anruf entgegen. Bin ich des Wahnsinns?

»Stella Sweeney?«, fragt eine Frauenstimme.

»Mit wem spreche ich?«

»Ich heiße Kirsty Gaw und arbeite beim *Southside Zinger*.«

Der *Southside Zinger* ist ein lokales Werbeblatt, das einmal mit der Überschrift aufgemacht hat: »Junge aus Southside zerbricht Teller.« Das Blatt als provinziell zu bezeichnen wäre geradezu schmeichelhaft.

»Ich rufe wegen Ihres Mannes Ryan Sweeney an.« Mir wird ganz elend zumute – jemand beim *Zinger* muss über die Verbindung zwischen mir und Ryan Bescheid wissen.

»Ex«, sage ich beklommen, aber mit fester Stimme. »Er ist mein Exmann.«

»Dann sind Sie Stella?« Sie klingt freundlich.

Jetzt kommt mein Medientraining zum Einsatz. »Nein, nein. Sie haben sich verwählt. Danke. Vielen Dank. Und auf Wiedersehen.« Ich beende das Gespräch so höflich wie möglich.

Wenn man halbwegs berühmt ist, denke ich, während ich mir die Hände vors Gesicht halte und laut schreie, muss man fortwährend freundlich sein, und das ist das Schreckliche daran. Alles ist schon schwierig genug, ohne dass Leute dauernd rumgehen und sagen: Das ist Stella Sweeney. Sie scheint nett zu sein. Aber in Wirklichkeit ist sie eine eingebildete Ziege.

»Wer war das?«, fragt Jeffrey.

Ich sehe ihn niedergeschlagen an. »Der *Southside Zinger*. Scheiße! Echt Scheiße!«

»Bitte kein Fluchen, Mom. Außerdem ist es doch nur der ›Dame aus dem Viertel verliert Augenwimper‹-*Zinger*.«

Ich sehe ihn fast bewundernd an. Das war ziemlich lustig. Für Jeffreys Verhältnisse.

Wieder klingelt das Handy. Bestimmt noch einmal Kirsty Gaw. Aber nein. Diesmal ist es eine andere Zeitung, eine echte: *The Herald*. Der Name erscheint auf dem Display, und ich halte es Jeffrey hin.

»Sie wissen Bescheid«, flüstere ich. »Echte Menschen wissen Bescheid.«

»Scheiße«, sagt er.

»Jetzt fluchst du auch!« Trotz der Lage bin ich froh, moralisch die Oberhand gewonnen zu haben.

»Ich fluche nicht. Ich habe *einmal* geflucht. Nur einmal.«

»Scheiß der Hund drauf.«

»Scheiß der Hund drauf«, ahmt er mich nach. »Du solltest dich mal hören.«

Mein Handy klingelt wieder – diesmal ist es die *Mail*. Dann klingelt das Festnetztelefon. Der *Independent*. Dann klingeln beide Telefone auf einmal. Es ist fast wie damals. Stimmen sprechen Nachrichten aufs Band, und sobald sie aufgelegt haben, fängt das Telefon wieder an zu klingeln. Ich schalte mein Handy aus und ziehe den Stecker aus der Wand.

»Und wenn sie jetzt zu uns nach Hause kommen?«, fragt Jeffrey.

»Das tun sie schon nicht.«

Aber vielleicht doch. Vor zwei Jahren haben sie das schon einmal gemacht ...

Ich lehne mich an die Spüle, und während die Gegenwart vor meinen Augen zu wabern beginnt, entschwinde ich in meine Erinnerungen ...

... die mich zu einem ansonsten ganz gewöhnlichen Tag Ende August führen. Ich hatte Feierabend und wartete zu Hause auf die Kinder, weil wir nach Dundrum fahren und für das neue Schuljahr, das in der Woche darauf anfing, einkaufen wollten.

»Kommt ihr jetzt?« Ich stand an der Haustür und klimperte mit den Schlüsseln. »Wir wollen los.«

»Hast du das hier gesehen?«, fragte Betsy.

Sie zeigte mir die *People*. Ich las alle möglichen Zeitschriften, weil wir sie im Salon hatten, aber die amerikanischen

Zeitschriften hatten wir nicht, weil wir die Leute, von denen da die Rede war, nicht kannten – Geschichten über Ereignisse im Leben von Berühmtheiten sind nur dann interessant, wenn man weiß, wer die Berühmtheiten sind.

»Nein. Warum?«, fragte ich.

Betsy hielt mir die Zeitschrift hin: Auf einem Foto war Annabeth Browning zu sehen. Ich interessierte mich nicht sonderlich für amerikanische Politik, aber ich wusste, wer sie war, nämlich die Frau des amerikanischen Vizepräsidenten. Vor ein paar Monaten war sie in die Schlagzeilen geraten, weil sie wegen »waghalsigen Fahrens« verhaftet worden war, und es stellte sich heraus, dass sie sich mit verschreibungspflichtigen Medikamenten zugeknallt hatte. Die Polizisten wussten nicht, wer sie war, und die Presse kriegte Wind von der Sache, bevor das Weiße Haus sie vertuschen konnte.

Daraufhin liefen die Medien Sturm. Selbstverständlich musste Annabeth öffentlich ihre Zerknirschung kundtun und sich umgehend in eine Entzugsklinik einweisen lassen. Es wurde erwartet, dass sie ihre vier Wochen Kur ableisten und danach in gewohnter Munterkeit ihre öffentlichen Verpflichtungen wiederaufnehmen würde und dass dann noch ein paar rührselige Fotos von ihr mit ihrem Mann und ihren zwei Kindern veröffentlicht würden sowie ein Interview mit der Starreporterin Barbara Walters, in dem sie ihre Verhaftung als »das Beste, was mir je widerfahren ist« beschreiben würde.

Doch statt ins öffentliche Leben zurückzukehren, ging sie in ein Kloster. Ihre bis dahin ständig gestiegene Beliebtheit sank dramatisch. Sie hielt sich nicht an die üblichen Gepflogenheiten. Hatte sie nicht ihre vier Wochen gehabt? Was wollte sie mehr?

Das Bild vor mir war eine grobkörnige Aufnahme von Annabeth in einem Garten – ich vermutete, dass es der Klostergarten war, es sah ein bisschen klosterhaft aus –, wo sie auf einer Bank saß und ein Buch las. Die Überschrift schrie: »Was liest Annabeth da?« Ich betrachtete das Foto – Annabeth ließ das Blond rauswachsen, und es stand ihr gut.

»Sie sieht gut aus«, sagte ich. »Früher war ihr Haar zu aufgetürmt. So natürlich steht es ihr besser.«

»Hör doch auf mit den Haaren!« Betsy klang empört. »Siehst du das nicht?« Sie tippte auf eine kreisförmige Vergrößerung von Annabeths Hand. »Das ist dein Buch!«

Ich starrte unverwandt auf die Stelle, bis mir alles vor den Augen verschwamm, aber Betsy hatte recht – es war tatsächlich mein Buch.

»Woher hat sie das?« Plötzlich war mir sehr unbehaglich zumute. Mein kleines Buch war ganz persönlich und privat verlegt worden. Und Annabeth Browning erfreute sich nicht gerade großer Beliebtheit. Und jetzt las eine unbeliebte Frau öffentlich, was ich geschrieben hatte? Das konnte für mich nicht gut ausgehen. Meine Gedanken überschlugen sich in dem Versuch, aus den Einzelteilen ein Bild zusammenzusetzen. Von meinem Buch gab es nur fünfzig Exemplare, es war nie im Handel gewesen, bloß meine Freunde und die Mitglieder meiner Familie hatten es. Dann versuchte ich es vom anderen Ende – Annabeth war in einem Kloster. In Klostern lebten Nonnen. Kannte ich irgendwelche Nonnen? Nonnen, die an mein Buch gelangen konnten?

»Was ist hier los?«, fragte Jeffrey vom Flur aus.

»Hier, sieh dir das an.« Ich hielt ihm die Zeitungsseite hin. »Kennst du irgendwelche Nonnen?«

»Hat dein Onkel Peter nicht eine Schwester, die Nonne ist? He, das ist doch dein Buch!«

»Ich weiß. Wie ist Annabeth Browning darangekommen?«

»Weiß ich doch nicht. Ruf deinen Onkel Peter an.«

»Okay.« Ich schloss die Haustür – vermutlich würden wir nicht so bald nach Dundrum fahren – und nahm mein Telefon.

»Onkel Peter? Hallo, ja, sehr gut, gut, außer – du weißt doch, mein kleines Buch? Das mit den Sprüchen aus dem Krankenhaus? Zum Beispiel: ›Wann ist ein Gähnen kein Gähnen?‹«

»›Wenn es ein Wunder ist.‹ Ja, ich weiß. Natürlich.« Bildete ich es mir ein, oder klang er verlegen?

»Hast du es noch?«, fragte ich. »Oder hat zufällig deine Schwester, die Nonne – heißt sie Schwester Michael? –, hat sie das Buch?«

Eine lange Pause entstand. »Es tut mir leid, Stella«, sagte Peter dann.

»Was?«

»Wir hatten es so hübsch in die Vitrine gestellt, aber sie hatte immer schon lange Finger.«

»Wer? Schwester Michael? Sie ist Nonne!«

»Kennst du etwa normale Nonnen?«

Ich dachte an die, die mich in der Schule unterrichtet hatten. Die meisten von ihnen waren Psychopathen.

»Sie kann hübschen Dingen nicht widerstehen«, sagte Peter unglücklich. »Danach geht sie durch die Hölle und erlegt sich Buße auf und so, aber anscheinend kann sie nicht damit aufhören.«

»Peter, könntest du herausfinden, ob sie es eingesteckt hat?«

Peter atmete schwer. »Ich kann sie fragen. Aber oft lügt sie. Besonders wenn sie im Unrecht ist.«

»Verstehe. Okay. Zu welcher Sorte Nonnen gehört sie?«

»Warum? Willst du sie anrufen?«

»Ich muss was herausfinden. Mein Buch ist in den USA aufgetaucht. In einem Kloster dort. In …« Ich überflog den Zeitschriftenartikel. »Bei den Töchtern der Keuschheit.«

»Das sind ihre Leute, das stimmt«, sagte Peter.

»Aber wie ist das Buch in die USA gekommen? War Schwester Michael mal da?«

»Nein. Aber ...«

»Was, aber?«

»Im Mai hatte sie Besuch von einer Schwester aus dem amerikanischen Kloster. Eine jüngere Nonne. Schwester Gudrun. Man hat sie beide beim Ladendiebstahl in Boots erwischt. Sie hatten einundzwanzig Rougestifte von Bourjois eingesteckt. Einundzwanzig! Man könnte denken, sie *wollten* erwischt werden! Ich musste in den Laden und sie loseisen. Und nur weil Schwester Gudrun amerikanische Staatsbürgerin ist und Schwester Michael sich die Augen ausgeweint und versprochen hat, so etwas nie wieder zu tun, hat die Geschäftsführung die Sache fallen lassen. Anscheinend glaubte der Ladendetektiv, Gudrun habe Michael verführt, aber ich glaube, es war eher andersrum.«

»Kannst du dir vorstellen, dass diese Gudrun mein Buch in die USA mitgenommen hat?«

»Durchaus, das kann ich mir gut vorstellen.«

»Weißt du noch, in welchem Kloster, in welcher Zweigstelle – oder wie das heißt – Schwester Gudrun ist?«

»Natürlich weiß ich das noch. Schließlich musste ich Tausende von Formularen für sie ausfüllen und ihre Adresse draufschreiben. Sie ist in Washington, D. C.«

»Danke, Peter. Tut mir leid.« Was für ein Leben er hatte – die anspruchsvolle Tante Jeanette zur Frau und eine kleptomanische Nonne zur Schwester.

Ich fühlte mich verletzlich. Sehr privat geäußerte Worte von mir waren jetzt in der Welt. Die Menschen würden darüber urteilen. Sie würden mir die Schuld dafür geben, dass Annabeth Browning keine Lust mehr auf ihr Leben in der Öffentlichkeit und auf Interviews mit Barbara Walters hatte.

In dem Moment klingelte das Telefon. Jeffrey, Betsy und ich sahen es an, dann wechselten wir untereinander Blicke. Wir ahnten schon, dass dieser Anruf unser Leben auf den Kopf stellen würde.

Ich nahm den Hörer auf.

»Stella Sweeney?«

*Verleugne dich, mach schon.* Aber ich sagte: »Am Apparat.«

»Die Stella Sweeney, die *Gezwinkerte Gespräche* geschrieben hat?«

»Ja, schon, aber ...«

»Warten Sie einen Moment, Phyllis Teerlinck möchte Sie sprechen.«

Nach einem Klicken kam eine andere Stimme. »Phyllis Teerlinck, Literaturagentin. Ich biete Ihnen an, Sie als Ihre Agentin zu vertreten.«

Millionen von Gedanken rasten mir durch den Kopf, und ich kam mit dieser Frage raus: »Warum? Sie haben das Buch doch noch nicht mal gesehen.«

»Ich war bei Annabeth. Sie hat es mir für einen Tag geliehen. Das ist jetzt Ihre Chance. Diese Woche ist Ihr Buch in *People*. In sechs Tagen kommt eine neue Ausgabe. Das ist Ihr Fenster, Ihre Gelegenheit, und bald klappt es zu. Ich rufe Sie in einer Stunde wieder an. Sie können über mich im Internet nachlesen, mich gibt es wirklich.«

Ich legte auf. Es klingelte sofort wieder. Der Anrufbeantworter sprang an. Wieder klingelte es. Und wieder. Und wieder.

»Wenn es mit Liebe gemacht ist, wird das Unvollkommene vollkommen.«

Aus: *Gezwinkerte Gespräche*


»Sie müssen jetzt gehen«, sagte Schwester Salome zu meinen Eltern. Sie hatte den Beutel mit der Flüssignahrung in der Hand, den sie an den Zugang zu meinem Magen anschließen wollte.

»Vielleicht ist ja ein Truthahnschenkel drin«, sagte Dad und deutete mit dem Kopf auf den Beutel. »Weihnachten ohne Truthahn ist doch nichts.«

Salome beachtete ihn nicht. Am Weihnachtstag hatten nur zwei Schwestern auf der Intensivstation Dienst, und Salome war offenbar nicht glücklich darüber, dass sie eine von ihnen war.

»Hier merkt man sowieso nicht, dass Weihnachten ist.« Dad sah Salome vorwurfsvoll an. »Kein Baum, kein Weihnachtsschmuck. Nicht mal«, sagte er bedeutungsvoll, »ein bisschen Lametta.«

In der Woche zuvor hatte Betsy Lametta mitgebracht und um die Streben an meinem Bett gewunden, was zu einem regelrechten Aufruhr geführt hatte. »Das hier ist eine Intensivstation! Die Menschen sind schwer krank. Im Lametta können Bakterien sein.«

»Wir gehen jetzt«, sagte Mum. »Frohe Weihnachten, Stella.« Sie hatte Tränen in den Augen. Sie weinte bei jedem Besuch. Manchmal hatte ich so große Schuldgefühle, dass ich mir wünschte, sie würde nicht kommen. Doch davon wurden meine Schuldgefühle noch größer.

»Lass dir dein Weihnachtsessen schmecken, Herzchen.«
Dad warf Salome wieder einen düsteren Blick zu.

Ungefähr eine Stunde später kam Ryan mit Betsy und Jeffrey.

»Frohe Weihnachten, Mom, frohe Weihnachten«, trällerte Betsy. Auf dem Kopf trug sie ein Rentiergeweih. »Und danke für den Gutschein.«

*Entschuldige, es ist ein bisschen ...*

»Ein bisschen unpersönlich, meinst du?«, sagte sie. »Aber wenn du wieder gesund bist, gehen wir zusammen einkaufen. Dann ist es ganz persönlich.«

»Bis dahin ist der Gutschein abgelaufen«, sagte Jeffrey.

»Lass das!«, fuhr Betsy ihn an. Und zu mir sagte sie: »Er ist einfach stinkig, weil der Weihnachtsmann ihm das falsche Handy-Upgrade gebracht hat.«

Bevor ich mich bremsen konnte, hatte ich Ryan einen anschuldigenden Blick zugeworfen.

»Wir tauschen das morgen um«, sagte er mit finsterer Miene.

»Und du glaubst, das ist so einfach?«, sagte Jeffrey mit ebenso finsterer Miene.

Es war ein schreckliches Weihnachtsfest, anders als jedes andere. Bisher hatte ich immer für richtige Weihnachten gesorgt, hatte einen echten Baum gekauft, das Haus mit Lichterketten verziert, Weihnachtsschmuck gebastelt, ein Vermögen für Geschenke ausgegeben und alles aufwendig verpackt. Obwohl Betsy und Jeffrey schon lange nicht mehr an den Weihnachtsmann glaubten, hängte ich immer noch Strümpfe an ihre Bettpfosten, die ich mit kleinen Geschenken und Süßigkeiten gefüllt hatte. Weihnachten hatte für mich in erster Linie mit den Kindern zu tun, und ich wollte, dass es ein zauberhaftes Fest war. Dass ich in diesem Jahr gar nichts tun konnte, machte mich unglaublich traurig. Für mich war es das bisher Schlimmste an dieser Krankheit.

Ich hatte dafür gesorgt, dass Ryan an die grundlegenden Sachen dachte – er hatte einen Baum aufgestellt, er hatte Betsy den Gutschein und Jeffrey das Upgrade besorgt –, aber ich hatte mich nicht getraut, ihn um mehr zu bitten. Er war am Ende seiner Kräfte angelangt.

Ich hatte versucht, mit Mum die Weihnachtsstrümpfe zu organisieren, aber das Zwinkern klappte eigentlich nur bei einfachen Bitten, und selbst dann musste ich genau wissen, was ich sagen wollte, und so wenige Buchstaben wie möglich benutzen. Wenn die Verständigung mitten im Wort von der richtigen Piste abzuweichen begann, war es sehr schwierig, wieder den Anschluss zu finden. Und es war sehr ermüdend. Der Einzige, der es gut konnte, war Mannix Taylor.

»Mach dein Geschenk auf«, sagte Betsy. »Mein Geschenk für dich!« Sie hielt mir ein kleines Päckchen hin. »Ich weiß ja, dass du das nicht kannst, aber ich will dich mit einbeziehen, verstehst du?« Sie riss ein Stück von dem Papier ab. »Was es wohl ist?«

Ich sah einen braunen Fuß aus Ton. Meine Erwartungen waren gering.

Sie riss immer mehr Papier ab, bis sie einen schief geformten Hund in der Hand hielt. »Den habe ich im Kunstunterricht gemacht! Nicht perfekt, das weiß ich, aber mit Liebe gemacht. Denn wir wissen alle, wie gern du einen Hund haben möchtest.«

Ein Gefühl großer Liebe durchflutete mich, und ich dachte, mein Herz würde zerbersten. Sie war so rührend, und ich liebte den kleinen schiefen Hund.

»Ich muss ihn wahrscheinlich wieder mit nach Hause nehmen« – sie warf einen bösen Blick zum Schwesterntisch hinüber, sie hatte ihnen noch nicht wegen des Lamettaverbots verziehen – »aber wenn du nach Hause kommst, wartet er da auf dich.«

»In zehn Jahren«, sagte Jeffrey mürrisch. »Ich habe auch ein Geschenk. Soll ich es auspacken?«

*So sarkastisch!*

Ohne weiteres Aufheben riss er das Papier ab, und zum Vorschein kam ... eine Stimmgabel. Ich wusste nicht, was die zu bedeuten hatte. Eine Stimmgabel? Wozu?

Ryan hatte kein Geschenk für mich. »Es tut mir leid«, sagte er. »Es ist alles so ...«

Natürlich. Und was würde er mir auch schenken?

Aber ich hatte ein Geschenk für ihn, einen Gutschein für Samphire, ein Restaurant, in das er, wie er schon oft gesagt hatte, gern einmal gehen würde. Karen hatte ihn für mich besorgt, und im Grunde wollte ich ihm damit Hoffnung schenken, die Hoffnung, dass der Tag kommen würde, an dem ich wieder gesund wäre und wir zusammen dort essen gehen würden. Ich wollte es ihm durch Zwinkern zu verstehen geben, aber wir blieben schon bald an den falschen Buchstaben hängen. »Ich weiß«, sagte er. »Es ist in Ordnung. Danke. Ein schönes Geschenk.« Er drückte den Gutschein an sein Herz.

»Die Besuchszeit ist zu Ende!«, rief Salome, und die drei sprangen auf und eilten davon, als wären sie vor dem Ende der Stunde aus der Schule entlassen worden.

Auf der Station wurde es ganz still. Alle außer den akuten Fällen durften nach Hause. Operationen waren keine vorgenommen worden, sodass auch niemand im Aufwachraum lag. Nur ein anderer Patient war noch auf der Intensivstation, ein älterer Mann mit einem Herzinfarkt. Ich hörte seine Angehörigen um sein Bett herum flüstern und weinen, dann mussten auch sie gehen, und wir waren allein, nur er und ich.

Die Station fühlte sich leer und hallend an. Selbst die Krankenschwestern konnte ich nicht sehen. Vielleicht hatten sie sich in eine Kammer zurückgezogen, wo sie Eierpunsch schlürften und Würstchen im Schlafrock aßen, und wer wollte es ihnen verübeln.

Die Zeit hier verging immer schleppend, aber jetzt blieb sie beinahe stehen. Ich sah zur Uhr hinüber, auf der die Sekunden dahinschlichen und sich dabei alle Zeit der Welt ließen. Ich wollte, dass es aufhörte, Weihnachten zu sein. Es gab nichts Traurigeres, als jetzt nicht bei der Familie zu sein, bei meinen Kindern und meinem Mann. Bisher hatte ich nichts dagegen gehabt, tapfer zu sein, aber das hier überstieg meine Kräfte.

Um mir die Zeit zu vertreiben, spielte ich mit meinen Muskeln. Inzwischen konnte ich meinen Kopf einen knappen Zentimeter vom Kissen heben und mein Knie ein bisschen beugen. Ich konnte mein rechtes Fußgelenk drehen, und beide Schultergelenke bewegten sich auf mein Kommando. In meine Muskeln kehrte das Leben zurück, aber es war rein zufällig, in welche, es schien kein Muster zu geben.

Ein großer Schritt nach vorn wäre gemacht, wenn meine Stimme oder meine Finger wieder Kraft hätten, und während ich darauf wartete, dass Leben in sie zurückkehrte, trainierte ich die Muskeln, die schon funktionierten, und achtete ganz genau auf alle anderen, um auf jede noch so kleine Regung zu reagieren.

Aber es war beängstigend, wie schnell mir die Kraft ausging. Wenn ich so erschöpft war, nachdem ich mein Fußgelenk einen halben Zentimeter gedreht hatte, wie sollte ich dann je wieder laufen können?

Gegen acht Uhr abends hatte ich alle meine Möglichkeiten

zur Ablenkung ausgeschöpft. Vielleicht konnte ich einschlafen, und wenn ich aufwachte, wäre es morgen, und Weihnachten wäre vorbei. Ich schloss die Augen und befahl mir einzuschlafen, doch dann hörte ich Schritte aus großer Ferne, vom Eingang zur Station.

In der Stille hallten sie laut.

Ich erkannte sie. Aber was wollte er am Weihnachtsabend hier auf der Station?

Die Schritte kamen näher, und da stand er vor mir. Mannix Taylor. »Frohe Weihnachten.«

Automatisch holte er seinen Stift und das Notizbuch hervor. »WAS MACHEN SIE HIER?«

»Ich dachte, Sie sind vielleicht einsam.«

Ich war sprachlos.

»SCHÖNER TAG?«

»Wunderbar«, sagte er. »War Ihre Familie hier?«

»VORHIN. GUTE GESCHENKE?«

»Nein. Sie?«

»EIN HUND AUS TON UND EINE STIMMGABEL.«

»Eine Stimmgabel? Von Ihrem Mann?«

»JEFFREY.«

»Vielleicht gar kein *so* übles Geschenk. In dem Alter kann man wohl nichts anderes erwarten ... Und der Hund war von Ihrem Mann?«

»BETSY.«

»Was hat Ihr Mann Ihnen geschenkt?«

Ich wollte es nicht sagen. Es war mir peinlich.

Und das hier war zu sonderbar. Warum war Mannix Taylor gekommen?

»Ich war heute bei Roland«, sagte er.

»WIE GEHT ES IHM?« Sein Wohlergehen lag mir sehr am Herzen.

»Sehr gut. Alles sehr positiv. In zwei Wochen kommt er aus der Klinik. Er lässt Sie grüßen und wird Ihnen ewig dankbar sein.«

Na, das war doch nett.

Am Rande meines Sichtfeldes bewegte sich etwas – am Eingang zu der leeren Schwesternstation stand eine Frau. Sie dort zu sehen war so unerwartet, dass ich dachte, es wäre eine Halluzination.

Sie beobachtete uns, und mein Gefühl sagte mir, dass sie schon eine Weile da stand.

Sie hatte langes, dunkles Haar und erstaunliche Augenbrauen, und sie trug ein eng anliegendes schwarzes Oberteil und – Himmel! – hautenge Kunstlederhosen.

Sie stand so still, so lauernd, und war so fehl am Platz, dass es mir vorkam, als wäre sie aus einem Horrorfilm hierhergebeamt worden.

Dann näherte sie sich meinem Bett, und ich bekam Angst. Mannix sah über seine Schulter, und als er die Frau bemerkte, spannte er sich an.

Sie näherte sich auf eine Weise, die ich nur als »Anpirschen« beschreiben kann, sah mich mit harten Augen an, wie ich hilflos auf dem Bett lag, und drehte sich dann zu Mannix um. »Also wirklich«, sagte sie. »Ich meine, *wirklich*!«

Ich wollte ihr zurufen: Sie sehen mich nicht von meiner besten Seite. Wenn meine Haare geföhnt wären wie Ihre und ich geschminkt wäre und wenn ich keine lebensbedrohliche Krankheit hätte, dann würden Sie mich ernst nehmen. Ich bin zwar keine Miss World, aber … nein, lassen wir es einfach so: Ich bin keine Miss World.

Dann stakste sie davon, jawohl, sie stakste wütend auf ihren langen Beinen davon.

Ein seltsames Schweigen entstand.

Dann sprach Mannix. »Das war meine Frau.«
Wirklich?
Aber Ihre Frau ist doch cool und gelassen und vom skandinavischen Typ. Wieso ist sie dunkelhaarig und dunkeläugig mit erstaunlichen Augenbrauen und – Grundgütiger! – Hosen aus glänzendem Kunstleder?

»Ich muss jetzt gehen«, sagte er. Und dann ging er.

## Donnerstag, 5. Juni

*7.03 Uhr*
Ich werde von anhaltendem Klingeln an der Haustür geweckt.

Ich wage einen vorsichtigen Blick aus dem Fenster, voller Angst, es könnte ein Journalist sein, aber es ist Karen, geschminkt und in sehr hohen roten und irgendwie bedrohlich wirkenden Lacklederschuhen.

Ich gehe nach unten und öffne die Tür, und sie streckt mir eine Zeitung entgegen. »Das solltest du dir ansehen.«

Es ist die *Daily Mail*, und auf der Titelseite ist Ryan abgebildet.

»Wo ist Jeffrey?« Karen sieht sich um, sie scheint besorgt.

»Im Bett!«, ruft er von unter der Bettdecke.

Wir gehen in die Küche, wo ich mit trockenem Mund und pochendem Herzen begierig lese. Ryan wird da als »sexy« und »talentiert« beschrieben, sein Haus als »zwei Millionen teure Luxusvilla« – was überhaupt nicht stimmt.

»Du wirst auch erwähnt«, sagt Karen. »Sie schreiben, du seist Ratgeberautorin.«

»Eine ›gescheiterte‹ Ratgeberautorin?«

»Nein. Das bist du ja nicht. Noch nicht.«

»Steht da, warum ich in Irland bin?« Wie viel von meinen persönlichen Umständen ist öffentlich bekannt?

»Nein, das hier ist ganz allgemein gehalten. Aber ich habe nur diese Zeitung gelesen, er ist auch in allen anderen«, sagt sie. »Also, in den irischen. Aber ich hatte keine Lust, mein Geld dafür zu verschwenden, man kann sie ja im Netz lesen. Er sieht gut aus, muss ich schon sagen.« Sie sah sich sein Bild genau an. »Wahrscheinlich war er immer schon attraktiv, mit den dunklen Haaren und den dunklen Augen. ... Aber bei seinem schrecklichen Benehmen ist einem das nicht aufgefallen. Aber sag mal: Was willst du jetzt tun?«

»Was kann ich denn tun? Enda sagt, eine Zwangseinweisung kommt nicht infrage. Dr. Quinn war alles andere als hilfreich – er hat nach dir gefragt und gesagt, du hättest bei seiner Frau die Pusteln fabelhaft weggekriegt. Mit Ryan selbst zu sprechen hat keinen Sinn, er wird von der Idee nicht abzubringen sein, und juristisch kann ich auch nichts machen, weil wir uns gerade scheiden lassen.«

»Aber wo soll er leben, wenn das so weitergeht?«, fragt Karen.

»Das weiß ich nicht.«

»Hier kann er nicht wohnen.«

»Vielleicht geht es ja nicht schief«, sage ich. »Vielleicht hat er recht, und das Universum kümmert sich doch um ihn.«

Karen wirft mir einen vernichtenden Blick zu. »Das Universum hilft denen, die sich selbst helfen. Ryan Sweeney wird hier auf deiner Couch enden. Es sei denn, er endet in deinem Bett.«

»Was willst du damit sagen?«

Sie fängt an, mit den Autoschlüsseln zu klimpern, das internationale Zeichen für einen unmittelbar bevorstehenden Aufbruch. »Ich muss los. Kinder fertig machen für den Kindergarten.«

Sie wirft sich ihre Tasche über die Schulter und klackert in ihren furchterregenden roten Schuhen den Flur entlang. Ich folge in ihrem parfümierten Kielwasser. »Was meinst du damit, Karen?«

»Ich meine, dass du leicht rumzukriegen bist.«

»Das stimmt nicht. Ich bin widerspenstig. Und stolz.«

»Nur wenn jemand dir wirklich wehgetan hat. Aber sonst knickst du sofort ein, wenn einer in Not ist. Du bist die Erste, zu der Ryan gerannt kommt, wenn er kein Dach über dem Kopf hat. Und darauf solltest du vorbereitet sein.«

Und damit rauscht sie davon.

Ich gehe ins Netz und lese alles über Ryan. Vor dem, was über mich geschrieben worden ist, habe ich eine Riesenangst – ich habe kaum jemandem von meiner schmachvollen Rückkehr nach Irland erzählt. Ich wollte nicht, dass bekannt wurde, wie sehr alles aus dem Ruder gelaufen ist, und wollte Zeit gewinnen, um wieder Fuß zu fassen. Aber mit seinem verrückten Projekt hat Ryan mich gegen meinen Willen wieder an die Öffentlichkeit gezerrt, sodass die Chance besteht, dass die klägliche Wahrheit erbarmungslos enthüllt wird.

Ich werde in jedem Artikel erwähnt: »Er war mit der Ratgeberautorin Stella Sweeney verheiratet, mit ihr hat er zwei Kinder.« »Seine Exfrau ist die Autorin Stella Sweeney, die mit ihrem inspirierenden Buch *Gezwinkerte Gespräche* internationalen Erfolg hatte.«

Zum Glück ist nichts davon zu enthüllend. Noch nicht. Vielleicht legt sich die ganze Sache wieder.

Voller Unbehagen schalte ich mein Telefon an. Sechsundzwanzig Anrufe sind eingegangen. Und schon klingelt es. Ich halte es von mir weg und lese das Display: Mum.

»Was ist?«, frage ich. »Ist schon wieder dein Einkaufstag?« Ich hätte schwören mögen, dass wir kürzlich erst einkaufen waren.

»Dein Vater will mit dir sprechen.«

Ein Knacken und Knistern ist zu hören, als Dad den Hörer entgegennimmt, dann sagt er: »Er ist im Fernsehen.«

»Wer?«

»Ryan Sweeney, dieser Idiot. Er sagt, er will alles, was er besitzt, verschenken. Er ist auf Ireland AM.«

Ich schalte den Fernseher an, und zu meinem Entsetzen sehe ich, dass Ryan tatsächlich auf Ireland AM ist. Er steht vor seinem Haus und plaudert angeregt. »... wegen der juristischen Feinheiten werden ein paar der größeren Dinge aus meinem Besitz vor dem Tag null weggegeben«, sagt er. »Das Haus hier hinter Ihnen habe ich einem Verein für Obdachlose geschenkt. Die Papiere werden gerade von den Anwälten aufgesetzt.«

»Sehr ehrenhaft«, sagt die Reporterin. Aber sie verkneift sich ein ironisches Lächeln. Sie hält Ryan für einen Bekloppten. »Und damit zurück ins Studio.«

»Mach dir nicht zu viel daraus, Herzchen«, sagt Dad. »Er wird benutzt. Das war schon immer so und wird auch immer so bleiben. Möchtest du zu uns kommen und ein bisschen mit dem Treppenlift fahren?«

*8.56 Uhr*

Jeffrey kommt aus seinem Zimmer. »Ich gehe jetzt«, sagt er. »Ich gehe zum Tanzen.«

»Zum Tanzen? Wirklich?« Also, wie normal! Wie unglaublich normal!

Dann fällt mir auf, dass es keineswegs normal ist. Dass es eine sehr ungewöhnliche Tageszeit ist, um tanzen zu gehen. Auf meine besorgten Fragen erklärt Jeffrey mir, dass er nicht vorhat, in einen Nachtklub zu gehen und zu trinken, bis er umfällt. Nein. Er geht in einen »Tanz-Workshop«. Wo er seine Emotionen »ausagieren« will.

Ich sehe ihn an. Ein kaum beherrschbares Verlangen, spöttisch zu kichern, steigt in mir auf. Ich muss mir auf die Zunge beißen, um es zu verhindern.

### 10.10 Uhr

Es klingelt an der Tür. Ich drücke mich flach an die Wand und versuche, einen Blick nach draußen zu erhaschen, wie bei einer Schießerei. Aber es ist kein Journalist, sondern Ryan, und ich lasse ihn gern herein, denn ich könnte wetten, dass der ganze Medienrummel ihn wieder zur Vernunft gebracht hat.

»Komm rein, komm rein!«

»Ich muss mit dir reden«, sagt er. »Ich hatte einen Anruf von *Saturday Night In*.«

*Saturday Night In* ist eine Institution in Irland, eine Talkshow, die seit Menschengedenken von dem Fernsehurgestein Maurice McNice geleitet wurde. Sein Name war eigentlich Maurice McNiece, aber alle nannten ihn McNice, obwohl er sich – wenigstens fand ich das – herablassend und ein wenig gehässig gab. Aber vor knapp zwei Monaten hat Maurice McNice seinen letzten Atemzug getan und ist in die weiten grünen himmlischen Gefilde eingegangen, worauf unter den irischen Fernsehgrößen ein erbittertes Gerangel um seine Nachfolge ausbrach. Das Rennen machte schließlich Ned Mount, der in meinen Träumen ein und aus geht.

»Und…?«, wage ich mich vorsichtig vor.

»Wie es aussieht, wollen sie uns beide in der Show haben. Dich und mich zusammen.«

»Warum? Wieso?«

»Weil wir eine Geschichte haben. Wir beide. Du und deine Bücher, ich und meine Kunst.«

»Ryan, wir leben getrennt, wir lassen uns scheiden, da gibt es keine Geschichte.«

»Du könntest ein bisschen Werbung brauchen.«

»Wofür? Ich habe nichts, wofür ich Werbung brauche. Ich versuche, mich bedeckt zu halten. Ich versuche, mein Leben wieder auf die Reihe zu kriegen. Im Fernsehen aufzutreten und allen zu erzählen, wie schwer ich es habe, ist das Letzte, was ich will. Und dann mein Bauch, sieh ihn dir an!« Ich kreische schon fast. »Wie kann man im Fernsehen mit so einem Bauch auftreten?«

»Mich allein wollen sie nicht«, sagt er. »Ich brauche dich dabei.«

Ich atme ganz, ganz tief durch. »Hör mir genau zu, Ryan.« Ich spreche jedes Wort überdeutlich aus: »Ich werde auf gar keinen Fall in *Saturday Night In* auftreten.«

»Das war ein langer und komplizierter Satz«, sagt er. »Zum Glück bin ich nicht taub, sonst hätte ich keinen blassen Schimmer, wovon du redest.«

»Ja, du bist nicht taub. Du hast mich sehr wohl gehört. Ich mache nicht mit.«

»Du bist unglaublich egoistisch.« Er schüttelt den Kopf, so wie das ein schlechter Schauspieler tun würde, um Verachtung auszudrücken. »Und du bist so selbstgerecht. Du bist so streng. Du weißt doch, was mit dem passiert, der sich nicht beugt, Stella. Er bricht. Und du fragst dich, wie dein Leben den Bach runtergehen konnte? Das hast du dir selbst eingebrockt.« Und mit kerzengeradem Rücken sagt er: »Ich finde den Weg zur Tür allein.«

Obwohl ich wirklich zutiefst betroffen bin, kann ich nicht umhin zu bemerken, dass ich noch nie im echten Leben jemanden diesen Satz habe sagen hören.

*11.17 Uhr*

Ich esse 100 Gramm Hüttenkäse. Das hat keine belebende Wirkung, nicht so wie zum Beispiel 100 Gramm Milchschokolade.

*12.09 Uhr*

Ich sitze an meinem Computer und tippe das Wort »Arsch«.

*12.19 bis 15.57 Uhr*

Ich habe nicht weitergetippt und denke stattdessen über mein Leben nach. Bin ich wirklich so selbstgerecht und streng, wie Ryan sagt? Habe ich mir meine gegenwärtigen Umstände tatsächlich selbst zuzuschreiben? Hätte ich es auch anders machen können?

Ich weiß es nicht ... Ich versuche, nicht über das nachzudenken, was geschehen ist, es ist einfach zu schmerzlich. Ich habe mich für den klaren, sauberen Schnitt entschieden, weil ich wusste, dass ich es anders nicht überleben würde. Ich wollte keine Zweifel aufkommen lassen, ob ich richtig gehandelt habe. Ich habe gehandelt, wie ich gehandelt habe, weil ich nicht anders konnte.

Und wenn es die falsche Entscheidung war?

Ryan, dieser Mistkerl – musste er ausgerechnet in dieses Wespennest stechen?

*15.59 Uhr*

Ich beschließe, joggen zu gehen. Nur eine kleine Runde. Um mich wieder ans Laufen zu gewöhnen.

*16.17 Uhr*

Ich sitze immer noch an meinem Computer.

Aber ich habe eine Entscheidung getroffen: Ich höre mit diesem Buch hier auf. Ich kann es nicht schreiben. Ich habe nichts zu erzählen, und ich kann den ganzen Presserummel nicht ertragen. Allerdings brauche ich Arbeit. Ich muss irgendwie Geld verdienen. Gibt es etwas, was ich gut kann? Irgendwas?

Also, ich habe eine Ausbildung zur Kosmetikerin.

Ha! Da ist die Lösung: Ich suche mir eine Stelle als Kosmetikerin. Was man gelernt hat, vergisst man nicht. Wie Fahrrad fahren, stimmt's?


*17.28 Uhr*

Es ist *nicht* wie Fahrrad fahren.

Ich rufe Karen an und erzähle ihr von meinem Entschluss, und sie sagt: »Hmm. Verstehe. Kannst du Koteletten bei Frauen epilieren?«

»Nein, aber ...«

»Hast du medizinische Pediküre gelernt?«

»Nein, aber ...«

»Kennst du dich mit Microneedling aus? Mit Mesotherapie?«

»Nein.« Ich weiß nicht mal, was das ist. »Aber ich kann jede Art von Waxing, Karen. Ich kann das so gut wie kein Zweiter in Irland.«

»Waxing! Waxing ist doch schon lange passé. Wenn ich ehrlich sein soll, Stella, ich würde dich nicht einstellen. Und ich bin deine Schwester. Du bist aus dem Kosmetikgeschäft ausgestiegen – freiwillig, möchte ich hinzufügen –, und es entwickelt sich so schnell weiter, dass du da nicht mehr reinkommst.«

*17.37 bis 19.53 Uhr*
Ich sitze da, den Kopf in die Hände gestützt.


*19.59 Uhr*
Ich sammle alle Jaffa-Keks-Packungen, alle Knuspermüslitüten und alle anderen leckeren Kohlehydratsachen im Haus ein und werfe sie in den braunen Mülleimer im Vorgarten. Dann hole ich Spülmittel und spritze es darüber, um so jede Versuchung, die Sachen wieder aus der Tonne zu holen, im Keim zu ersticken. Die Frau im Haus nebenan, die mich sowieso nicht leiden kann, steht plötzlich draußen. Sie hält mich für eine Aufsteigerin. Das stimmt, ich bin eine Aufsteigerin. Man nennt das soziale Mobilität.

»Die braune Tonne ist für Lebensmittel«, sagt sie. »Sie dürfen die Verpackung nicht in die braune Tonne werfen. Die Verpackung kommt in die grüne Tonne.«

Ich bezähme mich und sehe davon ab, ihr Spülmittel ins Gesicht zu spritzen. Ich stapfe wieder in die Küche, ziehe mir ein Paar gelbe Gummihandschuhe an und stopfe die Verpackungen in die richtige Tonne.

»Zufrieden?«, frage ich.

»Nein«, sagt sie. »Zufrieden bin ich nie.«


*20.11 Uhr*
Wann kann man anstandshalber ins Bett gehen? Ich vermute, vor zehn Uhr geht es nicht. Gut, dann warte ich bis zehn.

*20.14 Uhr*

Ich gehe ins Bett. Ich bin eine eigenständige Person. Ich kann tun, was mir gefällt. Ich bin den dummen, bürgerlichen Regeln unserer Gesellschaft nicht verpflichtet.

*20.20 bis 3.10 Uhr*

Ich kann nicht schlafen. Sieben Stunden lang wälze ich mich von einer Seite zur anderen.

*3.11 Uhr*

Ich schlafe ein. Ich träume von Ned Mount. Wir fahren mit dem Zug und singen: »Who Let the Dogs Out?« Ich habe überraschenderweise eine gute Singstimme, dafür kann er sehr gut bellen.

»Es ist leichter, gesund zu werden, wenn man gesund werden *will*.«

Aus: *Gezwinkerte Gespräche*

»Stella?«, sagte eine Stimme. »Stella?«

Ich öffnete die Augen. Eine Frau stand vor mir und lächelte mich an. »Hallo. Entschuldigung, wenn ich Sie geweckt habe. Ich bin Rosemary Rozelaar.«

*Und?*

»Ich bin Ihre neue Neurologin.«

Es war, als wäre ein Hammer auf mein Herz niedergefahren.

Rosemary Rozelaar lächelte wieder. »Ich habe Dr. Taylor abgelöst.«

Eingesperrt in meinen Körper, wie ich war, sah ich diese Frau mit ihrem glatten, freundlichen Lächeln an.

Seit zehn Tagen – seit jenem denkwürdigen Besuch am Weihnachtstag, als seine Frau plötzlich aufgetaucht war – hatte ich Mannix Taylor nicht gesehen.

Theoretisch gab es keinen Grund für ihn zu kommen – alles, außer der unbedingt notwendigen Pflege, war bis zum ersten Montag im Januar ausgesetzt. Da er sich aber so sehr für meinen Fall interessiert hatte, glaubte ich, die normalen Regeln träfen nicht zu. Und das mit seiner Frau, die plötzlich auf der Station stand, war einfach zu sonderbar. Alles war seltsam und in der Schwebe – schließlich war er einfach ohne ein Wort abgehauen – und verlangte nach einer Erklärung.

In der stillen Zeit zwischen Weihnachten und Neujahr war

ich jeden Tag voller Anspannung und Erwartung gewesen, und je mehr Zeit verging, ohne dass Mannix Taylor erschien, desto wütender wurde ich. Ich verbrachte viele Stunden damit, zu überlegen, auf welche Weise ich ihn mit Missachtung strafen würde, wenn er irgendwann doch käme.

Aber er kam nicht. Und jetzt sagte mir diese Frau, er würde überhaupt nicht mehr kommen.

Was war passiert? Ich fing an zu zwinkern.

»Moment, Moment«, sagte Rosemary. »Dr. Taylor hat mir erklärt, wie Sie sich verständlich machen. Warten Sie einen kleinen Moment, ich suche mir was zu schreiben.«

Sie sah sich überall nach einem Blatt Papier um. Offenbar wusste sie nicht, dass neben dem Sterilisator ein Notizheft lag, und ich dachte bei mir, dass Mannix und ich in der Zeit schon mindestens fünf Sätze miteinander gewechselt hätten.

Meine Gedanken überschlugen sich. Hatte Mannix seine Stunden reduziert? Oder war etwas Schlimmes passiert, und er kam gar nicht mehr in seine Praxis?

Aber eigentlich wusste ich es.

Endlich hatte Rosemary ein Blatt und einen Stift gefunden, und ich fragte sie – es ging furchtbar langsam: »WARUM KOMMT ER NICHT MEHR?«

»Zu viele Fälle«, sagte sie. Aber in ihrem Blick lag etwas Ausweichendes. Nicht dass sie log, aber sie sagte auch nicht die ganze Wahrheit.

»Ich bin eine sehr erfahrene Neurologin«, sagte sie. »Ich arbeite mit Dr. Taylor zusammen. Ich kann Ihnen versichern, dass Sie von mir die gleiche hochwertige Behandlung erhalten wie von ihm.«

Niemals. Er war weit über das hinausgegangen, wozu er als Arzt verpflichtet war.

»ICH MUSS MIT IHM SPRECHEN.«

»Das teile ich ihm mit.« Und wieder las ich etwas in ihrem Blick, beinahe etwas wie Mitleid: Sie haben sich nicht etwa bis über beide Ohren in Mannix Taylor verliebt?

Sie wandte sich einem Computerausdruck zu. »Wie ich sehe, kehrt in einige Muskelgruppen Bewegung zurück«, sagte sie. »Zeigen Sie mir doch, was Sie können, und dann nehmen wir das als Ausgangspunkt.«

Ich machte die Augen zu und verzog mich tief in mein Inneres.

»Stella. Stella? Hören Sie mich?«

Nicht heute.

Ich war entsetzlich deprimiert. Was es genau war, das sich zwischen Mannix Taylor und mir entwickelt hatte, konnte ich nicht ergründen, aber ich fühlte mich zutiefst zurückgewiesen und gedemütigt.

Die Tage vergingen, Rosemary Rozelaar kam regelmäßig zu mir, aber sie erwähnte Mannix nie wieder, und ich beschloss, nie wieder nach ihm zu fragen.

Bald machte Rosemary Bemerkungen darüber, dass meine Besserung sich verlangsamt habe. »In Ihren Unterlagen steht, dass Sie vor Weihnachten gute Fortschritte gemacht haben.«

*Wirklich?*

»Sie müssen daran arbeiten, Stella«, sagte sie in strengem Ton.

*Muss ich?*

»Möchten Sie mich etwas fragen, Stella?« Sie hielt den Stift und das Blatt bereit, aber ich verweigerte mich. Es gab nur eine Frage, auf die ich eine Antwort wollte, und die hatte ich schon gestellt, jetzt würde ich mich nicht weiter demütigen, indem ich sie noch einmal stellte.

Später am selben Tag kam Karen. »Du glaubst es nicht, wer in *RSVP* ist!« Sie hielt mir die Klatschzeitschrift aufgeschlagen vor die Nase, und auf der Seite war ein Foto vom Mannix Taylor (41) und seiner reizenden Frau Georgie (38) bei einem Neujahrsball.

Mannix trug eine schwarze Fliege und sah aus, als müsste er gleich vor ein Exekutionskommando treten.

»Sieht er nicht glücklich aus?«, sagte Karen. »Du hast mir nicht gesagt, dass seine Frau Georgie Taylor ist.«

*Das liegt daran, dass ich 1.) nicht sprechen kann und 2.) nicht wusste, dass Georgie Taylor eine bekannte Person ist.*

Karen kannte Georgie Taylor nicht persönlich, aber sie wusste alles über jeden, der einen gewissen Bekanntheitsgrad hatte, und ich musste zu meiner Schande gestehen, dass ich nach Informationen gierte.

»Ihr gehört Tilt.«

Tilt war eine Boutique, in der seltsame asymmetrische Mode von belgischen Designern verkauft wurde. Ich war einmal in der Boutique gewesen und hatte einen übergroßen, unglaublich teuren, schief geknöpften Mantel anprobiert, der aus Teppichschonermaterial geschneidert war. Die Ärmel waren mit riesigen Heftklammern an den Stoff getackert worden. Ich hatte mich im Spiegel betrachtet und versucht, den Mantel schön zu finden, aber ich sah aus wie ein Statist in einer Mittelaltersaga, in der geknechtete Bauern auf schlechten Straßen große Entfernungen zurücklegen mussten.

»Sieht sie nicht fabelhaft aus?« Mit professionellem Blick betrachtete Karen das Foto. »Lifting am Auge und am Kiefer, Botox um die Augen, Füllungen um die Lachfältchen. Nicht viel. Eine natürliche Schönheit. – Keine Kinder«, fügte sie hinzu.

Das wusste ich schon.

»Sie gehören zu dieser Schicht, weißt du«, sagte sie. »Kinder würden nur bei ihren Skiferien in Val d'Isère stören oder wenn sie spontan für ein Wochenende nach Marrakesch fliegen wollen.«

Ich sagte nichts. Wie sollte ich auch. Aber mir fiel auf, wie wenig wir von den Menschen wissen. Dass wir uns oft von der Fassade, die sie uns zeigen, blenden lassen.

»Außerdem ist sie nicht achtunddreißig, sondern vierzig.«

Das wusste ich auch, aber woher wusste Karen das?

»Endas Schwester arbeitet in der Passausstellung, und sie hat Georgies Antrag für einen neuen Pass bearbeitet. Da hat sie gesehen, dass Georgie schon vierzig ist, obwohl sie überall erzählt, sie sei achtunddreißig. Na ja, wir schwindeln alle, wenn es ums Alter geht.«

Ich schaffte es, Karen zu fragen, wie lange die Taylors verheiratet waren.

»Genau weiß ich das nicht«, sagte sie, während sie ihr Gedächtnis durchforstete. »Ziemlich lange. Nicht erst seit Kurzem. Sieben Jahre? Acht? Müsste ich raten, würde ich acht sagen.« Plötzlich wurden ihre Augen schmal. »Warum willst du das wissen?«

*Nur so.*

Ihr Gesicht entspannte sich. Dann nahm es einen verärgerten Ausdruck an. »Du bist in ihn verknallt.«

*Gar nicht wahr.*

»Lass die Finger von ihm«, sagte sie. »Du hast einen guten Mann, er tut alles, um den Laden am Laufen zu halten. Weißt du, dass er sogar Tampons für Betsy gekauft hat?«

Mann! Wie oft musste ich mir noch diese Geschichte anhören? Als handelte es sich um eine Legende aus der irischen Sagenwelt. Große Taten, die irische Männer vollbracht hatten: Brian Boru gewinnt die Schlacht von Clontarf, Padraig Pearse liest die irische Unabhängigkeitserklärung auf den Stufen vor der Post vor, Ryan Sweeney kauft seiner Tochter Tampons.

Und hier ist der sagenhafte Held selbst.

»Hallo, Ryan«, sagte Karen. »Hier, nimm meinen Stuhl, ich muss gehen.«

Ryan setzte sich. »Schlimm, dieser Januar. Es ist scheißkalt draußen. Du hast es gut, hier drinnen im Warmen.«

*Ich hatte es gut? Tatsächlich?*

»Du willst wahrscheinlich ein paar Neuigkeiten hören«, sagte er. »Also, die Kacheln für das Hotel in Carlow sind immer noch in Italien. Kannst du dir das vorstellen? Ach ja«, sagte er, weil ihm gerade etwas einfiel. »Gestern Abend bin ich in das Lokal gegangen.«

*Welches Lokal?*

»Du weißt schon, ins Samphire, du hast mir doch den Gutschein dafür geschenkt. Ich war mit Clarissa da. Kleines Essen nach der Arbeit. Aber ich sage dir, das wird ganz schön überbewertet.«

Wut packte mich. Du egoistischer Mistbock, dachte ich. Du absolut egoistischer Mistbock.

## Freitag, 6. Juni

*6.01 Uhr*

Ich wache auf und möchte sterben – ich leide unter Kohlehydratentzug. Ich kenne das schon, es ist grauenhaft. Ich habe keine Energie und keine Hoffnung. Unten in der Küche warten die 100 Gramm Hüttenkäse, die ich zum Frühstück essen darf, aber ich habe keine Lust darauf. Stattdessen schalte ich meinen Laptop an und widme mich wieder Ryan und seinem Projekt. Er hat Hunderte Objekte zum Verschenken ins Netz gestellt, und seine vier Videoblogs sind Hunderttausende Male angeklickt worden. Medien in der ganzen Welt berichten darüber, und zwar durchgehend positiv. Es ist die Rede von einem »Neuen Altruismus« und dem »Altruismus in Zeiten der Sparmaßnahmen«.

*9.28 Uhr*

Ich sitze in der Küche, betrachte ein kleines Schälchen mit Hüttenkäse und versuche den Willen aufzubringen, ihn zu essen, da klingelt es an der Tür.

Auf Zehenspitzen gehe ich ins Wohnzimmer, werfe einen vorsichtigen Blick aus dem Fenster, und mich trifft beinahe der Schlag, denn auf der Matte steht Ned Mount. Der vom

Fernsehen. Von *Saturday Night In*. Ryan muss ihn geschickt haben.

Trotzdem öffne ich die Tür. Ich mag ihn ja. Er hat mich im Radio interviewt, als die *Gespräche* herauskamen, und er war großzügig und freundlich zu mir. Und er hat mir einen Wasserfilter geschenkt. Obwohl – Quatsch, das habe ich ja nur geträumt.

»Hallo«, sage ich.

»Ned Mount«, sagt er und streckt mir die Hand entgegen.

»Ich weiß.«

»Ich war mir nicht sicher, ob Sie sich an mich erinnern würden.«

»Natürlich erinnere ich mich an Sie.« Einen kurzen Augenblick lang befürchte ich schon, ich würde ihm von meinen Träumen erzählen. »Kommen Sie herein.«

»Ist das in Ordnung?« Er hat freundliche Augen und lächelt. Aber das gehört zu seinem Job, sage ich mir.

Wir gehen in die Küche, und ich mache Tee. »Ich würde Ihnen Kekse anbieten«, sage ich, »aber ich versuche mich kohlehydratfrei zu ernähren, und da musste ich all die leckeren Sachen aus dem Haus entfernen. Hätten Sie gern etwas Hüttenkäse?«

»Ich weiß nicht recht ... meinen Sie?«

»Nein«, sage ich. »Ich glaube nicht.«

»Sie sind also nach Dublin zurückgekommen«, sagt er. »Ich dachte schon, wir hätten Sie an die Staaten verloren.«

»Na ja.« Ich winde mich. »Da waren ein paar Sachen ... Jedenfalls, ich vermute, Sie sind nicht vorbeigekommen, weil Sie von meinem Hüttenkäse essen wollten.«

»Das stimmt.« Er nickt, fast sieht es bedauernd aus. »Stella ...« Er hat einen aufrichtigen Blick. »Was kann ich tun, damit Sie morgen Abend mit Ryan in meine Show kommen?«

»Nichts«, sage ich. »Bitte. Es geht nicht. Ich kann nicht im Fernsehen auftreten. Alles ist so ...«

»Wie ... so?«, sagt er mit freundlichen Augen.

»Ich kann nicht da sitzen und so tun, als wäre alles gut, wenn alles ... schlecht ist.«

Ich habe zu viel gesagt. Ned Mount fährt seine Antennen aus, und ich bin den Tränen nahe.

»Es ist so.« Ich versuche, die Fassung wiederzugewinnen. »Ich glaube nicht, dass das, was Ryan da treibt, richtig ist. Ich mache mir Sorgen um ihn. Ich glaube, er steht kurz vor einem Nervenzusammenbruch.«

»Dann kommen Sie doch in die Show und erzählen das.«

Ich widme eine Sekunde dem Gedanken, wie unglaublich schamlos diese Leute sind, die von den Medien. Was man auch versucht, um sich aus ihren Klauen zu befreien, sie holen einen wieder ein.

»Sie könnten Ihre Sicht der Dinge darstellen«, sagt er. »Ich könnte mir vorstellen, viele Leute sind derselben Meinung wie Sie.«

»Bestimmt nicht. Ich wäre die am meisten gehasste Person in ganz Irland. Ned, ich möchte einfach meine Ruhe haben.«

»Bis Sie wieder ein Buch haben, für das Sie Werbung brauchen?«

»Es tut mir leid«, sage ich. »Es tut mir wirklich leid.«

Ein seltsames Schlurfgeräusch im Flur lenkt mich ab. Jeffrey. Er platzt in die Küche und sieht wild und aufgelöst aus. Sein Blick flackert zwischen mir und Ned Mount hin und her, aber er scheint uns beide nicht richtig wahrzunehmen. »Ich habe fünfundzwanzig Stunden getanzt, ohne Unterbrechung.« Seine Stimme ist heiser. »Ich habe Gottes Angesicht gesehen.«

»Erzähl weiter.« Ned Mount lehnt sich interessiert vor. »Wie sah es denn aus?«

»Es war haarig. Sehr haarig. Ich gehe ins Bett.« Jeffrey zieht ab.

»Wer war das?«, fragt Ned Mount.

»Niemand.« Ich habe das intensive Bedürfnis, Jeffrey zu beschützen.

»Stimmt das?«

»Das stimmt.«

Wir starren uns an.

»Okay.« Ich gebe klein bei. »Er ist mein Sohn. Ryans Sohn. Aber ich bitte Sie, Ned, holen Sie ihn nicht ins Fernsehen. Er ist so jung und ein bisschen ...«

»Ein bisschen ...?«

»Ein bisschen besessen von Yoga ... verletzlich. Lassen Sie ihn bitte in Ruhe.«


*13.22 Uhr*

Die Zeitschrift *Steller* hat Ryan Sweeney in der wöchentlichen Onlineumfrage zum attraktivsten Mann Irlands gewählt. Es gibt ein Foto von ihm, auf dem er wie ein nicht ganz so gut aussehender Bruder von Tom Ford aussieht. Interessant finde ich, dass auf Platz neun Ned Mount als Neuzugang genannt wird.

»Man kann mit der Gefahr liebäugeln, man kann aber
auch vom Abgrund zurückweichen.«

Aus: *Gezwinkerte Gespräche*

Mannix Taylor kam nicht mehr zu mir, und mein Zorn auf ihn loderte unvermindert. Er war es, der das Krankenhaussystem als unmenschlich beschrieben hatte, und jetzt hatte er mich im Stich gelassen. Er hatte sich nicht einmal verabschiedet.

Die Tage vergingen, und Rosemary Rozelaar verzweifelte an mir und meinen mangelnden Fortschritten. Schließlich war mein Zustand so besorgniserregend, dass Dr. Montgomery, dessen man so schwer habhaft wurde, herbeikam und eine mitreißende Rede hielt. »Was habe ich gesagt, als ich Sie das erste Mal sah?«, fragte er. »Ich habe gesagt: ›Sorgt dafür, dass sie am Leben bleibt, Patsy.‹ Jetzt kommen Sie schon. Geben Sie nicht vor der letzten Hürde auf! Sorgt dafür, dass sie am Leben bleibt, Patsy!« Er machte eine ausholende Armbewegung, die sein Gefolge und die Schwestern und den zufällig anwesenden Ryan mit einbezog. »Jetzt kommen Sie, sagen Sie mit mir: ›Sorgt dafür, dass sie am Leben bleibt, Patsy.‹«

Dr. Montgomery und der dümmliche Dr. de Groot und alle Schwestern auf der Intensivstation riefen: »Sorgt dafür, dass sie am Leben bleibt, Patsy!«

»Lauter!«, sagte Dr. Montgomery. »Kommen Sie, Mr. Sweeney, Sie auch.«

»Sorgt dafür, dass sie am Leben bleibt, Patsy!«

Dr. Montgomery hielt die Hand ans Ohr. »Ich höre ja nichts.«

»Sorgt dafür, dass sie am Leben bleibt, Patsy!«

»Lauter!«

»Sorgt dafür, dass sie am Leben bleibt, Patsy!«

»Und noch einmal!«

»Sorgt dafür, dass sie am Leben bleibt, Patsy!«

»Gut.« Dr. Montgomery strahlte. »Gut. Das müsste wirken. Himmel, wie die Zeit vergeht. Der Golfplatz ruft. Adieu.«

Ich wandte meinen Blick nach innen. Ich hieß nicht Patsy, und ich würde nicht am Leben bleiben. Nicht für ihn oder sonst irgendwen.

Am 15. Februar änderte sich alles: Ich beschloss, gesund zu werden. Zum Valentinstag hatte Ryan mir nichts geschenkt, nicht einmal eine Karte hatte er mir mitgebracht, und ich sah mit schrecklicher Klarheit, wie mir mein Leben entglitt. Ryan war es leid, dass ich krank war, den Kindern ging es auch so, und wenn ich nicht bald gesund würde, hätte ich keine Familie mehr, zu der ich zurückkehren konnte.

Aber es gab noch etwas anderes – ich wollte aus dem Krankenhaus raus, weg von dem System und der Krankheit, wo ich so empfänglich für das war, was sich zwischen mir und Mannix Taylor abgespielt hatte. Ich wusste, er würde keine Macht mehr über mich haben, wenn es mir erst wieder besser ginge.

Ich machte es mir wieder zur obersten Aufgabe, gesund zu werden, und fast über Nacht stellten sich Fortschritte ein. Ich fing an, lauter Anweisungen mit Zwinkern zu geben, und meine neue Entschlossenheit musste sich mitgeteilt haben, weil alle mir gehorchten. Ich verlangte nach starken Schmerzmitteln, als meine neu erwachten Nerven juckten und brannten, und bekam sie auch. Ich machte Rosemary Rozelaar auf jedes neue Muskelzucken aufmerksam und bestand darauf, dass ein Physiotherapeut jeden Nachmittag mit mir arbeitete. Wenn der Physiotherapeut abends ging, übte ich weiter, ich zog meine Muskeln zusammen und streckte sie wieder, bis zur völligen Erschöpfung.

Die Krankenschwestern hatten keinen anderen Fall zum Vergleich, aber ich wusste, dass meine rasante Besserung sie erstaunte.

Anfang April waren die Muskeln in meinem Brustkorb so kräftig, dass das Beatmungsgerät abgestellt werden konnte, erst für fünf Sekunden, dann zehn, dann mehrere Minuten. Innerhalb von drei Wochen atmete ich eigenständig und wurde von der Intensivstation auf die normale Station verlegt.

Im Mai stand ich auf und machte erste Schritte. Schon bald bewegte ich mich auf der Station, erst im Rollstuhl, dann mit einem Gehwagen, dann mit einer Krücke.

Ein weiterer Meilenstein war erreicht, als meine Stimme zurückkam. »Stell dir vor, du würdest plötzlich mit einem vornehmen Akzent sprechen«, sagte Karen. »So wie nach einer Chemotherapie die Haare anders wachsen? Du könntest wie jemand aus *Downton Abbey* klingen. Das wäre doch lustig, oder?«

Zuletzt kehrte die Bewegungsfähigkeit in meine Finger zurück, und als ich meine erste SMS schickte, schien mir das wie ein Wunder.

Ende Juli war ich weit genug genesen, dass ich nach Hause entlassen werden konnte, und ein kleiner Trupp von Krankenhausmitarbeitern kam zur Tür, um mich zu verabschieden – Dr. Montgomery, Dr. de Groot, Rosemary Rozelaar, zahllose Krankenschwestern sowie andere Mitarbeiter und Helfer. Ich ließ suchend den Blick schweifen, in der Hoffnung, er würde vielleicht kommen. Aber er war nicht da, und inzwischen hatte ich meinen Frieden mit ihm gemacht.

Das, was sich zwischen uns entwickelt hatte, war seltsam,

das gab ich ehrlich zu. Es hatte eine Verbindung gegeben – eigentlich schon seit dem Unfall, denn kurz danach hatten wir ein paar Sekunden lang fast in telepathischer Kommunikation gestanden.

Es war nur natürlich, dass ich mich in ihn verliebt hatte – ich war in einer verletzlichen Lage, und er war mein Schutzengel. Was ihn anging, so hatte er sein eigenes Päckchen zu tragen, und sich mit meiner Heilung zu befassen, hatte ihn von seinen Sorgen abgelenkt.

Es war richtig, dass er mich so sang- und klanglos fallen gelassen hatte. Ich gehörte zu Ryan und zu meiner Familie, und Mannix gehörte zu seiner Frau.

Solche Sachen im Leben, solche Beziehungen, sie »passierten« nicht einfach. Man konnte mit der Gefahr liebäugeln, die Grenzen der eigenen Ehe testen, man konnte aber auch vor dem Abgrund zurückweichen. Die Entscheidung lag bei einem selbst. Er hatte sich entschieden, und das respektierte ich.

Am 28. Juli, fast elf Monate nachdem das Prickeln angefangen hatte, stand ich zum ersten Mal wieder in meinem Schlafzimmer. Ich hatte ein ganzes Schuljahr im Leben meiner Kinder verpasst, aber ich beschloss, mich davon nicht unterkriegen zu lassen. Und das konnte ich am besten, wenn ich mich möglichst rasch wieder in mein Leben einfügte und eine so gute Ehefrau, Mutter und Kosmetikerin war, wie ich es nur konnte. Das tat ich auch, und darüber vergaß ich Mannix Taylor.

## Montag, 9. Juni

*7.38 Uhr*
Als ich aufwache, höre ich den Fernseher im Wohnzimmer. Jeffrey muss auf sein. Beklommen gehe ich nach unten und setze mich neben ihn aufs Sofa.

»Es hat angefangen«, sagt er tonlos.

Ireland AM läuft schon, und Alan Hughes, der bekannte Fernsehmoderator, steht in Ryans Straße.

»Ich berichte live über Ryan Sweeneys Day Zero.« Er brüllt fast vor Erregung.

Day Zero hatte schon am Abend zuvor begonnen – ein paar Übereifrige waren in ihren Lieferwagen gekommen und hatten vor Ryans Haus kampiert. Es war wie beim Schlussverkauf.

Alan spricht mit einigen der Hoffnungsvollen und fragt, worauf sie es abgesehen hätten. »Seinen Küchentisch«, sagt eine Frau. Eine andere: »Seine Klamotten. Er hat dieselbe Größe wie mein Freund. Der muss dauernd vor Gericht, wegen kleiner Vergehen, da könnte er ein paar Anzüge gut gebrauchen.«

Im Hintergrund steht eine Reihe Polizisten in Signalwesten. Nach Ryans gelungenem Auftritt in *Saturday Night In* – am Ende fand das Interview doch ohne mich statt – wurde den Ordnungshütern bewusst, dass dieses Ereignis einen Massenansturm auslösen könnte. Deswegen wurden feste Regeln ausgegeben: Interessierte würden in Zehnergruppen ins Haus gelassen, sie durften sich eine Viertelstunde im Haus umsehen und nur so viel mitnehmen, wie sie tragen konnten.

»Es herrscht eine ausgelassene Stimmung!« Hinter Alan Hughes' Kopf sieht man drei Männer, die eine Doppelmatratze auf ihren Schultern tragen. »Hallo, meine Herren, wie ich sehe, haben Sie sich gerade ein Bett verschafft.«

»Ja, das haben wir!« Die Männer beugen sich zu Alans Mikrofon vor. Aber die Matratze ist schwer und liegt wacklig auf ihren Schultern, und weil die gleichmäßige Vorwärtsbewegung aufgehört hat, kommt die Matratze ins Gleiten, rutscht den Trägern von den Schultern, reißt Alan Hughes zu Boden und begräbt ihn unter sich.

Das ist das einzig Lustige.


*7.45 Uhr*

»Ich bin Alan Hughes und berichte live unter Ryan Sweeneys Matratze.«

Wir können ihn hören, aber nicht sehen.

»Der reinste Horror«, sagt Jeffrey mit einem lauten Stöhnen.

»Eins, zwei, drei – hau ruck!« Mehrere Männer heben in einer gemeinsamen Anstrengung die Matratze hoch und befreien Alan Hughes und sein Mikrofon.

Alan Hughes steht auf, seine Frisur ist durcheinandergeraten, aber ansonsten ist er heil geblieben. »Was für ein Spaß!«, sagt er. »Hat hier jemand einen Kamm?«

»Jeffrey«, sage ich. »Ich hatte eine schwere Geburt mit dir.«

Jeffrey kneift die Lippen zusammen.

»Ich habe Höllenqualen gelitten, wirklich, das habe ich.«
»Was willst du?«
»Es hat ewig gedauert, neunundzwanzig Stunden ...«
»... und sie haben dir keine PDA gegeben«, sagt er. »Ich weiß. Was willst du?«
»Geh in den Supermarkt und hol mir eine Packung Kekse.«
Morgen fange ich mit der proteinhaltigen Ernährung an. Aber heute? Heute ist daran überhaupt nicht zu denken.

*8.03 Uhr bis 17.01 Uhr*

Jeffrey und ich halten den ganzen Tag Wache, während verschiedene Radio- und Fernsehsender live über das Karma-Projekt berichten. Hin und wieder taucht Ryan selbst auf, lächelt breit und sagt, wie erfreut er ist, dass alles so gut läuft. Manche der Berichterstatter loben ihn, andere wiederum können kaum verbergen, dass sie ihn für völlig übergeschnappt halten.

Es ist niederschmetternd und im Grunde schrecklich langweilig. Und es wird immer langweiliger, je länger es dauert und die Leute mit kleineren und abgenutzten Gegenständen aus dem Haus kommen – fleckigen Teelöffeln, einem ausrangierten Handy, Schlüsseln zu einem Gartenschuppen, den es nicht mehr gibt.

Langsam bekommt man das Gefühl, dass es bald vorbei ist. Um fünf Uhr nachmittags tritt eine junge Frau aus dem Haus und hält ein Glas Oliven in die Kamera. »Das ist das Letzte, was noch da war. Das Haltbarkeitsdatum ist vor zwei Jahren abgelaufen.«

»Warte«, sagt Jeffrey. »Gleich kommt Dad.«

Und da ist er schon. Er steht auf der Straße, vor dem Haus, das nicht mehr ihm gehört.

»Wie er schon aussieht«, sagt Jeffrey. »Dieser Arsch. Ich wette, jetzt hält er eine Rede oder so was.«

Ryan genießt sichtlich den Moment. Er breitet die Arme aus und verkündet den Medien der Welt: »Hier stehe ich vor Ihnen, besitzlos.«

Die Umstehenden applaudieren, und Ryan lächelt demütig und verneigt sich, und ich weiß gar nicht, wohin mit meiner Wut.

Dann ruft jemand: »Sie haben noch Ihre Schuhe an.«

Ryan macht ein verstörtes Gesicht.

»Das stimmt«, sagt eine andere Stimme aus der Menge. »Sie haben noch Ihre Schuhe an.«

»Okay«, sagt Ryan gedehnt. »Da ist was dran.« Er zieht sich die Schuhe aus, die sofort von den Umstehenden entgegengenommen werden.

»Und seine Klamotten«, sagt einer.

»Und Ihre Klamotten«, ruft jemand laut. »Sie können nicht sagen, dass Sie besitzlos sind, wenn Sie noch Ihre Klamotten anhaben.«

Ryan zögert. Damit hatte er offenbar nicht gerechnet.

»Mach schon«, ruft jemand. »Ausziehen.«

Ryan sieht ein bisschen aus wie ein Kaninchen im Scheinwerferlicht, aber er ist so weit gegangen, jetzt bleibt ihm nichts anderes übrig, als es bis zum Schluss durchzuziehen. Er knöpft sich das Hemd auf und wirft es mit Schwung in die Menge.

»Weiter!«

Ryans Hand wandert an seinen Gürtel.

»Bitte nicht«, flüstere ich.

Ryan zieht den Reißverschluss seiner Jeans auf und lässt die Hosen zu Boden gleiten, dann zieht er sich die Socken aus und wirft sie in die Menge.

Jetzt steht er in schwarzer Unterhose da. Ryan zögert. Die Leute halten den Atem an. Das macht er doch nicht, oder?

»Das macht er nicht«, sagt Jeffrey flehentlich.

Ich stopfe mir einen Jaffa-Keks in den Mund. Das macht er nicht. Ich schlucke den Keks runter und stopfe einen neuen rein. Meine Angst ist grenzenlos. Das macht er nicht.

Er macht es wohl! Mit neckischem Gehabe fängt er an, seine Unterhose runterzurollen, sodass sein Schamhaar sichtbar wird. Sein Penis ist schon zur Hälfte zu sehen, da ruft jemand: »Unruhestiftung!«

Streng genommen handelt es sich hier um Erregung öffentlichen Ärgernisses, und die Polizei wirft sich auf ihn, bevor Ryans Hoden zu sehen sind.

Jeffrey heult auf vor Entsetzen, Ryan bekommt eine Decke übergelegt und wird von der Polizei abgeführt. Binnen Sekunden werden gepixelte Bilder von seinem Penis um die Welt gesandt. Menschen in Kairo, Buenos Aires, Schanghai, Ulan Bator, wo immer, können sich den Penis meines Mannes ansehen. (Allerdings nicht in Turkmenistan, werden wir von der Stimme aus dem Off informiert. Anscheinend darf man da keine Penisbilder im Fernsehen zeigen.)

*17.45 Uhr*

Ryan verbringt die Nacht in Polizeigewahrsam und wird mit einer Verwarnung auf freien Fuß gesetzt. Ein freundlicher Mensch gibt seine Schuhe und Klamotten bei der Polizei ab.

## Dienstag, 10. Juni

*7.07 Uhr*
Ryan steht in der frischen Morgenluft vor der Polizeistation und wartet darauf, dass das Universum ihn versorgt.
 Aber das tut es nicht.

Er

Sie wissen doch, wie es ist, wenn zwei berühmte Menschen sich trennen und wenige Sekunden später mit einem anderen zusammen sind, und sie darauf bestehen, dass es keine Überlappung gegeben hat? Ja?

Also, wahrscheinlich ist das nicht die Wahrheit ...

In einer Nacht im März, ungefähr acht Monate nachdem ich aus dem Krankenhaus gekommen war, lagen Ryan und ich gegen elf Uhr im Bett, und ich war in einen tiefen Schlaf gesunken. Ich arbeitete wieder Vollzeit und war jeden Abend bis auf die Knochen müde.

Irgendwann mitten in der Nacht wachte ich auf. Ich warf einen Blick auf den Wecker – 3.04 Uhr. Offensichtlich stattete meine Schlaflosigkeit mir einen Besuch ab, und ich richtete mich auf ein, zwei schlaflose Stunden ein, doch dann wurde mir bewusst, dass ich von einem scharfen *Ping* geweckt worden war. Ich lauschte angestrengt, spannte alle meine Muskeln an und überlegte, ob ich mir das Geräusch eingebildet hatte.

Ryan schlief tief und fest, und ich döste vor mich hin, als ich das Geräusch wieder hörte. Es kam vom Schlafzimmerfenster, und Ryan schoss im Bett hoch. »Was war das?«

»Ich weiß nicht«, flüsterte ich. »Ich habe es ein paarmal gehört.«

Ich wollte das Licht anschalten.

»Nicht«, sagte Ryan.

»Warum nicht?«

»Wenn jemand einbrechen will, dann werde ich ihn überraschen.«

O nein, ich wollte nicht, dass Ryan sein Draufgängertum unter Beweis stellte, das würde nur böse enden.

Er sprang aus dem Bett, schlich zum Fenster und blickte in den Vorgarten.

»Da ist jemand!« Er sah angestrengt nach unten. Von der Straßenlaterne fiel ein Lichtschimmer in den Garten.

»Sollen wir die Polizei rufen?«, fragte ich.

»Das ist Tyler!« Ryan war außer sich. »Was zum Teufel macht er um diese Zeit hier?«

Tyler war Betsys Freund, ihre erste Liebesgeschichte hatte gerade begonnen – Ryan und ich fanden es rührend. Wenigstens bis gerade.

Es knackte wieder.

»Er wirft Steinchen«, sagte Ryan.

»Was haben wir denn verbrochen?« Offensichtlich hatte ich zu viele Fernsehfilme über zu Unrecht angeklagte Kinderschänder gesehen, die mit Schimpf und Schande aus dem Dorf gejagt wurden.

»Psst«, sagte Ryan. »Psst. Hörst du das?«

Dann hörte ich es: Betsys Kichern. »Komm nach oben«, sagte sie, und ihre Stimme war klar zu hören in der kalten Luft.

Auf Zehenspitzen ging ich zum Fenster und traute meinen Augen nicht, als Tyler auf die Hauswand zurannte und nach oben sprang, dann aber wieder auf den Boden fiel.

»Das ist doch wohl …!« Ryan stapfte im Schlafzimmer umher und suchte nach etwas zum Anziehen.

»Ich mach das.« Ich mochte es nicht, wenn man mich ohne Make-up sah – ein bisschen Wimperntusche reichte schon –, aber Ryan war zu aufbrausend für so etwas.

Ich rauschte im Bademantel die Treppe hinunter und riss die Haustür auf. »Hallo, Tyler.«

»Oh, hallo, Mrs. Sweeney.«

Ich suchte nach Anzeichen von Trunkenheit, von Drogenrausch, aber er schien ganz so wie immer – selbstsicher und attraktiv.

»Kann ich behilflich sein?«, fragte ich mit leichtem Sarkasmus.

»Ich wollte nur mal bei Betsy vorbeischauen.«

Ich blickte nach oben, wo Betsy gerade eilig ihr Fenster schloss. »Möchtest du auf einen Tee hereinkommen?«, fragte ich.

Er lächelte. »Nein, dazu ist es ein bisschen spät, oder?«

»Das stimmt allerdings«, sagte ich fest. »Es ist spät. Möchtest du, dass ich dich nach Hause fahre?«

»Nicht nötig, Mrs. Sweeney, mein Auto steht da.« Er deutete mit dem Daumen über die Schulter. Und trotz dieser absurden Situation empfand ich einen Moment lang so etwas wie Stolz, dass der Freund meiner Tochter ein eigenes Auto hatte.

»Okay. Also dann, geh nach Hause. Morgen ist Schule. Da siehst du Betsy. Gute Nacht, Tyler.«

»Nacht, Mrs. Sweeney.«

Ich raste nach oben in Betsys Zimmer. Betsy tat, als schliefe sie.

»Ich weiß, dass du wach bist«, sagte ich. »Und das Thema ist noch nicht vom Tisch, denk das ja nicht.«

Als ich wieder in unser Schlafzimmer kam, tobte Ryan. »Steht da wie ein bekloppter Romeo. Und dann versucht er, an der Fassade hochzuklettern wie ... wie ... Spiderman!«

Ich wollte unbedingt weiterschlafen. Ich war immer so müde. »Wir regeln das morgen früh.«

»Du musst mit ihr reden«, sagte Ryan. »Über Verhütung, meine ich. Nicht, dass sie eines Tages nach Hause kommt und sagt, sie sei schwanger.«

Ich richtete mich nach den Experten und führte immer wieder »Gespräche« mit Betsy, in denen ich versuchte herauszufinden, ob sie sexuelle Beziehungen hatte, aber bisher hatte sie an ihrer Unschuld festgehalten – sie und ihre Freundinnen bezeichneten die Mädchen, die mit Jungen schliefen, als »Schlampen«. Ich war froh, dass ich die Mädchen nicht gekannt hatte, als ich siebzehn war. In einem solchen Gespräch erklärte ich Betsy jedes Mal, dass sie die Pille nehmen sollte, wenn es mit einem Jungen »ernst« wurde. Aber jetzt wurde mir klar, dass sie nicht so prüde bleiben würde, bloß weil sie es bisher gewesen war.

»Können wir das zusammen machen? Du und ich?«, fragte ich Ryan.

»Machst du dir eigentlich eine Vorstellung davon, unter welchem Druck ich stehe? Du bist die fürs Reden. Ich habe einen Beruf. Ich habe zu tun.«

»Okay. Entschuldige bitte.« Ich hatte auch einen Beruf, aber seit den acht Monaten, seit meinem Krankenhausaufenthalt, hatten mich meine Schuldgefühle fest im Griff.

Am nächsten Morgen wachte ich auf, als Ryan sich angezogen über mich beugte und sagte: »Vergiss nicht das Gespräch mit Betsy. Sonst wirst du noch Großmutter, bevor du vierzig bist.«

Dann polterte er die Treppe hinunter und schlug die Tür mit solcher Wucht hinter sich zu, dass das Haus erzitterte.

Ich hievte mich aus dem Bett und klopfte an Betsys Tür. »Kann ich reinkommen, Schatz?«

Sie sah mich wachsam an.

»Das mit dir und Tyler.« Ich setzte mich auf ihre Bettkante. »Es ist schön, dass ihr so glücklich seid. Aber dein Dad und ich, wir möchten, dass du gut auf dich aufpasst.«

»Wie, aufpassen?« Dann dämmerte es ihr. »Meinst du etwa ...?«

Ich zuckte die Achseln. »Ich meine Verhütung.«

Sie sah mich voller Widerwillen an.

»Wenn du möchtest«, sagte ich vorsichtig, »können wir mal zu Dr. Quinn gehen.«

»Mom, du bist ekelhaft.« Sie rieb sich die Augen mit den Handballen und kreischte: »Und ihr habt darüber gesprochen, du und Dad?«

Ich nickte.

»Das ist so was von krass!« Sie richtete sich auf und sagte: »Geh aus meinem Zimmer.«

»Aber Betsy, wir wollen doch nur helfen ...«

»Das hier ist mein Zimmer!«

»Aber ...«

»Raus!«, schrie sie.

»Entschuldige bitte.« Ich würde es später wieder versuchen, wenn sie sich etwas beruhigt hatte. Auf dem Weg über den Flur traf ich Jeffrey.

»Das klingt doch gut«, sagte er. »Onkel Jeffrey, das hat doch was. Und möchtest du Grandma Stella sein oder nur Granny?«

»Früher einmal«, sagte ich zu ihm, »hattest du mich so lieb, dass du mich heiraten wolltest.«

Ich ging runter in die Küche und trank mit zitternden Händen eine Tasse Tee.

Unser kleines Haus knisterte vor Aggressivität, und ich überlegte, ob es immer so streitbar zugegangen war. Vielleicht waren diese Spannungen in Familien normal? Vielleicht hatte ich in der Zeit im Krankenhaus unser Zusammenleben idealisiert?

Aber im Grunde meines Herzens kannte ich die Wahrheit: Ryan, Betsy und Jeffrey waren, auch wenn sie es selbst nicht wussten, wütend auf mich, weil ich so lange krank gewesen war. Besonders Jeffrey war voller Zorn und hegte ungute Gefühle. Jetzt brach es aus Betsy hervor, und ich musste zugeben, dass Ryan und ich auch nicht sonderlich gut miteinander klarkamen.

Früher hatte ich darüber gewitzelt, dass wir keinen Sex hatten, aber jetzt hatten wir wirklich keinen. Kurz nachdem ich aus dem Krankenhaus gekommen war, hatten wir miteinander geschlafen, seitdem nicht wieder.

Ich saß am Küchentisch und wurde von kalter Angst gepackt. Irgendwas musste geschehen. Ich musste die Initiative ergreifen.

Ein Abend nur für uns zwei war die Antwort. Ryan und ich mussten ein paar Stunden ohne die Kinder und ihre Launen verbringen. Nichts Ausgefeiltes. Nicht das, was Karen und Enda gemacht hatten, mit Perücken und angenommenen Identitäten. Wir mussten uns einfach wieder aufeinander besinnen, bei einem Essen und ein paar Gläschen Wein. Vielleicht würde ich mir einen neuen Slip kaufen ...

Voller verzweifelter Hoffnung bat ich Karen, über Nacht bei den Kindern zu bleiben, dann rief ich im Powerscourt Hotel an, weil das der angesagte Ort für eine solche Verabredung war. Ich reservierte ein Zimmer für Donnerstag, das war in zwei Tagen. Wozu lange warten? Die Sache musste in Ordnung gebracht werden, möglichst schnell.

Ich rief Ryan an. Als er abnahm, sagte er: »Was diesmal?«

Ich schlug einen verführerischen Ton an und sagte: »Ich hoffe, du hast am Donnerstagabend nichts vor.«

»Warum? Wer will was von mir?«

»Du und ich, Ryan Sweeney, wir verbringen die Nacht aushäusig.«

»Dafür haben wir kein Geld.«

Finanziell standen wir schlecht da – meine Erkrankung hatte uns schwer zurückgeworfen, und dazu kam, dass vor zwei Monaten die Mieter in dem Haus in Sandycove gekündigt und wir noch keine neuen gefunden hatten.

»Manchmal muss man Prioritäten setzen«, sagte ich.

»Diese Verabredungen sind nichts für mich.«

»Wir machen es trotzdem«, sagte ich mit grimmiger Entschlossenheit. »Und es wird uns richtig guttun.«

Am Donnerstagnachmittag ließ ich mir die Haare föhnen und packte eine kleine Tasche mit einem hübschen Kleid und einem Paar hochhackiger Schuhe und einem neuen Slip. Karen kam, und während ich wartete, dass Ryan mich abholen würde, tranken wir in der Küche ein Glas Wein.

Jeffrey ließ seinen Blick über meine Haare und meine Tasche gleiten und sagte mit Hohn: »Du kannst einem echt leidtun.«

»Wenn du mein Sohn wärst«, sagte Karen, »und du würdest so mit mir sprechen, dann würde ich dir eine solche Ohrfeige verpassen, dass du eine Woche lang Sterne siehst.«

»Echt?« Jeffrey schien fast ehrfürchtig.

»Ich würde es tun, und es würde dir nicht schaden, aber es würde dir vielleicht ein bisschen Respekt einbläuen.«

»Aber du darfst das nicht«, sagte Jeffrey. »Es gibt Gesetze.«

»Leider.«

Mein Telefon klingelte. Ryan. Ich stand auf und nahm meine Tasche. »Das ist Ryan. Wahrscheinlich ist er draußen.«

Ich sagte in den Hörer: »Bin auf dem Weg.«

»Nein. Warte. Es verzögert sich. Fahr du schon mal rüber, und ich komme so schnell wie möglich.«

»Und wann ist das?« Ich spürte die ersten Stiche der Enttäuschung.

»Ich weiß nicht. Sobald wir das Problem mit der Badewanne

gelöst haben. Sie passt nicht durch die Tür. Jemand hat die falschen Maße angegeben, und ...«

»Verstehe.« Mehr brauchte ich nicht zu hören. Während meiner Ehe mit Ryan hatte ich jede nur mögliche Badezimmerkatastrophengeschichte gehört. Sie hatten ihren Reiz für mich verloren.

»Okay, Karen«, sagte ich. »Ich gehe. Danke, dass du gekommen bist. Lass Betsy nicht raus. Und Tyler nicht rein. Sollte sich die Gelegenheit ergeben, sprich mit Betsy über Verhütung.«

»Die braucht auch was hinter die Löffel. Und dieser Tyler. Ich würde allen eins hinter die Löffel geben, dass sie alle Sterne sehen.«

Auf der halbstündigen Fahrt zum Hotel sagte ich mir immer wieder in Gedanken vor: *Ich bin guter Dinge. Ich bin guter Dinge. Ich bin guter Dinge. Ich bin auf dem Weg zu einem Rendezvous mit einem attraktiven Mann. Ich bin guter Dinge.* Eigentlich war es sogar besser, dass ich allein dorthin fuhr. Wir kämen getrennt an, als würden wir uns gar nicht kennen.

Ich checkte ein und erforschte das schöne Zimmer, wobei ich mir ein bisschen töricht vorkam. Ich setzte mich aufs Bett, ich bewunderte die Aussicht, ich studierte die Preisliste für die Pringles in der Minibar und wünschte mir jemanden an meiner Seite, der mit mir über die unverschämten Preise schimpfen würde. Nach einer Weile beschloss ich, den Jacuzzi auszuprobieren, und sagte mir, dass Ryan da sein würde, wenn ich rauskam.

Aber ich fand keinen Genuss an dem Jacuzzi, nicht nur, weil ich Angst hatte, meine frisch geföhnten Haare nass zu machen, sondern auch, weil ich kein Freund von Wasser bin – und als ich wieder ins Zimmer kam, war Ryan immer noch nicht da. Des Wartens müde streckte ich mich auf dem Bett aus, und das Nächste, was ich bemerkte, war Ryan, der plötzlich im Zimmer stand. Ich war eingeschlafen.

»Wie spät ist es?«, fragte ich schläfrig.

»Zehn nach neun.«

»Oh. Oh, wir haben unser Abendessen verpasst.« Ich setzte mich auf und versuchte, den Schlaf abzuschütteln. Ich nahm das Telefon. »Wir können ja jetzt noch gehen. Warte mal eben.«

»Ah, nein, lass mal. Wir bestellen einfach was vom Zimmerservice.«

»Meinst du? Aber das Restaurant ist richtig hübsch.«

»Es ist zu spät. Ich bin zu müde.«

Ich war ehrlich gesagt auch zu müde, und wir bestellten Schinken-Tomaten-Sandwiches und eine Flasche Wein und aßen schweigend.

»Gute Pommes«, sagte Ryan.

»Wirklich gut«, griff ich den Gesprächsfaden auf.

»Rufst du mal bei Karen an? Damit sie guckt, dass Tyler unsere Tochter nicht schwängert, während wir hier sitzen.«

»Lass es doch heute Abend.«

»Ich kann mich nicht entspannen, wenn ich dauernd daran denke.«

Ich schluckte und wählte Karens Nummer.

»Alles in Ordnung?«

»Bestens.«

Aber da war was in ihrem Ton. »Was ist?«

»Na, ich habe mich ein bisschen mit Betsy unterhalten. Und sie macht es mit diesem Tyler-Knaben.«

»Ach, du meine Güte.« Ich hatte es ja gewusst, aber nicht wissen wollen.

»Sie benutzen Kondome.«

Oh. Ich hätte am liebsten geweint. Mein kleines Mädchen.

»Ich habe ihr gesagt, sie soll sich die Pille verschreiben lassen. Sie hat gesagt, sie geht zur Beratung, aber nicht mit dir.«

»Warum nicht?«

»Weil alle jungen Mädchen Zicken sind. Sie sagt, mit mir würde sie gehen. Ich übernehme das nächste Woche.«

»Ach so. In Ordnung.« Das waren viele Informationen, und ich gab mir Mühe, nichts davon persönlich zu nehmen. »Und was ist mit Jeffrey?«

»Jeffrey? Der ist auch eine kleine Zicke.«

Ich beendete das Gespräch. Mir war elend zumute, und als ich mich umdrehte, um Ryan alles zu erzählen, sah ich, dass er unter die Bettdecke gekrochen war und fest schlief.

Okay. Ich war auch sehr müde. Aber morgen früh, komme, was wolle, würden wir es wild miteinander treiben.

Wir frühstückten im Bett. Wir hatten weiße Bademäntel an und aßen frische Ananas und tranken Kaffee.

»Schmeckt gut«, sagte Ryan und verschlang ein Blätterteigteilchen. »Mit Mandeln, oder? Willst du deins?«

»Äh, nein, iss du es.«

»Danke. Und was ist das hier? Eine Art Muffin?« Nach und nach aß er alles in dem Gebäckkorb auf, dann stöhnte er: »Mein Gott, bin ich voll.« Er legte sich hin und rieb sich den Bauch, und ich schmiegte mich an ihn und zog den Knoten an seinem Bademantel auf.

Er verkrampfte sich und sprang aus dem Bett. »Das ist zu gekünstelt! So kann ich mich nicht entspannen. Da gehe ich lieber arbeiten.«

»Ryan ...«

Er eilte ins Badezimmer und war auch schon unter der Dusche. Nach wenigen Sekunden war er wieder im Zimmer und zog sich an.

»Du musst ja noch nicht gehen«, sagte er. »Wir haben das Zimmer bis zwölf, oder? Gönn dir eine Massage oder so was. Aber ich muss jetzt zur Arbeit.«

Die Tür schlug hinter ihm zu. Ich wartete ein paar Minuten, dann packte ich langsam meine Tasche und machte mich auf den Weg zur Arbeit.

Als ich in den Salon kam, saß Karen am Computer. »Ich dachte, du kommst erst am Nachmittag?«

»Unser Date war früh vorbei.«

»Aha. Egal«, sagte sie und fuhr in einem merkwürdig knappen Ton fort: »Weißt du schon, wer einen neuen Freund hat?«

»Nein, wer?«

»Georgie Dawson.«

»Wer ist das?«

»Du kennst sie als Georgie Taylor.«

Nach einem Moment des Schweigens fragte ich: »Was erzählst du mir da?«

»Dass Mannix Taylor und seine Frau sich getrennt haben. Sie lassen sich scheiden.«

»Und *warum* erzählst du mir das?«

Sie machte ein unfreundliches Gesicht. »Weiß auch nicht. Hast du davon gewusst?«

»Bist du verrückt? Ich habe ihn seit ...« Ich zählte rückwärts. »... seit über einem Jahr nicht gesehen. Seit einem Jahr und drei Monaten.«

Karen klickte zweimal ärgerlich mit der Maus. »Mary Carr, diese Übergeschnappte, kommt heute Nachmittag für ein Hollywood-Waxing.«

»Zwischen ihm und mir hat sich nichts abgespielt«, sagte ich.

»Warum die Frau mit dem haarigsten Arsch von ganz Irland

ausgerechnet zu uns kommen muss«, murmelte sie. »Doch, da war was, Stella.« Ihr Gesicht hatte im Widerschein des Monitors einen harten Ausdruck. »Was genau, weiß ich nicht, aber da war was.« Sie sah mich besorgt an. »Du weißt, dass ihr im wirklichen Leben nicht zueinanderpasst, oder?«

»Das weiß ich.« Ich hatte nie zugegeben, dass ich verknallt war. Oder wie man es nennen wollte.

»Er ist vornehm und launisch ...«

»Ryan ist auch ziemlich launisch.«

»Ryan ist ein guter Typ.«

»Das stimmt«, sagte ich. »Wusstest du, dass er damals, als ich im Krankenhaus war, eines Abends rausgegangen ist und Tampons für Betsy gekauft hat?«

»Ja, das weiß ich – hahaha«, sagte sie sarkastisch. »Sehr witzig.«

»Sag mir, was heute für mich ansteht. Habe ich viele Termine? Oder habe ich Zeit, zu Dr. Quinn zu gehen?«

»Was willst du bei Dr. Quinn?«

»Ich bin so oft müde.«

»Das sind wir alle.«

»Du nicht. Jedenfalls, ich will mich versichern, dass alles in Ordnung ist. Dass dieses Guillain-Barré nicht wiederkommt.«

»Das kommt nicht wieder. Das ist so selten, es ist ein Wunder, dass du es überhaupt bekommen hast. Aber«, sagte sie, »heute ist nicht viel los. Du kannst also gehen.«

Dr. Quinn entnahm Blutproben. »Könnte sein, dass Sie anämisch sind«, sagte er. »Aber vielleicht sollten Sie sich von Ihrem Arzt im Krankenhaus untersuchen lassen. Machen Sie gleich heute einen Termin, es dauert nämlich ewig, bis Sie einen bekommen. So sieht es aus bei den Krankenhausärzten«, sagte er sinnend. »Sie arbeiten nicht mehr als eine halbe

Stunde in der Woche. Den Rest der Zeit verbringen sie auf dem Golfplatz.«

Ich schluckte. »Zu wem sollte ich gehen? Dem Chefarzt? Oder zu dem Neurologen?«

»Ich weiß nicht. Dem Chefarzt, vermutlich.«

»Nicht dem Neurologen? Schließlich ist es doch eine neurologische Sache.«

»Da haben Sie recht. Dann zu dem Neurologen.«

Ich ging zum Telefonieren auf die Straße. Sobald es anfing zu klingeln, schaltete ich wieder aus. Mein Herz klopfte wie wild, und meine Hände waren schweißnass. Mist. Was sollte das? Ich wählte wieder die Nummer und wartete, bis eine Frau abnahm.

»Ich möchte einen Termin vereinbaren«, sagte ich.

»Bei Dr. Taylor oder Dr. Rozelaar?«

»Also ... na ja ... anfangs war ich Dr. Taylors Patientin, dann hat Dr. Rozelaar mich übernommen. Am besten, Sie fragen Dr. Taylor selbst.«

»Ich kann Dr. Taylor nicht mit so einer verwaltungstechnischen Frage belästigen ...«

Ich unterbrach sie. »Doch, bitte. Es ist am besten, wenn er das entscheidet.«

Mein Ton hatte anscheinend Wirkung auf sie. »Geben Sie mir Ihren Namen«, sagte sie. »Aber seien Sie gewarnt, er hat eine lange Warteliste. Ich rufe Sie an, wenn ich Bescheid weiß.«

Es war ein kalter Nachmittag im März. Ich stand auf der Straße und verfiel in eine Art Trance. Ungefähr zehn Minuten später rief die Frau wieder an. Sie klang ein bisschen verwundert. »Ich habe mit Dr. Taylor gesprochen. Er sagt, Sie sollen zu ihm kommen. Und überraschenderweise hat er heute eine Lücke.«

»Heute?«
Okay.

Karen ließ mich ohne Weiteres gehen. Ich erzählte ihr einfach, dass Dr. Quinn befürchtete, die Krankheit könne zurückkommen, woraufhin sie mich praktisch zur Tür hinausschob. Sie wollte wirklich nicht, dass ich wieder krank wurde. Es war schon beim ersten Mal sehr unbequem gewesen.

Ich erzählte ihr, ich hätte einen Termin mit meinem Arzt aus dem Krankenhaus, und sie nahm an, ich meinte Dr. Montgomery, denn sie lächelte und sagte: »Grüß ihn von mir.«

Ich hielt es nicht für nötig, sie aufzuklären.

Der Termin war um vier, und ich fuhr zur Klinik, parkte und wartete darauf, dass ich aussteigen würde. Aber ich blieb sitzen. Ich war verwundert über das, was ich vorhatte. Aber was hatte ich eigentlich vor? Und welche Absichten verfolgte Mannix Taylor?

Vielleicht hatte er mir umgehend einen Termin gegeben, weil er aus medizinischer Sicht um mich besorgt war. Das war die überzeugendste Erklärung.

Und wenn das nicht der Fall war?

Es bestand die Möglichkeit, dass ich mir etwas vormachte. Ich wusste, wie es im Leben lief – zwischen Menschen, die sich zu Paaren zusammenfanden, bestanden in der Regel gewisse Übereinstimmungen: sie stammten aus der gleichen sozioökonomischen Schicht, hatten das gleiche Bildungsniveau und standen sich in ihrer körperlichen Attraktivität in nichts nach. Mannix Taylor und ich kamen aus verschiedenen Welten. Ich galt als hübsch, mit regelmäßigen und nicht weiter auffälligen Zügen, er hingegen war nicht einfach herkömmlich attraktiv – er war sexy. Ja, so war es, zum ersten Mal gestand ich es mir ein. Er war sexy.

Wenigstens war er das bei unserer letzten Begegnung vor einem Jahr und drei Monaten.

Damals war ich sehr krank und wahrscheinlich keine besonders zuverlässige Beobachterin. Inzwischen war es fünf vor vier, ich musste aussteigen. Ich sah an dem Gebäude hoch. Er saß irgendwo da drinnen. Und wartete auf mich.

Allein der Gedanke ließ mich erschaudern.

Er wartete auf mich.

Und wenn ich jetzt ausstieg und in das Gebäude ging, was würde dann geschehen?

Vielleicht gar nichts.

Vielleicht war Mannix Taylor gar nicht interessiert. Oder möglicherweise fände ich ihn bei dieser Begegnung nicht so …

Und wenn doch?

Was dann?

Ich war Ryan nie untreu gewesen. War nicht einmal in Versuchung geraten. Gut, es hatte Momente gegeben, wenn ein Mann mir das Gefühl gab, dass ich eine Frau war. Erst vor ein paar Wochen hatte mich ein nett aussehender junger Mann an einer Tankstelle in ein Gespräch über mein Auto verwickelt – einen gnadenlos langweiligen Toyota –, und als mir aufging, dass er mit mir flirtete, war ich leicht beschwingt und geschmeichelt weitergefahren.

Bei unseren Lesegruppentreffen einmal im Monat nahm ich mit der gleichen Begeisterung wie alle anderen an den Diskussionen teil, mit wem wir ins Bett gehen würden, wenn wir eine Nacht von unserer Ehe freibekämen. Im Grunde machten wir in der Lesegruppe nichts anderes – niemand von uns las die Bücher, wir tranken Wein und redeten von Ferien, die wir uns nicht leisten konnten, und spekulierten darüber, ob Bradley Cooper ein hartgesottener Kerl oder eher ein sanfter, warmherziger Junge war.

Und war Ryan mir untreu gewesen?

Ich wusste es nicht. Ich wollte es auch nicht wissen. Mit Sicherheit hatte er reichlich Gelegenheit gehabt, mehr als ich. Er war oft von zu Hause weg, und manchmal hatte ich mich gefragt, wie er mit seinen sexuellen Bedürfnissen klargekommen war, als ich im Krankenhaus lag. Und wie er jetzt mit ihnen klarkam, denn er zeigte keinerlei Interesse an mir.

Einen Augenblick lang sah ich mein Leben von außen und bekam es mit der Angst. Acht Monate ohne Sex waren in einer Ehe eine lange Zeit. In einer zwanzig Jahre alten Beziehung erwartete man nicht, dass man sich gegenseitig ständig die Klamotten vom Leib riss, überall gab es Dürrezeiten, trotzdem – acht Monate waren eine lange Zeit.

Vielleicht hatte Ryan ja eine Affäre? Manchmal dachte ich, vielleicht mit Clarissa. Aber Ryan war so oft schlecht gelaunt – wenn er mich betrog, hätte er dann kein schlechtes Gewissen und würde mich hin und wieder mit Blumen und Zärtlichkeit überraschen?

Im Moment war die Verbindung zwischen mir und Ryan abgerissen. Ich hatte es mit unserer Nacht im Hotel versucht, aber das war bekanntermaßen grandios in die Hose gegangen.

Und jetzt saß ich hier in meinem Auto, und es war nach vier. Ich sollte aussteigen, war aber vor Angst wie gelähmt.

Es bestand die Möglichkeit, dass ich, wenn ich ausstieg und das Gebäude dort betrat, in ein neues Leben eintreten würde. Oder wenigstens mein altes verlassen würde.

Ich erlaubte mir die Fantasie, dass ich eine Beziehung mit Mannix Taylor hätte und in einem schönen Haus wohnte, dass ich das Sorgerecht für Betsy und Jeffrey hätte, die Mannix liebten, so wie er sie liebte, und dass Ryan mit dieser Regelung einverstanden wäre und wir alle gute Freunde wären.

Sicher, irgendwie müsste ich mit Mannix' extravaganten

Schwestern und seinen spielsüchtigen Eltern zurechtkommen, und Georgie wäre auch schwierig, aber ein perfektes Leben gibt es nicht, oder?

Aber was wäre, wenn ich jetzt hineinginge, in Mannix Taylors Behandlungsräume, und es würde zwischen uns funken, und wir hätten eine heftige Affäre, die drei Wochen dauerte – so kurz, dass sie bedeutungslos war, aber lang genug, um meine Familie gänzlich zu zerstören? Das war keine schöne Aussicht.

Es war sieben Minuten nach vier. Ich hatte mich verspätet. Er würde denken, dass ich nicht mehr kommen würde.

Ich stellte mir die Frage, was mit mir war – langweilte ich mich? Gingen alle Menschen in ihrer Ehe durch eine solche Phase? Wollte jeder einmal etwas Neues ausprobieren?

Eins wusste ich mit Sicherheit: Man hatte nur das eine Leben. Ich erinnerte mich an meine Gedanken in der ersten Nacht im Krankenhaus, als ich dachte, ich würde sterben: Man hat nur dieses eine Leben, und man sollte versuchen, es so glücklich wie möglich zu führen.

Aber manchmal war man nicht Herr über sein Leben: Ich hatte Verantwortung. Ich war verheiratet und hatte zwei Kinder.

Ich liebte Ryan. Das glaubte ich wenigstens. Aber auch, wenn ich ihn nicht mehr liebte, konnte ich doch meine Familie nicht zerstören. Betsy und Jeffrey hatten eine schreckliche, zermürbende Zeit durchgemacht, als ich im Krankenhaus war. Im Buch des Lebens stand ich in ihrer Schuld. Vielleicht für den Rest meines Lebens.

Ich müsste etwas anderes finden, womit ich die Lücke füllen konnte, statt mich nach Mannix Taylor zu verzehren. Vielleicht konnte ich mir ... ein neues Interessengebiet zulegen. Ich konnte mich dem Buddhismus zuwenden. Oder zu meditieren anfangen. Oder es mit Dressurreiten versuchen?

Ich sah zu dem Eingang der Klinik hinüber und stellte mir vor, Mannix käme heraus, eilte auf mein Auto zu und sagte, ich müsse mit ihm zusammen sein. Aber dann dachte ich: Warum würde einer wie er mit jemandem wie mir zusammen sein wollen?

Viertel nach vier. Ich schloss einen Pakt mit mir ab – ich würde bis sieben zählen, und wenn Mannix bis dahin nicht rausgekommen war, würde ich wegfahren.

Ich zählte bis sieben, und obwohl jede Menge Menschen aus dem Gebäude kamen – es war Freitagnachmittag, viele Mitarbeiter hatten Feierabend –, war Mannix Taylor nicht darunter.

Ich würde noch ein zweites Mal bis sieben zählen, beschloss ich. Aber auch diesmal kam er nicht heraus.

Na gut, ein drittes Mal. Als ich das achte oder gar neunte Mal bis sieben gezählt hatte, drehte ich den Schlüssel im Anlasser und fuhr nach Hause.

Das Haus war leer. Jeffrey war auf einer Rugby-Klassenfahrt, und Betsy verbrachte die Nacht bei Amber. Sie war tatsächlich bei Amber und nicht mit Tyler zusammen, das hatte ich mit Ambers Mutter geklärt.

Und wo war Ryan? Ich hatte den ganzen Tag nicht von ihm gehört, ich ging also davon aus, dass er bei der Arbeit war.

Ich machte eine Flasche Wein auf und versuchte zu lesen, konnte mich aber nicht konzentrieren. Ich überlegte, Karen oder Zoe anzurufen, wusste aber nicht, wie ich meine verworrenen Gefühle ausdrücken sollte.

Es war schon fast zehn, als Ryan nach Hause kam, er ging gleich nach oben. Ich hörte seine Schritte, dann die Dusche, und dann kam er nach unten ins Wohnzimmer. »Haben wir Wein?«, fragte er und stierte auf das Telefon in seiner Hand. Ich gab ihm ein Glas und fragte: »Wie war dein Tag?«

»Mein Tag«, sagte er, ohne den Blick von seinem Handydisplay abzuwenden, »war voll beschissen.«

»Warum?«

Er schrieb eine SMS und sagte: »Alle meine Tage sind voll beschissen. Ich finde mein Leben grässlich.«

Mir sträubten sich die Haare im Nacken. »Was findest du daran so grässlich?«

»Alles. Meinen Job. Die Badezimmer. Die Typen, mit denen ich zu tun habe. Die Lieferanten, die mir das Geld ab-

knöpfen. Meine Kunden mit ihren abwegigen Ideen. Es ist ...«
Sein Handy klingelte, er sah auf die Nummer und sagte voller Hohn: »Verpiss dich. Mit dir rede ich nicht.« Er warf das Handy aufs Sofa, und nach einer Weile hörte es auf zu klingeln.

Ryans Tiraden über seine Arbeit waren mir vertraut, aber an dem Tag war es anders, weil ich mein ausgedachtes Leben mit Mannix Taylor aufgegeben hatte, um bei Ryan zu bleiben.

Auf dem Parkplatz vor der Klinik waren viele Gefühle in mir aufgerührt worden. Ich hatte geglaubt, ich hätte sie gut verstaut, aber durch Ryans Unmut drängten sie wieder in den Vordergrund. Plötzlich ließ ich alle Vorsicht fahren.

»Was ist mit den Kindern?«, fragte ich Ryan. »Machen die dich glücklich?«

Zum ersten Mal, seit er nach Hause gekommen war, sah er mich richtig an. Er schien perplex. »Wie kommst du denn darauf? Jeffrey ist eine grässliche Nervensäge. Und Betsy – diese grauenhafte Munterkeit. Jedenfalls bevor dieser Scheiß mit Tyler anfing. Ich meine, ich hab sie lieb, aber sie machen mich nicht glücklich.«

Dann sagte ich: »Und was ist mit mir?«

Plötzlich war eine Wachsamkeit in seinem Blick. »Was soll mit dir sein?«

»Mache ich dich glücklich?«

»Natürlich.«

»Ich meine, wirklich? Mache ich dich wirklich glücklich? Setz dich, Ryan.« Ich klopfte auf das Sofa. »Und bevor du antwortest, möchte ich eins sagen: Man hat nur das eine Leben.«

Er nickte, als wäre er auf der Hut. »Wie meinst du das?«

»Ich meine, man sollte versuchen, glücklich zu sein. Deshalb frage ich dich, Ryan: Mache ich dich glücklich?«

Nach einer sehr langen Pause sagte er: »Wenn du es so sagst ... nein. Du machst mich nicht glücklich. Ich meine«, fügte er schnell hinzu, »du machst mich auch nicht unglücklich. Weder so noch so.«

»Verstehe.«

»Du hättest nicht krank werden dürfen«, sagte er mit plötzlich aufwallendem Zorn. »Dadurch ist alles den Bach runtergegangen.«

»Kann sein.«

»Mit Sicherheit.«

So ehrlich hatten wir seit Jahren nicht miteinander geredet.

»Ich weiß, dass du mich nicht gefragt hast«, sagte ich, »aber du machst mich auch nicht glücklich.«

»Ach so?« Er schien verwundert. »Warum nicht?«

»Es ist einfach so.«

»Aber ...«

»Ich weiß. Du bist ein guter Mann. Und du hast zu mir gehalten in der Zeit, als ich im Krankenhaus war. Du bist großartig.« Ich wusste nicht, ob ich aufrichtig war. In gewisser Weise schon.

»Und ...«

»Ich weiß. Du hast sogar Tampons für Betsy gekauft. Das würden nicht viele Väter tun.«

Ein paar Sekunden verstrichen, dann sagte er: »Was sollen wir jetzt tun?«

Selbst als ich es aussprach, konnte ich kaum glauben, was ich da sagte: »Ich vermute, wir werden uns trennen.«

Er schluckte. »Das kommt mir ein bisschen ... extrem vor.«

»Ryan, wir schlafen nicht miteinander. Wir sind wie Freunde ... die nicht besonders nett zueinander sind.«

»Ich bin nett zu dir.«

»Nein, das stimmt nicht.«

»Großer Gott, Stella, ich weiß nicht, könnten wir nicht zur Eheberatung gehen?«

»Möchtest du zu einer Eheberatung gehen?«

»Nein.«

»Also.«

»Aber dann bin ich doch einsam.«

»Du wirst eine andere Frau kennenlernen. Du siehst gut aus, du hast einen guten Job, du bist sehr begehrenswert.«

Eine seltsame Dynamik kam zwischen uns auf, und das war der Moment, da ich ihn fragen konnte, ob er mich je betrogen hatte. Aber ich wollte es nicht wissen. Es war nicht mehr wichtig.

»Ich bin einundvierzig«, sagte er.

»Einundvierzig ist heute jung.«

»Und ich brauche einen bestimmten Typ von Frau«, sagte er. »Eine, die versteht, dass ich Künstler bin. Ich meine, es soll nicht so klingen, als ginge es nur um mich, aber ...«

»Mach dir keine Sorgen. Es gibt Millionen von geeigneten Frauen.«

»Und was ist mit den Kindern?«

Ich schwieg. Das war meine größte Sorge. »Sie werden sehr unglücklich sein. Oder aber auch nicht.« Plötzlich war ich mir nicht mehr so sicher. »Vielleicht sollten wir warten. Bis sie ein bisschen älter sind. Bis Jeffrey achtzehn ist?«

»Über zwei Jahre? Äh, nein, Stella. Es heißt, in einem lieblosen Haushalt aufzuwachsen ist für Kinder genauso schlimm, wie geschiedene Eltern zu haben.« Lieblos? Wir bewegten uns immer tiefer auf unbekanntes Terrain hinaus.

»Wer kriegt das Sorgerecht?«, fragte er.

»Wir würden es teilen, denke ich. Oder willst du das alleinige Sorgerecht?«

»Soll das ein Witz sein?«, rief er aufgeschreckt. Dann sagte er ruhiger: »Nein, wir teilen das. Es kommt mir verrückt vor, dass wir über das alles sprechen.« Er sah sich im Zimmer um. »Passiert das gerade wirklich?«

»Ich weiß, was du meinst. Ich habe das Gefühl, in einem Traum zu sein. Aber ich weiß, dass es wirklich passiert.«

»Als ich heute Morgen in dem Hotel aufgewacht bin, da hatte ich keine Ahnung, dass wir heute Abend … Ich dachte, alles wäre in bester Ordnung. Oder«, schränkte er ein, »ich habe an solche Sachen nicht gedacht. Wie machen wir das mit dem Geld?«

»Ich weiß es nicht. Ich habe nicht auf alles eine Antwort. Wir haben ja gerade erst die Entscheidung getroffen. Aber wir haben es besser als viele andere. Wir haben das Haus in Sandycove.« Plötzlich schien die Tatsache, dass wir keine Mieter finden konnten, wie eine göttliche Bestätigung für unsere Trennung.

»Wenn du sagst, dass wir uns trennen«, sagte er, »meinst du, wir sollen uns scheiden lassen?«

»Ich denke schon.«

»Heilige Scheiße!« Er atmete schwer aus. »Nicht erst mal zur Probe?«

»Das können wir auch machen, wenn dir das lieber wäre.«

Er dachte einen Moment darüber nach. »Ah, nein, am besten, wir machen es richtig. Was soll das Hin und Her. Ich meine, die anderen machen es ja auch.« Es stimmte, dass in den letzten Monaten mehrere Paare in unserem Bekanntenkreis beschlossen hatten, sich scheiden zu lassen. »Ein bisschen so wie vor ein paar Jahren, als plötzlich alle Ferienwohnungen in Bulgarien gekauft haben. Hat mit dem Zeitgeist zu tun, oder?«

»Vielleicht.« Unfassbar!

»Spricht für uns, dass wir so zivilisiert sind«, sagte er. »Nicht wie bei Zoe und Brendan.«

Ich nickte.

»Anscheinend bist du nicht traurig.« Plötzlich klang Ryan vorwurfsvoll.

»Ich stehe unter Schock.« Wer weiß. »Bestimmt macht es mich auch traurig. Bist du denn traurig?«

»Ein bisschen schon. Soll ich heute Nacht auf dem Sofa schlafen?«

»Das ist nicht nötig.«

»Sollen wir noch ein bisschen den Fernseher anschalten?«

»Meinetwegen.«

Wir sahen eine Zeit lang fern, dann, gegen halb zwölf, gingen wir zu Bett. Ryan zog sich verschämt aus und vermied es, sich nackt zu zeigen.

Als wir unter der Decke lagen, sagte er: »Sollen wir miteinander schlafen, aus alter Freundschaft?«

»Mir wäre es lieber, wir würden es lassen.«

»Okay, mir auch. Aber wir kuscheln ein bisschen, oder?«

»Okay.«

Am nächsten Morgen sagte er gleich nach dem Aufwachen: »Habe ich das geträumt? Wollen wir uns wirklich scheiden lassen?«

»Wenn du einverstanden bist.«

»Okay. Soll ich ausziehen?«

»Einer von uns wird es wohl müssen.«

»Vielleicht besser, wenn ich das bin. Ich ziehe in das andere Haus.«

»Okay. Heute?«

»Mann, ich habe noch nicht mal einen Kaffee getrunken. Wieso bist du eigentlich so ruhig?«

»Weil es schon lange vorbei ist zwischen uns.«

»Und warum haben wir das nicht gemerkt?«

Ich dachte nach. »Du weißt doch, dass man das Licht von den Sternen sehen kann, obwohl sie schon lange erloschen sind? So sind wir auch.«

»Das hast du sehr poetisch gesagt, Stella. Lange erloschen? So schlimm? Oje!« Er rollte sich auf den Rücken. »Na, wenn ich schon kein Star bin, dann wenigstens ein Stern!«

Gerade als Karen und ich am Montagmorgen den Laden vorbereiteten, hörten wir jemanden die Treppe zum Salon hochkommen.

»Jetzt schon?«, sagte ich. »Da hat es jemand eilig.«

Karen sah den Ankömmling als Erste, und ihr Gesicht nahm einen verschlossenen, unfreundlichen Ausdruck an. »Was kann ich für Sie tun?«

Er war's. Mannix Taylor. Nicht in seinem Arztkittel, sondern in dem edlen grauen Mantel, den er am Tag unserer ersten Begegnung getragen hatte, als mein Auto in seines gekracht war.

»Kann ich Stella sprechen?«, fragte er.

»Nein«, sagte Karen.

»Ich bin hier.«

Er sah mich, und als unsere Blicke sich trafen, wurde mir schwindlig.

»Was war am Freitag mit Ihnen los?«, fragte er.

»Ich ... also ...«

»Ich habe bis neun Uhr gewartet.«

»Oh.« Ich hätte ihn anrufen sollen. »Das tut mir leid.«

»Können wir miteinander reden?«

»Ich muss arbeiten.«

»Haben Sie eine Mittagspause?«

»Nimm sie jetzt«, sagte Karen. Sie klang verärgert. »Sprecht euch aus. Aber denken Sie dran, Mister.« Sie trat zwischen mich und Mannix Taylor. »Sie ist verheiratet.«

»Na ja«, sagte ich entschuldigend, »Ryan und ich haben gerade beschlossen, uns zu trennen.«

Karen wurde blass. Ich hatte sie noch nie so verdattert erlebt. »Was? Wann denn?«

»Am Wochenende. Gestern Abend ist er ausgezogen.«
»Und du hast mir nichts erzählt?«
»Das wollte ich gerade.«

Sie gewann ihre Fassung erstaunlich schnell wieder. »Dass ihr euch das klarmacht.« Sie sah erst Mannix, dann mich mit zusammengekniffenen Augen an. »Ihr beide und eure kleine Krankenhausromanze, die spielt sich nur im Kopf ab. Im wirklichen Leben passt ihr nicht zueinander.«

Als wir in den kalten Märzmorgen traten, schlug ich vor, zum Pier zu gehen. Wir setzten uns auf eine Bank und betrachteten die Boote, und ich fragte: »Was ist los? Warum kommen Sie zu mir in den Salon?«

»Warum haben Sie einen Termin mit mir vereinbart und sind dann nicht erschienen?«

»Ich hatte gehört, dass Sie und Ihre Frau sich trennen …«
»Das stimmt.«
»Das tut mir leid.«
»Ist schon gut.«
»Ich wollte Sie sprechen. Aber dann hatte ich Schiss.«

»Verstehe.« Nach einer Pause sagte er: »Ist es nicht seltsam, dass wir miteinander sprechen, statt dass Sie sich mit Zwinkern verständigen?«

»Ja.« Mir war es gerade erst bewusst geworden, dass wir uns ganz normal miteinander unterhielten. »Wir konnten das mit dem Zwinkern sehr gut.« Mit einem Mal war ich das ganze Herumschleichen leid, und ich platzte heraus: »Sagen Sie mir, was da war. Mit uns. Im Krankenhaus. Ich habe es mir doch nicht eingebildet, oder?«

»Nein.«

»Dann erklären Sie es mir.«

Er starrte aufs Meer hinaus und schwieg, dann sagte er: »Es gab eine Verbindung zwischen uns. Ich weiß nicht, wie es dazu kam, aber Sie wurden im Lauf der Wochen ... der Mensch, den ich am meisten mochte. Der Besuch bei Ihnen war der hell leuchtende Teil meines Tages, und wenn die Zeit um war, erlosch auch das Licht.«

Ookay ...

»Zu Hause haben Georgie und ich versucht, ein Kind zu bekommen. Wir hatten kein Glück mit der künstlichen Befruchtung, aber auch ohne Kinder wollte ich das Beste für Georgie und mich. Andererseits konnte ich ihr nicht mit ganzem Herzen beistehen, solange ich an Sie im Krankenhaus dachte. Deshalb konnte ich nicht mehr Ihr Arzt sein. Es tut mir leid, dass ich das nicht erklärt habe. Wenn ich das versucht hätte, wäre nur noch mehr rausgekommen, es hätte alles schlimmer gemacht.«

»Und was ist dann passiert?«

»Insgesamt haben wir es sechsmal mit künstlicher Befruchtung versucht, ohne Erfolg. Und Georgie und ich haben uns immer weiter voneinander entfernt. Vor fünf Monaten bin ich ausgezogen. Wir haben die Scheidung eingereicht. Georgie hat einen neuen Freund, den sie zu mögen scheint.«

»Und gibt es heftige Auseinandersetzungen und Verbitterung und so?«

Er lachte. »Nein. Ein Zeichen, dass es wirklich vorbei ist. Wir schreien uns nicht an. Man könnte sagten, wir sind ... Freunde.«

»Wirklich? Das ist gut.«

»Wir kennen uns seit unserer Kindheit, unsere Eltern waren befreundet, und ich glaube, wir werden immer Freunde bleiben. Aber was ist mit Ihnen und Ryan?«

»Er ist ausgezogen, und wir haben es den Kindern gesagt. Aber ich kann es noch nicht richtig fassen. Es ist unfassbar.«

»Lieben Sie ihn noch?«

»Nein. Und er liebt mich nicht. Aber das ist okay.« Ich stand auf. »Ich muss in den Salon zurück. Danke, dass Sie gekommen sind. Danke, dass Sie mir alles erklärt haben. Es war nett, Sie zu sehen.«

»Nett?«

»Nicht nett. Eher sonderbar.«

»Stella, setzen Sie sich einen Moment, bitte. Können wir uns treffen?«

Ich saß auf der Kante und sagte einigermaßen ungehalten: »Was wollen Sie von mir?«

»Was wollen Sie von *mir*?«, fragte er zurück.

Ich musterte ihn überrascht. Ich wollte die Haut an seinem Hals riechen, wurde mir bewusst. Ich wollte sein Haar berühren. Ich wollte …

»Beantworten Sie mir eine Frage«, sagte ich. »Und seien Sie bitte ehrlich. Ich bin nicht Ihr Typ, richtig?«

»Ich gehe nicht nach Typ.«

Ich starrte ihn unverwandt an.

»Nein«, gab er dann zu. »Vermutlich nicht.«

»Und die Verbindung, die wir im Krankenhaus hatten …«

»Und bei dem Unfall«, sagte er. »Da haben wir uns auch ohne Worte verständigt.«

»Aber im Krankenhaus, der Zustand, in dem ich war, mit den ganzen Schläuchen, und mein Haar ungewaschen und ich ohne Make-up, da fanden Sie mich doch nicht attraktiv?«

»Nein.«

Oh.

»Schlimmer«, sagte er. »Ich glaube, da habe ich mich in Sie verliebt.«

Ich sprang auf und entfernte mich ein paar Schritte von Mannix Taylor. Ich war schockiert, dann erregt, und im nächsten Moment fragte ich mich, ob er vielleicht geistig verwirrt war. Ich meine, was wusste ich denn über ihn? Vielleicht hatte er Wahnvorstellungen oder Ausfälle oder was immer Geisteskranke eben so hatten.

»Ich muss wieder zur Arbeit«, sagte ich.

»Aber ...«

»Nein!«

»Bitte ...«

»Nein!«

»Können wir uns wiedersehen?«

»Nein!«

»Morgen in der Mittagspause?«

»Nein!«

»Morgen um eins bin ich hier. Ich bringe Sandwiches mit.«

Ich eilte in den Salon, wo Karen mich wie ein hungriger Hund anfiel.

»Ich habe Ryan angerufen«, sagte sie aufgelöst. »Er sagt, es stimmt, ihr habt euch getrennt. Ich habe ihm nicht erzählt, dass Mannix Taylor hier war. Warum soll er sich mit etwas unglücklich machen, das nicht wieder passieren wird? Also, was läuft hier?«

Um sechs Uhr am Abend zuvor hatten Ryan und ich an unserem Küchentisch das folgenschwere Gespräch geführt, das unsere kleine Familie auseinanderriss. Wir hatten uns mit einem Nicken verständigt, dann baten wir Betsy und Jeffrey, ihre elektronischen Geräte abzuschalten und sich zu uns zu setzen. Sie merkten sofort, dass es um etwas Ernstes ging, denn es kam keinerlei Gemurre von ihnen.

Ich fing an und sagte: »Euer Vater und ich, wir haben euch sehr lieb.«

»Aber ...«, sagte Ryan. Ich wartete, dass er fortfahren würde, aber er schwieg, also war es an mir.

»Euer Dad und ich, wir haben beschlossen ...« Ich brachte es kaum über die Lippen. »... uns zu trennen.«

Es war mucksmäuschenstill. Jeffrey sah aus, als wäre ihm übel, aber Betsy blieb die Ruhe selbst. »Ich wusste, dass irgendwas schiefläuft«, sagte sie.

»Wirklich? Wie das?« Dann fielen mir die kleinen Aufmunterungsreden ein, die sie im Krankenhaus gehalten hatte – dass meine Krankheit Ryan und mich wieder mehr zusammenbringen würde.

»Das ist alles deine Schuld!«, brüllte Jeffrey los. »Du hättest nicht diese blöde Krankheit bekommen sollen!«

»Das habe ich ihr auch gesagt«, stimmte Ryan ihm zu.

»Es war schon lange vor der Krankheit nicht mehr gut«,

sagte Betsy. »Mom hatte nie die Möglichkeit, sich neben dir zu behaupten. Bei euch ging es immer nur um Dad. Es tut mir leid, Dad, ich hab dich sehr lieb, aber Mom hat immer die zweite Geige gespielt.«

Ich war erstaunt. Noch vor wenigen Tagen war Betsy meine kleine Tochter, die mit mir nicht über Verhütung sprechen wollte, und jetzt saß eine junge Frau vor mir, die mehr über meine Ehe wusste als ich selbst.

»Wollt ihr euch scheiden lassen?«, fragte sie.

»Das dauert sehr lange, man muss fünf Jahre warten. Aber wir werden die Scheidung einreichen.«

»Braucht ihr dazu Anwälte?«, fragte Jeffrey.

»Wir werden uns über alles einigen.«

»Zieht Dad aus?«, fragte Jeffrey.

Ich sah Ryan an, er sah mich an. Passierte das alles gerade wirklich? »Ja«, sagte ich dann. »Dad zieht in das Haus in Sandycove.«

»Und bei wem wohne ich?«

»Bei wem möchtest du wohnen?«

»Du sollst mich das nicht fragen. Du sollst mir sagen, wie es ist. Ihr seid die Eltern.« Er klang, als würde er gleich zu weinen anfangen. »Ich will bei keinem von euch wohnen. Ich hasse euch alle beide. Dich besonders, Mom.« Er schob seinen Stuhl zurück und wollte zur Tür.

In der Sekunde beschloss ich, bei Ryan zu bleiben. Ich hatte schreckliche Angst vor dem, was wir entfesselt hatten. Das durften wir unseren Kindern nicht antun.

»Bitte, Jeffrey. Warte. Wir können noch mal überlegen.«

Ryan wirkte plötzlich sehr beunruhigt.

»Das geht nicht«, sagte Jeffrey. »Jetzt habt ihr es gesagt. Ihr könnt nicht so tun, als wäre alles in Ordnung, wenn es nicht so ist.«

»Recht hast du«, sagte Ryan ein bisschen zu schnell. »Ich weiß, dass es schwer für dich ist, mein Junge, aber das Leben ist einfach manchmal hart.«

Langsam setzte Jeffrey sich wieder.

»Wir trennen uns«, sagte Ryan. »Aber ihr müsst verstehen, dass wir euch lieb haben. Das ist ganz wichtig.«

»Wann ziehst du aus?«, fragte Jeffrey an Ryan gewandt.

»Tja ... heute Abend. Aber das muss nicht sein. Ich kann warten, bis du so weit bist.«

»Wenn du ausziehst, dann kannst du auch gleich ausziehen.« Jeffrey hörte sich an, als sage er den Text aus einer Seifenoper auf. »Hast du eine Freundin?«

Ich sah Ryan genau an. An der Antwort war ich sehr interessiert.

»Nein.«

»Wirst du sie heiraten und neue Kinder bekommen und uns vergessen?«

»Nein! Wir sehen uns genauso oft wie jetzt.«

»Also praktisch nie.«

Da hatte Jeffrey recht.

»Wir sind trotzdem eine Familie«, sagte ich. »Eine liebevolle Familie. Du und Betsy, ihr seid für uns die wichtigsten Menschen, und das wird immer so bleiben. Wir sind immer für euch da, was auch geschieht.«

»Richtig. Immer für euch da, egal was. Gut, das wär's dann!«, sagte Ryan in einem Ton, als wolle er eine Sitzung, die schon viel zu lange dauerte, zu Ende bringen. »Es ist traurig, aber wir werden es überstehen. Richtig?«

Er stand auf. Offensichtlich war unser Familiengespräch beendet.

»Ähm ...«, sagte Ryan zu mir. »Hilfst du mir, ein paar Sachen zusammenzupacken?«

Ich packte seinen Rollkoffer mit genügend Kleidung für die nächsten Tage. Wir hatten beschlossen, dass er seine Sachen nach und nach im Lauf der nächsten Wochen holen würde. Wir wollten keinen dramatischen Auszug mit einem Umzugswagen.

Als er ging, war es fast so, als würde er ein paar Tage beruflich verreisen und alles wäre so wie immer, als hätte es nicht diesen unglaublichen Bruch in unserem Leben gegeben.

Jeffrey ging ins Bett, und ich hörte ihn weinen, aber als ich an seine Tür klopfte, schrie er mit tränenerstickter Stimme, ich solle verschwinden.

Irgendwann ging ich auch ins Bett, aber ich konnte nicht schlafen.

Ich hatte ungezählte Nächte allein in unserem Bett verbracht, wenn Ryan geschäftlich unterwegs war, und theoretisch war es jetzt nicht anders. Aber alles war verändert, eine große Traurigkeit drückte mich nieder. Ich erinnerte mich, wie jung ich gewesen war, als ich Ryan kennenlernte – damals war ich siebzehn, so alt wie Betsy jetzt. Ryan und ich hatten dieselben Freunde, und obwohl ich mit ein paar Jungen gegangen war und er ein paar Freundinnen hatte, war ich immer an ihm interessiert gewesen. Er sah nicht nur gut aus, er war auch begabt, und als er auf die Kunstakademie ging, dachte ich, ich hätte ihn für immer an die dortigen Studentinnen verloren.

Aber so war es nicht. Er blieb mit seinen alten Freunden im Kontakt, und schließlich kamen wir uns näher, bis wir uns ineinander verliebten. Es war anders als die anderen Flirts: Es war echt, es war ernst, es war erwachsen.

Ich war verrückt nach ihm, ich war hoffnungslos verliebt, und als mir wieder einfiel, wie ernst es mir mit dem Eheversprechen gewesen war, weinte ich hemmungslos.

Gegen ein Uhr in der Nacht rief Ryan an. »Wie geht es dir?«, fragte er.

»Ich bin so traurig ...«

»Eins muss ich wissen«, sagte er. »Damals haben wir uns geliebt, oder?«

»Wir haben uns richtig geliebt.«

»Und wir lieben uns immer noch? Irgendwie? Nur anders?«

»Ja«, sagte ich rau. »Nur anders.«

Wir legten auf, und ich weinte noch mehr.

»Mom?« Das war Betsy an meiner Tür.

Sie kam auf Zehenspitzen ins Zimmer, kroch neben mir ins Bett und kuschelte sich an mich. Und irgendwann schlief ich ein.

Am Dienstagmorgen sah ich im Terminkalender nach: Um ein Uhr hatte ich keine Kundin.

»Kann ich heute um eins Mittagspause machen?«, fragte ich Karen.

»Bist du des Wahnsinns? Da herrscht hier Hochbetrieb.«

»In Ordnung«, lenkte ich ein. Wir würden ja sehen.

Während ich auf die Kundin um zehn wartete, verpasste ich mir selbst eine Pediküre. Konzentriert trug ich die Hornhaut ab, und Karen sah mir aus schmalen Augen zu.

»Das ist eine Menge Arbeit. Sieh zu, dass du es auch richtig berechnest.«

»Ich bin Mitbesitzerin in diesem Salon, Karen. Ich bin mit unserem System vertraut.«

»Es wird alles ganz schrecklich enden.«

»Was genau?«

»Das mit dir und Mannix Taylor.«

»Mit mir und Mannix Taylor ist nichts.«

»Du hast völlig den Verstand verloren. Dich einfach so von Ryan zu trennen.«

»Zwischen mir und Ryan ist es schon lange vorbei.«

»Vor Freitag war alles bestens. Bis du gehört hast, dass Mannix Taylor nicht mehr mit seiner Frau zusammen ist.«

»Welche Farbe soll ich für meine Fußnägel nehmen?«

Sie schnalzte mit der Zunge und verließ den Raum.

Als um Viertel nach eins noch keine Laufkundschaft gekommen war, nahm ich meinen Mantel und sagte zu Karen: »Ich gehe jetzt.« Dann rannte ich die Treppe hinunter, bevor sie mich aufhalten konnte. Keine Ahnung, ob er noch da wäre.

Als ich ihn auf der Bank sah, den Blick aufs Meer gerichtet, fühlte es sich an wie ein Hieb auf die Brust. Ich war so atemlos wie mit vierzehn, bei meinem allerersten Date. Es war schrecklich.

Er hörte meine Schritte und sah mich. In seinem Blick lag Dankbarkeit.

»Sie sind gekommen«, sagte er.

»Sie haben gewartet«, gab ich zurück.

»Ich warte ohnehin schon so lange auf Sie«, sagte er. »Was ist da eine halbe Stunde?«

»Sagen Sie so was nicht.« Ich hockte mich auf die Bankkante. »Das klingt so ... gelackt.«

»Ich habe Sandwiches dabei.« Er zeigte auf eine braune Papiertüte. »Wie wär's mit einem Spiel?«

Wir sahen uns verwundert in die Augen und schluckten heftig.

Ich räusperte mich und sagte: »Was für ein Spiel?«

»Wenn ich ein Sandwich mit Ihrem Lieblingsbelag dabeihabe, treffen wir uns morgen wieder.«

»Ich esse gern Käse«, sagte ich wachsam. Ich befürchtete, er hätte Truthahn mit Preiselbeeren gekauft, was mir besonders zuwider war.

»Welche Sorten Käse?«, fragte er.

»Alle Sorten.«

»Sagen Sie schon. Welches ist Ihre Lieblingssorte?«

»Mozzarella.«

»Ich habe Ihnen Mozzarella mit Tomate gebracht.«

»Das esse ich am liebsten«, stammelte ich. »Woher wussten Sie das?«

»Weil ich Sie kenne«, sagte er. »Ich kenne Sie wirklich.«

»Herr im Himmel«, murmelte ich und drückte mir die Hand auf die Augen. Das war irgendwie zu viel.

»Allerdings«, sagte er leichthin, »habe ich acht Sandwiches gekauft. Da musste ja eins dabei sein, das Sie gern essen würden. Aber bloß weil ich mich versichert habe, dass auch das Richtige dabei ist, spricht ja nichts gegen meine Absicht. Wie man es auch betrachtet, Sie müssen sich morgen wieder mit mir treffen.«

»Warum? Was wollen Sie von mir?« Mir war nach Heulen zumute. Vor fünf Tagen noch war ich eine glücklich verheiratete Frau in einer langjährigen Ehe.

»Ich will …« Er sah mir in die Augen. »Sie. Ich will, Sie wissen schon. Das Übliche.«

»Das Übliche!«

»Ich möchte Sie auf Rosenblätter betten. Ich will Sie mit Küssen bedecken.«

Darauf fiel mir nichts ein. »Ist das aus einem Song?«

»Es könnte Bon Jovi sein. Aber trotzdem möchte ich das gern tun.«

»Und wenn Sie ein Perverser sind, der mich nur stumm und gelähmt attraktiv findet?«

»Das finden wir bald heraus.«

»Und wenn ich anfange, Sie zu mögen?« Dafür war es jetzt schon zu spät. »Mal im Ernst, machen Sie so etwas öfter?«

»Was? Dass ich mich in meine Patientinnen verliebe? Nein.«

»Und sind Sie pervers?«

Nach einer Weile sagte er: »Ich weiß nicht, ob das zählt, aber ich nehme Antidepressiva.«

»Wogegen?«

»Gegen Gicht.« Er lachte, und ich sah ihn an.

»Gegen Depression«, sagte er. »Leichte Depression.«

»Das ist nicht komisch. Was für eine Depression? Manische?«

»Einfach gewöhnliche Depression. Wie sie jeder hat.«

»Ich nicht.«

»Vielleicht mag ich Sie deshalb.«

»Ich muss wieder zur Arbeit.«

»Nehmen Sie Ihrer Schwester ein Sandwich mit. Es sind noch sechs übrig. Greifen Sie zu.« Er ließ mich in die braune Tüte sehen, die tatsächlich voller Sandwiches war. Ich nahm eins mit Roastbeef und Meerrettich und steckte es zu meinem ungegessenen in die Tüte.

»Wir sehen uns morgen«, sagte er.

»Nein.«

Als ich in den Salon kam, begrüßte mich eine sehr wütende Karen. »Wie geht es Mannix Taylor?«

»Er schickt dir ein Geschenk.« Ich lächelte in ihr finsteres Gesicht und gab ihr das Sandwich.

»Ich esse nichts mit Kohlehydraten.«

»Aber wenn doch, dann wäre Roastbeef mit Meerrettich dein Lieblingssandwich.«

»Woher wusste er das?« Ihr Interesse war trotz ihres Widerstands geweckt.

»So ist er eben.« Ich zuckte die Schultern, als wäre es nichts Besonderes.

*Er möchte mich auf Rosenblätter betten und meinen Körper mit Küssen bedecken*, sagte ich mir. Das hieß, ich sollte mich ans Werk machen. Ich behandelte die Bikinizone mit Laser und traktierte meine Oberschenkel eine entsetzliche halbe Stunde lang mit einem Anti-Cellulite-Gerät, dann sprühte ich mich – allen Sicherheitsvorschriften zum Trotz – von Kopf bis Fuß mit einem Bräunungsmittel ein.

Auch am Mittwoch war das Wetter trocken mit strahlend blauem Himmel, sehr ungewöhnlich für Irland. Aber kalt, bitterkalt. Doch ich merkte die Kälte nicht, obwohl ich meinen schicken, nicht wärmenden Mantel anhatte, den ich normalerweise nur trug, wenn ich vom Auto direkt ins Restaurant ging, gerade lange genug, dass die Leute sagen konnten: »Was für ein schicker Mantel!«

Auch diesmal kam ich fast eine halbe Stunde zu spät, aber er war da, er saß auf der Bank und blickte aufs Meer hinaus.

»Hier ist Ihr Sandwich«, sagte er.

Ich nahm es gleichmütig entgegen. Essen konnte ich es ohnehin nicht, seit Montag hatte ich kaum einen Bissen runterbekommen.

»Kann ich Sie ein paar Sachen fragen?«, sagte ich. »Zum Beispiel, wo wohnen Sie jetzt?«

»In Stepaside. In einer Mietwohnung. Georgie hat das Haus. So lange, bis alles, also, bis die Angelegenheit juristisch geklärt ist.«

»Und wo ist das Haus?«

»In der Leeson Street.«

Praktisch in der Innenstadt. Nicht in der ländlichen Abgeschiedenheit von Druid's Glen, wie ich es mir ausgemalt hatte. Die Details, die ich mir für ihn ausgedacht hatte.

»Kein anderer hat mit mir gesprochen«, sagte ich. »Sie waren der Einzige, der mich wie ein lebendes Wesen behandelt hat.« Dann fiel mir ein: »Außer Roland. Wie geht es ihm?«

»Sehr gut. Er arbeitet. Er zahlt seine Schulden ab. Er kauft keine zwölf Paar Schuhe auf einmal. Er spricht oft von Ihnen.«

Der reizende Roland. »Grüßen Sie ihn von mir.«

Aber als ich wieder daran dachte, welche Angst ich in den langen Wochen und Monaten im Krankenhaus ausgestanden hatte, wallte in mir ein irrationaler Zorn gegen Mannix auf. »Ich war wie eine Gefangene.«

Er sah mich erstaunt an, und ich sagte an seiner Stelle: »Das stimmt.«

»Aber ...«

»Und Sie waren mein Gefängniswärter, der Barmherzige, der mir Brotscheiben unter der Tür durchschiebt.« Plötzlich war ich wütend. »Ich war verletzlich. Das haben Sie ausgenutzt. Ich gehe jetzt.«

Ich sprang auf, auch er stand auf.

»Morgen?«, fragte er angespannt.

»Nein. Mit Sicherheit nicht. Vielleicht. Ich weiß nicht.« Ich rannte davon und geriet in einen Pulk magerer Jungen, die offensichtlich die Schule schwänzten.

Am Donnerstagmorgen sagte ich zu Karen: »Heute gehe ich nicht raus.«

»Gut«, sagte sie mit offensichtlicher Befriedigung.

»Du kannst heute freinehmen, ich kümmere mich um den Laden.«

»Ich nehme bestimmt nicht frei. Paul Rolles hat einen Termin für ein Ganzkörper-Waxing um eins.«

Ich sagte frohgemut: »Das kann ich übernehmen.«

»Er ist mein Kunde«, sagte Karen. »Er ist anständig, gibt üppige Trinkgelder und vertraut mir.«

»Überlass ihn heute mir, das Trinkgeld kriegst du trotzdem.«

»Meinetwegen.«

Um ein Uhr kam Paul herein, er zog sich aus und legte sich auf die Liege, und ich fing an, die Wachsstreifen von seinem

Rücken abzuziehen, und bei dem Gedanken, dass Mannix auf dem Pier saß und mit einem Sandwich auf mich wartete, war ich sehr zufrieden mit mir und meiner eisernen Willenskraft.

Ich unterhielt mich mit Paul, einem Katzenliebhaber, und gab die automatischen Antworten, die man als Kosmetikerin gibt: »Nein, tatsächlich?« »Kann das sein?« »Sie ist auf der Vorhangstange herumgeklettert?« »Das ist ja echt lustig.« »Was für eine verrückte Katze!«

Aber in Gedanken war ich nicht bei der Sache. Paul war groß und kräftig, und obwohl ich zügig arbeitete, dauerte es seine Zeit. Ich strich geschmolzenes Wachs auf seine Haut, drückte Leinenstreifen darauf und riss sie wieder ab, und dabei war ich innerlich zunehmend angespannt. »Wenn Sie Ihren Po ein wenig anheben könnten. Ich gehe jetzt zwischen Ihre ...« Wachs auftragen, Streifen draufdrücken, abreißen. Immer wieder, immer wieder.

Es war ungefähr zehn vor zwei, und ich näherte mich seinen Hoden von hinten, als ich es nicht mehr aushielt. »Es tut mir sehr leid, Paul, aber ich werde meine Schwester bitten, die Behandlung zu Ende zu führen.«

»Wie ...« Paul stützte sich auf den Ellbogen hoch, und mit dem nackten, kahlen Hintern in der Luft sah er sehr verletzlich aus.

»Karen?«

Sie saß am Empfangstisch auf ihrem Hocker.

»Karen.« Meine Stimme war schrill und wacklig. »Könntest du mich bitte ablösen und Paul fertig behandeln? Es ist alles fertig, außer dem, du weißt schon, letzten bisschen. Mir ist gerade eingefallen, dass ich dringend rausmuss.«

Ihre Augen funkelten vor Zorn, aber vor einem Kunden konnte sie nicht auf mich losgehen.

»Selbstverständlich«, sagte sie, wobei sich ihre Lippen kaum bewegten.

Ich zog mir schon den Mantel an. Auf der Treppe trug ich Lippenstift auf.

Es war schon fast zwei Uhr, und er war immer noch da.

»Und?«, sagte er.

»Ich bin gekommen.« Ich seufzte und legte meine Hände vors Gesicht. »Ich wollte nicht kommen. Ich kann nicht mehr da arbeiten. Ich muss mich übergeben. Es ist zu schrecklich.«

Er nickte.

»Für Sie ist es nicht schrecklich!«, sagte ich.

»Wie war es für mich, meinen Sie – hier zu warten und zu denken, Sie kommen nicht?«

»Machen Sie mir kein schlechtes Gewissen.«

»Entschuldigung.« Er berührte mein Haar. »Es ist so hübsch.«

»Finden Sie? Ich habe es heute Morgen gewaschen und das GHD benutzt.«

»GHD?«

»Ich bin Kosmetikerin«, sagte ich trotzig. »Willkommen in meiner Welt.«

Am Freitagmorgen fragte mich Karen: »Triffst du ihn heute wieder?«

»Es passiert ja nichts«, sagte ich abwehrend. »Wir sitzen nur da und unterhalten uns.«

»Wie lange wird das so gehen?«

»Immer so weiter.«

Aber natürlich war das unmöglich. Als ich später zu unserer Bank kam, sagte Mannix: »Kaum zu fassen, dieses Wetter, oder?«

»Reden wir jetzt über das Wetter?«, sagte ich giftig. Aber

ich sah zum Himmel auf – immer noch war er wolkenlos und strahlend blau, als hätte Gott es darauf abgesehen, Mannix und mich zusammenzubringen.

»Irgendwann wird es regnen«, sagte Mannix.

»Und dann?«

Bei dem bedeutungsvollen Ausdruck in seinen Augen rutschte ich ans Ende der Bank, weit weg von ihm. Er rutschte hinter mir her und umfasste mein Handgelenk. »Dann müssen wir uns woanders treffen.«

»Und?«

»Genau«, sagte er. »Und ... darüber nachdenken.«

Ich senkte den Blick auf meinen Schoß und sah Mannix dann von der Seite her an. Er meinte das Bett mit Rosenblättern und allem, was dazugehörte.

In dem Moment wurde meine Aufmerksamkeit auf etwas ganz anderes gelenkt – ich hatte jemanden gesehen, den ich kannte. Es war so unwahrscheinlich, dass ich glaubte, ich müsste es mir einbilden. Aber ich sah wieder hin und wusste es genau: Es war Jeffrey.

Entsetzt traf mein Blick auf seinen.

Ich stammelte: »Du musst doch in der Schule sein.«

Jeffrey sah von Mannix Taylor zu mir und brüllte: »Und du sollst eine richtige Mutter sein. Ich werde es allen erzählen!«

»Ich habe nichts gemacht!«

Jeffrey rannte mit wildem Blick davon. Ich sagte zu Mannix: »Ich muss gehen.«

»Sie haben dich gesehen«, brüllte Jeffrey. »Die anderen aus meiner Klasse.«

Welche anderen? Dann fiel es mir ein: die Gruppe von Teenagern, mit denen ich am Tag zuvor zusammengestoßen war. Am liebsten hätte ich geweint. Das waren Jungen aus Jeffreys

Klasse? Wie konnte man nur so viel Pech haben! Schweren Herzens wurde mit bewusst, dass meine bösen Taten immer ans Licht kommen würden. Ich empfand Scham. Scham und Trauer für Jeffrey. »Schatz, es tut mir leid. Bitte …«

»Hau ab!«, brüllte er. »Nutte!«

Dann brach die Hölle los. Eine Delegation kam zu mir nach Hause und fiel über mich her: Ryan, Mum, Dad, Karen und – klar – Jeffrey. Selbst Betsy ging auf mich los. Im Wesentlichen lasteten sie mir an, dass Ryan während meiner Krankheit zu mir gehalten hatte, und jetzt lohnte ich ihm seine Treue, indem ich eine Affäre mit meinem Neurologen anfing.

Es hatte keinen Sinn, den Anwesenden – einschließlich Ryan – zu erklären, dass er mich nicht mehr liebte. Er hatte zu mir gehalten, und nur das zählte. Sie hatten ihn erlebt – wie er alles am Laufen hielt, wie er sich kaputtarbeitete, wie grau er im Gesicht war vor Erschöpfung und Sorge. Und außerdem hatte er für Betsy Tampons gekauft. Man stelle sich das vor! Ein Mann! Der Tampons kauft! Für seine Tochter!

»Du hast mich belogen.« Ryan hatte rote Flecken im Gesicht. »Du hast es so hingestellt, dass wir uns nicht mehr lieben.«

»Das stimmt ja auch.«

»Aber du hattest die ganze Zeit einen anderen.«

»Das ist nicht wahr. Ich habe auch jetzt keinen anderen.«

»Jeffrey hat uns erzählt, was er gesehen hat.«

Ich versicherte mich, dass die Kinder mich nicht hören konnten, und sagte leise: »Es ist nichts passiert.«

»*Noch* nicht!«, rief Karen aus. »*Noch* ist nichts passiert!«

Lautes Poltern von oben lenkte mich ab. Jeffrey und Betsy waren oben – was trieben sie da?

»Wir werden mit diesem Taylor niemals zurande kommen«, sagte Mum.

»Das braucht ihr auch nicht!«

»Wir möchten über Leute lachen können«, sagte Dad. »Über Ryan können wir uns lustig machen – ist nicht persönlich gemeint, Junge, aber wir machen uns die ganze Zeit über dich lustig. Und Karens Enda ist auch ein komischer Typ, obwohl er Polizist ist. Aber dieser Taylor, der ist ein anderes Kaliber. Er hat ... *Gravitas*.«

»Ist das dasselbe wie Mumm?«, fragte Mum leise.

»Nein.« Dad klang genervt. »Ist es nicht.«

»Aber Mumm hat er auch«, sagte Ryan. »Schließlich hat er meine kranke Frau angebaggert. Meine *gelähmte* Frau.«

»Das stimmt nicht.«

»Es ist nur ...«, sagte Mum besorgt. »Wir müssten ihn zu uns nach Hause einladen. Und das Haus ist zu klein!«

»Zu klein wofür?«, fragte ich. »Was hast du vor? Willst du ein Tanzfest für ihn ausrichten?«

»Deine Mutter und ich haben das besprochen«, sagte Dad. »Wir könnten nur drum rumkommen, wenn wir das Haus abfackeln.«

»Ihr wohnt in einem Reihenhaus«, sagte Jeffrey, der mit einem Rollkoffer über den Flur kam. »Das könnt ihr den Nachbarn nicht antun. Ist das Auto offen, Dad?«

»Hier, nimm die Fernbedienung.« Ryan gab sie Jeffrey.

Jetzt kam Betsy nach unten. Auch sie zog einen Rollkoffer hinter sich her.

»Was ist hier los?«, rief ich.

»Wir ziehen zu Dad«, sagte Betsy. »Wir verlassen dich.«

Und damit zogen sie ab, alle miteinander, und ließen mich allein.

Allein und durcheinander und verwirrt und beschämt und aufsässig.

Allein mit meinen glatten, von Hornhaut befreiten Füßen. Und einer haarlosen Bikinizone. Und leuchtender Sonnenbräune.

Ich hatte nichts verkehrt gemacht, aber alle fielen über mich her – verdammt, wenn ich was tat, verdammt, wenn ich es nicht tat.

Warum es also nicht tun?

»Mannix, ich möchte Sie sehen.«

»Okay. Wo? Sollen wir uns auf einen Drink treffen?«

»Nein.« Ich wühlte in der Schublade mit meiner Wäsche. »Ich habe die Nase voll von dem Unsinn.«

»Wie meinen Sie das – Unsinn?«

»Jetzt kommen Sie, Mannix!«

»Okay. Ich habe auch genug von dem Unsinn.«

Ich zog die Unterwäsche an, die ich mir für die Nacht im Hotel mit Ryan gekauft hatte. Ich konnte es mir nicht leisten, sentimental zu sein, es war die einzige Reizwäsche, die ich besaß. Ich rieb mich von Kopf bis Fuß mit glänzender Lotion ein und zwängte meine Füße in ein Paar sehr hohe Schuhe, dann stellte ich mich vor den Spiegel. Also. Ich hatte zwei Kinder. Ich war viele Jahre mit Ryan zusammen gewesen und mit der Zeit nachlässig geworden. Ich war neununddreißig Jahre alt und hatte auch in meiner Jugend nie wie ein Model ausgesehen.

Ich bedauerte zutiefst, dass ich die letzten zwanzig Jahre kein Pilates gemacht hatte. So schwer wäre das nicht gewesen, oder? Gerade mal dreißig Minuten am Tag hätten gereicht, aber ich hatte mir keine Mühe gegeben, und jetzt bezahlte ich den Preis dafür.

Ich zwang mich, nicht länger über meinen Bauch und mein Alter nachzugrübeln und über all die Gelegenheiten, Elle McPherson zu sein, die ich ungenutzt hatte verstreichen lassen. Mannix hatte mich gesehen, als ich überall an Schläuche angeschlossen war, deshalb war das, was ich ihm heute zu bieten hatte, auf jeden Fall eine Verbesserung.

Ich zog mein Vivienne-Westwood-Kleid an, das die Knie bedeckte und meinen Bauch schmeichelhaft überspielte – Karen hatte mich für verrückt erklärt, aber das Kleid war sein Geld wert.

Die Entscheidung, ob Stockings oder Strumpfhosen, drohte eine weitere Krise auszulösen, ich beschloss also, auf beide zu verzichten. Schnell, als wäre es eine Kleinigkeit, streifte ich meinen Ehering und meinen Verlobungsring ab und legte beide in die Schublade, und bevor ich es mir anders überlegen konnte, rannte ich nach unten und in die kalte Nacht hinaus.

Die Frau nebenan, die mich noch nie leiden konnte, stand in ihrem Garten, im Dunkeln. »Was ist bei Ihnen los?«, fragte sie. Mit Sicherheit hatte sie das Drama mitbekommen, als Betsy und Jeffrey mit ihren Rollkoffern abgezogen waren. »Um ehrlich zu sein, Stella, Ihr Kleid ist für dieses Wetter nicht geeignet.«

»Das macht nichts«, sagte ich und schloss die Autotür auf. »Ich habe nicht vor, es den ganzen Abend anzubehalten.«

Mannix' Wohnung lag im zweiten Stock einer riesigen Neubauanlage. Ich musste meilenweit, so schien es mir, auf grell erleuchteten Korridoren gehen, und das in meinen unbequemen Schuhen.

Endlich stand ich vor Nummer 288. Ich klopfte an die Tür, und er machte umgehend auf. Er trug ein weites Hemd und ausgewaschene Jeans, und seine Haare waren ungekämmt.

»Ich komme mir vor wie eine Prostituierte«, sagte ich, »und es fühlt sich nicht gut an.«

»Könnte es sich denn gut anfühlen?« Er gab mir ein Glas Wein und schloss die Tür hinter mir.

Ich warf einen besorgten Blick über die Schulter. »Als würde ich in der Falle sitzen.«

»Ich ...«

»Karen sagt, es *kann* sich gut anfühlen, das mit der Prostituierten.« Ich konnte nicht aufhören zu reden. »Bei einem Rollenspiel, weißt du?«

»Heute Abend könnten wir doch einfach wir selbst sein.« Er nahm mich bei der Hand und wollte mich in die Wohnung führen. »Ich hatte keine Zeit, die Rosenblätter zu besorgen. Ich hatte nicht damit gerechnet ...«

»Lassen wir die Rosenblätter.« Ich stürzte einen großen Schluck Wein hinunter. »Wo ist das Schlafzimmer?«

»Du hast es aber eilig.«

»Ich habe es nicht eilig«, sagte ich. »Ich habe Angst, das ist es. Ich sterbe vor Angst.« Meine Stimme überschlug sich fast. »Es ist zwanzig Jahre her, dass ich eine neue Beziehung angefangen habe. Das hier ist eine riesige Sache für mich. Ich bin kurz davor, die Nerven zu verlieren.«

Ich stand im Flur und warf Blicke in die Küche, das Badezimmer und das Wohnzimmer, alles Räume, die in einem neutralen Stil ausgestattet waren. Sie hatten etwas Nacktes, Unfertiges an sich.

»Ist es hier?« Ich öffnete vorsichtig eine Tür.

Mannix warf einen Blick auf das Bett, ein anonymes Ding, auf dem eine Decke mit weißem Bezug lag. »Ja.«

»Es ist zu hell. Was ist mit dem Licht? Gibt es einen Dimmer?«

»Nein ... hör zu, Stella, komm bitte, setz dich ins Wohnzimmer. Atme einmal tief durch.«

»Dann müssen wir es im Dunkeln machen.«

Er schüttelte den Kopf. »Ich mache es nicht im Dunkeln.«

»Hast du eine Stehlampe? Hol eine Lampe. Du musst doch eine Lampe haben.« Im Wohnzimmer hatte ich eine gesehen.

»Da ist eine. Hol sie her.«

Während er die Tischlampe ausstöpselte und ins Schlafzimmer trug, stand ich im Flur, trank von meinem Wein und tippte unruhig mit dem Fuß. Nachdem Mannix die Lampe ein- und das Deckenlicht ausgeschaltet hatte, war das Schlafzimmer von rosigem, wohlwollendem Licht erfüllt.

»Das ist schon besser.« Ich reichte ihm mein leeres Glas. »Gibt's noch mehr?«

»Ja, natürlich. Ich gehe eben ...« Er ging in die Küche, und als er wiederkam, kauerte ich verängstigt auf der Bettkante.

Er gab mir mein Glas und fragte: »Bist du sicher, dass du es willst?«

»Du?«

»Ja.«

»Dann los.« Ich nahm wieder einen riesigen Schluck Wein. »Übrigens«, sagte ich und legte mich mit Schuhen aufs Bett. »Ich vertrage nicht viel Alkohol. Du musst darauf achten, dass ich mich nicht betrinke.«

»Ist gut.« Er nahm mir das Glas aus der Hand und stellte es auf den Boden. Ich beugte mich schnell runter und nahm noch einen Schluck, dann gab ich ihm das Glas und legte mich wieder hin. »Das erste Mal wird zweifellos am schlimmsten sein.« Ich sah ihn an, um mich bei ihm zu vergewissern. »Stimmt's?«

»Eigentlich sollte es nicht unangenehm sein«, sagte er.

»Ich weiß, ich weiß, so habe ich es auch nicht gemeint. Ich meinte einfach, du musst so sein wie damals im Krankenhaus.«

»Und du befürchtest, ich könnte dich nur attraktiv finden, solange du stumm und gelähmt bist?«

»Ich meine, du musst die Dinge in die Hand nehmen.«

Nach einer kurzen Pause sagte er: »Du willst, dass ich die Dinge in die Hand nehme?«

Ich nickte.

Langsam knöpfte er sich das Hemd auf. »Meinst du so?«

Himmel! Mannix Taylor knöpfte sich vor mir das Hemd auf. Gleich würde ich mit Mannix Taylor schlafen.

Er ließ sich das Hemd raschelnd von den Schultern gleiten, und ich berührte seine Haut und fuhr mit der Hand von seinem Hals zum Schlüsselbein. »Du hast Schultern«, sagte ich verwundert. Und er hatte harte Oberarmmuskeln und einen beneidenswert flachen Bauch.

Ich hätte gern die Spannung etwas gelockert und gesagt: Nicht schlecht für einen über vierzig. Aber ich brachte keinen Ton heraus.

»Jetzt du.« Er zog mir die Schuhe aus.

»Nein«, sagte ich beklommen. »Die müssen dranbleiben. Sie sollen die Illusion erwecken, dass ich lange Beine habe.«

»Psst.« Er nahm meinen rechten Fuß, legte ihn sich in den Schoß und drückte seine Daumen in meine Fußsohle. Dort ließ er sie einen Moment, und der Druck löste einen seltsam lustvollen Schmerz aus, dann strich er mit den Händen der Länge nach über meine Füße und dehnte die Sehnen unter meiner Haut. Ich schloss die Augen, während kleine Lustwellen mich durchströmten.

»Erinnerst du dich?«

Natürlich erinnerte ich mich – an das einzige Mal, da er als mein Arzt meine Füße bearbeitet hatte. Damals war eine starke Verbindung zwischen uns entstanden, und danach hatte er es nie wieder gemacht.

Während er meine Füße drückte und knetete, spürte ich ein Vibrieren in meinen Lippen, und meine Brustwarzen wurden steif und reckten sich.

Mit seinem Daumennagel drückte er in die Kuppe meiner großen Zehe, sodass ich vor Wonne stöhnte. Er legte seinen Mittelfinger zwischen die große Zehe und die zweite Zehe und wackelte hin und her, bis sich die Zehen spreizten, dann fuhr er mit dem Finger in die Lücke, und die Erregung sprang von dort in mein Lustzentrum.

Ich öffnete die Augen, und sein Blick traf meinen. »Wusste ich es doch«, sagte er. »Du hast es auch gespürt? Damals?«

Ich nickte. »Himmel«, flüsterte ich. Ich stand in Flammen, dabei hatten wir uns noch nicht mal geküsst.

Aber dann küssten wir uns. Ich winkelte mein rechtes Bein an, legte meinen Arm um seinen Hals und zog ihn zu mir, und wir küssten uns ganz lange. Mein Fuß lag noch in seinem Schoß und drückte auf etwas Hartes. Ich stieß meinen Fuß fester dagegen, und er atmete scharf ein.

»Ist das …?«, fragte ich.

Er nickte.

»Zeig ihn mir«, sagte ich.

Er stand auf, machte den obersten Knopf an seiner Jeans auf und zog langsam den Reißverschluss runter, bis seine Erektion hervordrängte.

Er stand nackt vor mir, ohne die geringste Scheu. »Jetzt bist du dran«, sagte er.

Ich schob mein Kleid über die Oberschenkel nach oben. »Glaubst du, wir könnten nicht doch das Licht ausmachen?«

»Oh, ich glaube mit Sicherheit, dass wir das nicht können.« Seine Augen leuchteten. »Ich habe so lange hierauf gewartet.«

Als ich mich aus meinem Kleid wand, beobachtete er mich mit Argusaugen. Er hatte einen so schamlosen und anerkennenden Ausdruck im Gesicht, und in seinem schiefen Lächeln lag so viel Erregung, dass ich mit dem Ausziehen des BHs alle Verlegenheit verloren hatte.

Er hatte gesagt, er wolle mich mit Küssen bedecken, und das tat er auch. Er küsste mich überall – meinen Hals, die Brustwarzen, die Kniekehlen, die Innenseiten meiner Handgelenke und die wichtigste Stelle. Alle Nerven in meinem Körper waren hellwach.

»Zeit für das Kondom«, flüsterte ich.

»Okay«, sagte er, und sein Atem war heiß an meinem Ohr.

Er streifte es sich gekonnt über, und während er in mich eindrang, hatte ich einen Orgasmus. Ich umklammerte seine Pobacken und drückte sein Gewicht in mich; die Intensität meiner Lust war fast zu viel. Ich hatte vergessen, wie wunderbar Sex sein konnte.

»Oh«, keuchte ich. »Oh.«

»Das ist erst der Anfang«, sagte er.

Er verringerte das Tempo, was mir lustvolle Qual bereitete.

Er stützte sich auf die Unterarme und bewegte sich sachte vor und zurück und sah mich mit seinen grauen Augen an.

Seine Beherrschung erstaunte mich. Es konnte nicht sein, dass er die letzten Monate ohne Sex verbracht hatte. Aber darüber wollte ich jetzt nicht nachdenken.

Ohne seinen Blick von mir zu wenden, bewegte er sich immer weiter, bis ich einen Höhepunkt erreichte, der noch heftiger als der vorige war. Dann noch einmal. Und noch einmal.

»Ich kann nicht mehr.« Ich war schweißüberströmt. »Gleich sterbe ich.«

Er wurde schneller, bewegte sich rasch, bis er unter heftigem Stoßen und Stöhnen kam.

Er blieb auf mir liegen, bis sein Keuchen langsamer wurde und sich normalisierte, dann rollte er von mir runter, legte die Arme um mich, sodass mein Kopf auf seiner Brust lag. Er schlief sofort ein. Ich lag still und verwundert da. Ich und Mannix Taylor zusammen im Bett. Wer hätte das gedacht?

Nach ungefähr einer halben Stunde wachte er auf und war herrlich schläfrig. »Stella.« Er klang verwundert. »Stella Sweeney?« Er gähnte. »Wie spät ist es?«

Auf dem Fußboden stand ein Wecker. »Kurz nach Mitternacht«, sagte ich.

»Soll ich dir ein Taxi rufen?«

»Was?« Ich sprang aus dem Bett.

»Ich dachte ... vielleicht möchtest du nach Hause.«

Ich nahm einen Schuh und warf damit nach ihm.

»Meine Güte!«, sagte er.

Ungelenk hob ich meinen Schuh auf und suchte dann den zweiten, zutiefst gekränkt zog ich mir Slip und Kleid wieder an, den BH stopfte ich in meine Handtasche.

»Ich dachte, wegen der Kinder und so«, sagte er.

»Na toll.« Ich riss die Wohnungstür auf, die Schuhe hatte

ich in der Hand. Ich hatte nicht die Absicht, diese unbequemen Dinger wieder anzuziehen.

Ich wartete darauf, dass er mich aufhalten würde, aber das tat er nicht, und als ich auf den anonymen, grell erleuchteten Flur trat und zum Aufzug ging, kam ich mir wirklich wie eine Prostituierte vor. Ich kramte mein Handy hervor, und mit Tränen in den Augen wählte ich Zoes Nummer. »Bist du noch wach?«, fragte ich.

»Ja. Die Kinder sind bei Brendan und seiner Tusse, und ich bin allein mit dem Fernseher und meiner Flasche Wein.«

Zwanzig Minuten später war ich bei ihr.

Sie nahm mich in die Arme. »Stella, deine Ehe ist kaputt, kein Wunder, dass du dich verloren und ...«

Ich befreite mich aus ihrer Umarmung. »Zoe, kann ich dich was fragen: Welche Regeln gelten heutzutage, wenn man sich mit einem Mann trifft?«

»Dieselben wie immer. Sie vögeln dich und melden sich dann nie wieder.«

*Scheiße.*

»Aber noch ist es zu früh, darüber nachzudenken, Ryan und du, ihr habt ja gerade erst die Entscheidung getroffen, vielleicht zieht ihr ja wieder zusammen ...«

Ich schüttelte den Kopf. »Nein. Nein, Zoe. Kennst du Mannix Taylor?«

»Den Arzt?«

»Er kam am Montag in den Laden.«

»Am vergangenen Montag? Noch keine fünf Tage her? Und du hast mir nichts davon erzählt?«

»Entschuldige, Zoe, es ist alles so schnell gegangen.«

Sie war sofort im Bilde. »Und du hast ihm erlaubt, dich zu vögeln? Heute Abend? O nein!«

»Danach hat er gefragt, ob er mir ein Taxi bestellen soll.«

Sie sah mich voller Mitleid an. »Es tut mir leid, Stella, aber so sind die Männer. Du warst so lange außen vor. Du konntest das nicht wissen.«

Mein Handy klingelte, ich prüfte die Nummer. »Das ist er.«

»Geh nicht dran«, sagte sie. »Er will dich nur wieder vögeln.«

»So schnell?«

»Er ist einer von denen, die viermal hintereinander können. Ein Leistungsmensch. Das Alphamännchen. Schalte das Handy ab. Bitte, Stella.«

»Okay.«

Zoe gab sich redlich Mühe, aber sie konnte mich nicht trösten, also fuhr ich nach Hause, in mein leeres Haus, und stellte mich den Tatsachen: Meine Ehe war vorbei, meine Kinder waren traumatisiert, und alle waren gegen mich. Das war ohne Zweifel das schlimmste Ergebnis. Und ich hatte nicht einmal drei Wochen lang eine Affäre gehabt – sondern nur eine einzige Nacht.

In meinem Innersten hatte ich gewusst, dass Mannix Taylor mich demütigen würde, alle hatten das gewusst, deswegen waren sie dagegen gewesen.

Was war mit Ryan und mir?, dachte ich matt. Konnten wir miteinander ins Reine kommen und weitermachen? Es war kein schlechtes Leben gewesen, er war kein schlechter Mensch, einfach egoistisch und, na ja, um sich selbst kreisend. Allerdings blieb die Tatsache, dass ich ihn nicht mehr im Mindesten attraktiv fand. Auch wenn ich mir bisher etwas vormachen konnte – nach meiner einen Nacht mit Mannix war Sex mit Ryan für immer ausgeschlossen.

Aber natürlich ging es in einer Ehe nicht nur um Sex. Und

wenn ich Ryan überreden konnte, eine Latexmaske zu tragen, damit er wie Mannix aussah ...

Ich lag fast die ganze Nacht wach. Wahrscheinlich war es schon nach sechs, als ich endlich in ein sonderbares und unbehagliches Traumland driftete, und um neun war ich wieder wach. Ich schaltete sofort mein Handy an, völlig außerstande, es nicht zu tun. Außerdem hatte ich vernünftige Gründe dafür – die Kinder mussten mich erreichen können.

Keins der beiden hatte angerufen, Mannix hingegen achtmal. Zoe hätte die Nachrichten gelöscht und mir nicht erlaubt, sie anzuhören, aber Zoe war nicht da.

»Stella.« In seiner ersten Nachricht klang Mannix rührend zerknirscht. »Ich habe das falsch ausgedrückt. Du hast Kinder, ich wollte, dass du weißt, ich kann damit umgehen. Bitte melde dich.«

Seine zweite Nachricht: »Es tut mir wirklich leid. Können wir miteinander reden? Ruf mich bitte an.«

Seine dritte Nachricht: »Ich hab's vermasselt. Es tut mir unendlich leid. Ruf an. Bitte.«

Dann: »Ich bin's wieder. Fast komme ich mir vor wie dein Stalker.«

Und: »Es tut mir leid, dass ich das so falsch ausgedrückt habe. Du weißt, wo du mich erreichen kannst.«

Bei den letzten drei Anrufen hatte er aufgelegt, ohne eine Nachricht zu hinterlassen. Die letzte war sieben Stunden alt, und ich wusste, dass er nicht wieder anrufen würde. Er war keiner von denen, die sich vor einem auf die Knie warfen. Er hatte sich bemüht, und jetzt war Schluss. Dann klingelte mein Telefon, und vor Schreck blieb mir fast das Herz stehen.

Es war Karen. »Ich habe mit Zoe gesprochen«, sagte sie. »Sie hat mir alles erzählt.«

»Rufst du aus Schadenfreude an?«

»Nicht aus Schadenfreude, Stella, aber du musst den Tatsachen ins Auge sehen. Er ist nichts für dich. Er ist der Mann, der mit Georgie Dawson verheiratet war. *Georgie Dawson.* Hörst du mich? Verglichen mit ihr bist du ... du weißt schon.« Dann sagte sie ernst: »Ich will dir nicht zu nahe treten, Stella, aber sie hat Ahnung von Kunst und solchen Sachen. Wahrscheinlich spricht sie fließend Italienisch. Und kann Wachteln zubereiten. Und du? Abgesehen von Waxing?«

»Ich lese«, sagte ich erregt.

»Nur weil Dad darauf besteht. Du bist keine Naturbegabung. Georgie Dawson ist eine Naturbegabung.« Sie seufzte.

»Weißt du, Stella, du hast den Karren gründlich in den Dreck gefahren. Ich habe mit Ryan gesprochen, und er will nicht mehr zu dir zurück.«

Frechheit von ihr!

»Aber du hast ja Zoe. Ihr könnt euch zusammentun. Könnt es euch schön machen. Flache Schuhe tragen. Das Kalorienzählen lassen. Überleg nur, was du an Kuchen essen kannst.« Einen Moment lang klang sie wehmütig. »Aber hör mir zu, Stella.« Jetzt war sie ganz aufrichtig. »Ich weiß, dass deine Kinder gegen dich sind, aber sie werden dir verzeihen. Komm schon«, sagte sie ermunternd. »Niemand kann Ryan auf Dauer aushalten. Okay?«

Sie legte auf. Ich rief Betsy an, ihr Handy klingelte zweimal, dann sprang die Mailbox an – sie wollte nicht mit mir sprechen. Ich wählte Jeffreys Nummer, und das Gleiche passierte. Das war ein Stich ins Herz.

Ich zwang mich, bei beiden ein zweites Mal anzurufen und eine Nachricht zu hinterlassen: »Es tut mir leid, dass ich diesen Wirbel ausgelöst habe. Aber ich bin für euch da, Tag und Nacht. Was immer geschieht.«

Danach beschloss ich, die Waschmaschine anzustellen. Aber

der Wäschekorb war so gut wie leer, nur meine Wäsche war drin, die Kinder und Ryan hatten ihre schmutzige Wäsche mitgenommen. Schockartig traf mich die Erkenntnis, dass ich nichts zu tun hatte. Ich hatte noch nie nichts zu tun gehabt. Aber jetzt musste ich nichts waschen oder bügeln, ich musste Betsy und Jeffrey nicht zu ihren Wochenendaktivitäten fahren. Normalerweise war das Leben ein ständiger Kampf darum, alle Aufgaben des Tages zu bewältigen. Ohne Ryan und die Kinder hatte mein Leben keine Struktur.

Ich ging nach unten und legte mich aufs Sofa und dachte nach: Wie Karen gesagt hatte – ich hatte den Karren gründlich in den Dreck gefahren.

Vielleicht war alles, was passiert war, im großen Plan vorgesehen. Vielleicht war Mannix Taylor einfach ein Auslöser, eine kosmische Sendung, die mir zeigte, dass ich Ryan nicht mehr liebte. Manchmal zerbrechen Dinge, damit bessere Dinge zusammenfinden können – das hatte Marilyn Monroe gesagt. Andererseits, wenn man sich ihr Ende vor Augen führte …

Und vielleicht verbrachte ich unnütz viel Zeit damit, den Dingen auf den Grund gehen zu wollen: Manchmal geschehen die Dinge nicht aus bestimmten Gründen, sie geschehen einfach.

Es schien, dass ich seit Ewigkeiten nicht mehr so viel Zeit für mich hatte. Ich fühlte mich an die Monate im Krankenhaus erinnert, als meine Gedanken in meinem Kopf eingesperrt waren und nicht rauskonnten, wie Hamster in einem Laufrad.

Irgendwann rief ich Zoe an. Sie war nach dem ersten Klingeln dran. »Du hast ihn nicht angerufen, oder?«

»Nein.«

»Ich sage dir: kein Vorbeifahren, keine SMS, keine Anrufe, keine Tweets. Und du darfst dich nicht betrinken. Denn dann bist du besonders anfällig.«

Nichts von alldem würde passieren. Schließlich hatte ich meinen Stolz.

Es war bereits Abend, als es an der Tür klingelte. Eine Weile lang dachte ich, ich würde einfach auf der Couch liegen bleiben und das Klingeln ignorieren. Dann klingelte es noch einmal.

Widerstrebend stand ich auf, aber als ich Mum und Dad vor meiner Tür sah, konnte ich meine Enttäuschung kaum verbergen.

»Frag nicht, wem die Stunde schlägt«, sagte Dad. »Sie schlägt für dich.«

»Wir haben Bagels mitgebracht«, sagte Mum.

»Bagels?«

»Das machen sie doch in Filmen, wenn sie ihre Anteilnahme zeigen wollen, oder?«

»Danke.« Zu meiner eigenen Überraschung brach ich in Tränen aus.

»Ach, jetzt komm.« Dad nahm mich in den Arm. »Das renkt sich wieder ein, das renkt sich wieder ein.«

»Komm, wir setzen uns in die Küche.« Mum schaltete das Licht an und ging voraus. »Wir machen uns Tee und essen Bagels.«

»Wie isst man die denn?«, fragte Dad.

»Man toastet sie«, sagte Mum. »Stimmt's, Stella?«

»Man muss sie nicht toasten.« Ich riss zwei Papiertücher von der Küchenrolle ab und schnäuzte mich.

»Aber dann schmecken sie besser, oder?«, sagte Mum. »Bestimmt. Warmes ist immer besser. Wir sind gekommen, um zu sagen, dass es uns leidtut, Stella. Mir tut es leid, und deinem Vater tut es leid. Es tut uns beiden leid.«

Dad stand beim Toaster. »Sie sind zu dick. Sie passen nicht rein.«

»Man muss sie erst aufschneiden«, sagte Mum. »Halbieren.«

»Gibt es hier ein Messer?«

»In der Schublade«, sagte ich mit belegter Stimme.

»Ich halte zu dir«, sagte Mum. »Dad auch. Es war nur so ein Schock für uns. Für uns alle.«

»Es war wirklich ein Schock«, sagte Dad und zwängte die Bagelhälften in den Toaster. »Und wir haben dich im Stich gelassen. Deine Mutter hat dich im Stich gelassen.«

»Und dein Vater auch.«

»Und es tut uns beiden leid.«

»Alles wird sich wieder einrenken«, sagte Mum. »Die Kinder werden darüber hinwegkommen. Ryan wird darüber hinwegkommen.«

»Da die Zeit erfüllet war, wird sich alles wieder einrenken.«

»Ist Mannix Taylor dein neuer Freund?«

»Nein.« Aus dem Toaster quoll schwarzer Rauch.

»Wirst du dich mit Ryan aussöhnen?«

»Nein.« Der schwarze Rauch stieg in Schwaden an die Küchendecke.

»Na, was auch passiert, wir haben dich lieb.«

Ein schrilles Signal ertönte – der Feuermelder.

»Wir sind deine Eltern«, sagte Mum.

»Sieht so aus, als ob wir den Toaster kaputt gemacht haben. Aber wir haben dich lieb.«

Trotz der Einladungen von Zoe, Karen und Mum und Dad verbrachte ich den Sonntag allein. Ich beschloss, das Haus zu putzen – richtig zu putzen, wie es seit zehn Jahren nicht mehr geputzt worden war –, und machte mich mit Feuereifer an die Arbeit. Ich wischte die Küchenschränke aus und schrubbte den Ofen und scheuerte die Fugen im Badezimmer mit solcher

Hingabe, dass ich mir die Haut an den Fingerknöcheln aufscheuerte. Obwohl es wehtat, putzte ich weiter, und je mehr die aufgerissene Haut brannte, desto besser fühlte ich mich.

Es war sieben vorbei, als Betsy anrief. Ich griff hastig zum Hörer. »Schatz?«

»Mom, ich habe keine sauberen Sachen für die Schule morgen.«

»Warum nicht?«

»Ich weiß es nicht.«

Ich überlegte und sagte dann: »Kann es sein, dass niemand die Wäsche gemacht hat?«

»Wahrscheinlich.«

»Dann wasch die Sachen doch.«

»Wir wissen nicht, wie die Waschmaschine funktioniert.«

»Frag Dad.«

»Der weiß es auch nicht. Er hat gesagt, wir sollen dich fragen.«

»Aha? Gib ihn mir mal.«

»Er sagt, er will nie wieder mit dir sprechen. Kannst du nicht herkommen und die Wäsche waschen?»

»Meinetwegen.« Ich meine, ich hatte ja nichts anderes vor, oder?

Eine Viertelstunde später öffnete Betsy mir die Tür. Nervös ging ich ins Haus und wappnete mich gegen Ryans und Jeffreys Zorn.

»Sie sind ausgegangen«, sagte Betsy. »Ich soll sie anrufen, wenn du wieder weg bist.«

Ich schluckte die Demütigung. »Okay. Komm mit, und ich erklär dir alles.«

Es dauerte keine halbe Minute, da hatte Betsy begriffen, wie Waschmaschine und Trockner funktionierten.

»Ist es wirklich so leicht?«, sagte sie misstrauisch. »Hm. Wer hätte das gedacht?«

Mich beschlich ein unbehaglicher Gedanke. »Wenn keiner von euch die Waschmaschine bedienen konnte, wie habt ihr es mit der Wäsche gemacht, als ich im Krankenhaus war?«

Betsy dachte nach. »Ich glaube, Tante Karen und Grandma und Tante Zoe haben die Wäsche für uns gemacht.«

Aber Ryan hatte das Lob eingesteckt. Jetzt zeigten sich die Grenzen seiner Fähigkeiten … Und ein schändlicher Teil in mir freute sich darüber. Vielleicht würden Betsy und Jeffrey erkennen, dass ich sehr wohl manchen Nutzen hatte.

»Aber jetzt musst du gehen, Mom.«

»Gut.« Ich fiel ihr um den Hals und fing an zu weinen und sagte: »Es tut mir so leid«, und sagte es immer wieder. »Ruf mich an, wenn du etwas brauchst, ja? Versprochen?«

Ich stieg ins Auto und machte mich auf den Weg nach Hause, und im Licht einer Straßenlaterne sah ich Ryan und Jeffrey mit düsteren Mienen an der Ecke stehen. Ich wusste, dass ich es mir einbildete, ich wusste, dass sie nicht wirklich Mistgabeln in den Händen hielten und mir mit Fäusten drohten, als sie mir nachsahen, aber so kam es mir vor.

Am Montagmorgen wachte ich in dem stillen Haus auf. Ich sehnte mich nach dem Trubel eines normalen Morgens, wenn Betsy und Jeffrey sich für die Schule fertig machten und ich zur Arbeit musste. Aber ich konnte nichts tun, ich musste abwarten.

Ich nahm mein Handy und starrte es an. Nichts. Keine Anrufe, keine SMS, nichts. Der Gedanke, dass Mannix Taylor sich etwas mehr hätte bemühen können, schoss mir durch den Kopf.

Es war eine Erleichterung, zur Arbeit gehen zu können, und ausnahmsweise war ich vor Karen da.

»Meine Güte!« Sie war überrascht, mich zu sehen. »Du scheinst es kaum erwarten zu können.«

»So bin ich.«

»Von SkinTastic kommt heute Morgen eine Lieferung«, sagte sie, im selben Moment klingelte es. »Da ist sie ja! Ich geh schon.« Sie rannte die Treppe hinunter. Sie betrachtete es als Zeichen persönlicher Schwäche, wenn sie länger als sieben Minuten saß.

Sie kam prustend und schnaufend die Treppe hoch und trug einen großen Karton. »Verdammt noch mal!« Sie hatte Mühe mit der schweren Last. »Fauler Sack, der Lieferant, er hat es einfach vor der Tür stehen lassen. Es ist wahnsinnig schwer.«

Sie stellte den Karton auf den Rezeptionstresen und ging mit einem Teppichschneider zu Werke. Ich wartete auf die übliche Litanei der Klagen – laut Karen schickten die Firmen immer die falschen Mengen oder das falsche Produkt, und alle waren Vollidioten, Mistböcke, Arschgeigen und Trottel.

»Was ist das denn?«, fragte sie erstaunt.

Offenbar war diesmal wirklich alles verkehrt. Mir war um den Mitarbeiter in der Firma bang, der ihr scharfes Mundwerk zu spüren bekommen würde.

»Hier, sieh mal, Stella!« Sie hielt ein kleines Buch mit festem Einband hoch. Es sah aus wie ein Gebetbuch oder vielleicht wie ein kleiner Gedichtband. Der Umschlag war in Rosa und Gold gehalten und mit bronzefarbenen Schnörkeln verziert, ein teures und schönes Büchlein, so wie es aussah.

»Da sind noch haufenweise mehr in dem Karton, alle gleich.« Sie zählte schnell nach. »Anscheinend sind es fünfzig Stück. Das muss ein Irrtum sein. Aber die Sendung ist an dich adressiert.«

Ich nahm eins der kleinen Bücher und schlug es auf. Das Papier war fest und glatt, und mitten auf der Seite stand in schnörkeliger Schrift: »Ich würde zehn Jahre meines Lebens geben, wenn ich mir die Socken anziehen könnte.«

»Was soll das?«, fragte ich.

Auf der nächsten Seite stand: »Statt zu denken: Warum ich?, denke ich: Warum *nicht* ich?« Jetzt sah ich mir den Einband an, was ich als Erstes hätte tun sollen. Der Titel lautete *Gezwinkerte Gespräche* und war von einer Stella Sweeney geschrieben.

»Von mir?« Ich staunte nicht schlecht. »Ich habe das geschrieben? Wann denn?«

»Wie bitte? Du hast ein Buch geschrieben? Ganz geheim, oder wie?«

»Aber ich habe kein Buch geschrieben. Lass uns vorn nachsehen, da steht etwas.«

»Es gibt eine Einführung.«
Karen und ich lasen sie zusammen.

»Am 2. September 2010 wurde Stella Sweeney, Mutter zweier Kinder, wegen einer rasch fortschreitenden Muskellähmung ins Krankenhaus eingeliefert. Die Ärzte diagnostizierten das Guillain-Barré-Syndrom, eine seltene Autoimmunkrankheit, bei der das zentrale Nervensystem angegriffen und außer Kraft gesetzt wird. Als nach und nach alle Muskeln in Stellas Körper versagten, einschließlich des Atmungssystems, wäre sie beinahe gestorben.

Ein Luftröhrenschnitt und ein Beatmungsgerät retteten ihr das Leben. Mehrere Monate lang konnte Stella einzig und allein durch Augenzwinkern kommunizieren. In jener Zeit fühlte sie sich einsam, sie hatte Angst und oft große Schmerzen. Aber nie hat sie zugelassen, dass Selbstmitleid oder Zorn die Oberhand gewannen, immer blieb sie positiv und optimistisch – eine Inspiration für andere. Dieses kleine Buch ist eine Sammlung der weisen Aussprüche, die sie, eingeschlossen in ihrem Körper, durch ihr Augenzwinkern Buchstabe für Buchstabe mitgeteilt hat.«

»Mein Gott!«, sagte Karen leicht spöttisch. »Bist du das? Du klingst ja wie ... Mutter Teresa oder so.«
»Wer hat das denn gemacht?« Ich blätterte in dem Buch und war völlig überrascht von all den Sprüchen, die angeblich von mir stammten. »Wann ist ein Gähnen kein Gähnen? Wenn es ein Wunder ist.« Ich erinnerte mich vage, dass ich Mannix Taylor das zugezwinkert hatte. Oder: »Manchmal bekommt man, was man sich wünscht, manchmal bekommt man, was man braucht, und manchmal bekommt man das, was man eben bekommt.«

Ich fand nichts außer dem Namen der Druckerei. Ich suchte die Nummer im Internet heraus und sagte zu der Frau, die abnahm: »Ich weiß, es klingt komisch, aber können Sie mir erklären, wer Sie sind?«

»Wir sind ein Privatverlag.«

»Was heißt das?«

»Der Kunde liefert uns sein Manuskript, er wählt das Papier, die Schriftart und das Layout für den Einband – alles wird nach den Wünschen des Kunden und in hoher Qualität ausgeführt –, und dann drucken wir das.«

»Und der Kunde bezahlt?«

»Ja.«

»Ich habe hier ein Buch mit meinem Namen drin, aber ich habe es nicht bestellt.« Ich hatte Angst, ich müsste dafür bezahlen, und es sah schrecklich teuer aus.

»Sagen Sie mir Ihren Namen? Stella Sweeney? Ich schaue mal nach.« Ich hörte Klicken. »*Gezwinkerte Gespräche*? Die Bestellung wurde von Mannix Taylor aufgegeben; er hat auch die Rechnung bezahlt. Im September letzten Jahres hat er die Lieferung von fünfzig Exemplaren entgegengenommen.«

»Mit Exemplaren meinen Sie Bücher?«

»Ja.«

»Und warum habe ich sie heute bekommen?«

»Das kann ich Ihnen leider nicht sagen. Vielleicht sollten Sie das mit Mr. Taylor besprechen.«

»Aber ich werde nie wieder mit ihm sprechen.«

»Möglicherweise sollten Sie sich das noch einmal überlegen«, sagte sie. »Ich kann Ihnen leider nicht weiterhelfen.«

»Kommen die Bücher denn in die Buchhandlungen?« Inzwischen war ich ein bisschen aufgeregt.

»Wir sind ein Privatverlag.« Sie klang förmlich und vielleicht ein bisschen abwehrend. »Unsere Veröffentlichungen gehen allein an unsere Kunden, zu ihrer privaten Verwendung.«

»Ich verstehe.« Und ich hatte schon gedacht, ich hätte ein echtes Buch geschrieben. Ein Hauch der Enttäuschung streifte mich, war aber im nächsten Moment verflogen.

»Vielen Dank.« Ich legte auf. »Mannix Taylor hat das gemacht«, sagte ich zu Karen.

»Aha! Wer hätte gedacht, dass du im Bett so gut bist?«

»Damit hat es nichts zu tun. Er hat sie letzten September drucken lassen.«

Sie sah mich starr an. Ihre Stirn hätte sich kraus gezogen, wenn das Botox das zugelassen hätte. »Anscheinend ... *mag* er dich. Warum bloß?«

»Weil ich positiv und optimistisch bin«, sagte ich, »eine Inspiration für andere. Angeblich.«

»Ich bin die mit der Inspiration.«

»Ich weiß. Also ...?«, fragte ich. »Was soll ich tun?«

»Ich verstehe, was du meinst. Das Recyceln würde ein Vermögen kosten, nachdem es jetzt nach Gewicht geht. Du könntest sie ... was weiß ich ... für Geburtstage aufheben? Nach und nach verschenken?«

»Ich meine, was soll ich mit ihm machen?«

Ihre Lippen wurden schmal. »Warum fragst du mich das? Du weißt, was du willst. Und du kannst es nicht haben.«

»Aber du hast selbst gesagt, dass er mich offenbar mag.«

»Du hast zwei Kinder. Du trägst für sie die Verantwortung.«

»Er hat gesagt, er liebt mich.«

»Er kennt dich ja nicht mal.«

Karen bestand darauf, dass wir unsere Handys ausschalteten, solange Kundschaft im Laden war – das sei professioneller, sagte sie. Aber als ich um halb eins keinen Kunden hatte, schaltete ich mein Handy an, um rasch Betsy und Jeffrey in ihrer Mittagspause in der Schule anzurufen. Das war Teil meiner Strategie, wie ich sie wieder zurückgewinnen konnte – ich widmete ihnen so viel Zeit wie möglich und erinnerte sie außerdem daran, dass ich sie lieb hatte.

Ich schickte ein kleines Stoßgebet zum Himmel, dass ihre verschlossenen Herzen sich erweicht haben mögen, konnte es aber kaum glauben, als Betsy gleich dran war. »Hi, Mom.«

»Hallo, Liebes! Wollte nur schnell Hallo sagen. Wie geht es so?«

»Gut!«

»Hast du zu Mittag gegessen?«

»Ja, Mom«, sagte sie ernst. »Und ich habe mich heute Morgen angezogen, sogar die Schuhe.«

»Sehr gut! Hahaha! Und Frühstück?«

»Na ja. Du kennst Dad ja. Er ist kein guter Hausmann.«

Ich sollte Ryan jetzt nicht schlechtmachen. Geh vorsichtig vor, warnte ich mich. Halt dich da raus. »Okay. Ruf mich an, wenn du was brauchst, Hilfe bei den Hausaufgaben oder so, jederzeit.«

»Okay. Hab dich lieb, Mom.«

Hab dich lieb! Das war ein riesiger Schritt nach vorne.

Davon ermutigt wählte ich Jeffreys Nummer. Gut, kein so großer Schritt. Er weigerte sich immer noch, mit mir zu sprechen. So wie Ryan auch.

Aber ich war trotzdem voller Hoffnung und überprüfte meine eingegangenen Nachrichten. Vier Nachrichten auf der Mailbox. Alle von Mannix Taylor.

Ich warf einen ängstlichen Blick über die Schulter – Karen würde ausrasten, wenn sie bemerkte, dass ich sie abhörte. Dann überkam mich eine seltsame Ruhe. Ich war eine erwachsene

Frau. Die nur ein Leben hatte. Ich würde mir anhören, was er zu sagen hatte, und die Konsequenzen dafür tragen.

Ich wurde aus meinen Gedanken gerissen, weil das Telefon in dem Moment klingelte. Er war es: Mannix Taylor.

Selbstbewusst drückte ich auf die grüne Taste. »Hallo.«

»Hallo?« Er klang überrascht. »Entschuldige, ich hatte nicht erwartet, dass du abnimmst.«

»Da sieht man es wieder.«

»Hast du die Bücher bekommen?«

»Was soll das alles?«

»Wenn wir uns sehen, erzähle ich es dir.«

Darüber musste ich nachdenken. »Wo würden wir uns treffen? Ich komme nicht in deine Wohnung. Da komme ich nie wieder hin. Und nein, du kannst nicht zu mir nach Hause kommen, da brauchst du gar nicht zu fragen.«

»Also, wie wär's mit ...«

»Fibber McGee's auf ein Bier und ein getoastetes Sandwich? Nein. Patrick Guilbaud's, wo alle Kellner unser peinliches Gespräch belauschen? Nein. Das Powerscourt Hotel, wo ich lauter Leute treffe, die ich kenne? Nein.«

Er lachte leise. »Es gibt ein Ferienhaus in Wicklow, direkt am Strand. Es gehört mir und meinen Schwestern. Es liegt eine halbe Stunde mit dem Auto von Ferrytown entfernt, und bevor du fragst – Georgie ist seit Jahren nicht mehr da gewesen, sie sagt, es sei langweilig.«

»Ach, es ist also okay, mich an einen öden Ort zu bringen?«

Nach einer Pause sagte er: »Du wirst es nicht öde finden.«

»Und ich brauche mir kein Taxi zu bestellen, wenn du mit mir fertig bist?«

Nach einer weiteren Pause sagte er: »Ich bin noch längst nicht mit dir fertig.«

Mannix' Wegbeschreibung folgend fuhr ich mit dem Rest des Feierabendverkehrs aus der Stadt. In Ashford bog ich von der Hauptstraße in eine Landstraße ein und kam schließlich auf eine schmale Straße zwischen hohen Hecken, die durch Wiesen mit Strandhafer führte. Licht erhellte noch den Abendhimmel, der Frühling war nah.

Ich roch schon das Meer, und als ich zu einer Hügelkuppe kam, lag es vor mir und rollte in Wellen an den Strand, die Oberfläche zinkgrau in der einfallenden Nacht.

Links vor mir stand ganz allein ein niedriges Bauernhaus, in dem freundliches gelbes Licht brannte. Das musste es sein.

Ich fuhr durch ein Tor mit zwei Trockenmauerpfosten und kam zu einer Veranda, auf der ein paar verblichene Korbstühle standen sowie zwei Heizpilze, die ihrer Umweltschädlichkeit wegen von vielen mit Naserümpfen betrachtet würden. (Wenn ich ehrlich sein soll, habe ich nichts gegen sie einzuwenden – Hauptsache, ich friere nicht.)

Mannix stand im Hof, den Arm voller Holzscheite.

Er sah mir zu, als ich das Auto abstellte und ausstieg.

»Hi.« Er lächelte.

»Hi.« Ich sah ihn an. Dann lächelte ich auch.

»Komm rein«, sagte er. »Ist kalt draußen.«

Drinnen war es gemütlich, die Einrichtung schlicht. Im

Kamin brannte ein Feuer, dessen Schatten an den Wänden hochsprangen. Auf dem Holzfußboden lagen ein paar Flickenteppiche, und zwei etwas blank gescheuerte Chenille-Sofas standen einander gegenüber. Im Zimmer verteilt lagen ein paar dicke Sitzkissen und Decken in ausgewaschenen Farben.

»Gleich ist es hier warm«, sagte er. »Das Haus lässt sich gut heizen.«

Er legte die Scheite in eine Kiste und ging durch einen Türbogen in die Küche. Auf dem langen Holztisch lag neben zwei Weinflaschen eine große Einkaufstüte.

»Ich habe zu essen mitgebracht«, sagte er. »Dinner. Ich meine, ich habe es nicht gekocht, wir müssen es einfach im Ofen aufwärmen. Rot oder weiß?«

Ich zögerte. Ich hatte keine Ahnung, wie sich das entwickeln würde. Wenn ich plötzlich den Wunsch hatte, nach Hause zu fahren? Oder meine Kinder mich brauchten? »Rot.«

*Dafür wirst du büßen.* Ich setzte mich an den Tisch, und er stellte ein Glas Wein vor mich.

»Ich will schnell den Weißwein kalt stellen.« Er machte einen Beutel auf und kippte die Eiswürfel darin krachend in einen Metalleimer. »Du meine Güte«, sagte er. »Was ist denn mit dem Eis? Warum ist es so laut?«

Offensichtlich war er auch nervös.

Während er die Flasche in den Eimer mit den Eiswürfeln stopfte, holte ich ein Exemplar von *Gezwinkerte Gespräche* aus der Tasche.

Ich wartete, bis er sich auch ein Glas Wein eingegossen hatte und mir gegenübersaß.

»Also!«, sagte ich ganz geschäftsmäßig. »Erzähl mir hiervon.«

»Ja, gut!« Auch er schlug einen geschäftsmäßigen Ton an. »Ich habe dir lediglich deine eigenen Worte zurückgegeben.

Erinnerst du dich an die Gespräche, die wir im Krankenhaus geführt haben? Du hast die Sätze gezwinkert, und ich habe sie aufgeschrieben. Ich habe die Hefte aufgehoben.«

»Hefte? Plural? Wie viele waren es?«

»Sieben.«

Das fand ich erstaunlich. Ich hatte nicht bemerkt, dass ein Heft voll war und durch ein anderes ersetzt wurde. Damals war mir das Wichtigste, dass ich mich verständlich machen konnte.

»Warum hast du sie aufgehoben?«

»Weil ich … Ich fand dich sehr tapfer.«

Oh. Ich wusste nicht, was ich sagen sollte. Ich hatte nicht gelernt, mit Lob umzugehen.

»Du wusstest nicht, wie krank du warst. Du wusstest nicht, dass kaum einer daran geglaubt hatte, du könntest gesund werden.«

»Oh.« Vielleicht war es besser, dass ich das nicht gewusst hatte.

»Und nachdem ich angefangen hatte, dich nach der ›Weisheit des Tages‹ zu fragen, hast du viele kluge Dinge gesagt.«

»Ach, das glaube ich nicht«, sagte ich automatisch.

»Ich habe die Sprüche gelesen, und als ich wusste, dass Georgie nie ein Kind bekommen würde und dass sie und ich nicht zusammenbleiben würden, da haben sie …« Er zuckte die Achseln. »Also, sie haben die Trauer – wenn das das richtige Wort ist – ein klein wenig geschmälert.«

»Aber warum hast du daraus ein Buch drucken lassen?«

»Ich … ich wollte das.«

So war er, kurz und knapp: Ich wollte das.

»Roland hat mich auf die Idee gebracht«, sagte er. »Nach seiner Therapie hat er ein Buch über sein ausschweifendes Leben geschrieben. Kein Verlag wollte es, deshalb hat er sich an diese Leute gewandt. Doch dann ging ihm auf, dass er nicht noch mehr Schulden anhäufen sollte, mit einem Buch über seine riesigen Schuldenberge. Aber ich habe über deine Sachen nachgedacht. Ich hatte eine Beschäftigung, die mich ablenkte – ich musste das Papier auswählen, mich um Schrift und Layout kümmern. Ich hatte die Hoffnung, dass ich es dir irgendwann schenken könnte.«

»Hast du das gemacht, bevor ihr euch getrennt habt oder danach?«

»Vorher.«

»Das ist nicht gut.«

»Das ist überhaupt nicht gut. Und deshalb ist es keine Überraschung, dass Georgie und ich uns scheiden lassen.«

Okay. Nächster Punkt. »Warum hast du mich gehen lassen? Neulich Nacht?«

»Weil ich nicht wusste, was ich falsch gemacht hatte. Ich hatte geschlafen, ich war gerade aufgewacht und wollte dir zu verstehen geben, dass ich das mit deinen Kindern und so verstehe, und im nächsten Moment fliegt mir ein Schuh an den Kopf.« Er lehnte sich über den Tisch. »Es war ein Missverständnis. Ich habe angerufen und es dir zu erklären versucht. Ich wollte mich entschuldigen. Ich habe dich achtmal angerufen.«

Ich nickte. Das stimmte.

»Warum hast du nicht zurückgerufen?«, fragte er.

Ich war verdutzt. »Meinst du das im Ernst?«

»Natürlich. Ich hatte um Entschuldigung gebeten. Ich stand mit erhobenen Händen vor dir. Mehr konnte ich nicht tun. Warum hast du mich nicht angerufen?«

Warum ich ihn nicht angerufen hatte? »Weil ich meinen Stolz habe.«

»Das kann man sagen.« Er sah mich lange und prüfend an. »Wir unterscheiden uns in vielem, du und ich.«

»Meinst du, das ist ein Problem?«

»Ich weiß nicht. Vielleicht.«

Irgendwo war ein Knacken zu hören, und wir zuckten beide zusammen. Es war nur das schmelzende Eis im Eimer, aber es durchbrach die angespannte Stimmung.

»Hast du ein Tuch, mit dem man sich die Augen verbinden kann?«, fragte ich plötzlich.

»Weshalb?«

»Jetzt bin ich hier. Wir können uns doch amüsieren.«

»Was hast du ... warum die Augen verbinden?«

»Ich hab das noch nie gemacht. Ich bin auch noch nie gefesselt worden.«

»Nein?« Verschiedene Reaktionen spiegelten sich in seinen Augen – Vorsicht, Neugier. Und Interesse. »Noch nie?«

»Ryan ist ... ziemlich zahm.«

Mannix lachte. »Und du nicht, was?«

»Ich weiß es nicht. Ich hab's nie ausprobiert. Aber jetzt möchte ich es wissen.«

Er stand auf und nahm mein Handgelenk. »Dann komm.«

»Warum so eilig?« Ich griff nach meiner Handtasche, und er zog mich einen schmalen Flur entlang.

»Weil ich Angst habe«, sagte er, »du könntest es dir anders überlegen.«

Er öffnete eine Tür und sah hinein, als müsste er prüfen, ob die Möglichkeiten, jemanden zu fesseln, dort gegeben waren. Ich ging in das Zimmer hinein – ein Schlafzimmer, das von zwölf oder mehr dicken Kerzen erleuchtet wurde. Die Messingpfosten des Bettes warfen den Schein der Flammen zurück, und die Bettdecke war fast vollständig von einer dicken Schicht dunkelroter Rosenblätter bedeckt. Ich wusste nicht recht – sollte ich mich geschmeichelt fühlen oder beleidigt sein? »Du hast dir ja gute Chancen ausgerechnet.«

Es hatte den Anschein, als wollte er sich rausreden, dann zuckte er die Achseln und lachte. »Das stimmt«, sagte er.

Wir fielen in hungrigen Küssen übereinander her, und er steuerte mich durch das Zimmer. Ich machte mich an seinem Hemd zu schaffen, öffnete drei Knöpfe, dann spürte ich die Bettkante in den Kniekehlen und ließ mich rückwärts auf die Matratze fallen. Blütenblätter stoben auf, Rosenduft füllte die Luft.

Er setzte sich rittlings auf mich und strich mit beiden Händen über meine Bluse, fuhr mit den Fingern zwischen die Knöpfe, die einer nach dem anderen aufsprangen. Ich trug einen schwarzen BH mit Verschluss auf der Vorderseite, und als er ihn öffnete, drängten meine Brüste heraus, leuchtend weiß im Kerzenlicht.

»Oh!«, sagte er und hielt inne.

»Okay?« Ich konnte kaum atmen.

Er nickte mit leuchtenden Augen. »Sehr okay.«

Er öffnete rasch die letzten beiden Knöpfe an seinem Hemd und streifte es ab. Dann zog er seinen Gürtel aus den Schlaufen des Hosenbunds und hielt ihn mit beiden Händen gestreckt. Er sah mich an, als wollte er zu einer Entscheidung kommen.

Und ...?

»Willst du's wirklich ausprobieren?« Blitzschnell drehte er mich um, schob meinen Rock nach oben und verpasste mir mit der Gürtelspitze einen Schlag auf den Po. Es tat weh.

»Hör auf! Ich will es doch lieber auf die normale Tour!« Ich kreischte, ich war erregt und empört, und er ließ sich lachend auf mich fallen.

»Okay, das lassen wir mal lieber.« Er zog mich zu sich, und seine Augen funkelten. »Aber du möchtest gefesselt werden, ja?«

»Nein. Ja. Ich weiß nicht.«

»Na gut.« Er legte mich in die Mitte des Bettes, streckte mir die Arme über den Kopf und, nachdem er seinen Gürtel um meine Handgelenke gewunden hatte, befestigte er ihn mit der Schnalle an einer Strebe des Kopfteils. Im Schein der Kerzen arbeitete er voller Konzentration und prüfte, dass ich sicher angebunden war.

»Sollen wir ein Wort ausmachen?« Plötzlich war mir unbehaglich. »Falls ich nicht weitermachen möchte?«

Da musste er wieder lachen.

»Mach dich nicht über mich lustig.« Ich war gekränkt.

»Das tue ich auch nicht. Du bist so ... süß. Also gut. Wie wär's mit ›Nein‹?« Er zog eine Augenbraue hoch. Oder ›Stop‹?«

Ich sah ihn verunsichert an.

»Sag einfach ›Hör auf, Mannix‹, dann höre ich auf«, sagte er.

Er faltete sein Hemd zusammen.

»Was machst du jetzt?«

»Ich habe kein Tuch hier, um dir die Augen zu verbinden«, sagte er. »Ich improvisiere.«

Er faltete das Hemd immer wieder, bis es ein schmaler ordentlicher Streifen war.

»Gut so?« Er hielt es mir vors Gesicht.

Ich schluckte. »Ja.«

Er legte es mir über die Augen und knotete es fest, und mir wurde ein bisschen mulmig.

»Kannst du noch atmen?«

Ich nickte. Statt des Rosenaromas konnte ich jetzt nur ihn riechen.

Ich spürte seine Hände am Werk, sie zogen mir den Rock aus, dann den Slip. Eine Tür knarrte, vermutlich eine Schranktür, dann wurde etwas Kühles, Seidiges um meine Fußgelenke geschlungen. Ich war mir ziemlich sicher, dass es eine Krawatte war. Ich spürte ein Ziehen, das bis in mein Hüftgelenk ging, dann konnte ich mein Bein nicht mehr bewegen. Das Gleiche passierte auf der anderen Seite, dann lag ich ausgestreckt und gefesselt da. Ich versuchte, meine Hände zu bewegen, und empfand wieder den Anflug von Angst. Ich hatte es gewollt, und jetzt war ich mir unsicher.

Es war still im Zimmer. Ich konnte ihn nicht hören. War er gegangen? Meine Angst wuchs. Er konnte mich in diesem entlegenen Haus liegen lassen – niemand wusste, dass ich hier war, und – da senkte sich plötzlich sein Gewicht auf mich, und sein Atem war heiß an meinem Ohr. »Es wird dir bestimmt gefallen«, flüsterte er. »Das verspreche ich dir.«

Später nahm Mannix mir die Augenbinde ab und befreite meine Arme und Beine, die schwer auf das mit Blütenblättern bestreute Bett fielen. Ich lag benommen in schwereloser Glückseligkeit und starrte eine lange Zeit an die Decke, auf die Holzbalken …

»Mannix?«, murmelte ich schließlich.

»Mmmm?«

»In einer Zeitschrift habe ich von freischwingenden Betten gelesen, die aufgehängt werden.«

Er lachte leise. »Schwingende Betten?«

»Mhm. Nicht zum Schlafen, sondern für … du weißt schon.«

Er rollte sich auf mich, dass wir uns ins Gesicht sehen konnten. »Für ›du weißt schon‹?«

»Ja.«

»Du bist voller Überraschungen.«

Ich ließ meine Hand über seine festen Muskeln gleiten. »Was tust du dafür?«

»Wofür?«

»Welchen Sport machst du?«

»Ich schwimme.«

»Lass mich raten. Gleich nach dem Aufstehen. Auf der Schnellschwimmerbahn, niemand kommt dir in die Quere. Vierzig Bahnen.«

Er lächelte etwas verlegen. »Fünfzig. Aber andere kommen mir wohl in die Quere. Es macht mir nichts aus ... und manchmal gehe ich Segeln.«

»Hast du ein Segelboot?«

»Rosas Mann, Jean-Marc, hat eins. Manchmal leiht er es mir. Ich liebe das Wasser.«

Ich nicht. Ich hatte Angst vor Wasser. »Ich kann nicht mal schwimmen.«

»Warum nicht?«

»Ich weiß nicht. Ich habe es nie gelernt.«

»Ich bringe es dir bei.«

»Ich will es gar nicht lernen.«

Da lachte er. »Und was machst du?«

»Zumba.«

»Wirklich?«

»Also, ich habe es ein paarmal versucht. Es ist schwierig. Die Schritte sind kompliziert. Eigentlich mache ich nichts. Erzähl mir was. Erzähl mir von deinen Neffen.«

»Ich habe vier. Die Jungen von Rosa heißen Philippe, der demnächst zehn wird, und Claude, er ist acht. Und Heros Söhne, Bruce und Doug, sind auch zehn und acht. Es macht viel Spaß mit ihnen. So wie Jungen eben sind – ruppig, unkompliziert.«

»Sie sind nicht immer so.« Ich dachte an Jeffrey. »O nein!« Plötzlich fiel mir ein, dass ich Betsy und Jeffrey anrufen sollte. »Wie spät ist es?«

»Jetzt?« Mannix drehte sich um und sah auf den tickenden altmodischen Wecker auf dem Nachttisch. »Zehn nach neun.«

»Gut.« Ich wand mich von ihm los.

»Willst du gehen?«

»Muss die Kinder anrufen.« Ich hob meine Handtasche, die auf dem Boden lag, ins Bett.

»Ich lass dich allein.«

»Nicht nötig.«

Er verharrte, halb drin, halb draußen.

»Wenn du leise bist.«

»Natürlich.« Fast war er beleidigt.

»Es würde sie verstören, wenn sie wüssten, dass ich sie … von hier anrufe.«

»Stella, das ist mir klar.«

Ich kramte nach meinem Handy. Wie üblich ging Jeffrey nicht dran, aber Betsy nahm ab.

»Ist alles in Ordnung, Schatz?«, fragte ich.

»Ich habe Sehnsucht nach dir, Mom.«

*Treffer!* »Ich bin doch immer für dich da, Schatz«, sagte ich leichthin. »Was gab's zum Abendessen?«

»Pizza.«

»Na, wunderbar.«

Im Hintergrund war eine laute Stimme zu hören. Es klang nach Ryan.

»Ist alles in Ordnung?«

»Dad sagt, du sollst ihn nicht dauernd kontrollieren. Er ist so lange Vater, wie du Mutter bist.«

»Entschuldigung, aber …«

»Bis später.« Sie legte auf.

»Alles okay?« Mannix musterte mich.

Ich gab ihm mein Telefon, er ließ es in meine Tasche fallen, und ich sagte: »Mach, dass es mir besser geht.«

Er sah mir in die Augen und nahm meine Hand: »Meine liebe Stella.« Mit großer Zärtlichkeit küsste er die rissige Haut auf den Fingerknöcheln. Ohne den Blick von mir abzuwenden, wanderte er mit dem Mund meinen Arm entlang, zu meiner Ellbogenbeuge, und ich atmete aus und ließ ihn einfach machen.

Als ich aufwachte, hörte ich das Rauschen des Meeres. Gerade ging die Sonne auf. Mannix schlief, ich schlüpfte aus dem Bett und zog mir den Schlafanzug an, den ich mitgebracht hatte – wie Betsy, wenn sie bei einer Freundin übernachtete.

Ich machte mir einen Tee, wickelte mich in eine Decke und nahm mein Exemplar von *Gezwinkerte Gespräche*.

Draußen war es kalt, aber trocken, und ich blickte aufs Meer hinaus, über den Strandhafer hinweg und den weißen Sand, und ich sah, wie der Himmel sich langsam erhellte. Ich hatte das Gefühl, im Leben einer anderen Frau zu sein, vielleicht aus einem Roman von Nicholas Sparks.

Einfach um zu probieren, wie es sich anfühlte, legte ich beide Hände um den Becher – etwas, das ich normalerweise nie tun würde. Es war recht angenehm, wenigstens zunächst, aber wenn ich den Becher noch lange so hielt, würde ich mir die Finger verbrennen.

Verstohlen schlug ich das Buch auf. Das waren meine Worte, aber diesen Teil von mir kannte ich so gut wie gar nicht. Es war seltsam und vielleicht nicht wirklich gesund, dass ich mich durch die Augen eines anderen betrachtete.

Ich schlug die Seiten um, und mit jedem Satz, den ich las, stiegen Erinnerungen aus meiner Zeit im Krankenhaus in mir auf.

»Stella?« Mannix stand nackt, von einem Handtuch um die Mitte abgesehen, vor mir.

»Mann, du hast mich richtig erschreckt.«
»Und du mich. Ich dachte, du wärst weggefahren. Komm wieder ins Bett.«
»Aber ich bin jetzt wach.«
»Eben darum. Komm wieder ins Bett.«

Im Laden begrüßte Karen mich mit den Worten: »Räum diesen Mist hier weg.« Sie meinte den Karton mit den Büchern. »Dauernd stolpere ich darüber. Hier ist nicht genug Platz.«
»Ist gut, ich verteile sie im Lauf des Tages.«
Sie sah mich genauer an. »Herr im Himmel! Ich brauche gar nicht zu fragen, was du gestern getrieben hast.«
»Wieso?« Woher wusste sie das?
Ihr Blick wanderte zu meinem Handgelenk. »Ist das Blut? Blutest du?«
Ich besah mein Handgelenk. »Das ist ... ein Rosenblatt.« Sie waren überall hingelangt. Obwohl ich geduscht und mir die Haare gewaschen hatte, würde ich sie mir noch die nächsten Tage von der Haut schälen müssen.
»Ich fasse es nicht.« Sie flüsterte beinahe. »Ich rieche es sogar. Die Rosen. Er hat das mit den Rosenblüten gemacht. Du weißt, dass man die kaufen kann? Große Tüten mit Blütenblättern, schon fertig gezupft? Denk bloß nicht, er hat das in stundenlanger Kleinarbeit selbst gemacht. Er hat einfach den Beutel auf dem Bett ausgeleert, dauert nicht mehr als fünf Sekunden.«
»Okay.« Ich hatte das nicht gewusst, aber ich würde nicht mit ihr streiten.
»Und?«, fragte sie. »War's gut?«
Ich wusste nicht, wie ich das beantworten sollte. Ich wollte es ihr erzählen, fürchtete mich aber vor ihrer Missbilligung.

»Sag nichts!« Sie hielt die Hand hoch. »Erzähl es mir nicht. Oder – erzähl mir eins: War es mit Fesseln?«

Ich überlegte. »Ein bisschen.«

Verschiedene Gefühlsregungen wanderten über Karens Gesicht.

Ich spielte mit dem Gedanken, ihr den roten Striemen auf meinem Po zu zeigen, fand aber dann, dass ich nicht so gemein zu ihr sein sollte.

Zwischen halb elf und zwölf Uhr hatte ich keine Kunden, ich ging also raus und verteilte die Bücher an Freunde und Verwandte, die in der Nähe wohnten. Ich wollte den Menschen zeigen, dass Mannix Taylor ein guter Mann war, der Gutes tat.

Es gab unterschiedliche Reaktionen auf das Buch. Onkel Peter war erstaunt, aber im positiven Sinne. »Das stellen wir in die Vitrine. Mach dir keine Gedanken, wir schließen sie ab, da ist es sicher.«

Zoe war beeindruckt. »Wow.« Ihr Kinn begann zu zittern, und sie bekam feuchte Augen. »Da sagt jemand, dass es ihm von Herzen leidtut, und zwar nicht mit Lilien und Pralinen. Vielleicht ist er ein guter Typ, Stella, vielleicht gibt es nicht viele wie ihn.«

Mum war besorgt. »Kannst du verklagt werden? Leute, die Bücher schreiben, werden immer verklagt.«

Dad hingegen platzte fast vor Stolz. »Meine eigene Tochter. Eine Buchautorin!«

»Du weinst ja, Dad!«

»Gar nicht wahr.«

Aber er weinte wohl.

Später rief er an und klagte: »Es gibt ja gar keine richtige Geschichte.«

»Tut mir leid, Dad.«

»Zeigst du es Ryan und den Kindern?«

»Weiß ich noch nicht.« Ich war mir unschlüssig. Wenn ich es ihnen zeigte, konnte das nach hinten losgehen. Aber es nicht zu zeigen, war auch nicht besser.

Am Mittwochabend rief Betsy an. »Mom? Ich habe das Buch gesehen. Das Mr. Taylor für dich gemacht hat. Granddad hat es mir gezeigt.«

»Und?« Ich hielt die Telefonschnur fest in der Hand.

»Es ist superschön, wirklich. Er mag dich, oder?«

»Na ja.« Warum keine ehrliche Antwort geben? »Es scheint so.«

»Mom, könntest du für uns einkaufen?«

»Was braucht ihr denn?«

»Frühstücksflocken und Saft und Bananen. Sachen zum Essen. Du weißt schon. Und Klopapier. Und ich glaube, wir brauchen jemanden, der sauber macht.«

»Ich kann sauber machen.«

»Ich glaube, das würde Dad nicht gefallen.«

»Na gut.« Ich wollte unbedingt, dass Ryan als Alleinerziehender versagte. Aber natürlich wollte ich, dass die Kinder vernünftig aßen und saubere Sachen trugen und ihre Schularbeiten machten. Ich musste meine Unterstützung anbieten.

Aber nicht zu viel Unterstützung.

Am Donnerstagmorgen, bevor ich zur Arbeit ging, kaufte ich alles ein, was Ryan und die Kinder meiner Meinung nach brauchten. Ich hoffte, dass sie schon aus dem Haus waren, als ich klingelte, und da keiner zur Tür kam, schloss ich mit meinem eigenen Schlüssel auf. Das Haus war ein einziger Saustall. Besonders die Küche – alle Flächen waren schmutzig, überall lagen Krümel und Essensreste, der Fußboden war klebrig, der Mülleimer quoll über.

Während ich die Einkäufe im Kühlschrank verstaute und die Arbeitsflächen sauber wischte, gestand ich mir ein, dass dies der schiere Wahnsinn war: Sie hatten mich verlassen, und hier war ich, kaufte für sie ein, putzte für sie. Aber ich wusste, dass sich das Blatt für Ryan schon bald wenden würde, und dann wären die Kinder wieder bei mir.

Allerdings musste ich mir eingestehen, dass ich sie gar nicht zurückhaben wollte. Jetzt noch nicht. Ich wollte diese Zeit allein für mich.

Nur dass ich nicht allein war. Ich war mit Mannix zusammen.

Die ganze Woche fuhr ich gleich nach der Arbeit zu dem Haus am Strand, wo er schon auf mich wartete, wo die Kerzen brannten und der Wein eingeschenkt und der Kühlschrank voller köstlicher Dinge war, von denen wir kaum etwas aßen. Sobald ich zur Tür hereinkam, fiel er über mich her. Wir machten es so oft, dass ich ganz wund war. Wir machten es überall – er zog mich auf dem Teppich vor dem Kaminfeuer aus und streichelte meine Brustwarzen mit Eiswürfeln, er trug mich ins Freie, wo wir uns trotz der Kälte auf dem Sand wälzten. Einmal wachte ich mitten in der Nacht mit einem solchen Verlangen auf, dass ich ihn streichelte, bis er hart genug war, dass ich mich auf ihn setzen konnte, und erst dann wachte er auf. Und am Morgen, bevor jeder zu seiner Arbeit fuhr, machten wir es mindestens noch einmal.

Trotzdem war ich am Donnerstag um die Mittagszeit so spitz auf ihn, dass ich nicht glaubte, bis zum Abend warten zu können, und als ich eine Lücke zwischen zwei Kunden hatte, fuhr ich nach Hause und rief ihn an.

»Wo bist du?«
»In der Klinik.«
»Bist du allein?«

»Warum?«

»Ich habe keinen Slip an.«

»O nein«, stöhnte er. »Nicht, Stella.«

»Doch, Stella. Ich liege bei mir auf dem Bett.«

»Mach das nicht. Und du hast noch nie Telefonsex gehabt?«

»Man macht alles zum ersten Mal. Ich streichle mich, Mannix.«

»Stella, ich bin Arzt! Ich habe Patienten. Lass das bitte.«

»Mach schon«, flüsterte ich. »Hast du einen Steifen?«

»Ja.«

»Stell dir vor, ich bin bei dir. Stell dir vor, ich nehme deinen Schwanz in den Mund, und meine Zunge ...«

So redete ich weiter und hörte zu, wie sein Atem immer schneller und hastiger wurde.

»Hast du dich ... in der Hand?«, fragte ich.

»Ja.« Er stöhnte.

»Reibst du dich?«

»Ja.«

»Mach schneller. Denk an mich, denk an meinen Mund, denk an meine Titten.«

Er stöhnte lauter.

»Kommt es dir?«

»Ja.«

»Wann?«

»Gleich.«

»Mach schneller«, sagte ich.

Ich redete weiter, bis er ein Geräusch machte, das zwischen Stöhnen und Wimmern war. »O nein«, flüsterte er. »O Mann!«

Ich wartete, bis sein Atem sich normalisiert hatte. »War das ...?«

»Ja.«

»Echt?!«

Telefonsex. Ich! Wer hätte das gedacht?

Ich schlief nicht länger als vier Stunden pro Nacht, aber ich war nie müde. Dann rief Dr. Quinn an und sagte, die Laborergebnisse seien gekommen und alles sei normal, aber das wusste ich mittlerweile selbst. Meine chronische Müdigkeit war verflogen.

Die paar Tage waren wie Ferien von meinem Leben, und wenn Mannix und ich es nicht miteinander trieben, lagen wir auf dem Bett und erzählten in langen, verschlungenen Gesprächen von unser beider Leben.

»... und dann habe ich fünf Sommer lang in einer Dosenfabrik in München gearbeitet.«

»Warum hat dein Vater nicht für dein Studium bezahlt?«

»Er hatte das Geld nicht. Im ersten Semester hat er die Gebühren bezahlt, und später wollte er das Geld zurückhaben.«

»Warum das denn?«

»Er brauchte es.«

»Im Krankenhaus hast du mir erzählt, du seist Arzt geworden, um deinem Vater einen Gefallen zu tun. Stimmt das?«

»Eigentlich wollte ich Roland schützen. Ich dachte, mein Vater würde ihn in Ruhe lassen, wenn ich Arzt würde.«

»Aber jetzt bist du gern Arzt?«

»Ja, doch. Im Umgang mit Patienten bin ich wahrscheinlich nicht der Beste, das weißt du ja. Die Menschen erwarten Wunder, bloß weil man an der Universität war, und ich kann keine Wunder wirken, und das bedrückt mich. Bei Patienten, die einen Schlaganfall hatten, oder solchen mit Parkinson – bestenfalls kann ich sie begleiten und ihre Symptome lindern. Ich kann niemanden heilen.«

»Klar.«

»Bei dir war das anders, Stella. Da gab es die Chance, dass du eines Tages vollständig geheilt sein könntest und dass du mein Wunder sein würdest. Und so ist es gekommen.«

Ich wusste nicht, was ich darauf sagen sollte. Das Wunder von jemandem zu sein war ein schöner Gedanke.

»Und warum Neurologie?«, fragte ich. »Hättest du ein anderes Fach wählen können?«

Er lachte. »Ich kann kein Blut sehen, das ist der eigentliche Grund. Ich hätte nie Chirurg werden können. Was gab es noch für Möglichkeiten? Augenheilkunde. Keine schöne Vorstellung, täglich mit Augen zu arbeiten. Oder Gehirnspezialist. Oder Internist. Ich meine, kannst du dir das vorstellen?«

»Was hättest du denn lieber mit deinem Leben gemacht? Wenn du nicht Arzt geworden wärst?«

»Ich weiß es nicht. Ich hatte nie eine Leidenschaft. Ich wäre gern Vater geworden, obwohl das nicht als Berufung gilt.«

Da. Jetzt war es gesagt. Das Thema, um das wir uns seit mehreren Tagen herumtasteten.

»Und jetzt, Mannix?«, fragte ich vorsichtig. »Möchtest du jetzt noch Kinder?« Wir mussten uns die Frage stellen.

Er seufzte und nahm eine andere Position ein, damit er mir in die Augen sehen konnte. »Der Zug ist abgefahren. Nach all den Enttäuschungen, die Georgie und ich erlebt haben ... Es ging so viele Jahre, immer wieder diese Hoffnungen, auf die dann so große Enttäuschungen folgten. Aber ich habe mich damit abgefunden.« Er klang erstaunt. »Dabei fällt mir das eher schwer. Aber doch, ja, ich habe mich damit abgefunden. Ich liebe meine Neffen, wir sehen uns oft, wir haben es gut zusammen, das reicht. Und du?«

Ich war so verrückt nach Mannix, dass ich bei der Vorstellung, einen Baby-Mannix zu haben, unwillkürlich erschauderte. Und der Gedanke, mit seinem Kind schwanger zu sein, erregte mich.

Aber ich wusste, wie die Wirklichkeit war – Babys bedeuteten viel Arbeit. Viele Frauen bekamen in meinem Alter und noch später Kinder, aber mein mütterlicher Instinkt war mit den beiden Kindern, die ich hatte, befriedigt.

»Ich glaube, Kinder gehören nicht zu unserer Geschichte«, sagte ich.

»Und das ist in Ordnung«, sagte er.

Ich schwieg und dachte an meine Kinder – dass ich ihr Zuhause zerstört hatte und dass sie mir nie verzeihen würden.

»Sie kommen zu dir zurück«, sagte Mannix.

»Der Zeitpunkt ist denkbar schlecht gewählt. Gerade haben wir herausgefunden, dass Betsy mit ihrem Freund schläft. Ich sollte mich um sie kümmern.«

»Das geht nur, wenn sie das möchte. Aber mit der Zeit werden sich die Wogen schon glätten.«

Wahrscheinlich hatte er recht. Aber zwischen Ryan und den Kindern bestanden mittlerweile solche Spannungen, dass Jeffrey nicht mehr mit Ryan sprach.

»Weißt du«, sagte ich, »ich kann mich nur schwer an den Gedanken gewöhnen, dass Betsy mit ihrem Freund schläft.«

»Aber du hast auch mit deinem Freund geschlafen, als du siebzehn warst.«

»Na klar. Und du? Mit siebzehn? Ich weiß schon, du brauchst gar nichts zu sagen. Du findest es toll, stimmt's?«, sagte ich. »Sex, meine ich.«

Er stützte sich auf und sah mich an. »Ja. Warum sollte ich lügen. Ich begehre dich.«

»Und andere Frauen?« Ich wollte mir eine Vorstellung machen können, ob es andere Frauen gab.

»Willst du etwa eine Liste?«

»War die letzte, mit der du vor mir geschlafen hast, deine Frau?«

»Nein.«

Da hatte ich es. Ich wusste nicht, ob ich mehr Information verkraften konnte. Hatte es viele Frauen gegeben?

»Nein«, sagte er, weil er meine Gedanken las. »Außerdem, du findest es auch toll.«

Am Freitagabend um elf kam das abrupte Ende – Betsy rief an.

»Komm und hol uns hier raus. Wir ziehen wieder zu dir«, sagte sie.

»Sofort?«

»Auf der Stelle.«

»Ja … natürlich!« Ich rollte mich von Mannix weg.

»Dad hat keine Ahnung, was es heißt, als Vater Verantwortung zu übernehmen«, sagte Betsy. »Wir sind jeden Tag zu spät zur Schule gekommen. Und jetzt sagt er, er kann uns morgen nicht zu unseren Verabredungen fahren. Das geht so gar nicht.«

»Kommt … Jeffrey auch nach Hause?« Er ging nie ans Telefon, wenn ich anrief.

»Ja. Aber er ist stinksauer auf dich, und das ist mein voller Ernst.«

»In einer Dreiviertelstunde bin ich bei euch.«

»In einer Dreiviertelstunde? Wo bist du denn?«

Ich legte auf und sprang aus dem Bett.

»Wohin willst du?«, fragte Mannix besorgt.

»Nach Hause.«

»Und was passiert jetzt?«

»Ich weiß es nicht.«

»Wann sehen wir uns?«

»Ich weiß es nicht.«

Als ich über die dunkle leere Autobahn zurück nach Dublin fuhr, musste ich mich den Gedanken stellen, die ich die ganze Woche über weggeschoben hatte. Bestimmte Dinge musste eine frisch von ihrem Mann getrennte Mutter von zwei Kindern beachten, wenn sie sich auf einen neuen Partner einließ: Die Existenz des neuen Mannes sollte unbedingt geheim gehalten werden, bis die Frau sicher sein konnte, dass es sich um einen anständigen und zuverlässigen Menschen handelte, der sich um ihre Kinder bemühen würde, und dass die neue Beziehung diese Spannung aushalten würde – all das hatte ich verkehrt gemacht. Aber weil mich Jeffreys Schulkameraden mit Mannix auf dem Pier gesehen hatten, war alles so überstürzt geschehen. Und die unerwarteten und magischen Tage in dem Cottage am Strand hatten ihr Übriges dazu beigetragen.

Ryan öffnete mir die Tür und lächelte verlegen. Er war so erleichtert, die Kinder loszuwerden, dass er darüber seine Wut auf mich vergaß.

»Also, Kinder!« Er winkte ihnen von der Tür aus zu. »Wir sehen uns!«

»Ja, klar.« Betsy zog ihren Rollkoffer hinter sich her, verstaute ihn und setzte sich auf den Beifahrersitz. Ohne ein Wort hob Jeffrey seinen Koffer in den Wagen und stieg dann ebenfalls ein. Ryan hatte die Haustür schon geschlossen.

»Ich sage das jetzt«, sagte Betsy und hatte den Blick starr nach vorn gerichtet. »Und ich sage es nicht, weil ich stinkwütend auf ihn bin, aber er ist ein Scheißvater. Entschuldigung wegen des Schimpfworts.«

»Scheiße ist kein Schimpfwort.«

»Mom! Du solltest ein Vorbild sein, bitte!«

Als wir zu Hause angekommen waren, zog Betsy mich zur Seite. »Mit mir ist alles absolut klar, aber du solltest vielleicht versuchen, mit ...« Sie riss die Augen weit auf und deutete zur Treppe hinüber, wo Jeffrey gerade verschwand. »Mach schon, Mom.« Sie gab mir einen Klaps auf den Po – offensichtlich war ich diese Woche damit dran – und sagte dann: »Entschuldige, komplette Grenzüberschreitung, tut mir leid!«

*Was sollte das jetzt?*

Ich wartete ein paar Minuten und klopfte dann an Jeffreys Tür. Er hatte sich schon den Schlafanzug angezogen und lag im Bett.

»Darf ich mich setzen?«

»Meinetwegen.« Er setzte sich im Bett auf und zog sich die Decke bis zum Kinn. »Ist Mr. Taylor dein neuer Freund?«

»Ich ... äh, ich weiß es nicht.«

»Du hast eine Affäre mit ihm«, sagte Jeffrey. »Deshalb habt ihr euch getrennt, Dad und du.«

»Ich hatte keine Affäre mit ihm.« Das konnte ich ehrlich sagen.

»Und was ist mit dem Buch? Das hat er vor langer Zeit schon gemacht.«

»Ich hatte keine Affäre mit ihm.« Ich klang wie ein Politiker. »Ich hatte seit über einem Jahr nichts von ihm gehört.«

»Ist er verheiratet?«

»Ja, aber sie lassen sich scheiden.«

»Hat er Kinder?«

»Nein.«

»Deswegen ist er mit dir zusammen. Weil du Kinder hast.«

»Nein, das ist nicht der Grund.«

»Müssen wir ihn kennenlernen?«

»Möchtest du das?«

»Wir kennen ihn ja schon. Aus dem Krankenhaus.«

»Aber das ist lange her. Das war eine andere Situation.«

»Er ist also doch dein neuer Freund.«

»Ehrlich, Jeffrey, ich weiß es nicht.«

»Du solltest es aber wissen. Du bist erwachsen.«

Da hatte er recht. Ich sollte es wissen, aber ich wusste es nicht.

»Und du und Dad?«, fragte er. »Zieht ihr nie wieder zusammen?«

Die verschiedensten Gedanken schossen mir durch den Kopf. Theoretisch war alles möglich – aber es war sehr, sehr unwahrscheinlich. »Nein«, sagte ich schließlich. »Nein.«

»Aber das ist so traurig.« Ihm lief eine Träne über die Wange.

»Jeffrey.« Sein Kummer war wie ein Messer in meinem Fleisch. »Ich wünschte, ich könnte euch diesen Schmerz ersparen. Ich wünschte, ich könnte euch immer von glücklichen Dingen erzählen. Für einen jungen Menschen wie dich ist das eine harte Erfahrung.«

»Du glaubst, dass Mr. Taylor dich mag. Vielleicht stimmt das auch. Aber er ist nicht mein Dad. Er kann dein neuer Freund sein, aber du kannst aus uns keine neue Familie machen.«

»Das stimmt.« Während ich das sagte, nahm ich mir vor, nichts zu versprechen, was ich nicht halten konnte.

»Aber wenn er schon dein Freund ist, dann sollten wir ihn kennenlernen.«

Damit hatte ich nicht gerechnet. »Meinst du, du und Betsy?«

»Und Grandma und Granddad. Und Tante Karen, Onkel Enda, Tante Zoe – alle.«

Jeffrey sah Mannix kalt an. »Mein Dad hat einen Mitsubishi Pick-up. Das beste Auto der Welt.«

Jeffreys Begrüßung bei dem ersten Treffen mit Mannix konnte man nicht gerade als freundlich bezeichnen.

»Da, äh, da ist was dran.« Mannix nickte energisch und bemühte sich, unbefangen zu wirken. »Wahrscheinlich ist es das beste Auto der Welt. Pick-ups sind ... ja ... wirklich großartig.«

»Was für ein Auto haben Sie denn?«, fragte Jeffrey.

Ich sah angespannt zu. So viel hing davon ab.

»Meins, ja, also, das ist auch ein Japaner. Nicht so gut wie der Mitubishi Pick-up, aber ...«

»Was ist es denn?«

»Ein Mazda MX5.«

»Das ist mehr was für Mädchen.« Jeffreys Spott war gnadenlos.

»Genau genommen war es ja für ein Mädchen«, sagte Mannix. »Es hat meiner früheren Frau, meiner bald von mir geschiedenen Frau, Georgie, gehört. Sie hat sich ein neues Auto gekauft ...«

»Was hat sie sich gekauft?«

»Einen Audi A5. Und sie wollte, dass ich den Mazda nehme.«

»Warum haben Sie sich kein neues Auto gekauft?«

»Weil ... nun ja ... der Audi ist ganz schön teuer.«

»Also, sie kriegt einen neuen Audi und Sie nur einen gebrauchten Mazda? Mann, das ist echt schwach.«

Mannix musterte Jeffrey. Er ließ sich Zeit mit der Antwort.

»Manchmal ist es leichter, klein beizugeben. Als Mann, der mit Frauen zusammenlebt, kannst du dir das bestimmt vorstellen.«

Jeffrey schaute verdutzt. Plötzlich erkannte er, dass er in Mannix möglicherweise einen Verbündeten hatte.

Aber nachdem Mannix gegangen war, lag Jeffrey weinend auf seinem Bett. »Wenn ich Mr. Taylor nett finde«, schluchzte er, »bin ich dann gemein zu Dad?«

Im Lauf der nächsten Wochen stellte ich Mannix meiner Familie und meinen Freunden vor. Karen machte auf heiter und höflich. Zoe wollte sich seines Charmes erwehren, was ihr aber nicht gelang. Mum war nervös und kicherte unaufhörlich. Dad gab sich kumpelhaft und wollte Mannix in ein Gespräch über Bücher verwickeln und war überrascht zu hören, dass Mannix kein Leser war. »Aber Sie sind so gebildet!«

»Ich neige eher zu den Naturwissenschaften.«

»Aber Stella liest sehr viel. Was haben Sie denn dann gemeinsam?«

Mannix und ich wechselten Blicke, und es war, als würde eine Stimme im Verborgenen flüstern: *SexSexSex*.

Dad lief rot an und murmelte etwas und ging aus dem Zimmer.

Was Enda Mulreid von Mannix hielt, konnte man unmöglich sagen, so wenig, wie man sagen konnte, was Enda generell von anderen Menschen hielt. Dad sagte immer von ihm: »Der spielt mit verdeckten Karten.« Und dann sagte er: »Aber wahrscheinlich spielt er gar nicht Karten. Denn da könnte es ja sein, dass es ihm irgendwann anfängt, Spaß zu machen.«

Betsy erklärte, dass sie Mannix nett fand und dass Tyler ihn auch nett fand. »Und Tyler verfügt über gute Menschenkenntnis«, sagte sie ernst. »Manchmal bin ich unglücklich, weil ihr euch getrennt habt. Dann wünsche ich mir, ich wäre wieder klein, und alles wäre so wie früher. Aber so ist das Leben. Du schreibst es ja in deinem Buch: Es kann nicht immer alles eitel Sonnenschein sein.«

Ich nickte besorgt. War sie wirklich so vernünftig, wie sie klang?

»Sie ist verliebt«, sagte Mannix. »Da sieht sie alles durch eine rosa Brille.«

»Wenn du meinst.« Vielleicht war es ja so einfach.

»Erinnerst du dich an das Gefühl?«, fragte Mannix. »Wie es ist, verliebt zu sein? Ich bin nämlich verliebt ...«

»Hör auf!«

Er zuckte zurück und sagte: »Na gut.«

»Sag nicht, dass du in mich verliebt bist. Du kennst mich gar nicht. Und ich kenne dich nicht.«

»Im Krankenhaus haben wir uns kennengelernt.«

»Die paar gezwinkerten Gespräche? Das zählt doch nicht. Das ist nicht die wirkliche Welt. Ich weiß gar nicht, wie ich das Gefühl nennen soll, das ich für dich habe. Aber ich weiß mit Sicherheit, dass du mir allmählich Angst machst.«

»Wie das?« Er klang schockiert.

»Ich habe riesige Angst davor, dass du mich erdrücken wirst.«

»Das mache ich nicht.«

Aber es hatte schon angefangen.

»Früher einmal habe ich Ryan geliebt, dann bin ich krank geworden, und wir haben das nicht überstanden. Früher einmal hast du Georgie geliebt, dann konntet ihr keine Kinder bekommen, und jetzt liebst du sie nicht mehr. Das bedeutet doch etwas.«

»Und was bedeutet das?«

»Dass man erst von Liebe sprechen kann, wenn ein großes

Unglück passiert und man es gemeinsam übersteht. Liebe besteht nicht aus Herzen und Küssen. Und es geht auch nicht nur um tollen Sex. Liebe hat mit Zusammenhalten zu tun. Mit Ausdauer. Dass man das Leben zusammen meistert. Wenn der Schnee einem ins Gesicht weht. Wenn man Frostbeulen an der Nase hat. Wenn ...«

»Gut, gut, ich verstehe. Dann lass die Katastrophe kommen.«

»Ich meine nur ...«

»Wirklich, Stella, ich habe dich verstanden. Du hast völlig recht. Ich werde das Wort ›Liebe‹ erst dann wieder in den Mund nehmen, wenn du es tust.«

Mannix arrangierte ein Treffen für Roland und mich. Als Roland in einem wild gemusterten Hemd und einer Nerdbrille ins Restaurant kam, empfand ich große Wärme für ihn. Ich betrachtete ihn jetzt schon als einen alten und lieben Freund. Wir eilten aufeinander zu, und er drückte mich an seinen mächtigen Körper. »Ich bin dir so dankbar«, sagte er. »Die Therapie hat mir das Leben gerettet.«

»Aber, Roland, ich habe nichts gemacht. Du bist der, der in die Klinik gegangen ist.«

»Du hast mich dazu überredet.«

»Das stimmt nicht, Roland. Du hast dich selbst dazu überredet.«

Dann war es so weit, dass ich Mannix' Schwestern kennenlernen sollte. »Mein Neffe hat Geburtstag. Philippe. Er wird zehn. Eine Familienfeier. Am Samstagnachmittag. Wenn du Betsy und Jeffrey mitbringst, können sich alle auf unkomplizierte Weise kennenlernen. Roland kommt auch.«

Wir fuhren alle zusammen in meinem Auto, weil Mannix immer noch Georgies Zweisitzer hatte. Auf der Fahrt erklärte Mannix, wen Betsy gleich treffen würde, und Betsy – ganz süß – tippte alles in ihr Handy, damit sie die Namen nicht vergessen würde. Rosa und Jean-Marc wohnten in einer großen Villa in Churchtown, und als wir durch das Tor fuhren, sah ich, dass dem steinernen Löwen links auf dem Pfosten der Kopf fehlte. »Das haben Philippe und Claude mit einem Kricketschläger gemacht«, sagte Mannix. »Ich muss jedes Mal lachen, wenn ich das sehe.«

Seine Schwester Rosa, klein und adrett, kam den Flur entlang, um uns zu begrüßen. Ich erkannte das Oberteil, das sie trug, ich hatte das gleiche, es hatte mich acht Euro gekostet. Das war ermutigend.

»Hallo, Stella, ich bin Rosa.« Sie schloss mich zur Begrüßung in die Arme.

»Und ich bin Hero.« Hinter Rosa stand eine andere Frau, die mich ebenfalls umarmte.

Es war verblüffend, wie ähnlich sie sich sahen. Rosa hatte dunkles Haar, und Hero war blond, aber ihre Gesichtszüge und der Körperbau, ja sogar ihre Stimmen waren nahezu identisch.

»Und du bist Betsy?«, fragte Rosa.

»Ja!«, quietschte Betsy und fiel erst Rosa, dann Hero um den Hals. Rosa und Hero schienen bereit, auch Jeffrey mit einer Umarmung zu begrüßen, aber ein Blick von ihm, und sie wichen zurück und gaben stattdessen Mannix einen Kuss auf die Wange.

»Kommt alle herein«, sagte Rosa zu mir. »Stella, wir haben das Gefühl, dass wir dich schon kennen.«

»Mannix hat von dir erzählt, als du krank warst«, sagte Hero.

Ich spürte, wie Mannix erstarrte, und Hero schoss die Farbe ins Gesicht.

»Nicht mit Namen«, sagte sie.

»Natürlich nicht mit Namen!«, sagte Rosa.

»Selbstverständlich nicht«, sagte Hero. »Mannix ist durch und durch professionell.«

»Durch und durch.«

»Verschwiegen wie ein Grab.« Darauf mussten Rosa und Hero kichern.

»Aber er hat uns von deiner Krankheit erzählt ...«

»... und wie tapfer du warst.«

»Das reicht«, sagte Mannix.

»Lasst uns was trinken«, sagte Rosa. »Damit wir den Fauxpas schnell vergessen.«

In der Küche stand ein großer schiefer Kuchen mit der Aufschrift: »Herlichen Glückwunsch, Phiilippe«.

»Ja, ich weiß, ich habe ihn gestern Abend gemacht«, sagte Rosa. »Nach ein paar Gläsern Wein. Möchtest du ein Glas Wein, Stella? Oder lieber Gin?«

»Wein, danke.«

»Betsy? Ein Glas Wein?«

»O nein. Ich trinke absolut nie. Für mich einen O-Saft.«

»Jeffrey? Bier?«

»Ich bin erst fünfzehn.«

»Heißt das ja oder nein?« Rosa lachte perlend, und Jeffrey sagte kühl: »Ich darf keinen Alkohol trinken.«

In sechs Wochen wurde er sechzehn, außerdem hatte er gelegentlich Alkohol getrunken, wenn ich es ihm erlaubt hatte, sodass es ihm jetzt nur ums Prinzip ging. Aber es gab ihm die Gelegenheit zu einer frechen Bemerkung, und die wollte er nicht verstreichen lassen.

»Wenn das so ist, bekommst du einen O-Saft.«

Draußen war Fußgetrappel zu hören, und ein kleiner Trupp Jungen stürzte herein. »Ist Onkel Roland gekomen?«

»Nein. Aber Onkel Mannix ist hier.«

Die Jungen waren Mannix' vier Neffen: Philippe, Claude, Bruce und Doug. Sie alle umarmten Mannix, was ich rührend fand, dann packte Philippe sein Geschenk aus – ein Chelsea-Trikot für die neue Saison. »Krass!«, sagte er. »Du bist super!«

Die vier Jungen interessierten sich kaum für Betsy und mich, wandten sich aber Jeffrey zu.

»Welchen Verein findest du gut?«, fragte Philippe.

»Verein?«, fragte Jeffrey. »Fußball?«

»Oder Rugby ...« Philippe war verunsichert.

»Ich bin für keinen Verein. Gruppensport ist was für Doofe.« Ich war entsetzt. »Jeffrey, bitte.«

»Also, ich bin zwar nur ein Mädchen«, trällerte Betsy, »aber ich stehe voll auf Chelsea! Kommt, wir gehen raus und spielen ein bisschen Fußball.«

»Kommst du auch?«, fragte Philippe Jeffrey voller Demut. »Dann ist es ausgeglichen.« Aber Jeffrey reagierte gar nicht.

»Ich komme mit«, sagte Mannix.

»Au ja!«

Die Ehemänner kamen und sagten guten Tag – Jean-Marc war so gut aussehend, wie sein Name vermuten ließ, Harry hingegen hatte eine ziemliche Wampe, aber beide waren freundlich und umgänglich.

»Nimm dir ein Würstchen im Schlafrock.« Rosa hielt mir einen Teller hin. »Den Geburtstagskuchen essen wir, wenn Roland kommt.«

Kurz darauf brach Gebrüll aus: »Onkel Roland ist da! Onkel Roland ist da!«

Er trug ein Jackett mit einem komplizierten Revers und lächelte über das ganze Gesicht. Sein Geschenk für Philippe war das Auswärtstrikot für Chelsea, und Philippe kriegte sich gar nicht wieder ein vor Freude über dieses Zusammentreffen. »Onkel Mannix hat mir das Heimtrikot geschenkt, und du schenkst mir das Auswärtstrikot. Ist das nicht super?«

»Erstaunlich!«, sagte Mannix ernst.

»Man könnte denken, wir hätten uns abgesprochen«, sagte Roland. Und Mannix und er warfen sich ein Lächeln zu, das von einer so starken Verbindung zeugte, dass es mich regelrecht schockierte.

»Hallo, mein Guter!« Roland trat auf Jeffrey zu. »Ich glaube nicht, dass wir uns schon kennen.«

»Nein ...«

»Sehr erfreut, dich kennenzulernen.«

»Ja, freut mich auch.«

Beinahe hätte ich gelacht. Ich durfte erleben, wie Jeffey weich wurde.

»Und du bist Betsy, richtig?«

Betsy machte große Augen beim Anblick von Rolands Hipster-Klamotten, aber sie war höflich und reizend.

Dann wandte Roland sich mir zu. »Stella.« Er zog mich in seine Arme, dann machte er einen Schritt zurück und musterte mich. »Du siehst fabelhaft aus, Stella, du wirst von Mal zu Mal schöner.«

»Du siehst auch gut aus, Roland.«

»Wirklich?« In einer sinnlichen Bewegung fuhr er sich mit der Hand über den Bauch. »Meinst du wirklich?«

»Ja.« Und plötzlich mussten wir beide losprusten.

Auf der Fahrt nach Hause war Betsy ganz aufgekratzt. »Die Jungen sind supersüß. Richtige Schnuckel.«

»Was sind sie für uns? Stiefcousins?« Jeffrey beschäftigte sich unablässig mit Verwandtschaftsgraden.

»Freunde, hoffentlich.«

»Theoretisch sind sie überhaupt nicht Stief dies oder das, es sei denn, Stella und ich würden heiraten«, sagte Mannix.

»Das passiert aber nicht«, sagte Jeffrey mit einem wütenden Funkeln in den Augen.

Mannix wollte etwas erwidern, aber ich warf ihm einen Blick zu, und er ließ es.

»Hat Onkel Roland eine Freundin?«, fragte Betsy.

»Nenn ihn nicht Onkel«, fuhr Jeffrey sie an.

»Okay. Hat Roland eine Freundin?«, fragte Betsy. »Einen speziellen Menschen in seinem Leben?«

»Nein, zurzeit nicht«, sagte Mannix. »Aber selbst wenn da jemand wäre, wäre es keine Frau.«

»Er ist schwul?«, fragte Betsy. »Das ist ja total cool.«

Ich hielt vor dem Haus, und wir stiegen aus.

»Da steht ja dein Mädchenauto«, sagte Jeffrey zu Mannix. »Damit kannst du jetzt nach Hause fahren.«

»Er kommt mit rein«, sagte ich. »Wir essen zusammen.« Ich versuchte, Mannix sanft, aber bestimmt in unser Leben einzufügen.

»Das ist unser Wochenende bei unserer Mutter«, sagte Jeffrey. »Nächstes Wochenende sind wir bei Dad, da könnt ihr machen, was ihr wollt.« Er schluckte merklich bei dem Gedanken. »Aber für heute ist Schluss. Geh jetzt«, sagte er mit einer wedelnden Handbewegung in Richtung Mannix. »Wir haben das gemacht, was du wolltest, wir haben deine Trantüten von Neffen kennengelernt, und wir haben deine Alki-Schwestern kennengelernt und deinen dicken Bruder, der vor lauter Übergewicht vorzeitig sterben wird.«

»Jeffrey!«, protestierte ich.

»Geh jetzt nach Hause. Meine Schwester und ich haben heute noch was vor, und wir brauchen unsere Mutter, damit sie uns fährt.«

»Georgie möchte dich kennenlernen.«

»Mannix, ich möchte Georgie nicht kennenlernen. Ich habe Angst vor ihr.«

»Aber du musst. Wenn wir es richtig machen wollen, musst du alle kennenlernen.«

Es wurde also ein Tisch im Dimants gebucht. Für zwei Personen.

»Warum für zwei?«, fragte ich Mannix voller Panik. »Kommst du nicht mit?«

»Sie will dich allein treffen«, sagte Mannix.

»Wir müssen nicht alles so machen, wie sie es will.«

»Doch, müssen wir. Wenn du sie triffst, verstehst du das.«

Der Tisch war für acht Uhr reserviert, und ich war um acht Uhr da.

»Sie sind die Erste«, sagte die Bedienung.

Ich saß am Tisch, und die Minuten vergingen, und um achtzehn Minuten nach acht beschloss ich zu gehen, einfach weil ich mir den Rest meiner Selbstachtung bewahren wollte.

Dann sah ich sie.

Karen würde sagen, das sei unmöglich, aber Georgie war zu dünn. Dünner noch als an dem Abend im Krankenhaus. Sie trug eine Handtasche von der Größe eines Nissan Micra und war ganz in Schwarz gekleidet, von einem schalartigen Halsschmuck abgesehen, an dem ein grüner Stein hing.

Sie eilte auf mich zu und küsste mich auf beide Wangen und verströmte den Duft eines fremdartigen, würzigen Parfüms, dann setzte sie sich mir gegenüber, und obwohl sie Schatten um die Augen hatte, war sie eine Schönheit.

»Bitte seien Sie mir nicht böse wegen der Verspätung«, sagte sie. »Sie wissen ja, wie das ist. Der Verkehr, das Parkplatzproblem ...«

Ich hatte mich ebenfalls mit dem Verkehr und dem Parkplatzproblem rumgeschlagen und war trotzdem pünktlich gewesen, aber mir war schon längst klar, dass bei Georgie andere Regeln galten.

Sie sah mir in die Augen und sagte: »Sie brauchen wegen Mannix keine Schuldgefühle zu haben.«

»Ich ...«

»Ich erkläre es Ihnen«, sagte sie. »Wir waren füreinander nicht geeignet, Mannix und ich. Er ist ein schwieriger Mensch. Und ich bin auch ein schwieriger Mensch.«

Ich schwieg, ich wollte sie nicht gegen mich aufbringen.

»Wirklich, ich bin sehr schwierig«, beharrte sie. »Ich bin launisch und pessimistisch und versacke in schrecklich düsteren Stimmungen. Ich bin aufbrausend und sehr empfindlich.«

Ich nickte, war aber auf der Hut. Es war das erste Mal, dass jemand sich mir gegenüber so beschrieb.

Sie war sehr faszinierend. Alles an ihr war *lang* – ihre Gliedmaßen, ihr Haar, ihre Wimpern, selbst ihre Fingerknöchel –, alles sah irgendwie gestreckt aus. Ein bisschen erinnerte sie mich an Iggy Pop.

Unvermittelt brach sie in Lachen aus. »Entschuldigen Sie«, sagte sie. »Ich sehe Sie die ganze Zeit an und vergleiche uns beide.«

»Das tue ich auch.« Das war der Beginn unserer Freundschaft.

»Was für ein Parfüm …?« Dann dämmerte es mir. »Sie haben es sich mischen lassen, richtig?«

»Natürlich.« Sie klang überrascht – als wäre es sehr seltsam, dass ein Parfüm nicht für einen persönlich zubereitet würde. »In Antwerpen gibt es jemanden, der – es gibt kein anderes Wort dafür – ein Zauberer ist. Zu dem müssen Sie gehen. Er hat eine Warteliste für die nächsten sechs Jahre, aber wenn Sie sagen, dass Sie mit mir befreundet sind, bekommen Sie einen Termin.«

»Fahren Sie oft nach Belgien? Kaufen Sie dort für Ihre Boutique ein?«

»Ungefähr sechsmal im Jahr.«

»Ihr Halsschmuck ist wunderschön«, sagte ich. »Ist der von einem der belgischen Designer?«

Sofort löste sie den Verschluss. »Nehmen Sie ihn«, sagte sie. »Er gehört Ihnen.«

»Nein, bitte.« Ich hob abwehrend die Hände. »Das wollte ich damit nicht … Georgie, ich bitte Sie, ich will ihn nicht.«

Aber es hatte keinen Zweck. Sie war schon aufgestanden und legte mir das Teil um den Hals, dann richtete sie meine Haare drum herum, setzte sich wieder und betrachtete ihr Werk. »Wie für Sie gemacht. Genau wie mein Mann.«

»Sorry.«

»Ich mache nur Spaß. Aber es ist völlig in Ordnung. Im Ernst, Stella, Mannix und ich haben nicht zueinander gepasst. Ich bin ein hochsensibler Typ. Wie ein Rennpferd. Sie hingegen … Sie sind … robust. Sie sind vernünftig, und Sie sind – bitte, Stella, verstehen Sie mich nicht falsch – bodenständig. Er braucht jemanden wie Sie.« Sie sah mich genauer an. »Und Sie sind hübsch, ganz normal hübsch.«

Ich berührte den Halsschmuck. Ich war kreuzunglücklich darüber. Dass sie denken könnte, ich hätte mir das Schmuckstück erbettelt, machte mich völlig fertig. Ich hatte es lediglich bewundert, ich hatte versucht, höflich zu sein.

»Man könnte Sie nicht als eine klassische Schönheit beschreiben«, sagte sie sinnend. »Aber Sie haben ein hübsches Gesicht.«

»War er sehr teuer?«, fragte ich besorgt.

»Kommt drauf an, was Sie unter teuer verstehen. Er muss nicht in einem Safe aufbewahrt werden. Haben Sie überhaupt einen Safe? Nein? Sehen Sie, dann legen Sie ihn einfach zu Ihrem Schmuck. Versprechen Sie mir, dass Sie ihn oft tragen. Jeden Tag. Der Stein ist Jade, zum Schutz, und ich spüre, dass Sie viel Schutz brauchen.«

Bevor mich das zu sehr aus der Fassung bringen konnte, sagte sie: »Ich komme mir sehr schäbig vor wegen dem, was ich damals im Krankenhaus gesagt habe. Es klang, als wären Sie es überhaupt nicht wert. Aber damals waren wir sehr grausam zueinander, Mannix und ich. Meine Ehe ging kaputt, und das ... tat sehr weh.«

»Das verstehe ich«, sagte ich. »Außerdem sah ich nicht gerade gut aus. Ich war nicht geschminkt, und mein Haar war seit Monaten nicht nachgefärbt worden.«

»Damals habe ich mit meinem Meditationslehrer gevögelt«, sagte sie. »Der, um ehrlich zu sein, grauenhaft langweilig war. Spirituelle Menschen sind das oft, finden Sie nicht auch? Ich hatte kein Recht, Mannix seine Romanze zu neiden. Wie läuft es denn bei Ihnen? Ich habe gehört, Ihr Sohn ist etwas bockig.«

»Ja.«

»Und Sie können ihm nicht einfach sagen, dass er sich daran gewöhnen soll?«

»Er ist mein Sohn, ich habe seine Welt zerstört, ich muss seine Gefühle ernst nehmen.«

»Und Ihr früherer Mann? Ist der kooperativ?«

»Nein.« Plötzlich war mir nach Weinen zumute.

Ryan und ich hatten uns darauf geeinigt, dass die Kinder unter der Woche bei mir wohnen sollten, damit sie in ihrer gewohnte Umgebung bleiben konnten, und jedes zweite Wochenende bei ihm verbringen würden, sodass ich zwei kostbare Tage – und Nächte! – hatte, an denen ich mit Mannix zusammen sein konnte.

»Manchmal sagt Ryan ein Wochenende ab, wenn er die Kinder nehmen müsste«, sagte ich.

»Und was machen Sie, wenn Sie Mannix nicht sehen können? Wie läuft es dann mit dem Sex?«

Mir stieg das Blut bis in die Haarwurzeln. Was ging das Georgie Dawson an?

»Oh, entschuldigen Sie bitte, Stella«, sagte sie. »Ich sollte meinen Verstand einschalten, bevor ich den Mund aufmache.«

Aber sie hatte ja recht. In den mehr als zwei Monaten unserer Beziehung hatten wir es beide schwer gefunden, mit den zeitlichen Beschränkungen zurechtzukommen. Manchmal setzten wir uns über alles hinweg. Einmal, an einem Mittwoch, hatte ich Karen vorgeschwindelt, dass ich einen Zahnarzttermin hätte, und war quer durch die Stadt gerast, zu Mannix in seinem schrecklichen Junggesellenapartment, wo wir wild übereinander herfielen. Ein andermal kam Mannix in dem Moment, als ich den Laden abschloss, und sagte: »Ich weiß, dass du nach Hause zu deinen Kindern musst, aber hast du nicht zehn Minuten Zeit?« Und wir setzten uns in den leeren Salon und hielten uns an den Händen, und ich weinte, weil ich ganz erschöpft davon war, mich nach ihm zu sehnen und ihn nicht zu sehen.

Die chronische Entbehrung war das eine, aber noch schlimmer waren die sorgfältig arrangierten Treffen, bei denen ich versuchte, meine beiden Leben zusammenzubringen.

Georgie sagte einfühlsam: »Ich verstehe, dass Sie die Befindlichkeiten Ihres Sohnes berücksichtigen müssen.«

Mir wurde sehr unbehaglich.

»Aber«, sagte Georgie, »Sie müssen sich auch um Mannix kümmern.«

Das war eine freundliche Warnung, und sie kam von berufener Stelle, aber sie erschreckte mich trotzdem.

»Und wie finden Sie Roland?«, fragte sie. »Ist er nicht bezaubernd? Das ist das Schlimme, wenn eine Ehe zerbricht. Man muss mit der ganzen Familie brechen.«

»Vermissen Sie die Familie? Sind Sie nicht einsam?«

»Ich bin ständig einsam.« Obwohl sie eine traurige Feststellung machte, klang sie fast zufrieden. »Das ist die Wahrheit, Stella, ich bin der einsamste Mensch auf der Welt.«

»Ich möchte Ihre Freundin sein«, sagte ich aufrichtig.

»Das sind Sie jetzt schon«, sagte sie. »Und ich Ihre. – Allerdings, der Schmerz hier würde nicht aufhören, auch wenn ich eine Million Freunde hätte.« Sie legte die Hand auf ihre Brust. »Ich kann es regelrecht anfassen. Ein schwarzer Knoten. Ein schwarzer Knoten und eine gähnende Leere. Verstehen Sie, was ich meine?«

»Nein.«

Ich fand, was sie sagte, faszinierend. Ich hatte nie einen Menschen mit Depressionen gekannt. Oder keinen mit diesem endlosen Interesse an sich selbst. Aber trotzdem mochte ich sie.

»Vielleicht könnten wir drei zusammenleben«, sagte ich.

Darauf lachte sie und wedelte mit der Hand. »Ich bin so froh, dass ich nicht mehr mit Mannix Taylor leben muss.« Dann fügte sie rasch hinzu: »Ich meine das nicht kränkend. Er ist ein toller Mensch. Sie wissen, dass er Antidepressiva nimmt, oder?«

»Das hat er mir erzählt.«

»Dabei ist er nicht depressiv. Er ist einfach so. Bei ihm ist das Glas immer halb leer. Manchmal sagt er auch, dass er gar kein Glas bekommen hat. Aber seine Eltern werden Ihnen gefallen!«

»Meinen Sie?«

»Sie sind sehr unterhaltsam.«

»Und was ist mit der Spielsucht und den Gemälden, die sie nicht bezahlen können?«

»Ja, das stimmt schon. Aber das ist ja nur Geld, verstehen Sie?«

Nein.

*Hallo. Arbeit bis zum Anschlag. Wie Dritter Weltkrieg. Kann Kinder am Wochenende nicht nehmen. Scheiße, aber geht nicht anders. Ryan.*

Fassungslos starrte ich auf mein Handy. Es war halb sechs am Freitag, die Kinder standen mit gepackten Taschen an der Schule und warteten, dass Ryan sie abholte, und er konnte nicht kommen? *Schon wieder nicht?*

Ich wählte seine Nummer, und der Anrufbeantworter sprang an. Mit vor Wut zitternden Fingern schickte ich eine SMS: Er solle sofort abnehmen, sonst würde ich mit den Kindern zu ihm kommen.

»Hallo, Stella.«

»Ryan? Ryan?«

»Ja. Ich hab hier Land unter. Ich muss das ganze Wochenende arbeiten. Notfall.«

Er log. Er hatte während unserer ganzen Ehejahre keinen Notfall am Wochenende gehabt. In Wahrheit langweilten ihn die Kinder. Als wir zu viert zusammengelebt hatten, konnte Ryan nach Belieben kommen und gehen, aber zwei Tage lang von morgens bis abends für ihr Wohl und Wehe zuständig zu sein – das kriegte er einfach nicht auf die Reihe.

»Ryan«, brachte ich mühsam heraus. »Sie stehen vor der Schule und warten auf dich.«

»Pech, wirklich.«

»Du siehst sie schon unter der Woche nicht.«

»Das ist zu ihrem Besten. Da sind wir uns einig. Möglichst keine Störungen während der Schulwoche.«

»Und wer sagt ihnen jetzt, dass du sie nicht holst?«

»Du.«

»Es sind auch deine Kinder«, zischte ich.

»Du hast diese Situation geschaffen«, zischte er zurück.

Da hatte er recht. Darauf konnte ich nichts erwidern.

»Nur schade«, sagte er, »dass du jetzt am Wochenende nicht deinen Doktorfreund in den Dünen von Wicklow vögeln kannst, aber so läuft's halt manchmal.«

Er legte auf, und ich rang nach Atem. Mir war, als würde mir jemand die Luft abschnüren. Der ständige Balanceakt zwischen Ryan, den Kindern und Mannix machte mich kaputt. Ständig versuchte ich, allen gerecht zu werden, und je näher der Freitag rückte, desto größer wurde meine Angst, dass Ryan das Wochenende absagte. Ich konnte mich nie zurücklehnen, war nie entspannt, und jemanden zu bitten, mir zur Seite zu springen, wagte ich nicht, denn ich hatte die Situation selbst geschaffen.

»Mannix, wir können uns nicht sehen. Ryan kann die Kinder nicht nehmen.«

Angespanntes Schweigen drang durch das Handy an mein Ohr.

»Mannix, bitte sprich mit mir.«

»Stella«, sagte er. »Ich bin zweiundvierzig Jahre alt. Ich bin mit vollem Ernst dabei. Ich meine es ernst mit uns. Ich möchte vierundzwanzig Stunden am Tag bei dir sein statt alle zwei Wochen zwei Nächte, und manchmal nicht mal das. Ohne dich bin ich einsam. Ich verbringe jede Nacht in einer schrecklichen Mietwohnung, und du bist keine sechs Kilometer entfernt und schläfst allein.«

Ich schwieg. Das Thema war nicht neu, und an manchen Tagen dachte ich, Mannix würde die Sache abbrechen.

»Wir sind erwachsene Menschen«, sagte er. »Wir sollten nicht so leben müssen. Du weißt um meine Gefühle für dich, aber ich weiß nicht, ob ich das mit den Wochenenden noch lange mitmachen kann.«

Mir wurde angst und bange. »Dann bin ich dir nicht wirklich wichtig.«

»Das kannst du nicht sagen. Dies ist das wirkliche Leben, da gibt es kein Schwarz und Weiß, nur Grautöne.«

»Aber ...«

»Du bist zwar gut im Telefonsex«, sagte er, »aber auf die Dauer reicht das nicht.«

»Findest du, dass ich gut bin?« Ich wollte die Aufmerksamkeit auf etwas Positives lenken.

»Du bist erstaunlich gut«, sagte er. »Was meinst du, warum ich noch da bin?«

»Meine Liebe, entschuldige, dass ich zu spät komme!« Georgie eilte durch den Raum zu dem Tisch, wo Karen und ich saßen. »Gib Viagra die Schuld.« Georgie drückte mich an sich. »Ja, ich habe mich mit einem neuen Typen getroffen, und er hatte zwei von den kleinen blauen Freudenpillen genommen, und das Ganze fand einfach kein Ende.« Sie stöhnte und verdrehte die Augen und richtete ihr Scheinwerferlächeln auf Karen. »Hi«, sagte sie. »Ich bin Georgie. Und du bist Karen?«

Karen nickte stumm. Sie hatte auf diesem Treffen bestanden, hatte mich regelrecht bekniet, weil sie auf fast schon ungesunde Weise auf Georgie Dawson fixiert war. Immer wieder sagte sie mit zutiefst betrübter Stimme: »Wir sollten zu ›der einsamsten Frau auf der Welt‹ freundlich sein.«

»Im Ernst«, sagte Georgie und zog einen Stuhl heran, »ich dachte, er würde nie kommen.«

»Wunderschöne Handtasche«, hauchte Karen.

»Danke«, sagte Georgie. »Danach wollte er, dass ich mich in die Badewanne lege und so tue, als wäre ich ertrunken. Waliser, das sage ich euch, sind unglaublich pervers.«

»Perverser als Mannix?«, fragte ich, einfach um sie zum Lachen zu bringen.

»Mannix ist ein Chorknabe dagegen!« Ihre Augen blitzten vor Vergnügen. »Stella, du bist wahnsinnig komisch.«

»Ist die von Marni?« Karen streckte die Hände begierig

nach Georgies Handtasche aus. »Darf ich sie anfassen? Ich habe noch nie eine echte Marni angefasst.«

»Wirklich nicht? Hier, nimm sie.« Sofort fing Georgie an, den Inhalt der Handtasche auf den Tisch auszuleeren.

»Nein«, sagte ich alarmiert. »Nein, Georgie. Sie will die Tasche nicht. Karen, sag Georgie, dass du die Tasche nicht willst.«

»Ach, da ist ja mein Peridot-Ohrring«, sagte Georgie. »Wusste ich doch, dass der wieder auftauchen würde.« Ein Haufen Zeug lag auf dem Tisch – Schlüssel, Brieftasche, Handy, Kaugummi, ein paar silberne Armreifen, eine kleine Flasche Parfüm, fünf oder sechs Lippenstifte, eine Puderdose von Sisley ...

»Hier hast du sie.« Georgie gab Karen die leere Handtasche.

»O nein, bitte.« Ich verbarg mein Gesicht verzweifelt in den Händen.

»Stella, es ist nur irgendein Ding«, sagte Georgie.

»Das stimmt«, sagte Karen, drückte sich die Handtasche an die Brust und sah aus wie Gollum aus *Herr der Ringe*. »Nur ein Ding.«

»Und wie geht es dir, meine Liebe?«, sagte Georgie zu mir.

Karen rief einen Kellner und bat ihn um eine Papiertüte für Georgies Siebensachen.

»Ich möchte mich für meine Schwester entschuldigen«, sagte ich.

»Keine Sorge, keine Sorge.« Georgie winkte meine Bedenken fort. »Erzähl mir, wie es dir geht, Stella. Wie läuft die Scheidung?«

»Geht voran«, sagte ich.

»Meine auch.«

Wir mussten beide lachen.

Es würde fünf Jahre dauern, bis unsere Scheidung durch war, finanziell jedoch verlief alles einvernehmlich – wahrscheinlich, weil wir so wenig hatten, keine Aktien oder Investitionen, keine Zusatzrenten. Unser Haus samt der darauf liegenden Hypothek wurde mir übertragen, und Ryan behielt das Haus in Sandycove mit den dazugehörigen Schulden. Weil Ryan so viel mehr verdiente als ich, war er bereit, den Unterhalt für Betsy und Jeffrey bis zu ihrem achtzehnten Lebensjahr voll zu übernehmen. Ansonsten wurden unsere finanziellen Angelegenheiten komplett getrennt.

Weniger einfach war es, das Sorgerecht für die Kinder zu klären.

»Wir müssen über das Sorgerecht sprechen.« Ich sah Ryan über den Schreibtisch meines Anwalts hinweg an.

»Das Sorgerecht«, wiederholte mein Anwalt.

Ryans Anwalt griff das Thema sofort auf. »Mein Mandant hat ein Recht, seine Kinder zu sehen. Dass er Ihnen unter der Woche vollen Zugang zugesteht, ist ein großzügiges Entgegenkommen.«

Ich seufzte. »Ich würde mir wünschen, dass Ihr Mandant nicht im letzten Moment aus seiner Verpflichtung, die Kinder am Wochenende zu übernehmen, aussteigt.«

Aber offensichtlich gab es dafür keine rechtliche Handhabe.

Danach standen wir vor der Kanzlei, und Ryan sagte: »Jetzt haben wir also die Scheidung eingereicht. Wie geht es dir damit? Ich finde es furchtbar traurig.«

Ich sah ihn so lange an, bis er den Blick abwandte: Er war *nicht* traurig. »Ryan, ich bitte dich, deine Verpflichtungen an den Wochenenden einzuhalten. Und in den Ferien mit ihnen eine Woche wegzufahren.«

»Und was machst du in der Zeit? Triffst dich mit deinem Neurologen in seinem Strandhaus?«

»Er ist nicht mehr mein Neurologe. Und ich habe ein Recht auf eine Pause. Eine Woche, Ryan, mehr will ich nicht. Sie sind den ganzen Sommer bei mir.«

»Na, toll«, murmelte er. »Ich denk mir was aus.«

»Im Ausland. Nicht in Irland.«

Er flog mit den Kindern in die Türkei, in einen billigen Ferienort, wo er jede Nacht ausging, weil ihm plötzlich klar wurde, dass er als Single Sex haben konnte, so viel er wollte. Die Kinder verbrachten die Abende in der kleinen Wohnung und sahen sich auf ihren Laptops Filme an, und morgens warteten sie darauf, dass Ryan nach Hause kam.

»Das geht so gar nicht«, sagte Betsy mit ernster Stimme bei einem ihrer zahllosen Anrufe.

»Was sagt denn Jeffrey dazu?« Ich wollte seine Ansicht zu Ryans Umtrieben hören, da er doch eine so klare Meinung hatte, was mich betraf.

»Jeffrey sagt, Dad kann tun, was er will.«

»Wirklich? Denn ...«

Jeffrey entriss ihr das Handy. »Du hast damit angefangen. Dad würde nicht mit anderen Frauen rummachen, wenn du ihn nicht betrogen hättest.«

»Ich habe ihn nicht betrogen.«

»Er macht das Beste aus einer schlechten Situation.«

Ich hatte das Gefühl, dass Ryan genau diese Worte gegenüber Jeffrey gesagt hatte, aber ich durfte nicht zu heftig reagieren, schließlich hatte ich meine Woche mit Mannix im Strandhaus.

In dieser herrlichen Woche sagte Mannix eines Tages: »Können wir einen Hund haben?«

»Wann?«

»Nicht jetzt, das ist klar. Aber später einmal. Ich wollte

immer einen Hund haben, aber Georgie wollte davon nichts hören.«

»Ich mag Hunde sehr.« Ich war ganz aufgeregt. »Aber Ryan hasst Hunde, und ich habe versucht zu vergessen, wie gern ich einen hätte. Was für einen würden wir haben?«

»Einen aus dem Tierheim?«

»Auf jeden Fall. Vielleicht einen Collie.«

»Können wir ihn Shep nennen?«

»Natürlich. Shep ist ein guter Name.«

»Wir gehen mit ihm am Strand spazieren, nur du und ich und Shep. Dann sind wir eine Familie. Versprich, dass es eines Tages, nachdem deine Katastrophe auf uns niedergekommen ist und wir sie überlebt haben, so sein wird.«

»Das verspreche ich.«

»Wirklich?«

»Vielleicht.« Konnte man es wissen? Aber ein bisschen Optimismus war sicherlich nicht schlecht.

Nach den Ferien machte Ryan so weiter wie zuvor und zog sich aus den Wochenenden raus. Außerdem kam er mit einer Freundin, der ersten von vielen, die alle irgendwie gleich waren. Von jeder trennte er sich innerhalb der ersten zehn Wochen.

Das erste Mädchen hieß Maya – sie war knapp über zwanzig, hatte aufgemalte Augenbrauen und elf Ohrringe.

Betsy fand sie fürchterlich. »Hast du ihre Schuhe gesehen? Die Absätze? Vielleicht hat sie die einer Drag Queen geklaut.«

»Und du siehst aus wie eine von den Amish.« Jeffrey hatte sich in Maya verknallt. »Sie ist hübsch. Außerdem hat sie ein Tattoo auf dem Hintern.«

»Hat sie dir das gezeigt?« Jetzt war ich doch etwas besorgt.

»Sie hat es mir erzählt. Ein Delfin.«

Ein Delfin? Meine Güte! Konnte sie nicht ein bisschen origineller sein?

Und so ging der Sommer ins Land. Ich lebte in ständiger Anspannung und rettete mich mit den wenigen Zeitschnipseln, die ich mit Mannix ergattern konnte, durch die Wochen und wartete ständig darauf, dass er plötzlich sagen würde, die Sache sei den ganzen Ärger nicht wert.

… und dann kam dieser eigentlich ganz normale Tag Ende August. Ich hatte Feierabend und wartete jetzt zu Hause auf die Kinder, weil wir nach Dundrum fahren und für das neue Schuljahr, das in der Woche darauf anfing, einkaufen wollten.

»Kommt ihr jetzt?« Ich stand an der Haustür und klimperte mit den Schlüsseln. »Wir wollen los.«

»Hast du das hier gesehen?«, fragte Betsy.

»Was soll ich gesehen haben?«

»Das hier.« Es war ein Foto von Annabeth Browning, der drogensüchtigen Frau des amerikanischen Vizepräsidenten, die sich in einem Kloster versteckt hatte und mein Buch las.

Nach einem kurzen Telefongespräch wusste ich: Ich hatte es höchstwahrscheinlich der diebischen Freundin von Onkel Peters Schwester zu verdanken, dass das Buch in Washington, D.C., aufgetaucht war. Mir war unwohl bei der Sache. Was ich privat geäußert hatte, war jetzt in der Welt. Die Menschen würden darüber urteilen. Würden sie mir die Schuld dafür geben, dass Annabeth Browning keine Lust mehr auf ihr Leben in der Öffentlichkeit und auf Interviews mit Barbara Walters hatte?

In dem Moment klingelte das Telefon. Jeffrey, Betsy und ich sahen es an, dann wechselten wir untereinander Blicke. Irgendwie ahnten wir wohl schon, dass dieser Anruf unser Leben aus den Angeln heben würde.

Ich nahm den Hörer auf.

Eine Frauenstimme fragte: »Stella Sweeney?«

*Verleugne dich, mach schon.* Aber ich sagte: »Am Apparat.«

»Die Stella Sweeney, die *Gezwinkerte Gespräche* geschrieben hat?«

»Ja, schon, aber ...«

Nach einem Klicken kam eine andere Stimme. Es war Phyllis Teerlinck, die mir in knappen Sätzen mitteilte, sie habe sich mein Buch von Annabeth geliehen und wolle mich gern als meine Agentin vertreten, ich müsse mich innerhalb der nächsten Stunde entscheiden.

Nachdem sie aufgelegt hatte, klingelte es sofort wieder. Ich ging nicht dran, und der Anrufbeantworter schaltete sich ein. Diesmal war es ein Journalist. Gleich danach klingelte es wieder. Und wieder. Und wieder.

Es war, als würden wir belagert. Wir saßen im Wohnzimmer und sahen das Telefon an, das klingelte und klingelte, bis Betsy schließlich aufsprang, den Stecker aus der Buchse zog und sagte: »Wir brauchen Tante Karen.«

»Nein«, sagte Jeffrey. »Wir brauchen Mr. Taylor.«

Das überraschte mich. Seit dem ersten Treffen mit ihm vor vier Monaten hatte Jeffrey feindselig reagiert, sobald Mannix auch nur erwähnt wurde.

»Ruf ihn an, Mom, er wird wissen, was wir tun sollen.«

Ich rief ihn also an. »Mannix. Ich brauche dich.«

»Ooookaaay«, sagte er leise. »Ich will nur schnell die Tür abschließen.« Er dachte, ich riefe zum Telefonsex an. Wir sahen uns so selten und zu so unvorhergesehenen Zeiten, dass wir alle Chancen nutzten, die sich boten.

»Nein, nicht deswegen. Wie schnell kannst du hier sein? Ich erkläre es dir, während du auf dem Weg bist.«

Ich öffnete Mannix die Tür.

»Draußen sind Fotografen«, sagte er.

»O nein.« Ich streckte den Kopf zur Tür raus und zog ihn gleich wieder zurück. »Was wollen die?«

»Drei Happy Meals und ein McFlurry Smarties.«

Ich funkelte ihn an, und er lachte. »Fotos machen, könnte ich mir denken.«

»Mannix, das ist nicht lustig.«

»Entschuldige. Hi, Betsy, hi, Jeffrey – habt ihr was dagegen, wenn ich die Vorhänge und Jalousien zumache? Nur so lange, bis die Leute draußen wieder weg sind. Zeigt mir mal die Zeitschrift.«

Jeffrey hielt sie ihm hin. »Die Frau, die angerufen hat, heißt Phyllis Teerlinck«, sagte er. »Sie will Moms Literaturagentin werden. Ich habe sie gegoogelt. Es gibt sie. Sie vertritt ganz viele Autoren. Mom kannte einige davon. Hier.« Jeffrey öffnete die Website.

»Gute Arbeit«, sagte Mannix. Über Jeffreys Gesicht zog ein Ausdruck von Stolz.

»Weißt du, was ich denke?«, sagte Mannix. »Wenn eine Agentin interessiert ist ...«

»... dann sind auch andere interessiert. Das habe ich mir auch gedacht«, rief Jeffrey aufgeregt.

»Wirklich?«, rief ich verblüfft. »Warum hast du das nicht gleich gesagt?«

»Ich wollte erst hören, was Mr. Taylor ... was Mannix denkt.«

»Sollen wir es herausfinden?«, fragte Mannix mich.

Ich schwankte zwischen Erregung, Angst und Neugier. »Na gut.«

Mannix tippte auf seinem Tablet herum. »Wir versuchen mal die fünf größten Literaturagenturen in den Staaten.«

»Nicht die größten! Geh lieber zu den kleinen, die sind dankbarer.«

»Nein!«, sagte Jeffrey.

»Er hat recht. Wenn schon, solltest du zu den besten gehen. Was kannst du schon verlieren? Okay, hier ist einer bei William Morris, der Ratgeberautoren vertritt. Jeffrey, versuch mal, die *New York Times*-Bestsellerliste mit den Agenturen abzugleichen. Konzentrier dich auf die Ratgeberautoren. Wo ist mein Handy?« Mannix tippte auf sein Handy und lauschte. »Anrufbeantworter«, sagte er leise zu mir, dann sprach er in den Hörer: »Ich rufe im Namen von Stella Sweeney an. Sie hat das Buch geschrieben, das Annabeth Browning auf einem Foto in der aktuellen Ausgabe von *People* liest. Rufen Sie mich innerhalb der nächsten halben Stunde zurück.«

Er legte auf und sah mich an. »Was?«

»Eine halbe Stunde?«

»Wir können auch mit harten Bandagen kämpfen.«

»So, so, mit harten Bandagen?«

»Ja, genau. Mit harten Bandagen.«

Wir brachen in Gelächter aus, in dem ein bisschen Hysterie mitschwang.

»Ich habe hier eine Agentur«, sagte Jeffrey. »Curtis Brown. Das ist eine große Agentur, und sie betreuen Ratgeberautoren.«

»Gut gemacht. Möchtest du da anrufen?«

»Äh, nein«, sagte Jeffrey verlegen. »Mach du das. Ich suche weiter nach Agenturen.«

Jeffrey bearbeitete also weiter die Bestsellerliste der *New York Times*, suchte erst die Ratgeberautoren heraus, dann die Namen und Nummern der Agenten und gab sie Mannix, der dort anrief und seine Bedingung stellte: Rufen Sie innerhalb einer halben Stunde zurück, wenn Sie Stella Sweeney vertreten wollen.

Der Mann von William Morris war der Erste, der sich zurückmeldete, und Mannix stellte das Telefon auf laut.

»Vielen Dank für Ihren Anruf«, sagte der Agent. »Aber ich muss leider ablehnen. Mit Annabeth Browning in Verbindung gebracht zu werden, erscheint mir zu diesem Zeitpunkt nicht ratsam.«

»Vielen Dank für Ihren Rückruf.«

Klar, es war verrückt, aber plötzlich war ich enttäuscht. Eine halbe Stunde zuvor wäre ich noch gar nicht mal auf die Idee gekommen, dass ich einen Agenten für mein Buch brauchte, und jetzt fühlte ich mich abgewiesen.

»Soll er sich doch verpissen«, sagte Jeffrey.

»Ja«, sagte Betsy, »Niete.«

Auch die Agentur Curtis Brown wollte mich nicht: »Der Markt ist überschwemmt mit Lebenshilfebüchern.«

Gelfman Schneider war die nächste Agentur, die ablehnte – wieder war es die Sache mit Annabeth Browning. Page Inc. nahmen keine neue Autoren an, und Tiffany Blitzer wollte ebenfalls »nicht mit der Annabeth-Browning-Geschichte in Verbindung gebracht werden«.

Als Betsy das Festnetztelefon wieder anschloss und Phyllis Teerlinck anrief, war ich so ernüchtert, dass ich bereit war, mich auf alle ihre Bedingungen einzulassen.

»Wie ich höre, haben Sie alle namhaften Agenturen angerufen«, sagte Phyllis.

»… ähm, ja.«

Mannix nahm mir den Hörer aus der Hand. »Ms. Teerlinck? Stella ruft Sie in einer Viertelstunde wieder an.«

Ich war schockiert, als er einfach auflegte, und starrte ihn an. »Mannix!«

»Ich habe mir gerade ihren Klientenvertrag angesehen: Ihre Provisionssätze liegen über den in der Branche üblichen, ihre

Definition von ›geistigem Eigentum‹ ist so weit gefasst, dass praktisch deine Einkaufsliste mit drin ist, sie nimmt dreißig Prozent für alle Rechte bei Film, Fernsehen und audio-visuellen Verwertungen, und sie hat eine Klausel, die besagt, dass man ihr weiterhin die Provision zahlen muss, selbst wenn man den Agenten wechselt. Den neuen muss man natürlich auch bezahlen.«

»Oje.« Ich verstand nicht alles, was Mannix sagte, aber es reichte, um mich gründlich zu ernüchtern. Das konnte alles nicht sein. Keine seriöse Agentur war an mir interessiert. Die ganze Sache glich zunehmend einer Spammail, in der dich jemand über deinen Millionengewinn informiert, aber eigentlich nur deine Bankzugangsdaten will.

»Heißt das, sie ist eine schlechte Agentin?«, fragte Betsy.

»Nein«, sagte Mannix. »Sie ist offenkundig eine sehr gute. Besonders, wenn sie den Verlagen gegenüber so fordernd auftritt wie bei den Klienten. Aber«, sagte er zu mir, »ich kann dir bessere Konditionen verschaffen.«

»Das kann ich schon selbst«, sagte ich.

Aber es war allgemein bekannt, dass ich kein Verhandlungsgeschick hatte. Ich war berüchtigt dafür. Karen war für alle Einkäufe verantwortlich, weil ich nicht den Nerv hatte, Rabatte auszuhandeln.

»Lass mich das für dich machen«, sagte Mannix.

»Und wieso kannst du das besser?«

»Ich habe eine Menge Übung. Schließlich musste ich Roland oft rausboxen.«

»Ich würde sagen, lass Mannix machen«, sagte Jeffrey.

»Ich bin auch total dafür«, sagte Betsy.

»Vertraust du mir?«, fragte Mannix.

Das war eine interessante Frage. Nicht immer. Nicht in jeder Situation.

»Ich werde dich auf nichts festlegen«, sagte er. »Ich mache keine Versprechungen in deinem Namen. Aber wenn du dich entschließt, zu ihr zu gehen, wirst du bessere Bedingungen haben.«

»Lass ihn machen, Mom«, sagte Jeffrey.

»Finde ich auch«, sagte Betsy.

»Na gut.«

Betsy und ich zogen uns ins Wohnzimmer zurück und sahen uns *Modern Family* an, während Mannix die Küche zu seiner Kommandozentrale umfunktionierte. Hin und wieder, in Pausen zwischen den einzelnen Folgen, hörte ich ihn sagen: »Siebzehn Prozent bricht mir das Genick! Höher als zehn kann ich nicht gehen«, und Ähnliches.

Nie hatte ich ihn so engagiert gehört.

Irgendwann schlich Betsy zum Fenster und lugte hinaus. »Sie sind weg. Die Fotografen.«

»Gott sei Dank.« Aber ein kleiner Teil von mir war enttäuscht. Und es schockierte mich, wie korrumpierbar ich war.

Nach vier weiteren Folgen von *Modern Family*, also nach eineinhalb Stunden, hörte Mannix auf zu telefonieren und kam mit triumphierendem Gesicht ins Wohnzimmer. »Herzlichen Glückwunsch. Du hast eine Agentin.«

»Ja?«

»Wenn du sie willst.«

»Was hat sie gesagt?«

»Bei den audio-visuellen Nutzungsrechten ist sie von dreißig auf siebzehn Prozent runtergegangen – sie will dich unbedingt, denn das ist ein großes Zugeständnis. Bei den Druckmedien hat sie sich von fünfundzwanzig auf dreizehn Prozent runterhandeln lassen. Ich war bereit, ihr fünfzehn zuzugestehen.«

»Also, das ist … fantastisch.«

»Es gibt noch ein paar Einzelheiten, die geklärt werden müssen, aber das ist Kleinkram. Hättest du was dagegen, wenn sie morgen hierherkommt?«

»Wohin?«

»Hierher. Nach Dublin, Irland. In dein Haus.«

»Was? Warum?«

»Damit du den Vertrag unterschreiben kannst.«

»Meine Güte, die hat es aber eilig!«

»Sie hat ein Angebot von einem amerikanischen Verlag. Bevor sie mit denen handelseinig wird, muss sie dich unter Vertrag haben.«

»Heißt das, jemand bietet mir Geld für mein Buch?«, fragte ich mit schwacher Stimme.

»Ja.«

»Wie viel?«, fragte Jeffrey.

»Eine Menge.«

Am nächsten Morgen um sieben war Jeffrey gerade dabei, das Ausziehsofa im Wohnzimmer, auf dem Mannix geschlafen hatte, zusammenzuschieben, als wir draußen eine Autotür hörten.

Jeffrey warf einen Blick nach draußen. »Sie ist da.«

Tatsächlich, eine stämmige Frau mit kurzen Haaren und in einem schlichten schwarzen Rock und dazu passendem Jackett bezahlte gerade den Taxifahrer. Sie sah aus wie eine Mischung aus griechischer Witwe und Bulldogge.

»Sie ist zu früh«, sagte ich.

Von oben war Betsys erregte Stimme zu hören: »Sie ist hier, sie ist hier!«

Ich ging zur Haustür. »Sie sind Phyllis?«

»Und Sie Stella?« Rumpelnd zog sie ihren Rollkoffer auf dem schmalen Pfad entlang.

Ich wusste nicht, ob ich ihr die Hand geben oder eine Umarmung anbieten sollte, aber sie klärte das für mich.

»Kein Körperkontakt, bitte«, sagte sie. »Wegen der Bazillen. Ich winke.«

Sie hob den Arm und zeigte ihre Handfläche, und obwohl ich mir albern vorkam, machte ich das auch.

»Darf ich Ihren Koffer nehmen?«

»Nein.« Sie schob mich praktisch zur Seite.

»Kommen Sie herein. Das ist mein Sohn Jeffrey.« Jeffrey

stand im Flur. Er hatte sich zur Feier des Tages ein weißes Hemd angezogen und eine Krawatte umgebunden. »Kein Händeschütteln, Jeffrey«, sagte ich. »Phyllis winkt lieber.«

Phyllis zeigte ihre Begrüßung, und Jeffrey tat es ihr nach. Es sah aus wie eine Begegnung in einem Science-Fiction-Film.

Betsy kam die Treppe heruntergesprungen wie ein junger Labrador, ihr Haar noch feucht und duftend von der Dusche. »Das ist doch albern«, sagte sie. »Ich *muss* Sie einfach umarmen.« Sie fiel Phyllis Teerlinck um den Hals, und Phyllis sagte: »Wenn ich mir eine Grippe einfange, schicke ich dir die Arztrechnung.«

»Sie sind ziemlich lustig!«, sagte Betsy.

»Möchten Sie sich ein wenig ausruhen?«, fragte ich Phyllis.

Sie sah mich an, als hätte ich sie nicht mehr alle. »Ich brauche einen Kaffee und einen Platz, wo wir reden können.«

Dann glitt ihr Blick an mir vorbei über meine Schulter – sie hatte etwas gesehen, das ihr zusagte. Mannix kam aus der Küche.

Ich drehte mich nach ihm um – er sah so sexy aus, kaum zu fassen, dass er zu mir gehörte.

»Sie müssen Mannix sein«, sagte Phyllis.

»Phyllis?« Die beiden musterten sich wie zwei Boxer, die gleich in den Ring steigen würden. »Habe ich richtig gehört? Kein Körperkontakt?«

»Für Sie würde ich eine Ausnahme machen.« Ihr Flirten kam unerwartet. (Betsy sagte später: »Ich dachte, sie ist ganz sicher lesbisch.«)

»Setzt ihr euch ins Wohnzimmer«, sagte Mannix, »und ich bringe den Kaffee.«

»Danke.« Ich war so unendlich dankbar. Mannix brauchte nur den kleinsten Handgriff im Haushalt zu machen, und mein Herz fing an zu flattern. Und wenn ich sah, wie er in meiner Küche Wasser aufsetzte, konnte ich fast an eine Zukunft glauben, in der das normal war.

Im Wohnzimmer war der Tisch mit Tellern und Servietten gedeckt. »Backwaren!«, sagte Phyllis.

»Die hat Mannix besorgt.« Um sechs Uhr morgens war er zur Tankstelle gegangen und hatte massenhaft Croissants und Muffins geholt.

»Ach, Sie haben nicht für mich gebacken?«

»Ja ... eigentlich ... aber ...« Ich hatte seit ewigen Zeiten nicht gebacken.

»Mom«, sagte Betsy sanft. »Sie meint das als Witz.«

Entgegen meiner Erwartung hatte Phyllis Teerlinck keine meterlange Liste von Allergien. Sie aß einen Muffin – »Verdammt, tut das gut« –, dann einen zweiten und einen dritten. Dann holte sie ein Desinfektionstüchlein aus ihrer Handtasche und wischte sich die Krümel vom Mund. »Wo ist der Typ mit dem Kaffee?«

»Hier.« Mannix stand in der Tür.

»Haben Sie die Bohnen extra in Costa Rica geholt?«

Mannix betrachtete Phyllis' Teller voller Krümel. »Sie essen schnell.«

»Ich mache alles schnell«, sagte Phyllis. Wieder klang es nach Flirten. »Also, zur Sache.« Zu mir sagte sie: »Sie wollen, dass die Kinder bleiben?«

»Alles, was mich betrifft, betrifft auch die Kinder.« Ich klang ein bisschen defensiv. »Natürlich sollen sie bleiben.«

»Kein Grund zur Aufregung, ich habe nur gefragt. Als Erstes müssen wir die Bedingungen zwischen uns beiden festlegen. Haben Sie die geänderte Fassung bekommen?« Bis zu ihrem Abflug hatte sie Vertragsänderungen gemailt, und Mannix hatte das Dokument in der letzten Fassung ausgedruckt. Es lag auf dem Tisch.

»Also!« Sie zog einen Stapel Papier aus ihrer Tasche, vermutlich mein Manuskript, und wedelte damit herum. »Damit könnten wir einen schönen langen Weg vor uns haben. Nehmen Sie zehn Pfund ab, und Sie haben eine Agentin.«

»Was?«

»Für die ganze Promotion müssen Sie dünner sein. Im Fernsehen wirkt man eh immer zehn Pfund dicker und so weiter.«

»Aber – «

»Das sind nur Details.« Mit einer lässigen Armbewegung wischte sie meine Einwände beiseite. »Besorgen Sie sich einen Personal Trainer und alles wird gut.«

»Tatsächlich?« Mir gefiel die Richtung des Gesprächs nicht.

»Hey, ganz ruhig. Das wird alles. Sind Sie mit den Änderungen einverstanden?«, fragte sie.

»Außer dass Sie sich nicht zu Paragraf dreiundvierzig äußern«, sagte ich.

»Welcher ist das?« Als ob sie das nicht wüsste.

»Die irischen Rechte. Ich möchte sie gern behalten.«

Sie lachte listig. »Sie sind sentimental, und ich bin großzügig. Die können Sie haben, meinetwegen.«

Sie nahm das Bündel Papiere, strich Paragraf dreiundvierzig aus, setzte ihr Kürzel daneben und schob mir den Vertrag und einen Stift zu. »Dann unterschreiben Sie schon.«

Ich zögerte.

»Fühlt es sich nach einem wichtigen Moment an?«, fragte Phyllis. »Na, dann lassen Sie ihn wirken. Aber es ist nicht wichtig. Es ist nur Papier.«

»Sie verderben einem die ganze Freude«, sagte Mannix.

»Ich bin nur Realistin.«

Ich unterschrieb den Vertrag, und Phyllis sagte:

»Herzlichen Glückwunsch, Stella Sweeney, Phyllis Teerlinck ist jetzt Ihre Agentin.«

»Herzlichen Glückwunsch, Phyllis Teerlinck«, sagte Mannix. »Stella Sweeney ist jetzt Ihre Autorin.«

»Er gefällt mir«, sagte sie zu mir. »Guter Typ.«

»Freut mich zu hören«, sagte Mannix.

»Und Sie haben gesagt, ein Verlag hätte Interesse gezeigt?«, fragte ich.

»Blisset Renown. Haben Sie von denen mal gehört? Gehört zur MultiMediaCorp. Sie haben ein Angebot gemacht, das vierundzwanzig Stunden steht. Sie wollen sich nicht auf einen Bietkampf einlassen. Sie werden von denen nur dieses eine Angebot bekommen.«

»Wie viel bieten sie?«

Am Telefon abends zuvor hatte Phyllis zu Mannix gesagt, es sei »eine Menge«, hatte aber nicht die Summe genannt, und wir hatten lange spekuliert, was »eine Menge« bedeutete.

»Das ist vorbehaltlich«, sagte sie. »Eine sechsstellige Summe.«

Betsy schnappte nach Luft, und ich konnte Jeffrey schlucken hören.

»Ein *niedriger* sechsstelliger Betrag«, sagte Phyllis. »Aber ich glaube, ich kann sie auf eine Viertelmillion Dollar hochhandeln. Eröffnet einem ganz neue Perspektiven, was?«

»Kann man so sagen.« In einem guten Jahr konnte ich vierzigtausend verdienen.

»Ich könnte alle großen Verlage um ein Angebot bitten«, sagte Phyllis. »Aber die Geschichte mit Annabeth Browning ist ein Risikofaktor. Kann sein, dass es dem Buch guttut. Kann sein, dass es deswegen den Bach runtergeht. Man kann es nicht wissen. Denken Sie darüber nach. Und während Sie nachdenken, erzählen Sie mir, in welcher Verbindung Sie miteinander stehen.« Sie meinte Mannix und mich. »Sind Sie verheiratet?«

»Ja«, sagte Mannix.
»Okay. Gut.«
»Allerdings nicht mit Stella.«
»Okay. Nicht gut.«
»Auch nicht schlecht«, sagte ich schnell. »Wir leben beide in Scheidung.«
»Warum lange warten? Lassen Sie sich rasch scheiden.«
»Das geht nicht«, sagte ich. »Wir sind hier in Irland. Man muss fünf Jahre getrennt leben. Aber wir sind so gut wie geschieden. Mein Mann Ryan und ich sind uns in allen Punkten einig – Geld, Kinder, alles. Das trifft auch auf Mannix und seine Frau Georgie zu. Und wir sind untereinander befreundet. Richtig gut befreundet. Ich meine, Ryan hat Georgie noch nicht kennengelernt, aber er wird sie mögen. Also, ich mag sie, und ich müsste sie eigentlich hassen. Unglaublich gut aussehende Exfrau. Also, demnächst Ex ...«, sagte ich schwach.
»Was soll es also sein?«, sagte Phyllis. »Blisset Renown? Oder der Sprung ins Ungewisse?«
»Muss ich das jetzt entscheiden?«
Sie beugte sich vor und sah mir ins Gesicht. »Ja. Jetzt.«
»Ich brauche Zeit.«
»Sie haben keine Zeit.«
»Hören Sie auf«, sagte Mannix. »Sie bedrängen sie.«
»Erzählen Sie mir von dem Verleger«, sagte ich zu Phyllis.
»Er heißt Bryce Bonesman.«
»Ist er nett?«
»Nett?« Phyllis klang, als hätte sie das Wort noch nie gehört. »Sie möchten, dass er nett ist? Ja? Dann ist er nett. Vielleicht sollten Sie ihn kennenlernen.« Sie überlegte einen Moment. »Wie spät ist es in New York?«
»Drei Uhr nachts«, sagte Mannix.

»Okay. Dann telefoniere ich jetzt mal.« Phyllis drückte auf ein paar Tasten an ihrem Handy. »Bryce? Wachen Sie auf. Ja. Ja. Sie will wissen, ob Sie nett sind. Okay. Ja. Ja. Alles klar.«

Sie legte auf. »Können Sie nach New York kommen?«

»Wann?«

»Was ist heute? Dienstag? Dann Dienstag.«

Mir schwirrte der Kopf. »Ich habe nicht so viel Geld, dass ich einfach nach New York jetten kann.«

»Sie bezahlen nicht!«, sagte sie verächtlich. »Bryce Bonesman übernimmt die Rechnung. Für alles.« Sie vollführte eine Armbewegung, die alles einschloss. »Die Kinder dürfen mit.«

Betsy und Jeffrey sprangen auf und tanzten kreischend durchs Zimmer.

»Nur für einen Tag«, sagte Phyllis. »Morgen seid ihr wieder hier.«

»Und Mannix?«, fragte ich. »Darf er auch mit?«

Wieder warf Phyllis mir einen abschätzigen Blick zu. »Natürlich Mannix. Er hat das Ganze ja eingefädelt. Und er ist Ihr Partner, richtig?«

Mannix und ich sahen uns an. »Richtig.«

Abrupt hörte Jeffrey mit dem Springen und Kreischen auf.

Eine lange, glänzende Limousine holte uns ab, und die Frau von nebenan, die mich noch nie leiden konnte, sah aus, als ersticke sie gleich an ihrem Neid.

Wir wurden zu einem verschwiegenen rückwärtigen Eingang am Dublin Airport gebracht, wo uns eine wohlduftende, charmante Dame durch einen glitzernden, gläsernen Flur zu einem Raum geleitete, in dem Bilder an den Wänden hingen und überall Sofas standen und wo es eine gut gefüllte Bar gab. Unser Gepäck wurde weggefahren, und die wohlduftende Dame nahm unsere Pässe und brachte sie kurze Zeit später mit den Gepäcknachweisen und Bordkarten wieder. »Ihr Gepäck ist nach JFK eingecheckt«, sagte sie.

Jeffrey betrachtete skeptisch seine Bordkarte. »Wir sind schon eingecheckt? Wir müssen nicht anstehen und so?«

»Ist alles erledigt.«

»Wow, fliegen wir Businessclass?«

»Nein.«

»Oh.«

»Sie fliegen erster Klasse.«

Zehn Minuten vor dem Abflug wurden wir in einem schwarzen Mercedes – dem teuersten Mercedes der Welt, wenn man Jeffrey glauben konnte – ungefähr fünf Meter weit zum Flugzeug gefahren. Oben an der Gangway begrüßten uns zwei Stewardessen mit Namen: »Mr. Taylor. Mrs. Sweeney,

Betsy, Jeffrey, willkommen an Bord. Mr. Taylor, Mrs. Sweeney, darf ich Ihnen ein Glas Champagner anbieten?«

Mannix und ich sahen uns an und brachen in leicht hysterisches Lachen aus.

»Entschuldigung«, sagte Mannix, »Wir sind ein bisschen … Champagner wäre sehr schön.«

Wir traten hinter den Vorhang, und Jeffrey sagte: »Mann, das sind ja riesige Sitze.«

Dies war nicht meine erste Luxusreise – Ende der Neunziger, während des wirtschaftlichen Aufschwungs in Irland, hatten Ryan und ich einmal Businessclass nach Dubai gebucht. (Es war eine protzige, irgendwie ordinäre Reise gewesen, aber damals machten das alle so, und wir kannten es nicht anders.) Das hier war jedoch noch eine Klasse besser. Die Sitze waren so breit, dass nur vier nebeneinanderpassten, jeweils zwei rechts und links des Ganges.

»Pass auf, Mom.« Plötzlich übernahm Jeffrey die Regie. »Du setzt dich ans Fenster. Und ich sitze neben dir. Betsy kann da drüben sitzen, und Mannix auf der anderen Seite beim Fenster.«

»Aber …« Ich wollte neben Mannix sitzen. Ich wollte mit ihm Champagner trinken und jede Sekunde dieser Reise mit ihm erleben …

Mannix sah mich an. Würde ich Jeffrey das durchgehen lassen?

»Ich möchte neben Mannix sitzen«, sagte ich schwach.

»Und ich will neben *dir* sitzen«, sagte Jeffrey.

Wir erstarrten in Unschlüssigkeit. Auch die Stewardess, die durch den Vorhang trat, in der Hand das Tablett mit dem Champagner, blieb wie angewurzelt stehen. Betsy hatte den Blick gesenkt und tat wie immer in schwierigen Situationen so, als wäre das Leben perfekt, während Mannix und Jeffrey mich beobachteten. Plötzlich richtete sich alle Aufmerksamkeit auf mich, und meine Schuldgefühle, die schon die ganze Zeit auf der Lauer lagen, meldeten sich.

»Ich setze mich zu Jeffrey.«

Mannix warf mir einen verärgerten Blick zu, bevor er sich abwandte.

Jeffrey setzte sich mit überlegener Miene neben mich und verbrachte die nächsten sieben Stunden damit, seinen Sitz zu verstellen, rauf und runter, rauf und runter. Auf der anderen Seite des Gangs saß Mannix und führte ein gezwungenes Gespräch mit Betsy. Irgendwann schlief ich ein und wachte erst kurz vor der Landung in New York wieder auf.

»Hallo, Mom«, sagte Jeffrey munter.

»Hallo.« Mein Kopf fühlte sich schwer an, und ich hörte Betsy sehr, sehr laut lachen.

»Du hast den Nachmittagstee verpasst«, sagte Jeffrey. »Es gab Scones.«

»Wirklich?« Meine Zunge fühlte sich wie ein Lappen an.

Das Flugzeug landete, wir standen auf und machten uns zum Aussteigen bereit. Betsy fiel mir um den Hals und umarmte mich so fest, dass ich beinahe keine Luft bekam. »He, Mom«, sagte sie. »Willkommen in New York.«

»Betsy?« Das war nicht nur ihre übliche Überschwänglichkeit. »Ist alles ... ach du lieber Himmel, bist du betrunken?«

»Dein Lover ist schuld«, kicherte sie.

Mannix zuckte die Schultern. »Gratis-Champagner. Was sollte ich machen?«

Kaum hatten wir wieder festen Boden unter den Füßen, wurden wir in eine Limousine verfrachtet. »Wir müssen noch unser Gepäck holen«, sagte ich.

»Keine Sorge, das kommt mit einem anderen Wagen.«

Ich schluckte. »In Ordnung.«

Ich war schon ein paarmal in New York gewesen, einmal mit Ryan vor sehr, sehr langer Zeit, bevor die Kinder auf die Welt kamen. Damals waren wir durch den Meatpacking District gestreift und hatten nach Inspiration für seine Kunst gesucht. Und ein zweites Mal vor ungefähr fünf Jahren auf einer Shopping-Reise mit Karen. Beide Male waren wir billig gereist, und dies hier war das genaue Gegenteil.

Die Limousine brachte uns ins Mandarin Oriental, wo wir im zweiundfünfzigsten Stock eine Suite bezogen, mit Fenstern von der Decke bis zum Fußboden und einem Blick über den ganzen Central Park. Es gab zahllose Zimmer – Ankleidezimmer, Badezimmer, selbst eine voll ausgestattete Küche. Ich entdeckte ein Schlafzimmer von der Größe eines Fußballfeldes, und Jeffrey stand plötzlich neben mir. Mit einem Blick erfasste er die Situation. »Das ist das Hauptschlafzimmer«, sagte er. »Du kannst hier mit Betsy schlafen.«

»Nein«, sagte ich mit zitternder Stimme.

»Was?« Er sah jung und überrascht und sehr wütend aus.

Ich schluckte. »Das hier ist mein Zimmer. Das von mir und Mannix.«

Jeffrey funkelte mich mit zornerfüllten Augen an. Er sah aus, als wollte er etwas sagen, aber schließlich kniff er die Lippen zusammen, stapfte davon und wäre beinah mit Mannix zusammengestoßen, der ins Zimmer getanzt kam und vor Freude lachte. »Du musst dir das Blumenarrangement ansehen, das sie uns geschickt haben! Und ... was ist jetzt?«

»Würde es dir etwas ausmachen, wenn Betsy und ich hier schlafen?«

»Und ich soll in einem anderen Zimmer schlafen? Das würde mir allerdings etwas ausmachen.«

Ich sah ihn an und bat stumm um Gnade.

»Die Grenze, die nicht überschritten werden darf«, sagte er.
Ich senkte den Kopf und dachte: Ich kann das nicht. Ich finde es grauenhaft. Es ist so schwierig. Ich will nur ihn. Und ich will, dass alle anderen glücklich sind. Und dass alle sich lieben und das Leben unkompliziert ist.

»Kein Sex«, sagte er ungehalten. »Ist es dann leichter?«

Bevor ich etwas erwidern konnte, klingelte das Telefon, es war Phyllis.

Sie hatte im selben Flugzeug gesessen, allerdings in der Touristenklasse. Sie sagte, sie würde immer Economy fliegen und dem Auftraggeber Business berechnen.

»Phyllis«, sagte ich. »Wenn Sie unsere Suite sehen könnten.«

»Schick, was? Gewöhnen Sie sich nicht daran, es ist nur für eine Nacht.«

»Das muss ein Vermögen kosten.«

»Ach wo. Blisset Renown schickt viele Gäste dorthin, der Verlag hat einen Deal mit dem Hotel. Haben sie Blumen geschickt? Sie haben Blumen geschickt. Sobald Sie morgen ausgecheckt haben, kommt Bryce Bonesmans Assistentin und nimmt die Blumen mit zu sich nach Hause, in ihre kleine Wohnung. Jetzt machen Sie sich fertig, er erwartet Sie.«

»Wer?«

»Bryce Bonesman.«

»Jetzt?« Wir waren doch gerade erst angekommen.

»Ja. Dachten Sie, Sie wären zum Vergnügen hier? Das sind Sie mitnichten. In dreißig Minuten kommt ein Wagen und holt Sie und Mannix ab. Sie müssen schlank aussehen.«

»Was meinen Sie damit?«

»Na, werbewirksam. Tragen Sie etwas mit Elasthan. Lächeln Sie. Und die Kinder? Die werden auch abgeholt. Für eine Besichtigungstour, den ganzen Kram.«

Bryce Bonesman war schlaksig, Ende sechzig und verströmte einen eleganten Charme. Er nahm meine linke Hand, umfasste meinen Unterarm und sagte mit großer Aufrichtigkeit: »Danke, dass Sie gekommen sind.«

»Aber ich danke *Ihnen*.« Ich war verlegen, schließlich hatte er für den Flug und das großartige Hotel bezahlt.

»Und danke auch Ihnen, Sir.« Bryce wandte sich Mannix zu.

»Hier sind sie also«, sagte Phyllis. »Fantastisch.« Sie ging den Flur entlang voraus. »Dasselbe Zimmer wie sonst? Sind die anderen auch schon da?«

Wir folgten ihr in einen Versammlungsraum, wo ein ganzer Trupp Leute um einen langen Tisch versammelt saß. Bryce stellte jeden Einzelnen vor – Mr. Soundso, der stellvertretende Geschäftsführer für Marketing, und ein anderer Mr. Soundso, der stellvertretende Geschäftsführer für den Vertrieb. Der stellvertretende Geschäftsführer der Werbeabteilung war da, der stellvertretende Geschäftsführer der Taschenbuchabteilung, der stellvertretende Geschäftsführer für digitale Verwertung …

»Setzen Sie sich hier neben mich.« Bryce half mir in einen Stuhl. »Ich lasse Sie nicht aus den Augen.« Die stellvertretenden Geschäftsführer lachten höflich.

»Wir sind begeistert von Ihrem Buch«, sagte Bryce Bonesman. Zustimmendes Gemurmel. »Und wir können es ganz groß rausbringen.«

»Danke«, flüsterte ich.

»Sie wissen, dass das Verlagswesen in den letzten Zügen liegt?«

Das hatte ich nicht gewusst. »Das tut mir leid.«

»Machen Sie mal halblang«, sagte Phyllis zu ihm. »Es geht ja nicht um Ihre Mutter.«

»Sie haben da eine fantastische Geschichte«, sagte Bryce. »Das mit dieser Guillain-Barré-Krankheit. Und Mannix als Ihr Arzt. Dass Sie Ihren Mann verlassen haben, wird sich schwieriger verkaufen lassen. Ist er vielleicht sexsüchtig? Alkoholiker?«

»Nein.« Mir war nicht klar, in welche Richtung das hier gehen sollte.

»Okay. Sie sind noch gute Freunde? Feiern Thanksgiving als Familie zusammen?«

»In Irland wird Thanksgiving nicht gefeiert, aber ja, wir sind noch gute Freunde.« Gewissermaßen.

»Das hier ist eine einmalige Chance für Sie, Stella. Wir bieten Ihnen einen beträchtlichen Vorschuss, aber wenn das Buch ein Erfolg wird, können Sie richtig viel Geld verdienen.«

Tatsächlich? »Danke«, sagte ich mit schwacher Stimme. Die mir entgegengebrachte Aufmerksamkeit war mir peinlich.

Fast wie nebenbei sagte er: »Natürlich brauchen wir ein zweites Buch von Ihnen.«

»Aha? Danke!« Ich fühlte mich kolossal geschmeichelt, dann packte mich die Panik: Wie sollte ich das denn machen?

»Natürlich ist das Angebot an Bedingungen geknüpft.«

Welche sind das?

»Dieses Buch ist kein Selbstläufer. Sie müssen damit auf Lesereise gehen und in jeder Talkshow auftreten. Basisarbeit,

Mundpropaganda, viel Reisetätigkeit. Möglicherweise schicken wir Sie viermal auf Lesereise, die erste wird Anfang nächsten Jahres stattfinden, und jede dauert zwei bis drei Wochen. Sie werden in den letzten Winkel des Landes geschickt. Wir wollen aus Ihnen so eine Art Markenzeichen machen.«

Ich war mir nicht sicher, ob ich ihn verstand, aber ich murmelte: »Danke.«

»Wenn Sie zu harter Arbeit bereit sind, könnte es ein Erfolg werden.«

»Hart arbeiten kann ich.« Endlich befand ich mich auf sicherem Boden.

»Sie geben also Ihre Stelle auf und kommen für ein Jahr in die Staaten. Bleiben Sie am Ball oder bleiben Sie zu Hause, eins von beiden.«

Ich war perplex, entsetzt, dann voller schlimmer Ahnungen. Während meiner Krankheit hatte ich meine Kinder schon einmal im Stich gelassen, das konnte ich jetzt nicht wieder tun.

»Aber ich habe zwei Kinder«, sagte ich. »Sie sind siebzehn und sechzehn, sie gehen noch zur Schule.«

»Hier gibt es auch Schulen. Ausgezeichnete Schulen.«

»Sie meinen, die Kinder sollen mitkommen?«

»Selbstverständlich.«

Ich konnte keinen klaren Gedanken fassen. Betsys und Jeffreys Schulbildung lag mir sehr am Herzen. Betsy hatte nur noch ein Jahr vor sich, Jeffrey zwei. Wie würde ihre Ausbildung weitergehen, wenn wir nach New York zogen? Aber waren die Schulen in New York nicht besser als die in Irland? Und würde die Erfahrung vom Leben in einer anderen Stadt sie nicht bereichern? Falls es schiefging, war es ja nicht für immer, oder?

»Das neue Semester fängt demnächst an«, sagte Bryce. »Das ist doch ein genialer Zeitpunkt. Wir können Ihnen eine Wohnung in einem guten Viertel verschaffen.«

Einer der stellvertretenden Geschäftsführer sagte etwas zu Bryce, und der antwortete: »Aber natürlich!«

Zu mir sagte er: »Würde Ihnen eine Zehnzimmerwohnung an der Upper West Side zusagen? Mit einer Haushälterin und einem Fahrer und Räumen für das Personal? Unsere Freunde, die Skogells, gehen für ein Jahr nach Asien, und ihre Wohnung steht zur Verfügung.«

»Ja, aber ...« Ich wusste mit Sicherheit, dass Betsy und Jeffrey Feuer und Flamme für die Idee wären, in New York zu leben. Und Ryan würde sich wahrscheinlich – wenn auch widerstrebend – damit abfinden. Aber wie passte Mannix ins Bild?

Phyllis stand auf und sagte: »Wir brauchen den Raum.«

Bryce Bonesman und seine Leute erhoben sich. Ich warf Mannix einen fragenden Blick zu – was sollte das alles? Er versuchte mir wortlos etwas mitzuteilen, aber ausnahmsweise verstand ich ihn nicht.

»Ein paar Worte mit meiner Klientin«, sagte Phyllis. »Und mit Ihnen.« Sie nickte zu Mannix hinüber.

Alle anderen verließen eiligst den Raum. Offensichtlich waren sie das gewöhnt.

Phyllis sagte zu Mannix: »Warten Sie da drüben. Drehen Sie sich um. Ich muss mit Stella reden.«

Mit gedämpfter Stimme sagte sie zu mir: »Ich weiß, was Sie denken. Sie denken an ihn.« Sie warf einen Blick in Richtung Mannix, der sich folgsam abgewandt hatte. »Sie sind bis über beide Ohren verliebt und können sich nicht vorstellen, von ihm getrennt zu sein. Aber überlegen Sie. Sie brauchen jemanden. Einen Assistenten, einen Manager, wie immer Sie es nennen wollen. Jemanden, der Sie abschirmt und das Geschäftliche übernimmt. Sie werden viel mit Blisset Renown zu tun haben – Reiseplanung, PR. Ihr Typ da ist gut. Er ist nicht auf den Kopf gefallen. Mich brauchen Sie gar nicht erst zu fragen – ich mache diesen Kram nicht. Ich bringe brillante Verträge zustande, aber ich bin nicht fürs Händchenhalten da.«

»Aber Mannix hat eine Stelle. Er ist *Arzt*.«

Mit wohlmeinendem Spott sagte sie: »›Mein Liebhaber, der Arzt‹. Fragen wir doch den Arzt, was er will.«

»Ich denke drüber nach«, sagte er.

»Sie sollten nicht zuhören.«

»Tja.«

»Phyllis«, sagte ich besorgt. »Bryce hat von einem zweiten Buch gesprochen.«

»Ja.« Sie winkte ab. »Eine zweite Sammlung weiser Sprüche. Ähnlich wie *Gezwinkerte Gespräche*. Das können Sie doch im Schlaf. Die erste Regel im Verlagswesen: Wenn etwas Erfolg hat, macht man es noch einmal, mit einem anderen Titel.«

»Und glauben Sie, ich könnte noch einmal so viel bekommen?« Ich wagte kaum zu fragen.

»Was glauben Sie denn?«, sagte sie. »Ich könnte den Vertrag für Ihr zweites Buch gleich hier an Ort und Stelle aushandeln und wieder eine Viertelmillion vereinbaren. Aber mein untrügliches Gespür sagt mir, wenn wir den richtigen Moment abwarten, kriegen Sie einen ganzen Batzen mehr.«

Mehr als alles andere war es ihre Gewissheit, die mich überzeugte, dass aus der bemerkenswerten Gelegenheit, die ich Annabeth Browning verdankte, ein neues Leben entstehen konnte. Das hier passierte wirklich.

Zu Mannix sagte ich: »Wärst du bereit, deine Stelle für ein Jahr aufzugeben?«

»Für ein Jahr?« Er überlegte, und ich hielt den Atem an und hoffte auf das Unwahrscheinliche. »Ja«, sagte er langsam. »Für ein Jahr, ich glaube, das würde ich tun.«

Ich atmete aus. Am liebsten wäre ich vor Freude in die Luft gesprungen.

»Und du?«, fragte er. »Wie geht es dir bei dem Gedanken, deine Arbeit für ein Jahr aufzugeben?«

Es war lieb, dass er fragte, aber meine Arbeit war aus meiner Sicht keine »richtige« Arbeit, nicht so wie seine.

»Sehr gut geht es mir damit«, sagte ich. »Ich bin bereit. Eine Million Prozent.« Das Leben bot mir plötzlich eine Lösung für alle meine Probleme: Jeffrey würde alles dafür geben, in New York zu leben, und im Gegenzug meine Beziehung zu Mannix in Kauf nehmen. Ich würde mit Mannix zusammenleben, ich würde jede Nacht das Bett mit ihm teilen ...

»Danke, Mannix«, sagte ich. »Danke.«

Das war der perfekte Moment, ihm meine Liebe zu gestehen. Es hatte sich gelohnt, darauf zu warten.

»Mannix, ich ...«

»Haben Sie sich entschieden?«, unterbrach Phyllis uns. »Ist alles geklärt?«

Ich nickte. Es würde sich eine andere Gelegenheit ergeben, Mannix zu sagen, dass ich ihn liebte.

Phyllis ging zur Tür und rief: »Alle wieder rein.«

Als die verschiedenen stellvertretenden Geschäftsführer wieder reingekommen waren und das Stühlescharren und Platznehmen zu Ende war, stellte Phyllis sich ans Kopfende des Tisches und sagte: »Der Deal steht.«

»Großartig!«, sagte Bryce Bonesman. »Großartige Nachricht!«

Alle standen wieder auf, schüttelten mir die Hand und sagten, sie freuten sich auf die Zusammenarbeit.

»Sie kommen zu uns nach Hause zum Abendessen, meine Frau und ich erwarten Sie um acht.« Bryce Bonesman sah auf seine Uhr. »Sie haben also jetzt noch Zeit, sich die Wohnung der Skogells anzusehen. Ich rufe Bunda Skogell an und sage ihr, dass Sie auf dem Weg sind.«

»Danke.« Ich hatte gehofft, zu Bloomingdales zu gehen, solange ich noch stehen konnte.

»Und was Ihre Kinder angeht – Fatima sorgt für ihre Abendunterhaltung. In Ordnung, Fatima?« Fatima war eine der stellvertretenden Geschäftsführer, und sie machte bei dieser Ankündigung ein überraschtes Gesicht. »Gehen Sie mit ihnen ins Hard Rock Café und dann in ein Broadway-Musical. Sorgen Sie dafür, dass sie sich amüsieren.«

Er wandte sich wieder mir zu. »Und Sie fliegen morgen nach Hause, packen Ihr Leben in Irland zusammen und kommen so schnell wie möglich wieder her. Wir haben eine Menge Arbeit vor uns.«

# Sie

»Möchten Sie einen Manhattan?« Amity gab mir ein Glas von einem Silbertablett, das eine schweigsame Frau ganz in Schwarz hielt. »Wie könnte man Sie besser in Manhattan willkommen heißen als mit einem Manhattan?«

»Danke.« Ich war ganz eingeschüchtert angesichts Amity Bonesmans sehr hohen Stilettos, ihres dazu nicht passenden mütterlichen Wesens und ihrer riesigen, mit Teppichen und Antiquitäten geschmackvoll eingerichteten Wohnung.

»Ah, Manhattans.« Bryce Bonesman kam herein. »Immer wenn Leute neu in der Stadt sind, mixt Amity Manhattans. Hallo, Stella, sehr hübsch. Sie auch, junger Mann.« Bryce küsste mich und schüttelte Mannix die Hand. »Für meinen Geschmack sind Manhattans ein bisschen bitter. Ich mag's lieber süß, aber sagen Sie das nicht meinem Zahnarzt.«

Mannix und ich lachten pflichtschuldig.

»Also!« Bryce hob das Glas. »Auf Stella Sweeney und *Gezwinkerte Gespräche*. Wir trinken darauf, dass das Buch auf die *New York Times*-Bestsellerliste kommt und ein Jahr dort bleibt.«

»Sehr gut, ja. Danke.« Wir tranken unsere bitteren Drinks.

»Wir haben einen Ehrengast für Sie eingeladen, Stella«, sagte Bryce.

Wirklich? Ich hatte gedacht, dies wäre ein privates Abendessen mit meinem neuen Verleger und seiner Frau. Wegen des Jetlags war ich kaum noch zurechnungsfähig, setzte aber pflichtbewusst eine erwartungsvolle Miene auf.

»Laszlo Jellico wird gleich eintreffen.«

Laszlo Jellico. Den Namen kannte ich.

»Er hat den Pulitzerpreis gewonnen«, half Bryce mir auf die Sprünge, »ein wichtiger Mann der amerikanischen Literatur.«

»Natürlich«, sagte Mannix.

»Sie haben ihn gelesen?«, fragte Bryce.

»Selbstverständlich.« Das war gelogen. Warum auch nicht? Mannix kam viel besser klar als ich.

»Ich glaube, mein Dad hat eins seiner Bücher gelesen«, sagte ich. »*Das erste Opfer des Krieges*, das ist doch der Titel, oder?«

»Richtig! Ihr Vater, das ist doch der alte Mann mit dem kaputten Rücken, der schon als Junge begann, am Hafen zu arbeiten?«

»Äh ... ja.«

Bryce Bonesman war wahrscheinlich so alt wie mein Vater, aber Blisset Renown hatte sich dem Anschein nach auf eine fiktive Version meines Lebens geeinigt, wonach ich aus einer schlecht ernährten Familie von Arbeitern mit mangelhafter Schulbildung stammte.

»Laszlo wird seine Freude daran haben. Sie müssen es ihm unbedingt erzählen«, sagte Bryce zu mir. Zu Amity sagte er: »Laszlo kommt in Begleitung.«

»Aha! Wer ist es diesmal? Letztes Mal war es ein Model von Victoria's Secret.« Sie bemerkte Mannix' Gesichtsausdruck. »Sie war kein richtiges Model. Aber jung. Sehr jung und *sehr* scharf.« Sie zwinkerte mir zu. »Die Neue wird ihm gefallen.«

»Hahaha.« Ich musste so tun, als wäre ich nicht verrückt vor Eifersucht bei dem Gedanken, dass Mannix eine andere Frau »scharf« finden könnte.

»Das Mal davor hat sich das Mädchen volllaufen lassen

und sich dann auf Laszlos Schoß gesetzt und ihn gefüttert, als hätte er Alzheimer. Was für ein Auftritt!«, sagte Amity und verdrehte die Augen.

»Außerdem kommen Arnold und Inga Ola«, sagte Bryce. »Arnold ist ein Kollege von mir und mein größter Konkurrent. Sie haben ihn heute Nachmittag kennengelernt.«

»In der Besprechung?« War er einer der stellvertretenden Geschäftsführer?

»Wir sind ihm beim Aufzug begegnet, als Sie gegangen sind.«

»Oh!« Ich erinnerte mich an einen aggressiv wirkenden Mann mit einem Gesicht wie eine Kröte, der sagte: »Sie sind also Bryce' neues Baby.«

»Der verärgert wirkte?«, fragte ich.

»Genau, den meine ich!«

»Ihr entgeht nichts«, sagte Amity und meinte mich.

»Arnold ist stinksauer, dass nicht er Sie unter Vertrag genommen hat, dabei hatte er die Gelegenheit«, sagte Bryce zufrieden. »Phyllis hat ihm das Buch angeboten, und er hat es als Schrott bezeichnet. Aber kaum will ich Sie, will er Sie auch.«

Mannix und ich wechselten Blicke. *Immer lächeln, schön lächeln, was auch geschieht, lächeln.*

»Wenn man vom Teufel spricht«, sagte Bryce. »Hier sind Arnold und Inga.«

Arnold – so aggressiv und krötenartig, wie ich ihn in Erinnerung hatte – kam auf mich zu. »Hier ist ja Bryce' neues Spielzeug! Und der folgsame Geliebte. Freut mich, Sir«, sagte er zu Mannix.

»Wir kennen uns schon.«

Arnold beachtete ihn nicht. »Ihr kleines Buch hat also einen Verlag gefunden! Sieh mal einer an! Und Sie gehen auf Lesereise – die kleine Irin will die Vereinigten Staaten mit ihrer traurigen Geschichte über die Zeit, als sie gelähmt war, in Bann schlagen. Ich habe meiner Hausangestellten davon erzählt. Sie wird für Sie zur Heiligen Mutter Gottes beten, sagt sie. Sie ist aus Kolumbien. Katholisch, so wie Sie.«

Mein Gesicht brannte.

»Und jetzt sind Sie hier, in Brycies eleganter Wohnung. *Und* er hat Laszlo einbestellt. Sie müssen wirklich wichtig sein. Laszlo lässt er nur kommen, wenn er Eindruck schinden will.«

»Laszlo ist einer meiner teuersten Freunde«, sagte Bryce zu mir. »Ich bin seit sechsundzwanzig Jahren sein Verleger. Ich habe ihn nicht ›einbestellt‹.«

»Ich verhungere«, sagte Arnold. »Kriegen wir was zu essen?«

»Sobald Laszlo da ist«, sagte Amity.

»Wenn wir warten, bis der alte Pferdearsch sich hier zeigt, müssen wir verhungern«, brummelte Arnold. »Miss«, sagte er zu der namenlosen Frau, die das Tablett mit den Drinks hielt. »Können Sie mir eine Schüssel mit Knuspermüsli bringen?«

»Kein Grund zur Aufregung«, sagte Amity. »Hier ist er ja.«

Herein kam Laszlo Jellico, ein fettleibiger Mann, der in seinem pelzbesetzten Mantel noch dicker wirkte. Er war groß und breit wie eine Tanksäule und hatte einen buschigen Bart und eine Löwenmähne. »Meine Freunde«, rief er mit tiefer Stimme. »Amity, meine Teure.« Er legte ihr die Hände auf die Brüste und drückte. »Kann nicht widerstehen«, sagte er. »Nichts fühlt sich besser an als das Ding an sich.« Er küsste alle anwesenden Männer und nannte sie »Teuerster«, wies den Cocktail zurück, verlangte nach Tee, den er dann nicht trank, und behauptete, mein »großartiger Roman« hätte ihn »schier verzaubert«, wobei es offensichtlich war, dass er keine Ahnung hatte, wer ich war.

»Darf ich Ihnen Gilda Ashley vorstellen?« Seine Begleitung war rosig und golden und hübsch, aber zu meiner

Erleichterung war sie nicht überwältigend sexy wie ein Victoria's-Secret-Model.

»Was machen Sie beruflich, junge Dame?«, fragte Arnold, und sein Ton drückte aus, dass er sie für eine Nutte hielt.

»Ich bin Ernährungsberaterin und Personal Trainerin.«

»Ach ja? Und wo haben Sie gelernt?«

»An der University of Overgaard.«

»Nie von gehört.«

Mannix und ich sahen uns an. *Was für ein Arschloch.*

»Sie sind also Laszlos Ernährungsberaterin?«, fragte Arnold. »Was geben Sie ihm zu essen?«

Sie lachte klangvoll. »Das ist vertraulich.«

»Was würden Sie mir denn geben? Ich hätte gern denselben Ernährungsplan wie Laszlo, unser Genie.«

»Sie können sich gern zu einer Beratung anmelden«, sagte sie gelassen.

»Gute Idee. Haben Sie eine Visitenkarte?«

»Nein.«

»Natürlich haben Sie eine. So ein kluges Kind wie Sie, so klug, dass Laszlo Jellico sich von Ihnen beraten lässt. Natürlich haben Sie eine Karte.«

»Ich ...« Gilda wurde rot.

Peinlich berührt von dieser Szene sah ich sie mitfühlend an. Wahrscheinlich hatte sie eine Visitenkarte, wusste aber, dass es sich nicht schickte, sie vor Gästen auszuteilen.

Mannix rettete die Situation. »Wenn sie sagt, sie hat keine Karte, dann hat sie vielleicht einfach keine Karte.«

Arnold sah ihn mit gespielter Überraschung an. »Okay, Bauernjunge. Keine frechen Reden.«

»Er ist Neurologe«, sagte ich.

»Nicht in New York.«

Ich wollte Mannix verteidigen, aber er legte mir beruhigend

die Hand auf den Arm. Widerwillig wandte ich den Blick ab und sah stattdessen zu Arnolds Frau Inga.

Ohne jegliches Interesse fragte sie: »Wie gefällt Ihnen New York?«

Ich gab mir alle Mühe, positiv zu klingen: »Wir sind begeistert. Wir sind ja erst heute Nachmittag angekommen, aber ...«

Bryce schaltete sich dazwischen: »Sie mieten die Wohnung der Skogells.«

»Die Wohnung der Skogells?« Inga klang überrascht. »Aber Sie haben zwei Kinder, wie ich gehört habe. Das ist doch viel zu *klein*?«

Das war ein kleiner Wermutstropfen – eine »Zehnzimmerwohnung an der Upper West Side« klang fantastisch und riesig, aber bei unserer Besichtigung stellte sich heraus, dass vier der zehn Zimmer Badezimmer waren und die Wohnung aus einer Küche, einem Wohnzimmer und drei Schlafzimmern bestand, was längst nicht so beeindruckend war. (Der begehbare Kleiderschrank wurde vom Makler ebenfalls als Zimmer eingestuft, und die »Räume für das Personal« bestanden aus einer erschreckend winzigen Kammer mit Bad.)

»Wir sind keinen Luxus gewöhnt«, sagte ich freundlich.

»Für uns ist es ein Palast«, sagte Mannix, ohne die Miene zu verziehen. »Ein echter Palast.«

»Und in einem sehr schönen Teil der Stadt«, sagte ich. »Ich kann es kaum fassen, dass ich bei Dean and DeLuca einkaufen werde.« Bei unserem Spaziergang durchs Viertel waren Mannix und ich in das Delikatessengeschäft gegangen, und ich geriet völlig aus dem Häuschen beim Anblick von frisch gebackenem Brot, den exquisiten Apfelsorten und der hausgemachten Pasta. »Als ich vor fünf Jahren mit meiner Schwester hier war, hatten wir ein Hotel in der Nähe der Filiale in Soho, und wir sind jeden Tag ...«

»Dean and DeLuca?«, sagte Inga. »Ja, die Touristen lieben den Laden.«

Mannix wartete einen Moment und sagte dann: »Tja, wir sind eben echte Landeier.«

Inga sah ihn scharf an. »Haben Sie eine Schule für die Kinder? Das wird nicht leicht sein. Die meisten Schulen haben eine Warteliste für die Warteliste.«

Fast triumphierend sagte ich: »Wir haben einen Termin für morgen früh um zehn, an der Academy Manhattan.«

»Das ging aber schnell.«

Das hatten wir Bunda Skogell zu verdanken, die uns – vielleicht weil sie meine Enttäuschung angesichts ihrer nicht so fabelhaften Wohnung gespürt hatte – damit einen Gefallen tun wollte. Ihre beiden Kinder gingen dort zur Schule, und sie deutete in zarten Worten an, dass sie einen gewissen Einfluss beim Schulvorstand hatte.

»Das ist eine gute Schule«, sagte Inga Ola. »Sie bieten Musik und Kunst und Sport als Schwerpunkte an.«

»Genau das, was mir vorschwebt. Und ganz ähnlich wie die Schule, auf die sie jetzt gehen.«

»Verstehe«, sagte Inga. »Sehr angemessen für die akademisch weniger begabten Kinder.«

Stunden später kamen wir ins Hotel, wo die Kinder zusammen in dem einen Schlafzimmer schliefen. Ich hatte sie seit dem Morgen, als wir zur Besprechung im Verlag abgeholt worden waren, nicht gesehen. »Sollen wir sie wecken?«, fragte ich Mannix.

»Nein.«

»Aber all das betrifft sie doch. Wenn sie jetzt nicht in New York leben wollen?«

»Psst.« Er fuhr mit der Hand zwischen meinen Schulterblättern nach oben und zog den Reißverschluss an meinem Kleid herunter, und bei der Berührung mit dem kalten Metall durchfuhr mich ein köstlicher Schauder.

»Du hast gesagt, keinen Sex«, sagte ich.

»Das war gelogen.«

In seinem Blick lag Verlangen. Er schob mich in unser Zimmer, stieß die Tür hinter sich zu und warf mich auf das breite Bett, wo wir trotz Jeffreys Anwesenheit nebenan heftig und leidenschaftlich miteinander schliefen.

Danach lagen wir uns in den Armen, und Mannix sagte: »Das ist ja gut gelaufen.«

»Was meinst du?« Bei uns war Sex immer gut.

»Ich meine, Jeffrey ist nicht in einem großen schwarzen Umhang ins Zimmer gestürzt und hat dabei den Song aus *Omen* geschmettert.«

»Ach, Mannix.«

»Sorry. Soll ich das Licht ausmachen?«

»Ich bin so aufgedreht, ich glaube, ich kann nie wieder schlafen.« Ich atmete tief ein und spürte, wie sofort neue Unruhe in mir aufstieg. »Mannix, Ryan wird komplett ausrasten.« Seit ich mich mit Bryce Bonesmans Bedingung, nach New York umzusiedeln, einverstanden erklärt hatte, kam mir dieser Einwand immer wieder in den Sinn. »Ich hätte erst mit ihm reden sollen. Wenn er jetzt die Kinder nicht mitkommen lässt?«

»Dann bleiben sie in Irland und wohnen bei ihm.«

»Aber er kommt kaum zurecht, wenn sie an zwei Wochenenden im Monat bei ihm sind.«

»Eben. Lass es drauf ankommen.«

»Du bist hart.«

Er zuckte die Achseln. »Ich möchte, dass dies hier klappt. Ich möchte das für uns. Können wir mal einen Moment über mich sprechen?« Sein Ton war freundlich. »Morgen Vormittag muss ich die Academy Manhattan überzeugen, dass ich ein guter Vater bin.«

»Das wird dir nicht schwerfallen«, sagte ich. »So wie du mit deinen Neffen umgehst.« Neue Bedenken stiegen in mir auf. »Mannix, meinst du, wir tun das Richtige? Es ist ein solches Risiko.«

»Ich mag Risiken.«

Das wusste ich. Aber ich wusste auch, dass er nicht dumm war. Wenn er es wollte, konnte das Risiko nicht allzu groß sein.

»Das war ein komischer Abend, oder?«, sagte ich. »Arnold Ola und seine schreckliche Frau. Und dieser Laszlo Jellico – als hätten sie einen Alleinunterhalter für die Party engagiert. Aber ich mochte Gilda.«

»Ist Laszlo Jellico ihr Liebhaber?«

»Ich hoffe nicht«, sagte ich. »Sie ist viel zu nett für ihn.«

»Ist der hier aus Rohmilch? Nein? Nicht?« Der Mann, der auf den Käse hinter der Glastheke in Dean & DeLuca zeigte, schien bekümmert. »Dann interessiert er mich nicht. Zeigen Sie mir, was Sie aus Rohmilch haben.«

Ich betrachtete den Mann: Er trug eine halbwegs elegante Cordhose und einen unansehnlichen dunkelblauen Rollkragenpullover aus Seidenstrick. Damit und mit seiner polierten Glatze erschien er mir wie der Inbegriff des Intellektuellen von der Upper West Side. Außerdem war er kurz angebunden, um nicht zu sagen unhöflich, was, wie ich mir hatte erzählen lassen, unbedingt zum New Yorker Benehmen gehörte. Aber wenn man Inga Ola glauben konnte, dann war der Mann ein stinknormaler Tourist aus Indiana.

Der Tag hatte mit einem üppigen Frühstück angefangen, das wir, noch in unseren Frotteebademänteln, in unserer Suite einnahmen, danach sprachen Mannix und ich ernsthaft mit Betsy und Jeffrey. Ich erklärte, ich hätte einen Vertrag mit dem Verlag unter der Bedingung, dass ich in den Staaten lebte.

»Wenn euer Vater nichts dagegen hat …« Ich schluckte. »… und wir eine gute Schule für euch finden, dann würdet ihr mit mir in New York leben …«

Sie fingen an zu kreischen und zu tanzen.

»… und mit Mannix«, fügte ich hinzu. »Wenn wir nach

New York ziehen, sind Mannix und ich zusammen. Dann leben wir zusammen. Überlegt es euch.«

»Ich bin total damit einverstanden«, sagte Betsy.

»Und du, Jeffrey?«, fragte ich.

Er sah mir nicht in die Augen – hin- und hergerissen zwischen seinem Wunsch, in New York zu leben, und dem Bedürfnis, seine Missbilligung auszudrücken. Schließlich sagte er: »Ja. Geht klar.«

»Bist du dir sicher?«, fragte ich. »Du musst dir sicher sein, Jeffrey. Wenn wir die Entscheidung einmal getroffen haben, können wir nicht mehr zurück.«

Er starrte auf den Tisch, und nach langem Schweigen sagte er: »Ich bin mir sicher.«

»Das ist gut. Danke.« Ich wandte mich Betsy zu. »Was ist mit dir und Tyler?« Offiziell waren sie noch verliebt ineinander.

»Er kann mich besuchen«, sagte sie munter. Das würde nicht passieren, das wussten wir beide, aber es war nicht wichtig.

»Wirst du jetzt reich?«, murmelte Jeffrey.

»Ich weiß es nicht«, sagte ich. »Es ist ... ziemlich riskant.«

Alles war voller Gefahren und unbekannter Abgründe. Wer konnte schon wissen, ob sich das Buch verkaufen ließ? Oder wie die Kinder in dieser schnelllebigen Stadt zurechtkommen würden? Und ob Mannix und ich den Übergang von einer Affäre zu einem Leben, in dem wir tagein, tagaus zusammen waren und arbeiteten, schaffen würden?

Es gab nur eine Möglichkeit, das herauszufinden ...

»Macht euch schick«, sagte ich. »Aber nicht zu sehr. ›Die Academy Manhattan ...‹«, ich schlug eine Seite in der Werbebroschüre auf, die Bunda Skogells mir gegeben hatte, »›... gibt der Individualität ihrer Schüler Raum zur Entfaltung.‹ Besser, du gehst ungekämmt, Betsy.«

Eine halbe Stunde später wurden uns die überwältigenden Einrichtungen der Academy Manhattan vorgeführt. »Fantastisch«, murmelten wir beim Anblick des Schwimmbads, der Musikhalle, des Werkraums. »Fantastisch.«

Dann ging es richtig los, die Bewerbungsgespräche begannen. Drei Mitglieder des Schulausschusses befragten uns zusammen als Familie, um zu sehen, ob wir zur Philosophie der Academy passten. Jeffrey war ein bisschen mürrisch, aber ich hoffte, dass Betsys sonniges Wesen für Ausgleich sorgte. Nach dem Gruppengespräch mussten Betsy und Jeffrey einen Eignungstest machen, und ich wurde einer Einzelbefragung durch die Ausschussmitglieder unterzogen. Die Fragen waren ziemlich sanft – wie würde ich mich als Mutter beschreiben und Ähnliches –, aber als Mannix nach mir an die Reihe kam, war ich nervös. »Viel Glück«, flüsterte ich ihm zu.

»Es wird ungefähr eine halbe Stunde dauern«, sagte die netteste von den Damen, die mich befragt hatten. »Sehen Sie sich gern noch etwas um.«

»Ist gut.« Ich versuchte es mir in den Sesseln des Empfangsraums bequem zu machen, aber ich saß wie auf Kohlen und stellte mir lauter Widrigkeiten vor, die diese wunderbare Chance verderben könnten – Jeffrey konnte absichtlich den Test verpatzen, Mannix überzeugte vielleicht in seiner Vaterrolle nicht, wenn ich nicht dabei war und ihm auf die Sprünge half.

Ich stand auf und wollte mich von meinen ängstlichen Gedanken ablenken. Ich versuchte, an schöne Dinge zu denken. Dean & DeLuca zum Beispiel ... das Geschäft war nur zwei Straßen von der Academy entfernt, wir waren auf dem Weg daran vorbeigekommen. Als mir wieder einfiel, dass Inga Ola den Laden als Sehnsuchtsstätte für Landeier und unbedarfte Touristen beschrieben hatte, fühlte ich mich peinlich berührt.

Dann regte sich Widerstand in mir, und ich beschloss, zu der Filiale zu gehen und mir selbst ein Bild zu machen – wenigstens das konnte ich selbst in die Hand nehmen, in einem Leben, das mit einem Mal völlig aus der Bahn katapultiert worden war.

Ich eilte die Straße entlang, denn viel Zeit hatte ich nicht, und sobald ich den Laden betrat, ging es mir besser – die prächtigen Blumenarrangements, die sorgfältig gebauten Fruchtpyramiden! Das konnte doch nicht einfach nur eine Touristenattraktion sein? Der Mann in dem unansehnlichen Rollkragenpullover, dem der Sinn nach Rohmilchkäse stand, schien jedenfalls aus dem Viertel zu sein.

In dem Wunsch, Inga Olas vernichtendes Urteil über mein Paradies zu widerlegen, näherte ich mich dem Mann und sagte: »Entschuldigen Sie bitte, Sir, sind Sie ein gebürtiger New Yorker?«

Er starrte mich mit träge-herablassendem Blick an. »Was soll das denn?«

Da hatte ich meine Antwort. Unhöflich und grob, sehr grob sogar: Er musste echt sein. »Danke.«

Jetzt ging es mir besser, und ich betrachtete einen Sack mit Kaffeebohnen, die durch den Verdauungstrakt eines Elefanten gewandert waren. Ich hatte davon gelesen – anscheinend wurden die Bohnen teuer wie Gold gehandelt. Ich verweilte einen Moment, interessiert und abgestoßen zugleich.

Ich würde im Boden versinken, wenn Dad mich hier sehen würde. Er hat in seinem ganzen Leben keinen Kaffee getrunken. (»Warum soll ich Kaffee trinken, wenn es doch Tee gibt?«) Schon gar keinen Kaffee, der von einem Elefanten ausgeschieden worden war.

In dem vagen Gedanken, dass ich für Mum und Karen Geschenke kaufen könnte, ging ich zu der Ecke mit den Süßwaren, wo ich gleichzeitig mit einer anderer Frau nach einer Schachtel Pralinen griff.

»Entschuldigung.« Ich wich zurück.

»Nein, nehmen Sie nur«, sagte die Frau.

Erst da merkte ich, wer es war: Gilda, die Frau vom Abend zuvor.

»Heee!« Sie schien hocherfreut, mich zu sehen, und auch ich empfand große Sympathie für sie; so sehr, dass wir in weniger als fünf Minuten vereinbart hatten, dass sie – wenn ich nach New York zog – meine Personal Trainerin werden würde.

»Das Problem ist nur«, sagte ich, »ich bin nicht sportlich. Nicht im Geringsten.« Mir wurde mulmig. Worauf hatte ich mich da eingelassen?

»Wir können es probieren ... sagen wir eine Woche? Um zu sehen, ob wir zusammenpassen?«

Sie gab mir ihre Visitenkarte und versicherte mir, dass alles bestens werden würde.

Das hörte sich gut an. »Großartig. Entschuldigen Sie bitte, aber ich muss mich beeilen.«

»Was steht heute auf Ihrem Programm?«

»Ich treffe mich mit den Kindern und Mannix, wir holen unsere Taschen aus dem Hotel, fahren zum Flughafen, fliegen zurück. Dann sagen wir allen Bescheid und brechen unsere Zelte in Irland ab.«

»Meine Güte. Ganz schönes Programm. Und Mannix? Er kommt mit Ihnen?«

»Ja«, sagte ich und spürte dem aufregenden Gedanken nach. »Mannix und ich machen das zusammen.«

Wir saßen in der Abflughalle am Flughafen, als uns die Nachricht erreichte, dass Betsy und Jeffrey an der Academy Manhattan angenommen worden waren. Betsy kreischte und johlte, und auch Jeffrey schien sich zu freuen.

»Meine Güte.« Mannix war plötzlich ernst. »Jetzt haben wir die Schule, die Wohnung, du hast einen Vertrag ... Es passiert wirklich. Wird Zeit, dass ich meine Patienten an die Kollegen überweise.«

Ich sah ihn besorgt an. »Wir können immer noch alles rückgängig machen.«

»Ich möchte es. Die Sterne stehen günstig«, sagte er. »Trotzdem ist es eine ziemlich große Sache.«

»Schon ich habe ein schlechtes Gewissen, dass ich meine Kundinnen im Stich lasse, dabei lackiere ich ihnen nur die Nägel. Für dich muss es viel, viel schwieriger sein.«

Er schüttelte den Kopf. »Als Arzt darfst du dich nicht mit Schuldgefühlen rumschlagen. Du musst alles fein säuberlich trennen, nur so hält man es aus. Es ist okay, Stella, es ist nur für ein Jahr. Es ist alles gut.«

Er nahm sein Handy und fing an, Mails zu schreiben.

Das hätte ich auch tun sollen: Ich musste mit Ryan sprechen – das wäre schon am Tag zuvor fällig gewesen, aber ich hatte Angst vor der Konfrontation. Und mit Karen musste ich etwas aushandeln, vielleicht konnte jemand meine Stelle übernehmen, solange ich weg war.

»Ah ...« Gerade fiel es mir wieder ein. »Als du heute Morgen das Gespräch in der Academy hattest, war ich noch einmal bei Dean and DeLuca, und da bin ich Gilda begegnet.«

»Gilda von gestern Abend? Was für ein Zufall.«

»Es war ein Zeichen – es stimmt, die Sterne stehen günstig. Wenn wir nach New York kommen, wird sie meine Personal Trainerin. Wir wollen zusammen joggen gehen. Du kannst auch mitkommen.« Doch dann sagte ich: »Oder besser nicht. Sie ist ein bisschen zu jung und hübsch.«

»Du bist auch jung und hübsch.«

Selbst wenn das stimmte – die Welt war voller junger, hübscher Frauen.

»So etwas darfst du nicht denken.« Er hatte meine Gedanken erraten. »Vertrau mir.«

Konnte ich das? Eigentlich blieb mir gar nichts anderes übrig – ich musste ihm vertrauen. Alles andere würde mich einfach in den Wahnsinn treiben.

Wie vorausgesehen rastete Ryan aus. »Du kannst mir doch nicht meine Kinder wegnehmen! Sie in ein anderes Land bringen. Sogar auf einen anderen *Kontinent*.«

»Gut. Dann können sie bei dir bleiben.«

Seine Lippen zuckten. »Du meinst ...« Er verhaspelte sich. »Hier? Die ganze Zeit?«

»Für ein Jahr mindestens. Bis ich weiß, wie es weitergeht.«

»Du willst, dass ich in diesem beschissenen Irland bleibe und mich um deine Kinder kümmere, während du dich mit Mannix Taylor auf der Fifth Avenue vergnügst?«

»Es sind auch deine Kinder.«

»Moment, Moment«, sagte er schnell. »Ich will nicht der Spielverderber sein, der seine Kinder daran hindert, in New York zu leben. Schließlich ist es eine Wahnsinnsgelegenheit für sie.«

Ich verkniff mir ein Lächeln. Es war wirklich nicht nett, mich auf seine Kosten zu freuen.

»Und die Schule, die du gefunden hast, ist gut?«

»Ganz ähnlich wie ihre Schule hier, aber nicht so teuer.«

Widerstrebend gab Ryan zu, dass dies eine gute Nachricht war.

»Und sie können zu Fuß zur Schule gehen. Von der Wohnung sind es nur fünf Straßen.«

»Und Mannix gibt tatsächlich seine Stelle auf?«

»Ja«, erwiderte ich betont locker.

»Aber er ist Arzt.«

»Es ist ja nur für ein Jahr ...« Ich überlegte, ob ich mir ein T-Shirt mit diesem Satz drucken lassen sollte. Von allen Seiten schlug Mannix große Empörung entgegen, als wäre es seine unumstößliche Pflicht, sich weiterhin der Heilung der Kranken zu widmen. Alle führten sich auf wie an dem Tag, als der Papst zurückgetreten war.

»Hat er kein schlechtes Gewissen?«, fragte Ryan.

»Er kann die Dinge gut voneinander trennen.«

»Darauf würde ich lieber nicht allzu sehr herumreiten«, sagte Ryan.

»Wenn du die Sachen voneinander getrennt betrachtest, kommst du besser damit zurecht.«

Ryan schüttelte den Kopf und lächelte spöttisch. »Das sagst du dir, und dann glaubst du, alles ist bestens. Und du kriegst eine Viertelmillion Dollar? Kriege ich auch was davon?«

»Also ...« Ich hatte mit der Frage gerechnet, und Mannix hatte mit mir eine Antwort vorbereitet. »Wir beide, du und ich, Ryan, wir haben uns über alles Finanzielle geeinigt ...«

Er zuckte die Achseln – war ja nur ein Versuch gewesen. »Dabei ist es nicht mal so viel, dieser Riesenvorschuss. Du hast vierzigtausend im Jahr verdient und Mannix ungefähr hundertfünfzigtausend, stimmt's?«

»Woher weißt du das?« Ich wusste, wie viel Mannix verdiente, aber ich hatte nie mit Ryan darüber gesprochen.

»Ich habe mit Georgie Dawson gesprochen.«

Ich sah ihn überrascht an. »Warum?«

»Ich wollte mich auf dem Laufenden halten. Hat sich ja niemand um mich gekümmert. Also, wie gesagt, eine Viertelmillion ist nur ein bisschen mehr als euer Einkommen zusammen. Wie wollt ihr das aufteilen? Gibst du ihm jede Woche ein bisschen Taschengeld, als würdest du ihn aushalten? Das wird ihm nicht gefallen.«

»Das geht dich gar nichts an, Ryan, aber wir haben ein gemeinsames Konto eröffnet, für unsere gemeinsamen Ausgaben – Miete und das alles. Mannix will nichts von dem Vorschuss, dabei hat er es verdient, denn ihm ist es zu verdanken, dass das Buch überhaupt zustande kommt. Und er hat seine Stelle aufgegeben, um bei mir bleiben zu können, er sollte also auch etwas von dem Geld bekommen.«

»Ihr teilt also alles?«

»Wir haben noch unsere Konten hier, aber wir eröffnen ein gemeinsames Konto, und wir teilen alles, ja.«

»Das muss wahre Liebe sein.« Ryan tat so, als müsste er sich eine Träne abwischen. »Trotzdem, lange reichen wird das Geld nicht.«

Ich widersprach: »Wenn alles gut geht, verdienen wir vielleicht noch welches dazu. Sie wollen, dass ich ein zweites Buch schreibe.«

»Das funktioniert doch nicht! Dein Buch ist nicht mehr als eine Eintagsfliege. Jedes Jahr werden Millionen Titel auf der ganzen Welt veröffentlicht. Die Chance, dass dein Buch ein Flop wird, ist enorm groß.«

Klar, Ryan war eifersüchtig. Er war der Kreative von uns beiden, eigentlich hätte alles ganz anders laufen sollen. Aber ich war diejenige, die nach New York ging und dort mit dem Mann meiner Träume leben würde, da konnte ich es mir leisten, großherzig zu sein.

Nicht jeder war so missgünstig wie Ryan. Als ich Karen fragte, ob ich mir ein Jahr freinehmen könnte, schlug sie vor, mich auszuzahlen.

Ich war völlig perplex. Ich hatte damit gerechnet, dass sie

mir voller Wut vorwerfen würde, ich hätte mir einen denkbar ungünstigen Moment ausgesucht.

»Das ist nicht mehr dein Ding«, sagte sie. »Der Salon.«

Sie hatte recht. Mir fiel ein gewaltiger Stein vom Herzen.

»Das ist okay«, sagte sie. »Ich bin auch erleichtert.«

»Es war sowieso immer mehr deins.«

»Kann sein. Noch zwei Bemerkungen«, sagte sie. »Viel Glück mit deinem neuen Leben und allem. Aber verkauf dein Haus nicht.«

»Das hatte ich nicht vor. Ich weiß, dass es ein enormes Risiko ist, Karen, ich breche nur ein paar kleine Brücken ab.«

»Gut. Und mach nichts Dummes. Du solltest einen Plan B haben. Und einen Plan C.«

Plötzlich wurde mir mulmig. »Karen, bin ich vollends verrückt? Ist es Wahnsinn, wenn ich meinen Job aufgebe und meine Kinder auf einen anderen Kontinent verfrachte? Wenn Mannix sich ein Jahr freinimmt?« Mir war plötzlich schrecklich übel. »Es wird mir gerade erst richtig klar, Karen ... Ich glaube ... ich erleide gerade einen Schock.«

»Reiß dich zusammen. Das hier ist ein Geschenk des Himmels. Wie der Jackpot beim Lotto. Also, nicht ganz. Weniger Geld als beim Jackpot. Aber ... sei glücklich!«

Ich atmete tief durch. Einmal, zweimal. »Hör zu, ich muss mein Auto verkaufen. Ich weiß nicht, wohin damit.«

»Überlass das mir«, sagte sie schnell. »Ich kümmere mich drum. Und noch eins – ich habe gehört, dass ihr, du und Mannix Taylor, ein gemeinsames Konto eröffnet. Das halte ich für keine gute Idee. Ich würde nie erlauben, dass Enda Mulreid auch nur einen Cent von meinem Geld bekommt. Deswegen zahle ich den Erlös von deinem Anteil des Geschäfts auf ein neues Konto, nur für dich. Für den Notfall, als Fluchtgeld, was immer. Eines Tages bist du vielleicht froh darüber.«

»Gerade hast du gesagt, ich soll glücklich sein.«

»Glücklich *und* vorsichtig.«

»Glücklich *und* vorsichtig«, wiederholte ich mit einem Anflug von Sarkasmus. »Jetzt muss ich aber zu Mum und Dad und ihnen alles erzählen.«

Mum und Dad waren dem Anschein nach hocherfreut, obwohl Mum die Tragweite meiner Entscheidung offensichtlich nicht ganz erfasste. Dad hingegen war unglaublich stolz. »Meine eigene Tochter mit einer Buchveröffentlichung, in New York! Vielleicht komme ich euch besuchen.«

»Hast du überhaupt einen Pass?«

»Ich kann mir einen ausstellen lassen.«

Danach fuhr ich zu Zoe, die bei meinen Neuigkeiten in Tränen ausbrach und nicht aufhören konnte zu weinen. Aber das passierte ihr in letzter Zeit häufig.

»Es tut mir leid«, sagte ich. »Dass ich dich in dieser schwierigen Zeit im Stich lasse.«

»Nein, nein, du hast das verdient«, schniefte sie. »Du bist durch die Hölle gegangen, als du krank warst. Jetzt ist etwas Gutes daraus entstanden. Aber ich werde dich vermissen.«

»Es ist ja nicht für immer.«

»Und solange du da drüben bist, kann ich dich besuchen und umsonst bei dir wohnen. Vielleicht ziehe ich ganz zu euch, wo doch mein Leben hier ein einziger Scherbenhaufen ist.«

»Es wird wieder besser.«

»Meinst du?«

»Natürlich.« Mein Handy klingelte. »Das ist Georgie«, sagte ich. »Darf ich schnell drangehen?«

»Natürlich.« Sie wedelte mich weg und wischte sich das Gesicht mit einem Taschentuch trocken.

»Herzchen!«, sagte Georgie. »Ich könnte vor Freude für dich einen Luftsprung machen! Ich habe mit achtzehn ein Jahr in New York gelebt. Ich hatte einen italienischen Freund, Gian Luca, er war ein Prinz. Ich meine, ein echter Prinz, niedriger italienischer Adel. Davon gibt es massenweise überall auf der Welt. Ein Prachtkerl von einem Mann, arm wie eine Kirchenmaus und völlig übergeschnappt. Ich musste seine Hemden mit Vetiver-Wasser bügeln, und wenn ich das vergaß, hat er nicht mit mir gevögelt. Noch heute gerät beim Geruch von Vetiver mein Blut in Wallung ...«

Ich musste lachen, und Zoe saß zusammengesackt mit dem zerknüllten Taschentuch in der Hand vor mir und starrte mich an.

»Mannix erzählte mir, ihr fliegt nächste Woche schon«, sagte Georgie. »Dann verpasst ihr meine Trennungsparty. Ich wollte so gern, dass ihr kommt. Ihr könnt eure Reise nicht ein bisschen verschieben?«

»Ich glaube, das geht nicht«, sagte ich leise.

»Zu dumm«, sagte sie. »Oder ihr kommt noch mal zurück? Nehmt einfach die nächste Maschine?«

»Nein«, sagte ich. »Du bist so herrlich verrückt. Aber wir sehen uns vor der Abreise. Dann können wir mit einem Glas Prosecco auf deine Trennung anstoßen.«

»Oh, Herzchen. Ich Schlimme. Immer rede ich nur von mir. Herzlichen Glückwunsch zu dem Buchvertrag! Viele Küsse!«

Sie schmatzte lauter Küsse ins Telefon und beendete das Gespräch.

»Wie schaffen es manche Menschen, dass ihre Trennung so locker über die Bühne geht?«, fragte Zoe. »Ich hasse Brendan so sehr, dass ich kotzen könnte. Ich wünsche ihm alles Schlechte an den Hals. Dass er seinen Urlaub in Australien verbringt und dann erfährt, dass sein Vater gestorben ist, damit er gleich wieder zurückfliegen muss. Ich möchte, dass ihm der Schwanz abfällt. Ich suche im Internet nach Krankheiten und wünsche sie ihm. Man kann eine schreckliche Krankheit am Anus bekommen, ausgelöst von Bakterien, und es juckt ununterbrochen.«

Ich fiel ihr ins Wort, sonst hätte sie stundenlang so weitergemacht. »Es war nicht von Anfang an freundlich bei Mannix und Georgie.«

»Aber jetzt schon.«

»Ja. Scheidung eingereicht, Haus verkauft ...«

»Schulden?«, fragte Zoe hoffnungsfroh.

»Keine Schulden. Aber auch kein Gewinn. Und ein sauberer Schnitt.«

Die Sterne standen günstig, wie Mannix gesagt hatte.

Carmello wickelte sich eine meiner Haarsträhnen um die Finger und betrachtete mich im Spiegel. »Sie haben wunderschönes Haar«, sagte sie.

»Danke.«

»Mit einem ordentlichen Schnitt könnte es richtig gut aussehen.«

»Aha ...«

Plötzlich tauchte Ruben neben mir auf. »Wie lange noch?« Er war immer nervös, aber jetzt klang er so, als würde er gleich einen Schreikrampf bekommen.

»Nur noch ein Minütchen«, sagte Carmello in aller Seelenruhe. »Dann kann Annabeth kommen.«

Aber Annabeth Browning war überhaupt nicht da. Sie hätte schon seit anderthalb Stunden da sein sollen, war aber nicht erschienen.

»Ruf sie an«, sagte Ruben zu seiner Assistentin.

»Sie nimmt nicht ab.«

»Schick ihr eine SMS, einen Tweet, such sie auf Facebook, finde sie!«

Ich saß in einer Suite im Carlyle Hotel und wurde für ein fünfseitiges Feature für das *Redbook Magazine* in Form gebracht. Annabeth Browning war endlich aus dem Kloster zurückgekehrt, in dem sie sich verkrochen hatte, und lebte jetzt wieder bei ihren drei Kindern und ihrem Mann, dem Vizepräsidenten der Vereinigten Staaten. Die ganze Welt wollte ein Interview mit ihr, aber sie hatte exklusiv das Interview für *Redbook* zugesagt, und irgendjemand – ich wusste weder wer noch wie – hatte sie überredet, das ganze Interview darüber zu geben, wie *Gezwinkerte Gespräche* »sie gerettet hatte«. Und inzwischen hatte das Interview den Titel »Annabeth begegnet Stella«.

Es war eine riesengroße Sache, und sowohl Annabeth als auch ich würden davon profitieren. Annabeth könnte alles sagen, was man immer über eine Reha dieser Art sagt (»Ich bin gefestigt«, »Meine Ehe ist gefestigt«, »Mein Glaube ist gefestigt«), und *Gezwinkerte Gespräche* würde jede Menge Presseaufmerksamkeit bekommen, und das kurz vor meiner ersten Lesereise.

Mehrere Menschen wuselten in der Suite herum – außer Carmello war jemand für das Make-up da, jemand für die Garderobe, ein Fotograf war da, ein Redakteur von *Redbook* sowie Ruben aus der Marketing-Abteilung von Blisset Renown, der für mich zuständig war. Die meisten Hauptpersonen hatten ihre Assistenten mitgebracht, auch ich hatte einen – Mannix, der in einem dunklen Anzug an der Wand lehnte und aussah, als wäre er von der CIA.

»Keine Antwort«, sagte Rubens Assistentin.

»Dann raus auf die Straße, sucht sie. Alle. Raus! Du! Die Visagistin! Geht!«

Die Leute starrten ihn an.

»Du!« Er zeigte auf den Fotografen. »Und du ...« Er drehte sich um und wollte Mannix anschreien, aber etwas in Mannix' Miene ließ ihn von seinem Vorhaben Abstand nehmen.

Rubens Handy klingelte. Er las die Mitteilung und sagte leise: »Herr im Himmel.«

»Was ist?«

»Ihr könnt einpacken«, kreischte Ruben. »Sie kommt nicht.«
»Was? Warum nicht?«
»Macht den Fernseher an. Wo ist der Fernseher? Geht auf Fox News.«

Aber es war auf allen Programmen. Annabeth war wieder verhaftet worden. So wie beim letzten Mal war sie mit überhöhter Geschwindigkeit Auto gefahren, nachdem sie sich mit verschreibungspflichtigen Medikamenten zugeknallt hatte. Ein Passant hatte sie gefilmt, als sie schwach mit der Faust gegen einen Polizisten ausholte.

»Anscheinend hat Ihr Buch sie doch nicht geheilt«, sagte jemand.

Entsetzt starrte ich auf die Bilder. Arme Annabeth. Welche Auswirkungen würde das auf ihre Ehe, ihre Kinder, ihr Leben haben?

Schweigend packten die Leute ihre Sachen zusammen. Im Hinausgehen schlugen sie einen Bogen um mich, als wäre mein Pech ansteckend. Erst langsam dämmerte mir, dass Annabeths Unglück auch meins war.

»Komm«, sagte Mannix. »Wir fahren nach Hause.«
»Lass uns zu Fuß gehen.« Ich war ganz benommen. »Die frische Luft wird mir guttun.«

Sein Handy klingelte. Er sah auf die Nummer und nahm den Anruf nicht an.

»Wer war das?«, fragte ich. »Phyllis?«
»Ist nicht wichtig für dich.«
Mit Sicherheit Phyllis.
Er nahm meine Hand. »Komm, gehen wir.«
Es war Ende Oktober, und Manhattan war wunderschön – milde Temperaturen, das Laub verfärbte sich, und die Schaufenster waren voll mit schönen Stiefeln –, aber ich konnte das alles nur wenig würdigen.

»Das ist richtig schlimm, oder?«, sagte ich. »Dass Annabeth einen Rückfall hatte.«

»Schlimm für Annabeth, sicher. Und für ihre Familie. Aber für dich? Es ist nur eine Komponente in der Werbekampagne. Ruben hat noch eine Menge anderer Dinge in petto. Übrigens, was war denn mit seinen Haaren?«

»Er reibt sich die Kopfhaut mit Ruß ein, um kahle Stellen zu kaschieren. Also, nicht mit echtem Ruß, es gibt ein Pulver, mit dem man die Stellen behandelt, du hast es dir nicht eingebildet.«

»Ich bin gespannt, was es heute zum Abendessen gibt.«

»Ich auch.« Wir lachten, weil wir wussten, dass es mexikanisch sein würde. Es war jeden Tag mexikanisch.

Als Bryce Bonesman sagte, wir würden eine Haushälterin und einen Fahrer gestellt bekommen, nahm ich an, er meinte zwei Personen. Aber es war nur eine, nämlich eine wortkarge mexikanische Frau namens Esperanza. Außerdem gab es kein Auto, denn die Skogells hatten ihres vor der Abreise bei ihrem Händler abgegeben.

Esperanza war sehr eifrig – sie kaufte ein, putzte, machte die Wäsche, kochte, und wenn Mannix und ich am Abend ausgingen, blieb sie bei den Kindern. Aber sie redete so gut wie nie, und ich wusste nicht, ob das ein Sprachproblem war oder mit ihrer Persönlichkeit zu tun hatte.

Ich versuchte, mich mit ihr anzufreunden – am ersten Abend lud ich sie ein, mit uns das zu essen, was sie gekocht hatte, aber sie sagte: »Nein, nein«, und zog sich in ihr winziges Zimmer zurück, wo sie sich bei voller Lautstärke mexikanische Seifenopern ansah. Mir war die Trennung zwischen ihr und uns unbehaglich, aber als die Tage vergingen und die Arbeit immer mehr wurde, war ich zu müde für irgendwelche Schuldgefühle.

»Wie soll ich Annabeths Rückfall bloß in meinen Blog und die Tweets einbauen?«, fragte ich Mannix.

»Lass uns erst essen, dann machen wir uns an die Arbeit.«

Kaum waren wir im Haus, kamen die Kinder in die Küche gerannt. »Beeilt euch«, sagte Jeffrey. »Wir sterben vor Hunger.«

Was immer sonst passierte, das Essen mit den Kindern am Abend war ein fester Termin.

Esperanza – schweigsam wie ein Grab – trug das Chiligericht auf, und ich murmelte: »Danke, vielen Dank.« Sie stellte eine Schüssel mit Guacamole auf den Tisch, und Mannix sagte: »Danke, Esperanza.« Dann stellte sie eine Schüssel mit gebratenen Bohnen auf den Tisch, und alle vier sagten wir: »Danke.«

»Das sieht köstlich aus«, sagte Betsy.

»Ja, richtig köstlich«, sagte Mannix.

»Ja, wirklich, köstlich.« Vor Unbehagen brach mir der Schweiß aus.

Endlich zog Esperanza sich in ihr Zimmer zurück, aus ihrem Fernseher dröhnte lautes Spanisch, und ich konnte mich entspannen.

»Also?«, sagte ich an die Kinder gewandt. »Wie war's bei euch heute?«

»Fantastisch!«, sagte Betsy.

»Ja, fantastisch!«, sagte Jeffrey.

Sie waren guter Stimmung – die Schule gefiel ihnen, sie schlossen Freundschaften und fühlten sich in New York wohl. »Als würden wir in einem Film leben.«

Mein Herz machte einen Freudensprung. Jeffreys gute Laune milderte die Enttäuschung des Nachmittags beträchtlich.

»Aber ich vermisse Dad«, fügte er schnell hinzu.

Natürlich. »Ist ja klar, dass du ihn vermisst«, sagte ich.

»Schließlich warst du praktisch jeden Tag rund um die Uhr mit ihm zusammen. Da ist die Trennung nicht leicht.«

»Stella ...« Mannix legte mir die Hand auf den Arm.

»Lass das«, sagte Jeffrey.

»Was? Dass ich deine Mutter berühre?«

»Hört auf«, sagte Betsy. »Lasst uns freundlich miteinander sein.«

Fünf Minuten aßen wir schweigend, dann sagte Betsy: »Vertragen wir uns wieder? Denn ich habe was zu erzählen.«

»Oh?« Ich war sofort besorgt.

Betsy legte die Gabel hin und senkte den Kopf. »Seid bitte nicht traurig, aber Tyler und ich haben uns getrennt. Er ist ein toller Typ und meine erste große Liebe, aber ich kann unmöglich auf Dauer den schulischen Anforderungen gerecht werden und eine Beziehung über den Atlantik aufrechterhalten.« Sie hob den Kopf, und in ihren Augen schimmerten Tränen, die mir etwas bemüht vorkamen. »Wir haben alles da reingelegt, wir haben uns verdammt große Mühe gegeben – Entschuldigung! Aber es ging einfach nicht.«

»Ach herrje«, murmelte ich.

»Und wie geht es dir damit?«, fragte Mannix.

»Ich bin traurig, Mannix, danke, dass du fragst. Total traurig. Er ist immer noch mein bester Freund, aber unsere Beziehung tritt jetzt in eine neue Phase ein, und das macht mich schrecklich traurig.«

»Die Welt ist voller netter junger Männer«, sagte ich.

»Mom!« Entsetzt riss sie die Augen auf. »Das ist doch *Jahrzehnte* zu früh. Erst muss ich die Phase der Trennung durchlaufen und meine Beziehung mit Tyler verarbeiten.«

»Natürlich«, sagte ich leise. »Sorry, wie dumm von mir.«

»In dem Punkt hast du recht«, sagte Jeffrey. »Sind wir mit dem grässlichen Essen hier fertig?«

»Wenn du alles gesagt hast, Betsy«, antwortete ich.

»Ja, habe ich«, sagte sie mit erstickter Stimme. »Ich wollte es euch einfach erzählen. Vielleicht seht ihr mich manchmal, wie ich traurig aus dem Fenster gucke, und ich möchte, dass ihr wisst, es ist nicht eure Schuld, sondern ich gehe einfach durch diese traurige Phase.«

»Du bist sehr tapfer«, sagte Mannix. »Und du weißt, dass wir jederzeit für dich da sind.«

»Danke, das tut gut.«

»Gut«, sagte Mannix zu mir. »Setzen wir uns an die Arbeit.«

»Wer hat dich hier eigentlich zum Chef gemacht?«, fragte Jeffrey.

»Ich«, sagte ich.

»Du arbeitest die ganze Zeit.«

»Es gibt einfach sehr viel zu tun.« Mittlerweile war ich es leid, es ihm zu erklären.

Bryce Bonesman wollte Änderungen an *Gezwinkerte Gespräche*. »Sie müssen einen großen Teil des Buches umschreiben. Manche der Sprüche bringen es einfach nicht. Und manche stammen von anderen, richtig? Da gibt es Probleme mit dem Copyright.«

So wie es aussah, wollte er fünfundzwanzig neue inspirierende Sprüche haben, die ich bis Mitte November liefern sollte, damit das Buch im März erscheinen konnte. »Am liebsten wäre es mir, der Erscheinungstermin wäre im Januar«, sagte er mit Bedauern. »Niemand veröffentlicht Bücher im Januar, da liegt der Markt brach, man könnte ihn ganz für sich haben. Aber jetzt fehlt uns die Zeit, den Plan umzuwerfen.«

Jeden Abend durchforsteten Mannix und ich die Notizhefte, in denen er unsere Gespräche im Krankenhaus aufgezeichnet hatte, und bisher hatten wir neunzehn neue Sprüche herausgeschält und poliert, die von Bryce Bonesman angenommen worden waren. Es fehlten immer noch sechs, und der Termin war schon in zwei Wochen. Mir war nie bewusst gewesen, wie schwierig es war, weise zu sein.

Noch schwieriger wurde es allerdings dadurch, dass Bryce gesagt hatte, mein zweites Buch solle »noch einmal das Gleiche« sein. »Genau wie das erste Buch, aber neues Material, versteht sich.« Ich war also ständig in der Zwickmühle, dass ich alle meine guten Sprüche in den *Gesprächen* unterbringen wollte, aber gleichzeitig welche für das zweite Buch zurückhalten musste.

Mannix und ich zogen uns in unser Schlafzimmer zurück, das zugleich unser Büro war.

»Der Anruf vorhin nach dem Fototermin«, sagte ich. »War der von Phyllis? Hat sie die Besprechung morgen früh abgesagt?«

Mannix zögerte. Er wollte mich vor schlechten Nachrichten schützen. »Ja«, sagte er.

Wie sie versprochen hatte, gab es keine täglichen Kontakte mit Phyllis. Sie war allein daran interessiert, den richtigen Moment abzupassen, um den besten Deal für mein noch ungeschriebenes Buch bei Blisset Renown rauszuschlagen, und als sie von meinem Termin für das Interview mit Annabeth Browning für *Redbook* hörte, beschloss sie, dass der Morgen danach der ideale Termin für ein Gespräch mit Bryce sei. »Dann sind sie noch völlig berauscht, und wir marschieren rein und: *Peng!* Wenn wir gehen, haben wir eine halbe Million sicher.«

»Es wird eine andere Gelegenheit kommen«, sagte ich. »Wie sehr wirkt sich denn Annabeths Rückfall aus?«

»Das wird nicht mit dir in Verbindung gebracht.«

»Aber ...?«

»Es tut mir leid. Hier ist eine Mail von Ruben, er sagt, vier Zeitschriften haben die Artikel, die du für sie geschrieben hast, zurückgezogen.«

Ruben hatte von mir verlangt, dass ich zahllose Artikel für mehrere Monatszeitschriften schreibe, kurze und lange Artikel über alles Mögliche – meinen ersten Kuss und meinen Lieblingsbaum und den Lippenstift, der mir das Leben gerettet hat –, die in den Aprilausgaben erscheinen sollten. Die Hefte, die im März erschienen, zeitgleich mit meiner ersten Lesetour, waren schon fast in trockenen Tüchern, und ich hatte mich angestrengt, die Artikel rechtzeitig fertig zu bekommen.

»Okay.« Ich brauchte einen Moment, bis ich den Schlag fühlte. »Was geschehen ist, ist geschehen. Und was ist mit dem Blog von heute? Soll ich schreiben, dass wir für Annabeth beten? Hier fahren sie doch so auf diese religiösen Sachen ab.«

»Ich glaube, du solltest dich von ihr distanzieren.«

»Das klingt ein bisschen … brutal.«

»Dies ist ein brutales Land. Niemand will im selben Atemzug mit einem Versager genannt werden. Du hast ja gesehen, wie es heute bei dem Fototermin lief.«

Mannix' Handy klingelte. »Ruben.«

»Großartige Neuigkeiten!«, brüllte Ruben. Obwohl er mit Mannix sprach, hörte ich jedes Wort.

Eine Zeitschrift namens *Ladies' Day* wollte einen Artikel über meine Krankheit bringen. »Ich weiß«, sagte Ruben. »Sie haben nie davon gehört. Aber im Mittleren Westen gilt es als wichtiges Blatt. 8,2 Millionen Leser. Sie wollen tausendfünfhundert Wörter bis Mitternacht.«

»Mitternacht?«, sagte ich. »Heute Mitternacht? Mannix, gib mir mal das Handy. Hallo, Ruben, Stella hier. Haben Sie einen Tipp für mich, wie ich die Sache mit Annabeth in meinem Blog behandeln soll?«

»Annabeth – wer? So sollen Sie das behandeln.«

Er legte auf. Mannix entwarf ein paar Sätze für meinen Blog, die von mir stammen sollten, und ich fing mit dem Artikel für *Ladies' Day* an. Alles, was mit meinem Buch zu tun hatte, passierte in Hochgeschwindigkeit, und ich hatte ständig das Gefühl, gnadenlos hinterherzuhinken.

Mannix und ich saßen an unseren Laptops und tippten uns die Finger wund, als die Türklingel uns aus der Arbeit riss.

»Gilda«, sagte Mannix.

»Ist es schon zehn?« Gilda kam dreimal in der Woche und machte mit mir Pilates.

»Oder bist du zu müde? Sollen wir es für heute absagen?«

»Nein, ist schon okay.«

»Wenn du dich sehen könntest«, sagte Mannix lachend. »Du strahlst, weil deine Freundin auf der Matte steht. Sollte ich eifersüchtig sein?«

»Sollte *ich* eifersüchtig sein?«

Aber ich hatte keine Angst, dass Mannix sich für Gilda interessierte. Ich war nicht naiv – unterschwellig blieb eine gewisse Wachsamkeit –, aber zwischen den beiden funkte es nicht. Sie gingen freundlich miteinander um, mehr nicht.

Jeffrey rief: »Gilda ist da!« Jeffrey war nämlich verrückt nach ihr. Gilda steckte den Kopf zur Tür herein. Sie lächelte und sah blendend aus. »Hi, Mannix. Bist du so weit, Stella?«

»Komme schon.«

Ich machte meine Pilates-Übungen im Flur, weil es kein Zimmer dafür gab. Doch Gilda hatte gesagt: »Manche meiner Kunden haben ein Sportstudio in ihrem Haus, aber sie trainieren längst nicht so viel wie du.«

Wir fingen an, und wie immer war es anstrengend. Nach gut hundert Pressübungen kam ein Poltern aus Betsys Zimmer – irgendetwas war runtergefallen, ich vermutete, eins der

Bücherborde hatte sich gelöst –, und sie rief nach Mannix. Er kam aus unserem Schlafzimmer und ging quer über den Flur.

»Entschuldigt bitte«, sagte er, und einen Moment lang stand er mit gespreizten Beinen über mir. Er sah wortlos auf mich hinunter, und ich konnte seine Gedanken lesen: *Ich möchte dich jetzt ficken.*

Ich hatte meinen Unterleib immer wieder angespannt, und jetzt, bei dem Ausdruck in Mannix' Augen, dachte ich schon, ich würde auf der Stelle einen Orgasmus bekommen.

»Kann ich dich überreden, auch Pilates zu machen?«, fragte Gilda mit ihrer wohltönenden Stimme, während sie ihm ihr angespanntes Becken entgegenreckte. Fast schien es, als käme ihre Stimme aus den Tiefen ihres Unterleibs. Er warf einen winzig kleinen Blick darauf, errötete leicht und ging in Betsys Zimmer.

Nachdem Gilda gegangen war, nahm ich meinen Laptop ins Wohnzimmer und arbeitete da weiter.

»Komm ins Bett«, sagte Mannix.

»Das geht nicht. Ich muss noch schreiben.«

»Komm ins Bett«, sagte er wieder. »Das ist ein Befehl.«

Aber ich war so angespannt, dass ich nicht lachen konnte. »Bald.«

Nachdem ich den Artikel endlich abgeschickt hatte, stieg ich ins Bett, aber Mannix schlief. Manchmal, wenn er schon eingeschlafen war, streckte er den Arm aus und zog mich zu sich, aber diesmal tat er das nicht.

Um sieben Uhr am nächsten Morgen schlief Mannix noch, als es klingelte. »Verdammt«, brummte er im Halbschlaf. »Oh, das ist Gilda. Zeit zum Joggen. Und übrigens, du hast immer noch nicht rausbekommen, ob Laszlo Jellico ihr Geliebter ist.«

»Sie hat ihn ein paarmal beiläufig erwähnt.« Ich zog mir meine Laufklamotten an. »Aber ich habe keine Ahnung, ob sie mit ihm ins Bett geht. Eigentlich glaube ich das nicht. Schlaf weiter.«

»Schlafen? Ich habe zu tun, zum Beispiel muss ich deinen charmanten Sohn aus dem Bett holen.«

Ich seufzte. Manchmal war alles ziemlich schwierig.

»In einer Dreiviertelstunde bin ich wieder da. Danke, dass du die Kinder weckst.«

»Ist gut. Frag nach!«, rief Mannix mir hinterher. »Vögelt sie mit ihm, ja oder nein?«

Unten auf dem Gehweg machte Gilda ihre Dehnübungen. Sie trug einen rosa Kapuzenpullover und eine rosa Mütze und sah so hübsch aus, dass ich lachen musste. »Du siehst aus wie zwölf.«

»Schön wär's! Ich bin zweiunddreißig.«

Zweiunddreißig. Das hatte ich sie immer schon mal fragen wollen, mich aber nicht getraut.

Ich setzte alles auf eine Karte und fragte: »Und hast du eine Beziehung?«

»Zurzeit treffe ich mich mit niemandem.«

Ich überlegte kurz. Vermutlich meinte sie »nein«, aber in New York drückte man sich anders aus.

»Und was ist mit Laszlo?«, hakte ich nach.

»Wir hatten eine Affäre. Nichts Ernstes. Beziehungen sind viel Arbeit.«

»Ich weiß.«

Sie sah mich an. »Nicht für dich.«

»Auch für mich, manchmal.«

»Mit Mannix?«

Ich zögerte. »Mein Sohn ist gegen ihn. Und wir sind sehr unterschiedlich, Mannix und ich. Wir sind unterschiedlich aufgewachsen, wir ticken unterschiedlich.« Es war eine große Erleichterung, das zu jemandem zu sagen, der mich nicht verurteilen würde und der mich nicht gekannt hatte, als ich noch mit Ryan verheiratet gewesen war.

»Aber ihr seid doch total verrückt nacheinander«, sagte Gilda.

»Zwischen uns ... knistert es ziemlich.« Ich war verlegen, aber schließlich hatte ich mit dem Thema angefangen. »Das Körperliche. Aber manchmal kann alles andere ganz schön schwierig sein.«

Als ich zurückkam, schickte Mannix gerade die Kinder zur Schule, und als das Telefon klingelte, ging ich dran. Normalerweise hörte Mannix sich Rubens Forderungsflut an und gab sie mir in kleinen Portionen weiter, doch gerade hatte er sich mit Jeffrey in eine Sache verbissen, die völlig unwichtig war, von der aber beide nicht lassen konnten.

»Gute Nachrichten!«, sagte Ruben. Inzwischen misstraute

ich dieser Wendung, und später sollte sie mir sogar zuwider werden. »*Ladies' Day* gefällt Ihr Artikel.«

»Das ist gut.«

»Sie möchten ihn aber ein bisschen umgeschrieben haben. Es soll etwas über Ihren Glauben drin vorkommen. Wie Gebete und Ihr Glaube Sie gerettet haben.«

»Meinen Sie meinen Glauben an Gott? Eigentlich glaube ich nicht an Gott.«

»Erfinden Sie irgendwas. Sie sind Autorin. Bis heute Nachmittag soll es fertig sein.«

»Aber heute Nachmittag habe ich einen Termin beim Fotografen.«

»Dann haben Sie ja heute Vormittag Zeit.«

»Gibt's was Neues über Annabeth? Wie geht es ihr?«

»Wie schon gesagt – welche Annabeth? Ich habe eine Liste für ein paar kürzere Artikel. Der *Sacramento Sunshine* möchte fünfhundert Wörter von Ihnen über Ihr Lieblingssternzeichen, der *Coral Springs Social* möchte ein Rezept von Ihnen, mit Betonung auf cholesterinarm ...«

Mannix nahm mir das Telefon aus der Hand, sagte tonlos: *Du sollst nicht mit ihm sprechen,* und ging aus dem Zimmer.

Mannix traute Ruben nicht. Es behagte ihm nicht, wie Ruben meine PR-Kampagne nach dem Gießkannenprinzip organisierte. Er sagte, Ruben habe keine Struktur, keine Zielgruppen im Sinn, ich müsste einfach die Seiten zahlloser Lokalblätter füllen und mich dabei an den Rand der Erschöpfung treiben.

Wenige Minuten später war Mannix zurück. »Schreib den Artikel für *Ladies' Day* um«, sagte er. »Die haben eine große Leserschaft. Im Gegensatz zu den anderen Blättern, in denen Ruben dich unterbringen will. Und sprich nicht mit Ruben, das ist meine Aufgabe. Okay, ich gehe jetzt schwimmen.«

Mannix ging jeden Morgen in ein Schwimmbad in der Nähe, schwamm fünfzig Bahnen, wobei er auf das Wasser eindrosch, als hätte es seine Mutter beleidigt. »In einer Stunde bin ich zurück.«

Ich machte mich an den Artikel für *Ladies' Day* und versuchte, etwas über meinen Glauben an Gott zu schreiben, aber ich schaffte es nicht zu lügen: Ich glaubte zwar nicht an Gott, trotzdem fürchtete ich mich vor ihm.

Am Tage richtete Mannix sich sein Büro im Wohnzimmer ein, während ich im Schlafzimmer blieb und an meinem Laptop arbeitete. Hin und wieder hörte ich Mannix' Stimme leise am Telefon und stellte fest, dass sie mich jedes Mal erregte. Ich bräuchte nur aufzustehen und mich auszuziehen, und innerhalb von dreißig Sekunden lägen wir zusammen im Bett. Aber wir mussten arbeiten. Manchmal machte ich uns einen Kaffee und stellte ihm eine Tasse an die Tür, sprach aber nicht mit ihm. So hatten wir es vereinbart, nur so kriegten wir etwas geschafft.

Wie ich vermutete, hatte Mannix zu der Zeit ein weiteres Eisen im Feuer. Er hatte ein paar Andeutungen fallen lassen, aber ich wusste, dass ich nicht bohren durfte und mich gedulden musste. Es war kurz vor eins, als er ins Schlafzimmer stürzte und verkündete: »Dreißigtausend.«

»Dreißigtausend – was?«

»Dein Vorschuss bei Harp Publishing. Für die Veröffentlichung von *Gezwinkerte Gespräche* in Irland.«

»Das glaub ich nicht.«

Ich selbst hatte die Idee gehabt, die irischen Rechte aus dem Vertrag mit Phyllis herauszunehmen. Das hatte ich aus Patriotismus getan, aber vor ein paar Wochen fiel Mannix ein, dass man die Rechte ja verkaufen konnte. Er hatte mich gebeten, ihn einen irischen Verlag suchen zu lassen, und jetzt hatte er einen gefunden.

»Es ist ein sehr angesehener Verlag. Ein paar Autoren auf ihrer Liste haben den Man-Booker-Preis bekommen.«

»Ist das dein Ernst? Dad wird sich wahnsinnig freuen. Himmel, Mannix. Dreißigtausend.«

»Ihr Ausgangsangebot war fünfzehnhundert Euro. Ich habe sie auf dreißigtausend hochgehandelt.« Er könnte seinen Stolz nicht verbergen. »Und weil es keine Phyllis gibt, gibt es auch keine Agentenprovision.«

»Aber du bist doch der Agent! Du hast das für mich ausgehandelt. Mannix, ich bin wahnsinnig beeindruckt.«

»Wie sehr beeindruckt?«

Ich warf einen Blick auf die Uhr. Wir mussten uns beeilen. »*So* sehr beeindruckt!«, sagte ich und schubste ihn mit der Hand aufs Bett.

Ich hatte ihn im Nu ausgezogen – T-Shirt, Trainingshosen flogen auf den Boden. Sein Moschusgeruch bewirkte, dass ich mich wie eine Blume öffnete.

Ich setzte mich auf ihn und wand mich in Achterschlangen, ich spannte die Muskeln an und bewegte mich mit ihm. Er wollte schneller werden, aber ich legte ihm meine Hand auf die Hüfte und sagte: »Nicht schneller.«

Doch dann warf er mich auf die Decke, und als sich sein Becken auf meines senkte, bekam ich sofort einen Orgasmus.

»Noch nicht«, flehte ich ihn an. »Warte. Bis ich noch mal komme.«

»Ich kann nicht«, stöhnte er und ergoss sich in mich. »Tut mir leid«, flüsterte er mir ins Haar.

Ich strich ihm über den Hinterkopf. »Zu viel Testosteron, und der Deal mit Harp hat dich zusätzlich erregt. Ich kenne niemanden, der so sehr auf Sex abfährt wie du.«

»Du bist genauso. Du genießt dein lange überfälliges sexuelles Erwachen und benutzt mich nur.«

»Meinst du?«

Er zuckte die Achseln. »Vielleicht.«

In dem Studio, wo mein Autorenfoto gemacht werden sollte, brachte die Stylistin einen Karton mit aufsehenerregenden Jimmy Choos, aber Berri, der Art Director, wies sie zurück. »Ganz verkehrt«, sagte er. »Sie müssen Mütterlichkeit ausstrahlen.«

Ich schlüpfte in ein Paar extrem hoher, spitzer, mit Strass besetzter Kostbarkeiten, und Mannix machte sofort mit seinem Handy ein Foto.

»Schicken Sie das nicht als Tweet«, sagte Berri.

»Zu spät«, sagte Mannix, und wir lachten beide.

»Ich bin der Art Director! Ich bin hier der Chef! Sie sollten das hier ernst nehmen.«

»In den Schuhen sieht sie fantastisch aus«, sagte Mannix. »Warum wollen Sie etwas aus ihr machen, was sie nicht ist?«

»Das!«, sagte Berri an alle gewandt, wobei er mit dem Finger in Mannix' Richtung wies. »Genau das ist der Grund, warum wir Partner nicht gern bei den Fotoshootings sehen.« Zu Mannix sagte er: »Sie verstehen das offenbar nicht. Es geht nicht darum, wie Sie Stella sehen, sondern wie wir sie zeigen wollen. Und wir wollen, dass sie Wärme und Sicherheit ausstrahlt. Damit verkaufen wir ihr Buch.«

Mannix sagte leise zu mir: »Ich kaufe dir diese Schuhe.«

Die Stylistin hörte ihn und sagte: »Ich kann sie Ihnen fünfzig Prozent billiger geben.«

»Wenn das so ist, kaufe ich zwei Paar.«

Darauf mussten wir drei kichern und ernteten böse Blicke

von Berri und dem Fotografen. Aber leider war dieser Fototermin genauso wie vier oder fünf andere davor und auch wie der von gestern, der nicht stattgefunden hatte, mit Annabeth im Carlyle.

Zwar hatte ich jedes Mal einen anderen Friseur und einen anderen Fotografen und einen anderen Art Director mit anderen Anweisungen, aber ich war immer dieselbe, mit demselben Gesicht.

Wir kamen gerade rechtzeitig zum Abendessen mit den Kindern nach Hause. Sie waren gesprächig und so offensichtlich glücklich, dass es Balsam für meine Seele war. Denn nach dem heutigen Fotoshooting mit den schrecklichen Fotos, auf denen ich wie eine dreiundneunzig Jahre alte Urgroßmutter aussah, fragte ich mich ernsthaft, ob ich nicht einen furchtbaren Fehler gemacht hatte, als ich uns alle in dieses fremde Land verpflanzt hatte.

Nach dem Essen sagte Mannix: »Zieh dir die neuen Schuhe an, wir gehen auf einen Martini raus.«

Ich schüttelte bedauernd den Kopf. »Das machen wir erst, wenn wir alle fünfundzwanzig weisen Sprüche für Bryce Bonesman geliefert haben. Bis dahin müssen wir arbeiten. Tut mir leid, mein Lieber. Sind von Ruben irgendwelche Mails gekommen?«

»Nein.«

»Darf ich ihn anrufen? Ich will nur hören, ob der Artikel für *Ladies' Day* jetzt in Ordnung war.«

Mannix seufzte auf. »Ich rufe ihn an. Ich stelle das Handy laut.«

»Hallo, Ruben«, rief ich durchs Zimmer. »War der Artikel für *Ladies' Day* so in Ordnung?«

»Lassen Sie mich mal in meinen Mails nachsehen. *Ladies'*

*Days, Ladies' Days* … hier haben wir es. Nein. Er gefiel ihnen nicht. Tja, *shit happens.*«

»Überhaupt nicht?«

»Gar nicht.«

»Sie haben ihn rausgenommen?«, fragte ich ungläubig.

»Schnee von gestern. Blicken wir nach vorn, nach oben.«

Der Oktober war zu Ende, weiter ging es durch den November. An jedem Tag hatten wir Dutzende von Dingen zu erledigen.

Mannix und ich hatten unsere fünfundzwanzig Sprüche gerade noch termingerecht abgegeben, danach bekam ich einen Berater namens Fletch, mit dem ich ein Medientraining absolvierte. Wir probten Dutzende von gestellten Fernsehinterviews, und egal was ich gefragt wurde – wie alt die Kinder waren, was auf meiner Einkaufsliste stand –, die Antwort sollte immer »*Gezwinkerte Gespräche*« lauten.

»Im Ernst«, sagte Fletch. »Wenn Sie den Titel Ihres Buches alle zehn Sekunden sagen könnten, wäre das optimal.«

Mir wurde beigebracht, wie ich zu sitzen hatte, wie ich meine Füße an den Knöcheln kreuzen und den Kopf halten sollte. Selbst die Höhe des Schuhabsatzes wurde vorgeschrieben, damit ich eine möglichst aufrechte Haltung einnahm.

»Und Sie brauchen ein paar Injektionen.«

»Injektionen?« Ich dachte an Impfungen.

»Das Übliche, die Lippen etwas aufpolstern, ein bisschen Botox um die Augen. Nichts Ernstes. Keine Operation. Ich kenne da jemanden.«

Mannix war vehement dagegen. »Damit machen Sie ihr das Gesicht kaputt.«

Aber ich war neugierig geworden – bisher hatte ich mich gegen Mittel dieser Art gesträubt, weil Karen die Gesichter, die sie behandelte, so zurichtete, aber ich hätte gern gewusst, wie es aussehen würde, wenn jemand Kompetentes die Behandlung durchführte. Ich ging also zu dem von Fletch empfohlenen Visagisten, der mich mit seiner Methode »weniger ist mehr« überzeugte, und als ich wieder ging, sah ich einfach etwas frischer, gestraffter aus, aber kaum anders. Überhaupt kein Vergleich zu den armen Frauen, die Karen im Honey Day Spa in die Hände fielen – die sahen nämlich oft so aus, als hätten sie einen Schlaganfall gehabt.

Die Verbesserungen in meinem Gesicht waren so subtil, dass Mannix sie nicht bemerkte, und als ich es ihm erzählte, wurde er sauer. »Du kannst machen, was du willst«, sagte er. »Aber nicht hinter meinem Rücken.«

»Es tut mir leid«, sagte ich. Aber es tat mir nicht leid. Im Gegenteil, ich war sehr zufrieden mit meinem aufgefrischten Gesicht. Aber trotz der Spritzen und der vielen Pilates-Übungen und des Joggens befand Fletch, dass ich für einen Fernsehauftritt noch nicht bereit war. »Sehen Sie sich auf dem Monitor an«, sagte er. »Wie rund Sie um die Mitte wirken.«

Vor Verlegenheit wurde ich knallrot.

»In Wirklichkeit ist nichts an Ihnen auszusetzen«, fügte er an. »Aber das ist unsere Aufgabe. Wir müssen auf alles achten, bevor die amerikanische Öffentlichkeit Sie zu Gesicht bekommt. Sie brauchen eine Ernährungsberaterin.«

»Ich habe schon eine«, sagte ich.

»Wer ist das?«

»Gilda Ashley.«

»Aha.«

»Kennen Sie sie?«, fragte ich.

»Den Namen kenne ich. Aber das ist gut, Sie haben eine Ernährungsberaterin. Sie soll Ihnen die Kohlehydrate austreiben. Kohlehydrate sind strengstens verboten. Brot dürfen Sie noch nicht einmal ansehen. Sollten Sie doch versehentlich einen Blick auf ein Stück Kuchen werfen, dann sagen Sie sich dieses Mantra vor: *Mögest du zufrieden sein, mögest du glücklich sein, mögest du frei von Leiden sein.*«

»Ist das Mantra für mich oder für den Kuchen?«

»Für den Kuchen. Er hat in Ihrem Leben keinen Platz, aber Sie wünschen ihm nichts Böses, verstehen Sie?«

»Ich verstehe.«

»Wenn Sie das oft genug sagen, werden Sie feststellen, dass sich Ihre innere Haltung verändert und dass Sie Liebe und Mitgefühl empfinden.«

»Aha.«

Ich dachte immer, Los Angeles sei voller Verrückter, und nicht New York. Aber man lernt nie aus.

Gilda nahm sich also meiner Ernährung an. Jeden Morgen brachte sie eine Kühlbox mit dem, was ich im Lauf des Tages essen sollte. Zum Frühstück bekam ich einen seltsamen Saft, in dem unter anderem Grünkohl und Cayennepfeffer waren.

»Wenn du am Vormittag großen Hunger bekommst, ich meine, richtig großen Hunger, dann kannst du das hier essen.«

Sie gab mir eine kleine Dose.

»Was ist da drin?«

»Eine Paranuss.«

Ich schaute in die Dose. Die Nuss war so klein, dass ich lachen musste, und dann lachte Gilda auch.

»Ich weiß«, sagte sie. »Ein bisschen traurig ist es ja.«

»Was hätte Laszlo Jellico gesagt, wenn du ihm so eine gegeben hättest?« Ich sprach mit tiefer, dröhnender Stimme: »Das nützt mir gar nichts, Gilda, meine Gute. Bring mir Amity Bonesmans Titten, damit ich ein bisschen daran nuckeln kann.«

Gilda lachte immer noch – aber nicht richtig, und sie war rosa angelaufen.

»Entschuldigung!« Ich schlug mir die Hand vor den Mund.
»Ist schon in Ordnung«, sagte sie etwas kühl.
Ich lächelte verlegen. »Entschuldige bitte, Gilda.«
Ich hatte plötzlich Angst, sie zu verlieren. Sie war in New York meine einzige Freundin, wenn ich sie so nennen konnte. Ich vermisste Karen und Zoe, und weil ich so viel arbeitete, hatte ich keine Zeit, andere Frauen kennenzulernen.

»Ist schon gut«, sagte Gilda und lächelte. »Ist schon in Ordnung.«

Mit Thanksgiving Ende November begann in New York die Partysaison. Blisset Renown lud am 10. Dezember zu einer Weihnachtsfeier ein, die aber im Verlag stattfand, denn da das Verlagswesen, wie mir immer wieder gesagt wurde, in den letzten Zügen lag, schien es unangemessen, ein Vermögen für ein rauschendes Fest auszugeben. Ich stand mit zwei Redakteurinnen zusammen und machte bemüht Konversation, als sich etwas Scharfes in meinen Po bohrte. Ich drehte mich um. Es war Phyllis Teerlinck, die ich seit damals im August, als sie meinen Vertrag abschloss, nicht mehr gesehen hatte.

»He, hallo«, sagte sie und hielt den Stift hoch, mit dem sie mich gestochen hatte. »Du meine Güte, was ist denn hier passiert? Sie sehen so was von nach New York aus! Dünn und elegant.«

»Wie schön, Sie zu sehen, Phyllis.«

»Keine Berührung!« Mit erhobener Handfläche wies sie den Ansatz meiner Umarmung zurück. »Ich finde das Ganze hier grauenhaft. Wie jeder jedem den Arsch küsst. He, Sie da.« Sie wandte sich an die beiden Frauen, mit denen ich gesprochen hatte. »Ich stecke mir ein paar Cupcakes ein, für meine Katzen. Genau, ich bin die verrückte Tante, die allein mit ihren Katzen lebt. Darf ich mal das Tablett haben?« Sie leerte ein Tablett Mini-Cupcakes mit buntem Zuckerguss in einen Tupperware-Behälter, den sie dann in ihrem kleinen Rollkoffer verstaute. »Und, Stella, wo ist der attraktive Mann an Ihrer Seite?«

»Da drüben.«

Ganz in der Nähe stand Mannix, er lehnte an einem Bücherregal und sprach mit Gilda. Sie sagte etwas, und er lachte.

»Fantastische Zähne«, sagte Phyllis. »Sehr weiß. Wer ist die Kleine, mit der er da spricht?«

»Sie heißt Gilda Ashley.«

»Aha. Und warum ist sie hier?«

»Sie wollte gern kommen. Warum auch nicht?«

»Sie trauen Mannix mit ihr über den Weg?«

Um Phyllis den Gefallen zu tun, schüttelte ich den Kopf. »Nein, natürlich *nicht*!«

Phyllis lachte. »Sehr weise, Stella.«

Als spürte er, dass wir ihn beobachteten, sah Mannix zu mir herüber und fragte stumm: *Alles in Ordnung?*

Ich nickte. *Ja, alles in Ordnung.*

Dann bemerkte er Phyllis und kam zu uns herüber, Gilda im Schlepptau.

»Ich habe gehört, Sie haben einen Vertrag zustande gebracht«, sagte Phyllis zu Mannix. »Mit einem irischen Kleinstverlag. Gut gemacht! Ich hoffe, ich habe nicht versehentlich irgendwelche anderen Bereiche aus dem Vertrag ausgelassen. Sie würden einen guten Literaturagenten abgeben.«

Mannix senkte ehrerbietig den Kopf. »Wenn Sie das sagen, ist es ein Kompliment. Werden wir Sie im neuen Jahr sehen?«

»Was? Wollen Sie, dass ich Sie von meinem mageren Honorar zu einem üppigen Lunch ausführe? Sobald Stella ihr zweites Buch geschrieben hat und die Zeit reif ist, schließe ich einen neuen Vertrag ab, und Sie verdienen eine Menge Geld. Bis dahin alles Gute und schöne Festtage.«

Sie schlängelte sich durch die Gäste, nahm einer überrascht dreinblickenden Praktikantin das Tablett aus der Hand und leerte es in einen ihrer Behälter.

»Sie ist deine Agentin?«, fragte Gilda. »Meine Güte, die ist ja furchtbar.«

Am 21. Dezember flogen Mannix, Betsy, Jeffrey und ich über Weihnachten nach Irland. Es war eine seltsame Situation, weil wir kein Zuhause hatten. Mein Haus war vermietet, und Mannix hatte überhaupt keine Bleibe. Bei Mum und Dad war nicht genug Platz für uns vier. Und obwohl Karen vor nichts zurückschreckte, wollte ich ihr nicht vier Personen zusätzlich zu ihrem Haushalt mit zwei kleinen Kindern aufbürden. Rosas Haus war voll belegt, weil die Schwiegereltern aus Frankreich gekommen waren. Hero und ihre Familie hatten sich verkleinern müssen, nachdem Harrys Stelle den Kürzungen seiner Bank zum Opfer gefallen war, und jetzt wohnten sie in einem kleinen Haus mit zwei Schlafzimmern, also war da auch kein Platz.

Am Ende wohnten die Kinder bei Ryan, Mannix wohnte bei Roland in dessen kleiner Wohnung, und ich pendelte zwischen den beiden Orten.

Ich fürchtete mich vor der Begegnung mit Mannix' Eltern Norbit und Hebe, und es stellte sich heraus, dass meine Befürchtungen berechtigt waren. Obwohl sie als umgänglich und lebenslustig galten, war ich in ihren Augen offensichtlich nicht gut genug für Mannix. Seine Mutter musterte mich kühl und begrüßte mich mit mattem Händedruck. »Sie sind das also«, sagte sie. Dann fiel ihr Blick auf Georgie, die ebenfalls zu diesem Familientreffen gekommen war, und sie hauchte: »Georgie, mein Herz, Engelchen, lass dich küssen.«

Mannix' Vater gab mir nicht mal die Hand, sondern scharwenzelte um Georgie herum. Ich schluckte die Kränkung und beschloss, die Erwachsene zu sein. Aber es nährte den in mir schwelenden Verdacht, dass ich nicht zu Mannix' Welt gehörte.

Norbit und Hebe waren keinesfalls die Einzigen, die mich mit Verachtung straften – auch Ryan war schrecklich zu mir, aber das war nichts Neues. Eines Abends kam er sturzbetrunken nach Hause und sagte: »Da ist sie ja. Die Frau, die mir mein Leben gestohlen hat.«

»Hör auf, Ryan. Du bist betrunken.«

»Das alles stand *mir* zu«, sagte er. »Alle Zeitungen haben darüber berichtet, dass du einen Vertrag bei Harp hast. Und es wird noch schlimmer, wenn dein blödes kleines Buch erscheint. Dann kommst du ins Fernsehen. Ab heute nenne ich dich nicht mehr Stella. Für mich bist du die Frau, die mir mein Leben gestohlen hat.«

Am nächsten Morgen sagte er: »Ich weiß noch, was ich gestern Abend gesagt habe, und es tut mir *nicht* leid.«

»Gut. Ich treffe mich mit Zoe. Die ist nett zu mir.«

Aber Zoe sagte, sie trete gerade in eine neue Phase ein. »Von deprimiert zu verbittert.«

»Ach, mach das nicht«, sagte ich.

»Aber ich will das. Ich habe sogar ein Mantra: *Verbitterter und verbitterter will ich werden, jeden Tag mehr.*«

Doch nicht alles in Irland war schwierig – Karen und ich verbrachten einen tollen Abend mit Georgie. Auch Roland zu sehen war ein Vergnügen. Wie immer trug er schreiend bunte Karojacketts, hatte aber ein bisschen abgenommen.

»Ich weiß!«, sagte er, und sein großer Bauch bebte. »Mager, was? Machst du dir Sorgen? Glaubst du, ich leide bald an Auszehrung?«

Ich konnte gar nicht wieder aufhören zu lachen.

»Ich betreibe jetzt Nordic Walking«, sagte er stolz. »Bald bin ich dünn wie Kate Moss.«

Bei unserer Rückkehr nach New York stauchte mich Gilda zusammen, weil ich in Irland sechs Pfund zugenommen hatte. »Du wirst zu einer Saftkur verdonnert. Erst mal zehn Tage, dann sehen wir, ob es was bringt.«

Zehn Tage!

Die Saftkur war eine einzige Tortur. Nicht nur hatte ich die ganze Zeit Hunger, ich musste auch ständig weinen. Im Januar fiel in New York ein knapper Meter Schnee, der Wind blies bitterkalt aus Norden, und ich fror unentwegt und war ständig den Tränen nahe.

Außer wenn etwas mich zur Weißglut brachte, meistens irgendeine Nichtigkeit.

Gilda war freundlich, ließ sich aber nicht erweichen. »Das ist der ganze Kuchen, den du in Irland gegessen hast. Jetzt musst du dafür büßen.«

An einem besonders schrecklichen Morgen brachte ein Tropfen das Fass zum Überlaufen. Vor dem Fenster wirbelten die Schneeflocken wild umher, und ich fühlte mich schwach und bedürftig. In dem Moment klingelte das Telefon, und eine vornehme Frauenstimme sagte: »Könnte ich bitte mit Mannix sprechen?«

»Er ist leider nicht hier, er ist gerade im Schwimmbad. Ich bin Stella, spreche ich mit Hebe … ähm … mit Mannix' Mutter?«

»Ganz richtig. Bitte teilen Sie meinem Sohn mit, dass ich angerufen habe. Dazu sind Sie vermutlich in der Lage?«

Dann legte sie auf. Ich war wie vor den Kopf geschlagen. Ich wollte nicht weinen, aber da niemand in der Wohnung war, ließ ich den Tränen freien Lauf. Und als Gilda kam, weinte ich immer noch.

»Was ist denn los?« Sie war sehr besorgt.

»Nichts, es ist nichts.« Ich wischte mir über das Gesicht. »Es war Mannix' Mutter. Sie hat angerufen und mit mir gesprochen, als wäre ich eine Hausangestellte, der man nicht über den Weg trauen kann, eine nichtswürdige Schlampe, und das hat mich völlig aus der Fassung gebracht.«

»Aber sie lebt in Frankreich, oder?«, sagte Gilda. »Du siehst sie doch nie.«

»Aber wenn Mannix auch so denkt? Unbewusst?«

Gilda verdrehte die Augen.

»Im Ernst«, sagte ich. »Du verstehst das nicht. Für dich sind wir alle aus Irland und alle gleich, aber Mannix und ich stammen aus verschiedenen Welten. Wir haben nur wenig gemeinsam.«

»Mir scheint, ihr habt eine Menge gemeinsam.«

»Du meinst ... Sex?« Die Röte in meinem Gesicht wurde noch intensiver. Gut, zugegeben, der Sex war wunderbar. »Aber wenn das jetzt alles ist? Das bringt uns nicht sehr weit. Gilda, können wir heute bitte ein Mal das Laufen ausfallen lassen? Ich bin zu unglücklich. Meine Beine fühlen sich ganz wacklig an.«

Voller Mitgefühl schüttelte sie den Kopf. »Meine Aufgabe ist es, mit dir joggen zu gehen. Deine Arbeit hängt davon ab, dass ich meine Aufgabe erfülle.«

Ich zog mir meine Laufsachen an, und als wir auf die Straße kamen, fuhr mir der Wind erbarmungslos ins Gesicht. Beim

Laufen weinte ich, und die Tränen gefroren auf meinen Wangen, und ich dachte: Ich bin für dieses Leben nicht geschaffen. Ich bin nicht zäh genug. In dieser Stadt überleben nur Menschen, die sehr stark sind, Menschen mit übermäßigem Selbstvertrauen und großer Willenskraft.

»Alles Gute zum Geburtstag!«, flüsterte Mannix mir ins Ohr.
Ich öffnete blinzelnd ein Auge.
»Champagner?«, sagte ich. »Im Bett? Zum Frühstück?«
»Es ist ein besonderer Tag.«
Ich setzte mich auf und nahm einen Schluck aus meinem Glas.
»Möchtest du dein Geschenk haben?« Mannix holte eine winzige schwarze Tragetasche hervor, die glänzend und teuer aussah.
»Ist da ein kleiner Hund drin?«, fragte ich.
Er lachte.
»Soll ich es aufmachen?« Ich zog die Schleife auf, und eine kleine schwarze Schachtel erschien. Auch die war mit einer Schleife verschnürt, und ich machte sie langsam auf. In der Schachtel war ein schwarzer Samtbeutel, und ich schüttete mir den Inhalt in die Handfläche. Es war ein Paar Ohrringe, dessen Steine wie klares, intensives Feuer leuchteten.
»Sind das ... Diamanten?«, fragte ich ehrfürchtig. »Oh, es sind wirklich Diamanten.«
Ich besaß keinen Schmuck. Mein Verlobungsring von Ryan hatte zehn Pfund gekostet.
»Es ist etwas peinlich, aber ich möchte, dass du es weißt«, sagte Mannix. »Ich habe ... selbst dafür bezahlt ...« Von einem anderen Bankkonto, nicht von unserem gemeinsamen.

»Hast du dir vorgestellt, dass dein Leben mit vierzig so wie jetzt sein würde?«, fragte Mannix.

Ich brachte kaum einen Ton heraus. Ich lebte in New York, ich war mit diesem herrlichen Mann zusammen, und in vier Tagen begann meine erste Lesereise durch die Staaten. Ich konnte mein Glück kaum fassen. Dies war der Moment, jetzt sollte ich Mannix sagen, dass ich ihn liebte. Die Worte drängten auf meine Lippen, aber ich zwang sie zurück – sie würden so klingen, als wären die teuren Ohrringe der Grund, und das war so was von falsch.

Gilda schenkte mir zwei Konzertkarten für Justin Timberlake, für den ich immer schon eine Schwäche hatte. Und das Allerbeste war, dass Gilda mir einen Tag lang Schokolade, Eis und Wein erlaubte, weil sie sagte, ich würde die Kalorien wieder runtertanzen. Ich ging mit ihr auf das Konzert und war von Anfang bis Ende begeistert: Ich kreischte, wenn Justin seinen Hüftschwung machte, ich weinte maßlos bei »Cry me a River«, und ich tanzte so viel in meinem mit Adrenalin überfluteten Zustand, dass mir meine engen, hochhackigen Schuhe kein bisschen wehtaten. Auf dem Weg nach Hause befand ich mich in einem regelrechten Glücksrausch, und Gilda sagte: »Wir müssen so etwas öfter machen. In deinem Leben kommt das Vergnügen zu kurz. Warst du mal im Ballett? *Schwanensee?*«

»Nein, und ehrlich gesagt, Gilda, in meinen Ohren klingt das nicht sehr nach Vergnügen.«

»Aber du irrst, Stella, es ist einfach wunderschön. Es ... entführt einen in eine andere Welt. Ich besorge uns Karten. Ich bin mir sicher, es wird dir gefallen.«

Und so war es, zu meiner großen Überraschung.

Dann fing meine Lesereise an ...

Bei *Good Morning Cleveland* betrachtete die Visagistin mich als Herausforderung. »Was soll ich mit Ihren Augenbrauen machen?«, fragte sie.

»Was ist denn damit?«

»Sie sind einfach ... grässlich.«

Was ich alles früh am Morgen schaffte! Es war 8.30 Uhr, ich war seit drei Stunden auf den Beinen und hatte einen achthundert Kilometer langen Flug hinter mir, und jetzt wurde ich auch noch wegen meiner Augenbrauen beleidigt.

»Ich kann sie färben«, sagte sie, »aber dann dürfen Sie sie nicht zupfen.«

Das war interessant, denn erst gestern – wo war es gewesen? In Des Moines? – hatte die Visagistin gemeint, sie seien viel zu buschig. Aber mir fehlte die Kraft, mich für meine Augenbrauen starkzumachen.

Der weiche Make-up-Stift auf meiner Stirn tat gut, und ich schloss für einen Moment die Augen und ...

»Stella?«

Ich war sofort wach. Vor mir war das Gesicht einer jungen Frau. »Sekundenschlaf«, sagte ich mit belegter Stimme. Aber ich kam aus dem Tiefschlaf – Speichel lief mir übers Kinn, und ich wusste nicht, wo ich war.

»Ich bin Chickie«, sagte die Frau. »Sie sind in Cleveland, Ohio, und Sie müssen aufwachen. In sieben Minuten haben Sie Ihren Auftritt.«

»Wie lang war ich weg?«

»Eine halbe Minute«, sagte Mannix.

»Sie sind Mannix«, sagte Chickie. »Und wir müssen Sie noch etwas abpudern.«

»Wie bitte?«, fragte Mannix.

»Wir wollen Sie mit Stella in der Show haben. Es geht um

Fragen wie: Fühlen Sie sich Ihrer Männlichkeit beraubt, wenn Sie für Stella arbeiten?«

»*Mit* mir«, sagte ich, bestimmt zum hunderttausendsten Mal. »Er arbeitet *mit* mir.«

Überall auf dieser Lesereise passierte dasselbe. Die Medien kreisten obsessiv um Mannix, und die Fragen gingen immer in eine von zwei Richtungen, entweder: Wie konnte ich es nur ertragen, einen Mann seiner Männlichkeit beraubt zu haben? Oder: Wie konnte ich meinem superschlauen und beherrschenden Partner erlauben, meine Karriere zu managen, was einem Verrat an der feministischen Bewegung gleichkam?

»Wir müssen mit ihm sprechen«, sagte Chickie.

»Nein«, sagte Mannix.

»Sehen Sie?«, sagte ich. »Manns genug.«

Aber Chickie hatte ihre Anweisungen. »Wir brauchen ihn in der Show.«

»Sie brauchen meine Visage nicht im Fernsehen«, sagte Mannix.

»Aber Sie sehen gut aus.« Chickie schien verwirrt. »Für einen alten Typen. Ich meine, für einen *älteren* Typen. Also … ich wollte damit nicht sagen …«

»Stella ist die, auf die es ankommt. Die brauchen Sie.«

»Aber …«

»Für mich ist es wichtig, dass ich *nicht* in Ihrer Show auftrete.«

Chickie funkelte ihn böse an, dann stapfte sie davon und sprach in ihr Headset.

»Leute, die sagen, sie ›brauchen‹ etwas, brauche ich nicht.« Mannix sah ihr hinterher.

Zu mir sagte er: »Sorry, Liebes.«

Kein Problem. Es sah so aus, als hätten wir uns durchgesetzt. Aber so war es nicht. Zur Strafe gab nämlich der Leiter der

Show meinen Auftritt in der Buchhandlung nicht bekannt, und niemand kam. Aber vielleicht wäre sowieso niemand gekommen. Allmählich begriff ich, dass die ganze Geschichte mit dem Signieren schlecht einzuschätzen war. Ich hatte angenommen, in den größeren Städten wäre es schwierig, genug Publikum zu bekommen, weil das Angebot so vielseitig war, und in den abgelegenen Orten würden die Menschen in Scharen herbeiströmen, aber so war es nicht immer.

Jedenfalls, Cleveland interessierte sich nicht für mich, aus welchen Gründen auch immer, und mir war es gleichgültig, ich war einfach zu müde. Es tat gut, einmal nicht mit Dutzenden von Menschen sprechen zu müssen, einmal nicht immer wieder dasselbe zu sagen. Trotzdem war es anstrengend, aufrecht auf einem Stuhl zu sitzen und zu lächeln. Es bestand die Gefahr, dass ich einnicken und auf dem Tisch zusammensacken würde. Inzwischen war ich seit elf Tagen auf Werbetour für *Gezwinkerte Gespräche*. Ich hatte nicht einen freien Tag gehabt. Würde man die Route auf einer Landkarte der Staaten nachzeichnen und verfolgen, wie oft ich dieselbe Strecke erst vorwärts, dann rückwärts gereist war, müsste man darüber lachen.

Aber ich sagte mir immer wieder, was Gilda mir eingebläut hatte: Ich hatte großes Glück. *Ich habe solches Glück, ich habe solches Glück,* sagte ich mir. Ich war so erschöpft, dass ich mich kaum allein anziehen konnte, aber in dem, was ich erlebte, wurde ein Traum wahr.

Hätte Gilda nicht meine Garderobe ausgesucht, dann hätte ich mich tatsächlich nicht selbst anziehen können. So aber klappte es wie am Schnürchen.

Aber natürlich konnte man nicht alle Eventualitäten bedenken – später an dem Tag in Cleveland, bei einem Benefizlunch, goss mir ein Mann in seiner Trunkenheit ein halbes Glas Rotwein über meine blauen Wildlederstilettos, die Schuhe, in denen ich bei fast jedem meiner Fernsehauftritte zu sehen war. Ich verhielt mich mustergültig und sah davon ab, dem Mann das Ohr abzubeißen. Ich zeigte meine Zähne lediglich in einem starren Grinsen, goss Weißwein auf beide Schuhe und streute dann Salz darauf und lächelte immer weiter, obwohl die Flecken blieben. Ich lächelte ohne Unterlass. Alles bestens, ja, vielen Dank, sind ja nur Schuhe, hahaha, nein, Sie brauchen mir nicht die Reinigung zu bezahlen, Schuhe kann man gar nicht reinigen, Sie ekliger Trunkenbold, lassen Sie mich jetzt einfach in Ruhe, hören Sie auf mit Ihren Entschuldigungen, hören Sie auf, es so hinzubiegen, dass es Ihnen besser damit geht, ich muss jetzt gehen, war wunderbar, ja, danke, ja, wenigstens sind meine Füße heil, da haben Sie ganz recht, aber jetzt muss ich eine dunkle Ecke finden, in der ich laut schreien kann.

Als wir wieder im Hotel waren, fragte Mannix vorsichtig: »Du hast aber noch andere Schuhe, oder?« Er war kein Dummkopf, er wusste, dass man das eine Frau nicht fragen durfte.

»Nein!«, sagte ich mit Tränen in den Augen und hielt ein Paar schwarze Stiefel hoch. »Diese kann ich doch nicht zu einem Rock tragen. Oder diese?« Ich zeigte ihm meine Ugg-Boots, dann meine Laufschuhe. »Nein, nein.«

»Und diese hier?« Mannix hielt ein Paar enorm hohe Plateauschuhe mit Glitzer hoch.

»Die sind für abends, für Galadiners. Aber diese ...« Ich hielt die zerstörten hochhackigen Schuhe hoch. »... die waren perfekte Tagesschuhe, man kann sie mit nackten Beinen tragen und zu Röcken. Sie waren schick, sie waren sogar bequem! Und jetzt sind sie hinüber. Ich weiß, dass ich maßlos übertreibe, aber sie waren der *Dreh- und Angelpunkt* dieser Lesereise!«

»Der Dreh- und Angelpunkt?«, wiederholte Mannix und sah mich an.

»Der Dreh- und Angelpunkt, und bring mich nicht zum Lachen.«

Er schaffte es immer, eine Situation zu entschärfen. Ein paar herrliche Minuten lang, bis wir wieder zu arbeiten anfangen mussten, lagen wir friedlich nebeneinander auf dem Bett.

»Können wir sie nicht neu kaufen?«, fragte er.

»Sie sind von Kate Spade. Hier sind wir am Arsch der Welt, Ohio, hier gibt es keine Kate-Spade-Schuhe.«

»Ich dachte, Kate Spade sei passé«, sagte er.

»Sie kommt wieder, außerdem hast du von solchen Dingen keine Ahnung. Du bist ein Mann.«

Er rollte sich auf mich und sagte: »Ein Mann?«

Ich sah ihn an. Die Stimmung zwischen uns veränderte sich, die Erregung stieg.

Wir hatten keine Zeit, aber trotzdem. »Mach schnell«, sagte ich und zog mir den Slip aus. Und er machte wirklich schnell. Und schaffte es gerade so. Er war noch nicht wieder bei Atem, als das Telefon klingelte.

»Meine Güte«, stöhnte Mannix.

Es war die Lobby, die uns mitteilte, dass ein Journalist auf mich wartete. »Danke«, sagte ich. »Ich komme sofort.«

»Bleib noch einen Moment.« Mannix versuchte mich an der Hüfte festzuhalten.

»Das geht nicht.« Ich befreite mich von ihm. »Kannst du dich um die Schuhfrage kümmern, solange ich weg bin?«

»Vielleicht sollte ich auch auf den anderen Rotwein gießen, dann können wir so tun, als wäre es Absicht. Der Jackson-Pollock-Look.«

»Warum nicht ...« Einen Versuch war es wert. Ich zog mir

Jeans und Stiefel an – völlig ungeeignet für Cleveland und für das Interview, aber ich hatte nichts anderes.

»Und wenn das nicht funktioniert, sagen wir den Rest der Lesereise ab«, sagte Mannix

»Gute Idee. In einer halben Stunde bin ich wieder da.«

Mannix' Jackson-Pollock-Look funktionierte nicht, die Flecken sahen einfach nach Weinflecken aus. Dann versuchte er, die Flecken mit Make-up-Entferner abzuwischen, aber davon rieben sich nur die Wildlederhärchen ab. Und so versuchte Mannix, bei Kate Spade in New York ein Ersatzpaar zu bestellen, während ich meinen Blog schrieb.

»Sie können die Schuhe über Nacht nach Cleveland schicken? Aber heute Nachmittag um fünf fliegen wir nach Tucson. Und reisen schon um 7 Uhr morgens wieder ab. Sie können die Lieferung bis dahin nicht garantieren? Gut, dann morgen in San Diego, zwischen 9.30 Uhr morgens und 4 Uhr nachmittags. Aber wir haben kein Hotel, wir sind unterwegs. Morgen Abend? Da sind wir in Seattle. Fantastisch.« Er gab die Details durch und legte auf. »Okay, ein neues Paar Schuhe ist unterwegs nach Seattle.«

Aber ich konnte am nächsten Tag in San Diego nicht in Jeans und Stiefeln auftreten, ich würde vor Hitze vergehen. Ich musste versuchen, gleich in Cleveland ein Paar Ersatzschuhe zu bekommen, nur dass ich drei Interviews unmittelbar hintereinander hatte.

»Ich mach das«, sagte Mannix.

Er kam mit einem Paar hellblauer Schuhe zurück: Sie waren aus Lackleder, nicht Wildleder, sie hatten eine runde Zehenkappe und waren nicht spitz, sie hatten dicke Absätze, nicht dünne. Sie sahen nach Plastik aus, billig und schrecklich.

»Sehen fast gleich aus, wie?« Mannix schien mit sich zufrieden.

Zorn, schrecklicher, furchtbarer Zorn wallte in mir auf: *Männer!* Sie waren so *dumm!* Sie hatten keine*n blassen Schimmer!*

Eine innere Stimme sagte mir, meine Reaktion sei irrational, und ich schluckte meinen Zorn hinunter und beruhigte mich damit, dass diese scheußlichen Schuhe nur für einen Tag waren. (Das stellte sich als Irrtum heraus. Die Kate Spade kamen in Seattle erst an, als wir schon wieder weg waren. Sie wurden nach San Francisco geschickt, aber auch da trafen sie zu spät ein. Wahrscheinlich reisen sie mir bis zum heutigen Tag über die große Landmasse Amerikas hinterher wie ein Fan der Grateful Dead.)

Während ich versuchte, mich mit den billigen Ersatzschuhen zu arrangieren, klingelte das Telefon. Es war Gilda – und ich zögerte, ob ich drangehen sollte. Während der Lesereise hatte Gilda meine Betreuung per Telefon weitergeführt. Sie kannte meinen Zeitplan und setzte jeden Tag einen Lauf an und jeden zweiten Tag die Pilates-Übungen.

»Hallo, Gilda«, sagte ich. »Ich habe meine Laufsachen schon an, die Ohrstöpsel sind drin, es kann losgehen.«

»Wunderbar!«

Ich legte mich in meinem Hotelzimmer auf den Fußboden und atmete etwas schwerer. »Okay, ich bin jetzt draußen. Ich renne jetzt los. Ich bin im Zwölf-Minuten-Tempo.«

»Beschleunige etwas«, sagte sie. »Zehn Minuten pro anderthalb Kilometer. Halte das Tempo für eine Viertelstunde.«

»Okay.« Ich atmete schwer, und Mannix sah mich an, schüttelte den Kopf und lächelte vor sich hin.

Gilda feuerte mich an, und ich tat so, als müsste ich nach Atem ringen.

»Dreh um«, sagte sie. »Und lauf die nächsten anderthalb Kilometer in acht Minuten.«

Ich keuchte in mein Mikrofon, bis Gilda sagte: »Jetzt geh runter auf zehn. Jetzt zwölf. Bleib bei zwölf, bis du wieder im Hotel bist. Wie kommst du mit der Ernährung klar?«

»Bestens.« Ich keuchte. »Bei dem Benefizlunch habe ich das Hühnchen und die grünen Bohnen gegessen. Kein Brot, keinen Reis, keinen Nachtisch.«

»Und jetzt fliegt ihr nach Tucson, zu einem Benefizabendessen. Auch hier dieselben Regeln: Was immer sie dir servieren, keine Kohlehydrate. Auf keinen Fall! Besonders keinen Zucker. Ich rufe dich morgen früh um halb sechs Tucson-Zeit an. Sechs Kilometer laufen, bevor du zum Flughafen fährst. Jetzt mach deine Dehnübungen. Du warst sehr gut.«

»Danke, Gilda.« Ich legte auf und blieb auf dem Fußboden liegen.

»Weißt du«, sagte Mannix, »das ist doch verrückt. Sag ihr einfach, dass du zu müde bist, um laufen zu gehen.«

»Das kann ich nicht. Sie wäre so enttäuscht. Komm, wir müssen zum Flughafen.«

Der Flug nach Tucson hatte drei Stunden Verspätung, und Mannix und ich bekamen vor Nervosität fast ein Magengeschwür.

»Es ist ein Benefizdinner«, sagte ich verzweifelt. »Die Leute haben für Eintrittskarten bezahlt. Sie erwarten, dass ich auftrete und zu ihnen spreche.«

Als wir endlich in Tucson ankamen, spurteten wir zu einem Taxi: Während der Fahrt zog ich mir mein Abendkleid an und trat dabei dem Fahrer versehentlich an den Kopf. Ich entschuldigte mich noch immer, als wir vor dem Hotel hielten, wo eine Delegation hysterischer Komiteemitglieder auf mich wartete.

»Hallo«, sagte ich. »Entschuldigung, aber ...«

»Kommen Sie mit, hier entlang.« Ohne dass ich Gelegenheit

hatte, mich zu sammeln, wurde ich auf die Bühne geführt. Ich spürte sofort, dass es ein schwieriges Publikum war. Manchmal ist die Atmosphäre im Saal für einen, manchmal ist sie gegen einen. Ich hatte diese Leute warten lassen, was ihren Unmut geweckt hatte, und sobald ich meine Geschichte erzählt hatte, stellten sie feindselige Fragen.

»Mein Mann hatte das Guillain-Barré-Syndrom ...«

Ich nickte verständnisvoll.

»... und ist daran gestorben.«

»Oje«, sagte ich. »Das tut mir sehr leid.«

»Er war ein guter Mensch, wahrscheinlich ein besserer Mensch als Sie. Warum ist er daran gestorben und Sie nicht?«

»Ich habe überlebt, weil man rechtzeitig einen Luftröhrenschnitt gemacht und mich an ein Beatmungsgerät angeschlossen hat.«

»Er bekam auch einen Luftröhrenschnitt. War daran etwas falsch?«

»Also ...«

»Warum lässt Gott zu, dass Menschen sterben? Was ist das für ein Plan, den Gott da hat?«

Sie sah mich herausfordernd an und wartete auf eine Antwort. Über Gottes Plan wusste ich noch weniger als über den Nutzen eines Luftröhrenschnitts.

»Gottes Wege sind unergründlich«, sagte ich schließlich. »Gibt es noch weitere Fragen?«

Ein stattliche Frau mit einer erstaunlichen Frisur nahm das Saalmikro und räusperte sich. »Glauben Sie, Ihr Buch wird verfilmt? Und wenn ja, von wem würden Sie gern gespielt werden?«

»Kathy Bates«, sagte ich.

Im Saal brach Gemurmel aus. »Kathy Bates?«, sagten die Leute zueinander. »Aber die hat doch braune Haare.«

Ich hatte vergessen, dass man in Amerika keine Selbstironie kennt.

»Ich meine natürlich Charlize Theron«, sagte ich. »Oder Cameron Diaz.« Ich durchforstete mein Gedächtnis nach blonden Filmschauspielerinnen. »Da drüben hebt eine Dame die Hand. Möchten Sie eine Frage stellen?«

»Was muss ich machen, um berühmt zu werden?«

»Sie könnten jemanden umbringen«, hörte ich mich sagen. Ein schockiertes *Ooohhh!* ging durch den Raum. Entsetzt stammelte ich: »Entschuldigen Sie bitte, ich hätte das nicht sagen sollen! Es ist einfach ... diese Müdigkeit ...« Und vorher hatte ich schon mangelndes Mitgefühl für die Frau gezeigt, deren Mann gestorben war. »Ich bin seit elf Tagen auf Lesereise, und ...«

Eine der Frauen des Komitees nahm mir das Mikro weg. »Danke, Stella Sweeney.« Sie machte eine Pause, in der dürrer Applaus und ein paar Buhrufe erklangen. »Stella signiert ihr Buch in der Halle.«

Es war eine kurze Schlange. Trotzdem musste ich mich vor Verrückten wappnen. Die Verrückten hielten sich immer bis zum Schluss zurück. Sie standen nicht mit den anderen in der Schlange und warteten, bis sie nach vorn kamen.

Dieser Abend hielt eine besondere Überraschung bereit, einen Verrückten-Showdown sozusagen, bei dem sich gleich zwei Verrückte in die Quere kamen: eine muntere Dame und ein Mann, der vermutlich ein Problem mit seiner Aggressionskontrolle hatte.

»Sie zuerst«, sagte die muntere Dame und lud den Mann mit einer großzügigen Handbewegung ein.

»Nein, Sie.«

»Nein, Sie.«

»Hören Sie, Sie blöde Schlampe, ich lasse Sie vor ...«

Als er weggeführt wurde, warf er ein paar Blätter in meine Richtung. »Das ist mein Buch. Besprechen Sie es! Rufen Sie mich an!«

Die muntere Dame beugte sich viel zu nah zu mir hinüber und sagte: »Ich lade *Sie* auf ein paar Cocktails in eine schicke Bar ein, die ich kenne, und Sie verraten *mir*, wie man einen Bestseller schreibt.«

»Das ist sehr freundlich von Ihnen«, sagte ich. »Aber in sechs Stunden muss ich in einem Flugzeug sitzen, dann fliege ich nach ...« Wo traten wir am nächsten Tag auf? »... nach San Diego.«

»Ach so?« Sie sah mich aus schmalen Augen an. »Ich habe Ihr Buch gekauft! Ich habe es meinen Freunden empfohlen. Zicke! Dabei will ich bloß ...«

»Danke.« Ich stand auf und lächelte in die Runde, ohne etwas zu sehen. »Danke, Sie waren alle sehr liebenswürdig. Tucson ist wunderschön, ja. Sie sind alle sehr freundlich. Aber jetzt muss ich mich leider verabschieden.«

Ich nahm ein Glas Wein, das jemand stehen gelassen hatte, und leerte es in einem Zug, dann zog ich mir die Schuhe aus und sagte zu Mannix: »Sollen wir?«

Wir nahmen ein Taxi, das uns ins Hotel brachte, und in unserem Zimmer legte ich mich vor die Minibar auf den Fußboden, schüttete mir M&Ms direkt aus der Tüte in den Mund und sagte immer, immer wieder: »Schokolade, Schokolade. Wie ich Schokolade liebe.«

»Ruben will mit dir sprechen.« Mannix hielt mir das Telefon hin.

Ich riss die Augen groß auf und schüttelte den Kopf: Ich wollte nicht mit Ruben sprechen. Ich war zwei Tage zuvor von der Lesereise zurückgekommen und hatte seitdem die ganze Zeit im Bett verbracht, nahezu unfähig, auch nur ein Wort hervorzubringen.

»Es ist okay«, sagte Mannix leise. »Eine gute Nachricht.«

Ich nahm das Telefon.

»Ich habe eine fantastische Nachricht«, sagte Ruben geheimnisvoll. »Sind Sie bereit? Okay. *Gezwinkerte Gespräche* ist auf Platz neununddreißig der *New York Times*-Bestsellerliste. Aber jetzt möchte Bryce, dass Sie zu einer Besprechung der Lesereise in den Verlag kommen. Freitag um elf. Anschließend lädt Bryce Sie zum Essen ein.«

Ich ließ den Kopf aufs Kissen sinken, eine Woge der Erleichterung durchströmte mich. Unmittelbar nach Rubens Anruf trafen die Glückwünsche von sechs oder sieben der stellvertretenden Geschäftsführer ein.

Als Nächste rief Phyllis an. »Platz neununddreißig?«, sagte sie. »Das würden meine Katzen auch schaffen.«

Vor der Besprechung kam Gilda zu uns in die Wohnung und föhnte mir die Haare. Sie erzählte, als Teenager habe sie samstags in einem Friseursalon gearbeitet und »das Wesentliche gelernt«.

»Gibt es auch etwas, das du nicht kannst?«, fragte ich, als sie die Strähnen über die Bürste zog. Sie lachte.

»In Astrophysik bin ich nicht so gut.« Dann runzelte sie die Stirn. »Hast du vor, in diesem Kleid zu gehen?«

»Äh … ja.« Es war ein hübsches Kleid von Anthropologie, das Gilda mit mir ausgesucht hatte.

»Heute nicht«, sagte sie. »Entschuldige, Stella, aber heute musst du tougher aussehen.« Sie sah in meinem Kleiderschrank nach und holte ein auf Figur geschnittenes Kostüm heraus. »Zieh das an«, sagte sie. »Das ist passend.«

»Okay«, sagte ich.

Im Verlag wurden Mannix und ich in ein Besprechungszimmer geführt, in dem sich bereits einige der stellvertretenden Geschäftsführer drängten. Ich hatte damit gerechnet, Phyllis zu sehen, die Mails waren auch an sie gegangen, aber sie ließ sich nicht blicken.

»Willkommen alle miteinander.« Bryce rauschte in den Raum und nahm seinen Platz am Kopf des Tisches ein. »Fangen wir an.«

Anscheinend fingen wir ohne Phyllis an.

»Gute Arbeit bei *Gezwinkerte Gespräche*«, sagte Bryce. »Besonderer Dank an Ruben und sein Team für die fantastischen Besprechungen, zu denen er dem Buch verholfen hat. Und wir sind natürlich hocherfreut, dass es das Buch in die Bestsellerliste geschafft hat. Noch haben wir keine endgültigen Zahlen von Barnes and Noble und den Onlineverkäufen, aber aufgrund der Informationen von den unabhängigen Buchhandlungen können wir die Zahlen hochrechnen. Deswegen gebe ich jetzt das Wort an Thoreson Gribble, stellvertretender Geschäftsführer Vertrieb.«

Thoreson, ein Mann mit einem riesigen Brustkorb im weißen Hemd, ließ mit einem Lächeln seine weißen Zähne blitzen. »Das Buch hat es auf die Bestsellerliste geschafft, das ist eine großartige Neuigkeit. Leider sieht es so aus, dass wir nicht die optimalen Verkaufszahlen erreicht haben, die wir uns erhofft hatten.« Er nahm seinen Tablet-PC. »Unserer Einschätzung nach hat die Verbindung mit Annabeth Browning die Käufer ferngehalten. Aber die Zeichen stehen auf Hoffnung. Zum Beispiel wurden in einer Buchhandlung in Boulder, Colorado, sechsundvierzig Exemplare verkauft, was einer begeisterten Besprechung in *WoowooForYou* zu verdanken ist.«

Mir wurde bewusst, dass ich den Atem anhielt.

»Auch Vermont vermeldet gute Verkaufszahlen«, sagte Thoreson. »Maple Books hat in einer Woche dreiunddreißig Exemplare verkauft, der Ansporn dort kam von einer einzigen Verkäuferin, die von sich selbst sagte, sie stehe leidenschaftlich hinter den *Gesprächen*.« Wieder zeigte Thoreson seine Zähne. »Volle Punktzahl für Vermont!«

»Das ist großartig, Thoreson«, unterbrach Bryce ihn elegant. »Stella und Mannix, Sie können sich den ausführlichen Bericht später zu Gemüte führen. Wir müssen bedenken, dass dies ein Marathon ist, kein Sprint. Der Start ist ermutigend, und jetzt wollen wir offensiv auf dieser Grundlage aufbauen. Könnten die Ergebnisse dieser Lesereise noch ermutigender sein? Klar, sicher, aber im Grunde sieht es gut aus.«

»Danke«, murmelte ich ein bisschen besorgt.

»Überall gibt es Unterstützung für das Buch, und die Kosten-Nutzen-Analyse unseres Rechengenies Bathsheba Radice zeigt deutlich, dass zwei weitere Lesereisen wertvoll sein könnten.«

»Okay, aber …«, fing Mannix an.

»Und das ist der Plan«, fuhr Bryce fort. »Eine zweite

Lesereise im Juli, wenn die Leute Urlaub haben. Und dann noch einmal Mitte November, rechtzeitig für das Weihnachtsgeschäft. Zu Beginn des neuen Jahres müssten wir einen Schub von Verkäufen vermerken können. Schreiben Sie das neue Buch bis Februar, dann können wir es im Juli rausbringen.«

Er schob seinen Stuhl zurück und stand auf.

Er ging? Ich dachte, er wollte uns zum Essen einladen.

Ich erhob mich mühsam, und Bryce schüttelte mir die Hand und klopfte mir auf die Schulter, als er schon halb zur Tür raus war. »Bleiben Sie gesund, Stella.«

Es war Mitte April, und über Nacht war es Frühling geworden. Die Sonne schien und schenkte sogar ein bisschen Wärme. Mannix und ich gingen durch den Central Park zur Wohnung zurück, wo Hunderte leuchtend gelber Osterglocken unseren Weg säumten. Bryce hatte uns zwar kurz abgefertigt, aber trotzdem kam eine gewisse Zuversicht auf.

Als wir in die Wohnung kamen, schickte ich Gilda eine SMS und sagte, ich sei zu Hause und könne mit ihr laufen. Eine Viertelstunde später stand sie vor der Tür.

»Ihr seid nicht zum Mittagessen ausgeführt worden?«, fragte sie.

»Nein.«

»Ah ... okay. Und wie war die verrückte Agentin heute? Was hat sie diesmal mitgehen lassen?«

»Sie war gar nicht da.«

»Mann! Sie hat euch bei dieser wichtigen Besprechung versetzt? Besonders viel macht sie ja nicht für ihre zehn Prozent.«

Phyllis bekam sogar dreizehn Prozent, trotzdem hatte ich das Gefühl, sie in Schutz nehmen zu müssen: »Sie ist nicht der Typ, der Händchen hält.«

»Na, geht mich auch nichts an. Also los, Stella, lass uns mal deinen Stoffwechsel ein bisschen auf Trab bringen.«

»Sei vorsichtig mit ihr«, sagte Mannix.

»Ich weiß, ich weiß.« Gilda verdrehte die Augen nach oben. »Kostbare Fracht, klar.«

Wir fuhren mit dem Aufzug nach unten und traten in den Sonnenschein hinaus.

»Er ist sehr freundlich zu dir«, sagte Gilda.

»Ah, na ja. Er ... ja, das ist er.«

»Okay, lass die Arme schwingen, damit dein Herz richtig pumpt.«

»Hast du mittlerweile ... äh ... einen Partner?«

Meine Beziehung zu Gilda war etwas seltsam. Dem Gefühl nach waren wir vertraut miteinander, aber weil ich sie bezahlte, mussten bestimmte Grenzen gewahrt bleiben.

»Ich mühe mich redlich, lande aber immer wieder bei den Falschen.«

»Irgendwann wirst du einen tollen Mann kennenlernen«, sagte ich ermutigend.

»Also, mit Sicherheit werde ich mich nicht mit dem letzten Scheißkerl abfinden«, sagte sie schroff. »Da warte ich lieber auf einen Glücksfall wie Mannix.«

*Da warte ich lieber auf einen Glücksfall wie Mannix.* Überrascht und verdutzt, wie ich war, sah ich sie an. Ich hatte sie von Anfang an hübsch gefunden, aber plötzlich kam sie mir wie eine Königin vor. Eine schöne Königin, die die Macht besaß, mir Mannix zu stehlen. Mir klappte der Mund auf, und ich wich einen Schritt zurück.

Sie machte einen Schritt vor und nahm meinen Arm. Ein schockierter Ausdruck trat in ihre leuchtend blauen Augen. »O nein«, sagte sie. »Das kam ganz falsch raus. Ich weiß, was du jetzt denkst. Bitte nicht!«

Ich brauchte nichts zu sagen, ich wusste, die Angst stand mir ins Gesicht geschrieben.

»Stella, du und ich, wir arbeiten zusammen. Aber es ist mehr. Wir sind Freundinnen. Ich würde nie etwas tun, das dich verletzt.«

Immer noch brachte ich keinen Ton heraus.

»Ich will nicht sagen, dass der Typ einer anderen Frau immer tabu ist.« Sie sprach schnell. »Und wenn man ein noch so guter Mensch sein will – wenn der Blitz einschlägt, kann man nichts machen, richtig?«

Ich wollte nicken, aber auch das ging nicht.

»Wenn ein Typ in einer Beziehung steckt, die nicht gut läuft, und du selbst denkst, mit ihm und dir könnte es klappen – dann vielleicht. Aber auch ohne das Gefühl von Loyalität dir gegenüber weiß ich doch, dass Mannix bis über beide Ohren in dich verliebt ist. Ich habe das nur aus Selbstmitleid mit der armen kleinen Gilda gesagt. Aus reiner Eifersucht. Nicht, weil du mit Mannix zusammen bist«, fügte sie schnell hinzu. »Sondern weil ich es leid bin, dauernd miese Arschlöcher kennenzulernen, und gern mal nette Typen treffen würde.«

»Okay.«

Wir liefen fünf Kilometer. Am Schluss war ich immer noch aufgewühlt.

Als ich nach Hause kam, ging ich sofort ins Wohnzimmer.

»Mannix?«

»Hmmmm?« Er blickte konzentriert auf den Bildschirm.

»Bist du scharf auf Gilda?«

Überrascht sah er mich an. »Nein«, sagte er. »Ich bin nicht scharf auf Gilda.«

»Sie ist jung und hübsch.«

»Auf der Welt gibt es massenhaft hübsche junge Frauen. Was soll das?«

»Ich habe dich einmal gefragt, ob die letzte Frau, mit der du vor mir geschlafen hast, Georgie war, und du hast Nein gesagt.« Mir war völlig schleierhaft, warum ich ihn nicht längst darüber ausgefragt hatte. »Wer war es?«

Er schwieg einen Moment. »Jemand, den ich auf einer Party getroffen hatte. Georgie und ich hatten uns schon getrennt, und ich wohnte in der Wohnung, die du so magst. Es war nur für eine Nacht.«

Ich war so eifersüchtig, dass mir übel wurde. »Jemand auf einer Party«, sagte ich. »So sprichst du von einer Frau, mit der du geschlafen hast?«

»Was hätte ich denn sagen sollen? Dass sie toll aussah, vierundzwanzig Jahre alt und Yoga-Lehrerin war und Riesentitten hatte?«

Ich ließ nicht locker. »Stimmt das?«

»Ich kann es dir nicht recht machen. Ich weiß nicht, wie alt sie war. Ich war damals sehr einsam. Und sie auch, das vermute ich wenigstens. Am nächsten Morgen ging es mir eher schlechter. Ihr, glaube ich, auch.«

»Wie hieß sie?«

»Das tut nichts zur Sache. Ich sage es dir nicht, weil ich nicht will, dass du zu lange darüber nachdenkst. Ich finde es sehr traurig, dass du mir nicht vertraust.«

»Das stimmt, ich vertraue dir nicht.«

»Aber *ich* vertraue mir. Du kannst es auch so sehen – du lässt mich in derselben Wohnung wohnen wie deine achtzehnjährige Tochter. Offensichtlich vertraust du mir in dieser Beziehung. Ich will keinen Stein werfen, Stella, aber du warst diejenige, die ihren Mann wegen eines anderen Mannes verlassen hat.«

»Ryan und ich hatten uns schon getrennt.« Ich brach ab, weil es gelogen war. »Findest du, dass Gilda mit dir flirtet?«

»Sie flirtet mit jedem. Sie ist so, es ist ihr ... also, ihr Modus Operandi, ihre Art, durch die Welt zu gehen.«

»Ich weiß, was Modus Operandi heißt.«

Er lachte. »Das weiß ich. Aber ich sage dir dies: Ich war lange Jahre mit Georgie verheiratet und habe sie nicht betrogen. Das Ende war alles andere als ruhmreich, es gibt Dinge, auf die wir nicht gerade stolz sind. Ich bin nicht perfekt, Stella. Ich habe Fehler gemacht ...«

Ich sah ihn an, und er sah mich an, und ich hatte keine Ahnung, was er dachte. Manchmal konnte ich ihn nicht durchschauen. Als würde ich ihn überhaupt nicht kennen.

»Wir müssen etwas besprechen«, sagte er. Mein Herz fing an zu rasen. »Eine gute Nachricht«, fügte er schnell hinzu.

»Oh?«

»Die *Gespräche* sind auf Platz vier der irischen Bestsellerliste.«

»Wirklich?« Ich war völlig baff. »Wie das?«

»Es ist letzte Woche rausgekommen. Und viele der Artikel, die du für Zeitschriften hier geschrieben hast, sind in Irland erschienen. Auch der für *Ladies' Day*.«

»Wirklich? Das ist ja toll!« Das war eine großartige Nachricht, aber meine Stimmung hinkte etwas hinterher.

»Sie wollen dich nächsten Monat zu einem PR-Besuch einladen, aber du bist am Ende deiner Kräfte. Andererseits ist es eine Möglichkeit, nach Irland zu kommen und die Familie zu sehen, und es gäbe auch keinen Stress mit dem Wohnen, weil der Verlag für ein Hotel bezahlen würde.«

»Was für ein Hotel?« Ich war misstrauisch. Auf der Lesereise hatten wir in mehr als einem schrecklichen, nicht schallisolierten Hotel geschlafen.

»Ein Hotel unserer Wahl.«

»Das Merrion?«, sagte ich leise. »Würden sie fürs Merrion bezahlen? O Mann! Sag zu.«

Er lachte. »Und der Terminplan von Harp? Sie haben weniger Termine in einer Woche als Blisset Renown an einem Tag. Sie wollen dich für einen Fernsehauftritt – bei *Saturday Night In*.«

»Würde ich da reinkommen?«

»Sie würden alles tun, um dich zu bekommen«, sagte Mannix. »Ich bin mit Mails überschüttet worden.«

»Könnte mein Vater Maurice McNice treffen?«

»Ich wusste nicht, dass er ihn mag.«

»Er mag ihn auch nicht, er hasst ihn. Aber er würde ihm das bestimmt gern sagen. Sprich weiter.«

»Harp möchte, dass du ein Interview gibst und einen Signiertermin wahrnimmst.«

»Mehr nicht?«

»Noch eins ... viele Radiosender wollen ein Interview mit dir. Aber ich wollte fragen, ob du mir zuliebe eins mit Ned Mount machen würdest.«

Vor seiner Zeit beim Radio war Ned Mount ein populärer Rockstar gewesen, seine Band hieß The Big Event.

»Ich würde ihn ... na ja ... gern kennenlernen«, sagte Mannix.

»Wirklich? Ja, toll.« Ich war abgelenkt, weil mein Telefon klingelte. »Das ist Ryan. Ich sollte drangehen. Hallo, Ryan.«

»Hallo, Lebensdiebin.«

Ich seufzte. »Was möchtest du?«

»Ich habe gehört, du kommst nach Irland, um Werbung für dein Witzbuch zu machen.«

»Woher weißt du das? Es ist noch nicht spruchreif.«

»Du kannst tatsächlich etwas für mich tun, Stella – ein Treffen mit Ned Mount. Wo du mir schon mein ganzes Leben gestohlen hast, kannst du es als eine kleine Wiedergutmachung betrachten, eine Möglichkeit, dein Gewissen um ein Winziges zu entlasten.«

»Na gut.«

Ich hatte kaum aufgelegt, als es wieder klingelte. »Karen?«

»Du kommst nach Irland? Nett, das im Radio zu erfahren.«

»Es ist noch gar nicht spruchreif!«

»Egal. Das ist nicht der Grund, warum ich anrufe. Hier ist nämlich etwas höchst Seltsames im Gange. Du kennst doch Enda Mulreid?«

»Deinen Mann? Äh ... ja.« *Was zum Teufel ...?*, sagte ich tonlos zu Mannix.

»Er will mit dir sprechen.«

Nach einigem Knacken und Räuspern drang Enda Mulreids Stimme an mein Ohr. »Hallo, Stella.«

»Hallo, Enda.«

»Stella, es ist mir sehr unangenehm, aber ich möchte dich um einen Gefallen bitten.«

»Aha?«

»Ja. Du kannst so gut ›aha‹ sagen wie bei einem Verhör. Mein Verhalten ist überhaupt nicht typisch für mich, und du bist zweifellos überrascht. Meine Bitte ist folgende: Wenn du in der Show von Ned Mount auftrittst, darf ich dich dann begleiten? Ich bin schon lange ein Fan. Die Musik von The Big Event hat meine Jugend bestimmt. Allerdings muss ich deutlich machen, dass ich mich aufgrund meiner Position als Angehöriger der irischen Polizei nicht mit einem Gefallen revanchieren kann. Hier nur ein Beispiel: Solltest du mit erhöhter Geschwindigkeit erwischt werden, könnte ich nicht verhindern, dass du einen Bußgeldbescheid bekommst. Du müsstest die Strafe schon bezahlen.«

»Enda, wenn ich in der Show von Ned Mount bin und er damit einverstanden ist, dann lade ich dich ein und erwarte keinen Gefallen als Gegenleistung.«

»Vielleicht kann ich dir ein Geschenkset von Body Shop kaufen?«

»Das brauchst du nicht, Enda, das ist wirklich nicht nötig.«

Ich legte auf und sagte zu Mannix: »Wenn das mit der Ned Mount Show klappt, brauchen wir einen Bus.«

Durch die hektischen Vorbereitungen für unsere Reise nach Irland trat die Geschichte mit Gilda in den Hintergrund. Am Tag nach unserem Wortwechsel gab es einen Moment, als sie zu unserer Pilates-Übung kam und ich ihr die Tür öffnete und wir beide uns wachsam musterten.

»He, das mit gestern ...«, sagte sie.

»Bitte, Gilda, ich habe unangemessen reagiert ...«

»Nein, ich bin so dumm, ich hätte erst denken und dann den Mund aufmachen sollen.«

»Ich bin zu empfindlich, was Mannix angeht. Komm rein. Es tut mir leid.«

»Mir tut es auch leid.« Sie trat in den Flur.

»Mir tut es mehr leid.«

»Mir tut es am meisten leid.«

»Nein, mir.«

Wir mussten beide lachen, und plötzlich war alles wieder in Ordnung. Wie Mannix gesagt hatte – die Welt war voller hübscher junger Frauen. Wollte ich sie alle als Bedrohung betrachten, hätte ich viel zu tun.

»Du sollst wissen«, sagte sie, »dass ich deine treue Freundin bin.«

Und ich glaubte ihr uneingeschränkt. Obwohl ich sie bezahlte, war Gilda meine Freundin und mehr als das. Sie erfüllte mich mit Optimismus und Begeisterung, sie bot mir

Lösungen für Angelegenheiten, die weit über ihren Aufgabenbereich hinausgingen. Sie zeigte mir immer und immer wieder, wie sehr sie mich mochte.

»Alles ist gut«, sagte ich. »Die Sache ist vom Tisch.«

»Gott sei Dank. Was ist mit der Reise nach Irland? Ist das nicht großartig? Ich kann dir helfen, deine Garderobe dafür auszusuchen.«

»Ich bin ja nur für eine Woche weg, und ich werde nur in Dublin sein, und das Wetter wird immer gleich sein, das heißt, immer gleich schlecht, aber ... o Gilda, das hört sich schrecklich undankbar an. Ich fände es toll, wenn du mir mit meiner Garderobe helfen würdest.«

»Nun!« Ned Mount sah mich mit funkelnden Augen an. »Haben Sie oft gebetet, als Sie im Krankenhaus lagen?«

»Natürlich«, sagte ich und sah in seine klugen Augen. »So wie ich auch bete, bevor ich meine Kreditkartenabrechnung aufmache.«

Ned Mount lachte, ich lachte, das Produktionsteam lachte, und die zwanzig Männer, die darauf bestanden hatten, mit mir zum Sender zu kommen, und die durch die schalldichte Glasscheibe zusahen, lachten auch.

»Sie waren sehr tapfer«, sagte Ned Mount.

»Ach, nein«, sagte ich. »Man hat ja keine Wahl.«

»Wir haben eine Flut von positiven Tweets und Mails bekommen«, sagte er. »Ich lese ein paar davon vor. ›Stella Sweeney ist eine sehr tapfere Frau.‹ ›Letztes Jahr hatte ich einen Schlaganfall, und Stella Sweeneys Geschichte macht mir Hoffnung, dass ich wieder gesund werde.‹ ›Ich bin tief berührt von Stella Sweeneys unsentimentaler Haltung. Wir könnten ein paar Menschen mehr wie sie brauchen in diesem Land der Nörgler und Jammerer.‹ Solche Äußerungen gibt es ohne

Übertreibung hundertfach«, sagte Ned Mount. »Und ich muss sagen, diese Kommentare spiegeln auch meine Gefühle wider.«

»Danke«, murmelte ich überwältigt. »Vielen Dank.«

»Das ist also Stella Sweeney, liebe Zuhörer. Ihr Buch, das wissen Sie sicherlich schon, trägt den Titel *Gezwinkerte Gespräche*, und Stella wird es am Samstag um drei Uhr nachmittags bei Eason's in der O'Connell Street signieren. Nach einer kurzen Pause geht's weiter.«

Er nahm die Kopfhörer ab und sagte: »Danke, das war großartig.«

»Ich danke *Ihnen*. Und danke auch ...« Ich warf einen Blick auf Mannix, Ryan, Enda und sogar Roland und Onkel Peter, die hinter der Glasscheibe warteten. »... dass Sie meinen Freunden Guten Tag sagen.«

»Gern.« Ned Mount stand auf. »Und noch einmal herzlichen Dank für das Interview. Ich weiß nicht, wie Sie die Zeit im Krankenhaus durchgestanden haben. Sie müssen ein besonderer Mensch sein.«

Ich wurde verlegen. »Das bin ich nicht. Ich bin ein ganz normaler Mensch. – Jetzt aufgepasst«, sagte ich, als er die Tür aufmachte und die Männer auf ihn zustürmten. Ich musste unentwegt lächeln, als ich Enda Mulreid hörte, der Ned Mount zu erklären versuchte, was The Big Event ihm bedeutet hatte – anscheinend hatte er seine Unschuld zu »Jump Off A Cliff« verloren. Ehrlich gesagt hätte ich auf diese Ausführungen verzichten können.

Von diesen unnötigen Details über Enda Mulreids sexuelles Erwachen abgesehen war es eine fantastische Reise. Wo immer ich auftrat, kamen die Menschen in Scharen, und ich wurde für meinen Durchhaltewillen gefeiert. In einer Besprechung wurde ich »Guru aus Zufall« genannt. »Durch Sie weiß ich wieder, was Hoffnung bedeutet«, sagten die Leute immer wieder. »Ihre Geschichte macht uns Mut.«

Ich trat in *Saturday Night In* auf, und Maurice McNiece beschrieb mich als »die Frau, die Amerika im Sturm eroberte«, was weit von der Wahrheit entfernt war, aber eine Weile ließ ich mir die Schmeichelei gefallen – und, ja, es war ein wunderbares Gefühl, erfolgreich zu sein.

Mannix und ich wohnten im Merrion, wo ich alles aß und trank, worauf ich Lust hatte, und meine einzige körperliche Betätigung war die, mit Mannix anzustoßen. Eine Woche lang tat ich so, als gäbe es Gilda nicht.

Nicht alles war gut, natürlich nicht. Eine Zeitung brachte eine vernichtende Kritik und titelte »Paulo Coelho für den armen Mann? Eher für die bankrotte Frau«. Besonders hässlich war der Satz: »Das Buch zu lesen dauert länger, als die Autorin gebraucht hat, es zu schreiben.«

Und mein Auftritt bei Maurice McNiece wurde von einem Fernsehjournalisten namens William Fairey niedergemacht, der schrieb: »Wieder eine vor Selbstmitleid zerfließende Frau, die ihre ›traurige‹ Geschichte benutzt, um anderen, ebenfalls in Selbstmitleid schwelgenden Frauen ihr albernes Buch zu verkaufen.«

Roland – der Mannix und mich in unserem Hotel besuchte – warf einen Blick darauf und lachte. »William Fairey ist ein Giftzwerg. Er ist mit allem gescheitert, Verbitterung ist das Einzige, was er gut kann. Er kann dir nicht im Mindesten das Wasser reichen, Stella. Dir nicht und uns allen nicht. Er ist noch nicht mal unsere Verachtung wert.«

Im Mai kreuzte Georgie in New York auf, sie war auf dem Weg nach Peru.

»Was will sie in Peru?«, fragte Karen am Telefon.

»Sich ›finden‹.«

»Also, ich bitte dich«, sagte Karen. »Wir anderen müssen uns da ›finden‹, wo wir geboren und aufgewachsen sind, aber natürlich, eine reiche Tusse wie sie kann sich finden, indem sie den Kontinent wechselt und im Morgengrauen auf einem Berggipfel Yoga macht. Bleibt sie lange dort?«

»Auf unbestimmte Zeit, sagt sie.«

»Und wer kümmert sich um ihre Boutique?«

»Die Frau, die sowieso das Geschäft leitet.«

»Na, sollte Georgie Hilfe brauchen«, sagte Karen und gab sich Mühe, so zu klingen, als wäre es ihr ganz gleichgültig, »also, wenn sie mal jemanden braucht, der sich die Zahlen anguckt, könnte ich das gern übernehmen.«

»Toll.«

»Wie sehe ich aus, Mom? Mannix?« Das war Betsy.

Sie stand in der Tür zum Wohnzimmer und trug ein minzgrünes Ballkleid, dazu Arbeitsstiefel und ein Flanellhemd, Größe XL. Ihr Haar war wild, und sie hatte sich mit Kajal schwarze Striche von den Augen zu den Schläfen gemalt. Doch all das tat ihrer Schönheit in meinen Augen keinen Abbruch.

»Du siehst fabelhaft aus«, sagte ich.

»Wirklich umwerfend«, sagte Mannix. »Ich wünsche dir einen tollen Abend.«

Es klingelte an der Tür, und Betsy sagte: »Das sind die Jungs!«

Der Abschlussball der Academy Manhattan war so unkonventionell wie die gesamte Philosophie der Schule – die Schüler wurden zu einem schlichten Fest »ermutigt«: keine Stretchlimos, keine Anstecksträuße, keine Paarbildung. In einem österreichischen Restaurant in der Nachbarschaft waren lange Tische aufgestellt worden, es gab keinen Sitzplan, jeder konnte sich setzen, wohin er wollte, niemand sollte ausgeschlossen werden. Anscheinend war die Ballkönigin ein Junge.

»Kommt mit nach unten und winkt mir«, sagte Betsy. »Macht ganz viele Fotos für Dad.«

Am Straßenrand stand im späten Sonnenlicht des Maiabends ein VW-Bus in Orange und Weiß, den jemand für den Abend gemietet hatte. Drinnen saßen lauter junge Leute. Die Seitentür wurde aufgeschoben, und ich machte ein Foto nach dem anderen. Soweit ich sehen konnte, trug nur eine einzige Person einen Abendanzug – ein pummeliges Mädchen, das sich die schwarzen Haare mit Pomade aus dem Gesicht gekämmt hatte und dessen Make-up an einen Vampir erinnerte.

»Steig ein, Betsy, komm schon!« Arme streckten sich ihr entgegen und zogen sie in den Wagen, es war ein Kreischen und Lachen, dann fuhr der Wagen davon. Mannix sah ihm mit wehmütigem Blick nach.

»Musst du wieder weinen?«, fragte ich ihn.

Am Vormittag hatte Betsy bei der Abschlussfeier ihr Zeugnis entgegengenommen, und Mannix war mitgekommen, weil

Ryan sich laut seiner eigenen Aussage den Flug nicht leisten konnte. Als Betsy auf der Bühne stand und ihre Urkunde in Empfang nahm und dabei scheu und stolz lächelte, hatte ich, dessen war ich mir sicher, eine Träne in Mannix' Auge gesehen.

Er hatte das natürlich abgestritten, aber in Momenten wie diesem wurde mir wieder bewusst, wie sehr er sich eigene Kinder gewünscht hatte.

»Shep«, sagte ich, als wir dem VW nachsahen. »Du und ich und Shep am Strand. Richte deine Gedanken auf Shep.«

»Okay«, sagte er. »Shep.«

Shep war unser Schutzwort geworden, unser Trostwort.

Wir gingen nach oben in die Wohnung, und ich sagte: »Ich schicke Ryan die Fotos, dann ruft er mich per Skype an und wird sich über Betsys unelegantem Aufzug auslassen.«

»Er kann uns mal«, sagte Mannix. »Sie sah fantastisch aus.«

»Ich schätze, in fünf Minuten ist er dran.«

»Ich schätze drei.«

Mannix gewann. Zwei Minuten und achtundfünfzig Sekunden später erschien Ryans wütendes Gesicht auf dem Monitor. »Es ist ihr Abschlussball!«, brüllte er. »Was war das denn für ein Aufzug?«

»Sie ist noch dabei, ihren Stil zu finden. Lass sie doch.«

»Und was steht in ihrem Jahrbuch?«

Ich schluckte. Gleich würde das Donnerwetter über mich hereinbrechen. »Sie ist zur ›Schülerin, die am ehesten ihr Glück finden wird‹ gewählt worden.«

Wie erwartet, rastete Ryan vollends aus. »Das ist eine Schande!«, wütete er über den Atlantik hinweg. »Das ist doch eine Beleidigung. Wer will schon glücklich sein? Was ist mit erfolgreich? Reich? Mächtig?«

»Ist glücklich so schlecht?«

»Will sie immer noch Kindermädchen werden?«

Vor einigen Wochen hatte Betsy einen Sturm der Empörung ausgelöst, als sie ihre Zukunftspläne dargelegt und gesagt hatte, sie wolle Kindermädchen werden.

»Das ist kein Beruf«, hatte ich erwidert.

»Ach, wirklich nicht?« Sie hatte sich ungewöhnlich stählern gezeigt. »Um wessen Leben geht es eigentlich?«

»Betsy, du musst eine Ausbildung machen.«

»Mal ehrlich, Mom. Ich bin keine große Leuchte. Ich meine, nicht in den Schulfächern.«

»Und ob du das bist. Du sprichst fließend Spanisch und Japanisch. Und du hast großes Talent für Design, das sagt deine Lehrerin. Ich bin selbst schuld«, hatte ich gesagt. »Wir sind zu spät in das US-Schulsystem eingestiegen, sonst hättest du die Vorbereitung für eine der Elite-Unis machen können. Wir hätten ein Jahr eher hierherkommen sollen.«

»Mom, träum weiter. Selbst wenn das möglich wäre – Elite-Uni? Dafür bin ich nicht geeignet.«

Ich wusste nicht, was in Betsys Kopf vorging. Sie passte nicht in ihre Generation, so wie sie auch nicht in die restliche Welt passte – ihr fehlte der Ehrgeiz, der in allen anderen brannte: einen Beruf zu finden, in dem sie haufenweise Geld scheffeln konnten.

So viele Jahre meines Lebens hatte ich mir Sorgen um ihre Zukunft gemacht – die Zukunft beider Kinder. Selbst als ich gelähmt im Krankenhaus lag, hatte ich inständig gehofft, dass Ryan sie bei den Hausaufgaben beaufsichtigte. Aber Betsy schien keinen Wert darauf zu legen. Nicht dass sie faul war. Sie war einfach ungewöhnlich frei von Ehrgeiz.

Ich war hin- und hergerissen zwischen meiner Sorge um sie und dem Gedanken, ob es denn so abwegig war, wenn jemand mit seinem Leben zufrieden war.

»Das mit dem Kindermädchen ist wohl vorbei«, sagte ich zu Ryan. »Jetzt redet sie davon, dass sie Kunsttherapeutin werden will.«

»Kunst?«, brüllte er.

Ryan hatte eine sehr merkwürdige Einstellung, was die künstlerischen Neigungen seiner Kinder anging. Ich verstand nicht, ob er der Einzige in der Familie sein wollte, der was von Kunst verstand, oder ob er alle Kunst verachtete, weil er keinen Erfolg damit gehabt hatte.

»Kunsttherapie. Das ist etwas ganz anderes«, sagte ich beschwichtigend, denn ich hatte noch eine andere unangenehme Nachricht für ihn. »Sie hat Vorstellungsgespräche an zwei Kunstakademien, die gut gelaufen sind. Aber erst mal nimmt sie sich ein Jahr Auszeit.«

»Und was will sie machen?«

»Na ...«

»O nein, sie will doch nicht etwa zu mir kommen, oder?«

»Ryan, du bist ihr Vater. Sie vermisst dich, sie vermisst ihr Zuhause. Es wird nur ein kurzer Besuch sein. Dann will sie drei Monate in Asien herumreisen. Sie sind zu fünft aus ihrer Klasse, das ist bestimmt in Ordnung.«

»Herr im Himmel«, murmelte Ryan. »Und der Bengel ist keinen Deut besser.«

Der Bengel war der arme Jeffrey.

Jeffrey hatte seine akademische Richtung noch nicht gefunden, das stand fest. Eine »mathematische Begabung« hatte er offensichtlich nicht. Allerdings war er auch in den eher musischen Fächern nicht überragend. Ryan wollte Jeffrey unbedingt in die Richtung eher »männlicher« Fächer drängen, wie Wirtschaftslehre und Unternehmenswissenschaften, aber auch da hatte Jeffrey keine Neigung gezeigt. Kurzfristig hatte es so ausgesehen, als hätte er ein ungewöhnliches Talent für Mandarin, aber auch das endete schnell in einer Enttäuschung.

»Ich habe ihnen alles gegeben«, sagte Ryan. »Undankbare Blagen. Und das alles ist deine Schuld«, sagte er. »Sag es bitte, tu mir den Gefallen.«

»Es ist meine Schuld. Aber hier ist was, das dir gefallen wird«, sagte ich. »Jeffrey hat sich mit einem reichen Jungen angefreundet. Er ist für einen Monat zu der Familie nach Nantucket eingeladen worden.«

»Wie reich?«

»Jemand hat gesagt, dem Vater des Jungen gehört halb Illinois.«

Darauf konnte Ryan nichts Negatives sagen, wie immer er es betrachten wollte, deshalb verabschiedete er sich kurz angebunden und legte auf.

Mannix schwenkte sein Weinglas. »Ich schmecke einen Hauch von Impertinenz.«

»Flegelhaftigkeit würde ich es nennen«, sagte Roland und schmatzte laut.

Ich steckte die Nase in mein Glas und sagte: »Ist es womöglich ein winziger Anflug von ... *Aufsässigkeit?*«

Mannix und ich machten mit Roland Ferien in der Weinbauregion von Nordkalifornien. Anfang Juni war Betsy zu ihrer Tour durch Asien über Irland aufgebrochen, und Jeffrey war mit seinem reichen Freund nach Nantucket gefahren. Plötzlich waren Mannix und ich allein in New York.

»Es fühlt sich komisch an ohne sie«, sagte Mannix.

»Ich weiß. Vielleicht eine gute Gelegenheit, mit dem zweiten Buch anzufangen.«

»Wir könnten Ferien machen«, sagte Mannix. »Nur eine Woche.«

»Auf keinen Fall.« Ich war unerbittlich. Ich behielt unseren Kontostand fest im Auge. Eine Viertelmillion Dollar, das hatte nach sehr viel Geld geklungen – und es war viel –, aber Miete und Steuern und die Lebenshaltungskosten in New York verschlangen Unsummen. Alle möglichen Zusatzkosten waren entstanden – zum Beispiel mussten wir eine Betreuerin für Betsy und Jeffrey einstellen, als ich auf Lesereise war –, und der Vorschuss schmolz schneller dahin, als ich vorausgesehen hatte.

»Du hast ein anstrengendes Jahr hinter dir«, sagte Mannix. »Du hast viel gearbeitet, du musst mal ausspannen.«

»Ich weiß, aber ...«

»Wie würde es dir gefallen, wenn wir mit Roland Urlaub machten?«

»Roland?«, fragte ich mit überschlagender Stimme. »Woher will Roland das Geld für eine Ferienreise nehmen?«

»Er hat gerade den Verkauf eines Bürohauses vermittelt, außerdem hat er einen großen Teil seiner Schulden abbezahlt. Er sagt, er habe noch ein paar andere Eisen im Feuer. Und er ist immer ganz brav zu den Treffen der Schuldenberatung gegangen ...«

Ich biss mir auf die Unterlippe.

»Nur eine Woche«, sagte Mannix noch einmal.

»Ich sage nicht Ja, aber wohin würden wir fahren?«

»Wohin du willst.« Er zuckte die Achseln. »Vielleicht in die Weinbaugegend von Kalifornien?«

»Ist es da schön?«, fragte ich skeptisch.

»Ich könnte mir denken, es ist wunderschön.«

Ach, die Versuchung war einfach zu groß.

»Okay.« Ich kniff die Augen ganz fest zu. »Okay. Einverstanden.«

Dann ging alles ganz schnell. Wir trafen Roland in San Francisco, nahmen uns ein Mietauto und fuhren Richtung Norden. Wir besuchten Weingüter und Produzenten von Lebensmitteln aus eigenem Anbau, und abends mieteten wir uns Zimmer in Frühstückspensionen, die wie Fünf-Sterne-Hotels mit Chintzvorhängen waren. Sie verfügten über eigene Stallungen und Restaurants mit Michelin-Sternen und eigene Weingüter.

Es war ein Traum – die Sonne, die Fahrten durch die schöne Landschaft, die Freude, Mannix so glücklich zu sehen.

Roland gehörte einem geheimen Feinschmecker-Online-Kollektiv an, und wenn er morgens unsere Adresse eingab, erhielt er beispielsweise Wegbeschreibungen zu einem entlegenen Bäcker, der sein eigenes Mehl mahlte, oder zu zwei Brüdern, die Schinken nach einer außergewöhnlichen Methode räucherten.

Ich teilte Rolands Begeisterung nicht, mir war es egal, ob Brot aus einer Brotfabrik kam oder bei einer uralten Wassermühle gebacken wurde, aber jedes Abenteuer machte riesigen Spaß. Mit Roland zu reisen war ein großes Vergnügen, er war immer guter Laune, verlangte aber als Unterhalter nicht unsere ständige Aufmerksamkeit.

Jeden Abend besuchten wir in unserer chintzbezogenen Unterkunft das Restaurant und bekamen exquisite Speisen vorgesetzt, und Mannix und Roland versuchten, mir exotische Gerichte schmackhaft zu machen.

»Unfassbar, dass du noch nie Austern gegessen hast!«, riefen sie am ersten Abend.

»Auch Taube nicht«, sagte ich. »Oder Wachteleier. Und ich fange auch jetzt nicht damit an.«

Sie versuchten mich mit kleinen Bissen auf ihren Gabeln zu locken, aber ich blieb eisern, besonders bei der gebratenen Taube, deshalb beschlossen sie, stattdessen meine Weinkenntnisse zu erweitern.

»Du musst es schwenken.« Mannix reichte mir ein riesiges bauchiges Glas. »Lass es einen Moment wirken und warte ab.«

»Es riecht wie Wein«, sagte ich. »Rotwein, wenn ich es genau bestimmen soll.«

»Schließ die Augen«, sagte Roland. »Schwenk das Glas und sag, was dir dabei in den Sinn kommt.«

»Okay.« Ich schwenkte das Glas und roch an dem Wein. »Fehlende Zähne.«

»Was?«

»Im Ernst. Ein zerstörtes Lächeln. Es könnte schön sein ... ist es aber nicht.«

Ich machte die Augen auf. Die beiden saßen schockstarr vor mir und stierten mich an. In Haltung und Ausdruck waren sie völlig identisch, und obwohl Roland dreißig Kilo Übergewicht hatte und Mannix lang und hager war, konnte man deutlich sehen, dass sie Brüder waren.

Mannix schwenkte den Wein in seinem Glas und hustete, als er einen Schluck nahm. »Sie hat recht. Der Wein hat eine Anmutung von Traurigkeit.«

»Das liegt an dir«, sagte Roland.

»Keineswegs, ich war nie glücklicher. Probier selber mal.«

»Meine Güte.« Roland behielt einen Schluck im Mund und machte Kaubewegungen. »Das stimmt, Stella. Eine Note von Einsamkeit und im Abgang Beklommenheit.«

»Zerschmetterte Träume«, sagte ich.

»Verflossene Schönheit.«

»Zerstochene Autoreifen«, sagte Mannix. »Alle vier. Absichtlich zerstochen.«

Plötzlich brachen wir alle drei in Gelächter aus, und mir kam es so vor, als hätten wir die ganze Woche so verbracht.

Wann immer wir ein Glas Wein tranken, versuchten wir uns gegenseitig mit besonders ausgefeilten und unwahrscheinlichen Beschreibungen zu übertrumpfen.

»Ich schmecke einen Ton Schuhleder ...«

»Und ein wackliges Tischbein.«

»Graffiti.«

»Ehrgeiz.«

»Das Jackett eines Busfahrers.«

»Blinddarmentzündung.«

»Einen Hauch von Schwefel.«

»Treibgut.«

»Strandgut?«

»Nein ... oder doch! Das Strandgut kommt durch.«

»Gilda bringt mich um«, sagte ich nach jedem Fünf-Gänge-Menü.

»Die Diät fängt nächste Woche wieder an«, sagte Roland. »Iss.«

»Betreibst du immer noch dieses Nordic Walking?«, fragte ich vorsichtig.

»Nein.« Er klang ernst. »Damit musste ich aufhören, weil ich die Maschine kaputt gemacht habe und das Sportstudio mir die Mitgliedschaft gekündigt hat.«

Ich prustete los.

Tatsächlich sah er so aus, als hätte er jede sportliche Betätigung aufgegeben. Die Pfunde, die er sich letzte Weihnachten abgehungert hatte, waren längst wieder drauf. Und auf der Meadowstone Ranch stand den Stalljungen die blanke Angst im Gesicht, als Roland auf sie zuging.

»Habt ihr ihre Mienen gesehen?«, fragte Roland. »Sogar die Pferde sahen besorgt aus.«

Mir liefen vor Lachen die Tränen über die Wangen.

»Wenn ich wieder in Irland bin, fange ich neu an, mit meinem eigenen Coach.« Er hob sein Glas. »Einstweilen sind wir hier, in dieser schönen Landschaft, mit den wunderbaren Gerichten und dem köstlichen Wein, und lassen es uns munden.«

Später, als wir ins Bett gingen, sagte Mannix: »Du bist in meinen Bruder verliebt.«

»Natürlich«, sagte ich. »Wie könnte es anders sein? Er ist sehr liebenswert.«

Es waren die schönsten Ferien meines Lebens, und als wir uns am Flughafen in San Francisco von Roland verabschiedeten, fiel es mir schwer, die Tränen zurückzuhalten: Die Ferien waren vorbei, ich hätte mit meinem zweiten Buch anfangen sollen und hatte keinen Strich getan, und in zwei Wochen fing die nächste Lesereise an.

»Ist schon gut«, sagte Mannix und drückte mir die Hand. »Denk an Shep. Du und ich und Shep, wir machen einen Spaziergang am Strand. Und diese Lesereise wird nicht so schlimm wie die letzte.«

Damit hatte er recht. Wir mussten morgens nicht so früh anfangen, der Terminplan war weniger vollgepackt, und ich bekam jeden sechsten Tag frei.

Mannix und ich nahmen mit Bryce Bonesman und einigen der stellvertretenden Geschäftsführer im Besprechungsraum Platz. Die Gruppe, die sich eingefunden hatte, war kleiner als bei der letzten Besprechung nach der Lesereise, und auch diesmal glänzte Phyllis durch Abwesenheit.

»Willkommen«, sagte Bryce. »Ein paar fehlen, weil die Feriensaison begonnen hat. Diesmal haben es die *Gespräche* nicht in die Bestsellerlisten geschafft.«

»Das tut mir sehr leid«, sagte ich.

»Da kann man nichts machen«, sagte Bryce. »Aber wir vermuten, es liegt an der Jahreszeit, im Juli werden mehr Bücher veröffentlicht als im März.«

»Es tut mir leid«, sagte ich wieder.

»Unser stellvertretender Geschäftsführer Vertrieb, Thoreson Gribble, kann heute nicht hier sein, aber sein Bericht wird allen per Mail zugeschickt«, sagte Bryce. »So wie es aussieht, sind wir noch einigermaßen zuversichtlich. So zuversichtlich, dass es ratsam erscheint, die Wohnung der Skogells für ein zweites Jahr zu mieten. Die nächste Lesereise ist im November, dann wird die harte Arbeit hoffentlich Früchte tragen. Wer weiß, vielleicht schaffen wir es auf die *New York Times*-Liste über Weihnachten. So weit, so gut?«

»Ja! Und ich werde mein zweites Buch im Februar abgeben.« Wenigstens hatte ich den Anfang gemacht. »Ich habe einen fantastischen Titel.« Ich zwang mich zu einem selbstbewussten Ton. »Es heißt *Im Hier und Jetzt*. Ich glaube, damit hat es Anklänge an die neue Achtsamkeitsbewegung.« Mit enormer Anstrengung verlieh ich meiner Stimme einen noch positiveren Ton: »Es wird noch besser als *Gezwinkerte Gespräche*!«

»Ausgezeichnet!«, sagte Bryce. »Da bin ich sehr gespannt!«

Unten auf der Straße liefen wir in die schwüle Augusthitze wie gegen eine Wand. Mannix und ich fingen sofort an zu diskutieren.

»Ich nehme mir noch ein Jahr frei«, sagte Mannix.

»Aber ...«

»Es ist in Ordnung. Ich habe alles durchdacht. Wir können jetzt nicht aufgeben.«

»Bist du dir sicher?«, fragte ich schuldbewusst und unglücklich.

»Wenn wir noch ein Jahr in der Wohnung der Skogells bleiben, müssen wir wissen, wo wir finanziell stehen. Wir müssen mit Phyllis reden ...«

»Wie lange ist es eigentlich her, dass einer von uns mit ihr gesprochen hat?«

Ewigkeiten. Wir konnten uns beide nicht erinnern. »Aber jetzt gibt es was Neues«, sagte Mannix. »Wir müssen Entscheidungen treffen. Du brauchst einen neuen Vertrag.«

Als wir in die Wohnung kamen, rief ich Phyllis an und stellte das Telefon laut.

Sie war sofort dran. »Ja?« Ich hörte schlürfende Geräusche, als esse sie gerade Nudeln.

»Hallo, Phyllis, ich bin's, Stella. Stella Sweeney.«

»Ich weiß.« Eindeutig Nudeln. »Glauben Sie, ich würde drangehen, wenn ich nicht wüsste, wer es ist?«

»Wir hatten gerade eine Besprechung mit Bryce«, sagte ich. »Er steht immer noch hinter dem Buch.« Das stimmte nicht ganz, aber ich hatte gelernt, dass man hier immer alles ins Positive übertreiben musste. »Deswegen haben wir, Mannix und ich, überlegt, ob Sie mit Bryce über einen neuen Vertrag für das zweite Buch sprechen sollten.«

»Nein.«

»Entschuldigung, Phyllis, aber Mannix und ich, wir müssen uns finanziell absichern.«

Sie lachte. »Sie sind entzückend. Sie glauben, es geht um Sie! Es geht nicht um Sie. Hier geht es um mich und meinen Ruf. Mexican Stand-off, Schätzchen, schon mal davon gehört? Jetzt darf man nicht klein beigeben.«

»Aber ...«

»He, ich will damit nicht sagen, dass ich Sie nicht verstehe. Sie wissen nicht, ob Sie die Wohnung für ein weiteres Jahr mieten sollen, Sie wissen nicht, ob Sie Ihren Sohn in der Schule lassen sollen. Aber jetzt ist nicht der Zeitpunkt, um bei Blisset Renown wegen eines neuen Vertrags vorzusprechen. Hätte das Buch es in die Bestsellerlisten geschafft, dann vielleicht ... Bryce schickt Sie im Herbst wieder auf Lesereise. Er investiert weiterhin und tut was für das Buch. Das ist ein gutes Zeichen. Er hat Sie noch nicht abgeschrieben. Aber vor der Tour passiert erst mal nichts.«

»Und was sollen wir tun?«

»Tun Sie, was Sie tun müssen – gehen Sie nach Irland oder bleiben Sie hier –, aber was den neuen Vertrag angeht, müssen wir erst abwarten. Ich weiß, wann der richtige Zeitpunkt gekommen ist. Und das ist noch nicht jetzt.«

»Phyllis, ich ...« Aber ich sprach ins Leere. Phyllis hatte aufgelegt.

»Oh!« Ich sah Mannix an.

Er sah schockiert aus, mir ging es nicht anders.

»Was sollen wir jetzt tun?« In meinem Kopf wirbelte alles durcheinander.

Mannix atmete tief durch. »Lass uns die Fakten betrachten.« Anscheinend fiel es ihm schwer, die Ruhe zu bewahren. »Vor allem anderen geht es um Jeffrey und seine Schulbildung. Es war schwierig für ihn, aus seiner Schule in Irland herausgerissen zu werden und sich hier in eine neue einzufinden. Er hat sich sehr angestrengt, und jetzt fängt sein sehr wichtiges letztes Schuljahr an – in dieser heiklen Zeit darf nicht noch einmal etwas dazwischenkommen.«

»Danke«, sagte ich. »Danke, dass du Jeffrey eine so hohe Priorität einräumst.«

»Das ist doch klar.«

»Und die anderen Fakten?«, fragte ich. »Ich habe keine Arbeit in Irland, und mein Haus ist vermietet, wir haben also keine Wohnung.«

»Und meine Patienten sind alle bei anderen Ärzten eingeschrieben. Es würde eine Weile dauern, bis ich mich wieder etabliert hätte.«

Nach einer angespannten Pause sagte Mannix: »Betrachten wir es andersherum: Unser Geld reicht für ein zweites Jahr.«

»Wenn wir sparsam sind. Und wir werden sehr sparsam sein«, sagte ich entschlossen. »Kein Urlaub mehr. Keine Gilda. Gar nichts mehr. Aber, Mannix, wenn wir jetzt im Februar erfahren, dass sie kein zweites Buch von mir wollen? Wenn von den *Gesprächen* nicht genügend Exemplare verkauft worden sind? Ein zweites Buch, das genauso ist, wollen sie dann bestimmt nicht. Es muss besser werden als das erste. Oh!« Ich vergrub das Gesicht in den Händen. Finanzielle Unsicherheit war das Allerschlimmste.

»So dürfen wir nicht denken. Und bei der Besprechung war Bryce zuversichtlich«, sagte Mannix.

»*Einigermaßen* zuversichtlich.«

»So zuversichtlich, dass er dich im November wieder auf

Lesereise schickt. Ich glaube, wir müssen bleiben. Komm, Stella, lass uns die Sache positiv betrachten. Wir nehmen uns vor, den Mut nicht zu verlieren.«

»Hast du persönlichkeitsverändernde Drogen genommen?«

Aber Mannix hatte recht. Wir hatten zu viele Brücken hinter uns abgebrochen. Wir hatten zu viel in New York investiert, emotional und finanziell. Die Tür zu unserem alten Leben hatte sich gegen unsere Erwartungen geschlossen. Wir konnten nicht zurück.

Plötzlich war der Sommer vorbei, Jeffrey ging wieder zur Schule, sein letztes Schuljahr fing an.

Ich sagte Gilda, dass ich sie nicht mehr bezahlen konnte, aber sie bestand darauf, dass wir viermal in der Woche zusammen joggen gingen. »Wir sind doch befreundet«, sagte sie.

»Ja, aber ...«

»Ich laufe gern und habe lieber Gesellschaft dabei.«

Ich zögerte kurz, dann sagte ich zu. »Okay, danke. Aber sollte ich je die Möglichkeit haben, dir alles zurückzuzahlen, dann mache ich das.«

»Wie gesagt, wir sind Freundinnen.«

Betsy kehrte von ihrer Asienreise zurück und fand zunächst keine Arbeit. Wie durch ein Wunder verschaffte Gilda ihr ein Praktikum in einer coolen Kunstgalerie an der Lower East Side. Sie verdiente dort nichts, aber die Arbeit passte im weitesten Sinne zu Betsys Plan, Kunsttherapie zu studieren, und ich hörte auf, mir Sorgen zu machen.

Der Besitzer der Galerie war ein magerer, schwarz gekleideter Mann, der Joss Wootten hieß. Übers Internet fand ich heraus, dass er achtundsechzig war, und ich brauchte eine Weile – länger als alle anderen –, um zu begreifen, dass er Gildas Liebhaber war.

»Aber Mom«, sagte Betsy. »Wie hätte ich sonst das Praktikum bekommen?«

»Also wirklich!«, murmelte ich. Was fand Gilda nur an den alten Knackern?

Ich traute mich, sie zu fragen, was sie an Joss attraktiv fand.

»Er ist so interessant«, sagte sie verträumt.

»Wie Laszlo Jellico?«, fragte ich in dem Versuch, sie zu verstehen. »War der auch interessant?«

Sie sah mich ausdruckslos an. »Er war interessant in die falsche Richtung.«

»Ach so«, sagte ich. »Entschuldige.« Mir war klar, dass ich so eine Frage nicht mehr stellen sollte.

Mit dem zweiten Buch kam ich gut voran. Es würde genauso sein wie das erste. Bei jedem Gespräch konzentrierte ich mich, bis mir schier der Kopf platzte, in der verzweifelten Hoffnung, Worte alltäglicher Weisheit aufzuschnappen. Oft rief ich Dad an und wollte von ihm die Sprüche wissen, die seine Mutter immer zum Besten gegeben hatte. Ich hatte ungefähr dreißig, die etwas taugten, brauchte aber sechzig.

Ruben hielt mich auf Trab – ich musste jeden Tag meinen Blog schreiben und weise, tröstliche Plattitüden über Twitter aussenden, und das war schwierig, weil ich alles, was einigermaßen vernünftig war, für das zweite Buch aufheben wollte. Dann wollte Ruben, dass ich mich bei Instagram anmeldete. »Kaschmir und Kaminfeuer«, sagte er. »Bilder von Sonnenaufgängen und Kinderhänden.«

Das war nicht gerade mein Ding, ich mochte schicke Schuhe und künstliche Fingernägel lieber, aber Ruben sagte: »Es geht nicht darum, ob es Ihr Ding ist. Wir entscheiden, ob es Ihr Ding ist oder nicht.«

Gilda war meine Rettung: »Ich kann das machen. Und das mit Twitter. Ich kann auch deinen Blog schreiben, wenn du willst.«

»Aber ...«

»Ich weiß, du kannst mich nicht bezahlen. Das ist in Ordnung.«

Ich schlug mich mit dem Für und Wider herum, dann nahm ich ihr Angebot an, schon deshalb, weil ich angesichts der Flut von Rubens Forderungen nicht hinterherkam.

»Eines Tages wird sich deine Großzügigkeit für dich auszahlen.«

»Aber ich bitte dich.« Sie winkte lässig ab. »Das ist doch nichts.«

Rubens Forderungen nach Artikeln rissen nicht ab. Und innerhalb der drei Staaten – New York, New Jersey und Connecticut –, in die man mich billig schicken konnte, gab es kein Krankenhaus, keine Schule, kein Reha-Zentrum, wo ich nicht auftreten und zu den Leuten sprechen sollte.

Ende Oktober lernte Betsy Chad kennen. Er war in die Galerie gekommen und hatte forsch gesagt, er werde eine Installation kaufen, wenn sie bereit sei, mit ihm auszugehen.

Ich war schockiert und besorgt. Er schien rundum der Falsche für Betsy. Er war viel zu alt – nur fünf Jahre jünger als ich – und zu materialistisch eingestellt und zu zynisch.

Er war durch und durch Anwalt und Geschäftsmann. Er arbeitete zwölf Stunden am Tag und lebte ein Leben, das von schicken Anzügen und großen Limousinen und teuren Restaurants bestimmt war.

»Was gefällt dir so sehr an ihm?«, fragte ich vorsichtig. »Bringt er dich denn zum Lachen? Fühlst du dich bei ihm geborgen?«

»Nein, nein.« Sie erschauderte. »Er erregt mich.«

Ich sah sie mit mildem Entsetzen an.

»Ich weiß«, sagte sie. »Ich bin überhaupt nicht sein Typ.

Aber er hat gerade eine Phase, wo er auf ausgeflippte Mädchen steht.«

»Und was ist mit dir?«

»Ich bin in einer Phase, wo ich auf ältere Anwaltstypen stehe. Alles ist bestens.«

Ich suchte mein Schminkset unter einem Haufen Leggings. Gilda hatte mir eines zusammengestellt, mit Lidschatten und Rouge und Abdeckstiften und Lipgloss, das ich für meine dreiwöchige Tour brauchte, aber ich konnte es nicht finden. Überall lagen Klamotten herum, auf dem Bett, auf der Kommode und in dem Koffer auf dem Fußboden. Ich sah in der Schublade nach – da war es auch nicht. Hoffentlich würde das Set bald zum Vorschein kommen, denn morgen reisten wir ab. Oder hatte ich es in einem anderen Zimmer gelassen?

Ich stürzte ins Wohnzimmer, wo Mannix saß, und sagte: »Hast du mein ...?« Doch dann merkte ich, dass etwas Schlimmes passiert war. Mannix saß am Schreibtisch und hatte den Kopf in die Hände gestützt.

»Mannix? Schatz?«

Er drehte sich um. Sein Gesicht war aschfahl. »Roland hatte einen Schlaganfall.«

Ich eilte zu ihm. »Woher weißt du das?«

»Hero hat gerade angerufen. Sie weiß keine Einzelheiten, aber sie sagt, es sei ernst.« Er griff nach dem Telefon. »Ich ruf Rosemary Rozelaar an. Anscheinend ist sie für ihn zuständig.«

Wie klein die Welt doch war.

»Rosemary?«, meldete sich Mannix. »Sag, wie sieht es aus?« Er kritzelte Linien auf den Block, hin und her, bis das

Blatt riss. »Computertomografie? MRT? Aphasie? Ptosis? Bewusstseinsverlust? Vollständiger Ausfall? Wie lange? Nein! Ischämie?«

Die meisten Wörter verstand ich nicht. Was ich über Schlaganfälle wusste, wusste ich aus einer schrecklichen Fernsehwerbung: Wenn man einen Schlaganfall hatte, musste man so schnell wie möglich in medizinische Behandlung.

Mannix beendete das Gespräch. »Er hatte einen ischämischen Schlaganfall mit anschließender ischämischer Kaskade.«

Ich hatte keine Ahnung, was das bedeutete, aber ich ließ ihn reden.

»Wie schnell ist er ins Krankenhaus gekommen?«, fragte ich.

»Nicht schnell genug. Nach mehr als drei Stunden, der kritischen Zeit. Er hat eine Herzrhythmusstörung, was ein Zeichen für Vorhofflimmern sein kann.«

»Was heißt das?«

»Das heißt ...« Der Arzt in ihm versuchte es dem Laien zu erklären. »Es bedeutet, dass er vielleicht einen Infarkt hatte. In jedem Fall ist er im Koma. Die nächsten drei Tage entscheiden über den weiteren Verlauf.«

»Wie meinst du das?«

»Wenn es bis dahin keinen Hinweis auf normale Hirnstammaktivität gibt, überlebt er nicht.«

Es war entsetzlich, aber diesmal war nicht ich die Betroffene, ich musste jetzt die Starke sein.

»Also, wir fliegen nach Irland. Ich kümmere mich um einen Flug«, sagte ich entschieden.

»Das geht nicht. Du kannst die Lesereise nicht einfach absagen.«

»Und es geht nicht, dass du nicht nach Irland fliegst.«

Wir sahen einander an, sprachlos angesichts der unvorhergesehenen Situation. Wir hatten keinen Plan, keine Vorstellung, was zu tun war.

»Du fliegst nach Irland«, sagte ich, »und kümmerst dich um deinen Bruder. Ich mache die Lesereise. Ich kann das.«

Vielleicht würde Betsy mitkommen, dachte ich. Falls es mir gelänge, sie von Chad loszueisen. Sie lebte praktisch bei ihm in seiner Wohnung downtown, wir sahen sie so gut wie nie.

In dem Moment klingelte es an der Tür. Es war Gilda, die ein paar Kaschmirschals brachte, Teile meiner Garderobe für die Reise.

»Ich habe dir einen blauen besorgt, weil ich dachte, das passt gut zu deinen Haaren, aber als ich das Rostrot sah ... Was ist passiert?«

»Mannix' Bruder hatte einen Schlaganfall. Es ist ernst. Mannix muss so schnell wie möglich nach Irland.«

»Und du?«, fragte Gilda. »Machst du die Lesereise?«

»Ja, sicher«, sagte ich. »Ich bitte Betsy mitzukommen.«

»Ich komme mit«, sagte Gilda. »Als deine Assistentin.«

»Gilda, das ist sehr lieb von dir, aber ich habe kein Geld, um dich zu bezahlen.«

»Lass mich mit Bryce sprechen.«

»Gilda, es sind drei Wochen. Achtzehn Stunden am Tag ...«

»Lass mich mit Bryce sprechen.«

»Okay. Aber ...«

»Mach dir keine Sorgen«, sagte Gilda zu Mannix. »Ich kümmere mich um sie.«

»Hast du die Nummer von Bryce?«, fragte ich.

»Ja, noch von damals, als ich mit Laszlo zusammen war.«

»Ach so ...«

Ich hatte mich gerade von Mannix am Flughafen von Newark verabschiedet, als Gilda anrief. »Der Verlag bezahlt mich. Es ist alles geklärt.«
»Wie?«
»Sagen wir einfach, es ist geklärt.«

»Nichts«, sagte Mannix am Telefon. »Absolut keine Reaktion.«
»Gib die Hoffnung nicht auf«, sagte ich. »Noch ist Zeit.«
Zwei Tage waren seit Rolands Schlaganfall vergangen.
»Meine Eltern sind aus Frankreich gekommen.«
Ich schluckte. Wenn Rolands Eltern gekommen waren, musste die Situation sehr ernst sein.
»Später machen wir noch einmal eine MRT«, sagte Mannix. »Vielleicht ist eine Veränderung zu erkennen.«
»Ich hoffe es sehr«, sagte ich.
»Ich vermisse dich«, sagte er.
»Ich vermisse dich auch.«
Ich wollte ihm sagen, dass ich ihn liebte, aber es jetzt am Telefon zu sagen, in dieser Situation, würde zu sehr nach Mitleid klingen.
Ich maß den Worten eine solche Bedeutung bei, dass ich es mir selbst unmöglich gemacht hatte, sie auszusprechen. So oft hatte ich mir gesagt, dass es der richtige Moment sein musste, und jetzt begriff ich, dass es den perfekten Moment nie geben würde.
»Wie geht es bei dir?«, fragte er. »Wie ich gehört habe, besteht Gilda darauf, dass du deinen Sport machst. Nichts mit auf dem Fußboden liegen und ins Telefon keuchen.«
»Woher weißt du das?«
»Sie hat mich angerufen und mir Bericht erstattet. Stella,

wenn dir neben der ganzen Plackerei das Laufen zu viel wird, dann sag es ihr. In welcher Stadt seid ihr heute?«

»In Baltimore, glaube ich. Gleich gehen wir zu einem Benefizdinner.«

»Ruf mich an, wenn du wieder im Hotel bist, vorm Schlafengehen.«

»Das mache ich. Und versprich mir, den Mut nicht sinken zu lassen.«

»Versprochen.«

In meinen Gesprächen mit Mannix zwang ich mich, munter zu klingen, aber eigentlich war ich krank vor Sorge.

Was, wenn Roland starb? Der Gedanke an eine Welt ohne ihn erfüllte mich mit Trauer. Er war ein so besonderer Mensch.

Allerdings auch ein besonderer Mensch mit einem Haufen Schulden. Jemand müsste sie bezahlen. Das waren egoistische Gedanken, die sich schnell wieder verflüchtigten, aber ich schämte mich trotzdem dafür.

Wie erginge es Mannix, wenn Roland es nicht schaffte? Wie würde er mit dem Verlust des Menschen, den er am meisten liebte, zurechtkommen?

Und wenn Roland nicht starb, wäre seine Genesung langwierig und teuer. Wie würden wir das schultern?

Vielleicht hätte jemand mit Roland darüber sprechen sollen, dass sein Übergewicht ein Risiko darstellte. Aber er war so lustig und klug und reizend, man hätte ihn mit solchen Bedenken nur unglücklich gemacht. Außerdem hatte er sich wirklich Mühe gegeben. Nach der Rückkehr aus Kalifornien hatte er mit einem Coach gearbeitet. Ich seufzte. Dann zog ich mir meine hochhackigen Schuhe an, nahm meine Handtasche und klopfte an die Tür zwischen meinem und Gildas Zimmer. Nach einer Sekunde trat ich ein.

»Oh!« Sie saß vor ihrem Laptop und klappte ihn schnell zu.

»Entschuldigung.« Ich blieb stehen. »Ich hatte geklopft. Ich dachte, du hättest mich gehört.«

»Oh ... macht nichts.«

»Entschuldige bitte.« Ich ging rückwärts aus dem Zimmer. »Ich ... äh ... sag mir, wenn du so weit bist.«

Ich wusste nicht, warum sie so geheimnisvoll tat, aber natürlich hatte sie ein Recht auf ihr eigenes Leben.

»Nein, warte, Stella«, sagte sie. »Das ist dumm von mir. Es ist ... ein Projekt, an dem ich arbeite. Versprich mir, dass du nicht lachst, wenn ich es dir zeige.«

»Ich lache bestimmt nicht.« Aber ich hätte alles versprochen, denn ich wollte unbedingt erfahren, was sie da machte.

Sie drückte auf eine Taste, und ein buntes Bild erschien auf dem Monitor. Darauf stand: »Das Beste in dir: die optimale Gesundheit der Frau zwischen zehn und hundert Jahren. Von Gilda Ashley.«

»Oh, ein Buch.«

»Ich habe einfach ein bisschen rumgespielt ...«

»Darf ich mal sehen?«

»Ja, sicher.« Sie gab mir den Laptop, und ich scrollte durch ein paar Seiten. Jedes Kapitel behandelte ein Jahrzehnt im Leben einer Frau, es stellte eine gesunde Ernährung und geeignete sportliche Betätigung vor, beschrieb die körperlichen Veränderungen, mit denen eine Frau rechnen musste, und die besten Methoden, mit altersbedingten Beeinträchtigungen umzugehen. Für jedes Jahrzehnt gab es einen andersfarbigen Hintergrund, und die wichtigsten Informationen wurden entweder in Fettdruck oder durch hübsch gestaltete Kästen hervorgehoben.

Das Layout war fantastisch. Die Seiten waren nicht zu textlastig, die Schriftarten wechselten schön mit den Jahrzehnten, Cartoon-Schrift für Teenager, elegante Schrift für die

Dreißig- bis Fünfzigjährigen und ein größerer Schriftgrad ab sechzig.

»Das ist großartig«, sagte ich.

»Langsam wird es was«, sagte sie verlegen. »Aber etwas fehlt noch.«

»Es ist wirklich großartig«, wiederholte ich.

Das Geheimnis lag in der Schlichtheit – die Menschen fühlten sich oft von dicken Wälzern mit dicht bedruckten Seiten abgeschreckt. Das hier war zugänglich und informativ, und mit den freundlichen Farben und den geschickt platzierten Illustrationen wurde eine optimistische Grundeinstellung vermittelt.

»Die Grafik ist erstaunlich«, sagte ich.

Sie wand sich. »Joss hat mir damit ein bisschen geholfen. Besser gesagt – eine Menge.«

»Wie lange arbeitest du schon daran?«

»Ach, ewig. Seit über einem Jahr. Aber erst seit ich Joss kenne, nimmt es Formen an. He, Stella, bist du sauer?«

Ich musste zugeben, dass ich etwas verstört war. Teils, weil sie es vor mir geheim gehalten hatte. Aber in dem Punkt war ich kindisch. Außerdem kleinlich – warum sollte Gilda kein Buch schreiben? Das hier war kein Spiel, bei dem nur eine bestimmte Anzahl von Menschen ein Buch schreiben durfte. Schließlich hatte ich mit meinem Vertrag einfach außergewöhnliches Glück gehabt.

»Nein, ich bin nicht sauer«, zwang ich mich zu sagen. »Gilda, das ist reif zur Veröffentlichung, so gut wie es ist. Soll ich es mal Phyllis zeigen?«

»Phyllis? Die Verrückte mit dem Berührungsverbot, die Cupcakes für ihre Katzen mitgehen lässt? Nein, vielen Dank.«

Wir lachten beide, ich aber wurde schnell wieder ernst.

»Gilda?«, fragte ich. »Du kennst doch auch andere Literaturagenten, oder?« Ich wollte sie an Laszlo Jellico erinnern, ohne sie erneut unglücklich zu machen. »Sind sie alle so unnachgiebig wie Phyllis?«

»Natürlich nicht. Sie ist verrückt. Exzentrisch sind sie alle, das ist schon in Ordnung, und manche sind auch ein bisschen überdreht. Aber sie ist einfach entsetzlich. Du hattest Pech, weil du dich schnell entscheiden musstest. Wenn damals mehr Zeit gewesen wäre, hättest du dich bei verschiedenen Agenten vorstellen und dir einen netten aussuchen können.«

»Mannix sagt, ich muss sie nicht mögen. Es ist rein geschäftlich.«

»Da hat er recht«, sagte sie. »Aber ich sage dir was ganz Verrücktes, ja?«

»Okay«, sagte ich zögernd.

»Mannix wäre ein fantastischer Literaturagent.«

Nach drei Tagen im Koma zeigte Rolands Hirnstamm eine winzige Reaktion. Zum Aufatmen war es jedoch zu früh. »Seine Überlebenschancen liegen gerade mal bei zehn Prozent«, sagte Mannix. »Und wenn er durchkommt, hat er eine lange Genesungsphase vor sich.«

Gilda und ich absolvierten die Lesereise – Chicago, Baltimore, Denver, Tallahassee. Am fünften Tag gab ich den Sport auf. »Es bringt mich um, Gilda. Ich kann nicht mehr, es tut mir leid.«

Meine Interviews und Gespräche und Signierstunden bestritt ich per Autopilot. Gilda war ein Geschenk des Himmels. Sie hielt mich auf dem Laufenden darüber, wo wir waren und was ich jeweils zu tun hatte. Ich vermisste Mannix sehr, aber wenn ich mit ihm sprach, wirkte er abwesend. Hin und wieder versuchte er, eine Verbindung herzustellen, dann sagte er beispielsweise: »Von Gilda höre ich, ihr hattet gestern einen vollen Saal.« Aber richtig Anteil nahm er nicht.

In den elf Tagen seit dem Schlaganfall hatte Roland dreimal einen Herzstillstand. Jedes Mal rechnete man damit, dass er sterben würde, und jedes Mal blieb er am Leben.

Die Tour war zu Ende, Gilda und ich kamen nach New York zurück, und ich wollte umgehend nach Irland fliegen, um bei Mannix zu sein, aber Jeffrey brauchte mich mehr. Esperanza und eine Betreuerin hatten ihn versorgt, während ich auf Tour war, und wenn ich gleich wieder davonstürzte, würde er sich vollends verlassen fühlen. Ich erwog kurz, ihn zwei Wochen vor Ferienbeginn aus der Schule zu nehmen, damit wir zusammen nach Irland fliegen konnten, ließ den Gedanken aber schnell wieder fallen. Jeffrey würde zu viel vom Unterricht versäumen.

Wenn Mannix mal ein paar Stunden nicht im Krankenhaus war, skypten wir miteinander. Ich versuchte, positiv und zuversichtlich zu sein. »Denk an Shep, Mannix. Du, ich und Shep am Strand.« Aber ich konnte ihn nicht zum Lächeln bringen. Seine Sorge machte ihn für mich unerreichbar.

Betsy flatterte gelegentlich in unser Leben und brachte seltsame Geschenke, wie einen mit Schleifen verzierten Karton voller kandierter Maronen. »Chad hat mir ein Konto bei Bergdorf Goodman eingerichtet«, sagte sie. »Ich habe zwei Personal Shopper, die mich beraten. Ich werde vollkommen neu gestaltet, bis zu meiner Unterwäsche.«

»Betsy!« Ich war entsetzt. »Du bist doch keine Puppe.«

»Mom.« Sie sah mich an, und ihr Blick war der von Frau zu Frau. »Ich bin erwachsen. Und ich habe meinen Spaß.«

»Du bist erst achtzehn.«

»Achtzehn ist erwachsen.«

»Die schmecken widerlich.« Jeffrey legte seine Marone hin. »Die sind wie Kichererbsen.«

»Ich glaube, es *sind* Kichererbsen«, sagte Betsy. »Nur süß.«

Ich hätte weinen können. So viel Geld war in ihre Bildung geflossen, und jetzt war sie das Spielzeug eines reichen Mannes und verwechselte Maronen mit Kichererbsen.

Bei der Weihnachtsparty von Blisset Renown traf ich Phyllis. »Wo ist Mannix?«, fragte sie.

»Nicht hier.«

»Ach ja?«

»In Irland.«

»Ach ja?«

Ich verweigerte eine nähere Auskunft. Phyllis hatte reichlich Gelegenheit gehabt, sich über mich auf dem Laufenden zu halten, wenn sie es denn gewollt hätte.

»Ich habe gehört, dass Betsy sich mit einem Mann zusammengetan hat, der doppelt so alt ist wie sie.«

»Woher wissen Sie das denn?«

Sie zwinkerte mir zu. »Und was ist mit dem zornigen jungen Mann? Mit Jeffrey?«

Ich seufzte und sagte: »Der ist immer noch zornig.«

»Ich habe mir in meinen Kalender eingetragen, dass Sie Ihr zweites Buch am ersten Februar abgeben. Können Sie den Termin halten?«

»Auf jeden Fall.«

»Und wird es gut?«

Was sollte ich sagen? Ich hatte mir die größte Mühe gegeben. »Ja, es wird gut.«

»Na, legen Sie noch einen drauf«, sagte sie. »Machen Sie es brillant.«

»Frohe Festtage, Phyllis.« Ich ging weiter. Ich wollte mit Ruben sprechen und fand ihn beim Ceviche.

»Ruben?«

»Ja?«

»Ich wollte gern wissen ... ähm ... gibt es Neues über die Platzierung?«

»Ja. Leider nichts Gutes.«

»Die *Gespräche* sind nicht auf der Bestsellerliste?«

»Diesmal nicht. So was passiert.«

»Das tut mir sehr leid.« Sofort nagte das schlechte Gewissen an mir.

Mannix konnte ich das nicht erzählen, er hatte zu viele eigene Sorgen, aber ich rief Gilda an, die schockiert war. »Du hast Ruben gefragt? Du? Stella, das ist eine Frage, die man nicht stellt. Wenn dein Buch auf den Listen wäre, hätten dich zwanzig verschiedene Leute angerufen, und jeder Einzelne hätte sich den Erfolg selbst zugeschrieben, glaub mir.«

In den Weihnachtsferien flog ich mit Betsy und Jeffrey nach Irland.

Die Kinder wohnten bei Ryan, und ich zog zu Mannix in Rolands Wohnung. Aber er war kaum da, weil er die ganze Zeit im Krankenhaus verbrachte.

Laut Mannix hatte Roland gute Fortschritte gemacht, aber als ich ihn das erste Mal besuchte, war ich entsetzt. Er war bei Bewusstsein, sein rechtes Auge war offen, aber seine linke Körperseite war gelähmt, und aus dem linken Mundwinkel rann Speichel.

»Hallo, Roland«, flüsterte ich und ging auf Zehenspitzen an sein Bett. »Wir haben uns solche Sorgen gemacht.«

Ich ordnete vorsichtig die Schläuche und Kabel, an die er angeschlossen war, und gab ihm einen Kuss auf die Stirn.

Ein Laut kam über seine Lippen. Es klang so elend wie das Heulen eines Tieres und erschreckte mich zutiefst.

»Antworte ihm«, sagte Mannix, fast ein wenig ungeduldig.

»Aber ...« Was hatte er denn gesagt?

»Er sagt, du siehst schön aus.«

»Wirklich?« Ich zwang mich zu einem munteren Ton und sagte: »Vielen Dank. Aber du hast schon mal besser ausgesehen, wenn ich ehrlich sein soll.«

Roland heulte wieder, und ich sah Mannix an.

»Er fragt, wie die Lesereise war.«

»Sehr gut!« Ich setzte mich an sein Bett und versuchte, ein

paar lustige Anekdoten zu erzählen, aber es war grauenhaft. Ich wusste selbst, wie schrecklich es war, nicht sprechen zu können, und für einen so redegewandten Menschen wie Roland musste es noch viel schlimmer sein.

»Er freut sich sehr, dass du da bist«, sagte Mannix.

An jedem der zehn Tage, die ich in Irland war, ging ich ins Krankenhaus und erzählte Roland Geschichten. Wenn ich einen Satz gesagt hatte, gab er sein entsetzliches Heulen von sich, und der Einzige, der ihn verstehen konnte, war Mannix.

Offiziell war Rosemary Rozelaar als Neurologin für Roland verantwortlich, aber sie hatte alle Kontrolle an Mannix übergeben, der kaum vom Krankenbett seines Bruders wich und sämtliche Untersuchungsergebnisse genau studierte.

Mannix' Eltern waren noch in Irland und kamen hin und wieder ins Krankenhaus. Immer erweckten sie den Eindruck, als kämen sie von einer Party oder wären auf dem Weg zu einer, und einmal brachten sie Gin mit, den sie aus weißen Plastikbechern tranken.

In der ganzen Zeit ging mir der Gedanke an Rolands Schuldenberg nicht aus dem Kopf. Bis zu seinem Schlaganfall hatte er eine Menge abbezahlt, aber seine Schulden beliefen sich nach wie vor auf viele Tausend Euro, und bis er wieder arbeiten konnte, würde noch viel Zeit vergehen.

Ich wollte mit Mannix darüber sprechen, denn irgendwann würde es für uns eine Rolle spielen, andererseits wollte ich ihm nicht noch neue Sorgen aufladen.

Schließlich war er es, der davon anfing. An einem der seltenen Morgen, als er im Bett lag und nicht sofort aufsprang, um sich auf den Weg ins Krankenhaus zu machen, sagte er: »Wir müssen über Geld sprechen.«

»Über unseres?«

»Was? Nein, Rolands Schulden. Ich, Rosa und Hero. Und

unsere Eltern, obwohl die keine Hilfe sind. Wir haben es bisher zu ignorieren versucht, aber wir müssen ein Familientreffen abhalten. Das Problem ist nur – keiner von uns hat Geld.«

»Aber wenn ich im Februar mein Manuskript abgebe ...«

»Wir können Rolands Schulden nicht mit deinem Geld zurückzahlen.«

»Aber es ist unser Geld. Deins und meins.«

Er schüttelte den Kopf. »Das kommt nicht infrage. Lass uns erst mal sehen, was es für andere Möglichkeiten gibt. Ich springe schnell unter die Dusche.«

Er war schon fast im Bad, als sein Telefon auf dem Nachttisch klingelte. Er seufzte. »Wer ist es?«

Ich sah auf das Display. »Oh, Gilda!«

»Geh nicht dran.«

»Warum ruft sie an?«

»Sie will wissen, wie es Roland geht.«

Oh. Okay.

Zwei Tage bevor das neue Schulsemester anfing, sollten Betsy, Jeffrey und ich wieder nach New York fliegen.

»Ich kann hier nicht weg«, sagte Mannix. »Noch nicht. Nicht, solange sein Zustand nicht stabil ist.«

»Bleib so lange, wie du meinst.« Ich wollte mit Mannix zusammen sein, ich vermisste seine Gegenwart, seine Ratschläge, ich vermisste alles an ihm, aber ich wollte ein besserer und großzügigerer Mensch sein. Mannix brachte uns zum Flughafen, und plötzlich war ich von der Vorstellung, ohne ihn nach New York zu kommen, überfordert. Ich liebte ihn. Ich liebte ihn so sehr, dass es wehtat, und ich wusste, dass ich es ihm sagen sollte. Ich hätte es ihm längst sagen sollen.

Mannix schob unseren Trolley durch das Nachweihnachtsgetümmel in der Abflughalle zum Schalter.

»Stellt euch schon mal an«, sagte ich zu Betsy und Jeffrey und nahm Mannix zur Seite.

»Mannix«, sagte ich.

»Ja.«

»Ich ...«

Sein Telefon klingelte. Er sah auf das Display. »Ich muss drangehen. – Rosa?«, sagte er. »Gut. Okay. Sei bitte da. Bis später.«

»Ist alles in Ordnung?«, fragte ich.

»Rosa versucht sich aus der Besprechung über Rolands Geldgeschichten rauszuschlängeln. Geld*sorgen*geschichten, vielmehr. Ich muss los. Guten Flug. Ruf mich an, wenn ihr angekommen seid.«

Er küsste mich flüchtig auf den Mund, drehte sich um und war im nächsten Moment in der Menge verschwunden. Ich war wie erstarrt, entsetzt darüber, dass der Augenblick vorbei war. Dass vielleicht unsere beste Zeit schon vorbei war und ich auf noch Besseres gewartet hatte, während sich bereits alles unaufhörlich dem Ende zuneigte.

Der Januar in New York war verschneit und sehr still. Die PR-Kampagne für *Gezwinkerte Gespräche* war endgültig vorbei, und meine Tage verliefen überraschend friedlich. Einmal in der Woche ging ich mit Gilda ins Kino, aber davon abgesehen blieb ich zu Hause. Ich arbeitete an *Im Hier und Jetzt*, und der beste Moment des Tages war das Skype-Gespräch mit Mannix. Es sah so aus, als würde sich Roland langsam erholen. Jeden Tag wollte ich Mannix fragen, wann er nach New York kommen würde, verkniff es mir aber. Ich fragte auch nicht nach Rolands Finanzen. Ich wusste, dass das Familientreffen stattgefunden hatte, und wenn Mannix mir davon nicht erzählen wollte, musste ich das respektieren.

In der letzten Januarwoche kam ein überraschender Anruf von Phyllis. »Wie sieht es aus mit dem neuen Buch?«

»Es ist fertig«, sagte ich. »Ich spiele noch ein bisschen damit rum.«

»Kommen Sie zu mir. Heute. Und bringen Sie das Manuskript mit.«

»Okay.« Warum auch nicht? Ich hatte ja sonst nichts vor.

Als ich zu Phyllis ins Büro kam, war das Erste, was sie sagte: »Wo ist Mannix?«

»In Irland.«

»Was? Schon wieder?«

»Immer noch.«

»Sieh an.« Offenbar war diese Information neu für sie, und ich hatte keine Lust, ihr die ganze Geschichte zu erzählen. »Was ist denn los mit Ihnen beiden?«, fragte sie.

»Nichts«, erwiderte ich mit einem Achselzucken. »Das Übliche.«

»Ach ja? Das Übliche?« Sie sah mich unverwandt an, aber ich gab nichts preis.

»Sie wollten mein neues Buch sehen.« Ich gab ihr den Ausdruck.

»Ja. Die Buschtrommeln haben schon so manches verkündet, und das macht mich zappelig.«

Sofort war ich beunruhigt.

Ich sah ihr zu, wie sie die ersten neun oder zehn Seiten las, dann blätterte sie den Rest durch, und bevor sie am Ende war, sagte sie: »Nein.«

»Was?«

»Tut mir leid, meine Gute, das wird nichts.« Ihre Freundlichkeit war das, was mich am meisten beunruhigte. »*Gezwinkerte Gespräche* hat nicht funktioniert. Das Buch war ein

Zuschussgeschäft. Sie müssen etwas anderes liefern. Das hier kauft der Verlag nicht.«

»Aber es ist genau das, was Bryce sich von mir gewünscht hat.«

»Das war damals. Seitdem sind anderthalb Jahre vergangen, und die *Gespräche* sind ein Flop ...«

»Ein Flop?« Das hatte mir niemand gesagt. »Wirklich?«

»Aber ja. Ein Flop. Sie haben gedacht, niemand ruft Sie an, weil alle Diät machen und schlecht gelaunt sind, ja? Niemand hat angerufen, weil es ihnen peinlich für Sie ist. Mit Sicherheit werden sie kein zweites *Gezwinkerte Gespräche* veröffentlichen.«

»Können wir nicht ihre Reaktion abwarten?«

»Auf gar keinen Fall. Man liefert nichts, von dem man sicher weiß, dass es abgelehnt wird. Offen gestanden, Stella, ich bin nicht die Agentin für dieses Buch. Gehen Sie nach Hause und denken Sie sich etwas anderes aus. Und zwar schnell.«

Und was sollte das sein? Ich war keine Schriftstellerin, ich war nicht kreativ, ich hatte einfach mit einer Sache Glück gehabt. Ein einziges Mal. Und jetzt konnte ich nur dasselbe noch einmal bieten.

»Sie waren reich, erfolgreich und verliebt«, sagte Phyllis. »Und jetzt? Ihre Karriere ist am Ende, und was mit Ihnen und Ihrem Typen ist, weiß ich nicht, aber es sieht nicht besonders gut aus. Da haben Sie doch jede Menge Material!« Sie zuckte die Achseln. »Soll ich weiterreden? Ihr Sohn verachtet Sie. Ihre Tochter vergeudet ihr Leben. Sie sind auf der falschen Seite der Vierzig, die Wechseljahre kommen mit Riesenschritten näher. Das müsste doch reichen, oder?«

Ich brachte keinen Ton über die Lippen.

»Früher waren Sie eine kluge Frau«, sagte Phyllis. »Was Sie in *Gezwinkerte Gespräche* geschrieben haben, hat viele Menschen berührt. Versuchen Sie es noch einmal, nehmen Sie diese neuen Herausforderungen als Ausgangspunkt. Ich schinde Ihnen Zeit bei Bryce. Und jetzt an die Arbeit!« Sie stand auf und schob mich zur Tür. »Gehen Sie jetzt. Ich habe Klienten, die mich sprechen wollen.«

Verzweifelt klammerte ich mich an meinen Stuhl. »Phyllis?«, flehte ich sie an. »Haben Sie Vertrauen in mich?«

»Wenn Sie ein Problem mit Ihrem Selbstwertgefühl haben, suchen Sie sich einen Psychiater.«

Sie schickte mich auf die verschneite Straße hinaus, und später am Nachmittag rief sie noch einmal an. »Sie haben bis zum ersten März. Ich habe Bryce ›etwas Neues und Aufregendes‹ versprochen. Enttäuschen Sie mich nicht.«

Ich war völlig aufgelöst. Ich wusste nicht, was ich tun sollte. Ich konnte unmöglich ein neues Buch schreiben. Aber eins war klar: Mannix konnte ich das nicht erzählen, er hatte genug andere Sorgen. Der Gedanke, dass ich ohne Einkommen sein würde, zog mir den Boden unter den Füßen weg und ließ mich im freien Fall durch den Raum stürzen. Mannix und ich waren uns des Risikos durchaus bewusst gewesen, als wir beschlossen, unsere Jobs aufzugeben und nach New York zu ziehen. Aber wir hatten uns nicht in allen Einzelheiten überlegt, was schiefgehen könnte und wo wir finanziell landen würden. Bryce hatte bei unserem ersten Treffen so geklungen, als hätte ich eine Laufbahn vor mir, die ein paar Jahre dauern und uns finanzielle Sicherheit garantieren würde.

Die nächsten Tage verbrachte ich in einer Art Angststarre. Gilda bemerkte mein seltsames Verhalten, aber ich wich ihr aus. Vor lauter Angst traute ich mich nicht, ihr von meinem Gespräch mit Phyllis zu erzählen. Wenn ich davon erzählte, würde es nur wahr.

Dann – es schien wie einer der Scherze, die Gott für uns auf Lager hat – rief Mannix an und sagte, er komme am nächsten Tag nach New York. »Roland ist außer Gefahr«, sagte er. »Im Moment kann ich nichts weiter für ihn tun.«

»Sehr schön«, sagte ich.

»Freust du dich nicht?«

»Natürlich.«

»Es klingt nicht so.«

»Natürlich freue ich mich, Mannix. Das weißt du doch. Bis morgen.«

In meiner Verzweiflung rief ich Gilda an und erzählte ihr alles, ich wiederholte jedes Wort, das Phyllis zu mir gesagt hatte.

»Rühr dich nicht von der Stelle«, sagte sie. »Ich bin auf dem Weg.«

Eine halbe Stunde später war sie da, ihre Wangen rosa von der Kälte. Sie trug eine weiße Pelzmütze, weiße flauschige Stiefel und einen weißen Daunenmantel und war mit Schneeflocken bestäubt, sogar ihre Wimpern waren weiß.

»Mann, ist das kalt. Hallo, Jeffrey!«

Jeffrey kam und umarmte sie. Sogar Esperanza steckte den Kopf aus der Küche und sagte: »Madam, Sie sehen aus wie Prinzessin aus Märchengeschichte.«

»Ja, das klingt schön, Esperanza.« Gilda lächelte, und Esperanza verschwand wieder in der Küche.

»Wo können wir sprechen?« Gilda schälte sich aus ihrer Winterkleidung.

»Am besten im Schlafzimmer.«

»Okay. Mach die Tür zu. Ich habe einen Vorschlag für dich, Stella, und wenn er dir nicht zusagt, dann vergiss einfach alles, was ich jetzt sage, und wir kommen nie wieder darauf zurück.«

»Ja, erzähl ...« Aber ich wusste schon, was sie sagen würde.

»Wir tun uns zusammen.«

»Weiter.«

»Wir legen unsere Bücher zu einem zusammen ...«

»Ja?«

»... und schreiben einen umfassenden Ratgeber, in dem alle Frauenleiden, ob körperliche oder seelische, behandelt werden, ein Ratgeber für Frauen, die ihr Leben voll ausleben wollen.«

Sie war so inspirierend! »Ja!«

»Wir ergänzen uns gut, Stella, du und ich! Von Anfang an. Kismet.«

»So könnten wir auch das Buch nennen – *Kismet*!«

»Gut! Oder vielleicht *Das Beste in dir*?«

»Vielleicht müssen wir uns jetzt noch nicht auf einen Titel einigen.«

»Aber – ich träume nicht, oder?«, fragte sie. »Das passiert wirklich, ja?«

»Ja!« Ich war so unendlich froh und erleichtert, dass mir fast ein bisschen flau wurde.

»Aber eine Sache müssen wir klären. Ich will Phyllis nicht als Agentin.«

»Aber, Gilda«, sagte ich schlagartig ernüchtert. »Ich habe einen Vertrag bei ihr unterschrieben. Sie ist meine Agentin.«

»Nicht, wenn wir Koautoren sind. Klar, dein Name wird riesig groß auf dem Titel erscheinen und meiner klein darunter, aber juristisch gesehen kannst du dich unter diesen neuen Umständen von ihr trennen.«

»Ich bin mir da nicht sicher.«

»Betrachte es so: Für dein erstes Buch war sie die richtige Agentin, sie hat deinen Namen bekannt gemacht und einen Verlag für dich gefunden. Aber jetzt brauchst du sie nicht mehr. Warum willst du ihr zehn Prozent geben, wenn sie nichts für dich tut?«

»Und wer ist dann unser Agent?«

Sie sah mich an, als wäre ich schwer von Begriff. »Mannix natürlich. Das liegt doch auf der Hand.«

Und da hatte sie recht.

»Er hat einen fantastischen Vertrag mit dem irischen Verlag für dich ausgehandelt.«

»Wollen wir mit Mannix darüber sprechen?«, fragte ich.

»Na klar! Er kommt ja morgen. Wir gestatten ihm vierundzwanzig Stunden, um seinen Jetlag hinter sich zu bringen, dann stürzen wir uns beide auf ihn.« Sie kicherte. »Er wird nicht widerstehen können.«


»Sie hat es verbockt.« Gilda plädierte dafür, Phyllis auszubooten. »Sie hätte den zweiten Vertrag gleich nach dem ersten abschließen sollen. Aber sie hat gedacht, wenn sie wartet, kriegt sie mehr. Sie war gierig.«

Mannix und ich wechselten Blicke: Waren wir nicht auch gierig, wenn wir Phyllis ausbooteten?

»Es ist einfach ein kluger Schachzug«, sagte Gilda.

»Ich weiß nicht recht«, sagte Mannix. »Ich fühle mich Phyllis gegenüber verpflichtet.«

»Ich auch«, sagte ich.

»Aber es geht nicht um Loyalität«, sagte Gilda. »Es ist ein Geschäft. Sie ist Stellas Agentin für alles, was Stella unter ihrem eigenen Namen veröffentlichen will. Vorausgesetzt natürlich, du hast ihre Unterstützung. Aber he, hier sind die Fakten: Sie hat sich geweigert, Stellas zweites Buch zu vertreten. Und ihr braucht dringend Geld.«

Im Endeffekt ging es immer ums Geld.

Der erste Vorschuss war nahezu verbraucht. Und zwar nicht für schnelle Autos und Champagner, sondern für das normale Leben in einer so teuren Stadt wie New York.

»Ihr braucht was zum Leben«, sagte Gilda zu Mannix. »Außerdem sind da Rolands Schulden.«

Ich sah sie verdutzt an: Wusste sie, wie hoch die waren? Ich wusste das nämlich nicht. Vielleicht hatte sie das eher allgemein gemeint.

Nach einer lang gezogenen Pause sagte Mannix: »Wenn das unsere beste Möglichkeit ist, Geld zu verdienen, dann bin ich einverstanden.«

»Sehr gut! Du kriegst zehn Prozent. Stella und ich teilen uns den Rest fifty-fifty.«

»Einverstanden.«

Mannix klang so niedergedrückt, dass ich sagte: »Ich dachte, dir hätte das Verhandeln damals Spaß gemacht.«

»Das stimmt. Das hat es.«

»Wer sagt es Phyllis?«, fragte Gilda.

Nach einer weiteren Pause sagte Mannix: »Ich.«

»Mach es sofort«, sagte Gilda. »Dann haben wir es hinter uns.«

Folgsam griff Mannix zum Telefon, und im selben Moment richtete Gilda sich auf und sagte mit einer gewissen Schadenfreude: »Gut, das ist ein Gespräch, bei dem ich nicht dabei sein muss. Komm, Stella, lass uns ein Glas Wein trinken.«

Wenige Minuten später kam Mannix in die Küche, und ich gab ihm ein Glas.

»Und?«, fragte ich.

Er nahm einen Schluck.

»Wie hat sie reagiert?«, fragte Gilda.

»Wie zu erwarten.«

»So schlimm?«, sagte ich. »Mann.«

Mannix zuckte die Schultern. Ihm schien es gleichgültig.

Den nächsten Monat verbrachten Gilda und ich damit, unsere beiden Bücher miteinander zu kombinieren, indem wir den Kapiteln thematisch passende Sprüche beifügten. Gilda hatte sich von Joss Wootten getrennt, weshalb wir mit unserem Projekt zu einem jungen, engagierten Grafiker namens Noah gingen. Die Arbeit war schwierig und verlangte viel mehr Fingerspitzengefühl, als ich vorausgesehen hatte, weil wir einige von Gildas Texten teilen und mit meinen verschränken mussten. Immer wieder probierten wir neue Kombinationen aus, bis sich der Text wie aus einem Guss las, und wir verbrachten so viel Zeit vor dem Bildschirm, dass ich fast erblindet wäre.

Aber das Ergebnis sollte ja das bestmögliche sein. Mir war entsetzlich bange, denn dies war meine letzte Chance.

Mannix teilte Bryce Bonesman mit, dass er selbst jetzt der Agent für das Buch war, und versprach ihm etwas »Neues und Aufregendes« und eine Abgabe für Anfang März.

An einem Donnerstagabend, es war der vorletzte Tag im Februar gegen neun Uhr, sagte Gilda: »Ich glaube, jetzt haben wir es. Noch schöner bekommen wir es nicht hin.«

»Sollen wir es ausdrucken?«, fragte Noah.

Ich atmete tief ein und sagte: »Ja. Ausdrucken.«

Wir sahen zu, wie der Drucker die Seiten ausspuckte, und legten für jede von uns ein Exemplar unseres schönen Buches zusammen.

Die schwierige Entscheidung über den Titel war noch nicht getroffen. Gilda wollte es *Das Beste in dir* nennen, ich war für *Im Hier und Jetzt*, deshalb schlug ich vor, die Entscheidung dem Verlag zu überlassen.

»Sollen wir es Bryce per E-Mail schicken?«, fragte ich.

»Die Dateien sind zu groß«, sagte Noah, »es würde ewig dauern, sie runterzuladen.«

»Du könntest es ihm morgen persönlich vorbeibringen«, sagte Gilda.

»Oder wir beide zusammen.«

»Du bist die Hauptautorin, du solltest es machen.«

»Na gut, wenn du wirklich meinst.«

Wir umarmten uns, bedankten uns bei Noah und gingen.

Auf der Straße fragte ich Gilda, ob sie die U-Bahn nehmen würde.

»Nein, ich gehe noch zu einem Freund.« Ich wusste intuitiv, dass sie einen ihrer älteren Freunde besuchen wollte, und fragte nicht weiter.

»Wir brauchen ein Taxi für dich.« Sie streckte die Hand aus, und schon hielt ein Taxi am Bordstein.

Zu Hause rang Mannix sich eine begeisterte Reaktion ab, aber ich konnte sehen, dass es ihm schwerfiel. Seit er aus Irland zurück war, machte ich mir große Sorgen um ihn. Zwar hatte er oft gescherzt, er sei einer von denen, deren Glas immer halb leer sei, aber vielleicht hatte er auch, ausgelöst von dem Schock durch Rolands Schlaganfall, eine Depression. Er ging nicht mehr schwimmen, er lächelte nur selten, und meistens schien er mit den Gedanken ganz woanders.

»Es wird alles gut«, versuchte ich ihn aufzumuntern. »Alles wird ganz wunderbar.«

Am nächsten Morgen eilte ich zu Blisset Renown und reichte das Buch bei Bryces Assistentin ein. Sie versprach es ihm zu geben, sobald er eintraf.

Um kurz nach elf – ich war wieder in der Wohnung – klingelte das Telefon. »Bryce«, sagte Mannix.

»Er hat das Manuskript bekommen«, sagte ich.

Mannix nahm das Telefon und stellte es laut. »Hallo, Bryce.«

»Mannix? Glückwunsch! Für den Start Ihrer neuen Karriere hätten Sie sich kein besseres Projekt aussuchen können.«

»Danke.«

»Wir werden ein Brainstorming mit den Leuten von Verkauf, Marketing und digitaler Verwertung anberaumen, das ganze Team zusammen, um eine gemeinsame Vision zu erstellen. Aber vorerst brauchen wir Sie beide so bald wie möglich zu einer Besprechung. Passt es Ihnen morgen Vormittag?«

Am nächsten Morgen im Verlag holte Ruben Mannix und mich am Aufzug ab, und wir gingen hinter ihm her den Flur entlang. Ich hatte angenommen, wir würden ins Besprechungszimmer gehen, aber zu meiner Überraschung bogen wir zu Bryces Büro ab. Bryce und Gilda waren schon da, beide saßen hinter dem Schreibtisch und sprachen angeregt miteinander. Ein Stapel farbiger Seiten – das neue Manuskript – lag vor ihnen.

»Mannix, Stella, setzen Sie sich«, sagte Bryce.

»Die Besprechung findet hier statt?«, fragte ich. »Nur mit uns vieren?« Was war mit den stellvertretenden Geschäftsführern?

»Nehmen Sie Platz«, sagte Bryce, und ich spürte ein erstes Unbehagen.

Ich setzte mich Bryce gegenüber, und Mannix nahm einen Stuhl neben mir. Gilda blieb hinter dem Schreibtisch.

»Also«, sagte Bryce. »Allen hier sei gesagt: Wir finden das neue Buch großartig.«

Mir fiel ein Stein vom Herzen.

»Der einzige Haken ist, Stella«, fuhr Bryce fort, »Sie finden wir nicht großartig.«

Ich dachte, ich hätte mich verhört. Ich sah ihn an und wartete auf eine Art Pointe.

»So ist es«, sage Bryce. »Die Wahrheit. Wir finden Sie nicht großartig.«

Ich sah zu Mannix hinüber, der Bryce anstarrte.

»Mit Ihnen haben wir kein Glück«, sagte Bryce zu mir. »Wir haben Sie durchs Land geschickt, in jeden Winkel der Vereinigten Staaten. *Dreimal.* Wir haben viel Geld für Sie ausgegeben, Ruben hat Ihnen viel Platz in Zeitschriften verschafft, aber das Buch hat sich nicht verkauft. Nicht so, wie wir uns das vorgestellt haben. – Aber das hier.« Er klopfte auf das Manuskript. »Das hier können wir groß rausbringen.«

Mannix meldete sich zu Wort: »Aber Stellas Sprüche sind da drin.«

Bryce schüttelte bedauernd den Kopf. »Sie werden umgehend wieder gestrichen, und ihr Name wird von der Titelseite genommen. Sie ist an diesem Buch nicht beteiligt.«

»Aber das Buch funktioniert nur mit Stellas Sprüchen«, sagte Mannix.

Wieder kam das bedauernde Kopfschütteln. »Gilda hat ihre eigenen Sprüche, und die sind alle besser als Stellas. Wir fangen mit Gilda noch einmal ganz von vorn an. Sie hat ein tolles Konzept hier, sie hat eine großartige Persönlichkeit, und die Menschen werden sie lieben.«

»Und was ist mit dem, was ich geschrieben habe?« Ich wusste die Antwort schon, aber ich musste trotzdem noch einmal fragen.

»Sie hören mir nicht zu«, sagte Bryce. »Ja, sicher, es ist ein Schock, und der Übergang zu der neuen Normalität ist nicht leicht. Deshalb noch einmal in direkter Sprache: Für Sie wird es kein zweites Buch geben, Stella. Es ist vorbei.«

»Und Sie veröffentlichen Gildas Buch?«, fragte ich. »Ohne mich?«

»Genau so ist es. Wir beobachten Gilda schon seit einer Weile, es gefällt uns, was sie mit Ihrem Blog und bei Twitter macht.«

»Wie viel bieten Sie für Gildas Buch?«, fragte Mannix.

»Jetzt sprechen Sie wie ein Literaturagent«, sagte Bryce voller Bewunderung. »Das freut mich.«

»Einen Moment noch«, sagte Mannix. »Ich muss mich erst mit Stella besprechen. Ich kann nicht ...«

»Mit Stella brauchen Sie sich nicht zu besprechen«, fuhr Bryce dazwischen. »Sie müssen sich mit Ihrer Klientin besprechen – und das ist Gilda. Ich rufe Sie heute Nachmittag an. Dann kommen wir ins Gespräch.«

»Ins Gespräch?«, fragte ich.

»Wissen Sie was?« Bryce sah mich mitleidig an. »Sie haben eine Menge zu besprechen. Gehen Sie nach Hause. Lassen Sie sich das, was heute Morgen hier geschehen ist, in aller Ruhe durch den Kopf gehen. – Und Sie und ich«, sagte er an Mannix gewandt, »wir unterhalten uns später.«

Bryce stand auf. »Gehen Sie«, sagte er und scheuchte uns aus seinem Büro.

Ich sah Mannix an, und er sah mich an. Ich konnte den Ausdruck seiner Augen nicht deuten und wusste nicht, was ich tun sollte.

»Gehen Sie«, sagte Bryce wieder. »Und vergessen Sie nicht – es ist alles gut.«

Später konnte ich mich nicht daran erinnern, dass wir mit

dem Aufzug nach unten gefahren waren. Plötzlich stand ich mit Mannix und Gilda auf dem Gehweg.

»Ich habe also jetzt kein Buch mehr?«, sagte ich.

»Nein«, sagte Gilda.

»Und du? Aber wie soll das Buch funktionieren?«, brachte ich mühsam heraus. »Und wer ist jetzt dein Agent?«

Sie zuckte die Achseln über meine Begriffsstutzigkeit. »Mannix.«

»Mannix?« Ich sah ihn an. »Wirklich?«

»Stella«, sagte er. »Wir sind finanziell in der Klemme, wir brauchen Geld.«

»Und was wird aus mir?«, fragte ich.

»Du kannst meine Assistentin sein«, sagte Gilda. »Du kannst meine Tweets schreiben und dich um mein Instagram und meinen Blog kümmern. Du kannst mit mir auf Lesereise gehen, wenn Mannix keine Zeit hat.«

»Mannix geht mit dir auf Lesereise?«

»Stella, das hat dich jetzt kalt erwischt«, sagte Gilda. »Das verstehe ich. Aber wir wollen das wie Erwachsene betrachten. Stell dir einfach vor, dass wir alle die Rollen vertauscht haben. Also, fast.« Sie warf Mannix einen zärtlichen Blick zu. »Mannix bleibt natürlich Mannix. Aber du und ich, wir tauschen. Und ich bin …« Sie legte den Kopf schief und lächelte ein strahlendes Lächeln. »Also, ich bin dann du.«

# Ich

## Mittwoch, 11. Juni

*10.10 Uhr*

»Mein Haus!«, jammert Ryan. »Mein Auto! Mein Geschäft, mein Geld – alles weg! Warum hast du das nicht verhindert?«

»Ich habe es versucht.« Mir ist zum Heulen zumute, es ist so frustrierend. »Aber du wolltest nicht hören.«

»Ich habe kein Dach über dem Kopf. Du musst mich bei dir aufnehmen.«

»Nein, Ryan.«

»Weißt du, wo ich letzte Nacht geschlafen habe? In einer Obdachlosenunterkunft. Es war schlimm, Stella. Schlimmer als schlimm.«

»Hast du ... hat jemand versucht ...?«

»Niemand hat mich vergewaltigen wollen, wenn du das meinst. Sie haben ... sich lustig gemacht. Männer, die nichts haben außer ihrem Bart und ein paar Läusen, haben mich *verspottet*.«

Keine zwei Tage sind seit Ryans Karma-Performance vergangen, und schon ist alles Interesse daran verebbt. Die Leute wollten einfach sehen, ob er sein verrücktes Projekt wirklich durchzieht, und jetzt, da es vorbei ist, wenden sie sich dem nächsten abgedrehten Ding zu. Jetzt sagt keiner mehr, dass es

Ryan um spirituelle Kunst geht. Stattdessen halten alle ihn für einen kompletten Idioten.

Schlimmer noch, anscheinend haben sie ein diebisches Vergnügen daran, ihm zu beweisen, dass er unrecht hat – denn niemand gibt ihm etwas.

Mit bangem Gefühl fällt mir wieder ein, was Karen vor ein paar Tagen gesagt hat – ich sei zu nachgiebig, und wenn ich nicht aufpasste, hätte ich Ryan irgendwann wieder in meinem Bett. Karen hat immer recht. Alles, was sie im Zusammenhang mit dem Karma-Projekt vorhergesagt hat, ist eingetroffen.

Aber ich will Ryan nicht in meinem Bett haben! Ryan und ich, das ist Millionen von Jahren her. Ich kann mich kaum noch daran erinnern, und mit Sicherheit will ich keine Neuauflage.

»Bitte, Ryan. Ich will dich nicht jeden Morgen, wenn ich runterkomme, in Boxershorts auf meinem Sofa sehen. Das ist so ... *studentenmäßig*.«

»Du bist angeblich ein guter Mensch«, sagt er. »Damit verdienst du deinen Lebensunterhalt.«

»Ich verdiene zurzeit überhaupt keinen Lebensunterhalt. Sprich doch mit einem Anwalt«, schlage ich vor. »Vielleicht kannst du was von dem, was du weggegeben hast, zurückbekommen. Sag, du seist nicht bei klarem Verstand gewesen, als du das gemacht hast. Denn das warst du nicht.«

»Weißt du«, sagt er sinnierend, »das hier war *mein* Haus.«

»Wag es ja nicht!« Bei mir schrillen sofort die Alarmsirenen. »Das ist alles geregelt. Sehr *gerecht* geregelt. Du warst einverstanden, alle waren einverstanden. Wir haben uns geeinigt, Ryan!«

»Vielleicht war ich da auch nicht bei klarem Verstand. Vielleicht war ich aufgrund meiner Trauer nicht zurechnungsfähig.«

»Und vielleicht war ich nicht zurechnungsfähig, als ich

dich geheiratet habe!« Mein Gesicht glüht, und ich ringe nach Atem.

Aber ich erreiche nichts, wenn ich mit Ryan streite. »Entschuldige«, sage ich. »Ich bin einfach sehr ...« Was? Angespannt? Besorgt? Traurig? Müde? »... hungrig. Ich habe großen Hunger, Ryan. Um ehrlich zu sein, habe ich oft großen Hunger, und dann bin ich unausstehlich. Was ist mit Clarissa? Sie kann dir doch bestimmt helfen.«

»Also, Clarissa!« Ryan schüttelt den Kopf. »Sie hat alle Codes geändert, und ich kann nicht ins Geschäft. Außerdem hat sie das Geschäftskonto abgeräumt, wahrscheinlich hat sie ein neues eingerichtet. Sie ist richtig durchtrieben.«

Eigentlich sollte mich das nicht überraschen, aber ich bin trotzdem schockiert.

»Ich könnte doch in Jeffreys Zimmer schlafen«, sagt er.

»Nein!«, brüllt Jeffrey von oben.

»Nein«, sage ich.

»Was soll ich tun, Stella?« Er sieht mich mit braunen Hundeaugen an. »Ich weiß nicht, wohin. Ich habe niemanden, der mir hilft. Lass mich bitte hierbleiben.«

»Meinetwegen.« Was soll ich sonst sagen? »Du kannst in meinem Büro schlafen. Aber nur vorübergehend.«

»Wie lange ist vorübergehend?«

»Neun Tage.«

»Warum neun?«

»Acht, wenn dir das lieber ist.«

»Wo kann ich meine Sachen hintun?«

»Das *hast* keine Sachen. Außerdem, Ryan – ich muss arbeiten.« Der Gedanke, dass ich jeden Morgen meinen Exmann auf dem Futon in meinem Arbeitszimmer vorfinden werde, versetzt mich in Panik. »Sobald ich in mein Zimmer komme, musst du aufstehen und das Haus verlassen.«

»Und wohin soll ich jeden Tag gehen?«

»In den Zoo«, sage ich spontan. »Wir kaufen dir eine Monatskarte. Das ist doch nett, mit den kleinen Elefanten und so. Das wird dir gefallen.«

*3.07 Uhr*
Ich wache auf.

Draußen ist es dunkel, aber irgendwas ist passiert.

Ich brauche einen Moment, bevor mir klar wird, was: Ich bin nicht allein im Bett. Ein Mann liegt mit mir im Bett. Ein Mann mit einer Erektion, die er mir in den Rücken presst.

»Ryan?«, flüstere ich.

»Stella«, flüstert Ryan zurück. »Bist du wach?«

»Nein.«

»Stella.« Er streichelt meine Schulter und presst mir seinen Ständer fester in den Rücken. »Ich dachte nur ...«

»Das meinst du nicht im Ernst.« Ich flüstere, aber es ist ein kreischendes Flüstern. »Verschwinde!«

»Ach, komm schon, Stella ...«

»Raus. Verschwinde aus meinem Bett und aus meinem Zimmer und aus meinem Haus.«

Erst passiert nichts, dann sehe ich seinen blassen Körper, als er zur Tür hastet und sich schützend über seine Erektion beugt wie ein arthritischer Krebs. Es ist nicht zu fassen. Wie konnte es passieren, dass Ryan plötzlich in meinem Bett liegt? Wie konnte mein Leben eine solche Wendung nehmen, dass ich wieder da bin, wo ich angefangen habe?

»Du musst ins Warme.« Gilda nahm mich am Arm. »Mannix, geh du schon mal nach Hause. Wir unterhalten uns später.«
Mannix zögerte.
»Geh schon«, sagte Gilda. »Im Ernst. Stella und ich müssen miteinander reden. Ich bringe die Sache in Ordnung.«
Gilda führte mich zurück in das Foyer von Blisset Renown. Mannix stand noch auf der Straße und wirkte unschlüssig.
Der Sicherheitsbeamte schien überrascht, dass wir wieder reinkamen, nachdem wir gerade erst unsere Besucherpässe abgegeben hatten.
»Es ist in Ordnung«, sagte Gilda. »Wir brauchen keinen Pass. Es dauert nicht lange.«
Durch die Glastür sah ich, dass Mannix gegangen war.
»Es ist alles gut«, sagte Gilda. »Alles ist gut.«
Ich war völlig verwirrt. Warum sagte sie dauernd, dass alles gut sei, wenn das eindeutig nicht der Fall war?
»Alles ist so wie vorher«, sagte sie. »Nur dass ich diesmal der Star bin, könnte man sagen.«
Sie klang so entsetzlich selbstsicher.
»Heute das mit Bryce?«, fragte ich. »Ist das ›spontan‹ passiert? Oder hattest du das geplant?«
Sie kicherte ein bisschen verlegen. »Du hast mich durchschaut. Ich habe das seit einer Weile vorbereitet.«
»Seit wann?«

Sie zierte sich. »Na ja ... eine Weile eben.«

Wie lange war »eine Weile«?

Ich ließ noch einmal das, was in den letzten anderthalb Jahren passiert war, Revue passieren, und plötzlich führte alles zu dem einen Moment. »O nein.« Mir wurde heiß bei der plötzlichen Erkenntnis. »Als wir uns damals bei Dean and DeLuca begegnet sind – war das kein Zufall?«

Sie schien selbstzufrieden wie ein vorwitziges Kind. »Nein, das war kein Zufall. Ich hatte am Abend zuvor gut aufgepasst. Ich wusste, dass ihr zur Academy Manhattan wolltet, und dachte, möglicherweise könnten wir uns bei Dean and DeLuca über den Weg laufen. Ich dachte, wir könnten uns ... anfreunden.«

»Anfreunden?«, sagte ich schwach.

»Sieh mich nicht so an! Ich bin dir eine Freundin gewesen. Ich habe dafür gesorgt, dass du dünn bleibst. Ich habe dir die Garderobe für deine Lesereise zusammengestellt. Ich habe dir sogar die Haare geföhnt.«

Aber ...

»Ist es meine Schuld, dass dein Buch kein Erfolg war und der Verlag kein zweites will?«

»Nein, aber ...«

»Ich habe Talent«, sagte sie. »Weißt du, wie verletzend es ist, wenn dein Projekt immer wieder abgelehnt wird? Soll ich mir diese Gelegenheit, mein Buch veröffentlicht zu bekommen, entgehen lassen, bloß weil es derselbe Verlag ist, der dich nicht mehr will?«

»Nein ...«

»Wir müssen doch alle sehen, wo wir bleiben, stimmt's?«

So wie sie es sagte, klang es, als hätte ich bereitwillig an den seltsamen Ereignissen dieses Morgens mitgewirkt.

»Es geht einfach ums Geschäft«, sagte sie.

»Und was ist mit Mannix und dir?« Was passierte da?

Sie wurde noch verlegener. »Stimmt. Das ist nicht geschäftlich. Oder nicht nur geschäftlich. Mannix und ich sind uns nähergekommen. Ja, in den letzten Monaten ist da was entstanden. Eine Verbindung, etwas Neues.«

»Aber du hast gesagt ...«

»... ich würde dir nicht deinen Mann ausspannen? Das meinte ich ernst. Aber er ist nicht mehr deiner. Zwischen dir und Mannix geht es seit einiger Zeit bergab. Für euch war das mit dem Sex das Wichtigste, und wann war das letzte Mal?«

Ich war sprachlos – es stimmte zwar, dass Mannix und ich seit Rolands Schlaganfall nicht miteinander geschlafen hatten, aber ich hatte das auf die angespannte Situation geschoben.

»Jetzt ist er mein Agent. Und mein Manager, vermutlich«, sagte Gilda. »Das heißt, er macht jetzt all das für mich, was er früher für dich gemacht hat. Er wird seine Zeit mit mir verbringen.«

»Ich dachte, du stehst auf ältere Männer.«

»Was denkst du denn? Ich finde sie abstoßend. Ich ... gebe mich mit ihnen ab, weil sie, nun ja, weil sie nützlich sind. Aber ich will Mannix.«

»Und was sagt Mannix dazu?«

Sie senkte den Blick. »Ich weiß, dass es wehtut.« Dann hob sie die Augen und sah mich direkt an. »Sag ihm, er soll mich fallen lassen, und ich kann dir versichern, dass er das nicht tun wird.«

»Wie weit geht das zwischen euch?«

»Es ist schwer für dich, Stella.« Sie tätschelte mir den Arm. »Aber es wird wieder besser.«

»Ist zwischen euch was gewesen?«

»Stella, ich weiß, dass es schwer ist. Aber er will es auch.«

»Ruben?«

»Stella? Ich sollte nicht mit Ihnen sprechen.«

»Sie müssen mir einen Gefallen tun – ich brauche Laszlo Jellicos Telefonnummer.«

Er zögerte.

»Sie schulden mir einen Gefallen«, sagte ich.

»Also gut.« Er ratterte die Nummer herunter. »Aber Sie haben sie nicht von mir, klar?«

Ich rief Laszlo an, und zu meiner Überraschung nahm er sofort ab.

»Mr. Jellico? Ich bin Stella Sweeney. Wir sind uns bei Bryce Bonesman begegnet. Ich würde mit Ihnen gern über Gilda Ashley sprechen.«

Nach einer langen Pause sagte er: »An der Ecke Park Avenue und Neunte gibt es einen Coffeeshop, wir treffen uns da in einer halben Stunde.«

»Okay. Bis gleich.«

Ich ging den ganzen Weg zu Fuß und fand Laszlo Jellicos Coffeeshop. Nachdem ich ungefähr fünf Minuten am Tisch gesessen hatte, kam er herein. Er sah nicht so mächtig und aufgeplustert aus, wie ich ihn von jenem Abend bei Bryce in Erinnerung hatte. Ich winkte ihm zu, und er kam zu mir herüber.

»Ich bin Stella Sweeney«, sagte ich.

»Ich erinnere mich an Sie.« Seine Stimme war nicht so dröhnend wie in meiner Erinnerung. Er setzte sich mir gegenüber. »Also? Gilda Ashley?«

»Vielen Dank, dass Sie sich die Zeit für mich nehmen. Darf ich Sie fragen, wo Sie Gilda kennengelernt haben?«

»Bei einer Cocktailparty.«

»Es hat also zwischen Ihnen gefunkt? Und Sie haben Gilda um ihre Nummer gebeten?«

»Nein. Wir hatten kaum miteinander gesprochen. Aber als ich am nächsten Tag mit meinen Hunden auf dem Weg zum Hundepark war, begegnete ich ihr in meiner Straße. Ein feiner Zufall, nicht?«

»Allerdings.«

»Ich fand das bemerkenswert«, sagte er. »Sie wohnte nämlich in einem anderen Stadtteil. Aber sie ...«

»... besuchte gerade einen Klienten«, vollendete ich den Satz für ihn.

Er lachte kalt. »Ihnen ist es ähnlich ergangen, ja? Jedenfalls, sie stand plötzlich vor mir und reagierte sehr überrascht. Wenn sie keinen Erfolg hat mit dem, was sie jetzt macht, könnte sie immer noch schauspielern.«

»Wie ging es dann weiter?«

»Ich fand sie charmant, und irgendwie einigten wir uns, dass sie mir einen Diätplan erstellen würde. Dann hörte sie mich über meinen Bürokram klagen, worauf sie mir ihre Hilfe anbot. Sie machte sich sehr schnell ... unverzichtbar.«

Ich dachte zurück zu dem Morgen bei Dean & DeLuca. Wie dankbar ich gewesen war, in dieser superschnellen Stadt ein freundliches Gesicht zu sehen. Sie selbst hatte dafür gesorgt, dass sie für mich unentbehrlich wurde.

»Wir verstanden uns sehr gut, bis sie eines Tages mit einem Entwurf kam ...« Laszlo machte eine unbestimmte Geste. »Ich weiß gar nicht, wie ich das beschreiben soll – Listen und Beschreibungen von Symptomen und schlichte Lösungen für die gesundheitlichen Probleme von Frauen. Sie behauptete, es sei ein Buch. Es war kein Buch. Sie wollte, dass ich ihr helfe, es zu veröffentlichen. Aber es war ohne jeden Gehalt. Ich konnte mich dafür nicht verwenden. Kurz nachdem ich ihr meine Unterstützung verweigert hatte, entzog sie mir ihre ... Freundschaft. Ich habe nicht weiter drüber nachgedacht, bis sie überall als Begleiterin von Joss Wootten, diesem alten Betrüger, auftauchte. In einem verachtenswerten Versuch, mich zu kränken, sagte er, jetzt würde er meine Freundin – ich erinnere mich an das Wort – ›flachlegen‹. Er gab damit an und erwähnte außerdem, dass ein glücklicher Zufall ihn und Gilda im Wartezimmer seines Zahnarztes zusammengeführt habe.«

Plötzlich hatte der Gedanke an Gilda etwas Abschreckendes, gleichzeitig empfand ich so etwas wie Bewunderung für sie.

»Darauf wurde ich – zugegeben ein bisschen spät – misstrauisch und habe nachgeforscht und …« Er zuckte die Achseln. »Ohne Ergebnis. Die University of Overgaard gibt es. Es ist ein Onlinecollege, aber dagegen ist nichts einzuwenden. Sie hat dort ihre Ausbildung absolviert. Sie ist tatsächlich als Ernährungsberaterin und Coach qualifiziert. Und heute habe ich erfahren, dass mein alter Freund Bryce Bonesman ihr Buch veröffentlichen will. Ein Buch, das – wie hatte ich es beschrieben? – ›Listen und Beschreibungen von Symptomen und schlichte Lösungen für die gesundheitlichen Probleme von Frauen‹ enthält. Die ganze Zeit hatte sie nur ein Ziel im Auge«, fuhr Laszlo Jellico fort, »und jetzt hat sie es erreicht. Sie hat mich benutzt, und wahrscheinlich war ich nicht der Erste, und ich bezweifle, dass ich der Letzte sein werde. – Wo wir davon sprechen«, fuhr er fort. »Ich habe gehört, Ihr Mann ist Gildas Agent.«

»Er ist nicht mein Mann.«

»Verstehe. Und das wird er auch nicht werden, wenn Gilda ihn will.«

»Gilda will ihn.« Ich befürchtete, ohnmächtig zu werden.

Laszlo Jellico schüttelte den Kopf. »Dann kriegt Gilda ihn auch. Tut mir leid, meine Gute.«

Auf dem Weg nach Hause packte mich blankes Entsetzen bei dem Gedanken, dass ich Mannix verloren hatte. Dazu kam die Demütigung, als mir immer wieder die Szene in Bryces Büro vor Augen stand. *Wir finden Sie nicht großartig, Stella. Für Sie wird es kein zweites Buch geben, Stella.*

Ich war vielfach betrogen worden – von Bryce, von Gilda, aber am allerschlimmsten von Mannix. Warum war er nicht aufgestanden und hatte mit der Faust auf den Tisch geschlagen und gesagt, er sei mit einem Buch, bei dem Gilda die alleinige Autorin war, nicht einverstanden?

Als ich zu Hause ankam, ging mir alles so wild im Kopf herum, dass ich dachte, er würde platzen.

Mannix war im Wohnzimmer und saß vor seinem Computer. Er sprang auf.

»Wo warst du? Ich habe tausendmal angerufen.«

Atemlos vor Angst fragte ich: »Bist du wirklich Gildas Agent?«

»Das weißt du doch.«

»Und ihr Manager?«

»Ich weiß nicht, vermutlich ja. Wenn ich dafür bezahlt werde.«

»Wie kannst du das tun?« Sein Betrug traf mich so hart, dass mir die Luft wegblieb. »Du müsstest doch auf meiner Seite sein. Wusstest du, dass sie dieses Kunststück mit Bryce vorhatte?«

»Natürlich nicht. Ich war genauso schockiert wie du. Aber – Stella, sieh mich an.« Er wollte mich an den Schultern nehmen, aber ich wich zurück. »Wir haben beide kein Einkommen. Das ist unsere einzige Möglichkeit.«

»Ich möchte nicht, dass du mit ihr arbeitest.«

»Stella«, flehte er mich an. »Wir haben keine Wahl.«

»Ist irgendwas zwischen euch gewesen?«

»Nein.«

»Sie hat gesagt, ihr seid euch nähergekommen.«

Er überlegte. »... vielleicht näher als am Anfang.«

Mir lief es eiskalt über den Rücken. Das reichte, um alle meine Zweifel und Befürchtungen, die Gilda in mir aufgerührt hatte, zu bestätigen.

»Stella, ich versuche nur, ehrlich zu sein.«

»Mannix.« Ich sah ihn an. »Ich bitte dich inständig: Lass dich nicht auf Gilda ein. Sie ist nicht die, die sie vorgibt zu sein. Ich habe mit Laszlo Jellico gesprochen. Er sagt, sie benutzt die Menschen.«

»Na, ist doch kein Wunder, dass er das sagt.«

»Warum?«

»Weil Gilda ihn verlassen hat und er tief getroffen war. Seitdem behandelt er sie schlecht.«

»Das ist nicht die wahre Geschichte. Gilda hat ihm ihr Buch gezeigt und ... Moment mal! Woher weißt du das alles?«

»Sie hat es mir erzählt.«

»Wann?«

»Vor einiger Zeit«. Er dachte nach. »Am Telefon. Wahrscheinlich, als ich in Irland war.«

»Wie bitte? Ihr habt miteinander telefoniert und euch vertrauliche Dinge erzählt?«

»So wie du es sagst, klingt es ...«

»O nein.« Mir drehte sich alles. Das war das Ende. Gilda mit ihrer Schönheit und ihrer Gewissheit, dass sie das, was sie wollte, auch bekommen würde – dagegen hatte ich keine Chance.

»Mannix, sie hat mir mein Leben gestohlen.«

»Mich hat sie dir nicht gestohlen.«

»Doch. Du weißt es nur noch nicht.«

Seine Lippen wurden schmal.

»Mannix«, sagte ich. »Ich weiß, wie du tickst.«

»Ich *ticke* überhaupt nicht.«

»Doch. Du lässt dich von deinem Schwanz leiten.«

Er fuhr zusammen. Er war aschfahl. »Hast du mir je vertraut?«

»Nein. Und ich hatte recht damit. Wir sind so unterschiedlich, wir beide. Unsere Geschichte war von Anfang an ein Irrtum.«

»Glaubst du das wirklich?«, fragte er heftig, und ich merkte, dass er sehr, sehr wütend war.

»Ja!« Auch ich war wütend.

»Wirklich?«

»Ja!«

»Dann sollte ich gehen.«

»Das solltest du.«

»Wirklich? Wenn du sagst, ich soll gehen, dann gehe ich.«

»Geh.«

Aufgebracht sah er mich an. »Du hast mir kein einziges Mal gesagt, dass du mich liebst, also hast du mich wahrscheinlich nie geliebt.«

»Es war nie der richtige Zeitpunkt.«

»Und jetzt ist er es erst recht nicht.«

»Nein.«

Er ging in unser Schlafzimmer und nahm einen kleinen Koffer aus dem Wandschrank. Ich sah zu, wie er ein paar Sachen hineinlegte. Ich wartete darauf, dass er aufhörte, aber er ging ins Badezimmer und kam mit seinem Rasierzeug und seiner Zahnbürste wieder heraus und packte sie ebenfalls in den Koffer.

»Vergiss deine Tabletten nicht.« Ich holte eine Packung Tabletten aus der Schublade seines Nachttischs und warf sie in den Koffer.

Schweigend zog er den Reißverschluss zu, ging in den Flur und zog sich den Mantel an. Als er die Wohnungstür öffnete, dachte ich, er würde sich noch einmal umdrehen, aber er ging einfach aus der Wohnung. Die Tür fiel hinter ihm ins Schloss, dann war er weg.

An dem Abend kam er nicht zurück, und ich fühlte mich wie in einem Albtraum. Ich quälte mich mit der Vorstellung, dass er bei Gilda war, aber ich rief ihn nicht an. Ich hielt an meinem Stolz fest, als wäre es ein Schild – solange ich den hatte, existierte ich auch.

Um sechs Uhr am folgenden Morgen rief er mich an. »Schatz.« Er klang zutiefst unglücklich. »Kann ich nach Hause kommen?«

Ich musste all meine Willenskraft zusammennehmen. »Bist du noch Gildas Agent?«

»Ja.«

»Dann nein.«

Um zehn rief er wieder an, und wir führten fast wortwörtlich dasselbe Gespräch. Und so ging es über die nächsten zwei Tage. Ich wusste nicht, wo er wohnte, aber ich wollte nicht erfahren, dass er bei Gilda war, also fragte ich nicht. Ich hätte mehr herausbekommen können, wenn ich die Abbuchungen von unserem Konto geprüft hätte – ob er Bargeld abhob oder für ein Hotel bezahlte –, aber ich fürchtete mich davor nachzusehen.

Ich erzählte niemandem, was passiert war, denn solange niemand etwas wusste, war es auch nicht wahr.

Aber Jeffrey wurde stutzig. »Mom, was ist mit dir und Mannix los?«

Sofort fühlte ich mich schuldig.

»Habt ihr euch getrennt?«, fragte er.

Bei den Worten zuckte ich zusammen. »Ich weiß es nicht. Wir haben ... eine Meinungsverschiedenheit. Er wohnt ein paar Tage woanders.«

»Hat es mit Gilda zu tun?«, fragte Jeffrey.

Ich erstarrte – woher wusste er das? Was hatte er mitgekriegt?

»Mir ist nur aufgefallen, dass uns Gilda nicht mehr besucht.« Er sah mich besorgt an. »Aber ihr bekommt das wieder auf die Reihe, oder?«

»Ich hoffe es.«

Ich gab mich dem schwachen Glauben hin, dass sich alles plötzlich wieder von selbst einrenken würde, wenn ich nur lange genug wartete. Aber die Stunden verstrichen, und ich schleppte mich mit tiefen Ringen um die Augen durch die Wohnung und konnte mich auf nichts konzentrieren.

Es war niemand da, dem ich mich hätte anvertrauen können. Ich konnte Karen anrufen – aber sie würde mir sagen, dass sie das immer schon vorausgesehen habe und ich mich nicht zu wundern brauchte. Ich konnte Zoe anrufen – sie würde zu heulen anfangen und mir erzählen, dass alle Männer Schweine waren. Und meine beste Freundin in New York konnte ich nicht anrufen, weil das Gilda war.

Ich fragte mich, welchen Rat ich jemandem in meiner Situation geben würde, und mir wurde bewusst, dass ich wahrscheinlich sagen würde, sie solle um ihn kämpfen.

Aber ich konnte um Mannix nur kämpfen, wenn ich ihm Ultimaten setzte.

Als er das nächste Mal anrief, wiederholte ich, was ich in all unseren Gesprächen gesagt hatte. »Ich bitte dich, Mannix, hör auf, Gildas Agent zu sein.«

»Das geht nicht.« Er sprach eindringlich. »Wir sind so gut wie pleite, Stella, wir haben keine andere Wahl.«

»Mannix, du verstehst mich nicht richtig: Wenn du ihr Agent bleibst, dann gibt es für uns keine Zukunft. Dann können wir auch gleich einen Schlussstrich ziehen.«

»Weißt du, was du da sagst?«

»Ich stelle nur die Fakten fest.« Ich hatte eine Riesenangst. »Du musst dich von ihr lösen.«

»Oder?«

»Oder es ist aus mit uns.«

»Verstehe.«

Er legte auf.

Ich saß da und starrte das Telefon an, dann bemerkte ich, dass Jeffrey im Zimmer war. Ich wand mich vor Scham. Er sollte das nicht hören müssen. Er war so verletzlich, in seinem jungen Leben war er zu vielen Umwälzungen ausgesetzt gewesen.

»He, Mom.« Er versuchte, einen munteren Ton anzuschlagen. »Lass uns irgendwo eine Pizza essen gehen.«

»Meinetwegen.«

Wir gingen in ein italienisches Lokal um die Ecke und gaben uns Mühe, nicht zu traurig zu sein, und als wir zurückkamen, waren wir beide ein bisschen optimistischer.

Wir zogen uns gerade bei dem Garderobenständer im Flur die Mützen und Schals aus, als mir etwas auffiel – Mannix' Stiefel waren nicht mehr da. Sie standen immer bei der Tür, zusammen mit den anderen Winterschuhen, und ihr Abdruck war noch schwach auf dem Teppich zu sehen. Aber sie waren weg.

Ich rannte ins Schlafzimmer und riss die Schranktüren auf: Auf Mannix' Seite war alles leer.

»Nein!« Ich schnappte nach Luft.

Ich rannte durch die Wohnung, Jeffrey immer hinter mir her: Mannix' Computer war verschwunden, seine Sporttasche, seine Akkus. Jede neue Entdeckung war wie ein Schlag in den Magen.

Mit zittrigen Fingern machte ich den Safe auf. Sein Pass war nirgendwo zu finden. Ich durchwühlte alle Dokumente und Papiere, aber der Pass war nicht da, und da gestand ich mir die Wahrheit ein: Mannix war gegangen. Wirklich gegangen.

Ich rannte durch die Wohnung und klopfte an Esperanzas Tür. »Haben Sie Mannix gesehen? Ist er in der Wohnung gewesen, als Jeffrey und ich aus waren?«

Aber Esperanza war blind und taub. »Ich sehe niemand, Madam.«

Ich warf mich aufs Bett und rollte mich zu einem Ball zusammen. »Er ist weg.« Ich konnte die Tränen nicht mehr zurückhalten. »Das kann nicht sein!«

»Du hast ihm gesagt, er soll gehen, Mom«, sagte Jeffrey.

»Aber ich wollte doch nicht, dass er es tut.«

Ich rollte mich noch fester zusammen und heulte wie ein Kind, dann sah ich Jeffreys angstverzerrte Miene. Sofort versuchte ich mich zusammenzureißen. »Es geht schon.« Ich klang wie ein Tier, das zu sprechen versucht. Mein Gesicht war tränenüberströmt. »Es tut mir leid, Jeffrey.« Ich setzte mich auf. »Ich wollte dir keinen Schreck einjagen. Es geht schon. Wirklich, es geht schon.«

Aber Jeffrey hatte bereits zum Telefon gegriffen. »Betsy. Mit Mom ist was. Es geht ihr nicht so gut.«

Am nächsten Morgen kam Jeffrey zu mir ins Schlafzimmer.

»Schatz.« Ich setzte mich im Bett auf. »Es tut mir leid wegen gestern.«

Betsy war am Abend gekommen und hatte eine Xanax gebracht, die sie Chad abgeschwatzt hatte, und bestand darauf, dass ich sie nahm. Nach einer Weile hatte ich mich beruhigt und war irgendwann eingeschlafen.

»Mom, können wir nach Hause gehen?«, fragte Jeffrey.

»Wie meinst du das?«

»Nach Irland zurück?«

»Das geht nicht, mein Schatz. Du gehst hier zur Schule, du musst die Schule fertig machen.«

»Aber ich hasse die Schule hier. Ich hasse die anderen in meiner Klasse. Sie reden nur übers Geld und wie reich ihre Väter sind. Ich will hier nicht mehr auf die Schule gehen.«

»Was soll das heißen? Willst du vorzeitig abgehen?«

»Nein. Nur für dieses Jahr. Ich will im September wieder an meiner alten Schule in Irland anfangen.«

Eine Weile lang sagte ich nichts. Das hier war eine einzige Katastrophe. Alles um mich herum brach zusammen.

»Nimmst du Drogen?«, fragte ich ihn.

»Nein. Es ist nur, dass ich die Schule hier hasse.« Dann gab er zu: »Und New York auch.«

»Ich dachte, du findest es toll hier.«

»Am Anfang schon. Aber die Leute hier sind nicht wie wir, sie sind so hart. Und Betsy ist nicht mehr hier. Sie ist erwachsen. Sie wohnt nicht mehr zu Hause.«

»Es tut mir so leid, Jeffrey.« Meine Schuldgefühle drohten mich zu überwältigen. »Ich bin eine schreckliche Mutter gewesen.«

»Du warst nicht an allem schuld. Aber ich möchte zurück.«

»Möchtest du bei deinem Vater leben?«

»Eigentlich nicht. Aber wenn das die einzige Möglichkeit ist, dann ja. Überleg doch, Mom. Du hast keinen Buchvertrag, und Mannix und du, ihr habt euch getrennt – es gibt keinen Grund, in New York zu bleiben.«

Schweigend führte ich mir die bittere Wahrheit seiner Worte vor Augen.

»Woher weißt du, dass ich keinen Buchvertrag habe?«

»Betsy hat es mir erzählt. Sie sagt, alle wissen es. Können wir zurückgehen?«

»Ist gut«, sagte ich. »Wir gehen zurück.«

»Wir beide?«

»Wir beide.«

»Meinst du das ernst?«

Meinte ich es ernst? Ich begab mich auf dünnes Eis – ich konnte Jeffrey nicht hinhalten. Wenn ich ihm sagte, wir würden nach Irland zurückgehen, dann müssten wir es wirklich tun.

»Ja«, sagte ich. »Ich meine es ernst. Aber wir können nicht gleich in unser altes Haus. Wir müssen den Mietern erst kündigen.«

»Das macht nichts. Solange wohne ich bei Dad. Und du kannst bei Tante Karen wohnen.«

Ich rief Mannix an, er war gleich am Apparat. »Schatz?«

»Du kannst wieder in die Wohnung ziehen.«

»Was sagst du da?«, fragte er hoffnungsvoll.

»Jeffrey und ich verlassen New York. Wir gehen zurück nach Irland.«

»Ihr verlasst New York?« Er klang entsetzt. »Wann?«

»In zwei Tagen.«

»Wirklich? Verstehe!« Er konnte seine Wut nicht bezähmen. »Na, dann viel Glück.«

»Danke …« Aber er hatte schon aufgelegt.

Drei Tage später landeten Jeffrey und ich in Dublin, und unser New-York-Traum war ein für alle Mal vorbei. Ein paar Wochen wohnte Jeffrey bei Ryan, und ich kam bei Karen unter. Als unser altes Haus frei wurde, zogen wir ein. Jeffrey stürzte sich mit wilder Entschlossenheit auf Yoga, und ich gab mich den Kohlehydraten hin.

Jeffrey und ich lebten von dem Geld, das Karen mir als Anteil am Honey Day Spa ausgezahlt hatte, aber das würde nicht lange vorhalten, und dann müsste ich mir einen Job suchen. Irgendwann hatte ich aus lauter Verzweiflung beschlossen, ein neues Buch zu schreiben.

Ich erlaubte mir nicht, an Mannix zu denken, denn nur so konnte ich überleben. Ich hatte nicht vor, unsere Beziehung in Ehren zu halten oder Trauerarbeit zu leisten oder was immer Betsy mir geraten hätte. Ich musste sie hinter mir lassen. Ein sauberer Schnitt, sagte ich mir immer wieder. Sauber. Meine Zeit mit ihm musste eingepackt und in meinem Gedächtnis ganz hinten in einer Kiste verstaut werden, die ich nie wieder öffnen würde.

Meine Entschlossenheit geriet nicht ins Wanken, außer ich hörte seine Stimme – was einmal in der Woche oder so geschah, weil er angefangen hatte, mir Nachrichten auf meinen Anrufbeantworter zu sprechen. Wir redeten nie miteinander, er hinterließ lediglich mit angespannter Stimme kurze

Nachrichten: »*Sprich mit mir, bitte.*« »*Du hast dich getäuscht.*« »*Ich kann ohne dich nicht schlafen.*« »*Ich vermisse dich.*«

Meistens hatte ich die Kraft, sie ungehört zu löschen, aber manchmal spielte ich sie ab, und dann dauerte es Tage, bis ich mein Gleichgewicht wiedergefunden hatte. Meine Neugier konnte ich nur mit äußerster Mühe zügeln – ein gegen mich selbst gerichteter Zwang zu wissen, was mit ihm und Gilda passierte –, und es kostete mich wahnsinnige Kraft, nicht bei Google nachzusehen.

Die einzige Verbindung mit Mannix, die ich nicht durchtrennen konnte, war die zu Roland. Ich besuchte ihn nicht, ich rief ihn auch nicht an, aber ich behielt ihn über seine Pflegerin im Auge, eine Frau, mit der Mom früher zusammengearbeitet hatte. In einem Vertrauensbruch, der völlig unangemessen, aber sehr irisch war, berichtete sie Mum über Rolands gut fortschreitende Genesung.

## Donnerstag, 12. Juni

*7.41 Uhr*

Ich wache auf. Ich habe von Mannix geträumt. Aber obwohl mein Gesicht tränennass ist, bin ich in einer seltsamen Stimmung: nachdenklich, beinahe bereit, alles, was geschehen ist, zu akzeptieren.

Zum ersten Mal verstehe ich, was bei uns nicht geklappt hat – unsere Fundamente waren nicht stabil genug. Zwischen uns hat es an Vertrauen gemangelt. Meine Unfähigkeit, ihm zu sagen, dass ich ihn liebte, erkenne ich jetzt als Zeichen dafür, dass ich von Anfang an mit einem schlimmen Ende gerechnet habe.

Außerdem sind zusätzlich zu den wackligen Fundamenten zu viele schlimme Dinge auf einmal passiert – erst Rolands Schlaganfall, dann die chronischen Geldsorgen und das Scheitern unseres Traums –, und uns fehlte die Kraft, diese Schläge auszuhalten.

Vielleicht werde ich später, in einer fernen Zukunft, wenn ich neunundachtzig bin, zurückblicken und sagen können: »Als ich noch einigermaßen jung war, habe ich mich in einen charismatischen Mann verliebt. Er war der falsche Mann für mich, und als die Beziehung endete, wäre ich beinahe daran zerbrochen, aber jede Frau sollte einmal in ihrem Leben eine solche Liebe erleben. Nur einmal, ein zweites Mal würde man wahrscheinlich wirklich nicht überleben. Ein bisschen wie Denguefieber, könnte man sagen.

Ich sitze im Bett – wenigstens ist Ryan nicht mit im Zimmer, und allein dafür muss ich dankbar sein. Diese Frechheit, diese bodenlose Frechheit!

Er sitzt im Wohnzimmer und zieht sich die Schuhe an. Er sieht schuldbewusst auf und ruft: »Sag nichts!«

»Und ob ich was sage«, gebe ich zurück. »Da kannst du Gift drauf nehmen.«

»Es war ein Versehen.«

»Du bist zu mir ins Bett gekommen!«

»Weil mir kalt war. Und ich war einsam.«

»Du wolltest Sex.«

»Dein Problem ist, Stella Sweeney, dass du voreilige Schlüsse ziehst. Kein Wunder, dass alle deine Beziehungen scheitern.«

Das Blut weicht mir aus dem Gesicht. Ryan schaut unbehaglich drein. Er weiß, dass er zu weit gegangen ist. Aber er versucht, sich aus der Affäre zu ziehen.

»Habe ich einen wunden Punkt getroffen?«, sagt er. »Dabei ist es die Wahrheit. So wie du bei Mannix und Gilda sofort das Schlimmste angenommen hast.«

Ich zucke zusammen. Schon Mannix' Namen zu hören ist wie ein Schlag ins Gesicht.

»Mannix war ein guter Typ.«

»Meinst du das im Ernst?« Ich bin verblüfft. Ryan hatte nie ein freundliches Wort über Mannix verloren. »Woher der Sinneswandel?«

»Ich bin eben anpassungsbereit. Ich gebe den Menschen eine Chance.«

»Aufgrund welcher Information hast du deine Einstellung geändert?«

»Aufgrund derselben Information, die du auch hast. Und jetzt gehe ich und kaufe mir ein Handy«, sagt Ryan. »Damit ich mir wieder ein Leben einrichten kann. Jeffrey wollte mir kein Geld geben. Er ist zum Yoga gegangen, sagt er. Da stimmt doch was nicht, Stella, das ist doch nicht normal, bei einem jungen Mann wie ihm ...«

»Hier.« Ich halte Ryan fünfzig Euro hin. »Nimm. Hauptsache, du gehst.«

»Du bist verbittert, Stella.« Ryan schüttelt traurig den Kopf. »So verbittert.«

Und dann zieht er ab und lässt mich mit meinen Gedanken allein.

In einem hat er unrecht: Ich bin nicht verbittert. Ich hasse Gilda nicht. In gewisser Weise verstehe ich sie – sie hat nur das getan, was sie tun musste. Gut, ich freue mich nicht auf den Tag, wenn ihr Buch erscheint und sie in den Medien präsent sein wird, jung und schön und mit Mannix an ihrer Seite. Ich wünschte, ich könnte diesen Teil vorwärtsspulen und sicher auf der anderen Seite ankommen, aber verbittert bin ich nicht.

Ein Gedanke drängt sich mir auf: Habe ich gegenüber Mannix zu schnell meine Schlüsse gezogen? Er hat mir aufrichtig versichert, nichts für Gilda zu empfinden, aber ich war vor lauter Angst so hysterisch, dass ich ihm nicht richtig zugehört habe. Auch Gilda hat nie gesagt, zwischen ihnen sei etwas, sie hat lediglich angedeutet, dass es dazu kommen würde, sobald ich von der Bildfläche verschwände.

Ich habe immer befürchtet, dass Mannix mir wehtun würde, und als es so aussah, als würde es wirklich geschehen, habe ich es sofort geglaubt – ich hatte damit gerechnet, verletzt und gedemütigt zu werden, und bevor es überhaupt zur Konfrontation kam, hatte ich schon klein beigegeben.

Ich will so nicht denken. Vor weniger als einer Stunde hatte ich das Gefühl, ich könnte langsam darüber hinwegkommen, und jetzt wird alles wieder aufgewühlt.

Die Frage, die ich mir immer wieder stellen werde, ist die: Was, wenn ich wirklich falschgelegen habe in Bezug auf Mannix und Gilda?

Aber es hat keinen Sinn, darüber nachzudenken. Wir haben uns getrennt, es gibt keinen Weg zurück.

Gut, ich sollte an die Arbeit gehen.

*8.32 Uhr*
Ich starre auf den Bildschirm.

*8.53 Uhr*
Ich starre immer noch auf den Bildschirm. Gleich treffe ich eine Entscheidung. Jetzt – ich habe sie getroffen! Ich werfe dieses Schreibprojekt endgültig hin. Ich kann es nicht, ich werde es nie können.

Ich werde wieder als Kosmetikerin arbeiten. Ich hatte Gefallen daran, ich war ganz gut in dem Job, und ich muss meinen Lebensunterhalt verdienen. Ich werde eine Fortbildung machen, neue Sachen lernen … und jetzt ruft Karen an.

»Hier ist das Neueste!« Sie klingt ein bisschen überdreht. »Die einsamste Frau der Welt ist aus Südamerika zurück.«

»Wer? Georgie Dawson?«

»Von ihrer Weltreise. Und will uns ungebildete Bauerntrampel mit ihrer Großzügigkeit überschütten.«

»Wunderbar! Das ist eine tolle Nachricht. Karen, hör zu. Ich habe keine Lust mehr, so zu tun, als würde ich ein Buch schreiben. Ich mache eine Fortbildung als Kosmetikerin und lerne all die neuen Sachen, von denen ich keine Ahnung habe.«

»Läuft es so schlecht mit dem Schreiben?«
»Es läuft gar nicht.«
»Schade«, sagt sie. »Keine Auftritte mehr bei Ned Mount?«
»Nein.«
»Ach, na ja. War schön, und jetzt ist es vorbei. Ich recherchiere mal ein bisschen und suche einen guten Kurs für dich raus.«
»Ja, danke. Und ich rufe Georgie an.«
Ich wähle Georgies alte Handynummer, und sie antwortet.
»Stella!«
»Hallo! Du bist wieder da?«
»Ja, seit ungefähr zwanzig Minuten. Also, seit zwei Tagen. Was soll das alles mit Ryan?«
»Ach, Georgie, wo soll ich anfangen?«
»Du musst mich besuchen«, sagt sie. »Komm heute Abend zum Essen, ich wohne in Ballsbridge, im Haus von dem Freund eines Freundes, das gerade frei war, du kennst das ja.«
»Nein, ich kenne das nicht, aber das macht nichts.«
»Darling, ich will nur das schnell sagen: Ich weiß, dass es mit dir und Mannix vorbei ist. Es tut mir sehr leid. Wie kommst du klar?«
»Ganz gut.« Ich schlucke. »Vielleicht gerade nicht so gut, aber irgendwann schon.«
»Bestimmt. Es erinnert mich an damals, als ich zwanzig war und in Salzburg lebte und eine *unglaublich* wilde Affäre mit einem sehr viel älteren Mann hatte, einem Grafen. Einem echten Grafen mit einer echten Burg. Schwarze kniehohe Lederstiefel, kein Witz! Natürlich verheiratet. Mit Kindern, sogar Enkelkindern. Ich war völlig vernarrt in ihn, Stella, und als er die Sache beendete, bin ich in den Schnee rausgerannt – nackt – und habe darauf gewartet, dass ich sterben würde. Dann kam die Bundespolizei, und einer der Polizisten

war so *atemberaubend* sexy, und wir sind in *rasender* Leidenschaft übereinander hergefallen, und dann hat uns der alte Graf mit einer Luger überrascht – oh, entschuldige, Stella, ich rede schon wieder nur von mir. Ich will nur sagen: Du wirst einen anderen Mann kennenlernen, ganz bestimmt. Und einen anderen lieben. Bestimmt! Bis heute Abend um halb neun. Ich simse dir die Adresse.«

Sie hängt auf. Sie irrt sich: Ich werde nie einen anderen Mann lieben. Aber ich habe meine Freundinnen. Sie werden mir genügen ... und jetzt ist jemand an der Tür.

Zu meiner großen Überraschung steht Irlands beliebtester Radioreporter vor meinem Haus.

»Hallo, Ned. Suchen Sie Ryan?«

»Nein«, sagt er und lächelt mich mit klugen Augen an. »Ich suche Sie.«

*19.34 Uhr*

Karen kommt vorbei und hilft mir, mich für den Abend bei Georgie zurechtzumachen.

»Das ist nicht nötig«, protestiere ich.

»Und ob das nötig ist. Du vertrittst uns alle, wenn du sie besuchst. Hier, versuch dieses Top, und dann bürsten wir deine Haare, damit sie glatt und glänzend sind. Ich muss sagen, Stella, du siehst gut aus. Du hast ein paar Pfund abgenommen.«

»Ich weiß nicht, wie. Ich habe mich wirklich nicht an diese kohlehydratfreie Diät gehalten. Beziehungsweise, ich habe mich dran gehalten – zwischen den Fressanfällen.«

»Außerdem hast du diesen ganzen Ärger mit Ryan. Wie ich schon mehr als einmal gesagt habe: Sorgen sind die beste Diät. – Nicht dass du unbedingt dick warst«, sagt sie. »Aber ... du weißt schon.«

*19.54 Uhr*

Es klingelt an der Tür. »Wer ist das?«, fragt Karen misstrauisch.

»Wahrscheinlich Ryan, der aus dem Zoo zurückkommt.«

»Du hast ihm keinen Hausschlüssel gegeben?«

»Nein.«

»Gut.«

Es ist tatsächlich Ryan, der ganz aufgeregt ist und kaum an

sich halten kann.»Ich bleibe nicht«, sagt er.»Große Veränderungen sind im Schwange. Ich habe jemanden gefunden, der mich bei sich aufnimmt.«

»Wen?«

»Zoe.«

»*Meine* Freundin Zoe?«

»Und *meine* Freundin Zoe«, sagt er.»Sie ist auch meine Freundin. Ihre beiden zickigen Töchter sind über den Sommer verreist, und sie hat zwei freie Schlafzimmer.«

»Und welche großen Veränderungen sind sonst noch im Schwange?«

»Könnte sein, dass ich mein Haus zurückbekomme. Der gemeinnützige Verein hat eingesehen, dass es nicht gut aussieht, wenn jemand durch die Spende, die er ihnen macht, obdachlos wird.« Er ist völlig überdreht.»Ich werde Spenden für sie sammeln, wir arbeiten zusammen. Außerdem besteht die Aussicht, dass Clarissa mir mein Geschäft zurückgibt. Ich habe ihr gesagt, ich hätte vor, ein neues Geschäft aufzumachen, und ich würde ihr alle Aufträge wegschnappen, und sie wäre besser dran, wenn sie mit mir zusammenarbeitet, statt mich vom Markt verdrängen zu wollen.«

»Und das hast du dir alles selbst ausgedacht?«, fragt Karen.

»Ja«, sagt er kühn.»Mehr oder weniger.«

»Ach, wirklich?«

»Na gut. Vielleicht hat mich jemand beraten, aber im Grunde sind das meine eigenen Ideen.«

*20.36 Uhr*

Das Haus des Freundes von Georgies Freund ist entzückend, ein umgebauter Stall in einer Straße, die von der teuersten Straße Irlands abgeht. Georgie hat Klasse, das muss man ihr lassen. Allerdings gibt es keine Parkmöglichkeiten. Die schmale Straße ist vollgeparkt mit teuren Autos. Ich lasse mich nicht einschüchtern und quetsche meinen kleinen Toyota in eine Lücke.

Georgie reißt die Tür auf. Sie trägt ihr langes Haar offen, sie ist gebräunt und sieht nach Yoga aus. Ich bin über die Maßen glücklich, sie zu sehen. Wenn die Freundschaft mit Georgie, überlege ich, das einzige Vermächtnis meiner Beziehung mit Mannix ist, kann ich froh darüber sein.

»Du siehst fantastisch aus!«, ruft sie und wirft die Arme um mich.

»Und du erst.«

»Nein, Darling, nein. Ich bin so *faltig*. Die Sonne die ganze Zeit. Ich lasse mir die Wangen liften. Das hätte ich in Lima machen sollen, aber da war ich so verstrickt in eine Liebesgeschichte. Ein sechsundzwanzigjähriger Bodybuilder. Nahm ein böses Ende.« Ihre Augen funkeln. »Böse für ihn! Er war in Tränen aufgelöst, als ich abfuhr.«

»Da fällt mir ein, Georgie: Ned Mount möchte dich sprechen. Er kam heute bei mir vorbei. Er weiß, dass wir befreundet sind, und hat mir seine Nummer gegeben.«

»Wirklich? Ein sooo reizender Mann, wir haben uns vor ein paar Tagen im Flugzeug kennengelernt. Tja, da hat es ein bisschen gefunkt. Ich ruf ihn demnächst an. Aber jetzt komm mal rein, in die Küche, wie du siehst, ist alles sehr *bijou* hier, aber so nett.«

Jemand sitzt schon in der Küche am Tisch, und ich bin einen Moment lang irritiert. Dann stelle ich zu meiner großen Verwirrung fest, dass dieser Jemand Mannix ist.

»Überraschung!«, ruft Georgie.

Mannix macht ein verdutztes Gesicht. Er sieht so aus, wie ich mich fühle.

Sein Blick wandert von Georgie zu mir und zurück. »Was wird das, Georgie?«

»Ihr zwei müsst miteinander reden«, sagt sie.

»Nein, nein, müssen wir nicht.« Ich drehe mich zur Tür. Ich muss hier weg. Ein sauberer Schnitt. Ich komme nur klar, wenn es einen sauberen Schnitt gibt.

Georgie stellt sich mir in den Weg. »Doch, Stella. Mannix hat dich nicht betrogen. Zwischen ihm und Gilda ist nichts gelaufen.«

Ich bekomme keine Luft. »Woher weißt du das?«

»Vor ein paar Wochen war ich in New York auf der Durchreise, und Gilda und ich haben uns getroffen. Ich habe ein ernstes Wort mit ihr geredet. Ich glaube, sie hatte Angst vor mir. Und es stimmt, sie war an Mannix interessiert.« Georgie zuckt die Achseln. »Na, über Geschmack lässt sich bekanntlich streiten. He, war ein Witz! Komm, setz dich, Darling.« Georgie schiebt mich sanft zum Tisch, bis ich Mannix gegenüber auf einem Stuhl sitze. Sie stellt mir ein Glas Wein hin. »Hab doch nicht solche Angst.«

Ich senke den Kopf, ich kann ihm nicht in die Augen sehen, es ist zu viel, zu intensiv.

»Gilda hat dich zum Narren gehalten. Sie wollte, dass du denkst, zwischen ihr und Mannix spielt sich was ab. Aber das war nicht der Fall. War es doch nicht, oder, Mannix?«

Er räuspert sich. »Nein.«

»Zu keinem Zeitpunkt?«

»Nie.«

Zaghaft hebe ich den Kopf und blicke Mannix in die Augen. Zwischen uns knistert es.

»Nie«, sagt er wieder und hält mich mit dem Blick aus seinen grauen Augen fest.

»Gut, da seht ihr es.« Georgie strahlt. »Ihr müsst beide verstehen, was geschehen ist. Ihr wart in einer schwierigen Situation. Roland lag praktisch im Sterben, und das hat euch stark mitgenommen. Als ich davon hörte, habe ich geweint. Wir waren alle erschüttert – allerdings war ich immer der Ansicht, Mannix, dass dein Verhältnis zu Roland zu eng ist. Aber du bist nicht mehr mein Mann, es ist also nicht mein Problem.« Sie strahlt wieder. »Ihr hattet Geldsorgen, die ihr euch viel zu sehr zu Herzen genommen habt. Ihr solltet so sein wie ich, ich mache mir nie Sorgen, und irgendwas ergibt sich immer.«

Mannix wirft ihr einen vielsagenden Blick zu, und sie prustet vor Lachen.

»Stella.« Jetzt ist Georgie wieder ernst. »Mannix wollte das Richtige für dich tun, als er sich bereit erklärte, Gildas Agent zu sein. Er war in Panik, er wollte dich finanziell absichern und sah keinen anderen Weg. Aber du hast die schlimmste Schlussfolgerung gezogen, und ich kann mir, um ehrlich zu sein, einfach nicht vorstellen, dass du eine so schlechte Meinung von Mannix hast, du hattest einfach Angst. Das liegt an deinen Minderwertigkeitsgefühlen, wegen deiner Herkunft aus der Arbeiterklasse«, reflektiert sie. »Du denkst, er ist zu anmaßend, und er denkt, du bist zu stolz. Ihr habt also ein Verständigungsproblem ...« Ihre Stimme verklingt, dann fasst sie sich wieder und sagt munter: »Aber das könnt ihr klären. Gut. Ich lasse euch jetzt allein. Das Haus gehört euch.«

»Gehst du weg?«

»Nur für heute Abend.« Sie schwingt sich die Handtasche über die elegante magere Schulter – eine sehr schöne Handtasche, fällt mir unwillkürlich auf. Wenn ich jetzt sage, dass sie mir gefällt, würde Georgie sie mir wahrscheinlich schenken – aber nein, jetzt redet sie schon wieder weiter. Noch mehr Ratschläge.

»Noch eins: Demnächst wird Gildas Buch erscheinen. Vielleicht wird es ein Bestseller, vielleicht auch nicht, aber ihr müsst ihr alles Gute wünschen. Es gibt da ein wunderbares Ritual – schreibt einen Brief an sie, schreibt alles auf. Alle Gefühle – Eifersucht, Zorn, alles! Dann verbrennt ihr den Brief und bittet das Universum – oder Gott oder Buddha, wen ihr mögt –, die schlechten Gefühle wegzunehmen und nur die guten zu lassen. Ihr könntet das zusammen machen, das wäre eine gute Möglichkeit, eure Verbindung zu bereinigen und zu erneuern. Okay, jetzt verschwinde ich.«

Die Haustür fällt ins Schloss, und Mannix und ich sind allein.

Wir sehen uns wachsam an.

Nach langem Schweigen sagt er: »Das mit dem Brief hat sie gemacht, als wir noch verheiratet waren, und der Vorhang im Schlafzimmer hat Feuer gefangen.«

Ich lache nervös. »Ich habe nicht viel für Rituale übrig.«

»Ich auch nicht.«

Wir sehen uns verwundert an, überrascht von dem Aufflackern der alten Vertrautheit. Dann verdüstert sich meine Stimmung schlagartig wieder.

»Und was ist jetzt?«, frage ich. »Bist du immer noch Gildas Agent?«

Er scheint erstaunt. »Nein ... wusstest du das nicht? Ich habe angerufen, ich habe Nachrichten hinterlassen.«

»Entschuldige.« Ich räuspere mich. »Ich habe die Nachrichten nicht abgehört. Ich konnte das nicht.«

»Ich habe an dem Tag aufgehört, ihr Agent zu sein, als du mir gesagt hast, dass du nach Irland zurückgehst. Es hatte keinen Sinn mehr. Ich hätte es nur für dich getan.«

»Wirklich? Und wie geht es ihr?«

»Ich habe keine Ahnung.«

»Ehrlich nicht?« Ich sehe ihn fragend an. »Interessiert es dich nicht wenigstens ein bisschen? Läufst du ihr in New York nicht manchmal über den Weg?«

»Ich lebe nicht in New York.«

Das überrascht mich sehr. »Wo lebst du dann?«

»Hier. In Dublin. Ich baue meine Praxis wieder auf. Es wird eine Weile dauern, aber … ich bin gern Arzt.«

Gerade fällt mir etwas ein, ein Satz, der plötzlich einen Sinn ergibt. »Ein geheimnisvoller Freund hat heute Ryan geholfen – warst du das?«

»Ja.«

»Warum?«

»Ich möchte dir helfen.«

»Aber warum möchtest du mir helfen?«

»Weil du mir alles bedeutest.«

Darauf weiß ich nichts zu sagen.

Er nimmt meine Hand von seiner Tischseite aus. »Es ging immer um dich. Nur um dich.«

Bei der Berührung kommen mir die Tränen. Ich dachte, ich würde nie wieder seine Hand halten.

»Ich kann ohne dich nicht schlafen«, sagt er. »Ich schlafe nie. Komm zurück, bitte.«

»Dazu ist es zu spät«, sage ich. »Ich habe meinen Frieden damit gemacht.«

»Aber ich nicht. Ich liebe dich.«

»Ich habe dich auch geliebt. Entschuldige, dass ich das damals nie gesagt habe. Jetzt muss ich gehen.« Ich stehe auf.

»Geh nicht.« Voller Panik springt er vom Stuhl auf. »Bitte geh nicht.«

»Danke, Mannix. Meine Zeit mit dir war wunderschön und aufregend und herrlich. Ich werde das nie vergessen, und ich werde immer froh sein, dass wir sie gemeinsam verbracht haben.« Ich küsse ihn schnell auf den Mund und gehe raus zu meinem Auto.

Ich setze mich ans Steuer und frage mich, wie ich am besten von hier nach Ferrytown komme. Dann denke ich: *Bin ich eigentlich völlig verrückt?* Da drinnen sitzt Mannix. Mannix, der sagt, dass er mich immer noch liebt, der mich nicht betrogen hat, der will, dass wir es noch einmal versuchen. Ich schalte den Motor ab, steige aus und gehe wieder zum Haus. Mannix öffnet die Tür, er sieht fix und fertig aus.

»Es tut mir leid«, sage ich hilflos. »Ich konnte eben nicht klar denken. Jetzt kann ich klar denken. Ich liebe dich.«

Er zieht mich ins Haus. »Ich liebe dich auch.«

# Ein Jahr später

Ich halte das Baby in meinen Armen und betrachte das kleine Gesicht. »Sie hat meine Augen.«

»Nein, *meine* Augen«, sagt Ryan.

»He«, protestiert Betsy. »Sie ist vier Wochen alt. Sie ist viel zu klein, um die Augen von irgendjemandem zu haben. Außerdem sieht sie absolut aus wie Chad.«

Kilda wimmert einmal, dann noch einmal, und es sieht aus, als würde sie gleich zu brüllen anfangen.

»Betsy«, sage ich angespannt.

»Ich nehme sie«, meldet sich Chad. Er drückt sich das kleine Bündel an die Brust, und sofort verstummt Kilda.

Dad sieht aufmerksam zu. »Du kannst gut mit ihr umgehen, mein Sohn, was?« Er klingt eine Spur misstrauisch. »Wir hatten unsere Zweifel, wir wussten nicht, ob du zum Vater taugen würdest, aber man muss es dir lassen – spitzenmäßig!«

»Spitzenmäßig«, stimmt Mum ihm zu.

»Besten Dank«, sagt Chad.

»Gern geschehen. Na!« Dad lächelt in die große Runde, die sich im Wohnzimmer des Hauses am Strand eingefunden hat. »Wenn das kein passendes Entree für mein erstes Urenkelkind ist. Entree ist natürlich ein französisches Wort. Moment ...« Er verstummt, dann tippt er sich auf die Brust und stößt einen großen Rülpser aus. »Von dem Sprudelzeugs hier muss ich rülpsen. Gibt's kein Smithwicks?«

»Jeffrey«, sage ich, »hol Granddad ein Arbeiterbier. In der Küche sind ein paar Flaschen.«

Folgsam erhebt sich Jeffrey, und Mum sagt: »Wenn du schon gehst, könnte ich eine Tasse Tee haben?«

»Natürlich. Will sonst noch jemand etwas?«

»Kann ich ein Stück Kuchen haben?«, fragt Roland.

»Neeeiiin!«, rufen wir im Chor.

»Kein Kuchen, mein Guter«, sagt Mum zu ihm. »Sie haben sich so angestrengt, die ganzen Pfunde loszuwerden, jetzt dürfen Sie sich die nicht wieder anfuttern.«

»Ach je.« Betrübt tippt er mit den rosa und orangefarbenen Turnschuhen auf den Teppich.

»Möchten Sie vielleicht ein Kokoswasser?«, schlägt Jeffrey vor.

»Aber gern doch!« Und sofort ist Roland wieder vergnügt.

»Und Sie könnten uns eine Geschichte erzählen«, sagt Mum. »Zum Beispiel, als Sie Michelle Obama begegnet sind. Das würde Chad gefallen, schließlich ist er Amerikaner.«

»Und dann«, sagt Ryan und wirft Zoe einen bedeutungsvollen Blick zu, »sollten wir auch gehen.«

»Ja«, sagt Zoe und kichert. »Das stimmt.«

Vögeln. Dauervögeln. Als Ryan letztes Jahr bei Zoe eingezogen ist, hat es zwischen ihnen gefunkt. Auch nachdem er sein Haus und sein Geschäft zurückhatte, blieben sie zusammen.

Karen steht an der Tür und blickt auf die Wellen hinaus. »Geht dir das nicht furchtbar auf die Nerven?«, sagt sie. »Das ganze Wasser?«

Ich lache. »Ich liebe es.«

»Ich könnte hier nicht leben«, sagt sie. »Ich verstehe dich nicht. Ich bin für die Natur nicht gemacht. Oder, Enda?«

»Du bist eine Frau für die Stadt.« Enda sieht sie voller Bewunderung an. »Eine Frau nach meinem Herzen.«

»Mann, Enda.« Karen wirft ihm einen vernichtenden Blick zu. »Ich weiß ja nicht, was du da trinkst, aber mach mal halblang.«

Clark und Mathilde kommen vom Flur ins Wohnzimmer. »He!«, ruft Clark. »Was ist das denn für ein komisches Schaukelbett in dem Zimmer ganz hinten?«

Ich erröte leicht. »Einfach ein Bett.«

»Schlaft ihr beiden da drin?«

»Nein.« Ich werfe Mannix einen Blick zu.

»Nein«, sagt Mannix und räuspert sich.

Es ist nicht gelogen, wir schlafen tatsächlich sehr wenig darin.

Karen sieht mich und Mannix scharf an, dann verdreht sie die Augen. »Wir sollten langsam aufbrechen. Aber ehe wir gehen, Stella ...« Sie kommt auf mich zu und sagt, fast ohne die Lippen zu bewegen: »Ich muss dich kurz sprechen.«

Sie zieht mich in die Ecke. »Ich weiß nicht recht, ob ich es sagen soll, aber in den britischen Zeitungen stand heute etwas ...«

»... über Gilda und ihr Buch«, beende ich den Satz für sie.

»Ach, du weißt es? Hast du es gesehen? Wie geht es dir damit?«

»Na ja.«

Im Lauf des Jahres haben Mannix und ich immer wieder darüber gesprochen, wie es uns gehen würde, wenn Gildas Buch erschiene. »Wenn es uns wütend macht«, sagte ich, »ist das so, als würden wir glühende Kohle in der Hand halten – wir sind diejenigen, denen das wehtut.«

Als es heute endlich so weit war und ich das Foto von Gildas lächelndem Gesicht sah und die positiven Besprechungen über ihr Buch las, zitterten mir die Hände, und mein Herz raste. Ich zeigte Mannix die Seite und sagte zu ihm: »Können wir ihr alles Gute wünschen?«

»Willst du das denn?«, fragte er.

»Ich *möchte* es wollen«, sagte ich.

»Sehr ehrenwert.« Mannix lachte leise. »Aber vergiss nicht«, sagte er, »sie ist wirklich überhaupt nicht wichtig.«

Die letzten Besucher gehen gegen sieben Uhr. Wir winken den Autos hinterher, die zwischen den Hecken durch die Dünen und über die Hügel davonfahren, und dann sind Mannix und ich allein.

»Wo ist Shep?«, fragt er.

»Vor Kurzem habe ich ihn über die Wiese rennen sehen.«

»Komm, wir machen einen Spaziergang.«

Mannix pfeift nach Shep, und da kommt er auch schon über die Hügelkuppe gerannt, und sein schwarzer Schwanz ragt steil in die Höhe. Wir drei sind allein am Strand. Die Abendsonne wirft einen goldenen Glanz auf das Meer, und die Wellen spülen einen Stock an, direkt mir vor die Füße.

»Ein Geschenk der Götter!«, sage ich. »Ich werfe ihn, und Shep kann ihn holen. Lauft ihr beide mal ein bisschen vor.«

Mannix und Shep gehen voraus, ich werfe den Stock und treffe Mannix versehentlich am Kopf.

»Au!«, ruft er.

Ich halte mir den Bauch vor Lachen. »Das war der Wind. Der Wind ist schuld.«

»Ich verzeihe dir noch mal.« Mannix kommt zurück und nimmt mich in den Arm, und Shep zwängt seine Nase zwischen uns.

Das ist jetzt mein Leben.

## Danksagung

Ich danke Louise Moore, der besten Verlegerin der Welt, für das Vertrauen, das sie mir und diesem Buch geschenkt hat. Ich danke Celine Kelly, dass sie meinen Text mit so viel Schwung und Verständnis lektoriert hat. Ich danke Clare Parkinson für das sorgfältige und peinlich genaue Korrektorat. Ich danke Anna Derkacz, Maxine Hitchcock, Tim Broughton, Nick Lowndes, Lee Motley, Liz Smith, Joe Yule, Katie Sheldrake und all den anderen bei Michael Joseph. Ich habe großes Glück, dass ich mit einem so hervorragenden Team arbeiten darf.

Ich danke meinem inzwischen legendären Agenten Jonathan Lloyd und dem Team von Curtis Brown für das Vertrauen in meine Bücher und die Sorgfalt, die sie ihnen angedeihen lassen.

Ich danke meinen Freunden, die das Buch während seiner Entstehung gelesen haben und mir stets mit Ermutigung und Rat zur Seite standen: Bernice Barrington, Caron Freeborn, Ella Griffin, Gwen Hollingsworth, Cathy Kelly, Caitríona Keyes, Mammy Keyes, Rita-Ann Keyes, Mags McLoughlin, Ken Murphy, Hilly Reynolds, Anne Marie Scanlon und Rebecca Turner.

Mein besonderer Dank gilt Kate Beaufoy, die mich treu begleitet hat, sowie Shirley Baines und Jenny Boland, deren überbordende Begeisterung mir immer wieder gezeigt hat, dass ich auf dem richtigen Weg war.

Ich danke Paul Rolles, der im Gegenzug für seine großzügige Spende für Action Against Hunger als Figur in dem Roman vorkommt.

Um das Guillain-Barré-Syndrom besser zu verstehen, habe ich *Bed Number Ten* von Sue Baier und Mary Zimmeth Shomaker gelesen, außerdem *The Darkness Is Not Dark* von Regina R. Roth und *Überhaupt nicht komisch* von Joseph Heller und Speed Vogel.

Ich danke Elena und Mihaela Manta von Pretty Nails, Pretty Face, die mir die Idee gaben, über einen Kosmetiksalon zu schreiben – fast erübrigt es sich für mich zu sagen, dass Pretty Nails, Pretty Face dem Honey Day Spa nicht im geringsten ähnelt.

Ich danke Tony, meinem geliebten Mann und besten Freund, für seine Ermutigung, Hilfe und Unterstützung und für sein Vertrauen in mich – es gibt keine Worte, die meine Dankbarkeit angemessen ausdrücken könnten.

# Werkverzeichnis der im Heyne Verlag von Marian Keyes erschienenen Titel

© Holger Jacoby

## Über die Autorin

Wissenswertes über
Marian Keyes ...................... 3

## Werkverzeichnis

1. Die Romane um
   die Walsh-Familie ............. 5
2. Einzelromane ................. 9
3. Kolumnenbände/Stories ........ 13
4. Diverses ..................... 15

# Die Autorin

Marian Keyes wurde 1963 als ältestes von fünf Kindern im irischen Limerick geboren. Sie wuchs in Dublin auf, wo sie auch Jura studierte. 1986 siedelte sie nach London über, hielt sich mit Gelegenheitsjobs über Wasser und machte einen Abschluss in Buchprüfung. 1993 begann sie zu schreiben, und als sie ihre Kurzgeschichten an einen Verlag schickte, behauptete sie, ihr erster Roman sei teilweise fertig. Als sich der Verlag interessiert zeigte, musste sie den Roman tatsächlich schreiben: So entstand *Wassermelone*. Dieser Roman wurde ebenso wie alle folgenden zum internationalen Bestseller. Marian Keyes lebt mit ihrem Ehemann in Dublin.

# Pressestimmen

»Die Königin des modernen Frauenromans!« *Hello*

»Eine einzigartige Erzählerin, die ihren Bestsellerstatus voll und ganz verdient hat.« *Irish Independent*

»Marian Keyes ist einfach eine Klasse für sich! Was sie aufs Papier zaubert, wie sie den Leser zum Lachen, Träumen und Leiden bringt – mit so vielen guten Romanen! –, das ist in diesem Genre schon einmalig. Wer gern moderne Frauenliteratur liest, kommt an Marian Keyes nicht vorbei.« *Bild*

»Erfrischend, überraschend und nie um einen Witz verlegen: Marian Keyes kennt die Frauen.« *Für Sie*

# Werkverzeichnis

## 1. Die Romane um die Walsh-Familie

Wenn das Leben aus den Fugen gerät, hilft nur noch die chaotische Familie Walsh

### Wassermelone

Bis zu dem Tag, an dem ihre Tochter zur Welt kam, war Claires Leben eitel Sonnenschein (glaubt sie). Jetzt ist sie eine verlassene Mutter mit einem ständig schreienden Säugling und sieht dazu noch aus wie eine Wassermelone in Stiefeln (findet sie). Verzweifelt flüchtet sie zurück ins elterliche Heim und durchleidet dort die notwendigen Phasen der Trennung mit einer Intensität, die Außenstehende zum Wahnsinn treiben kann (behauptet ihre Familie). Doch die Zeit heilt alle Wunden, und als Ehemann James plötzlich wieder vor der Tür steht, erwartet ihn eine Überraschung …

## Rachel im Wunderland

Rachel hat ein Problem, aber keines, das sie sonderlich interessiert. Viel spannender sind schließlich das Großstadtleben, die vielen Partys und Luke, ihr neuer Freund. Dass sie nach einer heißen Nacht mit einer Überdosis Drogen im Krankenhaus landet, ist nicht mehr als ein peinlicher Unfall – denkt Rachel. Luke und ihre Dubliner Familie sehen das allerdings anders und schicken sie zur Erholung auf eine Gesundheits-farm. Eine Reise mit vielen Überraschungen. Denn in »The Cloisters« gibt es keine Sauna, kein Fitness-Studio, keinen Whirlpool – aber vielleicht eine Lösung für Rachels Problem …

## Auszeit für Engel

Eine Schachtel Schokotrüffel ist schuld daran, dass Maggie Walsh plötzlich vor den Trümmern ihrer Ehe steht. Als sie dann auch noch ihren Job verliert, lässt sie kurz entschlossen alles hinter sich. Bei ihrer Freundin Emily in Hollywood entdeckt sie, angeregt durch Sonne, Glamour und zahlreiche Martini-Cocktails, was das Leben sonst noch zu bieten hat.

## Erdbeermond

Anna, die vierte der Walsh-Töchter, lässt sich nach einem schlimmen Autounfall im Kreise ihrer liebenswert-chaotischen Familie aufpäppeln. Vorsichtig tastet sie sich in ihr früheres Leben in New York zurück – in einem anrührenden und zugleich urkomischen Par-Force-Ritt durch die Verrücktheiten des Alltags. Doch es gelingt ihr nicht recht. Denn davor muss sie sich noch dem großen Geheimnis in  ihrer Vergangenheit stellen. Eine erschütternde Enthüllung, zwei Geburten, eine merkwürdige Hochzeit und ein kleines Wunder später ist sie schon fast am Ziel ...

## Glücksfall

Für Helen Walsh kommt es knüppeldick: Sie ist so knapp bei Kasse, dass sie ihre Wohnung räumen und wieder bei ihren Eltern, den berüchtigten Walshs, einziehen muss. So deprimiert, dass sie statt Möwen schon Aasgeier über der Tankstelle kreisen sieht. Und so verzweifelt, dass sie einen beruflichen Auftrag ihres attraktiven Exfreundes annimmt. Doch dann erweist sich der Job, der als Höllenfahrt beginnt, unerwartet als Glücksfall ...

## 2. Einzelromane

### Lucy Sullivan wird heiraten

Mit absoluter Zielsicherheit gerät Lucy immer wieder an den Falschen. Auch der neue Lover scheint wieder ein absoluter Fehlgriff zu sein, obwohl doch eine Wahrsagerin ihr eine baldige Heirat prophezeit hat. Sollte sie sich geirrt haben? Aber manchmal liegt das Glück zum Greifen nah …

### Pusteblume

Seit Kindertagen sind Tara, Katherine und Fintan eng befreundet. Mittlerweile haben sie die dreißig überschritten und teilen immer noch Freud und Leid. Während Tara dringend geheiratet werden möchte, hat Katherine mit Männern nichts am Hut. Dann erkrankt Fintan plötzlich schwer, und alle Lebensentwürfe erscheinen in neuem Licht.

## Sushi für Anfänger

Lisa kann es nicht fassen. Anstatt in den aufregenden Wirbel New Yorks wird sie ins nasskalte Dublin geschickt, um dort eine Stelle als Chefredakteurin anzutreten. Wie soll sie dort, wo man ihrer Meinung nach weder von Mode noch von Lifestyle etwas versteht, ein erfolgreiches Frauenmagazin aufbauen? Lisa nimmt die Herausforderung an. Sie ist fest entschlossen, es den irischen Provinzlern so richtig zu zeigen. Doch bald merkt sie, dass sie ihre neuen Kollegen gewaltig unterschätzt hat.

## Neue Schuhe zum Dessert

Für Gemma Hogan kommt es knüppeldick: Ihr Vater lacht sich eine junge Geliebte an, und Gemma muss sich um ihre verzweifelte Mutter kümmern. Dabei hat sie selbst gerade erst ihre große Liebe verloren – ausgerechnet an ihre beste Freundin. In E-Mails an ihre Freundin Susan schreibt Gemma sich den Frust von der Seele. Doch dann leitet Susan die Briefe an eine Literaturagentin weiter, und plötzlich eröffnen sich ganz neue Möglichkeiten.

## Märchenprinz

Lola scheint sich den Traummann gesichert zu haben: Paddy de Courcy ist charmant, mächtig und unglaublich gut aussehend. Und er gibt seine Verlobung bekannt! Nur leider mit einer anderen …

Lola ist am Boden zerstört. Sie zieht sich an die wilde irische Westküste zurück und trauert ausgiebig. Dann wird sie unvermutet von der Journalistin Grace aufgestöbert. Auch ihr wurde
von Paddy übel mitgespielt. Sie braucht dringend Lolas Hilfe. Und konfrontiert sie mit einer schrecklichen Wahrheit.

## Der hellste Stern am Himmel

Die Emotionen kochen hoch in der Dubliner Star Street 66: Katie aus dem dritten Stock glaubt nicht mehr so recht an ihre Beziehung zum BlackBerry-süchtigen Conall. Dafür geht ihr der attraktive Gärtner vom ersten Stock nicht mehr aus dem Sinn. Und auch Conall beginnt, sich für eine andere Hausbewohnerin zu interessieren … Matt und Maeve aus dem Erdgeschoss gelten unterdessen als das perfekte Lie-
bespaar, doch dann holt die Vergangenheit sie ein. Die Ereignisse spitzen sich zu, und was als heiterer Liebesreigen begann, droht in der Katastrophe zu enden.

## Mittelgroßes Superglück

Um ein gutes Karma zu erlangen, lässt Stella einem protzigen Range Rover den Vortritt im Straßenverkehr. Es folgen: ein Unfall, Ehestreit und eine geheimnisvolle Krankheit, die Stella ein halbes Jahr lang komplett lähmt. Aber wie kann es sein, dass Stella nur wenig später eine glücklich verliebte Berühmtheit ist – und eine Neiderin hat, die ihr ihr Leben und ihre neue große Liebe stehlen will?

# 3. Kolumnenbände/Stories

## Unter der Decke

»Wenn ich den Leuten erzähle, dass ich Schriftstellerin bin, stellen sie sich automatisch vor, mein Leben sei eine endlose Karussellfahrt, bestehend aus Limousinen, Fernsehauftritten, Hairstyling, hingebungsvollen Fans, hartnäckigen Verehrern und all dem Glitzerwelt-Brimborium, das einer öffentlichen Person zuteil wird«, schreibt Marian Keyes, und: »Es ist an der Zeit, Klartext zu reden«. Das tut sie denn auch: Sie berichtet über all die Widrigkeiten und Freuden des Alltags, über Fahrstunden, Familienfeiern, Ferien mit Freund und andere Feuerproben. Über Schuhe, verlorenes Gepäck und endlose Diäten. Denn letztendlich ist Marian wie Sie und ich.

## Pralinen im Bett

Bereits in ihrem Bestseller »Unter der Decke« gab Marian Keyes wunderbar witzige Einblicke in ihr Leben. Nun setzt sie nach und verrät alles über ihre ganz große Liebe – Prada –, über die irische Luftgitarrenmeisterschaft, die Tücken eines Urlaubs mit der Großfamilie Keyes, die bizarre Schönheit des Weihnachtsbingo und vieles mehr! Gleichzeitig legt sie erstmals auf Deutsch sämtliche sieben Kurzgeschichten vor, die sie je geschrieben hat.

# 4. Diverses

## Glück ist backbar

Wie kommt die Bestsellerautorin Marian Keyes zum Backen? Während einer schweren persönlichen Krise entdeckt sie diese ganz neue, ungeahnte Leidenschaft, die ihr hilft, neuen Lebensmut zu finden. In diesem zauberhaften Backbuch präsentiert sie erstmals ihre Lieblingsrezepte: Chocolate Cheesecake Cupcakes, Pistazien-Macarons oder Mom's Apple Tart. Alle Rezepte sind auch für Anfänger leicht nachzubacken und machen garantiert glücklich.